○南戲文獻全編　劇本編○

俞爲民　主編

琵琶記

第六册

王良成　整理

ZHEJIANG UNIVERSITY PRESS
浙江大學出版社
·杭州·

琵琶記曲譜

目録

卷二

卷四

琵琶記曲譜目録[一]

琵琶記曲譜卷一目録

[一] 原各卷目録分置各卷首，現統一改置書首。

琵琶記曲譜卷二目録

琵琶記曲譜卷三目録

琵琶記曲譜卷四目録

卷一

開宗

（末上）

【沁園春】趙女姿容，蔡邕文學，兩月夫妻。奈朝廷黄榜，遍招賢士；高堂嚴命，强赴春闈。一舉鰲頭，再婚牛氏，利綰名牽竟不歸。饑荒歲，雙親俱喪，此際實堪悲。

【换頭】堪悲，趙女支持，剪下香雲送舅姑。把麻裙包土，築成墳墓；琵琶寫怨，徑往京畿。孝矣伯喈，賢哉牛氏，書館相逢最慘悽。重廬墓，一夫兩婦，旌表舊門閭。

來者蔡邕。（下）

稱慶

（小生上）

【瑞鶴仙】十載親燈火，論高才飽學，休誇班馬。風雲太平日，正驊騮欲騁，魚龍將化。沉吟一和，怎離却雙親膝下？且盡心甘旨，功名富貴，付之天也。

宋玉多才未足稱，子雲識字浪傳名。魁光已透三千丈，風力行看九萬程。經世手，濟時英，玉堂金馬豈難登？要將萊綵歡親意，且戴儒冠盡子情。卑人姓蔡名邕，字伯喈，陳留郡人也。沉酣六籍，貫串百家。自禮樂民物，以及詩賦詞章，皆能窮其奧妙；由陰陽星曆，以至聲音書數，靡不得其精微。抱經濟之奇才，當文明之盛世。幼而學，壯而行，雖望青雲之萬里；入則孝，出則弟，怎離白髮之雙親？倒不如盡菽水之歡，甘守虀鹽之分。正是：行孝於己，責報於天。自家新娶妻房，方纔兩月。亦是陳留郡人，趙氏五娘。儀容俊雅，休誇他桃李之姿；德性幽閒，儘可寄蘋蘩之托。夫妻和順，父母康寧。詩中有云：春光花下，以介眉壽。昨已吩咐娘子安排酒筵，與爹媽稱慶，想已完備。（外内嗽介）（小生）言之未已，爹媽出堂也。

【寶鼎兒】（外上唱引）小門深巷，春到芳草，人間清晝。（付）人老去星星非故，春又來年年依舊。（正）最喜今朝春酒熟，滿目花開如繡。（仝）願歲歲年年，人在花下，常斟春酒。

（小生）爹媽拜揖。（正）公婆萬福。（外、付）罷了。（外）老夫姓蔡名倫，字從簡；媽媽秦氏；孩兒蔡邕，媳婦趙氏五娘；鄰比有個張廣才，每每得他恩顧。我兒，日後倘有寸進，不可有忘。（小生）孩兒怎敢有忘？（外、付）今日請我們出來何幹？（小生）告爹媽知道。（付、外）起來説。（小生）人生百歲，光陰幾何？幸喜爹媽年滿八旬，孩兒一則以喜，一則以懼。當此春光，閒居無事，聊具一樽，與爹媽稱慶。（外）生受你。媽媽。（付）老兒。（外）子孝雙親樂，（付）家和萬事興。（外）我兒把盞。（小生）娘子看酒。（正）是。

【錦堂月】（小生、正唱工調）簾幕風柔，（仝唱）庭幃晝永，朝來峭寒輕透。（小生）親在高堂，一喜又還一憂。（仝）惟願取百歲椿萱，長似他三春花柳。（合頭）酌春酒，看取花下高歌，共祝眉壽。

【前腔】（正）輻輳，獲配鸞儔。深慚燕爾，持杯自覺嬌羞。（付介）自家骨肉，有何怕羞？（正連）怕難主蘋蘩，不堪侍奉箕箒。（外、付）惟願取偕老夫妻，（小生、正）常侍奉暮年姑舅。（合頭）

【醉翁子】（小生）回首，歎瞬息烏飛兔走。喜爹媽雙全，謝天相佑。（正）不謬，更清淡安閒，樂事如今誰更有？（仝）（合頭）相慶處，但酌酒高歌，更復何求？

【前腔】（外）卑陋，論做人要光前耀後。願吾兒青雲萬里，早當馳驟。（付）聽剖，真樂在田園，何必區區做公與侯？（仝）（合頭）

【僥僥令】春花明彩袖，春酒泛金甌。但願歲歲年年人常在，父母共夫妻相勸酬。

【前腔】（外、付）夫妻好厮守，（小生、正）爹媽、公婆願長久。（仝）坐對兩山排闥青來好，看一水護田疇，緑遶流。

【尾聲】山青水緑還依舊，歎人生青春難又，惟有快樂是良謀。

（外）逢時遇景且高歌，（付）須信人生能幾何。（小生）萬兩黄金未爲貴，（仝）一家安樂值錢多。（外）媽媽。（付）老兒。（外）一年一度，（付）時光易過。（外）又是一年了。（付）又是一年了。（外）媽媽，進來罷。（付應）（小生）娘子，徹過筵席。（正應下）

規　奴

（旦上引）

【祝英臺近】㈠緑成陰，紅似雨，春事已無有。聞説西郊，（占）車馬尚馳驟。㈡怎如柳絮簾櫳，（旦）梨花庭院，好天氣清明時候。

㈠　近：原闕，據汲古閣刊本《繡刻琵琶記定本》補。

㈡　尚：原作『上』，據汲古閣刊本《繡刻琵琶記定本》改。

(旦)莫信直中直，須防仁不仁。(占)吓！小姐，惜春見。(旦)咤！賤人！(占)是。(旦)我限你半個時辰，爲何去了已久？(占)小姐，早晨裏只聽得疏辣辣狂風，吹散了一簾柳絮；餉午時又見那淅零零細雨，打壞了滿樹梨花。一霎時轉幾對黃鸝，猛可的聽了數聲杜宇。見此春去，教我如何不悶？(旦)春去自去，與你何幹？(占)清明時節單衣試，争奈晝長人静重門閉。(旦)芳心不解亂縈牽，羞覩遊絲與飛絮。(占)繡窗欲待拈針指，忽聽鶯燕雙雙語。(旦)無情何事管多情，任取春光自來去。(占)小姐，你有甚法兒教道惜春不悶？(旦)你且起來，聽我道。(占應)

【祝英臺序】(一)(旦唱工調)把幾分春，三月景，吩咐與東流。啼老杜鵑，飛盡紅英，端不爲春閒愁。休休，婦人家不出閨門，怎去尋花穿柳？(占)奴花貌，誰肯因春消瘦？

【前腔】(占)春晝，我只見燕雙飛，蝶引隊，鶯語自求友。那更柳外畫輪，花底雕鞍，都是少年閒遊。(旦介)他自閒遊，與你何干？(占連)我難守，繡房中清冷無人，我欲待要尋一個佳偶。(旦介)賤人倒思想丈夫起來！(占連)這般説，我的終身休配鸞儔？

【前腔】(旦)知否？我爲何不捲珠簾，獨自愛清幽？縱有千斛悶懷，百種春愁，難上我的眉頭。休憂，任他春色年年，我的芳心依舊。(占)這文君，可不耽擱了相如琴奏？

(一) 序：原闕，據汲古閣刊本《繡刻琵琶記定本》補。

【前腔】(占)今後，方信你徹底澄清，我好没來由。想像暮雲，(一)分付東風，情到不堪回首。聽剖，你是蕊宫瓊苑神仙，不比塵凡相誘。(鳥鳴介)我今隨侍，窗下拈針挑繡。

(占)小姐，聽樹上子規叫得好聽吓！(旦)休聽樹上子規啼，(占)悶坐停針不語時。(旦)窗外日光彈指過，(占)席前花影坐間移。(旦)今後不可。(占)是。(旦)隨我進來。(占應)(仝下)

逼試

(小生上引)

【一剪梅】浪暖桃香欲化魚，期逼春闈，詔赴春闈。郡中辟賢書，心戀親幃，難捨親幃。

世間好物不堅牢，彩雲易散琉璃脆。卑人蔡邕，本欲甘守清貧，力行孝道。怎奈黄榜招賢，郡中將我名字申報上司去了；一壁厢有吏人來辟召，我以親老爲辭。那吏人雖則已去，只恐明日又來。也罷，我只得力辭便了。正是：人爵不如天爵貴，功名怎似孝名高？

【宜春令】(唱六調)雖然讀萬卷書，論功名非吾意兒。只愁親老，夢魂不到春闈裏。便教我做到九棘三槐，怎撇得萱花椿樹？我這衷腸，一點孝心對着誰語？

(一) 想：原作「相」，據汲古閣刊本《繡刻琵琶記定本》改。

【前腔】（生上接）相鄰並，相依倚，老漢張廣才，今當大比之年，特來催促鄰比蔡老員外之子蔡伯喈上京應試。（唱）往常間有事來相報知。此間已是，解元有麽？（小生）是那個？原來是大公。大公拜揖！（生）解元。（小生）請坐。（生）有坐。（小生）違日多承厚禮。（生）好説。（小生）今日到舍，有何貴幹？（生）解元，你還不知麽？（小生介）不知吓。（生唱）那試期迫矣，早辦行裝往前途去。（小生介）卑人只爲雙親年老，故爾不敢前去。（生連）解元，子雖念親老孤單，親須望孩兒榮貴。你趁此青春不去，竟待何日？

（小生曲内介）待我請爹爹出來。爹爹有請。

【前腔】（外上接）時光短，雪鬢催，守清貧不圖甚的。那個在外？（小生）大公在外。（外）説我出來。（小生）是。大公，爹爹出來了。（生）吓！老哥。（外）老友，失迎了。（生）好説。（外）請坐。違日多承厚禮。（生）些須薄禮，何足致謝？（外）到舍有何貴幹？（生）今當大比之年，特來催令郎上京應試。（外）原來爲此。老友，不是小弟誇口。（唱）所喜有兒聰慧，但得他爲官吾足矣。蔡邕，天子詔招取賢良，秀才們都求科試。你快赴春闈，急急整裝行李。

（小生曲内介）母親有請。

【前腔】（付上接唱）娘年老，八十餘，眼兒昏聾着兩耳。那個在外？（小生）大公在外。（付）説我出來。（小生）大公，母親出來了。（生）吓！老嫂。（付）大公，前日多承厚禮。（生）些須薄禮，何足致謝？（付）着小兒請你喫壽麵，爲何不來？（生）偶有小事，故而不曾來捧觴。有罪！（付）好説。今日到舍，有何見諭？（生）今當大比之年，特來催令郎上京應試，求取功名。（付）求取功名是一椿美事，只怕去不成吓。（生）爲何？（付）别人不知，大公是盡知我家的。（唱）又没個七男八女，只有這個孩兒，要他供甘旨。（外介）又來護短了！（付連唱）老兒，他方纔得六十日的夫妻，强逼他去争名奪利。咻！懊恨無知老子，好不度己。

（外）功名大事，定要去的。（生）解元。（小生）大公。（生）如今黄榜招賢，試期已迫，你有這般才學，怎麽不去赴選？（小生）大公，非是卑人不肯前去。（生）却爲何來？（小生）哪！

【繡帶兒】只爲親年老光陰有幾？（生介）行孝不在今日。（小生連唱）行孝正當今日。（生介）此去定然脱白掛緑。（小生連）終不然爲着一領藍袍，却落後戲綵班衣？（生介）請自思之。（小生連）我思之，此行榮貴雖可擬，（外介）老友，他説些什麽？（生）令郎説雙親年老，不敢前去。（外）他是這等説？非也。（小生連）怕親老等不得榮貴。（外接）蔡邕，春闈裏紛紛都是大儒，難道是没爹娘的孩兒方去？

【前腔】（生）解元，你休迷，男兒漢有凌雲志氣，何必苦恁淹滯？解元，你此回不去呵，（唱）可不干費了十載青燈，枉捱過半世黄虀？你須知，此行是你親命，休固拒。吖哈，那些個養親之志？（付）我百年事只有此兒，難道是庭前森森丹桂？

【太師引】(外接)他意兒我也難提起，這其間就裏我自知。(付)噲，老兒，你知些什麼？(外)話便有一句，你要護短，不對你説。(付)對那個説？(外)要對廣才説。吓！老友，你道他爲何不肯前去？(生)小弟不知。(外)哪！(唱)(付介)有話倒對外人説！他戀着被窩中恩愛，捨不得向海角天涯。(生白)新婚燕爾，後生所爲。(外)廣才，你難道不曾讀過《尚書》麼？(唱)那塗山四日離大禹，他與五娘子成親兩月。(唱)吖哈，直恁的捨不得分離？(生)老哥請息怒，待小弟去對他説。吓！解元。(小生)大公。(生)令尊罪得你好重哩！(小生)罪卑人什麼？(生)哪！(唱)道你貪鴛侶守着鳳幃，恐誤了鵬程鶚薦的消息。

【前腔】(付)他意兒只要供甘旨，又何曾去貪歡戀妻？(一) 自古道曾參純孝，何曾去應舉及第？功名富貴都是天付與，天若與不求而至。(小生)娘言是，望爹行聽取。(外)哆！娘不要你去，就是娘言是；父要你去，就是父言非？你這戀新婚，逆父命的畜生！(生)老哥請息怒。不必如此。(小生)爹爹，孩兒若有此心呵。天須鑒蔡邕不孝的情罪。

(外白)我且問你，如何爲之大孝？(小生)告爹爹知道：凡爲人子者，冬温夏凊，昏定晨省，問其寒暖，搔其疴痒，出入則扶持之，問其所欲則敬進之。又道父母在堂，不遠遊；出必有方，復不過時。古

(一) 妻：原闕，據汲古閣刊本《繡刻琵琶記定本》補。

人之孝，不過如是。（外）廣才，聽他説的都是小節，不曾説着大孝。（生）把大孝説與他聽。（外）聽我道。（小生應）（外）大孝者，始於事親，中於侍君，終於立身。身體髮膚，受之父母，不敢毀傷，孝之始也。立身行孝道，揚名於後世，以顯父母，孝之終也。是以家貧親老，不爲禄仕，爲之不孝。你若做得一官半職回來，也顯得父母好處。吓！廣才，豈不是個大孝？！（生）其實是個大孝。（小生）爹爹言得極是。但孩兒此去，若做得官還好；倘做不得官，不能侍君，又不能侍親，却不兩下都耽擱了？（生）解元差矣。古人云：幼而學，壯而行。又道：學成文武藝，貨與帝王家。你這般才學，執意不去，却是爲何？（小生）大公吓，非是卑人不肯前去，所慮雙親年老，無人侍奉。只有一個新婚媳婦，是個女流，濟得甚事？因此不敢遠離膝下。（生）解元，自古千錢買鄰，八百置舍。老漢忝在鄰比，你去後，倘宅上有些欠缺，都在老漢身上。（外）來，來，謝了大公！（小生）是。大公請上，待卑人拜謝。（生介）阿呀呀！不消。

【三學士】（小生唱）謝得公公意甚美，（付介）兒吓，再拜一拜。（外）爲何？（付）哪！哪！油鹽醬醋，都在裏頭了！（小生連）凡事仗托扶持。假饒一舉登科日，難道是雙親未老時？只恐錦衣歸故里，怕雙親不見兒。

【前腔】（外）萱室椿庭衰老矣，指望你改換門閭。（連白）你若做得官回來，（唱）自有三牲五鼎供朝夕，須勝似啜菽並飲水。你若錦衣歸故里，爲父的倘有不幸别。（唱）一靈兒終是喜。

急辦行裝赴試期，（小生）父親嚴命怎生違？（生）一舉首登龍虎榜，（付）定教身到鳳凰池。（以上四句通行不念）（生）告辭。（外）送了大公出去。（小生）是。（生）不消。另日還要來餞別。請了。（小生）大公慢請罷。（生下）（小生）大公去了。（付）兒吓，進去與五娘子商量商量、計較計較該去呢不該去。（外）呸，商量也要去，不商量也要去。（下）（付）商量也不去，不商量也不去。兒吓，不要聽他，做娘的包你不去。（小生）全仗母親。（付）隨我進來。（小生應下）

囑別

（小生上引工調）

【謁金門】苦被爹行逼遣，脉脉此情何限。（正上）聞到才郎遊上苑，又添離別歎。（仝）骨肉一朝成拆散，可憐難捨拚。

【又一體】（正先唱）春夢斷，臨鏡綠雲繚亂。（小生接『苦被爹行』，照前唱完）

（正白）官人。（小生）娘子。（正）雲情雨意，雖可抛兩月夫妻；雪鬢霜鬟，竟不念八旬父母？功名之念一起，甘旨之心頓忘，是何道理？（小生）娘子，膝下遠離，豈無眷戀之心？高堂嚴命，不能推辭，教卑人如何是好？（正）官人，我猜着你的意兒了。（小生介）猜着什麼來？

【忒忒令】（正唱）你讀書思量中狀元，（小生介）向上之心，人皆有之。（正連唱）只怕你才疏學淺。

（小生介白）怎見得卑人才疏學淺？（正連唱）則這《孝經》《曲禮》，你早忘了一段。（小生介）忘了什麽？（正連）却不道夏清與冬温，昏須定，晨須省，親在遊怎遠？

【前腔】（小生）哭哀哀推辭了萬千，（正介）張大公如何説？（小生連）他鬧吵吵抵死來相勸。（正介）他雖相勸，不去由你。（小生連）將我深罪，不由人分辯。爹道我，（正介）道你什麽來？（小生連）戀新婚，逆親言，貪妻愛，不肯去赴選。

【沉醉東風】（正）官人。（接唱）你爹行見得好偏，只一子不留在身伴。如今公婆在那裏？（小生）在堂上。（正）既在堂上，和你仝去説。（小生）娘子請。（正）官人請。哎！我不去了。（小生）娘子爲何欲行又止？（正）我去説，公婆聽奴還好，倘然不聽呵，（唱）他只道我不賢，要將伊迷戀。這其間教人怎不悲怨？（仝）（合頭）爲爹淚漣，爲娘淚漣，何曾爲着夫妻意上掛牽？

【前腔】（小生）做孩兒節孝怎全？做爹行不容幾諫。（正介）你爲子者，怎生埋怨？（小生連）非是我要埋怨，只愁他形隻影單，我出去有誰來看管？（仝）（合頭）

【臘梅花】（外、付上接）孩兒出去在今日中，爹爹媽媽來相送。但願得魚化龍，青雲得路，桂枝高攀步蟾宫。

（小生）爹媽拜揖。（正）公婆萬福。（付、外）罷了。（外）我兒，怎麽還不起身？（小生）專候大公到來拜别。（外）門首去看來。（小生應）（生上）仗劍對樽酒，恥爲遊子顔。（小生）大公來了。（生）解元，所志在功名，（小生）咳！（生）離别何足歎？（小生）爹媽，大公來了。（生）吓！老哥老嫂。（外）廣才。（付）大公。（生）解元爲何還不起程？（外）專等老友到來，即便起身。（生）老漢帶得碎銀幾兩，權爲路費，請收了。（外）謝了大公。（小生）多謝大公。（生）好説。（付、小生）吓！阿呀！兒、娘吓！（付）若不爲功名，做娘的怎生捨得你前去？（哭介）（小生）爹媽請上，孩兒就此拜别。（外、付）罷了！

【園林好】（小生唱）兒今去爹媽休得要意懸，（仝）兒今去今年便還。（小生）但願得雙親康健，（外、付介）早去早回。（生、小生仝連）須有日拜堂前，（小生）終有日拜椿萱。

【前腔】（外接）我孩兒不須掛牽，爹指望孩兒貴顯。若得你名登高選，須早把信音傳，（仝）須早把信音傳。

（付）兒吓！（小生介）娘吓！

【江兒水】（付唱）膝下嬌兒去，堂前老母單，臨行密密縫針綫。眼巴巴望着關山遠，冷清清倚定門兒盼。阿呀！兒吓！教我如何消遣？（小生介）母親請免愁煩。（仝唱）要解愁煩，（付）須是頻寄音書回轉。

（正）官人。（小生介）娘子。

【前腔】（正唱）妾的衷腸事，有萬千，説來，（小生介）有話對卑人説。（正連唱）又恐怕添縈絆。

六十日夫妻恩情斷，八十歲父母教誰看管？ 教我如何不怨？（小生介）莫非怨着卑人？（仝唱）要解愁煩，（正）官人，須要寄個音書回轉。

【五供養】（生接）解元，自有貧窮老漢，托在隣家，事體相關。 此行雖勉强，不必恁留連，（小生介）爹娘望大公早晚看管一二。（生連）你爹娘，吖哈，早晚、早晚間吾當陪伴。 丈夫非無淚，不灑別離間。（仝）骨肉分離，寸腸割斷。

【前腔】（小生）公公可憐，我的爹娘望你周全。 此身若貴顯，定當效銜環。（生介）阿呀！ 請起。（正接）有孩兒也枉然，你的爹娘倒教別人看管。 此際情何限，偷把淚珠彈。（仝）（合頭）

【玉交枝】（外接）別離休歎，（付介）我好心痛！（外連唱）媽媽，我心中豈不痛酸？ 蔡邕，非爹苦要輕拆散，也只是圖你榮顯。（付）蟾宫桂枝須早攀，怕北堂萱草時光短。（仝）（合頭）又未知何日再圓？ 又未知何日再圓？

【前腔】（小生）雙親衰倦，娘子，你扶持看他老年。 飢時勸他加飡飯，寒時節頻與衣穿。（正）做媳婦侍舅姑，[一]不待你言； 你做孩兒離父母，何日返？（仝）（合頭）

【川撥棹】（仝）歸休晚，莫教人凝望眼。 但有日回到家園，但有日回到家園，（小生）我怕、怕

（一）舅：原作『舊』，據汲古閣刊本《繡刻琵琶記定本》改。

回來雙親老年。（仝）（合頭）怎教人心放寬？ 不由人珠淚漣。

【前腔】（正）我的埋怨怎盡言？ 我的一身難上難。（小生）娘子，你寧可將我來埋怨，你寧可將我來埋怨，莫把我爹娘冷眼看。（正介）官人請起。（仝唱）（合頭）

【尾聲】生離遠別何足歎，專望你名登高選。衣錦還鄉，教人作話傳。

（小生）此行勉强赴春闈，（生）專望明年衣錦歸。（一）（外）世上萬般哀苦事，（仝）無非遠别共生離。（生）告辭。（外）有慢。送了大公出去。（小生）是。大公慢請罷。（生）解元，願你步去馬回。哈哈！（下）（小生）爹媽，大公去了。（外）我兒，家道艱難，你若成名，即便就回。（小生應）（付）媳婦，可念夫妻之情，送到南浦，即便回來。（正）是。（付、小生）吓！ 阿呀！ 兒、娘吓！ （下）

南浦

（正）官人，此去蟾宫須穩步，休教别戀忘歸。公婆年老怎支持？ 一朝波浪起，阿呀！ 鴛侣兩分離。（小生）娘子，堂上雙親嚴命緊，不容分剖推辭。如今暫别守孤幃，晨昏行孝道，全仗你扶持。（正）咳！

【尾犯序】（唱工調）無限別離情，兩月夫妻，一旦孤零。此去經年，望迢迢玉京思省。（小生

（一） 明：原作『名』，據汲古閣刊本《繡刻琵琶記定本》改。

介）莫非慮着卑人此去山遥水遠？（正連）奴不慮山遥水遠，（小生介）莫非慮着衾寒枕冷？（正連）奴不慮衾寒枕冷。（小生介）慮着什麼？（正連）奴只慮公婆没主，一旦冷清清。

【前腔】（小生）娘子，何曾，想着那功名？欲盡子情，難拒親命。我年老爹娘，望伊家看承。畢竟，你休怨着朝雲暮雨，暫替我冬温夏清。思量起，如何教我割捨得眼睁睁？

【前腔】（正）儒衣纔換青，快着歸鞭，早辦回程。怕十里紅樓，休戀着娉婷。叮嚀，不念我芙蓉帳冷，也思親桑榆暮景。頻囑咐，知他記否？恐自語惺惺。

【前腔】（小生）娘子，你寬心須待等，我肯戀花柳，甘爲萍梗？只怕萬里關山，那更音信難憑。須聽，没奈何分情破愛，誰下得虧心短行？（仝）從今去，相思兩處，[一]一樣淚盈盈。

（正）官人此去，得官不得官，須早寄音書回來。（小生）娘子，我音書是要寄的。

【鷓鴣天】（唱）只怕萬里關山萬里愁，（正）一般心事一般憂。（小生）桑榆暮景應難保，（仝）客館風光怎久留？（正）他那裏，慢凝眸，（小生）娘子請回罷。（正）官人慢行。（仝）吓！阿呀呀！（小生下）（正唱）正是馬行十步九回頭。歸家只恐傷親意，擱淚汪汪不敢流。（下）

（一）相：原作『想』，據汲古閣刊本《繡刻琵琶記定本》改。

訓　女

（衆喝，外上唱，末、生隨）

【齊天樂】鳳凰池上歸環珮，衮袖御香猶在。[一]棨戟門前，平沙堤上，何事車塡馬隘？

（末、生）迴避！（衆下）（外）荼蘼徑路草蕭條，自古雲山遠市朝。公道世間惟白髮，貴人頭上不曾饒。老夫姓牛名卓，官居師相，位極人臣，富貴功名已滿心意。這幾日久留禁地，不曾回府，聞得這班使女們終日在後花園中戲耍。自古欲治其國，先治其家。院子。（末、生）有。（外）喚老媽媽和惜春出來。（末、生）是。老媽媽。（淨內）哪。（末、生）惜春姐。（丑內）奢個？（末）老爺喚。（淨、丑）來哉。（上）（烏叫介）（淨）咦！老鴉叫，（丑）眼睛跳。（淨）勿是打，（丑）定是吊。（淨）打勿打三千，（丑）吊勿吊一年。（淨）我也無得說。（丑）我也無得話。（淨）且答呧去見老爺。（丑）使得個。（淨）老爺在上，老婢叩頭。（丑）惜春叩頭。（外）呧，你這老婢子，我叫你做個管家婆，不去拘束這些婢女們，反仝他們在後花園戲耍，這怎麼說？（淨）我曉得老爺居來勿得，一居來就動我老太婆個氣了。（丑）動老爺個氣！（淨）老爺在上，老婢在下。（丑）奢了要分上下？（淨）分子上下，好說中話。（丑）勿差。（淨）我也勿得知老爺個長短，啥也勿得知我個深淺。（丑）呸！（淨）老爺，惜春個丫頭，若勿打俚兩

[一] 衮：原作『滚』，據汲古閣刊本《繡刻琵琶記定本》改。

記，要成精作怪哉。（丑）老爺，唻一記也勿要打，看我阿會成精作怪？（浄）自從老爺入海去子，（丑）入朝！（浄）㕶個丫頭水性勿曉得，潮没阿是海裏來個？（丑）我是日日經風經浪過個哉。（浄）個一日我拉厨房下洗馬桶，（丑）飯桶！（浄）勿差，飯桶。惜春走得來，對我一看，拿個張嘴，紐來紐，招會我個意思。我説：『惜春姐，爲奢勿替小姐拉房裏做針指，到厨房下來做奢？』俚説：『老媽媽，如今春三二月，艷陽天氣，蜂也鬧，蝶也鬧，人世難逢開口笑。笑一笑，少一少；惱一惱，老一老；捏一捏，竅一竅；撥一撥，跳一跳。大家去白相相。』（外）你可曾去？（浄）我是勿肯去，俚拿兩隻手拉我背上一搭，説：『去嘘！去嘘！』（外）如此説，去的了？（浄）去是勿曾去，踱子一遭。（外）惜春，你怎麼不與小姐在繡房中做些針指，反在後花園中戲耍，怎麼説？（丑）老爺，俚有告，我有訴。一日我搭小姐拉繡房裏繡老爺個狗牛肚子，（浄）斗牛補子。（丑）勿差，斗牛補子。只見個老媽媽立拉窗外頭，拿手招來招，招子我出去，瞎得小姐拉乿，勿好説出去白相。（外）你可曾去？（丑）我就寫帖子回頭俚，上寫着：多承手招，有事終朝。何勞恁説，敢虚佳節？今遵家教，敢犯法條？特此奉復，不勞再邀。况且老爺居來要動氣個。俚説番道老爺搭我有一局了。（浄）嚼殺哉！（外）你倒底可曾去？（丑）我是再三再四勿肯去，俚再五再六要我去，我即是勿肯去，個老姆就頓生一計，説：『丫頭，㕶手上個癩疥瘡阿好來？』我説：『還勿曾好來。』俚就拿我個手一看，對子背上一搭，説道：『駝，駝，駝，賣升羅；升羅破，再買個。』駝進子花園個。老媽年紀一把，骨頭嘸得四兩重。勿是俚個世界哉！把假山石推倒，金魚池壓壞；牡丹花攀折，海棠花捏瘻。一盆細葉菖蒲，認道松毛韭菜了。乾殺哉，等我來澆點揺用看。扯開子褲子，直個捜流流一場大尿，澆得他東倒西歪，根根蠟黄，那間像子一樣物事哉。(浄)像奢個介？(丑)像子老爺個鬍鬆哉。(外)如此説，你也去的了？(丑)去是勿曾去，走子一遭。(外)院子，取板子過來，與我各打十三。(院應)(浄、丑)阿呀！我裏十四去個，勿是十三。(末、生)睡下來！(丑)阿呀！老爺，下來勿去没哉。(打介)一五、一十、十三，打完。(外)回避。

(末、生下)(外)請小姐出來。(浄、丑)小姐有請。

【花心動】(旦上唱引)幽閣深沉，問佳人，爲何懶添眉黛？

(浄、丑)小姐到。(旦)爹爹萬福！(外)你可知罪？(旦)孩兒不知罪。(外)呸！(旦跪介)(外)還説不知罪？自古婦人之德，不出閨門。行不動裙，笑不露齒。今日是我孩兒，異日他人媳婦。這幾日我不在家，你放這些使女，反仝他們終日在後花園戲耍。倘或這些使女們做出些事來，可不連你的芳名多誤了？取戒方！(旦)阿呀呀！(浄)看亡故夫人面上。(丑)小姐是出手貨，打勿起個。(外)

我本該責你幾下，可惜你，

【惜奴嬌】(唱尺調)杏臉桃腮，(浄)老爺頭上戴子馬台。(丑)好像招財。(浄)惜春跪乱，老媽起來。(丑)老媽跪乱，惜春起來。(外)呸！(唱)(浄介)老面皮，大家跪。(外唱)當有松筠節操，蕙蘭襟懷。閨中言語，不出閫閾之外。老媽媽，你年衰，不教我孩兒是伊之罪。(浄介)老婢該死！

(外連唱)惜春，這風情今休再。(仝唱)(合頭)記再來，但把不出閨門的語言相戒。

【前腔】(旦)堪哀，萱室先摧，(淨介)老爺，小姐思念夫人。(外)咳！嘿嘿！(丑)勿要歎氣。(旦連)歎婦儀母訓，未曾諳解。(外介)人之無過，安穩爲上。(旦連)蒙爹嚴訓，從今怎敢不改？老媽媽，我是裙釵，早晚望伊家將奴誨。(淨介)折殺老婢了。(旦連)惜春，要改前非休違背。(仝)(合頭)

【黑麻序】(淨)看待，父母心，婚姻事，須要早諧。勸公相，早畢兒女之債。(外)休呆，如何女子前，胡將口亂開？(仝)(合頭)記今來，但把不出閨門的語言相戒。

【前腔】(丑)輕浼，我受寂寞擔煩惱，教我怎捱？細思之，怎不教人珠淚盈腮？(旦)寧耐，温衣並美食，何須苦掛懷？(仝)(合頭)

(外)女人不可出閨門，(旦)多謝嚴親教育恩。(淨)自古成人不自在，(丑)須知自在不成人。(外)伏侍小姐到繡房中去，今後不可如此。(嗽下)(丑)纔是㕶個老花娘。(淨)纔是㕶個小花娘。(旦)你們不須争論，今後不可如此。隨我進來。(丑)是哉。今後不可如此。隨我進來。(淨)個小花娘，直頭會説乱。(渾下)

登程

(小生上引)

【滿庭芳】飛絮沾衣，殘花隨馬，輕寒輕煖芳辰。江山風物，偏動别離人。回首高堂漸遠，歎當時恩愛輕分。傷情處，數聲杜宇，客淚滿衣襟。

【前腔换頭】（末上接）淒涼芳草色，故園人望，目斷王孫。慢憔悴郵亭，誰與温存？（净、丑）聞道洛陽近也，又還隔幾座城闉。[一]（合）澆愁悶，解鞍沽酒，同醉杏花村。

（小生）千里鶯啼緑映紅，（丑）水村山郭酒旗風，（末）行人如在畫圖中。（净）不暖不寒天氣好，或來或往旅人逢，（合）此時誰不歎西東？（各見）請了。（三）請問仁兄尊姓貴表？（小生）小生姓蔡名伯喈。敢問三位仁兄尊姓大名？（末）在下姓李，字群玉。（丑）小子姓落，名得喜。（净）小子姓常，名白將。（小生）久聞諸位大名，今日幸得相會，想是都要往京師赴選的麼？（三）正是。蔡兄莫非也是往京中赴試的？（小生）便是。（三）今幸相會，在此歇息片時如何？（小生）甚好。（末）我等既係同道，大家説些學識如何？（三）使得。（末）蔡兄先請。（小生）小生坐則讀，行則吟，書窮萬卷識彝倫。人生兩事唯忠孝，欲答君恩並報親。（三）説得有理。（小生）李兄所志若何？（末）我不將窮付前緣，常把殷勤契上天。人事盡時天意轉，才高豈得困林泉？（净、丑）自然，自然。（末）落兄也請自道。（丑）小子讀書費力，常向螢窗講《易》。熟誦《孝經》《曲禮》，博覽《詩》《書》《周易》。《春秋》諸子百家，篇篇義理紬繹。哈哈，前日走到學中，夫子潛自叫屈。説道：可惜這個秀才，眼中一字不識。

[一] 闉：原作「闌」，據汲古閣刊本《繡刻琵琶記定本》改。

（浄）你却説了一場夢！（末）請問常兄所學如何？（浄）小子言不妄發，寫字極有方法。不問正草隸篆，寫出都是帖法。王羲之拜我爲師，歐陽詢見我諕殺。只是早間寫了個人字，忘記了一撇一捺。哈哈哈！（三）休得取笑。（小生）天色已晚，快些趲路罷。（三）有理。

【甘州歌】（小生唱工調）衷腸悶損，歎路途千里，日日思親。青梅如豆，難寄隴頭音信。高堂已添雙鬢雪，客路空瞻一片雲。途中味，客裏身，争如流水蘸柴門？休回首，欲斷魂，數聲啼鳥不堪聞。

【前腔換頭】（末）風光正暮春，便縱然勞役，何必愁悶？緑陰紅雨，征袍上染惹芳塵。雲梯月殿圖貴顯，水宿風飡莫厭貧。乘桃浪，（一）躍錦鱗，一聲動雷過龍門。榮歸去，緑綬新，休教妻嫂笑蘇秦。

【前腔】（浄）誰家近水濱，見畫橋烟柳，朱門隱隱。鞦韆影裏，墻頭上露出紅粉。無心笑語聲漸杳，惱殺多情墻外人。思鄉遠，路又貧，肯如十度謁侯門？行看取，朝紫宸，鳳池鰲禁聽絲綸。

【前腔】（丑）遥瞻霧靄粉，想洛陽宫闕，行行將近。程途勞倦，欲待其飲芳樽。垂楊瘦馬莫

（一）桃：原作『枕』，據汲古閣刊本《繡刻琵琶記定本》改。

暫停，古樹昏鴉棲漸盡。天將暝，日已曛，[一]一聲殘角斷譙門。尋宿處，行步緊，前村燈火已黄昏。

（小生）江山風物自傷情，（浄）南北東西爲利名。（丑）路上有花並有酒，（末）一程分作兩程行。（仝）請。

【尾聲】（唱）向人家，忙投奔，解鞍沽酒共論文，今夜雨打梨花深閉門。（下）

選士

（浄上，末、小軍隨）

【生查子】承恩拜試官，聲價重邱山。那來赴試的，只問有文才，何必拘鄉貫？有才的取他居上第，做個清要官。没才的縱有父兄勢，也教空手還。

禮闈新榜動長安，九陌人人走馬看。一日聲名遍天下，滿城桃李屬春官。下官禮部主考官是也。今當大比之年，朝廷命我主考。左右。（軍應）（浄）把應試的士子都唤進來。（軍照念）（小生、丑上）

【賞宫花】（小生唱）槐花正黄，赴科場舉子忙。（丑接）太學拉朋友，一齊整行裝。（仝）五百英

[一] 曰：原作『目』，據汲古閣刊本《繡刻琵琶記定本》改。

雄都在此，不知誰是狀元郎？

（進見介）（浄）諸生聽者，朝廷開科取士，命下官爲主考。下官是個風流試官，不拘往年舊例，第一場要做對，第二場要猜謎，第三場要唱曲。三場都好，取他做頭名狀元；若做不出，將他打出去。（小生、丑）領命。（浄）蔡邕，我有一對，你可對來。（小生）請大人上聯。（浄）星移天放彈，（小生）日出海拋球。（浄）對得好！站過一邊。（小生應）（浄）落得喜，我也有一對，你可對來。（丑）請大人上聯。（浄）《毛詩》三百篇，（丑）還有十一篇。（浄）不好！不好！站過一邊。蔡邕過來。（小生應）（浄）我出八個地名謎兒與你猜。（小生）是。（浄）一聲霹靂震天關，兩個肩頭不得閒。去買紙來作裱褙，欠人錢債未曾還。你可猜來。（小生）是。第一句是京東、京西，第二句是江東、江西。第三句是湖東、湖西，第四句是浙東、浙西。（浄）妙吓！八個地名都猜着，請過一邊。（小生應）（浄）落得喜過來。（丑應）（浄）我出四樣花木謎兒與你猜。（丑）是。（浄）雨中粧點望中黄，獨立深山分外長。廟廊之材應見取，家家織就綺羅裳。你可猜來。（丑）是。第一句是栢樹，第二句是槐樹，第三句是楓樹，第四句是柳樹。（浄）呸！呸！四樣花名都猜不着，站過一邊。蔡邕過來。（小生應）（浄）我唱一隻曲兒，你來接，末後還要押着韻兒。（小生應）（浄白）你且聽了。

【清江引】（工調）長安富貴真罕有，食味皆山獸。熊掌紫駝峰，四座馨香透。你接唱來。（小生）是。（唱）把與試官來下酒。

（浄）妙哉！三場都好，是個真才，請過一邊。（小生應）（浄）落得喜過來。（丑應）（浄）我還唱隻曲

兒，你也接末句。（丑應）

【前腔】（浄唱）看你胸中何所有，一袋腌臢臭。若還放出來，見者都奔走。（連白）你接唱來。

（丑）是。（唱）把與試官來下酒。

（浄）不好！不好！抄别人的文字是不中用的，快打他出去。（丑）不要打！不要打！咳！正是：薄命劉生終下第，厚顔季子且回家。這是那裏説起？（下）（浄）蔡邕，你才高學博，超出等倫，我就保奏朝廷，取你爲頭名狀元。左右，快取冠帶過來，與狀元换了，隨我入朝謝恩，遊街赴宴去。（小生）多謝大人。

【懶畫眉】（唱六調）君恩喜見上頭時，今日方遂嚴親意。（軍）布袍脱下换羅衣，腰間横繫黄金帶，駿馬雕鞍真是美。

【前腔】（浄）你讀書萬卷非容易，喜得登科擢上第。功名分定豈誤期。三千禮樂無敵手，五百英雄盡讓伊。

一舉鰲頭獨占魁，（小生）誰知平地一聲雷。（浄）明朝跨馬春風裏，（仝）盡是皇都得意回。（仝下）

梳　粧

（正上唱凡調）

【破齊陣】翠減祥鸞羅幌，香銷寶鴨金爐。楚館雲閒，秦樓月冷，動是離人愁思。目斷天涯雲山遠，親在高堂雪鬢疏，阿呀伯喈吓！緣何書也無？

明明匣中鏡，盈盈曉來粧。憶昔侍君子，雞鳴下君床。臨鏡理鬢總，隨君問高堂。一旦遠別離，鏡匣掩青光。奴家自嫁伯喈之後，方纔兩月，指望與他仝侍雙親，偕老百年。誰知公公嚴命，强逼他去赴選，叫奴獨自看承。奴家一來要成丈夫賢名，二來要盡爲婦之道，盡心竭力，朝夕奉養。正是：天涯海角有窮時，只有此情無盡期。（笙合正調）（吟詩）蔡郎飽學衆皆知，甘分庭前戲綵衣。一旦高堂難拒命，含悲掩淚赴春闈。

【風雲會四朝元】〔一〕（正調）春闈催赴，同心帶綰初。歎《陽關》聲斷，送別南浦，早已成間阻。【一枝香】慢羅襟淚漬，謾羅襟淚漬，【柳摇金】〔二〕和那寶瑟塵埋，錦被羞鋪。寂寞瓊窗，蕭條朱户，【駐雲飛】空把流年度。嗏，瞑子裏自尋思，【一江風】妾意君情，一旦如朝露。君行萬里途，妾心萬般苦。【朝元令】君還念妾，迢迢遠遠，也須回顧，也須回顧。

（吟詩）良人別去未曾還，妾在深閨淚暗彈。萬恨千愁渾似織，懨懨春病損朱顏。

〔一〕會：原闕，據汲古閣刊本《繡刻琵琶記定本》補。
〔二〕摇：原作『腰』，據汲古閣刊本《繡刻琵琶記定本》改。

【前腔】(一)朱顏非故，綠雲懶去梳。奈畫眉人遠，傅粉郎去，鏡鸞羞自舞。把歸期暗數，把歸期暗數，只見雁杳魚沉，鳳隻鸞孤。綠遍汀洲，又生芳杜。空自思前事，嗏，日近帝皇都。芳草斜陽，教我望斷長安路。君身豈蕩子，妾非蕩子婦。這其間就裏，千千萬萬，有誰堪訴？有誰堪訴？

（吟詩）桑榆暮景實堪悲，囊篋蕭然直歲饑。竭力奉承行孝道，晨昏定省步輕移。

【前腔】輕移蓮步，堂前問舅姑。怕食缺須進，衣綻須補，要行時索與扶。奈西山暮景，奈西山暮景，教我倩着誰人，傳與我的兒夫。你身上青雲，只怕親歸黄土，我臨别也曾多囑咐。嗏，那些個意孜孜，只怕十里紅樓，貪戀着人豪富。你雖然忘了奴，也須索念父母。無人説與，這淒淒冷冷，怎生辜負？怎生辜負？

（吟詩）秋來天氣最淒涼，俊士紛紛入科場。屈指算來經半載，多才想已決文場。

【前腔】文場選士，紛紛都是才俊徒。少甚鏡分鸞鳳，多要榜登龍虎，豈偏他將奴誤。也不索氣蠱，也不索氣蠱，既受托了蘋蘩，有甚推辭？索性做個孝婦賢妻，也落得名標青史，不

（一）【前腔】：原作『其二』。下【前腔】原作『其三』、『其四』，據汲古閣刊本《繡刻琵琶記定本》改。下同改。

枉受了些閒淒楚。嗏，俺這裏自支吾，休得污了他的名兒，左右與他相回護。〔一〕你便做腰金與衣紫，須記得釵荆與裙布。一場愁緒，堆堆積積，宋玉難賦，宋玉難賦。

回首高堂日已斜，遊人何事在天涯。紅顔勝人多薄命，〔二〕莫怨東風當自嗟。（下）

墜馬

（衆喝）（外上）

【引】杏園春早，星聚文光耀。

烏紗玉帶紫金魚，出入千人擁一舉。若問榮華是何至，少年曾讀五車書。下官禮部尚書吉天祥是也。今日新科狀元赴宴瓊林，聖上命下官陪宴。左右。（衆應）（外）打導到杏園去。（衆應）

【水底魚兒】〔三〕（仝唱嗩吶凡調）朝省尚書，昨日蒙聖旨，狀元及第，教咱陪筵席，教咱陪筵席。

（接吹打下）

【窣地錦當】（又衆喝，小生、生、付上仝唱）嫦娥剪就緑雲衣，折得蟾宮第一枝。宮花斜插帽簷

〔一〕回：原作『會』，據汲古閣刊本《繡刻琵琶記定本》改。
〔二〕勝：原作『縷』，據汲古閣刊本《繡刻琵琶記定本》改。
〔三〕兒：原闕，據汲古閣刊本《繡刻琵琶記定本》補。

低，一舉成名天下知。（接吹打下）

【哭岐婆】[一]（衆喝，丑上）咖哈！ 咖哈！ 玉鞭裊裊，如龍驕騎。黄旗影裏，笙歌鼎沸。 咦唏！吖哈吖哈哈！ 如今端的是男兒，行看錦衣歸故里。馬來！ 阿呀！（衆）墜了馬了！（三）快扶起來。（丑）吖哈哈！（三）年兄爲何墜了馬？（丑）列位年兄。（三）年兄。（丑）小弟呵。

【叨叨令】（丑唱工調）只聽得鬧吵吵街市上遊人亂，惡頭口抵死要回身轉。[二]（三介）怎不勒住？（丑連唱）戰兢兢只恐怕韁繩斷，（三介）何不加鞭？（丑連唱）我是個怯書生，早已神魂散。（三介）可曾跌壞？（丑連唱）險些兒跌折了腿也麼哥，險些撞破了頭也麼哥。（三）險吓！（丑）列位年兄。（三）年兄。（丑）小弟方纔墜馬，倒有個比方。（三）有甚比方？（丑）吖哈哪！ 好一似那小秦王三跳澗。

（三）如今年兄的馬那裏去了？（丑）傷人乎？ 不問馬。（三）借一匹來與年兄乘了去罷。（丑）不要借，若借來乘之，小弟就該死了。（三）爲何？（丑）豈不聞夫子云： 有馬者借人乘之，今亡已夫。

[一] 岐：原作『妓』，據汲古閣刊本《繡刻琵琶記定本》改。

[二] 口：原作『扣』，據汲古閣刊本《繡刻琵琶記定本》改。

（三）此去杏園不遠，大家步行前去。左右，扶好了。（衆應，吹打）（丑介）吖哈哈！（衆）有人麼？（末）什麼人？（衆）各位老爺到。（末）老爺有請。（外）怎麼説？（末）各位老爺到。（外）説我出迎。（末）老爺出迎。（三）吓！老大人。（外）列位先生請。（三）請。（吹住）（丑）吖喲哈哈！（外）這位先生爲何這般光景？（三）敝年兄墜了馬。（外）快請太醫。（丑）老大人，不消請得太醫。晚生方纔在馬上跌下來，無非跌挫了這筋頭子，只消喚一名有力氣的排軍，與晚生揉這麼幾揉，扯這麼幾扯就好了。（外）排軍内那個有力氣？（浄）爺，小的有力氣。（外）與這位老爺揉腿。（浄）吓！爺，小的叩頭。（丑）你叫什麼名字？（浄）小的叫包有功。（丑）這個名兒取得好。包有功。（浄）有。（丑）你與我老爺揉好了腿，重重有賞。（浄）爺，是左腿呢右腿？（丑）是左腿。（浄）請爺起腿。（丑）吖喲！我把你這該死的狗頭！我老爺疼得了不得在此，你須要温柔纔是，怎麼纔上手就是這麼，吖喲！（三）小心。（浄）吓。（丑）疼死我也！吖哈哈！你個慢慢的來吓。（浄）吓！（丑）搥吓，搥吓。（浄應）（丑）重些。（浄應）（丑）怎麼就墜了馬？輕些，輕些。（三）輕些。（浄應）（丑）有些意思。住了。（浄）吓！（丑）你把我老爺的腿輕輕的放下來。（浄）吓。（浄）閃開！待我老爺自己來。呸！呸！呸！哈哈！好了。包有功，明日領賞。（浄）謝爺。（下）（四）老大人請上，晚生們有一拜。（外）下官也有一拜。五百名中第一仙，（四）花如羅綺柳如烟。（外）緑袍乍着君恩重，（四）黄榜初開御墨鮮。（外）龍作馬，玉爲鞭，等閒平步上青天。（四）時人慢説登科早，（外）月裏嫦娥愛少年。請。（四）請。（外）列位先生。（四）老大人。（外）每科狀元赴宴瓊林，都要作詩。舊例，如詩不成，罰以金谷酒數。（四）請老大人命題。（外）就把龍鳳魚龜分爲四題，殿元首唱。（小生）請。（三）請。（小生）占了。（三介）豈敢？（小生干唱）昔未逢時困九淵，風雲扶我上青天。九州四海敷霖雨，擊壤高歌大有年。（外）好。（生）請。（付）請。（生）占了。（付）豈敢？（生干唱）幾載丹山養羽毛，羽毛初秀奮青霄。和鳴飛入皇家望，五色雲中聞《九韶》。（外）好！（付）請。（丑）請。（付）占了。（丑）豈敢？（付唱）三月桃花處處穠，禹門雷動尾初紅。人人盡道池中物，今在恩波雨露中。（外）好。請這位先生做龜。（丑）老大人言重了。列位年兄做的是龍、鳳、魚，怎麽輪到晚生做起龜來？（外）是龜詩。（丑）雖是龜詩，也覺不雅。列位年兄做的無非是五言四句，七言八句，晚生在窗下准本的做將出來，也不爲希罕。如今只求老大人另出一題，或是長篇短賦，待晚生做這麽一躺子，也顯得晚生胸中，（三）抱負。（丑）不敢。（外）也罷，就把方纔墜馬爲題，做篇《古風》如何？（丑）墜馬爲題，墜馬爲題，吓，老大人，可容晚生手舞足蹈做個意思兒？（外）風流學士，正該如此。（丑）如此，老大人，晚生有罪了。（外）豈敢？（丑）列位年兄。（三）年兄。（丑）小弟得罪了。（三）豈敢？（丑）我就來也。（三）請。（丑）我就説個，（干念）君不見，君不見去年騎馬張狀元，他就跌、跌折了左腿不相連？又不見，又不見前年跨馬李試官，他就跌、跌壞了屁臀没半邊？我想世上三般拚命事，那行船走馬，伽哈，和那打鞦韆。小子今年大拚命，也來隨衆跨金鞍。跨金鞍，災怎躲？[一]叵耐畜生侮弄我。我把繮繩緊緊拿，縱有長鞭不敢打。哆吓！呸！大喝三聲不肯行，他就連攛、連攛幾攛不當耍。呼！須臾之間掉下馬，好似狂風吹片瓦。昨日行過樞密院，只見三個排軍來唱喏。[二]小子慌忙跑將歸，（三）爲何？（丑）列位年兄。（三）年兄。（丑唱）怕他請我到教場中騎戰馬。

（衆）好！看酒。（末應，定席，吹打住）（末）上宴。

【山花子】（仝唱嗩吶凡調）[三]玳筵開處遊人擁，争看五百名英雄。喜鰲頭獨占有功，荷君恩奏捷詞鋒。太平時車書已統，干戈盡戢文教崇，人間此時魚化龍。留取瓊林，勝景無窮。

【大和佛】寶篆沉烟香噴濃，濃熏綺羅叢。瓊舟銀海，[四]翻動酒鱗紅，[五]一飲盡教空。（小生）持杯自覺心先痛，縱有香醪玉液，難下我喉嚨。想寂寞高堂菽水誰供奉？俺這裏傳杯喧哄。（三）年兄，休得要對此歡娱意沖沖。

[一] 災：原作『再』，據汲古閣刊本《繡刻琵琶記定本》改。
[二] 唱喏：原作『倡偌』，據汲古閣刊本《繡刻琵琶記定本》改。
[三] 嗩：原闕，據前文補。
[四] 舟：原作『洲』，據汲古閣刊本《繡刻琵琶記定本》改。
[五] 鱗：原作『林』，據汲古閣刊本《繡刻琵琶記定本》改。

【舞霓裳】願取群賢盡貞忠，盡貞忠；管取雲臺畫形容，畫形容。時清莫負君恩重，一封書上勸東封，更撰個《河清德頌》。乾坤正，看玉柱擎天又何用？

【紅繡鞋】猛拚沉醉東風，東風；倩人扶上玉驄，玉驄。歸去路，畫橋東。花影亂，月朦朧；笙歌沸，引紗籠。

【尾聲】今宵添上繁華夢，明早遥聽清磬鐘。皇恩謝了，夗班豹尾陪侍從。

（衆下）（丑）咦！這畜生又來了，又來了。吖哈伽哈伽哈㖿，馬來。（下）

饑荒

（正上凡調）

【憶秦娥】長吁氣，自憐薄命相遭際。相遭際，暮年姑舅，薄情夫婿。

夫妻纔兩月，一旦成分別。没了公婆甘旨缺，幾度思量悲咽。家貧先自艱難，那堪遍遇荒年。恁地千辛萬苦，蒼天也不相憐。奴家自從丈夫去後，遭此荒年；况且公婆年老，朝夕不保，教奴如何獨自應承？婆婆抵死埋怨公公，道當初不合教孩兒出去；公公又不伏氣，只管和婆婆争鬧。外人不理會，只道我做媳婦的不會看承，以至如此。且請他們出來，解勸則個。公公有請。

【前腔换頭】（外上）孩兒一去無消息，雙親老景難存濟。（正介）婆婆有請。（付上接）難存濟，

（打介）咻！（外）吖喲！（付）老賊吓！（唱）（正介）婆婆不可如此。你不思前日，强教孩兒出去？

（正）公婆萬福。（外）罷了。（付）老賊吓！你今日叫孩兒出去赴選，明日也叫孩兒出去做官，做得好官，忍得好餓！如今没有飯喫，餓死你這老賊；没有衣穿，凍死你這老賊。（外）阿呀阿婆吓！我當初教孩兒去赴選，那知有今日這等饑荒？這樣年成，誰家不熬餓，那家不忍餓？誰似你這般埋怨？難道我是神仙？（付）三兩日不動烟火，怕不是神仙？（正）公公婆婆請息怒，聽媳婦一言分剖。（外、付）有何話説？（正）當初公公教孩兒出去的時節，不想今日這樣饑荒。婆婆吓，你也不要埋怨公公了。（外）老乞婆，你聽看！（付）我只是氣他不過。（正）公公，婆婆見這般饑荒，孩兒又不在眼前，心下焦燥。公公，你也休怪婆婆埋怨。（付）老賊，你也聽聽看！（正）如今且自寬心。媳婦還有幾件釵梳首飾，典些米糧，以充公婆口食。寧可餓死媳婦，决不把公婆落後的。（付）我那孝順的媳婦吓！釵梳解當，自有盡期的。千虧萬虧，只是虧了你！（正）媳婦是應該的。（付）咻！只是可恨那老賊，一子眼前留不住，五株丹桂倩誰栽？

【金絡索】（唱凡調）區區一個兒，兩口相倚依。没事爲着功名，不要他供甘旨。你教他去做官，【東甌令】要改换門閭，只怕他做得官時你做鬼。老賊，孩兒出門時，你説的話我都記得。（外）我也不曾説什麽。（付）你還説不曾？（唱）你圖他三牲五鼎供朝夕。（外）這句是有的。（付）有的？（外）有的。（付）有的！（正）婆婆不可如此。（付）不要説是三牲五鼎，（唱）【針綫箱】今日裏要口粥湯却教誰與伊？【解三醒】相連累，【懶畫眉】我孩兒因你做不得好名儒。【寄生草】（外接）你空争着閒是閒非。（付接）老賊吓！我偏要争着閒是閒非！阿呀！苦吓！只落得垂雙淚。

【前腔】（外）養子教讀書，指望他身榮貴。黄榜招賢，誰不去求科試？我倒有個比方。（付）飯也嘸得喫，有甚屁放？（外）比方吖。（唱）譬如那范杞梁差去築城池，他的娘親埋怨誰？合生合死皆由命，哪！哪！你看前街後巷這些人家，少甚麽孫子森森也忍饑？（付介）還我兒子來！（外連）阿呀！阿婆吓！你休聒絮，畢竟是咱們兩口受孤恓。（仝）（合頭）

【前腔】（正）孩兒雖暫離，終有日回家裏。奴有些釵梳，解當充糧米。看公公婆婆恁般争鬧呵，（唱）教傍人道做媳婦的有甚差遲，（付介）你有甚差池？（正連唱）致使公婆争鬥起。婆婆，當初公公教叫孩兒出去的時節，（唱）他心中愛子，指望功名就。（外）老乞婆，你聽聽看！（正）婆婆見此饑荒，他眼下無兒，因此埋怨你。難逃避，兀的不是從天降下這災危？（合頭）

（付）老賊！别人家没有兒子還要螟蛉過繼，偏是你這老賊。

【劉潑帽】有兒却遣他出去，我要喫飯。（外）你看這樣年成，叫我那裏來？（付）可又來！你是男子漢，尚然没來方。（唱）教媳婦怎生區處？阿呀媳婦兒吓！（正）婆婆。（付）我今日就死也罷。（唱）

只是可憐誤你芳年紀。（仝）（合頭）一度思量，一度裏肝腸碎。

【前腔】（外）吾門不久須傾棄，歎當初是我不是。（付）不是你不是，倒是我不是？倒是我不是？

（外）是，是我不是。我孩兒又不在眼前，遭這樣饑荒，少不得是個死。被這老乞婆終日埋怨也是個死！吖哈！也罷。（唱）不如我死倒也無他慮。

（欲撞介）（正）阿呀！公公不可如此！（付）吖喲！老兒，使不得！（仝唱）（合頭）

【前腔】（正）媳婦便是親兒女，勞役事本分當爲。但願公婆從此相和美。（仝）（合頭）

（外）形衰力倦怎支吾？（正）口食身衣只問奴。（付）莫道是非終日有，（正）果然不聽自然無。（正）吓！公公婆婆，大家相叫一聲吓！婆婆吓，媳婦跪在此了，大家相叫一聲罷。（外）與你什麽相干？

（正）公公，大家相叫一聲罷。（外）看孝順媳婦分上。（各看介）阿呀！我不去叫他。（正）婆婆叫一聲罷。（付）呋。（各看介）阿呀！我不去叫他。（正）還是公公相叫。（外）吓，阿婆。（正）婆婆，公公是叫了，你也來叫罷。（付）呋，呋。吓！老兒。（正）好了，謝天地。（外）今後不要來埋怨我了。

（付）我也不來埋怨你了。（外）阿婆。（付）老兒。（正）吓！公公。（外）媳婦。（正）婆婆。（付）媳婦。（仝哭仝唱）（合頭）（外白）媳婦，隨我進來。（正應下）

卷二

招婿

（外上引）

【似娘兒】華髮漸星星，憐愛女欲遂姻盟，蟾宫桂子才堪稱。紅樓此日，紅絲待選，(一)須教紅葉傳情。

老夫牛太師。只爲女兒年已及笄，未遂良緣。昨日入朝，聖上問我道：你女兒曾有婚配否？我就回奏説：尚未婚配。聖上道：既未婚配，那新科狀元蔡邕，才貌雙全，朕與你主婚，你可招他爲婿。我奉聖旨，就謝了恩。不免叫院子唤個官媒婆來，到狀元處説親。院子那裏？（末上）來了。堂上一呼，

(一) 待：原作『侍』，據汲古閣刊本《繡刻琵琶記定本》改。

堦下百諾。相公，有何分付？（外）我奉聖旨，要招新科狀元爲婿，如何？（末）小姐是閬苑仙娥，狀元是石渠貴客。況且玉音主盟，金口説合。若做了百年夫婦，不枉了一對姻緣。（外）也説得是。你可喚個媒婆到來，往蔡狀元處説親；你便與他仝去。（末）是，吓！媒婆那裏？（丑上）來了。媒婆媒婆，兩脚奔波。姻親成就，喫隻肥鵝。大叔，有何分付？（末）相爺呼喚。（丑）是。相爺在上，媒婆叩頭。（外）罷了。你手中拿着秤、斧，要他何用？（丑）這是媒婆的招牌。《詩經》上説，析薪如之何？非斧不克。娶妻如之何？非媒不得。所以要拿着斧頭。這秤兒叫做量人秤，但凡做媒，先把新郎新婦秤得一般輕重，方可與他説親，到後來自然夫妻和順。（外）我奉聖旨，將小姐招贅新狀元爲婿，如今着你仝院子到他跟前去説親，事成之後，重重有賞。（丑）這有何難？一來奉當今聖旨，二來仗相爺威名，三來托小姐才貌。這頭親事，蔡狀元自然允從。（外）你且聽我道。

【瑣窗郎】（唱凡調）吾家一女娉婷，不曾許公與卿。昨承聖旨，招選書生。你去對他説：不須用黃金爲聘。（合頭）這姻緣前世已曾定，今日裏，共同歡慶。

【前腔】（丑）我是東京極有名聲，論爲媒非自逞。今朝事體，管取完成。量沒有一輕一重，要費我這條官秤。（合頭）

【前腔】（末）他雖然高占魁名，得相府相招，多少光榮？絲牽繡幕，射中雀屏。今日去説，他必從命。（合頭）

（外）爲傳芳信仗良媒，（丑）管取門楣得俊才。（末）百年夫婦今朝合，（仝）一段姻緣天上來。（外）快去。（末、丑應下）

議婚

（小生上唱凡調）

【高陽臺】夢繞親闈，愁深旅邸，那堪音信遼絶。悽楚情懷，怕逢淒楚時節。重門半掩黄昏雨，奈寸腸此際千結。守寒窗一點孤燈，照人明滅。

【前腔换頭】當時輕散輕别，歎玉簫聲杳，小樓明月。一段愁煩，反成兩下悲咽。枕邊萬點思親淚，伴漏聲到曉方歇。鎖愁眉，慵臨青鏡，頓添華髮。（以上二曲亦可改引子）

〔木蘭花〕鰲頭可羡，須知富貴非吾願。雁足難憑，没個音書寄子情。田園蕪後，不知松菊猶存否？光景無多，争奈椿萱老去何？下官蔡邕，爲父命所强，來京赴試，不意僥倖得中，逗遛在此，不能就歸。想我父母年高，無人侍奉，豈可久留在此？欲待辭官回去，未知聖意若何？十分愁悶。咳！好似和針吞却綫，繫人腸肚刺人心。（末上）走吓。

【勝葫蘆】（唱引）特奉皇恩賜結婚，來此把信音傳。（丑）若是仙郎肯與諧姻眷，一場好事，管取今朝便團圓。

（進見介）狀元老爺，我們叩頭。（小生）阿呀呀！起來，起來。（末、丑）是。（小生）你二人到此何幹？（末）小人乃牛太師府中院子。（丑）老婢是官媒婆。（末）奉天子之恩綸，領太師之嚴命，特來與狀元諧一佳偶。（小生）原來如此。你們聽我道。

【高陽臺】（唱）宦海沉身，京塵迷目，名韁利鎖難脱。目斷家山，空勞魂夢飛越。（丑介）狀元，這是一位好小姐。（小生連）閒聒，閒藤野蔓休纏也，俺自有兔絲瓜葛。是誰人無端調引，漫勞饒舌？

【前腔換頭】（末）狀元。（接）閥閱，紫閣名公，黄扉元宰，三槐位裹排列。金屋嬋娟，妖嬈那更貞潔。（丑）歡悦，秦樓此日招鳳侶，遣妾們特來作伐。望君家殷勤首肯，早諧結髪。

【前腔】（小生）非別，千里關山，一家骨肉，教我怎地拋撇？妻室青春，那更親鬢畢雪。（丑）狀元，太師因愛你才貌，故此把小姐配與你。（小生）哎！（唱）差迭，須知少年自有人愛也，謾勞你嫦娥提挈。滿皇都豪家無數，豈必卑末？

（末）狀元休得推辭，聽老奴告禀。

【前腔】不達，相府求親，侯門納禮，你兀自拒他不屑。繡幕奇葩，春光正當十八。（丑）休撇，知君是個折桂手，留此花待君攀折。況恭承丹墀詔旨，非我自相攛掇。

（小生）你們不知。

【前腔】（唱）我心熱，自小攻書，從來知禮，忍使行虧名缺？父母俱存，娶而不告難說。悲咽，門楣相府雖要選，奈⿸广戾⿸广彡佳人實難存活。（丑）狀元，那小姐十分美貌，你不要錯過了這段好姻緣。（小生）縱然十分好，我這裏不能允從。（唱）縱然有花容月貌，怎知我自家骨血？

【前腔】（末接）狀元，迂闊，他勢壓朝班，威領京國，你却與他相別。只怕他轉日回天，那時須有個決裂。（丑）虛設，夜靜水寒魚不餌，笑滿船空載明月。下絲綸不愁沒處，笑伊村殺。

【尾聲】（小生）明朝有事朝金闕，歸家奉親心下悅。（末）狀元，只怕聖旨不從空自說。（小生）不必多言。若果奉旨意前來，我明日上表辭官，並辭婚便了。（末）君王詔旨不相從，（小生）明日應當奏九重。（丑）有緣千里能相會，（合）無緣對面不相逢。（下）

相怒

（外上）

【出隊子】朝夕縈掛，只爲女兒多用心。不知姻事可能成？因甚冰人沒信音？顒望多時，情緒轉深。

目斷青鸞瞻碧霧，(一)情深紅葉看金溝。(二)老夫昨日遣院子仝官媒婆到蔡狀元處議親，尚未回報。待他們轉來，便知端的。(末、丑上)走吓！

【前腔】(唱)喬才堪笑，故阻佯推不肯從。豈無佳婿近乘龍？他有甚福緣能跨鳳？料想書生，只是命窮。

(進見)太師爺。(外)你們回來了。姻事若何？(丑)告相爺知道：那蔡狀元不受擡舉，恁般這頭好親事作成他，他倒千推萬阻，不肯應承。(末)他道家中有白髮之父母，年少之妻房；正要去上表辭官，這姻事決難從命。(外)有這等事？好惱吓！好惱吓！好惱吓！

【雙鸂鶒】(工調)聽伊説教人怒起，漢朝中惟我獨貴。我有女，寧無貴戚豪家來求配？奉聖旨招狀元爲婿，院子，不知他推托更有何言語？

【前腔換頭】(末)恩官且聽咨啓：蔡狀元聞説皺眉。忠和孝，恩和義，念父母八十年餘。況已娶妻室，再婚重娶非禮。勸相公，不如別選一佳婿。

【前腔】(外)哎！他原來要奏丹墀，敢與吾厮挺相持。細思之，我就寫表奏與吾皇知，把他

(一) 斷：原作『一』，據汲古閣刊本《繡刻琵琶記定本》改。
(二) 看：原作『着』，據汲古閣刊本《繡刻琵琶記定本》改。

官拜清要地。務要他來我處爲門楣。

院子過來。我奉旨招婿，誰敢不從？ 叵耐那蔡狀元顛倒不肯，要辭官回家。你如今仝媒婆再到他那裏去説，看他如何？ 我一面先奏知朝廷，只要不准他的表章便了。（末應）

【尾聲】（仝唱）這讀書輩没道理，不思量違背聖旨；只教他辭官辭婚俱未得。

（外）枉把文章奏九重，（末）不如及早便相從。（仝）羈縻鸞鳳青絲網，牢絡鴛鴦碧玉籠。（下）

愁配

（旦上唱工調）

【剔銀燈】忒過分爹行所爲，只索强全不顧人議。背飛鳥硬求諧比翼，㈠隔墻花强攀做連理。姻緣，還是怎的？ 婚姻事女孩兒家怎提？

姻緣姻緣，自非偶然。好笑我爹爹定要把奴招贅蔡狀元爲婿，那狀元不肯，我這裏也索罷了，誰想我爹爹不肯放過。我想他既不情願，就是做了夫妻，也不能勾和順。欲待對爹爹説，只是女兒家怎好説得？ 欲言難吐，好不悶人也！ （净上）忙將姻緣事，説與小姐知。吓！ 小姐，你在這裏想什麽？

㈠ 背：原闕，據汲古閣刊本《繡刻琵琶記定本》補。

（旦）我不想什麼。（淨）既不想什麼，爲何手托香腮，在此愁悶？小姐，你往常間事事不動心，件件不關情，都是假的。今日又對景傷情起來？（旦）我只爲爹爹做事不停當，故此愁悶。（淨）老相公做事，爲什麼不停當？（旦）要將奴家嫁與蔡狀元，遣官媒婆和院子去説親，那狀元不肯從命，要上表辭官回去。他既如此，我這裏就該罷了。不想爹爹苦苦要他入贅，又教人去説。這般作事，甚不停當。老媽媽，你去勸諫爹爹一番纔好。（淨）老相公主意已定，怎肯聽我等的説話？況且那狀元甚是不達理，不要怪老相公着惱。

【桂枝香】（唱工調）書生愚見，忒不通變。不肯坦腹東床，謾自去哀求金殿。想他們就裏，想他們就裏，將人輕賤。小姐，非干是伊爹胡纏，也只怕被人傳。（旦介）有什麼被人傳？（淨連唱）道你是相府千金女，不能嫁狀元。

【前腔】（旦）百年姻眷，須教情願。他那裏抵死推辭，我這裏不索留戀。想他們就裏，想他們就裏，有些牽絆。（淨介）他有甚牽絆？（旦連）怕恩多成怨。〔一〕滿皇都少甚麼公侯子，何須嫁狀元？

【大迓鼓】（淨接）小姐，非關是你爹意堅，只怕春花秋月，誤你芳年。況他才貌真堪羡，又是

〔一〕恩：原作『思』，據汲古閣刊本《繡刻琵琶記定本》改。

五百名中第一仙。故把嫦娥，付與少年。

【前腔】（旦）老媽媽，姻緣雖在天，若非人意，到底埋怨。料想赤繩不曾綰，多應他無玉種藍田。莫把嫦娥，强與少年。

（浄）匹配本自然，(一)（旦）何須苦相纏。（浄）眼前雖成就，（旦）到底也埋怨。咳！（下）

辭朝

（末上唱尺調）

【點絳唇】夜色將闌，晨光欲散，把珠簾捲。移步丹墀，擺列着金龍案。

下官乃漢朝一個黄門官是也。往來紫禁，侍奉丹墀，領百官之奏章，傳一人之命令。正是：主德無瑕閣宦集，(二)天顔有喜近臣知。如今天色漸明，正是早朝時分，官裏升殿。恐有百官奏事，只得在此伺候。怎見得早朝？但見銀河清淺，珠斗斕班。數聲角吹落殘星，三通鼓報傳清曙。銀箭銅壺，點點滴滴，尚有九門寒漏；瓊樓玉宇，聲聲隱隱，已聞萬井晨鐘。曈曈曚曚，蒼茫紅日映樓臺；拂拂霏霏，

(一) 匹：原作『臣』，據汲古閣刊本《繡刻琵琶記定本》改。

(二) 瑕：原作『暇』，據汲古閣刊本《繡刻琵琶記定本》改。

葱蒨瑞烟浮禁苑。梟梟巍巍，千尋玉掌，幾點瀼瀼露未晞；(一) 沉沉湛湛，萬里旋空，一片團圞月初墜。三唱天鷄，咿咿嗚嗚，共傳紫陌更闌； 百囀流鶯，間間關關，報道上林春曉。午門外碌碌喇喇，車兒碾得塵飛； 六宮裏嘔嘔啞啞，樂聲奏如鼎沸。只見那建章宮、甘泉宮、未央宮、長楊宮、五柞宮、長秋宮、長信宮、長樂宮，重重疊疊，萬萬千千，盡開了玉關金鎖； 又見那昭陽殿、金華殿、長生殿、披香殿、金鑾殿、麒麟殿、太極殿、白虎殿，(二)隱隱約約，三三兩兩，都捲上繡幕珠簾。半空中忽聽得一聲轟轟劃劃，如雷如霆，震耳的鳴稍響； 合殿裏惟聞得一陣氤氤氳氳，非烟非霧，撲鼻的御爐香。 縹縹緲緲，紅雲裏雉尾扇遮着赭黄袍； 深深沉沉，丹陛間龍鱗座覆着彤珠蓋。左列着森森嚴嚴、前前後後的羽林軍、旗門軍、控鶴軍、神策軍、虎賁軍，花迎劍佩星初落； 右列着躋躋蹌蹌、高高下下的金吾衛、龍虎衛、映日衛、千牛衛、驃騎衛，柳拂旌旗露未乾。 金間玉，玉間金，閃閃爍爍、燦燦爛爛的神仙儀從； 紫映緋，(三)緋映紫，行行列列、整整齊齊的文武官僚。 螭頭陛下，立着一對妖妖嬈嬈、花容月貌、繡鸞袍鴛、鶖靴的奉引昭容； 豹尾班中，擺着一個端端正正、銅肝鐵膽、白象簡、獬豸冠的糾彈御史。 拜的拜，跪的跪，那一個敢挨挨擠擠縱喧譁？ 升的升，下的下，誰一個不欽欽敬敬依禮法？ 但願得常瞻仙

(一) 幾點瀼瀼露未晞：原作『幾點嚷嚷露未稀』，據汲古閣刊本《繡刻琵琶記定本》改。
(二) 白：原作『賓』，據汲古閣刊本《繡刻琵琶記定本》改。
(三) 映：原作『瑛』，據汲古閣刊本《繡刻琵琶記定本》改。下同改。

仗，聖德日新日新日日新；與群臣共拜天顔，聖壽萬歲萬歲萬萬歲。正是：從來不信叔孫禮，今日方知天子尊。（丑内）喏！下驢。（末）道言未了，奏事官早到。（丑、付引小生上唱凡調）

【前腔】月淡星稀，建章宫裏千門曉。御爐烟裊，隱隱鳴稍杳。不寢聽金鑰，因風想玉珂。明朝有封事，數問夜如何？下官爲父母在堂，要上表辭官回去侍奉。（末）奏事官不得近前，就此排班、整冠、整衣、束帶、執笏、咳嗽。（小生嗽介）（末）上御道、三舞蹈、跪山呼。（小生）萬歲！（末）再山呼。（小生）萬歲！（末）齊祝山呼。（小生）萬萬歲！（末）吾乃黄門，執掌奏事；有何文表，（干唱）就此披宣。

【入破第一】（小生唱）議郎臣蔡邕啓：今日蒙恩旨，除臣爲議郎官職，重蒙賜婚牛氏。干瀆天威，臣謹誠惶誠恐，稽首頓首。伏念微臣，初來有志。誦詩書力學躬耕修己，不復貪榮利。侍父母，樂田里，初心願如斯而已。不想州司，謬取臣邕充試，到京畿。豈料愚蒙，叨居上第？

【破第二】重蒙聖恩，婚賜牛公女。臣草茅疏賤，如何當此隆遇？况臣親老，（末介白）奏來。（小生連）一從别後，光陰有幾？廬舍田園，荒蕪久矣。

【衮第三】那更老親鬢髮白，筋力皆癯瘁。形隻影單，無弟兄，誰侍奉？况隔千山萬水，知他生死存亡，雖有音書難寄。最可悲，他甘旨不供，臣食禄有愧。

【歇拍】不告父母，怎諧匹配？ 臣又聽得家鄉裏，遭水旱，遇荒饑。 料想臣親必做溝渠之鬼，未可知。 怎不教臣，悲傷淚垂？

（末介）此非哭泣之所，休得驚動天顔。

【中衮第五】（小生連）臣享厚禄掛朱紫，出入承明地。 惟念二親寒無衣，饑無食，喪溝渠。 憶昔先朝買臣朱守會稽，司馬相如，持節錦歸。

【煞尾】他遭遇盛時，皆得還鄉里。 臣何故，别父母，遠鄉閭，没音書，此心違？ 伏望陛下特憫微臣之志，遣臣歸，得侍雙親，隆恩無比。

【出破】若還念臣有微能，鄉郡望安置。 庶使臣忠心孝意得全美，臣無任瞻天仰聖，激切屏營之至。

（末）平身。（小生）萬歲！ （末）退班。（小生立介）（末）殿元，取本過來，吾當與汝專達天聽便了。（小生）多謝黄門大人。（末）疾忙移步上金堦，叩闕封章達帝臺。（小生）黄門口傳天語降，（末）殿元專聽玉音來。（下）（小生）黄門大人已將我表章達上，未知聖意若何？ 不免禱告天地一番。

【滴溜子】天憐念，天憐念，蔡邕拜禱。 雙親的，雙親的，死生未保。 可憐深恩難報，㈠一封

㈠ 報：原作『保』，據汲古閣刊本《繡刻琵琶記定本》改。

奏九重，知他聽否？阿呀！爹娘吓！會合分離，都在這遭。

（内介白）聖旨下。（衆仝上）

【前腔】（接唱）今日裏，今日裏，議郎進表。傳達上，傳達上，聖目看了。道太師昨日先奏，把乘龍女婿招，多少是好？現有玉音降臨聽剖。（旦干唱）奉天承運，皇帝詔曰：（小生介）萬歲！（旦連唱）孝道雖大，終於事君。[一]皇事多艱，豈遑報父？朕以凉德，嗣纘丕基。[二]眷兹警動之風，未遂雍熙之化；爰招俊髦，以輔不逮。咨爾才學，允愜輿情。是用擢居議論之司，以求繩糾之益。爾當恪守乃職，勿有固辭。適覽卿疏，已知陳留郡饑荒，即着有司官量給賑濟。其所議婚姻事，可曲從師相之情，以成桃夭之化。欽予時命，裕汝乃心[三]謝恩。（小生）萬萬歲！（旦）請過聖旨。（小生）請問昭容事可知，未審官裏意何如？（旦）昨日已准牛相奏，殿元不必再來辭。（仝唱）（合頭）把乘龍女婿招，多少是好？現有玉音降臨聽剖。

（下）（末）殿元，饑荒本准了，辭婚養親本不准。（小生）吖！不准？待下官再奏。（末）住了。聖旨已出，誰敢再奏？（小生）黄門大人，聖上不准我的奏章也罷。

[一] 事：原作『是』，據汲古閣刊本《繡刻琵琶記定本》改。

[二] 纘：原作『攢』，據汲古閣刊本《繡刻琵琶記定本》改。

[三] 裕：原作『與』，據汲古閣刊本《繡刻琵琶記定本》改。

【啄木兒】(唱六調)只爲親衰老，妻幼嬌，萬里關山音信杳。他那裏舉目淒淒，俺這裏回首迢迢；他那裏望得眼穿兒不到，俺這裏哭得淚干親難保。閃煞人一封丹鳳詔。

【前腔】(末)殿元，你何須慮？也不用焦，人世上離多歡會少。大丈夫當萬里封侯，肯守着故園空老？畢竟事君事親一般道，人生怎全得忠和孝？却不道母死王陵歸漢朝？

【三段子】(小生)這懷怎剖？望丹墀天高聽高。這苦怎逃？望白雲山遥路遥。(末)你做官與親添榮耀，高堂管取加封號。與你改換門閭，偏不是好？

【歸朝歌】(小生)阿呀！牛太師吓！你那冤家的，冤家的，苦苦見招，俺媳婦埋怨怎了？饑荒歲，饑荒歲，怕他怎熬？俺爹娘怕不做溝渠中餓殍？(末)譬如四方戰爭多征調，從軍遠戍沙場草，(連白)殿元。(小生)大人。(末唱)也只是爲國忘家敢憚勞？(一)

(小生)家鄉萬里信難通，(末)争奈君王不肯從？(小生)情到不堪回首處，(末)一齊分付與東風。

(仝)請了。(小生)阿呀爹娘吓！(下)

(一) 憚：原作『彈』，據汲古閣刊本《繡刻琵琶記定本》改。

關糧

（浄上）

【普賢歌】身充里正實難當，雜派差徭日夜忙。官司開義倉，並無些資糧，拚得拖番喫大棒。

我做里正管百姓，另有一番行徑。破衣破襪破頭巾，打扮果然厮稱。見官府百般下情，下鄉村十分豪興。討官糧大大做隻官升，賣私鹽小小做條喬秤。點催甲放富差貧，保解户欺軟怕硬。猛拚把持殺潑，畢竟還是畢竟。誰知天不由人，萬事皆由前定。閒話少説，今日官府開倉，廒間裏米屑屑無得一粒，個没那處？有理哉，撥個指東畫西俚使使，且拿個廒經簿來算算看。（丑上）肚裏餓吓！

〔吴小四〕（念）肚又饑，眼又昏，家私没半文，兒啼女哭不絶聲。聞得官府來濟民，請些官糧去救窘。區區孔八三郎，遇着子個樣大荒年，草根樹皮纔喫盡，聽得官府下鄉來放糧，且去請兩粒眼烏珠，乒乒肚皮。説話之間，到拉裏哉，且到官廳上去。咦！個是里正滑，到拉裏算賬，勿要管俚，上他一上。（浄）東村放過三百擔。（丑）阿爹。（浄）告化子走開點，少停撥把米拉叿没哉。（丑）勿聽見？到個邊去。（浄）西村放過二百擔。（丑）阿爹。（浄）對叿説勿要叫，少停拿把米去没哉。（丑）阿爹，我勿是告化子。（浄）勿是告化子没，是討飯個？（丑）阿爹，奢勿認得我哉介？（浄）我認得子叿没，還要倒運來。（丑）我就是孔八三郎滑。（浄）奢個，叿就是孔八三郎？（丑）正是。（浄）叿個爛小人，瘟小人，賊小人，小人，小人，小人。（丑）阿爹，奢落派子我個多哈小人？（浄）叿那説勿是小人？（丑）就是小人。（浄）我且問伍，伍倒底是人是鬼？（丑）我光光聲是人，那說是鬼？（浄）伍鬼也勿像鬼得來。（丑）阿爹，曉得我勿舉個哉？（浄）毬養個。（丑）阿爹，爲奢了個付氣質？（浄）罷哉。等我耐下子氣來說。（丑）讓我捺上子氣來聽。（浄）我前日子奉官府明文，下鄉抄寫饑民户口，拉伍丢門前走過，看見伍丢門前化一堆紙馬灰，我說像是孔八三郎燒子利市哉，讓我去擾擾俚看。東村一轉，西村賊個一丢，走到伍丢門前，㖠看見子我，對裏向一伴，叫伍丢家婆出來回頭我，說勿拉屋裏，改日來罷。阿是小人？（丑）阿爹，伍纏差哉，勿是我裏。（浄）紙馬灰也拉丢門口。（丑）慢點，個日幾時？（浄）初二。（丑）勿差，有個。燒子一個利市了。（浄）主尊奢人？（丑）巨積金剛。（浄）三牲是有個？（丑）勿是個。（浄）用奢物事個？（丑）用一碗水，一把刀。（浄）奢意思？（丑）無非殺殺水氣。（浄）毬養個，說來說没說子水底下去哉。（丑）再也扒勿起個哉。（浄）且住，㖠許我個鷄没那哉？（丑）鷄拉丢生蛋，生子蛋，捕子鷄，捉兩對拉阿爹没哉？（浄）伍没直介說，只怕伍丢家主婆要慌。（丑）勿白阿爹個。（浄）我也勿依。（丑）我也殼帳拉裏。（浄）纔是無鷄之談。（丑）倒是見鷄而捉。（浄）酒没罷哉，我枉世勿喫酒。（丑）我也勿端正。（浄）許我個蔴布那哉？（丑）有個。斫起蔴來，積子縩，上子機，乒乒聲個，織兩匹拉阿爹。（浄）伍勿要短頭截尺。（丑）一絲一寸纔勿少阿爹個。（浄）伍没直個說，伍丢家主婆絲絲勿肯没那。（丑）錢出拉布眼裏。（浄）伍今日來作奢？（丑）阿爹，㖠拉裏作奢？（浄）我拉裏放糧。（丑）個没我來請糧。（丑）呸！個個糧是要撥拉個星鰥寡孤獨疲農殘疾老幼喫個，㖠個樣老虎纔打得殺，那關起糧來？（丑）個没阿爹，伍勿曉得，官府看見子我只有多撥點。（浄）

那丫？（丑）官府説這個人頭清眼綻，一定喫得下的，多把些他。（净）呸！休指望，莫思量，走呧丢娘個青秋路。（丑）阿爹，看我裏爺面上。（净）勿看呧丢爺面上，倒看呧丢娘面上？（丑）我裏娘拿阿爹孫子能個看待個。（净）毴養個，且問呧請子糧下來，那個分法？（丑）但憑阿爹扼剩。（净）個倒聽得進拉裏，終要粧點病没好滑？（丑）勿消粧得，滿身病拉裏。（净）奢個病？（丑）肚裏餓，想喫飯。（净）個個好算病個？（丑）喫食懶黄病滑。（净）等我來想想看。吖！有理哉，彎折子一隻手罷？（丑）勿局，個要拿拿物事個來。（净）個没拿把石灰塞瞎子眼睛罷？（丑）動也動勿得。（净）爲奢了？（丑）要看看女眷個來。（净）肚裏餓，還要看奢女眷？（丑）看子女眷没，忘記子肚裏餓哉滑。（净）亂語！弄折子一隻脚罷？（丑）一發使勿得！要走路個滑。（净）直個罷，粧聾做啞，粧啞子阿好？（丑）那個粧法？（净）少停官府問啥姓奢叫奢。（丑）我叫孔八三郎。（净）啞子没那開口。（丑）個没那介？（净）要做手勢個。（丑）阿爹，啥教我嘘。（净）且教啥嘘，呧姓奢？（丑）我姓孔滑。（净）毴養個，姓亦姓得尷尬，偏偏姓子孔。（丑）個是祖上傳下來個滑。（净）吖！有理哉，啞啞。（丑）阿爹改子我姓圓哉？（净）勿是圓，乃空竅之意，借景用個。（丑）個没八介？（净）八没，指指眉毛，啞啞。（丑）孔眉毛？（净）眉毛乃八數，也是借景用個。（丑）三介？（净）三個指頭。（丑）郎介？（净）郎郎。（丑）讓我扮子一隻狼罷？（净）像子一隻狗哉。（丑）像子阿爹哉？（净）毴養個。吖！有理哉，叽叽。（丑）孔八三拳頭？（净）郎形之郎，也是借景用個。（丑）是哉。（净）官府問呧，往丢奢場化？（丑）我説住拉羊角灣裏。（净）啞子勿好開口個。（丑）個没那介？（净）拿兩個指頭放拉頭上，嘴裏直個媽哈哈。（丑）倒像個。（浄）灣？（丑）讓我到轉灣頭老等。（浄）官府勿看見個。（丑）個没那介？（浄）有理哉，吼吼。（丑）羊角臂撑子？（浄）臂灣之灣，也是借景用個。（丑）借景用個？（浄）官府亦問伍天生啞個呢，還是服毒啞個？（丑）我説阿爹教我啞個。（浄）呸！那説教啥啞個介？（丑）個没那説法？（浄）吖！有理哉。指指上頭，啞啞做個捆柴手勢，走一轉，捧兩捧，拍拍喉嚨，啞哎！（丑）阿爹，個裏向奢個一段故事拉哈？（浄）説我是個樵夫，上山砍柴，一時口燥，喫了啞泉水啞的。（丑）吖喲！倒難個。（浄）喫飯是本來難個。（丑）阿爹，再做一遍我看看。（浄）個是勿來個哉。（丑）但憑阿爹扼剩。（浄）個没看明白。（重做手勢，丑看賬簿介）（浄）呸！官府下來哉，外頭去罷。

【普賢歌】（衆喝，末上唱）親承朝命賑饑荒，躍馬揚鞭來到此方。（浄介）里正迎接老爺。（末連疾忙開義倉，支與百姓糧，從實支銷休調謊。

（浄）里正叩頭，廒經簿呈上。（末）里正，今日該放那一村？（浄）上大人村。（末）分付開倉。（浄應）開倉哉！（丑上）啞啞。（浄）窮鬼先出頭，請糧人進。（雜）進。（浄）見子老爺磕頭。（末）你是那一村？（丑）啞啞。（浄）啓爺，是個啞巴子。（末）問他可會做手勢？（浄）老爺問伍阿會做手勢個？（丑）啞啞，會個。（浄）起來做拉老爺看。（丑）啞啞。（末）問他叫什麼名字？（浄）老爺問啥姓奢叫奢名字？（丑）啞啞。（浄）啓爺，小的理會得了。這裏有個孔八三郎，想必就是他。唷，啥阿是個？（丑）啞啞。（浄）是的，是的。（末）問他住在那裏？（浄）老爺問啥住拉落裏？做拉老爺看。（丑）啞啞。（淨）啓爺，這裏有個羊角灣，想是他住在羊角灣裏。嗐，阿是個？（丑啞念）啥教我個。（淨）啓爺，是的，是的。（末）還是天生啞的呢，服毒啞的？（淨）老爺問啥天生啞個呢服毒啞個？（丑）啞啞。（做手勢介）（末）不懂吓。（淨）小的明白了，他是個泥水匠，上房捉漏，喫了猫屎啞的。阿是個？（丑指中指）納。（淨）勿是没，再做拉老爺看。（丑又做手勢）啞啞，哎！（淨）啓爺，小的理會得了。他是個樵夫，上山砍柴，一時口燥，喫了啞泉水啞的。嗐，阿是個？（丑啞念）對個，對個。（末）既是服毒啞的，有藥喫的，爲何不醫？（淨）老爺説，既是服毒啞個没，有藥喫個，爲奢勿醫？啥想情度理，做拉老爺看。做子没，就到手哉。（丑呆介）（末）爲何不做？（淨）啥想個意思做嘘。（雜）快些做吓。（淨）快燥點做嘘！（丑）阿呀！阿爹，啥勿曾教我滑。（淨）呸！（末）趕他出去。（丑）吖喲！阿爹，上啥個當。（下）（生上）心忙不擇路，事急步行遲。請糧人進。（雜）進。（生）爺爺，請糧。（末）你是那一村？（生）上大人村。（末）那一保？（生）十三保。（末）户頭叫什麼名字？（生）叫張興。（末）家有幾口？（生）五口。（末）來，取五斗稻子與他。（淨）是哉。阿爹，呸丟纔要請起糧來哉？（生）這樣年成，家家如此。（下）（淨）啓爺，糧已放完。（末）封倉。（淨應）是哉。

【引】（正上）嗟命薄，歎年艱，含悲忍淚向人前。

（淨）封倉哉。（正）來此已是，爺爺，請糧。（淨）落個支利喳喇？（正）里正哥。（淨）五娘子，糧也放完個哉，來作奢？（正）望里正哥方便。（末）唤里正。（雜）里正。（淨）老爺，奢事體？（末）外邊什麼人喧嚷？（淨）有個婦人在那裏尋羊。（正）這便怎麼處？阿呀！爺爺，請糧吓！（末）明明是請

糧的，怎説是尋羊？（净）咦！尋羊婦人去了，請糧婦人來了？（末）㕶！（净）溜落歇來看。（下）

（末）你這婦人，丈夫那裏去了，要你自己來請糧？（正）爺爺聽禀。（末）講。

【普天樂】（正唱凡調）念兒夫一向留都下，（末介）家中還有何人？（正連）家只有年老的爹和媽。（末介）可有兄弟？（正連唱）弟和兄更没一個，（末介）既無弟兄，怎生看承？（正連）看承盡是奴家。（末介）如此説，受苦了。（正連）歷盡苦，有誰憐我？（末介）婦人家不出閨門，怎生獨自來請糧？（正連）怎説得不出閨門清平話？（末介）早來便好，如今没有了。（正連）阿呀！爺爺吓！若無糧，我也不敢回家。（末介白）爲何？（正連唱）豈忍見公婆受餒？歎奴家命薄，直恁摧挫。

（末）如此説，是個孝婦了。你是那一村？（正）上大人村。（末）那一保？（正）十三保。（末）户頭叫什麽名字？（正）蔡從簡。（末）家有幾口？（正）三口。（末）册子上没有你的名字，敢是冒支糧米？

（正）爺爺，小婦人怎敢冒支糧米？有個緣故。（末）講。（正）里正下鄉抄寫饑民户口，人家若有鷄酒蔴布與他，他就寫在册子上。小婦人家貧，没有與他，故此漏報的嘘。（末）有這等事？下去。（正應）

（末）喚里正。（雜）里正，里正。（净上）啓爺，諸事齊備，請爺起馬。（末）里正，有人在此告你。(一)

(一) 在此告你：原作『你此告你』，據文義改。

（浄）奢人告我？（末）對頭在丹墀下。（浄）多謝老爺賞我個様好對頭。（末）哆！狗才。（浄）是，老爺。俚有告，我有訴。（末）講上來。（浄）前日奉老爺明文，下鄉抄寫饑民户口，走過俚丢門前，只見一個花嘴花臉的婦人，看見子小人，説過子一家罷，認道小人是摇鐸道人了。我説勿是，我奉上司明文抄寫饑民户口，俚聽見子個句説話，説原來是鄉判哥，煩你多報幾名在上，我將鷄酒蔴布送與你。小人在家眼巴巴望他送來，落裏曉得俚勿送得來，我也勿曾寫拉上。秤勾打釘，扯直。（末）狗才，如今願打願賠？（浄）小人做勿得主。（末）要問那個？（浄）要問家主婆個。（末）没廉恥！押去問來。（雜應）快去問來。（浄）家主婆。（丑内）奢個？（浄）趙五娘關糧，無得子糧了，官府説願打願賠？（丑内）要個屁股種菜了？打子兩記没哉。（浄）好個家有賢妻，夫不遭横打。老爺，家主婆説願打。（末）扯下去重砍二十。（雜應）（浄）大叔，丢勿要打拉原巴裏。（雜）一五一十，十五二十，打完。（末）打了原要賠。（浄）打子是勿賠個哉。（末）扯下去再打。（浄）勿要打，原要問家主婆個。（末）押去問來。（雜應）（浄）家主婆。（丑内）亦是奢個？（浄）官府説打子原要賠。（丑内）拿奢個得來賠？（浄）留了磚兒，賣了瓦兒罷。（丑内）要賣纔賣。爲奢磚兒能厚，瓦兒能薄？阿呀！我個磚兒瓦兒個肉吓！（浄）勿要哭，出空子窑再燒没哉。（丑内）個没拿去。（浄）是哉。（雜）不要拖。（浄）錢糧得拖且拖。（雜）啓爺，糧有了。（末）拿上來呈糧。（浄吹）老爺眼睛裏着勿得垃圾個。（末）婦人，領了去罷。（正）多謝爺爺。謝得恩官作主持，（浄）中途教你受災危。（末）當權若不行方便，（仝）如入寶山空手回。（圓場下）（浄）里正送老爺，等我抄拉前頭去。（下）

搶糧

（正上）一飲一啄，莫非前定。奴家來請糧，誰知里正作弊，幸虧放糧老爺叫他賠償，不然怎得這些稻子拿回去救濟公婆？正是：饑時得一口，勝似飽時得一斗。（淨）吖喲！氣煞哉。恩人相見，分外眼明。仇人相見，(一)分外眼睜。拉裏個哉，還我糧來。（正）阿呀！這是官府與我的。（淨）個是我賣男賣女賠丟個，勿還，我要搶哉。（正）里正哥，休得用强；可憐奴家呵！（淨介）勿關得我事。

【鎖南枝】（正唱乙調）兒夫去，竟不還，（淨介）告訴我無用。（正連）公婆兩人多老年。（淨介）我裏也有老個拉丟。（正連）自從昨日到如今，不能彀一飡飯。（淨介）我裏也嘸得拉丟喫。（正連）奴請糧，他在家懸望眼。念我老公婆，做方便。

【前腔】（淨）賊潑賤，敢亂言，聲聲叫咱行方便。爲你打了二十笞鞭，教我羞見傍人面。你若還我的糧，我便饒你拳；你若不還糧，照打，打教一命喪黄泉。

【前腔】（正）鄉官可憐見，（淨）大娘子見可憐。（正）是我公婆命所關。若是必須奪去，寧可脱下衣裳，就與鄉官換。寧使我身上寒，只要與公婆救殘喘。

(一) 仇：原作『愁』，據文義改。

（丑上）里正拉丢落裏？（浄）拉裏幾裏。（丑）好丢，我没動氣煞，听答六個拉裏鬼答答。（浄）五娘子拉裏。（丑）五娘子，爲奢了搭我裏測死個鬧？（正）媽媽，我來告訴你。奴家請得些稻子回去救濟公婆，被里正哥奪了去，望媽媽作主。（丑）有介事？听勿要動氣，讓我去拿家法處俚。（正應）（丑）里正拉丢落裏？里正拉丢落裏？（浄）拉裏幾裏。（丑）替我跪丢。（浄）要跪没轉去跪，監子千人百眼，那個跪？（丑）啥阿跪？（浄）勿跪。（丑）吖喲！倒强拉哈肚皮裏個也是强種，讓我來打脱俚！打脱俚！（浄）勿要打，跪没哉。（丑）好吓！五娘子是孝順媳婦，請子糧轉去救濟公婆，啥那説去搶俚個？下來阿敢個哉？（浄）下來勿敢個哉。（丑）再直個打幾化。（浄）打多哈？（丑）個没起來罷。（浄）得令。（丑）五娘子，家法如何？（正）媽媽賢惠。（丑）手裏拿個奢物事？（浄）五娘子個裙，押個糧米拉裏。（丑）拿得來？（浄）拿去没哉。（丑）自古寒不剥衣，五娘子，我來替听着好子。（浄）拉裏個哉？（正）阿呀！還我糧來！（浄）家婆即護家公，（丑）家公即護家婆。（浄）走罷。（丑）勿要扯。（浄）走罷。（丑）阿！一扯没，肚皮纔扯直哉。（圓場下）（正）阿呀！阿呀！阿呀！

（圓場）

【前腔】（唱）糧奪去，真可憐，公婆望奴不見還。縱然他不埋怨，只道做媳婦的有何幹？他忍飢添我夫罪愆，怎見得我夫面？

（生介上）小兒走吓。

【前腔】（接唱）不豐歲，荒歉年，官司把糧來給散。見一個年少佳人，在那裏頻嗟歎。待向前仔細看，（正介白）阿呀呀！（生連唱）吖！原來是五娘子，在此有何幹？（正）大公吓，奴家請得些糧米回去救濟公婆，不想被里正奪去了嘘。（生）吖！有這等事？待我來罵他幾聲。哆！里正，你這狗男女！

【前腔】（唱）罵你這鐵心賊，負心漢。瞞心昧己，自有天知鑒。五娘子，我也請得些官糧，和你兩下分一半。（正介）這是大公的，使不得。（生連）休恁推，莫棄嫌，且將回，權做兩厨飯。（正）多謝大公。（生）小兒！（應）（生）你將糧米一半送到蔡老員外家去。（應下）（正）大公請上，待奴拜謝。（生）不消。

【洞仙歌】（正唱凡調）家私没半分，靠着奴此身。只要救取公婆，豈辭多苦辛？（仝）空把淚珠揾，誰憐饑與貧，這苦也説不盡。（生）慢些走。（正應，分下）

請　郎

（浄）列位多齊了？（衆）都齊了。（浄）就此升步。（衆）有理。

【蠻牌令】（仝唱凡調）終日走千遭，走得脚無毛。何曾見湯水面？也不見半分毫。到不如做虔婆頂老，只落得鴨汁喫飽。窮酸秀才直恁喬，老婆與他，故推不要。

（淨）伏以一派笙歌奏綺羅，畫堂深處擁嬌娥。自從今日成親後，休得愁多與怨多。奉請狀元爺擡身。

【金蕉葉】（小生上唱）愁多怨多，俺爹娘知他怎麽？（淨）一奉天子洪恩，二領丞相嚴命，請狀元爺早赴佳期。（小生）咳！（唱）擺不去功名奈何？天吓！送將來冤家怎躲？

（淨）我們逐班相見。（衆應）賓相叩頭，大叔丢來。（男）院子叩頭。（淨）姐姐丢來。（女）侍女們叩頭。（淨）伏以紫府佳期樂未央，鵲橋高駕彩雲鄉。自是赤繩曾繫足，休嗟利鎖與名韁。（一）

【三換頭】（小生唱）名韁利鎖，先似將人摧挫。況鸞拘鳳束，甚日得到家？我也休怨他。這其間，只是我，不合來到，長安看花。（衆介）請狀元爺更衣。（淨介白）慢點看。（小生連唱）且慢！（小生連）閃煞我爹娘也，淚珠兒空暗墮。（合頭）這段姻緣，也只是無如之奈何。

（衆）請狀元爺更衣。（淨）伏以畫堂今日配鸞凰，十二金釵立兩行。不須在此徘徊坐，仙子鸞臺已罷粧。

【前腔】（仝唱）鸞臺罷粧，鵲橋初駕，佳期近也，請仙郎渡河。此事明知牽掛，這其間，只得把，那壁廂，暫時抛捨。（小生介）阿呀爹娘吓！（衆連唱）況奉君王命，怎生撇了他？（合頭）

（一）韁：原作『彊』，據文義改。下同改。

花燭

（净）伏以相府今日喜筵開，馥馥香風次第來。鼉鼓頻敲龍笛響，狀元下馬上庭堦。請下雕鞍。伏以華堂深處風光好，别是神仙一洞天。震耳仙音聲嘹亮，笙歌擁出畫堂前。蘭房第一請。伏以天上雙星倍有光，今宵織女會牛郎。敢煩侍女傳消息，迎請新人出畫堂。蘭房第二請。伏以寶鏡團圓門月光，忽聞環珮鄉叮當。金蓮移步迎仙客，仙子嫦娥立畫堂。蘭房第三請。三請已畢，奉請女新貴人擡身、緩步請行，請上花氈。恭謝皇恩，執笏，跪山呼，再山呼，齊祝山呼。請二位新貴人各執紅緑寶帶，參拜天地，恭揖，成雙揖，請下禮。拜興，拜興，拜興，恭揖，成雙揖，行夫婦禮。恭揖，成雙揖，送入洞房。伏以東方日出漸朦朧，紫府筵開錦繡叢。篆裊金猊成霧靄，瑶臺銀燭影摇紅。相爺有請。

【引】（外上）燭影摇紅，簾幕瑞烟浮動。

（净）賓相叩頭。（外）就請新人。（净應）伏以今日筵開醽醁，來歲定生蘭玉。早離繡勒雕鞍，方罷馬蹄篤速。請狀元爺擡身。伏以郎才七步三冬足，女貌陸價諸子讀。今夜結成雙鳳侶，莫訝粧成聞喚促。奉請女新貴人擡身，緩步請行。請相爺受禮。恭揖，成雙揖，下禮，拜，拜，連拜。恭揖，成雙揖，請相爺按席。恭揖，成雙揖，得位。伏以絲幕又牽紅，瓊漿泛滿鍾。新人仝暢飲，攀桂步蟾宮。

【畫眉序】（仝唱）攀桂步蟾宫，豈料絲蘿在橋木？喜書中今日有女如玉，堪觀處絲幕牽紅，恰正是荷衣穿緑。這回好個風流婿，偏稱洞房花燭。

請狀元爺按席，舉杯，舉箸，交杯，换盞； 恭揖，成雙揖； 告座，得位。伏以絲蘿在喬木，同心兩意足。

風送入羅幃，君才冠天禄。

【前腔】（全唱）君才冠天禄，我的門楣稍賢淑。看相輝清潤，瑩然冰玉。光掩映孔雀屏開，花爛熳芙蓉裀褥。（合頭）

【滴溜子】（小生）慢説道姻緣事，果諧鳳卜。細思之，此事豈吾意欲？有人在高堂孤獨。可惜新人笑語喧，不知我舊人哭。兀的東床，難教我做坦腹。

（浄）請狀元爺上席。

【鮑老催】（全唱）翠眉慢蹙，赤繩已繫夫婦足，芳名已註婚姻牘。空嗟怨，枉歎息，休摧挫。畫堂中富貴如金谷。休戀故鄉生處好，受恩深處親骨肉。

【雙聲子】郎多福，郎多福，看紫綬黄金束。娘萬福，娘萬福，看花誥文犀軸。兩意篤，豈非福？似文鸞彩鳳，兩兩相逐。

（浄介）賓相告退。（下）

【神仗兒】（全連）紗籠絳燭，照嬋娟如玉，羡歡娱和睦。擺列華筵醽醁。今宵春光無限，賽過金谷。齊唱個賀郎曲，齊唱個賀郎曲。

【尾聲】郎才女貌真不俗，占斷人間天上福，百歲歡娛萬事足。（下）

喫飯

（正上凡調）

【薄倖引】野曠原空，人離業敗。謾盡心行孝，力枯形瘁。幸然爹媽，此身安泰。栖惶處見慟哭饑人滿道，歎舉目將誰倚賴？

曠野蕭疏絶烟火，日色慘淡黯村塢。死別空原婦泣夫，生離他處兒牽母。覩此恓惶實可憐，思量轉覺此身難。高堂父母老難保，上國兒夫去不還。力盡計窮淚亦竭，看看氣盡知何日？高崗黄土漫成堆，誰把一抔掩奴骨？奴家自從丈夫去後，遭遇饑荒，衣衫首飾盡皆典賣，家計蕭然。況兼公婆年老，生死難保；朝夕又無甘旨應奉，只有淡飯一碗與公婆充饑。奴家自己把些細米糠皮餜饠來喫，苟延殘喘。吓！喫時又怕公婆撞見，只得迴避，免致公婆煩惱。如今飯已熟了，不免請公婆出來用早膳。公公有請。

【夜行船】（外上）忍餓擔饑何日了？孩兒一去無音耗。（正介）婆婆有請。（扶付上）甘旨蕭條，米糧缺少，（仝）阿呀天吓！真個死生難保。

（正）公婆萬福。（外、付）罷了。媳婦，請我們出來何幹？（正）請公婆出來用早膳。（付）有飯？快去拿來。（正）待媳婦去拿來。（付）阿老，有飯喫了。（外）有飯喫了？（正）公婆，飯在此。（付）媳婦，下飯的呢？（正）没有。（付）鮭菜呢？（正）也没有。（付）不要喫了。（外）爲何不要喫？（付）往常還有些下飯，今日只得一碗淡飯。再過幾日，連淡飯也没得喫了。（外）阿婆，這般年成，胡亂喫些罷了，還要什麽下飯鮭菜？（付）阿老。

【羅鼓令】（唱工調）終朝裏受餒，你將來飯教我怎喫？你可疾忙便擡，（外介）你也饞了些。（付連）阿老，非干是我有些饞態。

【前腔】（外）阿婆，你看他衣衫多解，好茶飯將甚去買？兀的是天災，教媳婦們也難佈擺。

【前腔】（正）婆婆息怒且休罪，待奴家霎時收去再安擺。

【皂羅袍】（仝唱）思量到此，淚珠滿腮。看看做鬼，溝渠裏埋。縱然不死也難捱，教人只恨蔡伯喈。

【前腔】（正下）（付唱）如今我試猜，（外介）猜些什麽？（付連唱）多應他犯着獨噇病來。（外介）没有此事。（付連唱）他背地裏自買些鮭菜？我喫飯他緣何不在？這些意兒真乃是歹。（外）阿婆，他和你有甚相愛，（正上聽介）（外連唱）不應反面直恁的乖。（正）阿呀！奴受千辛萬苦，有甚疑猜？可不道臉兒黄瘦骨如柴。（合頭）

（正）正是：啞子試嘗黄柏味，難將苦口向人言。（下）（付）老兒，我想親只是親，親生兒子不留在家，倒倚靠着媳婦供養，每日只得一碗淡飯。看他喫飯的時節百般躲避，敢是他背地裏喫些好東西，亦未可知？（外）媳婦是極孝順的，未必喫什麽好東西。（付）你不信，等他喫飯的時節，和你去看他一看，便知明白。（外）荒年有飯休思菜，（付）媳婦無知把我欺。（外）混濁不分鰱共鯉，（付）水清方見兩般魚。老兒，來噓。（扯外下）（外）如此，走噓。（下）

喫糠

（正上唱凡調）

【山坡羊】亂荒荒不豐稔的年歲，遠迢迢不回來的夫婿；急煎煎不耐煩的二親，軟怯怯不濟事的孤身己。我典盡衣，寸絲絲不掛體。幾番要賣了奴身己，争奈没主公婆，教誰來看取？（合頭）思之，虚飄飄命怎期？難捱，實丕丕災共危。

【前腔】滴溜溜難窮盡的珠淚，亂紛紛難寬解的愁緒；骨捱捱難扶持這病體，戰兢兢難捱過的時和歲。我待不喫，教我怎忍饑？思量到此，不如奴先死，圖得個不知他親死時。（合頭）

奴家今早安排一口淡飯與公婆充饑，非不欲買些鮭菜，怎奈無錢去買。不想婆婆抵死埋怨，反道我背地裏喫什麽好東西；那知我喫的是米末糠皮。縱然埋怨煞了，也不敢分説。這糠没，如何喫得？若

不喫，怎忍得饑餓？罷！胡亂喫些罷。（嗽介）阿呀！苦吓！（三嘔三嗆，扒椅唱乙調）

【二犯孝順歌】嘔得我肝腸痛，珠淚垂。喉嚨尚兀自牢嗄住，阿呀！糠吓！你遭礱被舂杵，篩你簸颺你，喫盡控持。好似奴家吼身狼狽，千辛萬苦皆經歷。苦人喫着苦味，兩苦相逢，可知道欲吞不去。

【前腔】糠和米，本是相依倚，被誰人簸颺兩處飛？一賤與一貴，好似奴家與夫婿，終無見期。米在他方没尋處，怎的把糠來救得人饑餒？好似兒夫出去，怎便教奴供膳得公婆甘旨？

【前腔】思量我生無益，死又值甚的？不如忍饑死了爲怨鬼。（付暗上看）（正連）只是公婆老年紀，靠奴家相依倚，只得苟活片時。片時苟活非容易，（付招外上仝看）（正連）到底日久也難相聚。謾把糠來相比，奴家的骨頭，知他埋在何處？

（外、付）媳婦，你在此喫什麼好東西？拿出來大家喫些。（正）公婆吓，媳婦喫的東西，公婆是喫不得的！（外、付）什麼好東西？爲甚喫不得？（正）阿呀！哪！

【前腔】這是穀中膜，（外介白）是米吓？（正連唱）米上皮。（付介）是糠了。將來何用？（正連）將來餵饑堪療饑。（外、付介）這樣東西，豈不要咽壞了人？（正連）常聞古賢書，狗彘食人食，也强如草根樹皮。嚙雪飡氈，蘇卿猶健；飡松食柏，到做得神仙侶。縱然喫些何慮？（外、付介)不信，拿出來。(正連)爹媽休疑，奴須是恁孩兒的糟糠妻室。

(付)在這裏了。(外)待我看來，果然是糠。媳婦，你喫了幾時了？(正)喫了半年了。(付)阿老，我和你做了一世的夫妻，没有喫過糠；他們做了兩月夫妻，倒喫了半年的糠。來，來，大家喫些。(外)有理，大家喫些。(正)婆婆，喫不得的。(兩邊搶介)(正)公公，喫不得的。(付奪喫咽下)(正)阿呀！婆婆吓！(扶付下回身見外跌)呀！

【雁過沙】(干唱)他沉沉向冥途，空教人耳邊呼。阿呀！公公吓！不能彀盡心相奉侍，反教你爲我歸黄土。教人道你死緣何？怎生割捨拋棄了奴？

公公醒來！公公甦醒！

【前腔】(外醒干唱)媳婦，你擔饑侍姑舅，擔饑怎生度？錯埋怨，你也不推阻。到如今始信糟糠婦。料我不久歸陰府，(正介)公公請自保重。(外連念)媳婦兒吓，休得爲我死的，累你生的受苦。

(正)公公在此坐坐，待媳婦去看看婆婆就來。(外應)(正向内)吓！婆婆！婆婆！阿呀！不好了嘘。

【前腔】(唱)婆婆氣全無，教奴家怎支吾？阿呀丈夫吓！我千辛萬苦，爲你相看顧。如今到此難回護，只愁母死難留父。衣衫盡解，囊篋又無。

公公，不好了，婆婆没了。（外）怎麼説？（正）婆婆氣絶了。（外）吖！没了吓？阿呀！阿婆吓！（正亦哭）（外）媳婦，婆婆没了，衣衾棺槨，件件俱無，如何是好？（正）公公請自寬心，待媳婦去與張大公商議便了。（外）扶我進去。（正應）（外）正是：青龍共白虎仝行，（正）吉凶事全然未保。（外）阿婆。（正）婆婆。（外）媽媽。（正）婆婆。（外、正）阿呀！阿婆、婆婆吓！（下）

賞荷

（小生）

【引】閒庭槐蔭轉，深院荷香滿。簾垂清晝永，怎消遣？

翠竹影摇金，水殿簾櫳映碧陰。人静晝長無外事，沉吟，碧酒金尊懶去斟。幽恨苦相尋，離别經年没信音。寒暑相催人易老，關心，却把閒愁付玉琴。吓！琴、鶴二童。（付、丑）那。（小生）在象牙床上取蕉尾、紈扇出來。（付、丑上）來哉。

〔金錢花〕（干念）自小承值書房，快活其實難當。只管打扇與燒香，荷亭畔，好乘凉。喫飽飯，上眠床。老爺，琴、扇有了。（小生）你二人一個燒香，一個打扇，違者各打十三。（付、丑應）

【懶畫眉】（小生唱六調）强對南薰奏虞絃，只覺指下餘音不似前。那些個流水共高山？只見滿眼風波惡，似離别當年懷水仙。

（付、丑）環珮聲響，夫人出堂。（小生）迴避。（付、丑）曉得。（下）

【引】（旦上）嫩緑池塘，梅雨歇薰風乍轉。

相公。（小生）夫人請坐。（旦）有坐。原來在此操琴。（小生）正是。（旦）久聞相公高於音律，來到此間，杳然絶響，奴家斗膽請教相公，試操一曲如何？（小生）夫人要聽琴麽？（旦）正是。（小生）彈什麽好？（旦）當此清涼夏景，彈一曲《風入松》。（小生）使得。（彈介）一别家鄉遠，思親淚暗彈。（旦）相公，彈差了。《風入松》爲何彈起《思歸引》來？（小生）下官在家彈慣舊絃，這新絃却彈不慣。（旦）何不撇了新絃，重整舊絃如何？（小生）新舊二絃都撇不下。（旦）既撇不下，提他怎麽？（小生）夫人。

【桂枝香】（唱工調）危絃已斷，新絃不慣。舊絃再上不能，待撇了新絃難拚。我一彈再鼓，我一彈再鼓，又被宫商錯亂。（旦介）敢是心變了？（小生連）非干心變，這般好涼天。正是此曲纔堪聽，又被風吹别調間。

【前腔】（旦）相公，非彈不慣，只是你意慵心懶。既道是《寡鵠孤鴻》，又道是《昭君宫怨》。更《思歸》《别鶴》，更《思歸》《别鶴》，無非愁歎。有何難見？既不然，你道是除了知音聽，道我不是知音不與彈？

【燒夜香】（衆上唱）樓臺倒影入池塘，緑樹陰濃夏日正長，一架薔薇滿院香。泛霞觴，捲起簾兒，明月正上。

（小生）看酒。（衆）有酒。

【梁州序】（仝唱凡調）新篁池閣，槐陰庭院，日永紅塵隔斷。碧欄杆外，寒飛漱玉清泉。只覺香肌無暑，[一]素質生風，小簟琅玕展。晝長人困也，好清閒，忽被棋聲驚晝眠。（合頭）《金縷》唱，碧筒勸，向冰山雪巘排佳宴。清世界，有幾人見？

【前腔】（小生）薔薇簾箔，荷花池館，一點風來香滿。湘奩日永，香銷寶篆沉烟。謾有枕欹寒玉，（旦介）爲何掉下淚來？（小生連）扇動齊紈，怎遂得黄香願？（旦介）惜春，紈扇。（應）（小生連）非也。我猛然心地熱，不覺透香汗，我欲向南窗一醉眠。（仝唱）（合頭）

【前腔】向晚來雨過南軒，見池面紅粧零亂。漸輕雷隱隱，雨收雲散。但聞得荷香十里，新月一鈎，此景佳無限。蘭湯初浴罷，不覺晚粧殘，深院黄昏懶去眠。（合頭）

【節節高】漣漪戲彩鴛，把露荷翻，清香瀉下瓊珠濺。香風扇，芳沼邊，閒亭畔。坐來不覺人清健，蓬萊閬苑何足羨？只恐西風又驚秋，暗中不覺流年换。

【前腔】清宵思爽然，好涼天，瑶臺月下清虚殿。神仙眷，開玳筵，重歡宴。任教玉漏催銀

[一] 肌：原作『几』，據汲古閣刊本《繡刻琵琶記定本》改。

箭，水晶宫裏把笙歌按。（合頭）

【尾聲】光陰迅速如飛電，好良宵可惜漸闌，拚取歡娱歌笑喧。

（小生）幾鼓了？（衆）三鼓。（旦）相公，歡娱休問夜如何，（小生）此景良宵能幾乎。（衆）遇飲酒時須飲酒，（又）得高歌處且高歌。

湯藥

（正上引凡調）

【霜天曉角】難捱怎避？災禍重重至。最苦婆婆死矣，公公病又將危。

屋漏更遭連夜雨，船遲又被打頭風。奴家自從婆婆死後，萬千狼狽；誰知公公又是一病將危。今早贖得些藥在此，早已煎好；不免再安排些粥湯則個。

【犯胡兵】（唱凡調）囊無半點調藥費，良醫怎求？縱然救得目前，這飯食何處有？料應難到後。謾說道有病遇良醫，這饑荒怎救？

想公公這病呵，

【前腔】（唱）（通行不唱）他百愁萬苦千辛受，粧成這症候。縱然救得目前，怎免得憂與愁？料應不會久。若要病好吓。除非是子孝父心寬，方纔可救。

（連白）粥已熟了，不免請公公出來用粥。吓！公公，扶你出來用粥。（外病容嗽上）

【引】魄散魂飛，吖喲！（正介白）看仔細。（外連唱）料應不久矣。（正）請公公擡頭。（外）媳婦吓！（不入調唱）縱然擡頭强起，形衰倦，怎支持？

（抖介）（正放拐）公公萬福！（外）罷了。（正）公公，今日病體可好些麼？（外）多應不濟事了。（正）請自保重。（外）媳婦，請我出來何幹？（正）媳婦贖得藥在此，已曾煎好，請公公出來用藥。（外）咳！咳！咳！那個要喫什麼藥？（正）還是請用些纔好。

【香遍滿】（唱）論來湯藥，須索要子先嘗方進與父母。公公請用。（外）這藥是那個喫的？（正）是公公喫的。（外）是我喫的，你爲何先喫一口？（正）非是媳婦先喫一口，自古君有疾，飲藥臣先嘗之。（外）㕶！㕶！（正）父有疾，飲藥子先嘗之。（外）呣！（正）你孩兒不在眼前，媳婦替他代嘗一口。（外介）阿呀！我那孝順的媳婦吓！（哭介）（正唱）莫不爲無子先嘗，你便尋思苦？公公，請用一口。（外）我寧死決不喫這藥。（正）公公説那裏話來？（唱）你須索要鬮鬮，怎捨得一命殂？還是請用些。（外）我喫藥，你喫糠，教我那裏喫得下？（旦）吖！公公吓！（唱）原來你不喫藥，也只爲我糟糠婦。

（外）媳婦，我胸前氣塞，與我搥一搥。（正應）公公吓！（外嗽介）

【前腔】（唱）你有萬千愁苦，堆積在悶懷，成氣蠱，（外）好爽！快拿來，待我喫些罷。（正）是，藥在此，慢些喫。（外喫吐介）（正揩桌收藥唱）阿呀！可知道喫了吞還吐。（外）阿婆吓阿婆！（正）公公請自寬心。（背介）咳！看此光景，多應不濟事了。當初伯喈出門時，將二親托付與我，不想今日二親俱不能保。我欲待痛哭一場，（唱）吼怕、（外嗽介）（正連唱）怕添親怨憶，謾將珠淚墮。公公既不喫藥，可喫一口粥湯罷。（外）你喫糠，我喫粥，教我那裏喫得下！（正）公公吓！（唱）原來你不喫粥，也只爲我糟糠婦。

（外）媳婦，拄杖呢？（正）拄杖在此。（外）扶我到外邊去走走。（正）公公是病虛之人，不要勞動罷。（外）不妨，你且扶我起來。（正）外面有風，還是不可勞動。（外）不妨，你扶好了。（正）媳婦扶好，在此慢慢的走。（外）這裏是那裏？（正）是中堂。（外）那呢？（正）是伯喈看書之所。（外）是伯喈看書之所？（正）正是。（外）咳！讀得好書，忍得好餓。吓！伯喈親兒。阿呀！兒吓！（全哭）（外）你也該回來了。（正）公公不要悲傷。（外）放了手。（正）還是扶着的好。（外）不妨，你放了手。（正）是。（外）媳婦，你站遠些。（正）公公，站穩了。（外）再站遠些。（正應）（外）你站正了。（正）做什麼？（外）媳婦。（正）公公。（外）五娘子。（正）公公。（外）吓！阿呀！我那孝順的媳婦吓！

（全哭）

【望兒歌】（外唱不入調）我三年謝得你相奉侍，（欲拜跌倒介）（正）阿呀！公公醒來！偏偏又遭這一跌。（外）阿呀！我那媳婦吓！（不入調唱）只恨我當初把你相耽誤。（正）吓！公公，休如此說。（外）我要拜你一拜，不想一時頭昏，就跌了去。（正）可不折殺了媳婦？（外）吓！媳婦。（唱）我欲待報你的深恩，今生不能勾了。（立起扶進桌介）待來生做你的兒媳婦。媳婦是應該的，不須如此。（外）我好怨吓！（在）敢是怨媳婦伏侍不周？（外）那個怨你？（唱）怨只怨蔡伯喈不孝的子，我好苦也！（正）敢是苦着婆婆？（外）那個苦他？（唱）苦只苦趙五娘的辛勤婦。（下連《遺囑》）

遺囑

（生上）歲歉無夫婿，家貧喪老親。可憐貞潔女，日夜受辛艱。此間已是，開門。（正）來了。原來是大公。（生）五娘子，你公公病體如何了？（正）公公病體十分沉重，多應不濟事了。（生）可曾服藥？（正）方纔喫了一口，就吐下了。（生）如今在床在地？（正）在地。（生）你先去說一聲。（正）是。（生介）這裏有風，還該到裏邊去。（正連）公公，大公在此看你。（外）在那裏？（生）老哥，小弟在此。（外）在那裏？（正扶外頭）在那邊。（生）小弟在這裏。（外）老友，多承你來看我。（生）老哥，這兩日臉上覺得好些了？（外）多應不濟事了。（生）請自保重。打聽得令郎不日就要回來了。（正）吓！大公，真個？（生桌下摇手，正哭）（外）還要提那不肖子怎麼？媳婦，大公在此，看茶。（正應）爲何叫我出去？（立背聽）（生）不肖。（外）老友，我正要着媳婦來請，你來得正好。（生）有何見教？（外）老友吓！我教那不肖子，千辛萬苦，指望他一舉成名，光宗耀祖。誰想他一去不回，使父母在家雙雙餓死。（生）自有回來之日，且請忍耐。（外）我今日憑你爲証，寫下一紙遺囑與媳婦收執。我死之後，教他不要守孝，早早嫁人去罷。（正跪）吓！阿呀！公公吓！自古忠臣不事二君，烈女不更二夫。休説這話來。（外）快去取紙筆過來。（正）我生是蔡郎妻，死是蔡家鬼。千萬休寫，枉自勞神。（生）咳！可憐。（外嗽介）你不去取，氣死我也！（生）五娘子，寫不寫由他，嫁不嫁由你。他在病中，不要拗他，快去取來。（正）大公説得是，待我去取來。（外）快些取來。（生）老哥，他去取了。（正）公公，筆硯在此；還是不要寫。（外）老友，與我代寫一寫。（生）老哥，別樣好代寫，這遺囑小弟代寫不得，要老哥親筆寫。（外）要我親筆寫？（生）自然。（外）你與我援一援筆。（生磨墨援筆）筆在此。（外倒拿介）（生）倒了，是這樣的。（正）公公，還是不要寫罷。（外）吖喲！這筆猶如千斤之重。吓！我那孝順的媳婦吓！（正）阿呀！公公吓！（跪哭）（外）五娘子。（正）公公。（外）我不拿這枝筆，你還是我家的人；我拿了這管無情筆，你就不是我家的人了。（正哭，生淚介）

【羅帳裏坐】（外低唱不入調）你受了艱辛萬千，是我耽伊誤伊。你若不嫁人。身衣口食，怎生區處？當初原是我拆散你們夫妻，我死之後。終不然又教伊，（生拿遺囑紙與正收，正看紙哭介）（外連唱）守着靈幃？（不入調死介）（生、正）阿呀！老哥、公公醒來！（唱乙調）（合頭）已知死別在須臾，更有甚麼生人做主？

【前腔】（生唱）這中間就裏，我也難説怎提。五娘子，你若不嫁人，恐非活計；你若不守孝，又恐怕被人談議。（仝唱）（合頭）可憐家破與人離，怎不教人淚垂？

【前腔】（正唱）大公吓！公公嚴命，非奴敢違。我若再嫁呵，只怕再如伯喈，可不誤我一世？

奴是一鞍一馬，誓無他志。（仝唱）（合頭）

待他靜坐一回，五娘子説一聲，我要去了。（正）是。吓！公公，大公要去了。（外）老友，再坐坐去。（正）大公，再坐坐去。（外）媳婦，這個，（正）吖！可是要拄杖麼？（外）㕶。（正）公公，拄杖在此。（外）老友，我把這拄杖送與你。（生）這，小弟自有。（外）我豈不知你也有？今日交付與你，等那不肖子回來，你站在門首，與我打他出去！（生）領命。老哥，請自保重，小弟去了。正是：病裏莫生嗔，寬懷保自身。（正）藥醫不死病，佛度有緣人。大公，與我帶上了門。（生）外面有風，扶他到裏面去罷；待我帶上了門。咳！多應不濟事的了。（下）（正）公公，大公去了。（外）那邊阿婆來了。（正）婆婆在那裏？（外鬼臉）（正）公公，爲什麼吓？（外）吓！阿婆。（正）扶你進去罷。（外）阿婆。（正）阿呀！（外）阿婆。（正）阿呀！阿呀！阿呀！（扶外下）

卷　三

思　鄉

（小生上唱工調）

【喜遷鶯】終朝思想，但恨在眉頭，人在心上。鳳侶添愁，魚書絶寄，空勞兩處相望。青鏡瘦顔羞照，寶瑟清音絶響。歸夢杳，繞屏山烟樹，那是家鄉？

怨極愁多，歌慵笑懶，只因添個鴛鴦伴。他鄉遊子不能歸，高堂父母無人款。湘浦魚沉，衡陽雁斷，音書要寄無方便。人生光陰幾多時，蹉跎負却平生願。

【雁魚錦】（唱尺調）思量，那日離故鄉。記臨期送别多惆悵，攜手共那人不厮放。教他好看承，我爹娘，料他們應不會遺忘。聞知饑與荒，只怕他捱不過歲月難存養。若望不見信音，却把誰倚仗？

【二犯漁家傲】思量，幼讀文章，論事親爲子也須要成模樣。真情未講，怎知道喫盡多魔障？被親强來赴選場，被君强官爲議郎，被婚强效鸞凰。三被强，我衷腸事説與誰行？埋怨難禁這兩厢：這壁厢道咱是個不撑達害羞的喬相識，(一)那壁厢道咱是個不覩事負心的薄倖郎。

【漁家燈犯傾杯序】悲傷，鷺序鴛行，怎如那慈烏反哺能終養？慢把金章，綰着紫綬，試問班衣，今在何方？班衣罷想，縱然歸去，猶恐怕帶蔴執杖。阿呀！下吓！只爲那雲梯月殿多勞攘，落得淚雨如珠兩鬢霜。

【喜魚燈犯】幾回夢裏，忽聞鷄唱。忙驚攪錯呼舊婦，同問寢堂上。待朦朧覺來，依然新人鳳衾和象床。怎不怨香愁玉無心緒？更思想，被他攪擋。教我，怎不悲傷？俺這裏歡娱夜宿芙蓉帳，他那裏寂寞偏嫌更漏長。

【錦纏道犯】謾悒怏，把歡娱翻成做悶腸。菽水既清涼，(二)我何心，貪着美酒肥羊？悶殺人花燭洞房，愁殺我掛名在金榜。魆地裏自思量，正是在家不敢高聲哭，只恐猿聞也斷腸。

(一) 達：原作『撻』，據汲古閣刊本《繡刻琵琶記定本》改。
(二) 既：原作『寄』，據汲古閣刊本《繡刻琵琶記定本》改。

（下）

剪賣

（正上引凡調）

【金瓏璁】饑荒身自窘，那堪連喪雙親？身獨自，怎支分？衣衫多典盡，首飾并没分文。無計策，只得剪香雲。

萬苦千辛難擺撥，力盡心窮，兩淚空流血。裙布釵荆今已竭，萱花椿樹連摧折。金剪盈盈明似雪，空照烏雲，掩映愁眉月。一片孝心難盡説，一齊吩咐青絲髮。奴家自從婆婆殁了，無錢資送，多虧張大公周濟。如今公公又殁了，難以再去求他。我思量想來，吓！没柰何，只得把自己頭髮剪下，往街坊上賣幾貫錢鈔，以爲送終之用。吓！這頭髮雖不值甚錢，只把他做個意兒，恰似叫化一般。正是：不幸喪雙親，求人不堪頻。〔一〕聊將青絲髮，阿呀！斷送白頭人。（圓場）

【香羅帶】（唱）一從鸞鳳分，誰梳鬢雲？粧臺懶臨生暗塵，那更釵梳首飾典無存也。阿呀！頭髮吓！是我耽擱你度青春，如今又剪你資送老親。剪髮傷情也，阿呀！怨只怨結髮阿呀

〔一〕頻：原作『貧』，據汲古閣刊本《繡刻琵琶記定本》改。

薄倖人。

【臨江仙】連喪雙親無計策，只得剪、阿呀！罷。只得剪下香雲。阿呀！阿呀！阿呀！（圓場）非奴苦要孝名傳，正是上山擒虎易，開口告人難。

頭髮已剪下，不免往街坊上貨賣則個。待我閉上了門。出得門來，穿長街，過短巷，待我叫一聲：賣頭髮，賣頭髮。

【梅花塘】（唱）賣頭髮，買的休論價。念奴受饑荒，囊篋無些個。我丈夫出去，那更連喪了公婆。没奈何，只得賣頭髮資送他。

【香柳娘】看青絲細髮，看青絲細髮，剪來堪愛，如何賣也没人買？若論這饑荒死喪，論這饑荒死喪，怎教我女裙釵，當得這狼狽？况連朝受餒，况連朝受餒，吖喲！我的脚兒怎擡？其實難捱。

【前腔】往前街後街，往前街後街，并無人買。阿呀！這便怎麼處？待我再叫一聲：賣頭髮，賣頭髮。（唱）阿呀！苦吓！我叫、吖喲！叫得我咽喉氣噎，無如之奈。我如今便死，我如今便死，只是暴露兩屍骸，誰人與遮蓋？我將頭髮去賣，將頭髮去賣，賣了把公婆葬埋，我便死何害？

阿呀！阿呀！阿呀！（跌介）（生嗽上）慈悲勝念佛，造惡空燒香。老漢張廣才，今早有事，不曾看得蔡從簡病體如何。此時閒暇，不免前去走遭。（正）苦吓！（生）呀！那邊倒在地下的好似五娘子，待我上前看來。噲，倒在地下的可是五娘子？（正）奴家正是。（生）爲何跌倒在地？（正）一時頭暈，故爾跌倒在此。（生）阿呀！阿呀！老漢不便攙扶，吖！在我拄杖上掙起來罷。（正）多謝大公。（生）看仔細。（正）大公萬福！（生）五娘子，你公公病體如何了？（正）大公吓！我公公夜來歿了。（生）怎麼説？（正）我公公夜來歿了。（生）吖！歿、歿了？（正）是。（生）阿呀！老哥吓！我昨日還與你講話，怎麼就歿？（仝哭介）（生）正是：人無百歲期，枉作千年計。五娘子，你手中的頭髮將來何用？（正）公公歿了，無錢資送，只得把自己頭髮剪下，賣幾貫錢鈔，以爲送終之用。（生）五娘子差矣！你公公歿了，合該與我商量，怎麼將自己頭髮剪下，有傷父母之遺體？（正）幾番累及大公，怎好又來啓齒？（生）五娘子，你説那裏話來？

【前腔】（唱）你兒夫曾付託，你兒夫曾付託，我怎生違背？你無錢使用，我須當貸。你把頭髮剪下，把頭髮剪下，又跌倒在長街，多應是我之罪。（仝）（合頭）歎一家破敗，歎一家破敗，否極何時泰來？[一] 各出珠淚。

【前腔】（正）謝公公慷慨，謝公公慷慨，把錢相貸，我公婆在地府也相感戴。只愁奴此身，愁

[一] 否：原作『丕』，據汲古閣刊本《繡刻琵琶記定本》改。

只愁奴此身，死也没人埋，誰償你恩債？（仝）（合頭）

【前腔】（生）我如今算來，我如今算來，他并無依賴。尋思，只得相擔代。五娘子，你先回去，我即着小兒呵，（唱）送錢米和布帛，送錢米和布帛，與你公公買棺材。這頭髮且留在。（仝）（合頭）

（正）謝得公公救妾身，（生）伊夫曾託我親鄰。[一]（正）從空伸出拿雲手，（生）提起天羅地網人。（正）大公，我先回去了。（生）你先回去罷。（正）大公，方纔説的，（生）吖！即着小兒送來。（正）多謝大公。（生）好説。（正）吓！阿呀！公公吓！（下）（生）慢些走，慢、慢些走。咳！天下有這樣孝順的媳婦，公公歿了，把自己頭髮剪下來，長街貨賣。今人中少有，就是古人中也難得。把這頭髮留下，等伯喈回來，與他看了，使他惶恐。咻！使他慚愧。（嗽下）

拐兒

（浄上）

【打球場】幾年間，爲拐兒，脱空説謊我爲最。憑他金銀藏在鐵櫃裏，騙得他把胸搥。

[一] 鄰：原作『臨』，據汲古閣刊本《繡刻琵琶記定本》改。

哈哈！脱空爲活計，洵摸作生涯。舌劍唇鎗伶俐的，叫他朦朣；虚脾甜口乖巧的，哄他粧風。鄉貫從不居姓名，誰個知我真假？盜得鍾馗手内的寶劍，偷了洞賓瓢裹的仙丹。來無影，去無踪，當面騙人如撮弄。和你行，仝你坐，當場賺你怎埋怨？拐兒隊裹是先鋒。正是：天不生無禄之人，地不長無根之草。自家京城中大騙便是。我兩京十三省的話都會説，就是那蘇州説話倒也説得來兩句個。這兩天京城中緝捕甚嚴，人人都曉得我是個拐子，難做賣買。聞得城外有個草鞋三郎廟，神道最靈驗，不免到彼許個願心。説得有理，行行去去，去去行行，到了。廟祝，拿煤紙出來點臈燭。吓！没有人，我到大殿上去。咦！連神座都是空空的。吖，想是我輩中人請去賽願了。來而不遇，改日再來。（丑内）吖喲！好窮吓！（浄）咦！那邊有個人鬼頭鬼腦，想是來賽願的，待我假作三郎老爺，看這狗頭如何？（丑嗽上）終朝拐騙過光陰，見人財物便欺心。若還悔氣來逢我，總然不奪要平分。區區小騙，亦叫貝戎，綽號叫關關着。（一）想我輩骨等人，匆騙癡呆懵懂，專騙伶俐在行。個兩日緝捕甚嚴，捉得去挑懶筋，拔指甲，匆敢出來做生意。聞得蔡狀元贅居牛府，久無家信，爲此央個斯文朋友寫一封假書拉裹。此去非一千即八百，是穩個。吖，且到三郎廟去許個願心來看。

〔四邊静〕（干念）終日街坊閒蕩走，斂檢撲猪油。渾名叫瞎鷄，綽號叫夢鰍。偷鷄偷狗，洵摸剪綹。夜裹掘壁洞，日裹三隻手。

（一）綽：原作『出』，據文義改。

（連白）到拉裏哉。噲，香伙，拿紙吹出來點香燭。吓！無人拉裏，且到大殿上去。吖喲！三郎老爺，奢了塑得個付賊相？等我放子傘，禱告一番。三郎老爺在上，弟子小，阿，我個心事，啥纔曉得個哉。但願個注財餉到子手，買烏猪白羊祭獻。（浄指介）（丑）吖喲！三郎老爺好心狠，我一厘纔勿曾到手，俚先要加二扣？咦！個把扇子到好拉哈，且拿俚下來，發發利市看。（浄）呔！拿鏈子來鎖這拐子。(一)（丑）阿呀！我是好人家兒女，流落他鄉，不是歹人，望老爹饒命。（浄）吖！你是好人家兒女？（丑）好人家大細。（浄）流落他鄉，不是歹人？（丑）勿是壞人。（浄）要我老爹饒命？（丑）殺生勿如放生。（浄）如此，買命錢來。（丑）半個買命纔嘸得拉裏。（浄）我不信。（丑）勿信没，老爹來搜。（浄）這是什麼？（丑）褌袋結。（浄）那呢？（丑）火刀傢生。（浄）咳！偏偏遇着一個窮鬼！（丑）窮子三代哉。（浄）走。（丑）呋，等我拿子個把傘看。（浄）狗頭，這把傘還不值得孝敬我老爹？（丑）一片好心腸，反作驢肝肺。狗頭，雙手奉送老爹。（浄）是孝敬我的？（丑）孝敬老爹。（浄）如此，走。（丑）呋，吖喲！偷鷄勿着，倒折把米哉。（浄）這把傘也不值五十六個大錢。（丑）刮刮叫八十四個銅錢買個。（浄）狗頭，怎麼去了又轉來？（丑）勿是奢狗頭，去子亦轉來。多蒙老爹活命之恩，勿曾問得老爹尊姓大名，將來狗頭有子好日，好來補報老爹。（浄）狗頭，我原曉得你是個歹人，日後做出些歹事來，要扳着我老爹。（丑）有子個條心没，狗也勿是人養個哉。（浄）狗頭，你方纔説什麼大大

（一）鏈：原作『練』，據文義改。

財餉？在那裏？（丑）方纔個星說話，老爹纔聽見個哉？（净）我都明白。（丑）只好實説哉。（净）快些説！（丑）這裏蔡狀元乃陳留郡人，狗頭也是陳留郡人，他贅居牛府，久無家信，爲此央個斯文朋友寫得一封假書拉裏。此去非一千即八百是穩個。（净）如此，書呢？（丑）拉裏。（净）拿來。（丑）作奢？（净）待我去。（丑）阿是老爹去？（净）我去。（丑）動也動勿得！（净）爲什麼？（丑）狗頭是下路人，舌頭是圓個；老爹是京裏人，舌頭是方個。到子個答，言語不對，倘露出馬脚來没那，去勿得個。（净）如此，誰去？（丑）我去。（净）你去？（丑）自然我去。（净）嘿嘿，想他那裏有了銀子，也不肯把你。（丑）我個付樣式，勿要説銀子，就是銅錢没也勿相信。（净）如何？（丑）爲此狗頭拉裏想。（净）想什麼？（丑）説出來恐怕老爹要見怪。（净）我不怪，你説。（丑）想拿老爹頭上、身上、脚上撥拉狗頭，戴子着子套子，到子個搭騙子銀子出來，大家、老爹分子。（净）呔！不多幾句話，把我頭上、身上、脚上騙得乾乾净净。（丑）我曉得唔要多心個。（净）我不肯。（丑）亦勿要白着個，另外有賃衣服錢的滑。（净）什麼？有賃衣服錢的？（丑）勿要白着個，叫羊毛出在羊身上。（净）不錯，羊毛出在羊身上。（丑）阿是勿差。（净）騙了銀子出來，怎樣分派？（丑）勿消説得，我搭嗦一九分。（净）我的九分，你的一分？（丑）我九嗦一。（净）不來，不來。（丑）個没二八？（净）我得八分？（丑）嗦得二分。（净）不來，不來。（丑）勿要説哉，竟是平半。（净）什麼叫平半？（丑）有一千，大家五百。（净）有五百呢？（丑）大家二百五哉滑。（净）公道，公道。如此，脱去？（丑）快點脱下來。（净）慢來，慢來。講一講，我這件大袍幾兩？（丑）個件大袍八兩。（净）不肯，不肯。（丑）個没九兩？（净）

不來，不來。（丑）竟是十兩。（淨）十兩？（丑）十兩。（淨）便宜你！（丑）要子我個丫，叫羊毛出在羊身上。（淨）不錯，羊毛出在羊身上。（丑）老爹外頭到冠冕，裏勢一包葱。（淨）我老爹的便服。（丑）個樣便服我也有兩箱子拉丢。黑襪脱下來。（丑）皂靴都不懂？（淨）勿差，皂靴。（淨）也要賃錢。（丑）啥説没哉。（淨）這雙皂靴十兩。（丑）一兩。（淨）不肯，不肯。（丑）個没二兩？（淨）二兩？便宜你。（丑）銀子大家水能個拉裹用？叫羊毛出在羊身上。（淨）不錯，羊毛出在羊身上。（丑）廣鍋蓋採下來。（淨）這是大帽，也要賃錢。（丑）啥且説。（淨）這頂大帽十兩。（丑）呸！啥到坐盆十兩？紙糊頭貨色，算子五錢没哉。（淨）不來，不來。（丑）個没一兩？（淨）一兩？便宜你。（丑）哪，我個頂帽子勿要呒個賃錢，阿比啥大氣？（淨）這頂帽兒到風涼得狠。（丑）挑啥戴風涼帽子哉。（淨）我這把扇子也不要你的賃錢。（丑）啥也勿好意思要我銅錢個哉。（淨）我們來算一算。（丑）算算看。（淨）大袍十兩。（丑）十兩。（淨）皂靴二兩。（丑）二兩。（淨）大帽一兩。（丑）一兩。（淨）一共？（丑）一共十二兩。（淨）十三兩。（丑）勿差，十三兩。（淨）在你的一分提出。（丑）説明白子，無得二言個，啥立介立，等我去一大就來個。（淨）狗頭，你溜掉了，叫我到那裏來找你？（丑）勿錯，老爹勿放心。（淨）不放心。（丑）老爹個意思阿是要一淘去？（淨）一同去。（丑）得罪，得罪，權當小價。（淨）老爹當你的小價麽？（丑）合夥計做生意，騙子銀子出來，老爹原是老爹，狗頭原是狗頭。（淨）不錯，老爹原是老爹，狗頭原是狗頭。（丑）看銅錢銀子面上，打傘。（淨）還有打傘？（丑）要賺銅錢是没法的。（淨）走罷了。（丑背）勿好，要去落俚兩根來。阿呀！勿好。轉去，轉去。（淨）

想是拿拐子的來了？（丑）直脚欺主。（浄）什麽欺主？（丑）嗏看主人微微能個兩根狗嘴鬍鬚，嗏是個底下人，那説一嘴個阿鬍子？（浄）我老爹福相，是天生的。（丑）要去落兩根來。（浄）鬍鬚怎麽説去掉？（丑）勿要呧白去個，另外加你養鬚銀十兩。（浄）什麽？有養鬚銀十兩？（丑）嗏亦多子十兩銀子哉。（浄）去掉了，可長得出？（丑）有個海上仙方傳拉嗏子罷。（浄）什麽仙方？（丑）對呧説，到南貨店上去，勿要買俚個南腿，倒要買俚個北腿，喫落子個肉，剩子個湯，倒拉脚盆裏子，拿個下扒，湊拉脚盆邊上子，好像用水能個。春昌昌，一陣大浄，拉草薦上一忽，蕻薦上一遏，到子明朝，好像松毛韭菜能個，松龍龍長出來哉。（浄）長出來可有這樣長？（丑）比俚還要長來。（浄）如此，待我來去掉幾根。喑、喑，阿一噲，好疼！（丑）呸！哪，哪，剪刀拉裏，號燥點罷。（浄）狗頭，我曉得你是剪緧的。（丑）剪緧個用子剪刀没？笨殺哉，用半個銅鈿鐵指甲個，幾裏來剪隱風點。（浄）少去幾根。（丑）勿礙個。（浄）彀了，彀了。（丑）那没好個哉？（浄摸介）呔！忘八蛋，狗入的，把我一嘴的鬍鬚都去掉了。阿呀！我的媽媽吓！（丑）呸！我搭嗏是合夥計做生意，那説開口就駡，動手就打哉？（浄）叫你少去幾根。（丑）我原剩還呧一溜拉上滑，勿要勿色頭，脱子去罷，我勿去哉。（浄）我一嘴的鬍鬚去掉了，他倒不去了？（丑）勿去哉。（浄）罷了，願去。（丑）阿願個來？（浄）願了。（丑）我裏個樣人到受骨等人個氣。（浄）呧。（丑）打傘。（浄）還要打傘？（丑）嗏疊出子個臭肚皮，奢樣式？（浄）這是我天生的大肚子。（丑）天生個照打。（浄嗅介）（丑）照樣賊個，勿要動，動子要走樣個。對呧説俚丢管家最多，倘有人問呧，説：管家，你家相公從那裏來？（浄）我説從三郎廟裏來。（丑）説勿得個，要露出馬脚來個。（淨）説那裏來？（丑）要説陳留郡來。（淨）吖，陳留郡來。（丑）轎來的呢馬來的？（淨）我説走來的。（丑）冠冕點，要説馬來個。（淨）吖，説馬來的。（丑）馬在那裏？（淨）馬在那裏？（丑）馬在山上喫草。（淨）馬在山上喫草。（丑）可有書？（淨）可有書？（丑）説有書。（淨）吖，有書。（丑）書在那裏？（淨）書在那裏？（丑）書在皮箱裏。（淨）書在皮箱裏。（丑）啥平昔日間歡喜喫奢物事個？（淨）我最喜的是黄湯。（丑）歡喜喫酒，只要一個字。（淨）什麼字？（丑）説『吁』。（淨）吁。（丑）拿去吁。（淨）吁。（丑）官場用，私場演，我裏來演演看。（淨）不錯。（丑）管家，你家相公那裏來？（淨）陳留郡來。（丑）好丢。轎來的呢馬來的？（淨）馬來的。（丑）局個。（淨）如何？（丑）馬在那裏？（淨）馬在皮箱裏。（丑）阿？那説馬到子皮箱裏去介？（淨）馬在那裏？（丑）馬在山上喫草。（淨）馬在山上喫草。（丑）記明白？（淨）馬在山上喫草，馬在山上喫草。（丑）可有書？（淨）有書。（丑）書在那裏？（淨）書在山上喫草。（丑）呸！那説書没喫草介？（淨）哎！太嚕囌，你把書吓馬吓一總放在那皮箱裏就是了。（丑）真正大子塊頭，無子青頭。罷哉。教子吔兩句混多羅罷。（淨）怎麼樣？（丑）倘然有人問啥没，説『却不道怎的？』（淨）却不道怎的？（丑）倘再問吔没，説『又不道怎麼』。（淨）又不道怎麼。（丑）一個『頭』字阿曾忘記來？（淨）吁。（丑）毬養個，喫倒勿曾忘記！（淨）吁。（丑）勿要吁，到哉，下傘。（淨）是了。（丑）門上那位在？（末上）當值該輪我，叫門却是誰？（丑）管家。（末）相公何來？（丑）相煩通報，説陳留郡鄉人要見。（末）原來是鄉人到了。（丑）這管家，你還是牛府中的呢，還是狀元爺身伴的？（末）是狀元爺身伴的。(丑)怎麼倒不認識？(末)不相認吓。(丑)倒要盤你一盤。(末)盤我什麼？(丑)你家太老爺叫什麼名字？(末)太老爺叫蔡從簡。(丑)不錯，蔡從簡。太夫人呢？(末)太夫人秦氏。(丑)秦氏，怎麼説陳氏？(末)我原説秦氏。(丑)不錯。那小夫人呢？(末)小夫人趙氏五娘。(丑)趙氏五娘。你家太老爺平昔難道没有親戚朋友來往？這句就盤倒了你。(末)太老爺有個鄰比好友張大公張廣才。(丑)吖，一個叫張大公，一個叫張廣才？(末)張大公就是張廣才！(丑)張廣才即是張大公，你説了兩個就不對了。不是我苦苦來盤你，恐怕牛府中的人，太老爺知道就不當穩便。相煩通報。(末)請少待。老爺有請。

【引】(小生上)尋鴻覓雁，要寄音書無便。

(丑介)那丟個一盤没，纔拉肚裏哉。(浄)狗頭，我服了你了。(丑)到三郎廟裏去教呸得來？(末接【引】念)陳留郡鄉人要見。(小生)説我出迎。(末)老爺出迎。(小生)吓，鄉兄。(丑)大人。(小生)鄉兄請。(丑)大人請。(小生)鄉兄請上，下官有一拜。(丑)晚生也有一拜。(小生)久旱逢甘雨，他鄉遇故知。(丑)洞房花燭夜，金榜掛名時。(浄坐介)(末)咄！(丑)站開，又要發瘋了。(小生)請坐。(丑)有坐。(小生)請問鄉兄尊姓？(丑)晚生姓那。(小生)府上那裏？(丑)就在大人尊府對門，拐角兒上。(小生)拐角兒上只有姓梅的，没有姓那的。(丑)這、這就是晚生妻父家裏，晚生呢，原是姓梅，妻父見晚生人品出衆，贅在他家做個補代。晚生在家的日子少出外的日子多，那一天晚生回去，這些小姨舅子説：那姐夫回來了，那姐夫回來了。順口兒姓那，其實原是姓梅。(末介)你家相公那裏來？（浄）却不道怎的？（末）轎來的呢馬來的？（浄）又不道怎麼？吁。（末）呸。（小生連）家下風景如何？（丑）比前大不相同。前有典當鋪，後有米穀倉。幾株大槐樹，匾貼狀元郎。（小生）下官乃儒素之家，怎得有此？（丑）大人，這管家是大人身伴的呢，還是牛府中的？（小生）是跟隨下官的。（丑）我道是牛府中的，與大人扯了一個謊。(一) 其實没有動，原是舊門墻。（小生）家父可好？（丑）令尊大人好吓。長又長，大又大，一貌兒堂堂。（小生）家父是五短身材吓。（丑）是，是。五短身材。那天晚上起身，送行人太多，見令尊老大人站在馬臺石上説：『梅兄，不及送風，回來接風罷。』他下了馬臺，原是五短身材。（小生）來。（末）有。（小生）這厮言語支吾，恐怕是假冒來的，叫他去罷。（丑先介）打傘，到兵部王老爺那邊去。（末）老爺道你假冒來的，去罷。（丑）什麼？是假冒來的？現有太老爺家書在此，怎説是假冒來的？打傘，走了，走了。（末）老爺有請。（小生）怎麼説？（末）有太老爺家書在此。（小生）吓！鄉兄。（丑）大人。（小生）既有家書，何不早遞？（丑）大人有話動問，適纔到忘了。令尊老大人蔡從簡，太夫人秦氏，小夫人趙氏五娘，鄰比張大公張廣才多多致意。（小生）吩咐備飯。（丑）又要大人費心。（小生）好説。聞得陳留郡饑荒？（丑）荒吓！荒得了不得！（小生）是水荒呢旱荒？（丑）是旱荒。（小生）府縣官爲何不祈雨？（丑）怎説不祈雨？那一天雨便祈不下，倒祈了一條活龍下來；龍爪内帶了許多冰雹。只麼乒乓乒乓，打死了無數的人。（小

(一) 謊：原作『慌』，據文義改。

生）打死的何等樣人？（丑）有天理，打死的都是那些扒灰的老兒。（哭介）（小生）鄉兄爲何掉下淚來？（丑）家父不幸，亦遭此難。（小生）休得取笑。下官修書失陪。（丑）大人請便。（小生）院子代陪。（末）相公，這裏來。（丑）管家，你離家已久，可有什麼信兒寄去？（末）信是要寄，没有便人。（丑）我與你帶去。（末）怎好有煩相公？（丑）順風吹火，用力不多。你去修書。（末）無人在此斟酒。（丑）不妨，有小價在此。（末）如此，有慢。（下）（丑）那丟胥一頓，阿是我挑呧喫個？（浄）狗頭，我服了你了。（丑）啥是要好好能學得來。（浄）吁，吁，吁。（丑）少喫點。（末）老爺出來。（小生上）（丑白）多謝大人賜飯。（小生）好説。鄉兄，有書一封，白銀五百兩，煩兄寄與家父。（丑）大人書便晚生帶去，這銀子不敢帶。（小生）爲何？（丑）恐怕是假冒來的。（小生）方纔言語，休得見怪；還有白銀十兩，權爲路費。（丑）又要大人費心。見了老大人，可有什麼話兒？（小生）鄉兄吓。

【駐馬聽】（唱）書寄鄉關，説起教人心痛酸。（丑介）來，銀子重得緊，拿了去。（浄接銀）（小生連唱）傳與我八旬父母，兩月夫妻，隔着萬水千山。啼痕緘處翠消班，夢魂飛遶銀屏遠。（仝）報道平安，一家賀喜，他日相見。

（丑）告辭。（小生）院子，代送。憑伊千里寄佳音，（丑）説盡離人一片心。（小生）須知相别經多載，（丑）方寄家書抵萬金。（此白通行不念，唱完即下。）（末）吓！相公，有書一封，白銀三十兩，寄與家父。（丑）我與你帶去是了。（丑）有白銀二兩奉送相公。（丑）怎好受你的？（末）休得太謙，請收了。（丑）多謝！這小價有些瘋癲，不要採他，醒來，原叫他到舊所在來。（末）曉得。（丑）阿呀！這天還要下雨，這把傘待我帶了走。管家，不久就有回書，請了。（末）請了。（丑）讓個毬養個一直困丟罷。（下）（末）呔！你家相公去了。（浄）却不道怎的？（末）叫你到舊所在去。（浄）又不道怎麼。（末）呸，走出去！（下）（浄）吁吁哈哈！這狗頭，銀子在我處，還要叫我到舊所在去。難道再到三郎廟裏去分該他？待我溜掉了他。（丑上）咦！哈哈！（即下）（浄）這狗頭，撞着了都没有看見，我且到九曲灣去躲一躲。一二三四五六七八九個灣，這裏有個猪圈，待我躲在裏頭，假作登東。（丑嗽上）哈哈！銅錢銀子尋起人來介個容易個？方纔我拿個假紙包對俚一摔，個毬養個好像火卵子能個，搶子去哉。瞥面走纔匆看見，爲此我拉收舊灘上捉搭一頂小凉帽，換換個服色，到九曲灣裏去躲一躲。一二三四五六七八九個灣，有個猪圈拉裏。吓！有隻老猪婆拉哈。（浄）誰吓？（丑）奢人？（浄）那一個？（丑）六個。（各見）嘿嘿！（丑）捉賊！（下）（浄）拿拐子！這狗頭溜掉了，待我到毛廁上假作出恭，看看銀子如何？說得有理。（唱）這叫做羊毛兒出在那羊身上喑。是一張皮紙。我想有了銀子，買幾間房子住住也是要的。（唱）這叫做羊毛兒出在那羊身上喑。又是一張紙。我有了這宗銀子，做幾件衣服穿穿也是要的。（唱）這叫做羊毛兒出在那羊身上喑。咦！又是一張紙。吖，想必這家人家是開紙鋪的。我如今有了這行銀子，討個老婆頑耍耍也是要的。（唱）這叫做羊毛兒出在那羊身上喑。（内）賣海獅。（浄）什麼？（内）賣海獅。（浄）我認道拿拐子，把我一唬，銀子掉在毛坑裏去了。待我來摸他起來。阿一噲！爛臭的。咦！銀子變拉黑的。待我來磨磨看。阿呀！是一塊磚頭。阿呀！我的媽媽吓！咳！我一生做了大騙，倒被小騙騙去了。咳！

〔水紅花〕（干念）我一生好酒蜜駝囉，醉羅呵，諸般勿顧。誰知今日遇强徒，被他局渾身脱付。無子衣裳還猶可，那得出鬍鬚阿。鬍子倒變子光，下扒摸一摸，搠手痛阿一哇也囉！衣裳騙得乾乾净净，倒學了兩句乖：却不道怎的？又不道怎麼。還有一個字：吁！吁！吁！

（下）

造墳

（正上引凡调）

【掛真兒】四顧青山静悄悄，思量起暗裏魂銷。黄土傷心，丹楓染淚，謾把孤墳獨造。

〔菩薩蠻〕白楊蕭瑟悲風起，天寒日淡空山裏。虎嘯與猿啼，愁人添慘悽。窮泉深杳杳，長夜何由曉。灑淚泣雙親，雙親聞不聞？奴家自從喪了公婆，十分狼狽。昨日承張大公將公婆的靈柩送至山中，免不得造墳安葬。怎奈無錢倩人，只得自己搬泥運土，將公婆埋葬。恐得罪了方神太歲，不免先拜告一番，然後動土。

【香遍歌頭】一拜中央戊己土，二拜左青龍右白虎，三拜前朱雀後玄武，四拜五方八面諸神聖，猶恐冒犯衆神祇，請神各自歸仙府。

拜告已畢，不免動土則個。

【二犯五更轉】（唱）把土泥獨抱，麻裙裹來難打熬。空山寂静無人到，但我情真念切，到此不憚勞。何曾見葬親兒不到？說甚三匝圍喪，那些個卜其宅兆？思量起，是老親合顛倒。阿呀！公公吓！你圖他折桂看花早，不想自把一身，送在白楊衰草。慢自苦，這苦憑誰告？

搬了一回，身子困倦，不免就在此略睡片時，醒來再運。

【卜算子前】（唱）墳土未曾高，筋力還先倦。

（睡介）（鬼卒外上）善哉！善哉！吾乃當山土地是也，奉玉帝敕旨，因見趙五娘行孝，特令差撥陰兵，助他築墳。不免唤出南山白猿使者，北嶽黑虎將軍前來聽用。猿、虎二將何在？（雜上）來也。大聖，有何法旨？（外）吾奉玉帝敕旨，特差爾等率領陰兵，幫助孝婦築造墳臺，不得有誤。（雜）領法旨。（搬運住）啓大聖，墳臺已成。（外）速退。（應下）（外）待我唤醒他，分付一番。吓！五娘子，聽吾分付。

【好姐姐】（唱）聽吾道語：吾特奉玉皇敕旨，憐伊孝心，故遣陰兵來助你。（合頭）墳成矣，別了二親尋夫婿，改换衣裝往帝畿。

還有偈言分付你：明日有兩位仙長，贈汝雲巾、道服、琵琶，改换衣裝，往京都尋取丈夫。牢牢記着，

吾去也。正是：大抵乾坤都一照，(一)免教人在暗中行。（下）（正醒）

【卜算子後】（唱）夢裏分明有鬼神，想是天憐念。怪哉吓怪哉！適才似夢非夢，見神人分付道，墳已造成，教我往京都尋取丈夫。我想獨自一身，幾時能勾成墳？呀！果然這墳臺造成了。分明是神道變化，待我拜謝一番。

【二犯五更轉】（唱）怨苦知多少？只道兩三人同做餓殍。公婆吓！今日幸賴神力，成此墳臺，先靈已得安妥。只是我未葬之時，也還像相親相傍一般；如今葬了呵。（唱）窮泉一閉無日曉，歎如今永别，再無由相倚靠。只愁我死在他鄉中道，我的骨頭何由來到？從今去，這墳呵，只願得塚乾燥，福子蔭孫也都難料。便蔭得三公，濟不得親老。淚暗滴，復把蒼天禱。（生嗽上，丑隨）

【划鍬令】悲風四起吹松柏，山雲黯淡日無色。（丑）虎嘯與猿啼，怎不慘慽？（仝）趲步行來都到峭壁，好與孝婦添助氣力。

（生）老漢張廣才，只爲蔡老員外夫婦棄世，虧了他媳婦五娘子支持。聞得他把裙包土，築造墳臺。我想人家要造一所墳臺，不知要費許多工程才能成功，他是一個女流，如何造得成？爲此帶了家童，與

(一) 抵：原作『帝』，據汲古閣刊本《繡刻琵琶記定本》改。

他添助些氣力。呀！好奇怪，這墳臺如何造成了？（正）吓！大公，奴家方纔少睡片時，夢見鬼神助我築造墳臺；又教我往京都尋取丈夫；又説明日有兩位仙長贈我雲巾、道服、琵琶。及至醒來，果然墳臺造成了。（生）五娘子，這是你孝心所感，故而如此。（正）大公吓！

【好姐姐】（唱）念奴血流滿指，奈獨力墳成無計。深感老天，暗中相護持。（合頭）墳成矣，别了二親尋夫婿，改换衣裝往帝畿。

【前腔】（唱）老夫帶着小使，待與你添些力氣，誰知有神暗中相救濟。（合頭）

【前腔】（丑）你們真個見鬼，這松柏孤墳在何處？恰纔小鬼是我粧扮的。（合頭）

（生）孝心感格動陰兵，（正）不是陰兵墳怎成？（丑）萬事勸人休碌碌，（合）舉頭三尺有神明。（下）

賞秋

（旦上唱凡調引）

【念奴嬌】楚天過雨，正波澄木落，秋容光浄。（浄、丑、兩旦仝唱）誰駕冰輪來海底，碾破瑠璃千頃。（旦）環珮風清，笙歌露冷，人在清虚境。（仝）珍珠簾捲，小樓無限佳興。

（旦）玉作人間秋萬頃，銀葩點破瑠璃。瑶臺風露冷仙衣，天香飄到處，此景有誰知？（衆）未審明年明月夜，此時此景何如？珠簾高捲醉瓊巵，（旦）莫辭終夕勸，（衆）動是隔年期。（旦）老媽媽。（浄）那。

(旦)今夜月色可愛，你去請老爺出來賞月。(浄)是哉。喒！老爺。(小生内)怎麽？(浄)夫人請呧出來賞月亮。(小生内)我要睡，不出來了。(浄)夫人，老爺説要困了，勿出來哉。(旦)惜春，再去請。(丑)是哉。我説呧個老太婆無用個，看我去一請就出來。(浄)看呧哉那？(丑)喒！老爺。(小生内)又是怎麽？(丑)夫人請老爺出來賞月亮。(小生内)我不耐煩賞月。(丑)勿嚧，夫人自家拉裏請。(小生)賞燈。(二院子應)

【引】(小生上)逢人曾寄書，書去神亦去。今夜好清光，可惜人千里。

(旦)相公。(小生)夫人。(旦)今夜月色可愛，請你出來賞月，無事爲何推阻？(小生)月有甚好處？(旦)怎麽不好？看玉樓清光捲霞綃，雲浪深處沉徹。丹桂飄香清思爽，人在瑶臺銀闕。(小生)影透鳳幃，光寒羅帳，露冷蛩聲切。關山今夜，照人幾處離别。(院)須信離合悲歡，還如玉兔，有陰晴圓缺。便做人生長宴會，幾見冰輪皎潔？(梅)此夜明多，隔年期遠，莫放金尊歇。(旦)但願人長久，(仝)年年仝賞明月。(旦)掌燈，到玩月樓去。(衆應)

【念奴嬌】(小生、旦唱尺調)長空萬里，(衆仝)見嬋娟可愛，全無一點纖凝。十二闌干光滿處，涼浸珠箔銀屏。偏稱，身在瑶臺，笑斟玉斝，人生幾見此佳景？(合頭)惟願取年年此夜，人月雙清。

【前腔】(小生)孤影，南枝乍冷。見烏鵲縹緲驚飛，棲止不定。萬點蒼山，何處是修竹吾廬

三徑？（旦）追省，丹桂曾攀，嫦娥相愛，故人千里慢同情。（合頭）

【前腔】愁聽，吹笛《關山》，敲砧門巷，月中多是斷腸聲。人去遠，幾見明月虧盈。惟應，邊塞征人，深閨思婦，怪他偏向別離情。（合頭）

【古輪臺】峭寒生，鴛鴦瓦冷玉壺冰，闌干露濕人猶凭，貪看玉鏡。況萬里清明，皓彩有十分端正。三五良宵，此時獨勝。把清光多付與，酒杯傾。從教酩酊，拚夜深沉醉還醒。酒闌綺席，漏催銀箭，香銷寶鼎。斗轉與參橫，銀河耿，轆轤聲已斷金井。

【前腔】閒評，月有圓缺與陰晴，人世上有離合悲歡，從來不定。深院閒庭，處處有清光相映。也有得意人兒，兩情暢詠；也有獨守長門伴孤零，君恩不幸。有廣寒仙子娉婷，孤眠長夜，如何捱得這更闌寂靜？此事果無憑。但願人長久，小樓玩月共同登。

【尾聲】聲哀訴，促織鳴。俺這裏歡娛未罄，却笑他幾處寒衣織未成。

（旦）今宵明月正團圓，（小生）幾處淒涼幾處歡。（院）但願人生得久長，（梅）年年千里共嬋娟。（吹下）

描容

（正上引凡調）

【胡搗練】辭別去，到荒坵，只愁途路霎生受。畫取真容聊藉手，逢人將此免哀求。

鬼神之道，雖則難明；感應之理，不可不信。奴家前日獨自在山築墳，正睡之間，忽夢一神靈，自稱當山土地，帶領陰兵與奴家助力；教我改換衣粧，往洛陽尋取丈夫；又説明日有兩位仙長指引去路。醒來時，果然墳臺已完，恰遇兩位仙長贈我雲巾、道服、琵琶。我如今只得扮做道姑模樣，將這琵琶做個行頭，一路上唱幾個行孝曲兒，抄化前去，恰似叫化一般。（哭介）只是一件，我幾年間與公婆廝守，如何一旦撇了前去？我自幼頗頗曉丹青，不免畫取公婆真容，背着一路上也似相親相傍一般。若遇小祥忌辰，展開一看，與他燒些香紙，奠些酒飯，也是奴家一點孝心。（哭介）不免描畫公婆真容則個。

【三仙橋】（六調）一從公婆死後，要相逢不能勾，除非是夢裏暫時略聚首。苦要描，描不就，暗想像，教我未寫先淚流。寫、寫不出他苦心頭，描、描不出他饑症候，畫、畫不出他望孩兒的睁睁兩眸。我只畫得他髮颼颼，和那衣衫敝垢。我若畫做好容顔，須不是趙五娘的姑舅。

【前腔】我待畫你個龐兒帶厚，他可又饑荒消瘦。我待畫你個龐兒展舒，他自來常慍皺。若寫出來，真是醜；那更我的心憂，也做不出他歡容笑口。吓！不是我不會畫那好的，我自到他家呵。（唱）只見他兩月稍優遊，其餘的也都是愁。我只記得他形衰貌朽。便做他孩兒收，也認不出是當初父母，也縱認不出是蔡伯喈當初的爹娘，須認得是趙五娘近日來的姑舅。

真容已畫完，公婆吓！媳婦今日遠行，理當做碗羹飯。奈我身無半文，無可措辦，只有清香一炷，望公婆鑒納。

【前腔】（唱）非是我尋夫遠遊，只怕我公婆絶後。奴見夫便回，此行安敢久？苦！路途中，奴怎走？望公婆相保佑奴出外州。阿呀！倒是我差了。（唱）他尚兀自没人看守，如何來相保佑？只怕奴去後，冷清清有誰來拜掃？(一)縱使遇春秋，一陌紙錢怎有？你生是個受凍餒的公婆，死做個絶祭祀的姑舅。（下連《别墳》）

别墳

（生嗽上）衰柳寒蟬不可聞，金風敗葉正紛紛。長安古道休回首，西出陽關無故人。吓！五娘子，開門。（正）是那個？（生）老漢在此。（正）原來是大公。（生）五娘子。（正）大公萬福。（生）聞得你今日遠行，老漢特來送别；但不知幾時起身？（正）正要到府拜别，即刻就行了。（生）老漢帶得碎銀幾兩，與你路費，請收了。（正）奴家不敢推辭，多謝大公。（生）好説。吓！桌兒上是？（正）是公婆的真容。（生）五娘子，你衣食尚且不週，那有銀錢請人描畫真容？（正）大公吓！奴家那有銀錢倩人

(一) 掃：原作「帚」，據汲古閣刊本《繡刻琵琶記定本》改。

描畫真容？是奴家胡亂畫的。（正）若是畫工畫的別，不消看得；既是五娘子自己畫的，乞借一觀。（正）拙筆不足以當大觀。（生）好説。（正）大公請觀。（生）畫得好，畫得像吓！（仝哭）（生）老哥老嫂。（正介）公公婆婆。（生）死別多應夢裏逢，謾勞孝婦寫遺踪。可憐不得圖家慶，辜負丹青泣畫工。衣破損，鬢鬔鬆，千愁萬恨在眉峰。蔡郎不識年來面，趙女空描別後容。（仝哭）（生）五娘子，這是你孝心所感，故而畫得像。收好了。（正）是。奴家有事相託。（生）有何事？（正）奴家去後，公婆這所墳墓，望大公早晚看管一二。（生）這個都在老漢身上。（正）多謝大公。（生）五娘子，你今日遠行，老漢有幾句言語囑咐你。（正）大公有何分付？（生）五娘子，你少長閨門，豈識路途？蔡郎臨別時，你青春嬌媚。如今遭此年荒歲歉，貌醜身單。（正）是。（生）桃花歲歲皆相似，人面年年自不同。蔡郎去時，他曾道來。（正）他道什麼來？（生）他道：若有寸進，即便就回。如今年荒親死，一竟不回，知他心腹事如何？（正）是吓！（生）咳！畫虎畫皮難畫骨，知人知面不知心。蔡郎原是讀書人耶，一舉成名天下聞。別久不知因甚故，年荒親死不回門。（仝哭）（生）五娘子，你去京城須仔細，逢人下禮問虛真。若見蔡郎謾説千般苦，只把琵琶語句訴原因。未可便説他妻子，未可便説喪雙親。未可便説裙包土，未可便説剪香雲。若得蔡郎思故舊，可憐張老一親鄰。（仝哭）（生）我今年已七十歲，比你公公少一旬。你去時還有張老來相送，你回時不知張老死和存。（仝哭）（正）大公何出此言？（生）五娘子，你逢人且説三分話，未可全抛一片心。你須牢牢記着吓！（正）大公金玉之言，怎敢有忘？奴家還有一事，不識進退之懇。（生）還有何事？（正）這是公公在日寫下的遺囑，並剪下的頭髮，望大公收下。（生）這却爲何？（正）奴家此去，若得尋見伯喈，這話不必提起；倘在路有些差遲，等伯喈回來，將此二物與他一看，以表奴家一點孝心。（哭介）（生）這也虧你想得到。待我與你收下了。（正）奴家還要到公婆墳上去拜别。（生）該去拜的。待他陰空護佑你前去。（正）待我閉上了門兒。（生）五娘子請。（正）大公請。（生）轉過翠柏蒼松，（正）來到荒丘墳墓。吓！阿呀！公婆吓！（圓場）媳婦今日前往洛陽，尋取你兒子，望公婆阿呀護佑嘘！（唱）（生介）吓！老哥老嫂，你媳婦今日前往洛陽，尋取你兒子回來，保佑他在路上没好行吓好走！

【憶多嬌】（正唱凡調）魂渺漠，無倚托。阿呀！程途萬里，教我懷夜壑。大公請上，受奴一拜。（生）不消。（正唱）此去孤墳，望公公看着。（生介）阿呀！請起。（仝唱）（合頭）舉目消索，舉目消索，滿眼盈盈淚落。

【前腔】（生）承委託，我當領諾。這孤墳看守，我決不爽約。但願你在途中吖哈！身安樂。（仝）（合頭）

【鬥黑麻】（正接）深謝得公公，便相允諾。從來的深恩，怎敢忘却？只怕途路遠，體怯弱，怕病染孤身，衰力倦脚。（仝）（合頭）此去孤墳寂寞，路途滋味惡。兩處堪悲，兩處堪悲，萬愁怎没？

【前腔】（生）伊夫婿多應是，貴官顯爵，伊家去須當審個好惡。五娘子，似你這般喬打扮，他

怎知覺？一貴一貧，怕他將錯就錯。（仝）（合頭）

（正）就此拜别。

【哭相思】（唱）爲尋夫婿别孤墳，（生）只怕你兒夫不認真。（仝）流淚眼觀流淚眼，斷腸人送斷腸人。

（生）五娘子請轉。（正）大公，怎麼説？（生）你是不曾出過門的，路上須要遲行早宿。倘尋見丈夫，千萬寄封書回來，免得老漢在家懸望。（正）是。公婆這所墳墓，望大公看管一二。（生）多在老漢身上，你放心前去。（正）大公在家保重，我自去了。（生）路上小心。（正）吓！阿呀！公婆吓！（下）（生）慢些走！慢些走！咳！難得有這樣孝順媳婦。吓！老哥老嫂，你媳婦前往洛陽尋取你兒子，保佑他路上好行好走，早見你兒子之面。我是去了，改日再來看你。吖！改日再來。咳！難得吓難得！（嗽下）

盤　夫

（小生上引）

【菊花新】封書遠寄到親闈，又見關河朔雁飛。梧葉滿庭除，咳！争似我悶懷堆積。

封書寄遠音，寄上萬里親。書去人亦去，兀然空一身。下官喜得家書，報道平安。已曾修書回去。這幾日常懷思想，反添愁悶。正是：雖無千丈綫，萬里繫人心。

【意難忘】（旦上）綠鬢仙郎，懶拈花弄柳，(一)勸酒持觴。（小生介）咳！（旦連）眉顰知有恨，吓！相公。（小生）阿呀呀！原來是夫人。（旦唱）何事苦相防？（小生）夫人。（旦）相公。（小生）請坐。（旦）有坐。古人云：顰有爲顰，笑有爲笑。古之君子，當食不嗟，臨樂不嘆。無事而戚，爲之不祥。你自到我家，不明不暗，似醉如癡，終日憂悶，爲着甚的？還是少了喫的呢穿的吖？（小生）夫人，你那知我的就裏？（旦）相公，你每日呵，

【紅衲襖】（唱尺調）你喫的是煮猩唇和那燒豹胎，穿的是紫羅襴，(二)繫的是黃金帶。你出入呵，只見五花頭踏在你馬前排，三簷傘兒在你頭上蓋。（連白）你莫怪我說。（小生介）但說何妨？（旦唱）你本是草廬中一秀才，今做了漢朝中梁棟材。你有甚不足，只管鎖着眉頭也，唧唧噥噥不放懷？

【前腔】（小生）夫人，我穿的是紫羅襴，倒拘束得我不自在。穿着這皂朝靴，怎敢胡亂踹？口兒裏喫幾口慌張張要辦事的忙茶飯，手兒裏拿着個戰兢兢怕犯法的愁酒杯。倒不如嚴

(一) 懶拈花：原作『攬年華』，據汲古閣刊本《繡刻琵琶記定本》改。
(二) 襴：原作『襤』，據汲古閣刊本《繡刻琵琶記定本》改。

子陵登釣臺，怎做得揚子雲閣上災？[一]似我這般爲官呵，只管待漏隨朝，可不誤了秋月春花也，枉幹碌碌頭又白？

（旦）相公，我倒猜着你的意兒了。（小生）猜着什麽來？

【前腔】（旦唱）莫不是丈人行性氣乖？（小生介）不是。（旦連唱）莫不是妾跟前缺款待？（小生介）也不是。（旦連唱）莫不是畫堂中少了三千客？（小生介）都不是。（旦連唱）莫不是繡屏前少了十二釵？（小生）阿呀呀！一發不是了。（旦）吓！（唱）這話兒教人怎猜？這意兒教人怎解？（小生）其實難解。（旦）今番一定猜着了。（小生）又猜着什麽？（旦唱）敢則是楚館秦樓，有個得意人兒也，悶懨懨常掛懷？

【前腔】（小生）夫人，有個人兒在天一涯，只落得臉銷紅眉鎖黛。[二]我不是傷秋宋玉無聊賴，有甚心情去戀着閒楚臺？（旦）有話可對我説。（小生）夫人，三分話兒直恁猜，一片心兒直恁解。（旦）有話對我説了也不妨吓。（小生）哎！（唱）你休纏得我無語無言，若還提起那籌兒也，撲簌簌淚滿腮。

[一] 災：原作『裁』，據汲古閣刊本《繡刻琵琶記定本》改。
[二] 銷：原作『消』，據汲古閣刊本《繡刻琵琶記定本》改。

（旦）相公，我待不解勸你，你也只管愁悶；我來問你，你又不肯對我説，教我也没奈何。罷！夫妻何事苦相防？莫把閒愁切寸腸。（小生）各人自掃門前雪，（旦）是吓！莫管他家瓦上霜。只也由你，但憑你吓！（下）（小生）咳！難將我語和他語，未必他心似我心。下官娶妻兩月，别親數載。朝夕思想，反添愁悶。我那新娶妻房，雖則賢惠，幾次問及。欲待將此事與他説知，他焉肯仝我回去？只是他爹爹知我有媳婦在家，如何肯放？不如權且隱忍，改日求一鄉郡除授，那時回去見我雙親，却不是好？吓！夫人吓！夫人，非是隄防你太深，（一）只因伊父苦相禁。正是：夫妻且説三分話，（旦暗上）吓！相公，那些個未可全拋一片心？（小生介）阿呀！阿呀！又被夫人聽見了。（旦連）好吓！你瞞我也由你，只是你爹娘媳婦在家，都怨着你哩！（小生介）阿呀！可不是麼？

【江頭金桂】（旦唱正調）怪得你終朝顛窨，只道你緣何愁悶增？教咱猜着啞謎，爲你沉吟，那籌兒没處尋。我和你共枕同衾，你瞞我則甚？你自撇了爹娘媳婦，屢换光陰，他那裏須怨着你没信音。笑伊家短行，無情忒甚。到如今兀自道且説三分話，未可全拋一片心。

【前腔】（小生）夫人，非是我聲吞氣忍，只爲你爹行勢逼臨。怕他知我要回去，將人厮禁，我要説時又將口噤。不瞞夫人説，我待解朝簪，再圖鄉任。他不隄防着我，須遣我到家林，和你

（一）你：原作『我』，據汲古閣刊本《繡刻琵琶記定本》改。

雙雙兩人歸晝錦。阿呀！天吓！嘆雙親老景，存亡未審。（旦）可曾修書回去？（小生）已曾修書回去。（旦）可有回音？（小生）夫人吓！（唱）只怕雁杳魚沉。又不是烽火連三月，真個家書抵萬金。

（旦）既如此，待我去對爹爹説，和你一仝回去。（小生）你爹爹知我有媳婦在家，如何肯放？莫説罷。（旦）我爹爹身爲太師，風化所關，宛轉所喜，難道不顧人意？（小生）若不濟事，可不枉了？（旦）不妨。雪隱鷺鷥飛始見，柳藏鸚鵡語方知。（小生）假饒染就紺紅色，免被傍人講是非。（旦）講什麽是非？在我身上，保你回去。（小生）夫人竟保下官回去？（旦）保你回去。（小生）如此，全仗夫人。（旦）在我身上。（小生）阿呀呀！多謝夫人。（旦）在我。（小生）全仗夫人。哈哈！（下）

諫父

（外上）

【引】好怪吾家門婿，鎮日不展愁眉。教人心下常縈繫，也只爲着門楣。入門休問榮枯事，觀着容顔便得知。老夫自招蔡伯喈爲婿，可爲得人。只一件，他自到我家，終日眉頭不展，面帶憂容，不知爲何？且待女兒出來，便知端的。

【引】（旦上）只道兒夫何意，如今就裹方知。萬里家鄉，要同歸去，未審爹意何如？

爹爹萬福。（外）罷了。吾老已入桑榆，自嘆吾之皓首；汝今幸調琴瑟，每爲汝而忘憂。夫婿何故不樂？吾兒必知端的。（旦）告爹爹知道。（外）起來説。（旦）伯喈娶妻六十日，即赴科場；别親三五載，並無消息。温靖之禮既缺，伉侶之情何堪？今欲歸故里，辭至尊家尊而同行；待同侍高堂，執子道婦道以盡禮。（外）吾兒差矣！吾乃紫閣名公，汝是香閨艷質。何必顧彼糟糠婦？焉能事此田舍翁？他久别雙親，何不寄封音書回去？汝從來嬌養，豈能涉萬里之程途？休惑夫言，當從父命。（旦）爹爹，孩兒曾觀典籍，未聞婦道而不拜姑嫜；試論綱常，豈有子職而不侍父母？若重唱隨之意，當盡定省之儀。彼荆釵裙布，既以獨奉親闈之甘旨；此錦屏繡褥，豈可久戀監宅之歡娛？（一）爹爹身居相位，坐理朝綱，豈可斷他人父子之恩，絶他人夫婦之義？使伯喈有貪妻之愛，不顧父母之愆；使孩兒有違夫之命，不侍舅姑之罪。望爹爹容恕，乞賜矜憐。（外）胡説！他既有媳婦在家，你去則甚？

（旦）爹爹，

【獅子序】（唱六調）他媳婦雖有之，念奴家須是他孩兒的次妻。那曾有媳婦不侍親闈？若論做媳婦的道理，須當奉飲食，問寒暄，相扶持蘋蘩中饋。又道是養兒待老，積穀防饑。

（外）既是養兒待老，積穀防饑，當初何必教他來赴選？（旦）爹爹吓，

【太平歌】（唱）他來求科舉，指望錦衣歸，不想道爹爹留他爲女婿。（外介）我留他做女婿，也不

（一）監：原作「見」，據汲古閣刊本《繡刻琵琶記定本》改。

曾怠慢他。（旦連唱）他埋怨洞房花燭夜，（外介）自古有緣千里來相會。（旦連）那些個千里能相會？只要保全金榜掛名時，他事急且相隨。

（外）事已如此，伯喈也枉自愁悶。（旦）伯喈呵，

【賞宮花】（唱）他終朝慘悽，我如何忍見之？若論爲夫婦，須是共歡娛。他數載不通魚雁信，枉了十年身到鳳凰池。

（外）那伯喈思想父母要回去，你如何也要去？你這妮子，敢是癡迷了？

【降黃龍】（旦唱）須知，非是我癡迷。已嫁從夫，怎違公議？（外）你若去時，只是我没個親人在旁，教我如何捨得？（旦哭唱）爹猶念女，怎教他爹娘不念孩兒？（外）非是我不放你去，他有媳婦在家，你去時只怕耽擱了你。（旦）爹爹。（唱）休提，總把奴耽擱，比耽擱他媳婦何如？那些個夫唱婦隨，嫁鷄逐鷄飛？

（外）兒吓，他是貧賤之家，你如何去伏侍他的父母？（旦）哎！

【大勝樂】（唱）婚姻事難論高低，若論高低何不休嫁與？假饒親賤孩兒貴，終不然便抛棄？（外）他有媳婦在家，你去做甚麼？（旦唱）奴是他親生兒子親媳婦，難道他是何人我是誰？爹居相位，（外介）我不放他回去，他敢奈何我麼？（旦連）阿呀爹爹吓，怎說出傷風敗俗非理的言語？

（外）呸，夫言中聽父言非，懊恨孩兒見識迷。我本將心托明月，誰知明月照溝渠。我不放他回去，皆因爲你，怎麽反把我來挺撞？可惡！放肆！吖哈哈！阿，就是伯喈，我不放他回去，他敢走一走，敢動一動麽？吖哈哈！没相干，終是女生外向。嘿嘿！（旦哭介）（外）哆！這等無禮！可惡！放肆！吖哈哈！可惱吓可惱！（下）（旦）正是：酒逢知己千杯少，話不投機半句多。好笑我爹爹不顧仁義，反道我挺撞了他。昨日伯喈原教我不要説的，如今怎好去回他？相公吓！你一心只欲轉家鄉，怎奈爹行不忖量。大風吹倒梧桐樹，自有旁人説短長。咳！（下）

回話

（小生上唱六調）

【稱人心】撇呆打墮，早被那人瞧破。他要同歸，知他爹怎麽？我料想他們不允諾。吓！夫人，你爲甚納悶在此？我知道了。（唱）緣何獨坐？想是你爹爹不從你的言語。昨日呵，（唱）伊家道利齒伶牙，争奈你爹行不允。

（旦）咳！不要説起。

【前腔换頭】（唱）我爹爹，全不顧，人笑呵，這其間只是我見差。（小生）禍根芽從此起，災來怎躲？（旦）相公吓！（唱）他道我從着夫言，怒我不依親話。

（小生）吓！夫人，

【紅衫兒】（唱）你不信我教伊休説破，到此如何？算你爹心性，我豈不料過？(一) 我爲甚亂掩胡遮？也只爲着這些。你直待要打破砂鍋，都是你招災攬禍。

【前腔換頭】（旦）不想道相挜靶，這做作難禁架。我見你每每咨嗟要調和，誰知道好事多磨起風波？把你陷在地網天羅，如何不怨我？天吓！懊恨只爲我一個，却擔擱了兩下。

【醉太平】（小生）蹉跎，光陰易謝，縱歸去晚景之計若何？名韁利鎖，牢絡在海角天涯。知麽？我多應老死在京都，孝情事一筆都勾罷。苦！這般摧挫，傷情萬感，淚珠偷墮。

【前腔】（旦）非詐，奴甘死也。若奴不死時，君去須不可。（小生介）夫人，你如何説這話？（旦連）相公，奴身值甚麽？只因奴誤你一家。差訛，假饒做夫婦也難和，你心怨我心縈掛。奴身拚捨，成伊孝名，救伊爹媽。

（小生）夫人，你休這般説。怕你爹爹知道，反加譴責。（旦）妾當初勉承父命，遣事君子。不意君家有白髮雙親，青春之妻室。致君衷腸不滿，名行有虧。如今思之：誤君雙親者，妾也；誤君妻室者，妾也；使君爲不孝薄倖之人，皆妾也。妾之罪大矣！縱偷生於斯世，亦公議所不容。昔聶政姊死，倚

(一) 料：原作『是』，據汲古閣刊本《繡刻琵琶記定本》改。

屍傍以成弟之名；王陵母死，伏劍下以全子之節。妾豈愛一身，誤君百行？妾當死於地下，以謝君家。（小生）夫人，你只知其一，不知其二。你若因諫父不從而死，却不是陷親於不義了？這是決不可。（旦）相公也説得是；只是累你一時回去不得，如何是好？（小生）夫人勿憂。或者你爹爹也有回心轉意之時，亦未可知。一心只望轉家鄉，（旦）怎奈爹爹不忖量。（小生）向來私恨無人覺，（仝）今日相看兩斷腸。（下）

途勞

（正上唱凡調）

【月雲高】路途勞頓，行行甚時近？未到洛陽城，盤纏都使盡。回首孤墳，空教奴望孤影。他那裏，誰偢倸？我這裏，誰投奔？正是西出陽關無故人，須信道家貧不是貧。

〔蘇幕遮〕怯山登，愁水渡。暗憶雙親，淚把蔴裙漬。回首孤墳何處是？兩下蕭條，一樣愁難訴。玉消容，蓮困步。怨寄琵琶，彈罷添悽楚。惟有真容時時顧，惟悴相看，無語悽惶苦。奴家欲赴京尋夫，於路風飡水宿，履險登高，受了多少狼狽？尋到洛陽，見了丈夫，相逢如故，也不枉喫這番辛苦；倘或他如今富貴了，見我這般藍縷，不肯相認，怎麼處吖？

【前腔】（唱）暗中思忖，此去好無准。只怕他身榮貴，把咱不厮認。若是他不偢倸，教奴枉

受艱辛。他未必忘恩義，我這裏自閒評論。他須記一夜夫妻百夜恩，怎做得悠悠陌路人？咳！他若榮貴呵，

【前腔】（唱）在府堂深隱，奴身怎生進？他在駟馬高車上，我又難將他認。我有個道理，若到他跟前，只提起二親真容。咳！又怕消瘦了龐兒，他猶難十分信。呀！他到不得非親却是親，我自須防仁不仁。

哽咽無言對二真，千山萬水好艱辛。聞說洛陽花似錦，恐我來時不遇春。（下）

遣使

（外上引）

【番卜算】女話堪聽，使我心疑惑。暗中思忖覺前非，有個團圓策。

良藥苦口利於病，忠言逆耳利於人。昨日女兒要同伯喈回去，我只是不肯放。將言語來質辨我，我一時焦燥。思想起來，他的言語，句句有理。我欲待放他們回去，慮他少長閨門，難涉路途；況我年老，無人侍奉，如何捨得放他去？有個道理在此，不免差人去將伯喈的爹娘和媳婦迎取到來，多少是好。且待伯喈、女兒出來，商議則個。

【前引】（小生上）淚眼滴如珠，愁事縈如織。（旦接）早知今日悔當初，何似休明白。(一)岳丈、爹爹在上，待女婿、兒拜見。（外）罷了。我兒，你昨日説的話，我細思起來，却説得有理。待要教你同女婿回去，一則你弱質，難於遠行；二來我年老，無人侍奉。不若差人前去迎接蔡家爹娘媳婦到來，一仝居住，你二人意下如何？（旦）但憑爹爹作主。（小生）若得如此，感恩非淺。（外）如此，待我差李旺前去。（旦）多謝爹爹。（外）李旺那裏？（丑上）來也。頻聽指揮黄閣下，又聞呼喚畫堂前。相爺，有何分付？（外）我要差你到陳留郡，接取蔡狀元的員外、安人和小娘子，一仝來我府中居住。（丑）小人不敢去。（外）爲何？（丑）若取了那小娘子到來，夫人和他争大争小起來，那時可不要埋怨我李旺？（外）胡説！我今多給些盤纏，修書付你前去。（小生）李旺，你到了陳留郡，須要多方詢問；若是員外、安人、小娘子在路上時，須要小心伏侍。（丑）曉得。（外）李旺，

【四邊静】（干念）你去陳留仔細詢，專心去尋覓。請過兩三人，途中好承值。（合頭）休懷怨憶，寄書咫尺。眼望捷旌旗，耳聽好消息。

【前腔】（小生）只怕饑荒散亂無踪跡，存亡也難測。何況路途間，難禁這勞役。（合頭）

（旦）李旺，我還有説話分付你。你到了那邊，他們若問起蔡相公呵，

【福馬郎】（唱工調）你休説新婚在牛氏宅。（外介）説了何妨？（旦連唱）他須怨我相擔誤；歸

(一) 休：原作『伏』，據汲古閣刊本《繡刻琵琶記定本》改。

未得，只恐傍人聞之把奴責。（合頭）若是到京國，相逢處做個好筵席。

【前腔】（丑）相爺，多與我盤纏增氣力，萬水千山路，我曾慣歷。辭却恩官去，管取好消息。（合頭）

（外）限伊半月望回音，（小生）路上看承須小心。（旦）骨肉團圓應有日，（丑）家書一紙抵萬金。（小生）快去。（丑）是。（下）

卷四

陀寺

（末上吊場）年老心閒無別事，麻衣草履亦容身。相逢盡道休官好，林下何曾見一人？貧僧彌陀寺中五戒便是。今日寺中啓建無礙道場，不論貧富人等，薦度祖先，盡獲超升。正是：寄言苦海林中客，好向靈山會上修。（下）

【縷縷金】（浄嗽上）胡厮徑，兩喬才。家中無宿火，强追陪。（丑接）自來粧瘋子，如今難悔。（仝）向叢林深處且徘徊，都來看佛會，都來看佛會。

（浄）一日復一日，（丑）無處坐來無處立。（浄）亦無本錢做生意，（丑）終朝只好喫白食。（浄）吃白食到無場化喫處。（丑）聞得彌陀寺中啓建無礙道場，我裏去鐃鐃和尚罷。（浄）和尚是素浪湯，無奢喫頭。（丑）個樣年成，只要渾飽子肚皮，管奢葷拉素？（浄）倒也勿差，我搭呡粧個宦家公子模樣，好去擾俚個。（丑）倘然拿出緣簿來没那？（净）隨便臈離臈搨個寫拉上没哉。（丑）個没我裏那個稱呼？（净）啥没稱呼我大生，我没叫聲㕶二生，即要口裏相應，隨機應變。（丑）有理個，大生請吓。（净）二生請吓。東説陽山西説海，（丑）天彀海來地座子。（净）幾裏是哉。（丑）且進去。（净）阿有和尚走個巴出來。（末上）呀！原來是二位相公。（净、丑）吖哟！和尚。（末）二位相公請裏面坐。（净）二生請吓。（丑）大生請吓。（末）二位相公稽首。（净、丑）罷哉，罷哉。今朝爲奢能鬧熱？（末）今日寺中啓建無礙道場，故爾熱鬧。（净）我裏到勿曾帶得香金没那哼？（丑）番道我裏屁股裏介人參，（净）奢解説？（丑）後補。（净）勿差，後補。（末）多謝二位相公。請問二位相公上姓？（丑）個位相公纔勿認得個介？（末）不相認。（丑）俚丢個爺做個風臀縣現任個臀州府公子滑。（末）原來是一位貴公子。失敬了。（净）罷哉，罷哉。不知者不罪也。（末）此位是？（净）俚丢老太爺做過伸手大將軍，後來亦征復子賊匪了，欽加敲大鑼個銜拉丢身上，啥那説勿認得介？（末）原來又是一位貴公子。也失敬了。（丑）罷哉，罷哉。（净）和尚，㕶還是東房呢西房呢？（末）貧僧是東房。（净）怪道勿認得，西房没我裏來往個。（丑）個没就叫東房勿管西房事。（净）和尚，殿宇坍塌，爲奢勿修理？（末）没有大施主，難以動手。（末）奢個大事務？啥去拿緣簿出來，我裏二位相公來替㕶開緣簿。（末）待貧僧去取來。（净）隨便寫没哉。（末）哪，哪，哪，煩二位相公慈悲發心。（丑）大生請吓。（净）二生請吓。（丑）勿敢有儹，自然大生先請。（净）個没有儹哉。學生本姓陳，家住在南京，喜助香油一千斤，豆腐一塊。（丑）那説豆腐只得一塊介？（净）有個道理，拿一千斤香油倒拉一隻頭號頭鑊子裏，拿個塊豆腐拉邊上盪得下去，讓俚賊個僕漬漬滾。（丑）滾到何日是了？（浄）滾過子日脚没罷哉。（丑）倒也勿差。（浄）二生來哉。（丑）那是我來哉？小子本姓金，家住在常郡，喜助磚瓦石灰并鐵釘，外助楠本一萬四千八百零一根。（浄）那説零一根？（丑）無零勿成賬。（末）二位相公，這些東西往那裏去取？（浄）幾裏近段個油車纔是我開個，讓我寫個條紙，啥去發没哉。（丑）段段一方木行，我纔有分個，只要寫個票頭去發没哉。（末）多謝二位相公。（丑）大生，我裏去罷。（末）二位相公用了早膳去。（浄）飯到用得着拉裏。（丑）個没點菜哉？黄燜雞清燉脚魚。（浄）蟹粉炒塊肉。（末）貧僧是齋戒。（浄）素浪湯是無喫頭個。（丑）大生，就是素局儂儂罷。（浄）酒是總有個？（末）有匠人們喫的濁醪在此。（浄）快點去拿出來，讓我裏來濁俚兩濁。（末）待貧僧去取來。（丑）大生，濁醪阿好喫個？（浄）也不過如此。（末）二位相公，酒在此，請用。（丑）大生請吓。（浄）二生請吓。（丑）和尚，添一只杯子來，也喫一杯。（末）貧僧是戒酒除葷。（丑）吖，戒酒開色。（末）罪過吓。（浄）我裏悶酒吃勿慣，呾到外勢去，阿有唱道情個，叫俚進來唱唱。（末）待貧僧去看來。（下）

【前腔】（正背琵琶上唱）途路上，實難捱。盤川都使盡，好狼狽。試把琵琶撥，逢人乞丐。薦公婆魂魄免沉埋，特來赴佛會，特來赴佛會。

尚人稽首。（末）道姑何來？（正）貧道遠方而來。（末）到此何幹？（正）聞得寺中啓建無礙道場，特來抄化。（末）肩背琵琶，將來何用？（正）唱幾個行孝曲兒，趁些錢來，追薦公婆的。（末）候着。（正應）（末）二位相公，外面有一道姑，會唱行孝曲兒，可要叫他進來？（浄）且叫俚進來。（末應）吓，道姑呢？（正）在。（末）二位相公着你進去。（正應）（末）隨我來吥見了二位相公。（正）是，二位。（净）罷哉。（丑）咦！萩田裏個篾圈，（净）奢解説？（丑）尼姑。（净）道姑。（丑）勿差，道姑。（净）道姑，你姓甚名誰？那方人士？因何到此？乞道其詳。（正）貧道一言難盡。（丑介）呸且説得來。

（净）和尚，呸請事正。（末應下）

【銷金帳】（唱正調）聽奴訴語：奴是良人婦，（净介）既是良人婦，爲奢個付打扮？（正連）爲兒夫相耽誤。（丑介）那個耽誤？（正連唱）他一向赴選及第，（丑介）大生，奢叫及第？（净）中子狀元爲及第。（丑）中子狀元哉，倒要賀賀俚個。大生請吓。（正連唱）未歸鄉故。爲饑荒喪了，（净介）喪了何人？（正連唱）喪了親嫡舅姑。（丑介）没了公婆，誰人安葬？（正連）我獨造墳塋。（净介）到此做什麼？（正連）今爲尋夫來此。（丑介）可曾尋見你丈夫？（正連唱）兒夫未知，未知他在何處所。

（丑哭）（净）二生爲奢哭起來？（丑）天下只有三個苦人。（净）那三個？（丑）俚、嗏、我。（净）我俚是仙人。（丑）勿差，仙人。（净）道姑，你肩背琵琶，阿會唱道情個？（正）不會。（丑）個没阿會唱《剪剪花》？（正）也不會。只會唱行孝曲兒。（丑）大生，行孝曲兒阿好聽個？（净）個行孝曲兒没，叫好聽得來，我幾百年勿曾聽見哉。噲，道姑，呸且拿行孝曲唱起來，唱得好，我裏兩位相公就賞。（丑）大生，一個銅錢纔勿有，那哼賞？（净）我裏身上亦勿是着個瓦了，叫和尚上賬，每樣十兩阿好？（丑）有理個。徹過筵席，呸且唱起來。(正)二位聽了吓。

【前腔】(唱)凡人養子，最苦是十月懷胎苦，(浄介)起句唱得好。凡人十月懷胎，切極。賞呸一件花褶。和尚，上賬十兩。(正連)更三年勞乳哺。(丑介)三年乳哺，唱得妙！賞嗏一件花襖。和尚，上帳十兩。大生請吓。虧他受濕推乾，(浄介)字眼唱得清，賞嗏一頂巾。和尚，上賬十兩。二生請吓。(正连)不辭辛苦。真個千般愛惜，(丑介)唱得端正，賞嗏一條破裙。和尚，上賬十兩。大生請吓。(正連)萬般回護。兒有些不安，父母驚惶無措。(浄介)個句唱得好聽，賞嗏一頂俊巾。和尚，上賬十兩。二生請吓。(正連唱)直待可了，(一)可了歡欣似初。

(丑介)個句唱得凄慘，賞嗏一把紙扇。和尚，上賬十兩。大生請吓。

【前腔】(正連)兒還念父母，(浄介)唱得苦楚，賞呸一蓬鬍鬆。和尚，上賬十兩。二生請吓。(正連)及早歸故里，羨慈烏亦能反哺。(丑介)唱得圓穩，賞呸一條布裙。和尚，上賬十兩。大生請吓。(正連)世人莫學我的兒夫，把雙親耽誤。(浄介)唱得邋遢，賞嗏一雙黑襪。和尚，上賬十兩。二生請吓。(正連)常言養子，養子方知父母。試看那忤逆的男兒，(丑介)唱得精明，賞呸一頂綱巾。和尚，上賬十兩。大生請吓。(正連)和那不孝順的兒媳婦。(浄介)唱得難過，賞筒烟呸呼呼。二生請

(一) 可：原作『疴』，據汲古閣刊本《繡刻琵琶記定本》改。下同改。

吓。(正連唱)若無報應,(丑介)唱得快燥,賞匹一個烟炮。大生請吓。(正連)果是乾坤有無。(净)呔！匹還要唱來！(正哭下)(净)奢個意思？忒覺勿像樣哉？(丑)噲,大生勿要喊,才拉裏個哉。(净)咳！和尚真好局。(丑)匹道局勿局。(净)弄得滿身汗。(丑)只好忽河浴。(净)個没竟去忽河浴擾我個？二生請吓。(丑)大生請吓。(下)

遺像

(正上)奴家今日正擬抄化幾文錢鈔追薦公婆,不想遇着兩個瘋子,空自攪了一場。如今雖没錢買辦祭物,只得把公婆的真容掛在此間,拜囑一番,以表來意則個。

【秋夜月】(唱凡調)我在途路,歷盡多辛苦,把公婆魂魄來超度。焚香禮拜祈回護,願相逢我丈夫,相逢我丈夫。

【縷縷金】(小生上,末、丑隨)車來。時不到,命多乖。雙親在途路上,怕生災。(末、丑)相公,此是彌陀寺,略停車蓋。(仝)辦虔誠懇禱拜蓮臺,且來赴佛會,且來赴佛會。

(末、丑)狀元爺來了,道姑迴避。(正)正是:貴人方辟道,斂衽避高車。(下)(小生)那裏來這軸畫像？(末、丑)想是方纔那道姑遺下的？(小生)唤他轉來,還了他。(末、丑)霎時不見了。(小生)如此,與他收下了。(末、丑應)(小生)唤和尚過來。(末、丑應)和尚那裏？

〔前腔〕(浄上干念)能喫酒，怕喫齋。喫得醺醺醉，便去摟新戒。講經和回餉，全然尷尬。官人若是有文才，休來看佛會，休來看佛會。

(連白)老爺在上，貧僧稽首。(小生)下官爲迎取父母來京，不知路上安否若何，特來向佛前祈禱。

(浄)如此，待貧僧先請諸佛，然後拈香。〔佛賺〕如來本是西方佛，却來東土救人多，救人多。結跏趺坐坐蓮花，丈六金身最高大。他是十方三界第一個大菩薩，摩訶薩，摩訶般若波羅糖。(末、丑介)差了，波羅蜜。(浄連)糖也這般甜，蜜也這般甜。南無南無十方佛十方法十方僧，上帝好生不好殺。好人還有好提掇，惡人還有惡鑒察。好人成佛成菩薩，惡人做鬼做羅刹。第一滅却心頭火，心頭火；第二解開眉間鎖，眉間鎖；第三點起佛前燈，佛前燈。真個是好也快活我，快活我。諸惡莫作，奉勸世上人則個，(一)浪裏梢公平把舵。行正路，莫蹉跎，大家早去念彌陀，念彌陀，善男信女笑呵呵。聽大法鼓鼕鼕鼕，聽大法鐃乍乍乍乍，手鐘摇動陳陳陳陳。獅子能舞鶴能歌，木魚亂敲逼逼剥剥。海螺響處嘖嘖嘖，積善道場隨人做。惟願老相公老安人小夫人萬里程途悉安樂。南無菩薩薩摩訶，金剛般若波羅蜜。請佛已畢，請老爺拈香。(小生)諸佛在上，念下官呵，

【江兒水】(唱尺調)如來證明，聽蔡邕咨啓：我雙親在途路，不知如何的？仰望菩薩大慈悲。龍天鑒知，龍神護持，護持他登山渡水。

(一) 個：原作『白』，據汲古閣刊本《繡刻琵琶記定本》改。

【前腔】（净）如來證明，覽玆情旨。蔡邕的父母，望相保庇，仰惟功德不思議。龍天鑒知，龍神護持，護持他登山渡水。

【前腔】（末、丑）我的東人鎮日常懷憂慮，只愁二親在路途裏，孝思誠意足感神祇。龍天鑒知，龍神護持，護持他登山渡水。

（小生）取香金送與和尚。（末、丑應）（净）多謝老爺！我佛有緣蒙寵渥，（小生）願親路上悉平安。

（末）因過竹院逢僧話，（丑）又得平生半日閒。（下）（正上）阿呀！不好了。

【縷縷金】原來是，蔡伯喈，車前都喝導，狀元來。不是漁父引，怎得見波濤？方纔那位官長，我只道那個，詢問傍人，原來就是蔡伯喈，如今入贅在牛丞相府中。奴家方纔慌忙中失去公婆的真容，想必是他收去。且待明早竟投到他家裏，只借抄化爲因，問個消息。或者我夫婦便從此相會，亦未可知？（唱）料想雙親像，他們留在。天教我夫婦再和諧，都因這佛會？都因這佛會？

今朝喜見那喬才，收去真容事可諧。縱使侯門深似海，從今引得外人來。（下）

廊會

（旦上）

【引】心事無靠托，這幾日反成悶也。

不如意事常八九，可與人言無二三。奴家自嫁伯喈之後，終日見他常懷憂悶，我去問他，他又不肯對我說。比及奴家知道，去對爹爹說，要同他回去，誰想爹爹不允。被我道了幾句，爹爹心下不安，已曾差人前去接他爹娘媳婦到來，仝享榮華。倘或早晚到來，必要人使喚。院子。（末應）（旦）你到街坊上去，尋幾個精細婦人來使喚。（末）曉得。

【引】（正上）風飡水臥，甚日能安妥？問天天怎生結果？

我一路問來，說此間已是牛府。（末嗽介）（正）那邊有位府幹哥在彼，不免上前問一聲。吓！府幹哥，貧道稽首。（末）道姑何來？（正）貧道遠方而來。（末）到此何幹？（正）特來抄化。（末）候着。（正應）（末）啓夫人：精細婦人沒有，有一道姑在外。（旦）道姑麼，着他進來。（末應）道姑呢？（正）在。（末）夫人着你進見。（正）是。（末）放下包裹。（正）待我放了包裹。（末）見了夫人。（正）是。夫人在上，貧道稽首。（旦）道姑何來？（正）貧道遠方而來。（旦）到此何幹？（正）聞知夫人好善，特來抄化。（旦）你有甚本事來此抄化？（正）貧道不敢誇口，大則琴棋書畫，小則女工針黹，次則飲食餚饌，頗諳一二。（旦）你既有這等本事，何不住在我府中喫些現成茶飯？强如在外抄化。你意下如何？（正）若得如此，感恩非淺。只怕貧道沒福，無可稱夫人之意。（旦）好說。道姑，你還是在家出家的呢，在嫁出家的？（正）貧道是在嫁出家的。（旦）院子。（末）有。（旦）他說在嫁出家的，是有丈夫的了。我府中不便收留，多打發些齋糧，教他到別處去抄化罷。（末）是。道姑，夫人道你是在嫁出家的，有丈夫的了，府中難以收留。着我多打發些齋糧，教你到別處去抄化罷。（正應）阿呀！苦吓！我不合説出有丈夫的。怎麽處了？吖，有了。吓！夫人，貧道非爲抄化而來，特來尋取丈夫的。（旦）你丈夫姓甚名誰？（正）我丈夫姓，（私白）且住。我臨行時，蒙張大公囑付道：逢人且説三分話，未可全拋一片心。我如今把蔡伯喈三字折開與他説，看他如何？吓，夫人，貧道的丈夫姓祭名白皆，人人説在貴府廊下，夫人可知道麽？（旦）我那裏知道？院子。（末）有。（旦）你掌管許多廊房，可有姓祭名白皆的麽？（末）老奴掌管許多廊房，并没有姓祭名白皆的。（旦）道姑，我這裏没有，你到别處去尋罷，休得耽誤了你。（正）是。阿呀！天吓！我千山萬水尋到這裏，誰想你又不在。敢是你没了？教我倚靠何人吖？（旦）咳！可憐！道姑，你也不須啼哭，你可住在我府中，待我着院子到街坊上尋取你丈夫，意下如何？（正）若得如此，再造之恩也。（旦）你可换了衣粧。（正）貧道不敢换。（旦）爲何？（正）貧道有一十二年大孝在身，所以不敢换。（旦）凡爲人子者，大孝不過三年，那有一十二年？（正）夫人有所不知：貧道公服三年，婆服三年，（旦）也只得六年吓。（正）吖，我那薄倖兒夫久留都下，一竟不回，替他代戴六年，共成一十二年。（旦）天下有這等行孝的婦人！然雖如此，怎奈我家老相公最嫌人這般打扮，你可略略换些素縞罷。（正）謹依夫人慈命。（旦）院子。（末應）（旦）唤惜春取粧奩素服出來。（末）是。惜春姐。（丑内）奢個？（末）夫人着你取粧奩素服出來。（下）（丑上）來哉。寶劍贈與力士，紅粉送與佳人。夫人，粧奩素服拉裏。（貼）放下。（丑）是哉。（旦）道姑，你可臨鏡梳粧罷。（正）貧道告梳粧了。（旦）好説。惜春，好生伏侍。（丑應）（正）吓！鏡兒吓鏡兒，我自出嫁之後，只有兩月梳粧，幾時不曾照得你？哈！原來這般消瘦了。（旦介）且免愁煩。（丑）夫人叫伍勿要哭哉。

【二郎神】（正唱六調）容瀟灑，照孤鸞嘆菱花剖破。記翠鈿羅襦當日嫁，誰知他去後，釵荆裙布無些。（旦介）戴了金雀。（丑）戴子金雀。（正連）這金雀釵頭雙鳳軃，（丑）夫人，俚勿戴。（旦）爲何不戴？（正）夫人，奴家若戴此釵呵，（唱）可不羞殺人形孤影寡？（旦介）簪些花朵。（丑）戴子個朵花。（正連）説甚麽簪花捻牡丹，（丑介）夫人，俚纔勿戴。（旦）迴避。（丑）是哉。（下）（正連唱）教人怨着嫦娥。

【前腔】（旦）嗟呀，他心憂貌苦，真情怎假？道姑，你爲着，（正介）阿呀！公婆吓！（旦連）公婆珠淚墮，（正介）夫人的公婆可在否？（旦連）我公婆自有，不能承奉杯茶。你比我没個公婆承奉呵，不枉了教人做話靶。道姑，你公婆，爲甚的雙雙命掩黄沙？

【囀鶯兒】（正）爲荒年萬般遭坎坷。（旦介）你丈夫往那裏去了？（正連）我丈夫又在京華。我把糟糠暗喫擔饑餓，（旦介）公婆死了，那得錢來埋葬？（正連唱）公婆死，是我剪頭髮賣了去埋他。（旦介）墳墓何人造的？（正連）把孤墳自造。（旦介）獨自一身，怎生造這般墳墓？（正連）運土泥，盡是我把蔴裙包裹。（旦介）不要誇口吓！（正連）也非誇，（旦）我不信。（正）夫人若不信，阿呀！哪，（唱）只看我手指傷，血痕尚染衣蔴。

【前腔】（旦）愁人見説愁轉多，使我珠淚如麻。（正介）夫人爲何掉下淚來？（旦連）我丈夫亦久別雙親下。(正介)爲何不辭官回去？(旦連)他要辭官，被我爹蹉跎。(正介)他家中可有妻室否？(旦連)他妻雖有麽，(正介)他家中既有妻室，自能侍奉，不回去也罷了。(旦連)怕不似你會看承爹媽。(正介)如今在那裏？(旦連)在天涯，(正介)何不差人去接取來？(旦連)教人去請，知他在路上如何？

【啄木兒】(正)呀！聽言語，使人悽愴多，料想他們也非是假。夫人，他那裏既有妻房，取將來怕不相和？(旦)但得他似你能掗靶，(正介)夫人，便怎麽？(旦連)我情願侍他居他下。只愁他程途上苦辛，教奴望巴巴。

【前腔】(正)呀！錯中錯，訛上訛，呀啐！只管在鬼門前空占卦。夫人，若要識蔡伯喈的妻房，(旦)如今在那裏？(正)遠不遠千里，近只在目前。(旦)我如今要去見他。(正)夫人真個要見他？(旦)真個。(正)果然？(旦)果然要見。(正)阿呀！夫人吓！(唱)奴家便是無差。(旦)呀！果然是你非謊詐？阿呀姐姐吓！原來爲我遭折挫，爲我受波喳。教伊怨我，我去怨爹爹。

(正白)夫人請起。(旦)實不知姐姐到來，有失迎接，望乞恕罪。(正)好説。(旦)姐姐請上，受奴一拜。(正)賤妾也有一拜。(旦)姐姐吓！(正介)夫人，

【黄鶯兒】(旦唱)和你一樣做渾家，我安然，你受禍。你名爲孝婦，我被傍人駡。(正介)旁人怎敢駡夫人？(旦連)公死爲我，婆死爲我，情願把你孝衣穿着，我把濃粧罷。(仝)(合頭)事

多磨，冤家到此，逃不得這波喳。

【前腔】（正）他當年也是没奈何，被强將來赴選科，爲辭爹不肯聽他話。（旦）姐姐吓！他爲辭官不可，辭婚不准，只爲三不從，做成災禍天來大。（仝）（合頭）

（正）無限心中不平事，（旦）一番清話又成空。（正）兩葉浮萍歸大海，（旦）人生何處不相逢？姐姐，你路上辛苦了，請到裏面去安息罷。（正）不敢。夫人請。（旦）自然是姐姐請。（正）如此，賤妾斗膽了。（旦）好説。請。吓！姐姐，你路上喫了苦了。（正）阿呀！可不是麼？（旦）請免愁煩。請。（正）請。阿呀！公婆吓！（仝下）

題真

（末吊场）爲問當年素服儒，於今腰下佩金魚。分明有個朝天路，何事男兒不讀書？自家乃蔡相公府中院子便是。俺相公入朝將已回府，不免灑掃書館伺候。真個好書館！但見：明窗瀟灑，碧紗内烟霧輕籠；净几端硯，㈠青氈上塵埃不染。粉壁上掛三四幅名畫，石床内安一兩張古琴。緗帙縹囊，數起看何止一萬卷？牙籤犀軸，乘將來勾有三千車。正是：休誇東壁圖書府，賽過西垣翰墨林。閒話

㈠ 净：原作『浮』，據汲古閣刊本《繡刻琵琶記定本》改。

休説，俺相公昨日在彌陀寺燒香，拾得一軸畫像，命我收下。不知畫的什麽故事？待我來掛在此間，等相公回來，一看便了。正是：早知不入時人眼，多買胭脂畫牡丹。（下）

【天下樂】（正上引）一片花飛故苑空，隨風飄泊到簾籠。玉人怪問驚春夢，只怕東風羞落紅。昨日堦下落紅三四點，錯教人恨五更風。當初只道蔡伯喈貪名逐利，不肯回家，原來被人逗留在此。蒙牛氏夫人見我衣衫藍褸，怕丈夫不肯相認，教我到他書館中題幾句言語打動他。奴家只得從命。來此已是書館，教我寫在那裏好？呀！原來公婆的真容掛在此，我如今就在公婆真容背後題幾句便了。向日受饑荒，雙親俱死亡。如今題詩句，報與薄情郎。苦吓！

【醉扶歸】（唱凡調）我與你有緣結髮曾相共，難道是無緣對面不相逢？我鳳枕鸞衾也曾和他同，今日呵，戀戀着兔毫繭紙將他動。畢竟一齊分付與東風，把往事如春夢。

詩已寫完，待我念來：崑山有良璧，鬱鬱璠璵姿。嗟彼一點瑕，掩此連城瑜。人生非孔顏，名節鮮不虧。拙哉西河守，何不如皋魚？宋弘既以義，王允何其愚。風木有餘恨，連理無傍枝。寄語青雲客，愼勿乖天彝。咳！

【前腔】（唱）總使我詞源倒流三峽水，只怕他胸中别是一帆風。他竟不肯相認呵，還是教妾若爲容？奴家今日若不題詩打動他，夫人吓，（唱）只怕爲你難移寵。縱認不得這丹青貌不同，我這筆跡，兀自如舊。若認得我翰墨，教他心先痛。

題詩已畢，且待伯喈回來見了，看是如何？依舊掛好了，如今待我先對夫人説知則個。正是：未卜兒夫意，全憑一首詩。得他心轉日，是我運通時。（下）

書館

（小生上引）

【鵲橋仙】披香侍宴，上林遊賞，醉後人扶馬上。金蓮寶炬照回廊，正院宇梅稍月上。

日晏下彤闈，平明登紫閣。何時在書案，快哉天下樂。下官早臨長樂，夜值嚴禁。召問鬼神，或前宣室之席；光傳太乙，時頒天禄之藜。惟有戴星銜黑出漢宫，安能滴露研硃點《周易》？這幾日朝無繁政，官有餘閒，庶可留志於詩書，從事於翰墨。正是：事業要當窮萬卷，人生須是惜分陰。這是《尚書》。《堯典》道：虞舜父頑母嚚象傲，克諧以孝。他父母恁般相待，(一)猶是克諧以孝。我父母虧了我什麽，倒不能奉養？看什麽《尚書》！這是《春秋》。《春秋》中潁考叔曰：小人有母，皆嘗小人之食，未嘗君之羹，請以遺之。咳！想古人喫口羹湯，兀自尋思着父母。我如今享此厚禄，如何倒把父母撇了？枉看這書，濟得甚事？看書中那一句不説着『孝義』兩字？當初爹娘教我讀書，指望學些孝義，誰知反被這書來誤了！

(一) 他：原作『我』，據汲古閣刊本《繡刻琵琶記定本》改。

【解三醒】（唱凡調）嘆雙親把兒指望，教兒讀古聖文章。似我會讀書的，倒把親撇漾。少甚麽不識字的，倒得終養！書，只爲其中自有黄金屋，反教我撇却椿庭萱草堂。還思想，畢竟是文章誤我，我誤爹娘。

【前腔】比似我做負義虧心臺館客，倒不如守義終身田舍郎。《白頭吟》記得不曾忘，緑鬢婦何故在他方？書，只爲其中有女顔如玉，倒教我撇却糟糠妻下堂。還思想，畢竟是文章誤我，我誤妻房。

指望看書消遣，誰知反添愁悶，且向四壁古畫觀玩一番，散悶則個。這是清溪垂釣，那是寸馬豆人。畫得好。吓！這幅畫像，(一)我前日在彌陀寺中燒香，拾得那道姑的行頭，院子不知，也將來掛在此間。但不知什麽故事在上，待我看來。（嗽介）吓！

【太師引】（唱）細端詳，這是誰筆仗？覷着他，教我心兒好感傷。吼，好似我雙親模樣。且住！若是我的爹娘呵，怎穿着破損衣裳？况前日曾有書來，（唱）道别後容顔無恙，怎這般淒涼形狀？我這裏要寄封音書回去，尚且不能勾。想他他那裏呵，（唱）有誰來往，直將到洛陽？吖，是了。須知是聖人陽貨一般龐。

(一)幅：原作『輻』，據文義改。

吖，我理會得了。

【前腔】（唱）這是街坊誰劣像，砌莊家形衰貌黃。〔一〕我那爹娘，若没個媳婦來相傍，少不得也是這般淒涼。敢是神圖佛像？吓！我正看到其間，吼，猛可的小鹿兒在心頭撞。丹青匠，由他主張，須知道毛延壽誤王嬙。

（末嗽上）苔痕上堦緑，草色入簾青。老爺請茶。（小生）這幅畫像是你掛的麼？（末）是老奴掛的。（小生）收過了。（末）是。（小生）後面有表題？（末）有表題。（小生）取來。（末）是。（小生）迴避。（末）曉得。（下）（小生）待我看來：崑山有良璧，鬱鬱璠璵姿。嗟彼一點瑕，掩此連城瑜。人生非孔顔，名節鮮不虧。拙哉西河守，何不如皋魚？宋弘既以義，王允何其愚？風木有餘恨，連理無旁枝。寄語青雲客，慎勿乖天彜。這詩一句好，一句歹，不知何人題的？待我問夫人，便知端的。吓！夫人那裏？

【引】（旦上）猶恐他心思未到，教他題詩句，暗裏相嘲。

（小生）夫人。（旦）相公。（小生）請坐。（旦）有坐。（小生）誰人到我書館中來？（旦）相公的書館，誰人敢來？（小生）説也好笑，下官前日在彌陀寺中燒香，拾得一幅畫像。院子不知，將來掛在此間，不知何人在背後題詩一首，一句好，一句歹，明明嘲笑下官。想夫人必知端的，爲此動問。（旦）敢是當

〔一〕莊家：原作『裝價』，據汲古閣刊本《繡刻琵琶記定本》改。

年畫工寫的？（小生）墨跡尚鮮，怎説當年畫工寫的？夫人請看。（旦）待我看來：崑山有良璧，鬱鬱璠璵姿。嗟彼一點瑕，掩此連城瑜。相公，這詩奴家不解，請相公解説。（小生）夫人不解，待下官解説與夫人聽。（旦）請教。（小生）崑山是個地名，産得好美玉。顔色瑩潤，價值連城，若有些兒瑕玷掩了顔色，便不貴重了。（貼）人生非孔顔，名節鮮不虧？（小生）孔子、顔子是大聖大賢，德行渾全。大凡人非聖賢，能忠不能孝，能孝不能忠，所以名節多至欠缺。（旦）拙哉西河守，何不如皋魚？（小生）西河守姓吴名起，是戰國時人，魏文侯拜他爲西河郡守，他母死不奔喪。（旦）皋魚呢？（小生）皋魚亦春秋之人，只爲周遊列國，他父母死了。後來歸家，在靈前大哭一場，他就自刎而亡。（旦）宋弘既以義，王允何其愚？（小生）宋弘是光武時人，光武要將妹子湖陽公主招他爲駙馬，宋弘不從，對官裏道：（一）『貧賤之交不可忘，糟糠之妻不下堂。』（旦）王允呢？（小生）王允是桓帝時人，司徒袁隗要把姪女嫁他，他就休了前妻，娶了袁氏。（旦）風木有餘恨，連理無旁枝？（小生）孔子聽得皋魚啼哭，問其故。皋魚答曰：『樹欲静而風不寧，子欲養而親不逮。』西晉時東宫門首有槐樹二株，連理而生，旁無小枝。（旦）後面這兩句呢？（小生）後面這兩句，不過傳言那些做官的，切莫違了天倫。（旦）那不奔喪的和那自刎的，那個是孝道？（小生）自刎的是孝道。（旦）棄妻的和那不棄妻的，那個是正道？（小生）不棄妻的是正道，那棄妻的自然是亂道了。（旦）相公，你待學那個？（小生）吓！夫人，我的

（一）裏：原作『理』，據汲古閣刊本《繡刻琵琶記定本》改。

父母存亡未卜，我決不學那不奔喪的。（旦）相公，似你這般腰金衣紫，假如有糟糠之婦，醜貌藍縷之妻到來，可不玷辱了你？也只索休了吓。（小生）夫人，你説那裏話來？縱然他醜貌藍縷，終是我的妻房，自古義不可絶。（旦）自然不認了？（小生）哎！夫人，

【鏵鍬兒】（唱）你説得好笑，可見你的心兒窄小。没來由漾却苦李，再尋甜桃？古人云：棄妻有七出之條。（旦介）那七出？（小生唱）他不嫉不淫與不盜，終無去條。衆所誚，人所褒。縱然他醜貌，怎肯相休罷了？

【前腔】（旦）伊家富豪，那更青春年少。看你紫袍掛體，金帶垂腰，你妻子，應須有封號。金花紫誥，必俊俏，須媚嬌。若還他醜貌，怎不相休棄了？

【前腔】（小生）哎！你言顛語倒，惱得我心兒焦燥。把咱奚落，特兀自粧喬。引得我淚痕交，撲簌簌這遭。那題詩人呵，他把我嘲，難恕饒。你不説與我知道，怎肯干休罷了？

【前腔】（旦）呀！心中忖料，諒不是薄情分曉。㈠相公，管教你夫婦會合，在今朝。伊家枉然焦，只怕你哭聲漸高。你道題詩人是誰？是伊大嫂，身姓趙。若説與你知道，怎肯干休罷了？

㈠ 諒：原作『量』，據汲古閣刊本《繡刻琵琶記定本》改。

（小生）不信有這等事？快請他出來。（旦）是。吓！姐姐有請！（小生介）難道五娘子在此？

【竹葉兒賺】（正上唱）聽得閙吵，想是兒夫看詩囉唣。（旦介）姐姐快來。（正連）是誰忽叫？夫人召，必有分曉。（旦）相公。（小生介）夫人。（旦唱）是他題詩句，（小生、正照面，仝介）吓！（旦唱）你還認得否？（小生介）他從那裏來？（旦連）他從陳留郡，爲你來尋討。（小生）吖，你莫非趙氏五娘子麽？（正）奴家正是。（小生）妻子在那裏？（正）相公在那裏？（小生）阿呀！（正、旦）阿呀！（小生）阿呀！（正仝旦）阿呀！（正、小生、旦）阿呀呀！（圓場）（小生）阿呀！妻吓！（唱）你怎生穿着破襖，衣衫盡是素縞？吖！莫不是我雙親不保？

【前腔】（正）阿呀！難説難道。（小生）有甚難道？（正連唱）從别後，遭水旱，兩三人只道同做餓殍。（小生介）張大公如何？（正連）只有張公可憐，（小生介）我爹娘呢？（正連唱）嘆雙親别無倚靠。兩口顛連相繼，（小生介）哎！（正連）阿呀！死，（小生介）阿呀！我爹娘死了！（旦介）阿呀呀！（正連）是我剪頭髮賣錢來送伊妣考。（小生介）安葬未曾？（正連唱）把孤墳自造，（小生介）土泥呢？（正）土泥盡是我把蔴裙裹包。（小生）呀！我聽你言道。阿呀！怎不教人痛傷噎倒？

咻！（正、旦）相公醒來！相公甦醒！（小生唱）阿呀！爹娘吓！（正、旦）哪，這就是你爹娘的真容。（小生）吖，這、這就是我爹娘的真容？（正、旦）正是。（小生）阿呀！（正、旦）阿呀！（小生）

阿呀！（正、旦）阿呀！（仝）阿呀呀！（圓場）（小生）阿呀！爹娘吓！

【下山虎】（唱）蔡、蔡、蔡邕不孝，（仝哭）把父母相抛。早知道形衰貌，怎留漢朝？爲我、你受煩惱，爲我、你受劬勞。（小生）葬我爹，葬我娘，你的恩難報也。（仝）又道是養子能待老。這苦知多少，此恨怎消？天降災殃人難逃？

【前腔】（小生）阿呀！脱却官帽，解下藍袍，（正、旦）相公，急上辭官表，（小生）吠。（旦、正連）共行孝道。（小生）吠。（旦、正連）豈敢憚煩惱？豈敢憚劬勞？（仝）拜我、你爹，拜我、你娘，親把墳塋掃也，使地下亡靈添榮耀。這苦知多少，此恨怎消，天降災殃人難逃？

【尾聲】阿呀！幾年分别無音耗，千山萬水迢遥。（小生）阿呀！爹娘吓！（正、旦）阿呀！公婆吓！（仝唱）只爲三不從，生出阿呀這禍苗。

（小生）哈！爹爹！（正、旦）公公！（小生）親、親娘！（正、旦）婆婆！（小生）哧！（旦）阿呀！（小生）哪！（旦）阿呀！（小生）阿呀！（正、旦）阿呀！（仝）阿呀！爹娘、公婆吓！（圓場）（下）

掃松

（生上唱）

【虞美人】青山今古何時了？斷送人多少。孤墳誰與掃荒苔？鄰塚陰風吹送紙錢來遶。

老漢張廣才，曾受趙五娘之託，看守他公婆的墳墓。這幾日不曾去看得，今日閒暇，不免前去走遭。正是：冥冥長夜不知曉，寂寂空山幾度秋。泉下長眠人未醒，悲風蕭瑟起松楸。呀！

【步步嬌】（唱）只見黄葉飄飄把墳頭覆，呢！呢！哈哈哈！廝趕皆狐兔。吓！不知那個不積善的，把這些樹木多砍去了。如不然别，（唱）爲甚松楸漸漸疏？阿呀！什麼東西把我絆上這一跌？有了年紀，踏步不知高低，待我撑起來看。吖！（唱）原來是苔把磚封，笋迸泥路。吓！老哥、老嫂，小弟奉揖了。自古未歸三尺土，難保百年身。你如今已歸三尺土，吖！（唱）只怕你難保百年墳。小弟在一日，與你看管一日。倘我不幸别，（唱）有誰來添上三尺土？

（丑上介）趲路吓！

【前腔】（接唱）渡水登山多辛苦，來到這荒村塢。咦！遥觀一老夫，試問他行，住在何所？趲步向前行，原來一所荒墳墓。

來此已是三岔路口，陳留郡不知往那條路走？（生嗽介）（丑）那邊有位老公公在那裏掃松，待我上前問一聲。噲！老公公。（生）吓！（丑）老公公。（生）吓！哈哈！原來是位小哥。（丑）請了，請了。（生）請了。小哥是做什麼的？（丑）小子是問路的。（生）問到那裏去？（丑）小子要問到陳留郡去，不知往那條路走？（生）這裏就是陳留郡了。（丑）這裏就是陳留郡了？（生）正是。（丑）阿呀呀！謝天地，也有到的日子。老公公，再問一聲。（生）又問什麼？（丑）這裏有個蔡家府在那裏？

（生）小哥，這裏只有蔡家莊，没有什麼蔡家府。（丑）老公公有所不知，俺家爺在京做了大大的官，就是莊也該稱做府了。（生）是吓，你家老爺做了大大的官，就是莊也該稱做府了。（丑）也該稱做府了。（生）但不知你家老爺叫何名字？你説得明，我指引得明白。（丑）俺家爺的名字誰敢叫？（生）爲何？（丑）前日京中有個人叫了俺家爺的名字，拿去嘿，殺了；又問了他三年徒罪。（生）一個人死了就罷了，又問什麼罪？（丑）老公公，俺家爺死也不饒人的。哈哈！（生）小哥，那京中呢人烟湊集，或者叫不得，哪哪，這裏荒僻去處，無人來往，但叫何妨？（丑）吖，叫得的？（生）叫得的。（丑）如此，附耳過來。俺家爺叫蔡伯喈。（生）吓！（丑）是耳背的麼？俺家爺叫蔡伯喈。（生）哎！

【風入松】（唱）不須提起蔡伯喈，（丑介）咦！爲什麼嚷起來？（生連）阿呀！説着他們，咻！忒歹。（丑介）俺家爺有甚歹處？（生連）他去做官，（丑介）有幾載了？（生連唱）有六七載。（丑介）不錯，有六七載了。（生連）撇父母拋妻不睬。（丑介）他父母在那裏？（生連）兀的這磚頭土堆，小哥吓！是他雙親喪葬在此中埋。

（丑）吖！原來他兩個老人家都死了。但不知什麼病死的？（生）小哥吓，

【前腔】（唱）他一從别後遇荒災，（丑介）遇了荒年，依靠何人？（生連）竟無人依賴。虧他媳婦相看待，把衣服釵梳多解。（丑）把釵梳解當，也有盡期的。（生）是吓！他把釵梳解當，買米做飯與公婆喫。小哥，你道他自己喫什麼？（丑）自然喫飯。喫什麼？（生）咳！那有飯喫吖？（唱）他背地

裏把糟糠自捱，公婆的反疑猜。

（丑）疑他背地裏喫什麼好東西？以後便怎麼？（生）以後呵，

【急三鎗】（唱）他公婆的親看見，雙雙死，無錢送，只得剪頭髮賣了去買棺材。

（丑）老公公，講了半天的話，這一句就撒謊了。那頭髮能值多少錢？又要買棺材，如何造得這所大墳墓來？（生）小哥，你有所不知。

【前腔】他去空山裏，把裙包土，血流指，感得神明助，與他築墳臺。

（丑）孝感動了天，神明也來扶助。（生）是吓！（丑）如今小夫人在那裏？（生）你要問小夫人麼，

（丑）待我去見見他。（生）吖哈哪！

【風入松】他如今已往帝都來，（丑）那裏來的盤川？（生）咳！説也可憐。（唱）肩背着琵琶做乞丐。（丑）做乞丐？可憐！老公公，俺家爺差我來接取太老爺、太奶奶和小夫人到京，如今死的死了，小夫人又往京中去了，教我如何回復俺家爺？（生）是吓！你也是一場苦差。（丑）苦得了不得！（生）也罷，你對這墳墓跪着；我叫，你也叫。（丑）老公公叫，我也叫？（生）正是。吓！老哥。（丑）吓！老哥。（生）吓！吓！你該稱太老爺纔是。（丑）不錯不錯，我要稱太老爺。再來再來。（生）老嫂。（丑）這個太奶奶如何？（生）好。你兒子在京做了大大的官。（丑）做了大大的官。（生）今差這個，（丑）今差這個，（生）你叫什麼名字？（丑）你叫什麼名字？（生）我來問你吓！（丑）老公公問我？我叫李

旺，表字興生。（生）誰來問你的表？（丑）也要表他娘一表。（生）今差李旺前來，接你二人到京。（丑）接你二位到京。（生）享榮華。（丑）享榮華。（生）受富貴。（丑）受富貴。（生）你去也不去？（丑）你去也不去？（生）你去也不去？ 呀呀呸！（唱）叫他不應魂何在？ 空教人珠淚盈腮。小哥，你家老爺生不能養，死不能葬，葬不能祭。 咻！（唱）三不孝逆天罪大，空設醮，枉修齋。

小哥，來。

【急三鎗】你如今疾忙去到京堦，説老漢道你蔡伯喈。喲。

【前腔】拜別人做爹娘好美哉，親爹娘死，不值得拜一拜。

（哭介）（丑）老公公，不要錯怪了。 俺家爺在京，辭官，官裏不行； 辭婚，牛太師又不允，也是出於無奈。（生）吖！

【風入松】（唱）原來也是出無奈，（丑）出於無奈。（生）小哥，我和你今日在此相會，好一似鬼使神差。（丑）不錯，鬼使神差。（生）小哥，你家老爺當初原是不肯去赴選的。（丑）不知那一個狗囊養的叫他去的？ （生）不要罵，是老漢再三攛掇他去的。（丑介）就是老公公？ 得罪！ 得罪！（生唱）三不從把他厮禁害，三不孝亦非其罪。（丑）老公公。（接唱）這是他爹娘福薄命乖，（仝）想人生理都是命安排。

（生）雙親死了兩無依。（丑）待我回去教俺家爺連夜回來就是了。（生）今日回來也是遲。（丑）夜静水寒魚不餌，滿船空載月明歸。老公公，小子告辭了。（生）小哥往那裏去？（丑）前面去找個飯鋪子，歇宿一宵，明日趲行。（生）小哥，看天色已晚，就在老漢家中權宿一宵，明日早行如何？（丑）怎好打攪你老人家？（生）好説，隨我來。（丑）老公公請。（生）小哥，隨我來。（丑）老公公請轉。（生）怎麼？（丑）講了半天的話，不曾請問老公公尊姓大名。（生）我麼，就是你老爺的好友，鄰比張大公，張廣才就是老漢。（丑）吖！張大公、張廣才就是你老人家？（生）正是。（丑）阿呀呀！小子有眼不識泰山，待小子這裏叩叩。（生）阿呀呀！不消。（丑）好吓！俺家爺在京時刻想念你老人家。（生）怎樣想念？（丑）想念得了不得！他喫飯也是張大公，喝茶也是張大公。那一天在毛廁上登東，我拿粗紙去，只見他漲紅了臉，（一）說：阿呀！我那張洞公！（全笑）（生）休得取笑。（丑）這叫做背後思君子。（生）方知是好人。（丑）老公公府上在那裏？（生）就在前面。（丑）老公公請。（生）小哥，這裏來。（嗽介）（丑）老公公請。（圓場）阿呀呀！是個好人吓！（下）

別丈

（外上唱尺調）

【風入松】女蘿松柏望相依，況景入桑榆。他椿庭萱室齊傾棄，怎不想家山桃李？中雀誤

（一）漲：原作「張」，據文義改。

看屏裏，乘龍難駐門楣。

人無遠慮，必有近憂。當初我不合招了蔡伯喈爲婿，指望養老百年。誰知他父母俱亡，他媳婦竟來尋取，我女兒也要與他同去，不知果否？院子。（末）有。（外）聞得蔡狀元妻子來此，要與我家小姐同去，此事可知？（末）老奴不知，問管家婆便知明白。（外）快喚過來。（末）是吓！老媽媽。（老内）怎麼？（末）相爺喚。（老）來了。

【光光乍】（上唱）女婿要同歸，岳丈意何如？忽叫老身緣何的？想必與他作區處。

相爺在上，老婢叩頭。（外）起來。（老）是。（外）聞得蔡狀元父母雙亡，此事真否？（老）果有此事。小姐和狀元要一同回去。（外）小姐去做什麼？（老）一同去戴孝守喪。（外）哎！我的女兒怎與別人戴孝麼？（老）相爺請息怒，容老婢告禀。

【女冠子】（唱）媳婦侍舅姑合體例，怎不教女孩兒仝去？當初是相公相留住，今日裏怨着誰？事須近理，怎挾威勢？[一] 休道朝中太師威如火，那更路上行人口似碑。（仝）（合頭）想起此事，費人區處。

【前腔】（末）相公只慮多嬌女，怕跋涉萬山千水。女生外向從來語，況既已做人妻。夫唱婦

（一） 挾：原作『俠』，據汲古閣刊本《繡刻琵琶記定本》改。

隨，不須疑慮。這是藍田種玉結親誤，今日裏到海沉船補漏遲。（仝）（合頭）

【前腔】（外接）當初是我不仔細，誰知道事成差遲？念深閨幼女多嬌媚，怎跋涉萬餘里？我嫡親更有誰，怎忍分離？不教愛女擔煩惱，也被傍人講是非。（仝）（合頭）

【五供養】（小生、正、旦仝上唱）終朝垂淚，爲雙親使我心疼。墳塋須共守，只得離神京。商量個計策，猶恐你爹心不允。（旦）若是爹不肯，只索向君王請命。

（小生、旦）吓！岳丈、爹爹。（外）賢婿，聞得你父母雙亡，媳婦來此，此事可真？（小生）小婿正要禀知岳丈。過來見了。（正）是，公相。（外）這就是五娘子？（旦）正是。（外）賢哉！吓！吓！（旦）孩兒有事禀知爹爹。（外）起來説。（旦）是。孟子云：娶妻所爲養親，侍奉舅姑者也。孔子云：生事之以禮，死葬之以禮。今姐姐爲蔡氏婦，生能竭奉養之力，死能備棺槨之禮，葬能盡封樹之勞；孩兒亦蔡氏婦，生不能供甘旨，死不能盡擗踴，葬不能侍窀穸。以此思之，何以爲人？誠得罪於姑舅，實有愧於姐姐。今特請命下在爹爹之前，願居於姐姐之右。（外）我兒言得極是。（正）夫人，不是這等説。公相在上，賤妾有言禀告。（外）請。（正）妾聞人之貴賤，不可概論。夫人是香閨繡閣之明珠，奴家是裙布釵荆之貧婦；況承君命成婚，難讓妾身居左；這正位還該是夫人。（旦）還該是姐姐。（外）五娘子，你既無父母，又喪公姑，亦我兒一般。況你先歸於蔡氏，年紀又長於我女兒，此實理當，不必推辭。（小生）你二人姊妹相稱便了。（旦）姐姐請轉。（正）多謝公相。夫人，有占了。（旦）好説。

(外)賢婿，你今父母雙亡，我也難留你；只是我捨你不得。(小生)岳丈，小婿領二妻仝歸故里，共行孝道；待等服滿之後，再來侍奉尊顏，不必掛念。(外、旦)吓！阿呀！兒、爹。(圓場)(外)親兒，你如今去拜舅姑的墳墓，竟不念做爹爹的了？(哭介)(旦)阿呀！爹爹吓！孩兒此去，不過三年之期；待等服滿之後，再來侍奉爹爹，不必掛念。(外)阿呀兒吓！莫説三年，爲父的一刻也捨你不得！(旦)孩兒也是出於無奈嘘。(外)哎！没相干，終是女生外向，女生外向。(圓場)(哭介)(小生)岳丈請上，小婿就此拜別。(外介)阿呀！不要拜吖。

【摧拍】(小生唱工調)念蔡邕爲雙親命傾，遭不孝逆天罪名。今辭了漢廷，辭了漢廷，感岳丈深恩，怎敢忘恩？我欲待不歸，恐負却亡靈。(仝)(合頭)辭別去，同到墳塋；心慽慽，淚盈盈。

【前腔】(正)念奴家離鄉背井，望公相教孩兒共行。非獨故里塋，獨故里塋，我陰世公婆，死也目瞑。看待相承，不必叮嚀。(仝)(合頭)

【前腔】(旦)覷爹爹顔衰鬢星，痛點點教人淚零。進退不忍，進退不忍，我待不去呵，誤了公婆，被人譏評；我待去後呵，撇了親爹，又没人看承。(仝)(合頭)

【前腔】(外)辭別去，你的吉凶未定；再來時，我的存亡未審。吾今已老景，吾今已老景，畢竟你没爹娘，我没親生。賢婿，若念骨肉一家，須早辦回程。(仝)(合頭)

【一撮棹】（小生）岳丈寬心等，何須苦掛縈？（外）賢婿，把音書寫，頻頻寄郵亭。（旦）媽媽，爹年老，伊家好看承。（老）但願程途裏，各要保安寧。（仝）死別全無准，生離又難定。今去也，何日返神京？

【哭相思】最苦生離難拋捨，未知何日再會也？（旦）爹爹。（小生）那裏去了。（旦）爹爹。（小生）吓！夫人。（旦）吠。（小生）來。（旦）爹爹。（小生）阿呀！來嘘。（旦哭仝下）（外）賢婿我兒。阿呀兒吓！（圓場）（唱）婿女今朝遠別離，老年孤苦有誰知？夫唱婦隨同歸去，一處思量一處悲。

賢婿在那裏？我兒在那裏？阿呀！兒吓！（圓場）（下）

李　回

（丑上）

【柳穿魚】心忙似箭走如飛，歷盡艱辛有誰知？夜静水寒魚不餌，滿船空載月明歸。歸來後，到庭除内，聽説狀元已回去。

自家李旺，奉相爺差往陳留郡，迎取蔡狀元的老員外、老安人和小娘子來京仝住。不想他兩位老人家都已死了，那小娘子又先往京中來了。張大公教我在路上尋覓他，却又尋不着，空自走了這一遭。今日回來，待要禀覆狀元，聞説狀元已回去了。我今且禀老相公，再作道理。（外内嗽介）呀！老相公出來了。

【玩仙燈】（外上引）堂上有人聲，是誰來諠譁鬧吵？

（丑）李旺叩頭。（外）你回來了？（丑應）（外）你可知道我家小姐和蔡相公都回家去了？（丑）蔡相公的小娘子可曾到來？（外）來的。我且問你：蔡相公的父母死了，那小娘子又到京中來了；你到彼，可曾遇見什麼人？（丑）老相公聽禀。

【風帖兒】（唱工調）我到得陳留，逢一故老，在他爹娘墳上拜掃。道他爹娘呵，果然饑荒都死了。他媳婦也來到，枉教人走這遭。

【前腔】（外接）我如今去朝廷上表，上表蔡氏一門孝道。管取吾皇降丹詔，旌節孝，把他召。我自去陳留走一遭。

（丑）老相公，那趙氏小娘子其實難得！（外）便是。一來蔡狀元不忘其親，二來五娘子孝於舅姑，三來我家小姐又能成人之美。一門孝義如此，其實難得，理合表奏朝廷，請行旌獎。（丑）老相公説得極是。

（外）五更三點奏朝廷，（丑）世上難求這樣人。（外）管取一封天子詔，（仝）表揚千古孝賢名。（下）

餘　恨

（小生、旦、侍從仝上）（小生唱引凡調）

【梅花引】傷心滿目故人疏，看那郊墟，盡荒蕪。（正、旦）惟有青山，伴着個墳墓。（合）痛哭無聲長夜曉，問泉下有人還聽得無？

〔玉樓春〕他鄉萬點思親淚，不能滴向家山地。（正）如今有淚滴家山，欲見雙親渾無計。（旦）荒墳衰草連寒烟，蒼苔黃葉飛蘋蘩。[1]（小生）欲聽鷄聲來問寢，忽驚蟻夢先歸泉。（正）人生自古誰無死，嗟君此恨憑誰語。（旦）可憐衰絰拜墳塋，[2]不作衣錦歸故里。（小生）夫人，此處便是爹娘墳塋，我和你先拜了雙親，然後再去拜謝張大公。（二旦）正該如此。

【玉雁子】（小生唱拜介）孩兒相誤，爲功名誤了父母。都是孩兒不得歸鄉故。爹媽呵，你怎便先歸黃土？乾坤豈容不孝子，名虧行缺不如死。只愁我死缺祭祀。（合頭）對真容形衰貌枯，想神魂悲咽痛苦。

【前腔】（正）百拜公婆，望矜憐恕責我夫。你孩兒贅居牛相府，日夜要歸難離步。你這新媳婦，堅心雅意勸親父，仝歸故里守孝服，今日雙雙來廬墓。（合頭）

【前腔】（旦）不孝媳婦，當初爲我誤了丈夫。喫人談笑生何補？[3]我、我待死呵，又羞見我

㈠ 蒼：原作『芥』，據汲古閣刊本《繡刻琵琶記定本》改。
㈡ 絰：原作『經』，據汲古閣刊本《繡刻琵琶記定本》改。
㈢ 生何補：原闕，據汲古閣刊本《繡刻琵琶記定本》補。

公婆。公婆吓！我生前不能相奉侍，如何事你向黄泉路？只是我死呵，家中老父誰看顧？

（合頭）

（生内嗽介）（小生）呀！說話之間，只見朔風四起，瑞雪横空，天氣甚是寒冷。遠遠望見大公來了，左右，你們迴避者。（衆下）（小生）我們在此静坐一回。（二旦應）

【前腔】（生上唱）樓臺銀鋪，遍青山渾如畫圖。老漢張廣才，聞説蔡狀元在墳守墓，不免前去一看。

（唱）想是天助孝子之哀，乾坤見他衣縗素。霎時起了朔風，想是要下雪了。（唱）故添朔風帶飛舞，那更大雪真悽楚。

吓！狀元。（小生）呀！果然是大公來了。我等拜揖。（生）不消。（小生）卑人父母生死，皆蒙大公周濟，銜環結草，難報大恩。正擬拜了雙親墳墓，要到府上拜謝，何勞大公先降？（生）好説。狀元，你高擢科名，腰金衣紫，可惜令尊令堂相繼謝世，不得盡你的孝心。正是：樹欲静而風不寧，子欲養而親不在。這也是他命該如此，不必説了。今日榮歸故里，光耀祖宗。雖是他生前不及享你的禄養，死後亦得沾你的恩榮，也不枉了他一片望子之心。老漢茍延殘喘，又得相見。僥倖吓！吓！狀元，你今在此廬墓，老漢合當陪伴，但有牛氏夫人在這裏，不當穩便。暫且告别，明日再來相看。（小生）多謝大公。即日還當造府叩謝。（生）不消。（仝唱）（合頭）（小生）多謝深恩不敢忘，追思父母好心傷。

（生）親墳箕帚添榮耀，不負詩書教子方。（下）

旌獎

（小生上引凡調）

【逍遥樂】寂寞誰憐我？空對孤墳珠淚墮。（二旦）光陰染指過三春。（合）幽途渺渺，滯魄沉沉，誰與招魂？

（小生）夫人，我和你們蘆墓守孝，忽然之間不覺已過三年。光陰似箭，音容日杳，好傷感人也。（二旦）服喪有終日，思親無盡時。（生内嗽介）（小生）呀！那邊來的好似大公。（生上）一封丹詔從天下，忽聽傳聞動郊野。説道旌表一門閭，未卜此爲何人也？（小生）吓！大公。（生）狀元，外面喧傳有天子恩詔到來，旌表孝義，都應是爲足下而來。（小生）卑人空懷罔極之恩，徒抱終天之恨，方愧子道有虧，更何孝行可表？（生）説那裏話？老漢當初也只道你貪名逐利，撇了父母妻室，不肯還家，到如今纔得個分曉。自古道：孝弟之至，通於神明。今見你墳頭枯木生連理之枝，白兔有馴擾之性。祥瑞如此，吉慶必然來也。

【六幺令】（唱凡調）連枝異木新，驚見墳臺白兔如馴。禽獸草木尚懷仁，這一封丹詔必因君。料天也會相憐憫，料天也會相憐憫。

【前腔】（小生）皇恩若念臣，我也不圖禄及吾身。只愁恩不到雙親，空辜負，這孤墳。（合頭）

【前腔】（正）知他假與真？謝得公公，報説殷勤。向日呵，空教你爲我受艱辛；今日呵，有誰旌表你門庭？（合頭）

【前腔】（旦）來使是何人？悶中無由詢問一聲。（小生）夫人，你要詢問什麼？（旦）相公吓！無由詢問我家君，安與否，死和存？（合頭）

【前腔】（二軍、丑上）敕書已來近，看街市上人亂紛紛。俺們只得忙前奔，備香案，接皇恩。（合頭）

（進見）（小生）你們是何處官員？因何到此？（丑）小官乃本縣知縣，特來報知狀元，今日天朝牛丞相自賚恩詔到此，旌表狀元一門孝義，加官進爵，起服到京。下官爲此先來鋪設香案，伺候詔書到來開讀，請狀元换了吉服迎接。（小生）卑人服制初滿，未忍便更吉服。（丑）先王制禮，不肖者跂而及，賢者俯而就。今狀元服制既終，理宜去凶即吉。況天朝恩典，不可有違。（生）大人説得是。狀元，還該抑情就禮。[一]（小生）既如此，卑人只得從命了。孝服承教换吉服，（正、旦）門閭旌表感吾皇。（丑、生）不是一番寒徹骨，怎得梅花撲鼻香？（仝下）（侍從引外上）

【前腔】風霜已滿鬢，玉勒雕鞍，走遍紅塵。今日到此喜欣欣，重相見，解愁悶。（合頭）

[一] 情：原作「請」，據汲古閣刊本《繡刻琵琶記定本》改。

（丑接住）本縣知縣在此恭候，這裏就是蔡狀元廬墓之所，請丞相駐馬。（外）快報狀元來接旨。（丑）請狀元接旨。

【前腔】（小生、旦、正仝上唱）心慌步又緊，聽説皇朝恩詔，已到寒門。披袍秉笏更垂紳，冠和帶，一番新。（合頭）

（外）聖旨到，跪！（各）萬歲！（外）皇帝詔曰：朕惟風俗爲教化之基，孝弟爲風俗之本。去聖逾遠，淳風日漓。彝倫攸斁，朕甚憫焉。其有克盡孝義，敦尚風化者，可不奬勸，以勉四方？咨爾議郎蔡邕，篤於行孝。富貴不足以解憂，甘旨常關於想念。雖違素志，竟遂佳名。委職居喪，厥聲尤著。其妻趙氏，獨奉舅姑。服勞盡瘁，克終養生送死之情，允備貞潔韋柔之德。糟糠之婦，今始見之。牛氏善諫其父，克相其夫。弗懷嫉妬之心，實有遜讓之美。曰孝曰義，可謂兼全。斯三人者，朕所喜尚。四海億兆，皆當奉爲儀型。宜加褒錫，用勸將來。蔡邕授中郎將，妻趙氏封陳留郡夫人，牛氏封河南郡夫人，限日赴京；父蔡從簡贈十六勳，母秦氏贈天水郡夫人。於戲！風木之情何深，式彰風化之美；霜露之思既極，宜沾雨露之恩。服此休嘉，慰汝悼念。欽哉，謝恩！（仝）萬萬歲！（外）老夫也對墳墓一拜。（小生）不敢。（各拜介）（拜完，各見）（小生）荷蒙保奏，何以克當？（旦）自别尊顔，且喜無恙。（外）賢婿、五娘子和我女孩兒，且喜各保安康，再得相見。此位是誰？（生）老漢是蔡相公鄰居張廣才。（小生）愚婿父母生死，都得他周濟，真乃有德長者。（外）原來就是張大公，俺在朝中也聞他仗義高名。賢婿，你今起服到京，未及展報深恩。我有黄金一笏送與張公，聊表報答之意。（小生）大公，請收了。(生)救災卹鄰，古之常理；況你二親身死，我實有愧心，何敢受令岳之賜？(小生)大公且請收下，卑人尚當申奏朝廷，更圖薄報。(生)説那裏話？此金斷然不敢受。(外)賢婿，張公乃高義之人，不可相强。老夫回京，當奏請朝廷降詔褒封，以酬大恩便了。

【一封書】(唱凡調)我恭奉聖旨，跋涉程途千萬里。吾皇親賢意甚美，我因探孩兒並女婿。賢婿，你夫婦呵，數載辛勤雖自苦，今日裏，身受皇恩人怎比？(仝)(合頭)耀門閭，進官職，孝義名傳天下知。

【前腔】(小生)兒不孝，有甚德，蒙岳丈過主繼。何如免喪親？(一) 又何須名顯貴？可惜二親饑寒死，博得孩兒名利歸。(仝)(合頭)

【前腔】(正)把真容重畫取，公婆呵，喜如今封贈伊。待把你眉頭展舒，還愁瘦容難做肥。今日呵，豈獨奴心知感德，料你也啣恩泉石裏。(仝)(合頭)

【前腔】(旦)從別後倍哀戚，況家中音信稀。爲公姑多怨憶，爲爹行又常淚垂。今見公婆庶無愧色，又得爹行相倚依。(仝)(合頭)

【永團圓】名傳四海人怎比？豈獨是耀門閭？人生怕不全孝義，聖明世，豈相棄。這隆恩

(一) 喪：原作「雙」，據汲古閣刊本《繡刻琵琶記定本》改。

美譽，從教管領無所愧，萬古青編記。如今便去，相隨到京畿。謝了聖恩，歸庭宇一家賀喜。共設華筵會，四景常歡聚。

【尾聲】顯皇猷，開盛治，共說孝男並義女。願玉燭調和，聖主垂衣。

（小生）自居墓室已三年，（外）今日丹書下九天。（二旦）莫道名高並爵貴，（仝）須知子孝與妻賢。（下）

民國辛酉春仲怡庵主人録於春申浦上

崑劇傳世演出珍本全編琵琶記

目録

琵琶記目録……四三一一

卷五……四四四二

琵琶記目録(一)

一卷

(一) 原有總目，然不分卷；并各卷首均有本卷目録。經核，總目與各卷首目録文字無異。今據卷次補加『一卷』等，改『琵琶記總目』爲『琵琶記目録』，删除各卷首目録。

五卷

一卷

副末

【水調歌頭】秋燈明翠幕，夜案覽芸編。今來古往，其間故事幾多般。少甚佳人才子，也有神仙幽怪，瑣碎不堪觀。正是：不關風化體，縱好也徒然。論傳奇，樂人易，動人難。知音君子，這般另作眼兒看。休論插科打諢，也不尋宮數調，只看子孝共妻賢。正是：驊騮方獨步，萬馬敢争先。

且問後房子弟，今日敷演誰家故事，那本傳奇？（内）三不從《琵琶記》。（末）原來是這本傳奇。待小子略道幾句家門，便見戲文大意。

【沁園春】趙女姿容，蔡邕文學，兩月夫妻。奈朝廷黄榜，遍招賢士；高堂嚴命，强赴春闈。一舉鰲頭，再婚牛氏，利綰名牽竟不歸。饑荒歲，雙親俱喪，此際實堪悲。堪悲，趙女支持，剪下香雲送舅姑。把麻裙包土，築成墳墓；琵琶寫怨，逕往京畿。孝矣伯喈，賢哉牛氏，書館相逢最慘悽。重廬墓，一夫二婦，旌表耀門閭。

極富極貴牛丞相，施仁施義張廣才。

有貞有烈趙真女，全忠全孝蔡伯喈。

稱慶

（小生上）

【瑞鶴仙】十載親燈火，論高才飽學，休誇班馬。風雲太平日，正驊騮欲騁，魚龍將化。沉吟一和，怎離却雙親膝下？且盡心甘旨，功名富貴，付之天也。

宋玉多才未足稱，子雲識字浪傳名。魁光已透三千丈，風力行看九萬程。經世手，濟時英，玉堂金馬豈難登？要將萊綵歡親意，且戴儒冠盡子情。卑人姓蔡名邕，字伯喈，陳留郡人也。沉酣六籍，貫串百家。自禮樂名物，以及詩賦詞章，皆能窮其奧妙；由陰陽星曆，以至聲音書數，靡不得其精微。抱經濟之奇才，當文明之盛世。幼而學，壯而行，雖望青雲之萬里；入則孝，出則弟，怎離白髮之雙親？倒不如盡菽水之歡，甘虀鹽之分。正是：行孝於己，責報於天。自家新娶妻房，方纔兩月。却是陳留郡人，趙氏五娘。儀容俊雅，且休誇桃李之姿；德性幽閒，盡可寄蘋蘩之托。正是：夫妻和順，父母康寧。《詩》中有云：『爲此春酒，以介眉壽。』昨已吩咐娘子，安排酒筵，與爹媽稱慶，想已完備。（外内嗽介）（小生）言之未已，爹媽出堂也。

【寶鼎現】（外上唱）小門深巷，春到芳草，人閒清晝。（副）人老去星星非故，春又來年年依舊。（正旦上唱）最喜今朝春酒熟，滿目花開如繡。（同）願歲歲年年，人在花下，常斟春酒。（小生）爹媽拜揖。（正旦）公婆萬福。（外、副）罷了。今日請我們出來何幹？（小生）告爹媽知道。（外、副）起來説。（小生）人生百歲，光陰幾何？幸喜爹媽年滿八旬，孩兒一則以喜，一則以懼。當此春光佳景，聊具杯酒，與爹媽稱慶。（外、副）生受你。（外）媽媽，子孝雙親樂。（副）老兒，家和萬事興。（小生）娘子看酒。（正旦）有酒。

【錦堂月】（小生）簾幕風柔，（同）庭幃晝永，朝來峭寒輕透。（小生）親在高堂，一喜又還一憂。（同）惟願取百歲椿萱，長似他三春花柳。酌春酒，看取花下高歌，共祝眉壽。

【前腔換頭】（正旦）輻輳，獲配鸞儔。深慚燕爾，持杯自覺嬌羞。（副介）自家骨肉，怕什麼羞？（正旦連）怕難主蘋蘩，不堪侍奉箕箒。（外、副）惟願取偕老夫妻，（小生、正旦）常侍奉暮年姑舅。（同）（合前）

【醉翁子換頭】（小生）回首，嘆瞬息烏飛兔走。喜爹媽雙全，謝天相佑。（正旦）不謬，更清淡安閒，樂事如今誰更有？（同）相慶處，但酌酒高歌，更復何求？

【前腔】（外）卑陋，論做人要光前耀後。願吾兒青雲萬里，早當馳驟。（副）聽剖，真樂在田園，何必區區做公與侯？（同）（合前）

【僥僥令】春花明彩袖，春酒泛金甌。但願歲歲年年人長在，父母共夫妻相勸酬。

【前腔】（外、副）夫妻好厮守，（小生、正旦）父母願長久。（同）坐對兩山排闥青來好，看一水護田疇，緑遶流。

【尾聲】山青水緑還依舊，嘆人生青春難又，惟有快樂是良謀。

（外）逢時遇景且高歌，（副）須信人生能幾何。（小生）萬兩黄金未爲貴，（同）一家安樂值錢多。（外）媽媽。（副）老兒。（外）一年一度，（副）時光易過。（外）又是一年了。（副）又是一年了。（外）媽媽進來罷。（副應）（小生）娘子，撤過筵席。（正旦）是。（同下）

規奴

（旦上）（小工调）

【祝英臺近】緑成陰，紅似雨，春事已無有。聞説西郊，（貼）車馬尚馳驟。怎如柳絮簾櫳，（旦）梨花庭院，好天氣清明時候。

（旦）莫信直中直，須防仁不仁。（貼）吓！小姐，惜春見。（旦）哫！賤人！（貼）是。（旦）我限你半個時辰，爲何去了恁久？（貼）小姐，早晨裏，只聽得疏刺刺狂風，吹散了一簾柳絮；晌午時，又見那淅零零細雨，打壞了滿樹梨花。一霎時囀幾對黃鸝，猛可的，聽數聲杜宇。見此春去，教我如何不悶？（旦）春去自去，與你何干？（貼）清明時節單衣試，争奈晝長人静重門閉。（旦）芳心不解亂縈牽，羞睹遊絲與飛絮。（貼）繡窗欲待拈針指，忽聽鶯燕雙雙語。（旦）無情何事管多情，任取春光自來去。（貼）小姐，你有甚法兒，教道惜春不悶？（旦）你且起來，聽我道。（貼應）

【祝英臺序】（旦）把幾分春，三月景，分付與東流。啼老杜鵑，飛盡紅英，端不爲春閒愁。休休，婦人家不出閨門，怎去尋花穿柳？（貼）[一]奴花貌，誰肯因春消瘦？

【前腔換頭】（貼）春晝，我只見燕雙飛，蝶引隊，鶯語似求友。那更柳外畫輪，花底雕鞍，都是少年閒遊。（旦介）他自閒遊，與你何干？（貼連）我難守，繡房中清冷無人，我欲待要尋一個佳偶。（旦介）賤人倒思想丈夫起來！（貼連）這般説，我的終身休配鸞儔？

【前腔】（旦）知否，我爲何不捲珠簾，獨坐愛清幽？縱有千斛悶懷，百種春愁，難上我的眉頭。休憂，任他春色年年，我的芳心依舊。（貼）[二]這文君，可不躭擱了相如琴奏？

[一] 貼：原闕，據汲古閣刊本《繡刻琵琶記定本》補。

[二] 貼：原闕，據汲古閣刊本《繡刻琵琶記定本》補。

【前腔】（貼）今後，方信你徹底澄清，我好没來由。想像暮雲，分付東風，情到不堪回首。聽剖，你是蕊宫瓊苑神仙，不比塵凡相誘。（鳥叫介）我謹隨侍，窗下拈針挑繡。小姐，聽樹上子規叫得好聽吓！（旦）休聽樹上子規啼，（貼）悶在停針不語時。（旦）窗外日光彈指過，（貼）席前花影坐間移。（旦）今後不可如此。（貼）是。（旦）隨我進來。（貼）是。（同下）

逼試

（小生上）

【一剪梅】浪暖桃香欲化魚，期逼春闈，詔赴春闈。郡中空有辟賢書，心戀親幃，難捨親幃。世間好物不堅牢，彩雲易散琉璃脆。卑人蔡邕，本欲甘守清貧，力行孝道。怎奈黄榜招賢，郡中將我名字，申報上司去了；一壁厢有吏人來辟召，我以親老爲辭。那吏人雖則已去，只恐明日又來。也罷，我只得力辭便了。正是：人爵不如天爵貴，功名怎似孝名高？

【宜春令】（六字調）雖然讀萬卷書，論功名非吾意兒。只愁親老，夢魂不到春闈裏。便教我做到九棘三槐，怎撇得萱花椿樹？我這衷腸，一點孝心對着誰語？

【前腔】（生上接）相鄰並，相依倚，老漢張廣才。今當大比之年，特來催促鄰比蔡老員外之子蔡伯喈，上京應試。往常間有事來相報知。此間已是，解元有麼？（小生）是那個？原來是大公。大公拜揖！（生）解元。（小生）請坐。（生）有坐。（小生）違日多蒙厚禮。（生）好説。（小生）今日到舍有何貴幹？（生）解元還不知麽？（小生）不知吓。（生）那試期迫矣，早辦行裝往前途去。（小生）皁人只爲雙親年老，故爾不敢前去。（生）解元，子雖念親老孤單，親須望孩兒榮貴。你趁此青春不去，更待何日？

（小生曲内介）待我請爹爹出來。爹爹有請。

【前腔】（外上接）時光短，雪鬢催，守清貧不圖甚的。那個在外？（小生）大公在外。（外）説我出來。（小生）是。大公，爹爹出來了。（生）吓！老哥。（外）老友，失迎了。（生）好説。（外）請坐。前日多蒙厚禮。（生）些須薄禮，何足致謝？（外）到舍有何貴幹？（生）今當大比之年，特來催令郎上京應試。（外）原來爲此。不是小弟誇口，所喜有兒聰慧，但得他爲官吾足矣。蔡邕，天子詔招取賢良，秀才們都求科試。你快赴春闈，急急整裝行李。

（小生曲内介）母親有請。

【前腔】（副上接唱）娘年老，八十餘，眼兒昏聾着兩耳。那個在外？（小生）大公在外。（副）説我出來。（小生）大公，母親出來了。（生）吓！老嫂。（副）大公，前日多承厚禮。（生）些須薄禮，何足致謝？（副）着小兒請你喫壽麵，爲何不來？（生）偶有小事，故爾不曾來捧觴。有罪！（副）好説。今日到舍，有何見諭？（生）今當大比之年，特來催令郎上京應試，求取功名。（副）求取功名，實是一樁美事，只怕我兒去不成吓。（生）爲何？（副）别人不知，大公是盡知我家的。又没個七男八女，止有這個孩兒，要他供甘旨。（外介）又來護短了！（副連）老兒，他方纔得六十日的夫妻，强逼他去争名奪利。哧！ 懊恨無知老子，好不度己。

（外）功名大事，定要去的。（生）解元。（小生）大公。（生）如今黄榜招賢，試期已迫，你有這般才學，怎麽不去赴選？（小生）大公，非是卑人不肯前去。（生）却爲何來？（小生）哪！

【繡帶兒】只爲親年老光陰有幾？（生介）行孝不在今日。（小生連）行孝正當今日。（生介）此去定然掛緑。（小生連）終不然爲着一領藍袍，却落後戲綵斑衣。（生介）請自思之。（小生連）我思之，此行榮貴雖可擬，（外介）老友，他説些什麽？（生）令郎説，雙親年老，不敢前去。（外）他是這等説？ 非也。（小生連）怕親老等不得榮貴。（外）蔡邕，春闈裏紛紛都是大儒，難道是没爹娘的孩兒方去？

【前腔换頭】（生）解元，你休迷，男兒漢有淩雲志氣，何必苦恁淹滯？ 解元，你此回不去呵，可不乾費了十載青燈，枉捱過半世黄虀？ 你須知，此行是你親命，休固拒。 吖哈，那些個養親之志？（副）我百年事只有此兒，難道是庭前森森丹桂？

【太師引】（外）他意兒我也難提起，這其間就裏我自知。（副）噲，老兒，你知些什麽？（外）話便有一句，你要護短，不對你説。（副）對那個説？（外）要對廣才説吓！ 老友，你道他爲何不肯前去？

（生）小弟不知。（外）哪！（唱）（副介）有話倒對外人説！他戀着被窩中恩愛，捨不得向海角天涯。（生）新婚燕爾，正是後生所爲。（外）廣才，你難道不曾讀過《尚書》麽？那塗山四日離大禹，他與五娘子成親兩月。吖哈，直恁的捨不得分離？（生）老哥，請息怒，待小弟去對他説。吓！解元。（小生）大公。（生）令尊罪得你好重哩！（小生）罪卑人什麼？（生）哪！道你貪鴛侶守着鳳幃，恐誤了鵬程鶚薦的消息。

【前腔】（副）他意兒只要供甘旨，又何曾貪歡戀妻？自古道曾參純孝，何曾去應舉及第？功名富貴都是天付與，天若與不求而至。（小生）娘言是，望爹行聽取。（外）哆！娘不要你去，就是娘言是；父要你去，就是父言非？你這戀新婚，逆父命的畜生！（生）老哥，請息怒，不可如此。（小生）爹爹，孩兒若有此心呵，天須鑒蔡邕不孝的情罪！

（外）我且問你，如何爲之大孝？（小生）告爹爹知道：凡爲人子者，冬温夏凊，昏定晨省，問其寒暖，搔其疴痒，出入則扶持之，問其所欲，則敬進之。又道父母在堂，不遠遊；出必有方，復不過時。古人之孝，不過如是。（外）廣才，聽他説的都是小節，不曾説着大孝。（生）把大孝説與他聽。（外）聽我道。（小生）是。（外）大孝者，始於事親，中於事君，終於立身。身體髮膚，受之父母，不敢毁傷，孝之始也。立身行道，揚名後世，以顯父母，孝之終也。是以家貧親老，不爲禄仕，謂之不孝。你若做得一官半職回來，也顯得父母的好處。吓！廣才，豈不是個大孝？（生）其實是個大孝。（小生）爹爹説得極是。但孩兒此去，若做得官還好；倘做不得官，不能事君，又不能事親，却不把兩下都耽誤？（生）解元差矣。古人云：幼而學，壯而行。又道：學成文武藝，貨與帝王家。你這般才學，執意不去，却是爲何？（小生）大公吓，非是卑人不肯前去，所慮雙親年老，無人侍奉。只有一個新婚媳婦，是個女流，濟得甚事？因此不敢遠離膝下。（生）解元，自古千錢買鄰，八百置舍。老漢忝在鄰比，你去後，倘宅上有些欠缺，都在老漢身上。（外）來，來，來，謝了大公！（小生）是。大公請上，受卑人拜謝。（生）阿呀呀！不消。

【三學士】（小生）謝得公公意甚美，（副介）兒吓，再拜一拜。（外）爲何？（副）哪，哪，哪，油鹽醬醋，都在裏頭了！（小生連）凡事仗托扶持。假饒一舉登科日，難道是雙親未老時？只恐錦衣歸故里，怕雙親不見兒。

【前腔】（外）萱室椿庭衰老矣，指望你改换門閭。你若做得官回來，自有三牲五鼎供朝夕，須勝似啜菽並飲水。你若錦衣歸故里，爲父的倘有不幸呵，一靈兒終是喜。

急辦行裝赴試期，（小生）父親嚴命怎生違？（生）一舉首登龍虎榜，（副）十年身到鳳凰池。（生）告辭。（外）送了大公出去。（小生）是。（生）不消。另日還要來餞別。請了。（小生）大公慢請罷。（生下）（小生）大公去了。（副）兒吓，進去與五娘子商量商量、計較計較。（外）呸，商量也要去，不商量也要去。（下）（副）商量也不去，不商量也不去。兒吓，不要聽他，做娘的包你不去。（小生）全仗母親。

（副）隨我進來。（小生）是。（同下）

囑別

（小生上）（小工調）

【謁金門】苦被爹行逼遣，脉脉此情何限。（正旦）聞到才郎遊上苑，又添離別嘆。（同）骨肉一朝成拆散，可憐難捨拚。

（正旦）官人。（小生）娘子。（正旦）雲情雨意，雖可抛兩月夫妻；雪鬢霜鬟，竟不念八旬父母？功名之念一起，甘旨之心頓忘，是何道理？（小生）娘子，膝下遠離，豈無眷戀之心？高堂嚴命，不聽分剖之辭，教卑人如何是好？（正旦）官人，我猜着你的意兒了。（小生）猜着什麽來？

【忒忒令】（正旦）你讀書思量中狀元，（小生介）向上之心，人皆有之。（正旦連）只怕你才疏學淺。（小生介）怎見得卑人才疏學淺？（正旦連）則這《孝經》《曲禮》，你早忘了一段。（小生介）忘了什麽？（正旦連）却不道夏清與冬溫，昏須定，晨須省，親在遊怎遠？

【前腔】（小生）哭哀哀推辭了萬千，（正旦介）張大公如何說？（小生連）他鬧吵吵抵死來相勸。（正旦介）他雖相勸，不去由你。（小生連）將我深罪，不由人分辯。爹道我，（正旦介）道你什麽來？（小生連）戀新婚，逆親言，貪妻愛，不肯去赴選。

【沉醉東風】（正旦）官人，你爹行見得好偏，只一子不留在身畔。如今在那裏？（小生）在堂上。（正旦）既在堂上，和你同去説。（小生）娘子請。（正旦）官人請。嗳！我不去了。（小生）娘子，爲何欲行又止？（正旦）我去説，公婆聽奴還好，倘然不聽呵，（唱）他只道我不賢，要將伊迷戀。這其間教人怎不悲怨？（合）爲爹淚漣，爲娘淚漣，何曾爲着夫妻意上掛牽？

【前腔】（小生）做孩兒節孝怎全？做爹行不容幾諫。（正旦介）你爲子者，怎生埋怨？（小生連）非是我要埋怨，只愁他形隻影單，我出去有誰來看管？（合前）

【臘梅花】（外、副上）孩兒出去在今日中，爹爹媽媽來相送。但願得魚化龍，青雲得路，桂枝高攀步蟾宫。

（小生）爹媽拜揖。（正旦）公婆萬福。（外、副）罷了。（外）我兒，怎麽還不起身？（小生）專等大公到來拜别。（外）門首去看來。（小生）是。（生上）仗劍對樽酒，恥爲遊子顔。（小生）大公來了？（生）解元，所志在功名，（小生）咳！（生）離别何足嘆。（小生）爹媽，大公來了。（生）吓！老哥老嫂。（外）廣才。（副）大公。（生）解元爲何還不起程？（外）專等老友到來，即便起程。（生）老漢帶得碎銀幾兩，權爲路費，請收了。（外）謝了大公。（小生）多謝大公。（生）好説。（副、小生）吓！阿呀！兒、娘吓！（副）若不爲功名，做娘的怎生捨得你前去？（哭介）（小生）爹媽請上，孩兒就此拜别。（外、副）罷了！

【園林好】（小生）兒今去爹媽休得要意懸，（同）兒今去今年便還。（小生）但願得雙親康健，（外、副介）早去早回。（生、小生同連）須有日拜堂前，（小生）須有日拜椿萱。

【前腔】（外）我孩兒不須掛牽，爹指望孩兒貴顯。若得你名登高選，須早把信音傳，（同）須早把信音傳。

（副）兒吓！（小生介）娘吓！

【江兒水】（副唱）膝下嬌兒去，堂前老母單，臨行密密縫針綫。眼巴巴望着關山遠，冷清清倚定門兒盼。阿呀兒吓！教我如何消遣？（小生介）母親請免愁煩。（同）要解愁煩，（副）須是頻寄音書回轉。

（正旦）官人。（小生介）娘子。

【前腔】（正旦）妾的衷腸事，有萬千，説來又恐，（小生介）有話對卑人説。（正旦連）怕添縈絆。六十日夫妻恩情斷，八十歲父母教誰看管？教我如何不怨？（小生介）莫非怨着卑人？（合）要解愁煩，（正旦）官人，須要寄個音書回轉。

【五供養】（生）解元，自有貧窮老漢，托在隣家，事體相關。此行雖勉强，不必恁留連，（小生介）爹媽望大公早晚看管一二。（生連）你爹娘，吖哈早晚、早晚間吾當陪伴。丈夫非無淚，不灑別離間。（合）骨肉分離，寸腸割斷。

【前腔】(小生)公公可憐，我的爹娘望你周全。此身若貴顯，定當效啣環。(生介)阿呀呀！請起。(正旦接)有孩兒也枉然，你的爹娘倒教别人看管。此際情何限，偷把淚珠彈。(合前)

【玉交枝】(外)别離休嘆，媽媽，我心中豈不痛酸？蔡邕，非爹苦要輕拆散，也只是圖你榮顯。(副)蟾宫桂枝須早攀，怕北堂萱草時光短。(合)又未知何日再圓？又未知何日再圓？

【前腔】(小生)雙親衰倦，娘子，你扶持看他老年。飢時勸他加餐飯，寒時節頻與衣穿。(正旦)做媳婦侍舅姑，不待你言；你做孩兒離父母，何日返？(合前)

【川撥棹】(同)歸休晚，莫教人凝望眼。但有日回到家園，但有日回到家園，(小生)我怕、怕回來雙親老年。(合)怎教人心放寬？不由人珠淚漣。

【前腔】(正旦)我的埋怨怎盡言？我的一身難上難。(小生)娘子，你寧可將我來埋怨，你寧可將我來埋怨，莫把我爹娘冷眼看。(正旦介)官人請起。(合前)

【尾聲】生離遠别何足嘆，專望你名登高選。衣錦還鄉，教人作話傳。

(小生)此行勉强赴春闈，(生)專望明年衣錦歸。(外)世上萬般哀苦事，(同)無非遠别與生離。(生)告辭。(外)有慢。送了大公出去。(小生)是。大公慢慢請罷。(生)解元，願你步去馬回！哈哈哈！(下)(小生)爹媽，大公去了。(外)我兒，家道艱難，你若成名，即便就回。(小生)是。(副)媳

婦，可念夫妻之情，送到南浦，即便回來。（正旦）是。（副、小生）吓！阿呀！兒、娘吓！（各下）

南浦

（正旦、小生同上）（正旦）官人，此去蟾宫須穩步，休教別戀忘歸。公婆年老怎支持？一朝波浪起，阿呀！鴛侶兩分離。（小生）無奈雙親嚴命緊，不容分剖推辭。如今暫別守孤幃，晨昏行孝道，全仗你扶持。（正旦）咳！

【尾犯序】（小工調）無限別離情，兩月夫妻，一旦孤另。此去經年，望迢迢玉京思省。（小生介）莫非慮着卑人此去山遥水遠？（正旦連）奴不慮山遥水遠。（小生介）莫非慮着衾寒枕冷？（正旦連）奴不慮衾寒枕冷。（小生介）慮着什麼？（正旦連）奴只慮公婆没主，一旦冷清清。

【前腔换頭】（小生）娘子，何曾，想着那功名？欲盡子情，難拒親命。我年老爹娘，望伊家看承。畢竟，你休怨着朝雲暮雨，暫替我冬温夏清。思量起，如何教我割捨得眼睁睁？

【前腔】（正旦）儒衣纔换青，快着歸鞭，早辦回程。怕十里紅樓，休戀着娉婷。叮嚀，不念我芙蓉帳冷，也思親桑榆暮景。頻囑咐，知他記否？空自語惺惺。

【前腔】（小生）娘子，你寬心須待等，我肯戀花柳，甘爲萍梗？只怕萬里關山，那更音信難憑。須聽，没奈何分情破愛，誰下得虧心短行？（合）從今去，相思兩處，一樣淚盈盈。

（正旦）官人，此去得官不得官，須早寄音書回來。（小生）娘子，我音書是要寄的。

【鷓鴣天】只怕萬里關山萬里愁，（正旦）一般心事一般憂。（小生）桑榆暮景應難保，（同）客館風光怎久留？（正旦）他那裏，慢凝眸，（小生）娘子，請回去罷。（正旦）官人慢行。（同）吓！阿呀呀！（小生下）（正旦）正是馬行十步九回頭。歸家只恐傷親意，擱淚汪汪不敢流。（下）

訓女

（衆喝，外上，末、生隨上）

【齊天樂】鳳凰池上歸環珮，衮袖御香猶在。棨戟門前，平沙堤上，何事車填馬隘？

（末、生）迴避！（衆下）（外）荼蘼徑路草蕭條，自古雲山遠市朝。公道世間惟白髮，貴人頭上不曾饒。老夫姓牛名卓，官居師相，位極人臣，富貴功名，已滿心意。這幾日久留禁地，不曾回府，聞得這班使女們，終日在後花園中戲耍。自古欲治其國，先齊其家。院子。（末、生）有。（外）唤老媽媽和惜春出來。（末、生）是。老媽媽。（淨内）那。（末、生）惜春姐。（丑内）啥個？（末、生）老爺唤。（淨、丑）來哉。（上）（鴉叫介）（淨）咦！老鴉叫，（丑）眼睛跳。（淨）勿是打，（丑）定是吊。（淨）打勿打三千，（丑）吊勿吊一年。（淨）我也無得説。（丑）我也無得話。（淨）且搭倷去見老爺。（丑）使得個。（淨）老爺，老婢叩頭。（丑）惜春叩頭。（外）呸，你這老婢子，我叫你做了管家婆，不去拘束這些婢女們，反同他們在後花園戲耍，這怎麼説？（浄）我曉得老爺居來勿得，一居來，就動我老太婆個氣了。（丑）動老爺個氣！（浄）老爺在上，老婢在下。（丑）啥了要分上下？（浄）分子上下，好説中話。（丑）勿差。（浄）我也勿得知老爺個長短，倷也勿曉得我個深淺。（丑）呸！（浄）老爺，惜春個丫頭，若勿打俚兩記，要成精作怪哉。（丑）老爺，倷一記也勿要打，看我阿會成精作怪？（浄）自從老爺入海去子。（丑）入朝！（浄）㕶個丫頭水性也勿曉得，潮没阿是從海裏來個？（丑）我是日日經風經浪過個哉。（浄）個一日我拉厨房裏洗馬桶。（丑）飯桶！（浄）勿差，飯桶。惜春走得來，對我一看，拿個張嘴，扭來扭，照會我個意思。我説：『惜春姐，爲啥勿替小姐房裏做針指，到厨房裏來做啥？』俚説：『老媽媽，如今春三二月，艷陽天氣，蜂也鬧，蝶也鬧，人世難逢開口笑。笑一笑，少一少；惱一惱，老一老；捏一捏，竅一竅；撥一撥，跳一跳。疊一疊，要一要。大家去白相相。』（外）你可曾去？（浄）我是勿肯去，俚拿兩隻手拉我背上一搭，説：『去噓！去噓！』（外）如此説，去的了？（浄）去是勿曾去，蹉子一遭。（外）好惜春，你怎麼不與小姐在繡房中做些針指，反在後花園中戲耍，怎麼説？（丑）老爺，俚有告，我有訴。一日我搭小姐拉繡房裏繡老爺個狗牛肚子。（浄）鬥牛補子。（丑）勿差，鬥牛補子。只見個老媽媽立拉窗外頭，拿手招來招，招子我出去，呷得小姐拉乱，勿好説出去白相。（外）你可曾去？（丑）我就寫帖子回頭俚，上寫着：『多承手招，有事終朝。何勞恁説，敢虚佳節？今遵家教，敢犯法條？特此奉復，不勞再邀。』況且老爺居來要動氣個。俚説番道個，老爺搭我有一局個。（浄）嚼殺哉！（外）你倒底可曾去？（丑）我再三再四勿肯去，俚再五再六要我去，我即是勿肯去。個老媽媽頓生一計，說：『丫頭，倷手上個癩疥瘡阿好來？』我說：『還勿曾好來。』俚就拿我個手一看，對子背上一搭，說道：『駝，駝，駝，責升籮；升籮破，再買過。』駝進子花園，個老媽年紀一把，骨頭無得四兩重。勿是俚個世界哉！拿假山石推倒，金魚池壓壞；牡丹花扳折，海棠花捏癟。一盆細葉菖蒲，俚認道松毛韭菜了。乾殺哉，等我來澆點掗壅介。扯開褲子，賊介溲流流一場大尿，澆得他東歪西倒，根根蠟黃，那間像子一樣物事哉。（浄）啥物事？（丑）像子老爺個髭鬚哉。（外）如此說，你也去的了？（丑）去是勿曾去，走子一遭。（外）院子，取板子來，各打十三。（院）吓！（浄）阿呀！我俚是十四去個，勿是十三。（末、生）睡下去！（丑）阿呀！老爺，下來勿去末哉。（打介）一五、一十、十三，打完。（外）迴避。（末、生下）（外）請小姐出來。（浄、丑）是哉，小姐有請。

【花心動】（旦上）幽閣深沉，問佳人：爲何懶添眉黛？

（浄、丑）小姐到。（旦）爹爹萬福！（外）吓，你可知罪？（旦）孩兒不知罪。（外）吓！（旦）是。（跪介）（外）還說不知罪？自古婦人之德，不出閨門。行不動裙，笑不露齒。今日是我孩兒，異日他人媳婦。這幾日我不在家，你放這些使女，反讓他們終日在後花園戲耍。倘或這些使女們做出些事來，可不連你的芳名多誤了？取戒方！（旦）嗳呀呀！（浄）看亡故夫人面上。（丑）小姐是出手貨，打勿起個。（外）我本該責你幾下，可惜你，

【惜奴嬌】（小工調）杏臉桃腮，（浄）老爺頭上戴子馬臺。（丑）好象招財。（浄）惜春跪虱，老媽起來。（丑）老媽跪虱，惜春起來。（外）吓！（浄介）老面皮，大家跪。（外）當有松筠節操，蕙蘭襟懷。閨

中言語，不出閫閾之外。老媽媽，你年衰，不教我孩兒是伊之罪。（浄介）老婢該死！（外連）惜春，這風情今休再。（合）記再來，但把不出閨門的語言相戒。

【前腔換頭】（旦）堪哀，萱室先摧，（浄介）老爺，小姐思念夫人。（外）咳！嘿嘿！（丑）勿要嘆氣。（旦連）嘆婦儀姆訓，未曾諳解。（外介）人孰無過，能改爲上。（旦連）蒙爹嚴訓，從今怎敢不改？老媽媽，我是裙釵，早晚望伊家將奴誨。（浄介）折殺老婢了。（旦連）惜春，要改前非休違背。（合前）

【黑麻序換頭】（浄）看待，父母心，婚姻事，須要早諧。勸公相，早畢兒女之債。（外）休呆，如何女子前，胡將口亂開？（合）記今來，但把不出閨門的語言相戒。

【前腔換頭】（丑）輕浼，我受寂寞耽煩惱，教我怎捱？細思之，怎不教人珠淚盈腮？（旦）寧耐，温衣並美食，何須苦掛懷？（合前）

（外）女人不可出閨門，（旦）多謝嚴親教育恩。（浄）自古成人不自在，（丑）須知自在不成人。（外）伏侍小姐到繡房中去，今後不可如此。（嗽下）（丑）纔是傢個老花娘！（浄）纔是呸個小花娘！（旦）你們不須爭論，今後不可如此。隨我進來。（下）（丑對浄學介）今後不可如此，隨我進來。（下）（浄）個小花娘，直頭會説乱。（下）

登程

（小生上）

【滿庭芳】飛絮沾衣，殘花隨馬，輕寒輕暖芳辰。江山風物，偏動別離人。回首高堂漸遠，嘆當時恩愛輕分。傷情處，數聲杜宇，客淚滿衣襟。

【前腔換頭】（老生上）萋萋芳草色，故園人望，目斷王孫。謾憔悴郵亭，誰與温存？（副）聞道洛陽近也，又還隔幾座城闉。（丑）澆愁悶，解鞍沽酒，（同）同醉杏花村。

（小生）〔浣溪紗〕千里鶯啼緑映紅，水村山郭酒旗風，（老生）行人如在畫圖中。（副）不暖不寒天氣好，（丑）或來或往旅人逢，（同）此時誰不嘆西東？（小生、老生）我們乃同學中朋友，（副、丑）不必通名道姓。（副）今當天長日暖，（丑）正好登程。（小生、老生）如此趲行，一同前往。（副、丑）請吓！

【甘州歌】（小生）【八聲甘州】（首至六）衷腸悶損，嘆路途千里，日日思親。青梅如豆，難寄隴頭音信。（小生連）高堂已添雙鬢雪，（副介）兄吓，蔡兄在那裏遠望家鄉。（小生連）客路空瞻一片雲。（同）【排歌】（合至末）途中味，客裏身，爭如流水蘸柴門？休回首，欲斷魂，這數聲啼鳥不堪聞。

【前腔】（老生）風光正暮春，便縱然勞役，何必愁悶？緑英紅雨，征袍上染惹芳塵。雲梯月殿圖貴顯，水宿風餐莫厭貧。（合）乘桃浪，躍錦鱗，一聲動雷過龍門。榮歸去，緑綬新，休教妻嫂笑蘇秦。

【前腔】（副）誰家近水濱，見畫橋烟柳，朱門隱隱。鞦韆影裏，墻頭上露出紅粉。他無情笑語聲漸杳，却不道惱殺多情墻外人。（合）思鄉遠，愁路貧，肯如十度謁侯門？行看取，朝紫宸，鳳池鰲禁聽絲綸。

【前腔】（丑）遥瞻霧靄紛，想洛陽宫闕，行行將近。程途勞倦，欲待共飲芳樽。垂楊瘦馬莫暫停，只見古樹昏鴉棲漸盡。（合）天將暝，日已曛，一聲殘角斷樵門。尋宿處，行步緊，前村燈火已黄昏。

（小生）江山風物自傷情，（副）南北東西爲利名。（丑）路上有花並有酒，（老生）一程分作兩程行。

（同）請。

【尾聲】（唱）向人家，忙投奔，解鞍沽酒共論文，今夜雨打梨花深閉門。（下）

選士

（净上，末、小軍隨）

【生查子】承恩拜試官，聲價重邱山。那來赴試的，只問有文才，何必拘鄉貫？有才的取他居上第，做個清要官。没才的縱有父兄勢，也教空手還。

禮闈新榜動長安，九陌人人走馬看。一日聲名遍天下，滿城桃李屬春官。下官禮部主考官是也。今當大比之年，朝廷命我主考。左右。（軍應）（浄）把應試的士子都唤進來。（軍照念）（小生、丑上）

【賞宮花】（小生唱）槐花正黄，赴科場舉子忙。（丑接）太學拉朋友，一齊整行裝。（同）五百英雄都在此，不知誰是狀元郎？

（進見介）（浄）諸生聽者，朝廷開科取士，命下官爲主考。下官是個風流試官，不拘往年舊例，第一場要做對，第二場要猜謎，第三場要唱曲。三場都好，取他做頭名狀元；若做不出，將他打出去。（小生、丑）領命。（浄）蔡邕，我有一對，你可對來。（小生）請大人上聯。（浄）星移天放彈。（小生）日出海抛球。（浄）對得好！站過一邊。（小生應）（浄）落得喜，我也有一對，你可對來。（丑）請大人上聯。（浄）《毛詩》三百篇。（丑）還有十一篇。（浄）不好！不好！站過一邊。蔡邕過來。（小生應）（浄）我出八個地名謎兒與你猜。（小生）是。（浄）一聲霹靂震天關，兩個肩頭不得閒。去買紙來作裱褙，欠人錢債未曾還。你可猜來。（小生）是。第一句是京東、京西，第二句是江東、江西。第三句是湖東、湖西，第四句是浙東、浙西。（浄）妙吓！八個地名都猜着，請過一邊。（小生應）（浄）落得喜過來。（丑應）（浄）我出四樣花木謎兒與你猜。（丑）是。（浄）雨中妝點望中黄，獨立深山分外長。廟廊之材應見取，家家織就綺羅裳。你可猜來。（丑）是。第一句是柏樹，第二句是槐樹，第三句是楓樹，第四句是柳樹。（浄）呸！呸！四樣花名都猜不着，站過一邊。蔡邕過來。（小生應）（浄）我唱一隻曲兒，你來接末句，還要押着韻兒。（小生應）（浄白）你且聽了。
【清江引】（小工調）長安富貴真罕有，食味皆山獸。熊掌紫駝峰，四座馨香透。你接唱來。
（小生）是。（唱）把與試官來下酒。
（浄）妙哉！三場都好，是個真才，請過一邊。（小生應）（浄）落得喜過來。（丑應）（浄）我還唱隻曲兒，你也接末句。（丑應）
【前腔】（浄唱）看你胸中何所有，一袋腌臢臭。若還放出來，見者都奔走。（連白）你接唱來。
（丑）是。（唱）把與試官來下酒。
（浄）不好！不好！抄別人文字是不中用的，快打他出去。（丑）不要打！不要打！咳！正是：薄命劉生終下第，厚顔季子且回家。這是那裏説起？（下）（浄）蔡邕，你才高學博，超出等倫，我就保奏朝廷，取你爲頭名狀元。左右，快取冠帶過來，與狀元换了，隨我入朝謝恩，遊街赴宴去。（小生）多謝大人。
【懶畫眉】（唱六字調）君恩喜見上頭時，今日方遂嚴親意。（軍）布袍脱下换羅衣，腰間横繫黄金帶，駿馬雕鞍真是美。
【前腔】（浄）你讀書萬卷非容易，喜得登科擢上第。功名分定豈誤期。三千禮樂無敵手，五百英雄盡讓伊。

一舉鰲頭獨占魁，（小生）誰知平地一聲雷。（淨）明朝跨馬春風裏，（同）盡是皇都得意回。（同下）

梳　妝

（正旦上）（凡字調）

【破齊陣】翠減祥鸞羅幌，香消寶鴨金爐。楚館雲閒，秦樓月冷，動是離人愁思。目斷天涯雲山遠，親在高堂雪鬢疏，阿呀伯喈吓！緣何書也無？

明明匣中鏡，盈盈曉來妝。憶昔事君子，雞鳴下君床。臨鏡理笄總，隨君問高堂。一旦遠别離，鏡匣掩清光。奴家自嫁伯喈之後，方纔兩月，指望與他同侍雙親，偕老百年。誰知公公嚴命，强逼他去赴選，教奴獨自看承。奴家一來要成丈夫賢名，二來要盡爲婦之道，盡心竭力，朝夕奉養。正是：天涯海角有窮時，只有此情無盡處。（吟詩介）（詩）蔡郎飽學衆皆知，甘分庭前戲綵衣。一旦高堂難拒命，含悲掩淚赴春闈。

【風雲會四朝元】（正工調）春闈催赴，同心帶綰初。嘆《陽關》聲斷，送别南浦，早已成間阻。【桂枝香】謾羅襟淚漬，謾羅襟淚漬，【柳摇金】和那寶瑟塵埋，錦被羞鋪。寂寞瓊窗，蕭條朱户，【駐雲飛】空把流年度。嗏，瞑子裏自尋思，【一江風】妾意君情，一旦如朝露。君行萬里途，妾心萬般苦。【朝元令】君還念妾，迢迢遠遠，也須回顧，也須回顧。

【詩】良人别去未曾還，妾在深閨淚暗彈。萬恨千愁渾似織，懨懨春病損朱顔。

【前腔】(一)朱顔非故，緑雲懶去梳。奈畫眉人遠，傅粉郎去，鏡鸞羞自舞。把歸期暗數，把歸期暗數，只見雁杳魚沉，鳳隻鸞孤。緑遍汀洲，又生芳杜。空自思前事，嗏，日近帝皇都。芳草斜陽，教我望斷長安路。君身豈蕩子，妾非蕩子婦。其間就裏，千千萬萬，有誰堪訴，有誰堪訴。

〔詩〕桑榆暮景實堪悲，囊篋蕭然值歲饑。竭力奉承行孝道，晨昏定省步輕移。

【前腔】輕移蓮步，堂前問舅姑。怕食缺須進，衣綻須補，要行時索與扶。奈西山暮景，奈西山暮景，教我倩着誰人，傳語我的兒夫。你身上青雲，只怕親歸黄土，我臨别也曾多囑咐。嗏，那些個意孜孜，只怕十里紅樓，貪戀着人豪富。你雖然忘了奴，也須索念父母。無人説與，這淒淒冷冷，怎生辜負？怎生辜負？

〔詩〕秋來天氣最淒涼，俊士紛紛入試場。屈指算來經半載，多才想已決文場。

【前腔】文場選士，紛紛都是才俊徒。少甚鏡分鸞鳳，都要榜登龍虎，豈偏他將奴誤。也不索氣蠱，也不索氣蠱，既受托了蘋蘩，有甚推辭？索性做個孝婦賢妻，也落得名標青史，不

(一)【前腔】：原作『其二』。下【前腔】原作『其三』、『其四』，據汲古閣刊本《繡刻琵琶記定本》改。

枉受了些閒淒楚。嗏，俺這裏自支吾，休得污了他的名兒，左右與他相回護。(一)你便做腰金與衣紫，須記得釵荆與裙布。一場愁緒，堆堆積積，宋玉難賦，宋玉難賦。

回首高堂日已斜，遊人何事在天涯。紅顔勝人多薄命，莫怨東風當自嗟。(下)

(一) 回：原作『會』，據汲古閣刊本《繡刻琵琶記定本》改。

二卷

墜馬

（衆喝）（外上）

【霜天曉角】杏園春早，星聚文光耀。

烏紗玉帶紫金魚，出入千人擁一舉。若問榮華因甚至，少年曾讀五車書。下官禮部尚書吉天祥是也。今日新科狀元赴宴瓊林，聖上命下官陪宴。左右。（衆）有。（外）打道到杏園去。（衆應）

【水底魚兒】（同唱）（凡字調）朝省尚書，昨日蒙聖旨，狀元及第，教咱陪筵席，教咱陪筵席。

（又衆喝，小生、老生、副上同唱）

【窣地錦襠】嫦娥剪就緑雲衣，折得蟾宫第一枝。宫花斜插帽簷低，一舉成名天下知。（又衆喝，丑上唱）

【哭岐婆】咖哈！咖哈！玉鞭裊裊，如龍驕騎。黄旗影裏，笙歌鼎沸。咦唏！吖哈吖哈哈！

如今端的是男兒，行看錦衣歸故里。

馬來！阿呀！（衆）墜了馬了！（三）快快扶起來。（丑）吖哈哈！（三）年兄爲何墜了馬了？（丑）列位年兄。（三）年兄。（丑）小弟呵。（小工調）

【叨叨令】只聽得閙吵吵街市上遊人亂，惡頭口抵死要回身轉。（三介）怎不勒住？（丑連）戰兢兢只恐怕繮繩斷，（三介）何不加鞭？（丑連）我是個怯書生，早已神魂散。（三介）可曾跌壞？（丑連）險些兒跌折了腿也麼哥，險些撞破了頭也麼哥。（三）險吓！（丑）列位年兄。（三）年兄。（丑）小弟方纔墜馬，倒有個比方。（三）有甚比方？（丑）吖哈！哪，好一似那小秦王三跳澗。（三）如今年兄的馬哪裏去了？（丑）傷人乎？不問馬。（三）借一匹來，與年兄乘了去罷。（丑）不要借，若借來乘之，小弟就該死了。（三）爲何？（丑）豈不聞夫子云：有馬者借人乘之，今亡矣夫。（三）此去杏園不遠，大家步行前去。左右，扶好了。（衆應）吓！（掀丑介）吖哈哈！（衆）有人麼？（末）什麼人？（衆）各位老爺到。（末）老爺有請。（外）怎麼説？（末）各位老爺到。（外）説我出迎。（末）老爺出迎。（三）吓！老大人。（外）列位先生，請。（三）請。（丑）吖喲哈哈！（外）這位先生爲何這般光景？（三）敝年兄墜了馬。（外）快請太醫。（丑）老大人，不消請得太醫。方纔晚生在馬上跌下來，無非跌挫了這筋頭子，只消喚一名有力氣的排軍，與晚生揉這麼幾揉，扯這麼幾扯就好了。（外）排軍們，那個有力氣？（浄）吓！爺，小的有力氣。（外）與這位老爺揉腿。（浄）吓！爺，小的叩頭。（丑）你叫什麼名字？（浄）小的叫包有功。（丑）這個名字取得好。包有功。（浄）有。（丑）你與我老爺揉好了腿，重重有賞。（浄）爺，是左腿呢右腿？（丑）是左腿。（浄）請爺起腿。（丑）吖唷！我把你這該死的狗頭！我老爺疼得了不得在此，你須要温揉纔是，怎麼纔上手就是這麼，吖喲！（三）小心。（浄）吓。（丑）痛死我也！吖，哈哈！你個慢慢的來吓。（浄）吓！（丑）捶吓，捶吓。（浄）吓！（丑）重些。（浄）吓！（丑）怎麼就墜了馬？輕些，輕些。（三）輕些。（浄）吓！（丑）有些意思了。住了。（浄）吓！（丑）你把我老爺的腿輕輕的放下來。（浄）吓。（丑）閃開！待我老爺自己來。呸！呸！呸！哈哈哈！好了！包有功，明日領賞。（浄）謝爺。（下）（四）老大人請上，晚生們有一拜。（外）下官也有一拜。五百名中第一仙，（四）花如羅綺柳如烟。（外）緑袍乍着君恩重，（四）黄榜初開御墨鮮。（外）龍作馬，玉爲鞭，等閒平步上青天。（四）時人漫説登科早，（外）月裏嫦娥愛少年。請。（四）請。（外）列位先生。（四）老大人。（外）每科狀元赴宴瓊林，都要作詩。舊例，如詩不成，罰以金谷酒數。（四）請老大人命題。（外）就把龍鳳魚龜分爲四題，殿元首唱。（小生）請。（三）請。（小生）佔了。（三介）豈敢？（小生吟六字調）【詩】昔未逢時困九淵，風雲扶我上青天。九州四海敷霖雨，擊壤高歌大有年。（外）好。（老生）請。（副）請。（老生）佔了。（副）豈敢？（老生）【詩】幾載丹山養羽毛，羽毛初秀奮青霄。和鳴飛入皇家網，五色雲中雜《九韶》。（外）好！（三）請。（副）佔了。（丑）豈敢？（副）【詩】三月桃花處處濃，禹門雷動尾初紅。人人盡道池中物，今在恩波雨露中。（外）好。請這位先生做龜。(丑)老大人言重了。列位年兄做的是龍、鳳、魚，怎麼輪到晚生做起龜來？(外)是龜詩。(丑)雖是龜詩，也覺不雅。列位年兄做的無非是五言四句，七言八句，晚生在窗下整本的做將出來，也不爲希罕。如今只求老大人另出一題，或是長篇短賦，待晚生做這麼一趟子，也顯得晚生胸中，(三)抱負。(丑)不敢。(外)也罷，就把方纔墜馬爲題，做篇《古風》如何？(丑)墜馬爲題，墜馬爲題，吓！老大人，可容晚生手舞足蹈做個意思兒？(外)風流學士，正該如此。(丑)如此，老大人，晚生有罪了。(外)豈敢？(丑)列位年兄。(三)年兄。(丑)小弟得罪了。(三)豈敢？(丑)我就來也。(三)請。(丑)我就說了。(乾念)君不見，君不見去年騎馬張狀元，他就跌、跌折了左腿不相連？又不見，又不見前年跨馬李試官，他就跌、跌壞了窟臀没半邊？我想世上三般拚命事，那行船走馬，咖哈，和那打鞦韆。小子今年大拚命，也來隨衆跨金鞍。跨金鞍，災怎躲？叵耐畜生侮弄我。我把繮繩緊緊拿，縱有長鞭不敢打。哆吓！呸！大喝三聲不肯行，他就連攛、連攛幾攛不當耍。呼！須臾之間掉下馬，好似狂風吹片瓦。昨日行過樞密院，只見三個排軍來唱喏。小子慌忙跑將歸，(三)爲何？(丑)列位年兄。(三)年兄。(丑唱)怕他請我到教場中騎戰馬。

(外)好！看酒。(末應)(末)上宴。(同唱)(凡字調)

【山花子】玳筵開處遊人擁，争看五百名英雄。喜鰲頭獨占有功，荷君恩奏捷詞鋒。太平時車書已同，干戈盡戢文教崇，人間此時魚化龍。留取瓊林，勝景無窮。

【大和佛】寶篆沉烟香噴濃，濃熏綺羅叢。瓊舟銀海，翻動酒鱗紅，一飲盡教空。（小生）持杯自覺心先痛，縱有香醪玉液，難下我喉嚨。想寂寞高堂菽水誰供奉？俺這裏傳杯喧哄。

（三）年兄，休得要對此歡娛意忡忡。

【舞霓裳】願取群賢盡貞忠，盡貞忠；管取雲臺畫形容，畫形容。時清莫負君恩重，一封書上勸東封，更撰個《河清德頌》。乾坤正，看玉柱擎天又何用？

【紅繡鞋】猛拚沉醉東風，東風；倩人扶上玉驄，玉驄。歸去路，畫橋東。花影亂，日朦朧；笙歌沸，引紗籠。

【意不盡】今宵添上繁華夢，明早遥聽清磬鐘。皇恩謝了，鵷行豹尾陪侍從。

（衆下）（丑）咦！這畜生又來了，又來了。吖哈，咖，哈，咖，哈，嘚，馬來。（下）

饑　荒

（正旦上）（凡字調）

【憶秦娥】長吁氣，自憐薄命相遭際。相遭際，暮年姑舅，薄情夫婿。

夫妻纔兩月，一旦成分别。没主公婆甘旨缺，幾度思量悲咽。家貧先自艱難，那堪偏遇荒年。恁地千辛萬苦，蒼天也不相憐。奴家自從丈夫去後，遭此荒年；況且公婆年老，朝夕不保，教奴如何獨自應承？婆婆日夜埋怨公公，道當初不合教孩兒出去；公公又不伏氣，只管和婆婆爭鬧。外人不理會，只道我做媳婦的不會看承，以致如此。且請他們出來，解勸則個。公公有請。

【前腔換頭】（外上）孩兒一去無消息，雙親老景難存濟。（正旦介）婆婆有請。（副上）難存濟，（打介）咻！（外）吖喲！（副）老賊吓！（唱）（正旦介）婆婆不可如此。你不思前日，强教孩兒出去？

（正旦）公婆萬福。（外）罷了。（副）老賊吓！你今日叫孩兒出去赴選，明日叫孩兒出去做官，做得好官，忍得好餓！如今没有飯喫，餓死你這老賊；没有衣穿，凍死你這老賊。（外）阿呀！阿婆吓！我當初教孩兒去赴選，那知有今日這等饑荒？這樣年歲，誰家不熬餓，那家不忍餓？誰似你這般埋怨？難道我是神仙？（副）三兩日不動烟火，怕不是神仙？（正旦）公公婆婆請息怒，聽媳婦一言分剖。（外、副）有何話説？（正旦）當初公公教孩兒出去的時節，不想今日這樣饑荒。婆婆吓，你也不要埋怨公公了。（外）老乞婆，你聽聽看！（副）我只是氣他不過。（正）公公，婆婆見這般饑荒，孩兒又不在眼前，心下焦躁。公公，你也休怪婆婆埋怨。（副）老賊，你聽聽看！（正旦）如今且自寬心。媳婦還有幾付釵梳首飾，典些米糧，以充公婆口食。寧可餓死媳婦，決不把公婆落後的。（副）我那孝順的媳婦吓！釵梳解當，自有盡期的。千虧萬虧，只是虧煞了你！（正旦）媳婦是應該的。（副）咻！只是可恨那老賊，一子眼前留不住，五株丹桂倩誰栽？

【金絡索】區區一個兒，兩口相倚依。没事爲着功名，不要他供甘旨。你叫他去做官，【東甌令】要改换門閭，只怕他做得官時你做鬼。老賊，孩兒出門時，你説的話，我都記得。（外）我也不曾説什麽。（副）你還説不曾？你圖他三牲五鼎供朝夕。（外）這句是有的。（副）有的？（外）有的。（副）有的！（正旦）婆婆不可如此。（副）不要説是三牲五鼎，【針綫箱】今日裏要口粥湯却教誰與伊？【解三酲】相連累，【懶畫眉】我孩兒因你做不得好名儒。【寄生子】（外）你空争着閒是閒非。（副）老賊吓！我偏要争着閒是閒非！阿呀苦吓！只落得垂雙淚。

【前腔】（外）養子教讀書，指望他身榮貴。黄榜招賢，誰不去求科試？我倒有個比方。（副）飯也無得喫，有甚屁放？（外）比方吖，譬如那范杞梁差去築城池，他的娘親埋怨誰？合生合死皆由命，哪！哪！哪！你看前街後巷這些人家，少甚麽孫子森森也忍饑？（副介）還我兒子來！（外連）阿呀！阿婆吓！你休聒絮，畢竟是咱們兩口受孤悽。（同）（合前）

【前腔】（正旦）孩兒雖暫離，終有日回家裏。奴有些釵梳，解當充糧米。看公公婆婆恁般争鬧呵，教旁人道做媳婦的有甚差池，（副介）你有甚差遲？（正旦連）致使公婆争鬧起。婆婆，當初公公教孩兒出去的時節，他心中愛子，指望功名就。（外）老乞婆，你聽聽看！（正旦）婆婆見此饑荒，他眼下無兒，因此埋怨你。難逃避，兀的不是從天降下這災危？（合前）

（副）老賊！别人家没有兒子還要螟蛉過繼，偏是你這老賊。

【劉潑帽】有兒却遣他出去。我要喫飯。（外）你看這樣年成，教我那裏來？（副）可又來！你是個男子漢，尚然没來方。教媳婦怎生區處？阿呀！媳婦兒吓！（正旦）婆婆。（副）我今日就死也罷。只是可憐誤你芳年紀。（同）（合頭）一度思量，一度裹肝腸碎。

【前腔】（外）我們不久須傾棄，嘆當初是我不是。（副）不是你不是，倒是我不是？倒是我不是？（外）是，是我不是。我孩兒又不在眼前，遭這樣饑荒，少不得是個死。被這老乞婆終日埋怨也是個死！吖哈！也罷，不如我死倒也無他慮。

（奪頭欲撞介）（正旦）阿呀！公公，不可如此！（副）吖喲！老兒，使不得！（同）（合前）

【前腔】（正旦）媳婦便是親兒女，勞役事本分當爲。但願公婆從此相和美。（同）（合前）

（外）形衰力倦怎支吾？（正旦）口食身衣只問奴。（副）莫道是非終日有，（正旦）果然不聽自然無。吓！公公婆婆，大家相叫一聲。吓！婆婆吓，媳婦跪在此了，大家相叫一聲罷。（外）與你什麽相干？（正旦）公公，大家相叫一聲罷。（外）看孝順媳婦分上。（各看介）阿呀！我不去叫他。（正旦）婆婆，叫一聲罷。（副）噢。（各看介）阿呀！我不去叫他。（正旦）還是公公相叫。（外）阿婆。（正旦）婆婆，公公是叫了，你也來叫罷。（副）噢，噢，噢。吓！老兒。（正旦）好了，謝天地。（外）今後不要來埋怨我了。（副）我也不來埋怨你了。（外）阿婆。（副）老兒。（正旦）吓！公公。（外）媳婦。（正旦）婆婆。（副）媳婦。（同哭唱）（合前）（外）媳婦，隨我進來。（正旦）是。（下）

招婿

（外上引）

【似娘兒】華髮漸星星，憐愛女欲遂姻盟，蟾宫桂子才堪稱。紅樓此日，紅絲待選，須教紅葉傳情。

老夫牛太師。只爲女兒年已及笄，未遂良緣。昨日入朝，聖上問我道：你女兒曾有婚配否？我就回奏説：尚未婚配。聖上道：既未婚配，那新科狀元蔡邕，才貌雙全，朕與你主婚，你可招他爲婿。我奉聖旨，就謝了恩。不免叫院子唤個官媒婆來，到狀元處説親。院子那裏？（末上）來了。堂上一呼，階下百諾。相公，有何吩咐？（外）我奉聖旨，要招新科狀元爲婿，如何？（末）小姐是閬苑仙娥，狀元是石渠貴客。況且玉音主盟，金口説合。若做了百年夫婦，不枉了一對姻緣。（外）也説得是。你可唤個媒婆到來，往蔡狀元處説親；你便與他同去。（末）是吓。媒婆那裏？（丑上）來了。媒婆媒婆，兩脚奔波。姻親成就，喫隻肥鵝。大叔，有何吩咐？（末）相爺呼唤。（丑）是。相爺在上，媒婆叩頭。（外）罷了。你手中拿着秤、斧，要他何用？（丑）這是媒婆的招牌。《詩經》上説：『析薪如之何？非斧不克。娶妻如之何？非媒不得。』所以要拿着斧頭。這秤兒叫做量人秤，但凡做媒，先把新郎新婦秤得一般輕重，方可與他説親，到後來自然夫妻和順。（外）我奉聖旨，將小姐招贅新狀元爲婿，如今着你同院子到他跟前去説親，事成之後，重重有賞。（丑）這有何難？一來奉當今聖旨，二來仗相爺威名，三來托小姐才貌。這頭親事，蔡狀元自然允從。（外）你且聽我道。

【瑣窗郎】（唱凡字調）吾家一女娉婷，不曾許與公卿。昨承聖旨，招選書生。你去對他說：不須用黄金爲聘。（合頭）這姻緣前世已曾定，今日裏，共同歡慶。

【前腔】（丑）我是東京極有名聲，論爲媒非自逞。今朝事體，管取完成。量没有一輕一重，要費我這條官秤。（合頭）

【前腔】（末）他雖然高占魁名，得相府相招，多少光榮？絲牽繡幕，選中雀屏，今日去説，他必從命。（合頭）

（丑）管取門楣得俊才，（外）爲傳芳信仗良媒。（末）百年夫婦今朝合，（同）一段姻緣天上來。（外）快去。（末、丑應下）

議　婚

（小生上）（凡字調）

【引・高陽臺】夢遠親闈，愁深旅邸，那更音信遼絶。淒楚情懷，怕逢淒楚時節。重門半掩黄昏雨，奈寸腸此際千結。守寒窗一點孤燈，照人明滅。

【前腔換頭】當時輕散輕别，嘆玉簫聲杳，小樓明月。一段愁煩，翻成兩下悲切。枕邊萬點思親淚，伴漏聲到曉方徹。鎖愁眉，慵臨青鏡，頓添華髮。

〔減字木蘭花〕鰲頭可羡，須知富貴非吾願。雁足難憑，没個音書寄子情。田園蕪後，不知松菊猶存否？光景無多，争奈椿萱老去何？下官蔡邕，爲父命所强，來京赴試，不想僥倖得中，逗遛在此，不能就歸。想我父母年高，無人侍奉，豈可久留在此？欲待辭官回去，未知聖意若何？十分愁悶。咳！

好似和針吞却綫，繫人腸肚刺人心。（末上）走吓。

【勝葫蘆】特奉皇恩賜結婚，來此把信音傳。（丑）若是仙郎肯與諧姻眷，一場好事，管取今朝便團圓。

（進見介）狀元老爺，我們叩頭。（小生）阿呀！阿呀！起來，起來。（末、丑）是。（小生）你二人到此何幹？（末）小人乃牛太師府中院子。（丑）老婢是官媒婆。（末）奉天子之洪恩，領太師之嚴命，特來與狀元諧一佳偶。（小生）原來如此。你們聽我道。

【高陽臺】宦海沉身，京塵迷目，名韁利鎖難脱。目斷家山，空勞魂夢飛越。（丑）狀元，這是一位好小姐。（小生連）閒聒，閒藤野蔓休纏也，俺自有兔絲瓜葛。是誰人無端調引，謾勞饒舌？

【前腔換頭】（末）狀元。閥閲，紫閣名公，黄扉元宰，三槐位裏排列。金屋嬋娟，妖嬈那更貞潔。（丑）歡悦，秦樓此日招鳳侣，遣妾們特來作伐。望君家殷勤肯首，早諧結髮。

【前腔換頭】（小生）非别，千里關山，一家骨肉，教我怎地抛撇？　妻室青春，那更親鬢畢雪。（丑）狀元，太師因愛你才貌，故此把小姐配與你。（小生）哎！　差迭，須知少年自有人愛也，謾勞你嫦娥提挈。　滿皇都豪家無數，豈必卑末？

（末）狀元休得推辭，聽老奴告禀。

【前腔換頭】不達，相府尋親，侯門納禮，你兀自拒他不屑。　繡幕奇葩，春光正當十八。（丑）休撇，知君是個折桂手，留此花待君攀折。　况恭承丹墀詔旨，非我自相攛掇。

（小生）你們不知。

【前腔換頭】我心熱，自小攻書，從來知禮，忍使行虧名缺？　父母俱存，娶而不告難説。　悲咽，門楣相府雖要選，奈庋㢊佳人實難存活。（丑）狀元，那小姐十分美貌，你不要錯過了這段好姻緣。（小生）縱然十分好，我這裏不能允從。　縱然有花容月貌，怎如我自家骨血？

【前腔換頭】（末）狀元，迂闊，他勢壓朝班，威傾京國，你却與他相别。　只怕他轉日回天，那時須有個决裂。（丑）虚設，夜静水寒魚不餌，笑滿船空載明月。　下絲綸不愁没處，笑伊村殺。

【尾聲】（小生）明朝有事朝金闕，歸家奉親心下悦。（末）狀元，只怕聖旨不從空自説。

（小生）不必多言。　若果奉旨意前來，我明日上表辭官，並辭婚便了。（末）君王詔旨不相從，（小生）明日應當奏九重。（丑）有緣千里能相會，（合）無緣對面不相逢。（下）

相　怒

（外上）

【出隊子】朝夕縈掛，只爲女兒多用心。不知姻事可能成？因甚冰人没信音？顒望多時，情緒轉深。

目斷青鸞瞻碧霧，情深紅葉看金溝。老夫昨日遣院子同官媒婆到蔡狀元處議親，尚未回報。待他們轉來，便知端的。（末、丑上）走吓！

【前腔】（唱）喬才堪笑，故阻佯推不肯從。豈無佳婿得乘龍？他有甚福緣能跨鳳？料想書生，只是命窮。

（進見）太師爺。（外）你們回來了。姻事若何？（丑）告相爺知道：那蔡狀元不受擡舉，恁般這頭好親事作成他，他倒千推萬阻，不肯應承。（末）他道家中有白髮之父母，年少之妻房；正要去上表辭官，這姻事決難從命。（外）有這等事？好惱吓！吓！吓！

【雙鸂鶒】（小工調）聽伊説教人怒起，漢朝中惟我獨貴。我有女，寧無貴戚豪家來求配？奉聖旨招狀元爲婿，院子，不知他推托更有何言語？

【前腔換頭】（末）恩官且聽咨啓：蔡狀元聞説皺眉。忠和孝，恩和義，念父母八十年餘。

況已娶妻室，再婚重娶非禮。勸相公，不如别選一佳婿。

【前腔】（外）哎！他原來要奏丹墀，敢與吾厮挺相持。細思之，我就寫表奏與吾皇知，把他官拜清要地。務要他來我處爲門楣。

院子過來。我奉旨招婿，誰敢不從？叵耐那蔡狀元顛倒不肯，要辭官回家。你如今同媒婆再到他那裏去説，看他如何？我一面先奏知朝廷，只教不准他的表章便了。（末應）

【尾聲】（同唱）這讀書輩没道理，不思量違背聖旨；只教他辭官辭婚俱未得。

（外）枉把文章奏九重，（末）不如及早便相從。（同）羅麼鸞鳳青絲網，牢絡鴛鴦碧玉籠。（下）

愁　配

（小工調）（旦上）

【剔銀燈】忒過分爹行所爲，但索强全不顧人議。背飛鳥硬求諧比翼，隔墻花强攀做連理。姻緣，還是怎的？婚姻事女孩兒家怎提？

姻緣姻緣，自非偶然。好笑我爹爹定要把奴招贅蔡狀元爲婿，那狀元不肯，我這裏也索罷了，誰想我爹爹不肯放過。我想他既不情願，就是做了夫妻，也不能够和順。欲待對爹爹説，只是女兒家怎好説得？欲言難吐，好不悶人也！（淨上）忙將姻緣事，説與小姐知。吓！小姐，你在這裏想什麼？

（旦）我不想什麼。（浄）既不想什麼，爲何手托香腮，在此愁悶？小姐，你往常間事事不動心，件件不關情，都是假的。今日又對景傷情起來。（旦）我只爲爹爹做事不停當，故此愁悶。（浄）老相公做事，爲什麼不停當？（旦）要將奴家嫁與蔡狀元，遣官媒婆和院子去説親，那狀元不肯從命，要上表辭官回去。他既如此，我這裏就該罷了。不想爹爹苦苦要他入贅，又教人去説。這般做事，甚不停當。老媽媽，你去勸諫爹爹一番纔好。（浄）老相公主意已定，怎肯聽我等的説話？況且那狀元甚是不達理，不要怪老相公着惱。

【桂枝香】書生愚見，忒不通變。不肯坦腹東床，謾自去哀求金殿。想他們就裏，想他們就裏，將人輕賤。小姐，非干是伊爹胡纏，怕被人傳。（旦介）有什麼被人傳？（浄連）道你是相府公侯女，不能够嫁狀元。

【前腔】（旦）百年姻眷，須教情願。他那裏抵死推辭，我這裏不索留戀。想他們就裏，想他們就裏，有些牽絆。（浄介）他有甚牽絆？（旦連）怕恩多成怨。滿皇都少甚麽公侯子，何須嫁狀元？

【大迓鼓】（浄）小姐，非干是你爹意堅，只怕春花秋月，誤你芳年。況兼他才貌真堪羡，又是五百名中第一仙。故把嫦娥，付與少年。

【前腔】（旦）老媽媽，姻緣雖在天，若非人意，到底埋怨。料想赤繩不曾綰，多應他無玉種藍田。休把嫦娥，强與少年。

（浄）匹配本自然，（旦）何須苦相纏。（浄）眼前雖成就，（旦）到底也埋怨。咳！（下）

辭朝

（末上）（尺字調）

【北點絳唇】夜色將闌，晨光欲散，把珠簾捲。移步丹墀，擺列着金龍案。

下官乃漢朝一個黄門官是也。往來紫禁，侍奉丹墀，領百官之奏章，傳一人之命令。正是：主德無瑕因宦習，天顔有喜近臣知。天色漸明，正當早朝時分，官裏升殿，恐有百官奏事，在此伺候。怎見得早朝時分？但見銀河清淺，珠斗斕斑。數聲角吹落殘星，三通鼓報傳清曙。銀箭銅壺，點點滴滴，尚有九門寒漏；瓊樓玉宇，聲聲隱隱，已聞萬井晨鐘。曈曈矇矇，蒼茫初日映樓臺；拂拂霏霏，葱蒨瑞烟浮禁苑。梟梟巍巍，千尋玉掌，幾點瀼瀼露未晞；澄澄湛湛，萬里璇穹，一片團團月初墜。三唱天鷄，咿咿喔喔，共傳紫陌更闌；百囀流鶯，間間關關，報道上林春曉。午門外碌碌喇喇，車兒碾得塵飛；六宫裏嘔嘔啞啞，樂聲奏如鼎沸。只見那建章宫、甘泉宫、未央宫、長楊宫、五柞宫、長楸宫、長信宫、長樂宫，重重疊疊，萬萬千千，盡開了玉關金鎖；又見那昭陽殿、金華殿、長生殿、披香殿、金鑾殿、麒麟殿、太極殿、保和殿，隱隱約約，三三兩兩，都捲上繡幕珠簾。半空中忽聽得轟轟剗剗，如雷如霆震耳的鳴梢響；合殿裏惟聞得一陣氤氤氳氳，非烟非霧撲鼻的御爐香。飄飄渺渺，紅雲裏雉尾扇遮着赭黄袍； 深深沉沉，丹陛間龍鱗座覆着彤芝蓋。 左列着森森嚴嚴，前前後後的御林軍、旗門軍、控鶴軍、神策軍、虎賁軍，花迎劍佩星初落； 右列着蹡蹡蹌蹌，高高下下的金吾衛、龍虎衛、拱日衛、千牛衛、驃騎衛，柳拂旌旗露未乾。 金間玉，玉間金，閃閃爍爍，燦燦爛爛的神仙儀從； 紫映緋，緋映紫，行行列列，整整齊齊的文武官僚。 螭頭陛下，立着一對妖妖嬈嬈，花容月貌，繡鸞袍鴛鴦靴的奉引昭容； 豹尾班中，擺着一對端端正正，銅肝鐵膽，白象簡獬豸冠的糾彈御史。 拜的拜，跪的跪，那一個敢挨挨擠擠縱喧譁？ 升的升，下的下，誰一個不欽欽敬敬依禮法？ 但願得常瞻仙仗，聖德日新日新日日新； 與群臣共拜天顔，聖壽萬歲萬歲萬萬歲。 正是： 從來不信叔孫禮，今日方知天子尊。（丑内）喏！ 下驢。

（末）道言未了，奏事官早到。（小生上）（凡字調）

【點绛唇】月淡星稀，建章宫裹千門曉。 御爐烟裊，隱隱鳴梢杳。

不寢聽金鑰，因風想玉珂。 明朝有封事，數問夜如何？ 下官爲父母在堂，要上表辭官回去侍奉。（末介）奏事官不得近前，就此排班、整冠、整衣、束帶、執笏、咳嗽。（小生嗽介）（末）上御道、三舞蹈、跪山呼。（小生）萬歲！（末）再山呼。（小生）萬歲！（末）齊祝山呼。（小生）萬萬歲！（末）吾乃黄門，執掌奏事； 有何文表，在此披宣。

【入破第一】（小生）議郎臣蔡邕啓： 今日蒙恩旨，除臣爲議郎官職，重蒙賜婚牛氏。 干瀆天威，臣謹誠惶誠恐，稽首頓首。 伏念微臣，初來有志。 誦詩書，力學躬耕修己，不復貪榮利。 事父母，樂田里，初心願如此而已。 不想州司，謬取臣邕充試，到京畿。 豈料愚蒙，叨居上第？

【破第二】重蒙聖恩，婚賜牛公女。臣草茅疏賤，如何當此隆恩遇？況臣親老，（末介）奏來。一從别後，光陰又幾？廬舍田園，荒蕪久矣。

【衮第三】那更老親鬢髮白，筋力皆癯瘁。形隻影單，無弟兄，誰奉侍？況隔千山萬水，知他生死存亡，雖有音書難寄。最可悲，他甘旨不供，臣食禄有愧。

【歇拍】不告父母，怎諧匹配？臣又聽得家鄉裏，遭水旱，遇荒饑。料想臣親必做溝渠之鬼，未可知。怎不教臣，悲傷淚垂？

（末介）此非哭泣之所，休得驚動天聽。

【中衮第五】（小生連）臣享厚紆朱紫，出入承明地。惟念二親寒無衣，饑無食，喪溝渠。憶昔先朝買臣出守會稽，司馬相如，持節錦歸。

【煞尾】他遭遇聖時，皆得還鄉裏。臣何故，别父母，遠鄉閭，没音書，此心違？伏望陛下特憫微臣之志，遣臣歸，得侍雙親，隆恩無比。

【出破】若還念臣有微能，鄉郡望安置。庶使臣忠心孝意得全美，臣無任瞻天仰聖，激切屏營之至。

（末）平身。（小生）萬歲！（末）退班。（小生應）（末）殿元，取本過來，與汝轉達天聽便了。（小生）

多謝大人。（末）疾忙移步上金階，叩闕封章達帝臺。（小生）黃門口傳天語降，（末）殿元專聽玉音來。

（下）（小生）黃門大人已將我表章達上，未知聖意若何？ 不免禱告天地一番。

【滴溜子】天憐念，天憐念，蔡邕拜禱。雙親的，雙親的，死生未保。可憐深恩難報，一封奏九重，知他聽否？ 阿呀！ 爹娘吓！ 會合分離，都在這遭。

（內）聖旨下。（衆上同唱）

【前腔】今日裏，今日裏，議郎進表。傳達上，傳達上，聖目看了。道太師昨日先奏，把乘龍女婿招，多少是好？ 現有玉音降臨聽剖。（旦乾念）（六字調）奉天承運，皇帝詔曰：（生介）萬歲！（旦連）『孝道雖大，終於事君。皇事多艱，豈遑報父？ 朕以凉德，嗣續丕基。眷茲警動之風，未遂雍熙之化。爰招俊髦，以輔不逮。咨爾才學，允愜輿情。是用擢居議論之司，以求繩糾之益。爾當恪守乃職，勿有固辭。適覽卿疏，已知陳留郡饑荒，即着有司官量給賑濟。其所議婚姻事，可曲從師相之請，以成桃夭之化。欽予特命，裕汝乃心。』謝恩。（小生）萬萬歲！（旦）請過聖旨。（小生）請問昭容事可知，未審官裏意何如？（旦）昨日已准牛相奏，殿元不必再來辭。（衆）（合前）把乘龍女婿招，多少是好？ 現有玉音臨降聽剖。

（下）（末上）殿元，饑荒本准了，辭婚養親本不准。（小生）嗄！ 不准？ 待下官再奏。（末）住了。聖旨已出，誰敢再奏？（小生）黃門大人，聖上不准我的奏章也罷。（六字調）

【啄木兒】只爲親衰老，妻幼嬌，萬里關山音信杳。他那裏舉目淒淒，俺這裏回首迢迢。他那裏望得眼穿兒不到，俺這裏哭得淚乾親難保。閃殺人一封丹鳳詔。

【前腔】（末）殿元，你何須慮？也不用焦，人世上離多歡會少。大丈夫當萬里封侯，肯守着故園空老？畢竟事君事親一般道，人生怎全得忠和孝？却不道母死王陵歸漢朝？

【三段子】（小生）這懷怎剖？望丹墀天高聽高。這苦怎逃？望白雲山遥路遥。（末）你做官與親添榮耀，高堂管取加封號。與你改換門閭，偏不是好？

【歸朝歡】阿呀牛太師吓！你那冤家的，冤家的，苦苦見招，俺媳婦埋冤怎了？饑荒歲，饑荒歲，怕他怎熬？俺爹娘怕不做溝渠中餓殍？（末）譬如四方戰爭多征調，從軍遠戍沙場草，殿元。（小生）大人，（末）也只是爲國忘家敢憚勞？

（小生）家鄉萬里信難通，（末）争奈君王不肯從？（小生）情到不堪回首處，（末）一齊分付與東風。請了。（末下）（小生）阿呀！爹娘吓！（下）

關糧

（淨上）

【普賢歌】身充里正實難當，雜派應承日夜忙。官府開義倉，並無些子糧，拚得拖翻喫大棒。

我做里正管百姓，另有一番行徑。破衣破襪破頭巾，打扮果然厮稱。見官府百般下情，下鄉村十分豪興。討官糧大大做隻官升，賣私鹽小小做條喬秤。點催甲放富捉貧，保解户欺軟怕硬。猛拚把持殺潑，畢竟還是畢竟。誰知天不由人，萬事皆由前定。閒話少説，今日官府開倉，廒間裏米屑屑無得一粒，個末那處？有里哉，撥個指東畫西俚使使，且拿個廒經簿來算算看。（丑上）肚裏餓吓！

【吴小四】肚又饑，眼又昏，家私没半分，兒啼女哭不絕聲。聞得官府來濟民，請些官糧去救窘。

區區孔八三郎，遇着子個様大荒年，草根樹皮纔喫盡，聽得官府下鄉放糧，且去請兩粒眼烏珠，烹烹肚皮。説話之間，到裏哉，且到官廳上去。咦！個是里正滑，到拉裏算賬，勿要管俚，上他一上。（浄）東村放過三百擔。（丑）阿爹。（浄）告化子，走開點，少停撥把米拉唔末哉。（丑）勿聽見？到個邊去。（浄）西村放過二百擔。（丑）阿爹。（浄）對唔説勿要叫，少停拿把米去末哉。（丑）阿爹，我勿是告化子。（浄）勿是告化子末，討飯個？（丑）阿爹，啥勿認得我哉介？（浄）我認得子唔末，還要倒運來。（丑）我就是孔八三郎滑。（浄）啥個，唔就是孔八三郎？（丑）正是。（浄）唔個濫小人，瘟小人，賊小人！小人！小人！（丑）阿爹，啥丫派子我個多哈小人？（浄）唔那説勿是小人？（丑）就是小人。（浄）我且問唔，唔到底是人是鬼？（丑）我光光聲是個人，那説是鬼？（浄）唔鬼也勿像鬼得來。（丑）阿爹，曉得我勿舉個哉？（浄）毴養個。（丑）阿爹，爲啥個付氣色？（浄）罷哉。等我耐上子氣來説。（丑）讓我捺下子氣來聽。（浄）我前日子奉官府明文，下鄉抄寫饑民户口，拉唔厾門前走過，看見呧玍門前化一堆紙馬灰，我說像是孔八三郎燒子利市哉，讓我去擾擾俚看。東村一轉，西村直介一兜走到呧玍門前，倷看見子我，對裏向一伴，叫呧玍家主婆出來，回頭我說勿拉屋裏，改日來罷。阿是小人？（丑）阿爹，呧纏差哉，勿是我俚。（淨）紙馬灰也拉呧玍門口。（丑）慢點，個日幾時？（淨）初二。（丑）勿差，有個。燒子一個利市了。（淨）主尊啥人？（丑）巨積金剛。（淨）三牲是有個？（丑）勿用個。（淨）用啥物事個？（丑）用一碗水，一把刀。（淨）啥意思？（丑）無非殺殺水氣。（淨）毴養個，說來說末說子水底下去哉。（丑）再也扒勿起個哉。（淨）且住，倷許我個鷄那哉？（丑）鷄拉玍生蛋，生子蛋，孵子小鷄，捉兩對阿爹沒哉？（淨）倷末直介說，只怕呧玍家主婆要謊。（丑）勿白阿爹個。（淨）我也勿依。（丑）我也殼帳拉俚。（淨）纔是無鷄之談。（丑）倒是見鷄而捉。（淨）酒末罷哉，我橫世勿喫酒。（丑）我也勿端正。（淨）許我個蔴布那哉？（丑）有個。斫起蔴來，積起繚來，上子機，乒乓聲個，織兩匹拉阿爹。（淨）呧勿要短頭截尺。（丑）一絲一寸勿少阿爹個。（淨）呧末直介說，呧玍家主婆絲絲勿肯末那。（丑）錢出拉布眼裏。（淨）呧今日來作啥？（丑）阿爹拉裏作啥？（淨）我拉裏放糧。（丑）個沒我來請糧。（丑）呸！　個個糧是要撥拉個星鰥寡孤獨，疲癃殘疾喫個，倷個樣老虎纔打得殺，那關起糧來？（丑）個末阿爹，呧勿曉得，官府看見子我只有多撥點。（淨）那丫？（丑）官府說這個人頭青眼綻，一定喫得下的，多把些他。（淨）呸！　休指望，莫思量，走呧玍娘個清秋路。（丑）阿爹，看我俚爺面上。（淨）勿看呧玍爺面上，倒看呧玍娘面上？（丑）我哩娘，個呧孫子能介看待個。（淨）毴養個，且問呧，請子糧下來，那個分法？（丑）但憑阿爹扼剩。（淨）個到聽得進拉裏，終要裝點病末好滑？（丑）勿消裝得，滿身病拉裏。（淨）啥個病？（丑）肚裏餓，想喫飯。（淨）格個好算病個？（丑）喫食懶黄病滑。（淨）等我來想想看。吖！有俚哉，彎折子一隻手罷？（丑）勿局個，要拿拿物事個來。（淨）個末拿把石灰塞瞎子眼睛罷？（丑）動也動勿得。（淨）爲啥了？（丑）要看看女客個來。（淨）肚裏餓，還要看啥女客？（丑）看子女客末，忘記子肚裏餓哉滑。（淨）亂話！弄折子一隻脚罷？（丑）一發使勿得！要走路個滑。（淨）直介罷，裝聾做啞，啞子阿好？（丑）那個裝法？（淨）少停官府問傢姓啥叫啥。（丑）我叫孔八三郎。（淨）啞子末，那開口？（丑）個末那介？（淨）要做手勢個。（丑）阿爹，傢教我嘘。（淨）且教傢嘘，傢姓啥？（丑）我孔滑。（淨）毴養個，姓亦姓得尷尬，偏偏姓子孔。（丑）個是祖上傳下來個滑。（淨）吖！有哩哉，啞啞啞。（丑）阿爹，改子我姓圓哉？（淨）勿是圓，乃孔竅之孔，借徑用個。（丑）個末八介？（淨）八末，指指眉毛，啞啞啞。（丑）孔眉毛？（淨）眉毛是八數，也是借徑用個。（丑）三介？（淨）三個指頭。（丑）郎介？（淨）郎郎郎。（丑）讓我扮子一隻狼罷？（淨）像子一隻狗哉。（丑）像子阿爹哉？（淨）毴養個。吖！有哩哉，吭吭吭。（丑）孔八三拳頭？（淨）狼形之狼，也是借徑用個。（丑）是哉。（淨）官府問傢住拉虱啥場化？（丑）我説住虱羊角灣裏。（淨）啞子勿能開口個。（丑）個沒那介？（淨）拿兩個指頭放拉頭上，嘴裏直介嗎哈哈。（丑）到像個。（淨）灣？（丑）讓我到轉灣頭老等。（淨）官府勿看見個。（丑）個末那介？（淨）有理哉，嗳嗳嗳。（丑）羊角臂撐子？（淨）臂彎之彎，也是借徑用個。（丑）借徑用個？（淨）官府亦問伍天生啞的呢，還是服毒啞的？（丑）我説是阿爹叫我啞個。（淨）呸！那説教呿啞個介？（丑）個末那説法？（净）吖！有哩哉，指指上頭，啞啞啞，做個捆柴手勢，走一轉，捧兩捧，拍拍喉嚨，啞噯！（丑）阿爹，個裏向啥個一段故事拉哈？（净）説我是個樵夫，上山砍柴，一時口燥，喫了啞泉水啞的。（丑）吖哟！倒難個。（净）喫飯事體本來難個。（丑）阿爹，再做一遍我看看。（净）個是勿來個哉。（丑）但憑阿爹扼剩。（净）個末看明白。（做介，丑看賬）（净）呸！官府下來哉，外頭去。（衆喝）（末上）（凡字調）

【普賢歌】親承朝命賑饑荒，躍馬揚鞭來到此方。（净介）里正迎接老爺。（末連）疾忙開義倉，支與百姓糧，從實支銷休掉謊。

（净）里正叩頭，廒經簿呈上。（末）里正，今日該放那一村？（净）上大人村。（末）分付開倉。（净應）開倉哉！（丑上）啞啞啞。（净）窮鬼先出頭，請糧人進。（雜）進。（净）見子老爺，磕頭。（末）你是那一村？（丑）啞啞啞。（净）啟爺，是個啞巴子。（末）問他可會做手勢？（净）老爺問呿阿會做手勢個？（丑）啞啞啞，會個。（净）起來做拉老爺看。（丑）啞啞啞。（末）問他什麼名字？（净）老爺問倷姓啥叫啥名字？（丑）啞啞啞。（净）啟爺，小的理會得了。這裏有個孔八三郎，想必就是他。唔，倷阿是？（丑）啞啞啞。（净）是的，是的。（末）問他住在那裏？（净）老爺問倷住拉落裏？做拉老爺看。（丑）啞啞啞。（净）老爺，這裏有個羊角灣，想是他住在羊角灣。唔，阿是個？（丑啞念）倷教我個滑。（净）啟爺，是的，是的。（末）還是天生啞的呢，服毒啞的？（净）老爺問倷天生啞的呢服毒啞？（丑）啞啞啞。（做手勢介）（末）不懂吓。（净）小的明白了，他是個泥水匠，上房捉漏，喫了猫尿啞的。阿是個？（丑指中指）哪。（浄）勿是末，再做拉老爺看。（丑又做手勢介）噯！（浄）啟爺，小的理會得了。他是個樵夫，上山砍柴，一時口燥，喫了啞泉水啞的。唔，阿是個？（丑啞念）對個，對個。（末）既是服毒啞的，有藥喫的，爲何不醫？（浄）老爺說，既是服毒啞的末，有藥喫的，爲啥勿醫？倷想情度理，做拉老爺看，做子末，就到手哉。（丑呆介）（末）爲何不做？（浄）倷想個意思做嗟。（雜）快些做吓。（浄）豪燥點做嗟！（丑）個白，阿爹勿曾教我滑。（浄）呸！（末）打出去！（丑）吖喲！上足呸個當！（下）（生上）心忙不擇路，事急步行遲。請糧人進。（雜）進。（生）爺爺，請糧。（末）你是那一村？（生）上大人村。（末）那一保？（生）十三保。（末）户頭叫什麼名字？（生）叫張興。（末）家有幾口？（生）五口。（末）來，取五斗稻子與他。（浄）是哉。阿爹，呸乩纔要請起糧來哉？（生）這樣年成，家家如此。（下）（浄）啟爺，糧已放完。（末）封倉。（浄）是哉。

【搗練子】（正旦上）嗟命薄，嘆年艱，含悲忍淚向人前，猶恐公婆懸望眼。

（浄）封倉哉。（正旦）來此已是，爺爺，請糧。（浄）落個支離喳喇？（正旦）里正哥。（浄）五娘子，糧也放完個哉，來作啥？（正旦）望里正哥方便。（末）喚里正。（雜）里正。（浄）老爺，啥事體？（末）外邊什麼人喧嚷？（浄）有個婦人在那裏尋羊。（正旦）這便怎麼處？阿呀！爺爺，請糧吓！（末）明明是請糧的，怎說尋羊？（浄）咦！尋羊婦人去了，請糧婦人來了？（末）呸！（浄）溜落歇來看。（下）（末）你這婦人，丈夫那裏去了，要你自已來請糧？（正旦）爺爺聽禀。（末）講。

【普天樂】（正旦）（凡字調）念兒夫一向留都下。（末介）家中還有何人？（正旦連）家只有年老的爹和媽。（末介）可有兄弟？（正旦連）弟和兄更没一個，（末介）既無弟兄，怎生看承？（正旦連）看承盡是奴家。（末介）如此説，受苦了。（正旦連）歷盡苦，有誰憐我？（末介）婦人家不出閨門，怎生獨自來請糧？（正旦連）怎説得不出閨門清平話？（末介）早來便好，如今没有了。（正旦連）阿呀！爺爺吓！若無糧，我也不敢回家。（末介）爲何？（正旦連）豈忍見公婆受餒？嘆奴家命薄，直恁摧挫。

（末）如此説，是個孝婦了。你是那一村？（正旦）上大人村。（末）那一保？（正旦）十三保。（末）户頭叫什麽名字？（正旦）蔡從簡。（末）家有幾口？（正旦）三口。（末）册子上没有你的名字，敢是冒支糧米？（正旦）爺爺，小婦人怎敢冒支糧米？有個緣故。（末）講。（正旦）里正下鄉抄寫饑民户口，人家若有鷄酒蔴布與他，他就寫在册子上。小婦人家貧，没有與他，故此漏報的嗐。（末）有這等事？下去。（正旦應）（末）唤里正。（雜）里正，里正。（净上）啟爺，諸事齊備，請爺起馬。（末）里正，有人在此告你。（净）啥人告我？（末）對頭在丹墀下。（净）多謝老爺賞我這樣好對頭。（末）哆！狗才。（净）是。老爺，俚有告，我有訴。（末）講上來。（净）前日奉老爺明文下鄉，抄寫饑民户口，走過俚乱門前，只見一個花嘴花臉的婦人，看見子小人，説道過子一家罷，認道小人是摇鐸道人了。我説勿是，我奉上司明文抄寫饑民户口，俚聽見子個句説話，説原來是鄉判哥，煩你多報幾名在上，我將鷄酒蔴布送與你。小人在家眼巴巴望他送來，落裏曉得俚勿送得來，我也勿曾寫拉上，秤勾打釘，扯直。

（末）狗才，如今願打願賠？（淨）小人做勿得主。（末）要問那個？（淨）要問家主婆個。（末）沒廉恥，押去問來。（雜）吓！快去問來。（淨）家主婆。（丑内）啥個？（淨）趙五娘關糧，無得子糧了，官府說願打願賠？（丑内）要個屁股種菜了？打子兩記末哉。（淨）好個家有賢妻，夫不招橫打。老爺，家主婆說願打。（末）扯下去重砍二十。（雜應）（淨）大叔虱，勿要打拉原疤裏。（雜）一五一十，十五二十，打完。（末）打了原要賠。（淨）打子是勿賠個哉。（末）扯下去再打。（淨）勿要打，原要去問家主婆個。（末）押去問來。（雜應）（淨）家主婆。（丑内）亦是啥個？（淨）官府說打子原要賠。（丑内）拿啥個得來賠？（淨）留了磚兒，賣子瓦兒罷。（丑内）要賣纔賣，爲啥磚兒能厚，瓦兒能薄？阿呀！我個磚兒瓦兒個肉吓！（淨）勿要哭，出空子窰再燒末哉。（丑内）個末拿去。（淨）是哉。（雜）不要拖。（淨）錢糧得拖且拖。（雜）啟爺，糧有了。（末）拿上來呈糧。（淨吹）老爺眼睛裏着勿得垃圾個。（末）婦人，領了去。（正旦）多謝爺爺。謝得恩官作主持，（淨）中途教你受災危。（末）當權若不行方便，（同）如入寶山空手回。（下）

搶糧

（正旦上）一飲一啄，莫非前定。奴家來請糧，誰知里正作弊，幸虧放糧老爺叫他賠償，不然怎得這些稻子拿回去救濟公婆？正是：饑時得一口，勝似飽時得一斗。（淨）吖喲！氣煞哉！恩人相見，分外眼明。仇人相見，分外眼睁。拉裏哉，還我糧來。（正旦）阿呀！這是官府與我的。（淨）個是我賣男

賣女賠拉厾個，勿還，我要搶哉。（正旦）里正哥，休得用强，可憐奴家呵！（净）勿關得我事。（正旦）

（乙字調）

【鎖南枝】兒夫去，竟不還。（净介）告訴我無用。（正旦連）公婆兩人都老年。（净介）我俚也有老個拉厾。（正旦連）自從昨日到如今，不能彀一餐飯。（净介）我俚也嘸得拉厾喫。（正旦連）奴請糧，他在家懸望眼。念我老公婆，做方便。

【前腔】（净）賊潑賤，敢亂言，聲聲叫咱行方便。爲你打了二十笞鞭，教我羞見旁人面。你若還我的糧，我便饒你拳；你若不還糧，照打，打教一命喪黄泉。

【前腔換頭】（正旦）鄉官可憐見，（净）大娘子見可憐。（正旦）是我公婆命所關。若是必須奪去，寧可脱下衣裳，就與鄉官换。寧使我身上寒，只要與公婆救殘喘。

（丑上）里正拉厾落裏？（净）拉裏幾裏。（丑）好厾，我末動氣殺，呧搭落個拉裏鬼搭搭。（净）五娘子拉裏。（丑）五娘子，爲啥了搭我俚測死個鬧？（正旦）媽媽，我來告訴你。奴家請得些稻子回去救濟公婆，被里正哥奪了去，望媽媽作主。（丑）有介事？呧勿要動氣，讓我去拿家法處俚。（正旦應）（丑）里正拉厾落裏？里正拉厾落裏？（净）拉裏幾裏。（丑）替我跪厾。（净）要跪末轉去跪，監子千人百眼，那個跪？（丑）倷阿跪？（净）勿跪。（丑）吖喲！倒强拉哈肚皮裏個也是强種，讓我來打脱俚！打脱俚！（净）勿要打，跪末哉。（丑）好吓！五娘子是孝順媳婦，請子糧轉去救濟公婆，倷那説去搶俚個？下來阿敢個哉？（浄）下來勿敢個哉。（丑）再直個打幾哈。（浄）打多哈？（丑）個末起來罷。（浄）得令。（丑）五娘子，家法如何？（正旦）媽媽賢惠。（丑）手裏拿個啥物事？（浄）五娘子個裙，押個糧米拉裏。（丑）拿得來？（浄）拿去末哉。（丑）自古寒不剥衣，五娘子，我來替呧着好子。（浄）拉裏個哉？（正旦）阿呀！還我糧來！（浄）家婆即護家公。（丑）家公即護家婆。（浄）走罷。（丑）勿要扯。（浄）走罷。（丑）阿一扯末，肚皮纔扯直哉。（圓場）（下）（正旦）阿呀！阿呀！阿呀！（圓場）

【前腔】糧奪去，真可憐，公婆望奴不見還。縱然他不埋怨，只道做媳婦的有何幹？他忍飢添我夫罪愆，怎見得我夫面？

（生、丑上）（生）小二，走吓。

【前腔】不豐歲，荒歉年，官司把糧來給散。見一個年少佳人，在那裏頻嗟嘆。待向前仔細看。（正旦介）阿呀！（生連）吖！原來是五娘子，在此有何幹？

（正旦）大公吓，奴家請得些糧米回去救濟公婆，不想被里正奪去了嘘。（生）吖！有這等事？待我罵他幾聲。哆！里正，你這狗男女！

【前腔】罵你這鐵心賊，負心漢。瞞心昧己，自有天知鑒。五娘子，我也請得些官糧，和你兩下分一半。（正旦介）這是大公的，使不得。（生連）休恁推，莫棄嫌，且將回，權做兩厨飯。

（正旦）多謝大公。（生）小二！（丑應）（生）你將糧米一半送到蔡老員外家去。（丑應下）（正旦）大公請上，待奴家拜謝。（生）不消。（正旦）（凡字調）

【洞仙歌】家私没半分，靠着奴此身。只要救取公婆，豈辭多苦辛？（同）空把淚珠揾，誰憐饑與貧，這苦也説不盡。

（生）慢些走。（正旦應）（分下）

三　卷

請　郎

（浄上）列位都齊了？（衆）都齊了。（浄）就此升步。（衆）有理。

【蠻牌令】（同唱）（凡字調）終日走千遭，走得脚無毛。何曾見湯水面？也不見半分毫。倒不如做虔婆頂老，只落得鴨汁喫飽。窮酸秀才直恁喬，老婆與他，故推不要。

（浄）伏以一派笙歌奏綺羅，華堂深處擁嬌娥。自從今日成親後，休得愁多與怨多。奉請新貴人擡身。

【金蕉葉】（小生上）愁多怨多，俺爹娘知他怎麼？（浄）一奉天子洪恩，二領丞相嚴命，請狀元爺早赴佳期。（小生）咳！　擺不去功名奈何？　天吓！　送將來冤家怎躲？

（浄）我們逐班相見。（衆）有理。（浄）賓相叩頭，大叔乪來。（生、末）院子叩頭。（浄）親娘乪來。

（老、付）管家婆叩頭。（浄）姐姐乪來。（正、作）侍女們叩頭。（浄）伏以紫府佳期樂未央，鵲橋高架彩雲鄉。自是赤繩曾繫足，休嗟利鎖與名繮。

【三換頭】（小生）名繮利鎖，先自將人摧挫。況鸞拘鳳束，甚日得到家？我也休怨他。這其間，只是我，不合來到，長安看花。（衆介）請狀元爺更衣。（浄介）慢點。（小生連）且慢！悶殺我爹娘也，淚珠兒空暗墮。這段姻緣，也只是無如之奈何。

（浄）伏以畫堂今日配鸞凰，十二金釵列兩行。不須在此徘徊坐，仙子鸞臺已罷妝。

【前腔】（衆同唱）鸞臺罷妝，鵲橋初駕，佳期近也，請仙郎到河。（小生介）阿呀！爹娘吓！（衆連）此事明知牽掛，這其間，只得把，那壁廂，暫時抛捨。況奉君王命，怎生撇了他？（合前）

（接《花燭》，不下場）

花燭

（浄）伏以相府今日喜筵開，馥馥香風次第來。鼉鼓頻敲龍笛響，狀元下馬上廳階。請下雕鞍。請狀元爺西廳少住。（浄）伏以芙蓉窈窕試初妝，寶鏡團圓門月光。先赴藍橋鵲子會，金蓮移步出蘭房。蘭房初請。（浄）伏以融融麗日照高堂，瑞靄紛紛錦繡裳。金玉滿堂多富貴，芝蘭挺秀獻祥光。蘭房雙請。（浄）伏以雙星締結好姻緣，二姓同聞喜事歡。從此乘龍諧白首，榮華富貴永團圓。蘭房三請。（浄）三請已畢，奉請女新貴人擡身、緩步請行。請二位新人恭謝皇恩，執笏山呼。（小生）萬歲！（浄）再山呼。（小生）萬歲！（净）齊祝山呼。（小生）萬萬歲！（净）轉班朝上。請二位新貴人各執紅緑寶帶，交拜天地，恭揖，成雙揖，請下禮。拜，興；拜，興；拜，興。行夫婦禮。恭揖，成雙揖，送入洞房。伏以東方日色漸朦朧，紫府筵開錦繡宫。篆裊金猊成霧靄，瑶臺銀燭影摇紅。相爺有請。（衆喝）（外上）

【傳言玉女】燭影摇紅，簾幕瑞烟浮動。

（净）賓相叩頭。（外）就請新人。（净）是。伏以今日筵開醽醁，來歲定生蘭玉。早離繡勒雕鞍，方罷馬蹄篤速。奉請新貴人擡身。（净）伏以郎才七步三冬足，女貌百家諸子讀。今夜結成雙鳳侣，莫訝妝成聞唤促。奉請女新貴人擡身。（净）請相爺受禮。恭揖，成雙揖，下禮，拜，興；拜，興；恭揖，成雙揖。請相爺按席。（净）就住。（净）伏以絲幕又牽紅，瓊漿泛滿鍾。新人同暢飲，攀桂步蟾宫。（衆同唱）（凡字調）

【畫眉序】攀桂步蟾宫，豈料絲蘿在喬木？喜書中今日有女如玉。堪觀處絲幕牽紅，恰正是荷衣穿緑。這回好個風流婿，偏稱洞房花燭。

（净）請狀元爺出席敬酒，夫婦按席交杯，换盞；恭揖，成雙揖；告座，就位。伏以絲蘿在喬木，同心兩意足。風送入羅幃，君才冠天禄。

【前腔】（同唱）君才冠天禄，我的門楣稍賢淑。看相輝清潤，瑩然如玉。光掩映孔雀屏開，花爛熳芙蓉裀褥。（合前）

【滴溜子】（小生）慢説道姻緣事，果諧鳳卜。細思之，此事豈吾意欲？有人在高堂孤獨。可惜新人笑語喧，不知我舊人哭。兀的東床，難教我做坦腹。

（净）請狀元爺上席。

【鮑老催】（衆同唱）翠眉慢蹙，赤繩已繫夫婦足，芳名已註婚姻牘。空嗟怨，枉嘆息，休摧挫。畫堂中富貴如金谷。休戀故鄉生處好，受恩深處親骨肉。

【雙聲子】郎多福，郎多福，看紫綬黄金束。娘萬福，娘萬福，看花誥紋犀軸。兩意篤，豈非福？似紋鸞彩鳳，兩兩相逐。

（净介）送入洞房。

【神仗兒】（衆連）紗籠絳燭，照嬋娟如玉，羡歡娱和睦。擺列華筵醽醁。今宵春光無限，賽過金谷。齊唱個賀郎曲，齊唱個賀郎曲。

（净介）賓相告退。

【尾聲】（衆連）郎才女貌真不俗，占斷人間天上福，百歲歡娱萬事足。（下）

喫　飯

（正旦上引）（凡字調）

【薄倖】野曠原空，人離業敗。謾盡心行孝，力枯形瘁。幸然爹媽，此身安泰。栖惶處見慟哭饑人滿道，嘆舉目將誰倚賴？

曠野蕭疏絶烟火，日日荒雲黯村塢。死别空原婦泣夫，生離他處兒牽母。睹此恓惶實可憐，思量自覺此身難。高堂父母老難保，上國兒夫去不還。力盡計窮淚亦竭，淹淹氣盡知何日？空原黄土謾成堆，誰把一抔掩奴骨？奴家自從丈夫去後，屢遭饑荒，衣衫首飾，盡皆典賣，家計蕭然。争奈公婆年老，死生難保；朝夕又無甘旨之奉，只有淡飯一碗與公婆充饑。奴家自己把些細米糠皮餁饠來喫，苟延殘喘。嗄！喫時又怕公婆撞見，只得迴避，免致公婆煩惱。如今飯已熟了，不免請公婆出來用早膳。公公有請。（扶外上）

【夜行船】（外）忍餓擔饑何日了？孩兒一去竟無音耗。（正旦）婆婆有請。（扶副上）（副）甘旨蕭條，米糧缺少，（同）阿呀！天吓！真個死生難保。

（正旦）公婆萬福。（副、外）罷了。媳婦，請我們出來何事？（正旦）請公婆出來用早膳。（副）有飯？快去拿來。（正旦）待媳婦去拿來。（副）阿老，有飯喫了。（外）有飯喫了？（正旦）公婆，飯在此。（副）媳婦，下飯呢？（正旦）没有。（副）鮭菜呢？（正旦）也没有。（副）不要喫了。（外）爲何不要喫？（副）往常還有些下飯，今日只得一碗淡飯。再過幾日，連淡飯也没得喫了。（外）阿婆，這般年成，胡亂喫些罷了，還要什麽下飯鮭菜？（副）阿老。

【羅鼓令】終朝裏受餒，你將來飯教我怎喫？ 你可疾忙便擡，（外介）你也饞了些。（副）阿老，非干是我有些饞態。（外）阿婆，你看他衣衫都解，好茶飯將甚去買？ 兀的是天災，教媳婦們也難佈擺。（正旦）婆婆息怒且休罪，待奴家霎時收去再安排。（同）思量到此，淚珠滿腮。看看做鬼，溝渠裏埋。縱然不死也難捱，教人只恨蔡伯喈。

【前腔】（副）如今我試猜，（外介）猜些什麼？（副）多應他犯着獨噇病來。（外介）没有此事。（副）他背地裏自買些鮭菜？ 我喫飯他緣何不在？ 這些意兒真乃是歹。（外）阿婆，他和你有甚相愛，（正旦上聽介）（外）不應反面直恁的乖。（正旦）阿呀！ 奴受千辛萬苦，有甚疑猜？ 可不道臉兒黃瘦骨如柴？（合前）

（正旦）正是：　啞子試嘗黄柏味，難將苦口向人言。（下）（副）老兒，我想親只是親，親生兒子不留在家，倒倚靠着媳婦供養，每日只得一碗淡飯。看他喫飯的時節百般躲避，敢是他背地裏喫些好東西，亦未可知？（外）媳婦是極孝順的，未必喫什麼好東西。（副）你不信，等他喫飯的時節，和你去看他一看，便知明白。（外）荒年有飯休思菜，（副）媳婦無知把我欺。（外）混濁不分鰱共鯉，（副）水清方見兩般魚。老兒，來嘘。（扯外下）（外）如此，走嘘。（下）

喫　糠

（正旦上唱）（凡字調）

【山坡羊】亂荒荒不豐稔的年歲，遠迢迢不回來的夫婿；急煎煎不耐煩的二親，軟怯怯不濟事的孤身己。我典盡衣，寸絲不掛體。幾番要賣了奴身己，争奈没主公婆，教誰看取？思之，虛飄飄命怎期？難捱，實丕丕災共危。

【前腔】滴溜溜難窮盡的珠淚，亂紛紛難寬解的愁緒；骨崖崖難扶持的病身，戰兢兢難捱過的時和歲。我待不喫，教我怎忍饑？思量到此，不如奴先死，圖得個不知他親死時。

（合前）

奴家早上安排一口淡飯與公婆充饑，非不欲買些鮭菜，怎奈無錢去買。不想婆婆抵死埋怨，只道我背地裏喫什麼好東西；那知我喫的是米膜糠粃。縱然埋怨殺了，也不敢分説。這糠末，如何喫得？若不喫，怎忍得饑餓？罷！胡亂喫些罷。（喫嗆介）阿呀！苦吓！（圓場）（三嘔三嗆，扒椅唱）（轉乙字調）

【孝順兒】嘔得我肝腸痛，珠淚垂。喉嚨尚兀自牢嗄住，阿呀！糠吓！你遭礱被舂杵，篩你簸揚你，喫盡控持。好似奴家叽身狼狽，千辛萬苦皆經歷。苦人喫着苦味，兩苦相逢，可知道欲吞不去？

【前腔】糠和米，本是相依倚，被誰人簸揚作兩處飛？一賤與一貴，好似奴家與夫婿，終無見期。米在他方没尋處，怎的把糠來救得人饑餒？好似兒夫出去，怎便教奴供膳得公婆甘旨？

【前腔】思量我生無益，死又值甚的？不如忍饑死了爲怨鬼。（副暗上看介）（正旦連）只是公婆老年紀，靠奴家相依倚，只得苟活片時。片時苟活非容易，（副招外上同看介）（正旦連）到底日久也難相聚。謾把糠來相比，奴家的骨頭，知他埋在何處？

（外、副）媳婦，你在此喫什麼好東西？拿出來大家喫些。（正旦）公婆吓，媳婦喫的東西，公婆是喫不得的！（副、外）什麼好東西？爲甚喫不得？（正旦）阿呀！哪！

【前腔】這是穀中膜，（外介）是米吓？（正旦連）米上皮。（副介）是糠了。將來何用？（正旦連）將來餵鑼堪療饑。（外介）這樣東西，豈不要咽壞了人？（正旦連）常聞古賢書，狗彘食人食，也强如草根樹皮。嚙雪餐氈，蘇卿猶健；餐松食柏，到做得神仙侶。縱然喫些何慮？（外、副）不信，拿出來。（正旦連）爹媽休疑，奴須是恁孩兒的糟糠妻室。

（副）在這裏了。（外）待我看來，果然是糠。媳婦，你喫了幾時了？（正旦）喫了半年了。（副）阿老，我和你做了一世夫妻，没有喫過糠；他們做了兩月夫妻，倒喫了半年的糠。來，來，來，大家喫些。（外）大家喫些。（正旦）婆婆，喫不得的。（兩邊搶介）（正旦）公公，喫不得的！（副奪喫咽下）（圓場）（正旦）阿呀！婆婆吓！（扶副下，回身見外跌）呀！

【雁過沙】（乾唱）他沉沉向冥途，空教我耳邊呼。阿呀！公公吓！不能彀盡心相奉侍，反教你爲我歸黄土。教人道你死緣何故？怎生割捨拋棄了奴？

公公醒來！ 公公甦醒！

【前腔】（外醒乾唱）媳婦，你擔饑事公姑，擔饑怎生度？ 錯埋怨，你也不推阻。到如今始信糟糠婦。我料不久歸陰府。（正旦介）公公請自保重。（外連）媳婦兒吓！ 休得爲我死的，累你生的受苦。

（正旦）公公在此坐坐，待媳婦去看看婆婆就來。（外應）（正旦向内）吓！ 婆婆！ 婆婆！ 阿呀！ 不好了噓。

【前腔】婆婆氣全無，教奴家怎支吾？ 阿呀！ 丈夫吓！ 我千辛萬苦，爲你相看顧。如今到此難回護，只愁母死難留父。衣衫盡解，囊篋又無。

（正旦）公公，不好了，婆婆没了。（外）怎麼説？（正旦）婆婆氣絶了。（外）吖！ 没了？ 吓！ 阿呀！ 阿婆吓！（哭介）（正旦亦哭介）（外）媳婦，婆婆没了，衣衾棺槨，件件俱無，如何是好？（正旦）公公請自寬心，待媳婦去與張大公商議便了。（外）扶我進去。（正旦應）（外）正是：青龍共白虎同行，（正旦）吉凶事全然未保。（外）阿婆。（正旦）婆婆。（外）媽媽。（正旦）婆婆。（外、正旦）阿呀！ 阿婆、婆婆吓！（同下）

賞荷

（小生上）

【一枝花】閒庭槐蔭轉，深院荷香滿。簾垂清晝永，怎消遣？十二欄杆，無事閒憑遍。悶來把湘簟展，夢到家山，又被翠竹敲風驚斷。

翠竹影摇金，水殿簾櫳映碧陰。人静晝長無外事，沉吟，碧酒金樽懶去斟。幽恨苦相尋，離别經年没信音。寒暑相催人易老，關心，却把閒愁付玉琴。吓！琴、鶴二童。（副、丑）那。（小生）在象牙床上取焦尾、紈扇出來。（副、丑上）來哉。（上乾念）

【金錢花】自小承值書房，快活其實難當。只管打扇與燒香，荷亭畔，好乘凉。喫飽飯，上眠床。

老爺，琴、扇有了。（小生）你二人一個燒香，一個打扇，違者各打十三。（副、丑）是哉。

【懶畫眉】（小生）（六字調）强對南薰奏虞絃，只覺指下餘音不似前。那些個流水共高山？只見滿眼風波惡，似離别當年懷水仙。

（副、丑）環珮聲響，夫人出堂。（小生）迴避。（副、丑應下）

【滿江紅】（旦上）嫩緑池塘，梅雨歇薰風乍轉。瞥然見新凉華屋，已飛乳燕。簟展湘波紈扇冷，歌傳《金縷》瓊巵暖。是炎蒸不到水亭中，珠簾捲。

（旦）相公。（小生）夫人請坐。（旦）有坐。原來在此操琴。（小生）正是。（旦）久聞相公高於音律，來到此間，緑竹之聲，杳然絶響。妾身斗膽，請相公試操一曲如何？（小生）夫人要聽琴麼？（旦）正是。

（小生）彈什麼好？（旦）當此清涼夏景，彈一曲《風入松》罷。（小生）使得。【琴曲】一別家鄉遠，思親淚暗彈。（旦）相公，彈差了。《風入松》爲何彈起《思歸引》來？（小生）下官在家彈慣舊絃，這新絃却彈不慣。（旦）既彈不慣，何不撇了新絃，重整舊絃如何？（小生）新舊二絃都撇不下。（旦）既撇不下，提他怎麼？（小生）夫人吓。（唱）（旦介）相公。（小工調）

【桂枝香】舊絃已斷，新絃不慣。舊絃再上不能，待撇了新絃難拚。我一彈再鼓，我一彈再鼓，又被宫商錯亂。（旦介）敢是心變了？（小生連）非干心變，這般好涼天。正是此曲纔堪聽，又被風吹別調間。

【前腔】（旦）相公，非彈不慣，只是你意慵心懶。既道是《寡鵠孤鴻》，又道是《昭君宫怨》。更《思歸》《別鶴》，更《思歸》《別鶴》，無非愁嘆。有何難見？既不然，你道是除了知音聽，道我不是知音不與彈？

【燒夜香】（衆上唱）樓臺倒影入池塘，綠樹陰濃夏日正長，一架薔薇滿院香。捧霞觴，捲起簾兒，明月正上。

（小生）看酒。（衆）有酒。

【梁州新郎】（小生、旦）（凡字調）新篁池閣，（同）槐陰庭院，日永紅塵隔斷。碧欄杆外，寒飛漱玉清泉。只覺香肌無暑，素質生風，小簟琅玕展。晝長人困也，好清閒，忽被棋聲驚晝眠。

（合）《金縷》唱，碧筒勸，向冰山雪巘排佳宴。清世界，有幾人見？

【前腔】（小生）薔薇簾箔，荷花池館，一點風來香滿。湘簾日永，香銷寶篆沉烟。謾有枕欹寒玉，扇動齊紈，怎遂得黄香願？（旦介）相公爲何落下淚來？（小生連）（小生連）非也。我猛然心地熱，（旦介）惜春，紈扇。（貼）是。（小生連）不覺透香汗，我欲向南窗一醉眠。（合前）

【前腔换頭】向晚來雨過南軒，見池面紅妝零亂。漸輕雷隱隱，雨收雲散。但聞得荷香十里，新月一鈎，此景佳無限。蘭湯初浴罷，不覺晚妝殘，深院黄昏懶去眠。（合前）

【節節高】漣漪戲彩鴛，把露荷翻，清香瀉下瓊珠濺。香風扇，芳沼邊，閒亭畔。坐來不覺人清健，蓬萊閬苑何足羨？只恐西風又驚秋，暗中不覺流年换。

【前腔】清宵思爽然，好涼天，瑶臺月下清虚殿。神仙眷，開玳筵，重歡宴。任教玉漏催銀箭，水晶宫裏把笙歌按。（合前）

【尾聲】光陰迅速如飛電，好良宵可惜漸闌，管取歡娱歌笑喧。

（小生）幾鼓了？（衆）三鼓了。（旦）相公，歡娱休問夜如何。（小生）此景良宵能幾多。（衆）遇飲酒時須飲酒，（同）得高歌處且高歌。（同下）

湯藥

（正旦上）（凡字調）

【霜天曉角】難捱怎避？災禍重重至。最苦婆婆死矣，公公病又將危。

屋漏更遭連夜雨，船遲又遇打頭風。奴家自從婆婆死後，萬千狼狽；誰知公公又一病將危。今早贖得些藥在此，早已煎好；不免再安排些粥湯則個。

【犯胡兵】囊無半點調藥費，良醫怎求？縱然救得目前，這飯食何處有？料應難到後。謾說道有病遇良醫，這饑荒怎救？

想公公這病呵，

【前腔】他百愁萬苦千生受，妝成這症候。縱然救得目前，怎免得憂與愁？料應不會久。若要病好吓，除非是子孝父心寬，方纔可救。

粥已煮熟，不免請公公出來用粥。吓！公公，扶你出來用粥。（外病容嗽上）

【霜天曉角】魄散魂飛，吖喲！（正旦介）看仔細。（外連）料應不久矣。（正旦）公公擡頭。（外）媳婦吓！（不入調唱）縱然擡頭强起，形衰倦，怎支持？

（抖介）（正旦放拐杖白）公公萬福！（外）罷了。（正旦）公公，今日病體可好些麼？（外）多應不濟事了。（正旦）請自保重。（外）媳婦，請我出來何幹？（正旦）媳婦賸得藥在此，已曾煎好，請公公出來用藥。（外）咳！嘿嘿嘿！那個要喝什麼藥？（正旦）還是請用些纔好。

【香遍滿】論來湯藥，須索要子先嘗方進與父母。公公請用。（外）這藥是那個喫的？（正旦）是公公喫的。（外）是我喫的，你爲何先喫一口？（正旦）非是媳婦先喫一口，自古君有疾，飲藥臣先嘗之。（外）呸！呸！呸！（正旦）你孩兒不在眼前，媳婦替他代嘗一口。（外介）阿呀！我那孝順的媳婦吓！（哭介）（正旦連唱）莫不爲無子先嘗，你便尋思苦？公公，請用一口。（外）我寧死決不喫這藥。（正旦）公公説那裏話來？你須索要鬮閭，怎捨得一命殂？還是請用些。（外）我喫藥，你喫糠，教我那裏喫得下吓？（旦）公公吓！原來你不喫藥，也只爲我糟糠婦。

（外）媳婦，我胸前氣塞，與我搥一搥。（正旦）是。公公吓！（唱）（外嗽介）

【前腔】你有萬千愁苦，堆積在悶懷，成氣蠱。（外）好爽利！拿來，待我喫些罷。（正旦應）藥在此，請慢些喫。（外喫吐介）（正旦）阿呀！可知道喫了吞還吐。（外）阿婆吓阿婆！（正旦）公公請自寬心。（背介）咳！看此光景，多應不濟事了。當初伯喈出門時，將二親托付與我，不想今日二親俱不能保。我欲待痛哭一場，吼，怕、怕添親怨憶，背將珠淚墮。公公，既不喫藥，可喫一口粥湯罷。（外）你喫糠，我喫粥，教我那裏喫得下！（正旦）公公吓！原來你不喫粥，也只爲我糟糠婦。

（外）媳婦，拄杖呢？（正旦）拄杖在此。（外）扶我到外邊去走走。（正旦）公公是病虛之人，不要勞動罷。（外）不妨，你且扶我起來。（正旦）外面有風，還是不要勞動。（外）不妨，你扶好了。（正旦）媳婦扶好在此，慢慢的走。（外）這裏是那裏？（正旦）是中堂。（外）那呢？（正旦）是伯喈看書之所。（外）是伯喈看書之所？（正旦）正是。（外）讀得好書，忍得好餓。吓！伯喈，親兒。阿呀！兒吓！（同哭）你也該回來了。（正旦）公公不要悲傷。（外）放了手。（正旦）還是扶着的好。（外）不妨，你放了手。（正旦）是。（外）媳婦，你站遠些。（正旦）公公，站穩了。（外）再站遠些。（正旦應）（外）你站正了。（正旦）做什麼？（外）媳婦。（正旦）公公。（外）五娘子。（正旦）公公。（外）吓！阿呀！

我那孝順的媳婦吓！（同哭）

【望兒歌】（外唱不入調）我三年謝得你相奉事，（欲拜跌倒）（正旦）阿呀！公公醒來！偏偏又遭這一跌。（外）阿呀！我那媳婦吓！只恨我當初把你相耽誤。（正旦）吓！公公休如此說。（外）我要拜你一拜，不想一時頭暈，就跌了下去。（正旦）可不折殺了媳婦？（外）吓！媳婦吓。我欲待報你的深恩，今生不能夠了，待來生做你的兒媳婦。（正旦）媳婦是應該的，不須如此。（外）我好怨吓！（正旦）敢是怨媳婦伏侍不周？（外）那個怨你？怨只怨蔡伯喈不孝的子。我好苦也！（正旦）敢是苦着婆婆？（外）那個苦他？苦只苦趙五娘的辛勤婦。（下）

遺囑

(生上)歲歉無夫婿，家貧喪老親。可憐貞潔女，日夜受艱辛。此間已是，開門。(正旦)來了。原來是大公。(生)五娘子，你公公病體如何了？(正旦)公公病體，十分沉重，多應不濟事了。(生)可曾服藥？(正旦)方纔喫了一口，就吐下了。(生)如今在床在地？(正旦)在地。(生)你先去説一聲。(正旦應)(生介)這裏有風，還是到裏邊去。(正旦連)公公，大公在此看你。(外)在那裏？(生)老哥，小弟在此。(外)在那裏？(正旦扶外頭)在那邊。(生)小弟在這裏。(外攙生手)老友，多承你來看我。(生)老哥，這兩日臉上覺得好些了？(外)多應不濟事了。(生)請自保重。打聽得令郎不日就要回來了。(正旦)吓！大公，真個？(生桌下摇手)(正旦哭介)(外)還要提那不肖子怎麼？媳婦，大公在此，看茶。(正旦應)爲何教我出去？(立背聽介)(生)不肖。(外)老友，我正要着媳婦來請，你來得正好。(生)有何見教？(外)老友吓！我教那不肖子，千辛萬苦，指望他一舉成名，光宗耀祖。誰想他一去不回，使父母在家雙雙餓死。(生)自有回來之日，且請忍耐。(外)我今日憑你爲證，寫下一紙遺囑與媳婦收執。我死之後，教他不要守孝，早早嫁人去罷。(正旦跪介)吓！阿呀！公公吓！自古忠臣不事二君，烈女不更二夫。休説這話來。(外)快去取紙筆過來。(正旦)我生是蔡家婦，死是蔡家鬼。千萬休寫，枉自勞神。(生)咳！可憐。(外嗽介)你不去取，氣死我也！(生)五娘子，寫不寫由他，嫁不嫁由你。他在病中，不要拗他，快去取來。(正旦)大公説得是，待我去取來。

（外）快些取來。（生）老哥，他去取了。（正旦）公公，筆硯在此；還是不要寫。（外）老友，與我代寫一寫。（生）老哥，别樣好代寫，這遺囑代寫不得，要老哥親筆寫。（外）要我親筆寫？（生）自然。（外）你與我援一援筆。（生磨墨援筆）筆在此。（外倒介）（生）倒了。（正旦）公公，還是不要寫罷。（外）吖喲！這筆猶如千斤之重。吓！我那孝順的媳婦吓！（正旦）阿呀！公公吓！（外）五娘子。（正旦）公公。（外）我不拿這枝筆，你還是我家的人；我拿了這管無情筆，你就不是我家的人了。

（正旦哭）

【羅帳裏坐】（外唱）你受了艱辛萬千，是我躭伊誤伊。你若不嫁人，身衣口食，怎生區處？當初原是我拆散你們夫妻，我死之後，終不然又教伊，（生付遺囑）（正旦哭）（外連唱）守着靈幃？（不入調死介）（生、正旦）阿呀！老哥（公公）醒來！（同）（合頭）已知死别在須臾，更有甚麽生人做主？

【前腔】（生）這中間就裏，我也難説怎提。五娘子，你若不嫁人，恐非活計；你若不守孝，又恐怕被人談議。（合頭）可憐家破與人離，怎不教人淚垂？

（借板起）（正旦）大公吓！

【前腔】公公嚴命，非奴敢違。我若再嫁呵，只怕再如伯喈，可不誤我一世？奴是一鞍一馬，誓無他志。（合前）

（生）待他静坐一回，五娘子，説一聲，我要去了。（正旦）是。吓！公公，大公要去了。（外）老友，再坐坐去。（正旦）大公，再坐坐去。（外）媳婦，這個。（正旦）可是要拄杖麽？（外）哂。（正旦）公公，拄杖在此。（外）老友，我把這拄杖送與你。（生）這，小弟自有。（外）我豈不知你也有？今日交付與你，等那不肖子回來，你站在門首，與我打他出去！（生）領命。老哥，請自保重，小弟去了。正是：病裏莫生嗔，寬懷自保身。（正旦）藥醫不死病，佛度有緣人。大公，與我帶上了門。（生）外面有風，扶他到裏面去罷；待我帶上了門。咳！多應不濟事的了。（下）（正旦）公公，大公去了。（外）那邊阿婆來了。（正旦）婆婆在那裏？（外鬼臉介）（正旦）公公，爲什麽吓？（外）吓！阿婆。（正旦）扶你進去罷。（外）阿婆。（正旦）阿呀！（外）阿婆。（正旦）阿呀！阿呀！阿呀！（扶下）

思　鄉

（小生上）（小工調）

【喜遷鶯】終朝思想，但恨在眉頭，人在心上。鳳侶添愁，魚書絶寄，空勞兩處相望。青鏡瘦顔羞照，寶瑟清音絶響。歸夢杳，繞屏山烟樹，那是家鄉？

怨極愁多，歌慵笑懶，只因添個鴛鴦伴。他鄉遊子不能歸，高堂父母無人管。湘浦魚沉，衡陽雁斷，音書要寄無方便。人生光景幾多時，蹉跎負却平生願。

【雁魚錦】思量，那日離故鄉。記臨歧送別多惆悵，攜手共那人不廝放。教他好看承，我爹娘，料他們應不會遺忘。聞知饑與荒，只怕他捱不過歲月難存養。若望不見信音，却把誰倚仗？

【二犯漁家傲】思量，幼讀文章，論事親爲子也須要成模樣。真情未講，怎知道喫盡多魔障？被親强來赴選場，被君强官爲議郎，被婚强效鸞凰。三被强，我衷腸事説與誰行？埋怨難禁這兩廂：這壁廂道咱是個不撐達害羞的喬相識，那壁廂道咱是個不睹事負心的薄倖郎。

【漁家燈犯傾杯序】悲傷，鷺序鴛行，怎如那慈烏反哺能終養？謾把金章，綰着紫綬，試問斑衣，今在何方？斑衣罷想，縱然歸去，又恐怕帶麻執杖。阿呀！天吓！只爲那雲梯月殿多勞攘，落得淚雨如珠兩鬢霜。

【喜魚燈犯】幾回夢裏，忽聞鷄唱。忙驚覺錯呼舊婦，同問寢堂上。待朦朧覺來，依然新人鳳衾和象床。怎不怨香愁玉無心緒？更思想，被他攔擋。教我，怎不悲傷？俺這裏歡娱夜宿芙蓉帳，他那裏寂寞偏嫌更漏長。

【錦纏道犯】謾悒怏，把歡娱翻成做悶腸。菽水既清涼，我何心，貪着美酒肥羊？悶煞人花燭洞房，愁殺我掛名在金榜。魆地裏自思量，正是在家不敢高聲哭，只恐人聞也斷腸。

（下）

剪賣

（正旦上）（凡字調）

【金瓏璁】饑荒先自窘，那堪連喪雙親？身獨自，怎支分？衣衫都典盡，首飾并没分文。無計策，只得剪香雲。

萬苦千辛難擺撥，力盡心窮，兩淚空流血。裙布釵荆今已竭，萱花椿樹連摧折。金剪盈盈明似雪，空照烏雲，遠映愁眉月。一片孝心難盡説，一齊分付青絲髮。奴家自從婆婆没了，無錢資送，多虧張大公周濟。如今公公又没了，難以再去求他。我思量想來，吓！没柰何，只得把自己頭髮剪下，往街坊上賣幾貫錢鈔，以爲送終之用。這頭髮雖不值甚錢，只把他做個意兒，恰似叫化一般。正是：不幸喪雙親，求人不可頻。聊將青絲髮，阿呀！斷送白頭人。（圓場）

【香羅帶】一從鸞鳳分，誰梳鬢雲？妝臺懶臨生暗塵，那更釵梳首飾典無存也。阿呀！頭髮吓！是我耽擱你度青春，如今又剪你資送老親。剪髮傷情也，阿呀！怨只怨結髮阿呀薄倖人。

【臨江仙】連喪雙親無計策，只得剪、阿呀！罷。只得剪下香雲。阿呀！阿呀！阿呀！（圓場）非奴苦要孝名傳，正是上山擒虎易，開口告人難。

頭髮已剪下，不免往街坊上貨賣則個。待我閉上了門。出得門來，穿長街，過短巷，待我叫一聲：賣頭髮，賣頭髮。

【梅花塘】賣頭髮，買的休論價。念奴受饑荒，囊篋無些個。我丈夫出去，那更連喪了公婆？没奈何，只得賣頭髮資送他。

【香柳娘】看青絲細髮，看青絲細髮，剪來堪愛，如何賣也没人買？若論這饑荒死喪，論這饑荒死喪，怎教我女裙釵，當得這狼狽？況連朝受餒，況連朝受餒，吖喲！我的脚兒怎擡？其實難捱。

【前腔】往前街後街，往前街後街，并無人買。阿呀！這便怎麽處？待我再叫一聲：賣頭髮，賣頭髮。阿呀！苦吓！我叫、吖喲！叫得我咽喉氣噎，無如之奈。我如今便死，我如今便死，只是暴露兩屍骸，誰人與遮蓋？我將頭髮去賣，將頭髮去賣，賣了把公婆葬埋，我便死何害？

阿呀！（跌倒介）（生嗽上）慈悲勝念千聲佛，造惡空燒萬炷香。老漢張廣才，今早有事，不曾看得蔡從簡病體如何。此時閒暇，不免前去走遭。（正旦）苦吓！（生）呀！那邊倒在地下的好似五娘子，待我上前看來。噲，倒在地下的可是五娘子？（正旦）奴家正是。（生）爲何跌倒在地？（正旦）一時頭暈，故爾跌倒在地。（生）阿呀呀！老漢不便攙扶，吖！在我拄杖上掙起來罷。（正旦）多謝大公。（生）看仔細。（正旦）大公萬福！（生）五娘子，你公公病體如何了？（正旦）大公吓！我公公夜來歿了。（生）怎麼説？（正旦）我公公夜來歿了。（生）吖！歿、歿、歿了？（正旦）是。（生）阿呀！老哥吓！我昨日還與你講話，怎麼就歿了？（同哭）（生）正是：人無百歲期，枉作千年計。五娘子，你手中的頭髮將來何用？（正旦）公公歿了，無錢資送，只得把自己頭髮剪下，賣幾貫錢鈔，以爲送終之用。（生）五娘子差矣！你公公歿了，合該與我商量，怎麼將自己頭髮剪下？（正旦）幾番累及大公，怎好又來啟齒？（生）五娘子，你説那裏話來？

【前腔】你兒夫曾付托，你兒夫曾付托，我怎生違背？你無錢使用，我須當貸。你把頭髮剪下，把頭髮剪下，又跌倒在長街，都應是我之罪。（同）嘆一家破敗，嘆一家破敗，否極何時泰來？各出珠淚。

【前腔】（正旦）謝公公慷慨，謝公公慷慨，把錢相貸，我公婆在地下也相感戴。只愁奴此身，愁只愁奴此身，死也没人埋，誰償你恩債？（同）（合前）

【前腔】（生）我如今算來，我如今算來，他并無依賴。尋思，只得相擔代。五娘子，你先回去，我即着小二呵，送錢米和布帛，送錢米和布帛，與你公公買棺材。這頭髮且留在。（同）（合前）

（正旦）謝得公公救妾身，（生）伊夫曾托我親鄰。（正旦）從空伸出拿雲手，（生）提起天羅地網人。（正旦）大公，我先回去了。（生）你先回去罷。（正旦）大公，方纔説的？（生）吖！即着小二送來。（正旦）多謝大公。（生）好説。（正旦）吓！阿呀！公公吓！（下）（生）慢些走，慢、慢、慢些走。咳！天下有這樣孝順的媳婦，公公殁了，把自己頭髮剪下來，長街貨賣。今人中少有，就是古人中也難得。把這頭髮留下，等伯喈回來，與他看了，使他惶恐。咻！使他慚愧。（嗽下）

拐兒

（浄上）（六字調）

【打毬場】幾年間，爲拐兒，脱空説謊我爲最。憑他金銀藏在鐵櫃裏，騙得他把胸搥。

脱空爲活計，掏摸作生涯。舌劍脣鎗伶俐的，叫他懵懂；虚脾甜口乖巧的，哄他他裝瘋。鄉貫從來無定居，姓名誰個知假真？盜得鍾馗手内寶劍，偷了洞賓瓢裏的仙丹。來無影，去無踪，當面騙人如撮弄。和他行，同他坐，當場賺你怎埋怨？真個拐兒隊裏是先鋒，哄騙門中大將。正是：天不生無禄之人，地不長無根之草。自家京城中大騙的便是。兩京十三省的話都會説，就是那個蘇州説話末，倒也説得來兩句個。這兩天京城中緝捕甚嚴，人人都曉得我是拐騙的，難做買賣。聞得城外有個草鞋三郎廟，神道最靈驗，不免到彼許個願心。説得有理，行行去去，去去行行，到了。廟祝，拿火煤紙出來點蠟燭。吓！没有人，我到大殿上去。咦！連神座都是空空兒的。吖，想是我輩中人請去賽願了。來而不遇，改日再來。（丑内）吖哟！好窮吓！（浄）咦！那邊有個人鬼頭鬼腦，想是來賽願的，待我假作三郎老爺，看這狗頭如何？（丑嗽上）終朝拐騙過光陰，見人財物便欺心。若還晦氣來逢我，縱然不奪要平分。區區小騙，亦叫瞎雞，綽號叫夢鰍。想我輩骨等人，勿騙癡呆懵懂，專騙伶俐在行。個兩日緝捕甚嚴，捉得去挑懶筋，拔指甲，勿敢出來做生意。聞得蔡狀元贅居牛府，久無家信，爲此央個斯文朋友寫一封假書拉裏。此去非一千即八百，是穩個。吖，且到三郎廟裏去許個願心來看。

【四邊静】終日街坊閒蕩走，斂檢撲猪油。渾名叫瞎鷄，綽號叫夢鰍。偷鷄偷狗，掏摸剪綹。夜裏掘壁洞，日裏三隻手。

到拉裏哉。噲，香伙，拿紙吹火出來點香燭。吓！無人拉裏，且到大殿浪去。吖喲！三郎老爺，啥塑得個副賊相？等我放子傘，禱告一番。三郎老爺在上，弟子我個心事，倷纔曉得個哉？但願個注財餉到子手，買烏猪白羊來祭獻。（浄出二指介）（丑）吖喲！三郎老爺好心狠，我一厘纔勿曾到手，俚先要加二扣？咦！個把扇子到拉哈，且拿俚下來，發發利市看。（浄）呔！拿鏈子出來，鎖這拐子。（丑）阿呀！我是好人家兒女，流落他鄉，不是歹人，望老爺饒命。（浄）吖！你是好人家兒女？（丑）好人家大細。（浄）流落他鄉，不是歹人？（丑）勿是壞人。（浄）要我老爹饒命？（丑）殺生勿如放生。（浄）如此，買命錢來。（丑）半個買命纔無得拉裏。（浄）我不信。（丑）勿信末，老爹來搜。（浄）這是什麼？（丑）褲袋結。（浄）那呢？（丑）火刀傢生。（浄）咳！偏偏遇着一個窮鬼！（丑）窮子三代哉。（浄）走。（丑）噢，拿子個把傘來看。（浄）狗頭，這把傘還不值得孝敬我老爹？（丑）一片好心腸，反作驢肝肺。狗頭雙手奉送老爹。（浄）是孝敬我的？（丑）孝敬老爹。（浄）如此，走。

(丑)噢，吖哟！ 偷鷄勿着，倒折把米哉。(净)這把傘也不值五十六個大錢。(丑)刮刮叫八十四個銅錢買個。(净)狗頭，怎麼去了又轉來？(丑)勿是啥狗頭去了亦轉來。 多蒙老爹活命之恩，勿曾問得老爹尊姓大名，將來狗頭有子好日，好來補報老爹。(净)狗頭，我原曉得你是個歹人，日後做出些歹事來，要誣扳我老爹。(丑)有子個條心末，狗也勿是人養個哉。(净)狗頭，你方纔説大財餉在那裏？(丑)方纔個惺説話，老爹纔聽見個哉？(净)我都明白。(丑)只好直説哉。(净)快些説！(丑)這裏蔡狀元乃是陳留郡人，狗頭也是陳留郡人，他贅居牛府，久無家信，爲此央個斯文朋友寫得一封假書拉裏。 此去非一千即八百是穩個。(净)如此，書呢？(丑)拉裏。(净)拿來。(丑)作啥？(净)待我去。(丑)阿是老爹去？(净)我去。(丑)動吓動勿得！(净)爲什麼？(丑)狗頭是下路人，舌頭是圓個； 老爹是京裏人，舌頭是方個。 到子個搭，言語不對，倘然露出馬脚來末那，去勿得個。(净)如此，誰去？(丑)我去。(净)你去？(丑)自然我去。(净)哼，哼，想他那裏有了銀子，也不肯把你。(丑)我個副樣式，勿要説銀子，就是銅錢末也勿相信。(净)如何？(丑)爲此狗頭拉裏想。(净)想什麼？(丑)説出來老爹要見怪個。(净)我不怪，你説。(丑)想拿老爹頭上、身上、脚上撥拉狗頭戴子，着子，套子，到子個答騙子銀子出來，大家分子。(净)呔！ 不多幾句話，把我頭上、身上、脚上騙得乾乾净净麼？(丑)我曉得老爹要多心個。(净)我不肯。(丑)也勿要白着唔個，另外有賃衣服錢的滑。(净)什麼？ 有賃衣服錢的？(丑)勿要白着個，叫羊毛出在羊身上。(净)不錯，羊毛出在羊身上。(丑)阿是勿差？(净)騙了銀子出來，怎樣分派？(丑)勿消説得，我搭倷一九分。(净)我的九分，你的一分？（丑）我九倷一。（净）不來，不來。（丑）介末二八？（净）我得八分？（丑）倷得二分。（净）不來，不來。（丑）勿要説哉，竟是平半。（净）什麼叫平半？（丑）有一千，大家五百。（净）有五百呢？（丑）大家二百五哉滑。（净）公道，公道。如此，脱去？（丑）快點脱下來。（净）講一講，這件大袍幾兩？（丑）個件大袍八兩。（净）不肯，不肯。（丑）個末九兩？（净）不來，不來。（丑）竟是十兩。（净）十兩？（丑）十兩。（净）便宜你！（丑）要子我個丫，叫羊毛出在羊身上。（净）不錯，羊毛出在羊身上。（丑）老爹外頭倒冠冕，裏勢一包葱。（净）我老爹的便服。（丑）個樣便服我也有兩箱子拉浪。黑襪脱下來。（丑）皂靴都不懂？（净）勿差，皂靴。（净）也要賃錢。（丑）倷説末哉。（净）這雙皂靴，十兩。（丑）一兩。（净）不肯，不肯。（丑）個末二兩？（净）二兩？便宜你。（丑）銀子大家水能個拉裏用？叫羊毛出在羊身上。（净）不錯，羊毛出在羊身上。（丑）廣鍋蓋探下來。（净）這是大帽，也要賃錢。（丑）倷且説。（净）這頂大帽，十兩。（丑）呸！倷倒坐盆十兩，紙糊頭貨色，算子五錢末哉。（净）不來，不來。（丑）個末一兩？（净）一兩？便宜你。（丑）哪，我個頂帽子勿要呧個賃錢，阿比倷大氣？（净）這頂帽兒倒風凉得很。（丑）倷戴風凉帽子哉？（净）我這把扇子也不要你的賃錢。（丑）倷也勿好意思要我個銅錢哉。（净）我們來算一算。（丑）算算看。（净）大袍十兩。（丑）十兩。（净）皂靴二兩。（丑）二兩。（净）大帽一兩。（丑）一兩。（净）一共？（丑）一共十二兩。（丑）（净）十三兩。（丑）勿差，十三兩。（净）在你的一分提出來。（丑）説明白子，無得二言，個末倷立介立，等我去一趟就來個。（净）狗頭，你溜掉了，叫我到那裏來找你？（丑）勿錯，老爹勿放心。（净）不放心。(丑)老爹個意思,阿是要一淘去?(净)一同去。(丑)得罪,得罪,權當小價。(净)老爹當你的小價麽?(丑)合夥計做生意,騙子銀子出來,老爹原是老爹,狗頭原是狗頭。(净)不錯,老爹原是老爹,狗頭原是狗頭。(丑)看銅錢銀子面浪,打傘。(净)還要打傘?(丑)要賺銅錢是無法個。(净)走。罷了。(丑背介)勿好,要去落裏兩根來。阿呀!勿好。轉去,轉去。(净)想是拿拐子的來了?(丑)直脚欺主。(净)什麽欺主?(丑)倷看主人微微能個兩根狗嘴髭鬚,倷是個底下人,那説一嘴個阿鬍子?(净)我老爹福相,是天生的。(丑)要去落兩根來。(净)鬍鬚怎麽説去掉?(丑)勿要倷白去個,另外加你養鬚銀十兩。(净)什麽?有養鬚銀十兩?(丑)倷亦多子十兩銀子哉。(净)去掉了,可長得出?(丑)有個海上仙方傳拉倷子罷。(净)什麽仙方?(丑)對倷説,到南貨店上去,勿要買俚個南腿,倒要買俚個北腿,喫落子個肉,剩子個湯,倒拉脚盆裏子,拿個下巴,湊拉脚盆邊上子,好像用水能個。春昌,春昌,一陣大净,拉草薦上一忽,秧薦裏一遏,到子明朝,好像松毛韭菜能介,松龍松龍,長出來哉。(净)長出來可有這樣長?(丑)比俚還有長來。(净)如此待我來去掉幾根。喑、喑、喑,阿一哇,好痛!(丑)呸!哪、哪、哪,剪刀拉裏,豪燥點罷。(净)狗頭,我曉得你是剪綹的。(丑)剪綹個用子剪刀嗄?笨殺哉,用半個頭銅錢,鐵指甲個,幾裏來剪隱風點。(净)少去幾根。(丑)勿礙個。(净)夠了,夠了。(丑)那末好個哉?(净)呔!王八蛋,狗肏的,把我一嘴的鬍鬚都去掉了。阿呀!我的媽媽吓!(丑)我搭倷是合夥計做生意,那説開口就駡,動手就打?(净)叫你少去幾根。(丑)我原剩還倷一綹拉上滑,勿要勿色頭,脱子去罷,我勿去哉。(净)我一嘴的鬍鬚都去掉了，他倒不去了？（丑）勿去哉。（淨）罷了，願去了。（丑）阿願個來？（淨）願了。（丑）我俚個樣人倒受骨等人個氣。（淨）呸。（丑）打傘。（淨）還要打傘？（丑）倷疊出子個臭肚皮，啥樣式？（淨）這是我天生的大肚子。（丑）天生個？ 照打。（淨嗅介）（丑）照樣直介，勿要動，動子要走樣個。 對呸說，俚乪管家個最多，倘有問倷，說： 管家，你家相公從那裏來？（淨）我說三郎廟裏來。（丑）說勿得個，要露出馬脚來個。（淨）說那裏來？（丑）要說陳留郡來。（淨）吖，陳留郡來。（丑）轎來的呢馬來的？（淨）我說走來的。（丑）冠冕點，要說馬來的。（淨）吖，馬來的。（丑）馬在那裏？（淨）馬在那裏？（丑）馬在山上喫草。（淨）馬在山上喫草。（丑）可有書？（淨）可有書？（丑）說有書。（淨）吖，有書。（丑）書在那裏？（淨）書在那裏？（丑）書在皮箱裏。（淨）書在皮箱裏。（丑）倷平昔日間歡喜喫啥物事個？（淨）我最歡喜的是黃湯。（丑）歡喜喫酒，只要一個字。（淨）什麼字？（丑）說『吁』。（淨）吁。（丑）拿去喫。（淨）吁。（丑）官場用，私場演，我俚來演演看。（淨）不錯。（丑）管家，你家相公從那裏來？（淨）陳留郡來。（丑）好乪。 轎來的呢馬來的？（淨）馬來的。（丑）局個。（淨）如何？（丑）馬在那裏？（淨）馬在皮箱裏。（丑）阿？ 那說馬到子皮箱裏去介？（淨）馬在那裏？（丑）馬在山上喫草。（淨）馬在山上喫草。（丑）記明白？（淨）馬在山上喫草，馬在山上喫草。（丑）可有書？（淨）有書。（丑）書在那裏？（淨）書在山上喫草。（丑）呸！ 那說書末喫草介？（淨）噯！ 太嚕囌，你把書吓馬吓一總放在皮箱裏就是了。（丑）真正大子塊頭，無子清頭。 罷哉。 教子倷兩句混多羅罷。（淨）怎麼樣？（丑）倘然有人問倷末，說『却不道怎的』。（淨）却不道怎的？

（丑）再問傢末，説『又不道怎麼』。（净）又不道怎麼。（丑）一個『頭』字阿曾忘記來？（净）吁。（丑）毴養個，喫倒勿忘記個！（净）吁。（丑）勿要吁，到哉，下傘。（净）是了。（丑）門上那位在？（末上）當值輪該我，叫門却是誰？（丑）管家。（末）相公何來？（丑）相煩通報，説陳留郡鄉人要見。（末）原來是鄉人到了。（丑）這，管家，你還是牛府中的呢，還是狀元身伴的？（末）是從幼跟隨狀元爺的。（丑）怎麼倒不認識？（末）不相識吓。（丑）倒要盤你一盤。（末）盤我什麼？（丑）你家太老爺叫什麼名字？（末）太老爺叫蔡從簡。（丑）不錯，蔡從簡。太夫人呢？（末）太夫人秦氏。（丑）秦氏，怎説陳氏？（末）我原説秦氏。（丑）不錯。那小夫人呢？（末）小夫人趙氏五娘。（丑）趙氏五娘。你家太老爺平昔難道没有親戚朋友往來？這句就盤倒了你。（末）太老爺鄰比好友張大公張廣才。（丑）吖，一個叫張大公，一個叫張廣才？（末）張大公就是張廣才！（丑）張廣才即是張大公，你説了兩個就不對了。不是我苦苦來盤你，恐怕牛府中的人，太老爺知道不當穩便。相煩通報。（末）請少待。老爺有請。

【鳳凰閣】（小生上）尋鴻覓雁，要寄音書無便。

（丑先介）那亨，個一盤末，纔拉肚裏哉。（净）狗頭，我服了你了。（丑）到三郎廟裏去教呒得來？（末接〔引〕念）陳留郡鄉人要見。（小生）説我出迎。吓，鄉兄。（丑）大人。（小生）鄉兄請。（丑）大人請。（小生）鄉兄請上，下官有一拜。（丑）晚生也有一拜。（小生）久旱逢甘雨，他鄉遇故知。（丑）洞房花燭夜，金榜掛名時。（净坐介）咄！（丑）站開，又要發瘋了。（小生）請坐。（丑）有坐。（小生）請問鄉兄尊姓？（丑）晚生姓那。（小生）府上那裏？（丑）就在大人尊府對門拐角兒上。（小生）拐角兒上只有姓梅，没有姓那的。（丑）這、這就是晚生妻父家裏。晚生呢，原是姓梅，妻父見晚生人品出衆，贅在他家做了補代。晚生在家的日子少，出外的日子多。那一天晚生回去，這些小姨子說：那姐夫回來了，那姐夫回來了。順口兒姓了那，其實是姓梅。（末問净介）你家相公從那裏來？（净）却不道怎的？（末）轎來的呢馬來的？（净）又不道怎麼？吁。（末）呸。（小生連念）家下風景如何？（丑）比前大不相同。前有典當鋪，後有米穀倉。幾株大槐樹，匾貼狀元郎。（小生）下官是儒素之家，怎得有此？（丑）大人，這管家是大人身伴的呢，還是牛府中的？（小生）是跟隨下官的。（丑）我道是牛府中的，與大人扯了一個謊。其實没有動，原是舊門墻。（小生）家父可好？（丑）令尊大人好吓。長又長，大又大，一貌兒堂堂。（小生）家父是五短身材吓。（丑）是，是，是，五短身材。那天晚上晚生起身，送行的人太多，見令尊老大人站在馬臺石上說：『梅兄，不及送風，回來接風罷。』他下了馬臺石，原是五短身材。（小生）來。（末）有。（小生）這廝言語支吾，恐怕是假冒來的，教他去罷。（丑先介）打傘，到兵部王老爺那邊去。（末接小生白）老爺道你是假冒來的，去罷。（丑）什麼？是假冒來的麼？現有太老爺家書在此，怎說是假冒來的？打傘，走了，走了。（末）老爺有請。（小生）怎麼說？（末）有太老爺家書在此。（小生）吓！鄉兄。（丑）大人。（小生）既有家書，何不早遞？（丑）大人有話動問，適纔倒忘了。令尊老大人蔡從簡，太夫人秦氏，小夫人趙氏五娘，鄰比張大公張廣才多多致意。（小生）吩咐備飯。（丑）又要大人費心。（小生）好說。聞得陳留郡饑荒？（丑）荒吓！荒得了不得！（小生）是水荒呢旱荒？（丑）是旱荒。（小生）府縣官爲何不祈雨？（丑）怎説不祈雨？那一天，雨便祈不下，倒祈了一條火龍下來；龍爪内帶下許多冰雹。這麽乒乓乒，打死了無數的人。（小生）打死的何等樣人？（丑）有天理，打死的都是那些扒灰老兒。（哭介）（小生）鄉兄爲何掉下淚來？（丑）家父不幸，亦遭此難。（小生）休得取笑。下官修書，失陪。（丑）大人請便。（小生）院子代陪。（下）（末）相公，這裏來。（丑）管家，你離家已久，可有什麽信兒寄去？（末）信是要寄，没有便人。（丑）我與你帶去。（末）怎好有煩相公？（丑）順風吹火，用力不多。你去修書。（末）無人在此斟酒。（丑）不妨，有小價在此。（末）如此，有慢。（下）（丑）那亨，個一頓，阿是我挑呱喫個？（净）狗頭，我服了你了。（丑）倷是要好好能個學得來。（净）吁，吁，吁。（丑）少喫點。（末上）老爺出來。（小生上）（丑）多謝大人賜飯。（小生）好説。鄉兄，有書一封，白銀五百兩，煩兄寄與家父。（丑）大人，書便晚生帶去，這銀子不敢帶。（小生）爲何？（丑）恐怕是假冒來的。（小生）方纔失言，休得見怪：還有白銀十兩，權爲路費。（丑）又要大人費心。見了老大人，可有什麽話兒？（小生）鄉兄吓。

（小工調）

【駐馬聽】書寄鄉關，説起教人心痛酸。（丑介）來，銀子重得緊，拿了去。（净接）（小生連）傳與我八旬父母，兩月妻房：隔着萬水千山。啼痕緘處翠綃斑，夢魂飛遶銀屏遠。（同）報道平安，一家賀喜，他日相見。

（丑）告辭。（小生）院子，代送。（下）（末）吓！相公有書一封，白銀三十兩，寄與家父。（丑）我與你帶去是了。(末)有白銀二兩奉送相公。(丑)怎好受你的?(末)休得太謙,請收了。(丑)多謝!這小價有些瘋癲,不要睬他,醒來,原叫他到舊所在來。(末)曉得。(丑)阿呀!這天還要下雨,這把傘待我帶了走。管家,不久就有回書,請了。(末)請了。(丑)讓個毬養個,一直困乱罷。(下)(末)呔!你家相公去了。(净)却不道怎的?(末)叫你到舊所在去。(净)又不道怎的。(末)呸,走出去!(下)(净)吁,吁,吁,哈!哈!哈!這狗頭,銀子在我處,還要叫我到舊所在處。難道再到三郎廟裏去分給他?待我溜掉了罷。(丑上)咦!哈哈哈!(下)(净)這狗頭,撞着都没有看見,我且到九曲灣去躲一躲。一二三四五六七八九個灣,這裏有個猪圈,待我躲在裏頭,假作登東。(丑嗽上)哈哈哈!銅錢銀子尋起人來介子容易個?方纔拿個假紙包對俚一摔,個毬養個好像虎卵子能介,搶子去哉。瞥面走纔勿看見,爲此我拉收舊灘上作搭一頂小凉帽,換換服色,到九曲灣裏去躲一躲。一二三四五六七八九個灣,有個猪圈拉裏。有隻老猪婆拉哈。(净)誰吓?(丑)啥人?(净)那一個?(丑)落個?(各見抖介)(丑)捉賊!(下)(净)拿拐子!哈哈哈!這狗頭溜掉了,待我到毛廁上假作出恭,看看銀色如何?說得有理。(唱)這叫做羊毛兒出在那羊身上喑。是一張皮紙。我想有了銀子,買幾間房子住住也是要的。這叫做羊毛兒出在那羊身上喑。又是一張紙。我有了這宗銀子,做幾件衣服穿穿也是要的。這叫做羊毛兒出在那羊身上喑。咦!又是一張紙。吖,想必這個人家開紙鋪的。我如今有了這項銀子,討個老婆頑耍頑耍也是要的。這叫做羊毛兒出在那羊身上喑。（内）賁海獅。（浄）什麼？（内）賁海獅。（浄）我認道拿扮子，把我一吓，銀子掉了毛坑裏去了，待我摸他起來。阿一噲！爛臭的。咦！銀子變了黑的。待我來磨磨看。阿呀！是一塊磚頭。阿呀！我的媽媽吓！我一生做了大騙，倒被這小騙騙了去。咳！

【水紅花】我一生好酒蜜駝羅，醉羅呵，諸般勿顧。誰知今日遇强徒，被他局渾身脱付。無子衣裳還猶可，那得出髭鬚阿騙子倒變子光。下巴摸一摸，觸手痛阿一哇也囉！

衣服騙得乾乾浄浄，倒學子兩句乖：却不道怎的？又不道怎麼。還有一個字：吁！吁！吁！（下）

四卷

造墳

（正旦上引）（凡字调）

【掛真兒】四顧青山静悄悄，思量起暗裏魂銷。黄土傷心，丹楓染淚，謾把孤墳獨造。

〔菩薩蠻〕白楊蕭瑟悲風起，天寒日淡空山裏。虎嘯與猿啼，愁人添慘悽。窮泉深杳杳，長夜何由曉。灑淚泣雙親，雙親聞不聞？奴家自從喪了公婆，十分狼狽。昨日承張大公將公婆的靈柩送至山中，免不得造墳安葬。怎奈無錢僱人，只得自己搬泥運土，將公婆埋葬。恐得罪了方神太歲，不免先拜告一番，然後動土。

【香遍歌頭】一拜中央戊巳土，二拜左青龍右白虎，三拜前朱雀後玄武，四拜五方八面諸神聖，猶恐冒犯衆神祇，請神各自歸仙府。

拜告已畢，不免動土則個。

【二犯五更轉】（唱）把土泥獨抱，蔴裙裹來難打熬。空山寂静無人到，但我情真念切，到此不憚勞。何曾見葬親兒不到？說甚三匝圍喪，那些個卜其宅兆？思量起，是老親合顛倒。阿呀！公公吓！你圖他折桂看花早，不想自把一身，送在白楊衰草。謾自苦，這苦憑誰告？

搬了一回，身子困倦，不免就在此略睡片時，醒來再運。

【卜算子前】（唱）墳土未曾高，筋力還先倦。

（睡介）（鬼卒外上）善哉！善哉！吾乃當山土地是也。奉玉帝敕旨：因見趙五娘行孝，特令差撥陰兵，助他築墳。不免唤出南山白猿使者，北嶽黑虎將軍前來聽用。猿、虎二將何在？（雜上）來也。大聖，有何法旨？（外）吾奉玉帝敕旨，特差爾等率領陰兵，幫助孝婦築造墳臺，不得有誤。（雜）領法旨。（搬運住）啟大聖，墳臺已成。（外）速退。（應下）（外）待我唤醒他，吩咐一番。吓！五娘子，聽吾吩咐。

【好姐姐】（唱）聽吾道語：吾特奉玉皇敕旨，憐伊孝心，故遣陰兵來助你。（合頭）墳成矣，別了二親尋夫婿，改換衣裝往帝畿。

還有偈言吩咐你：明日有兩位仙長，贈汝雲巾、道服、琵琶，改換衣裝，往京都尋取丈夫。牢牢記着，

吾去也。正是：大抵乾坤都一照，免教人在暗中行。（下）（正旦醒）

【卜算子後】（唱）夢裏分明有鬼神，想是天憐念。

怪哉吓怪哉！適才似夢非夢，見神人吩咐，道墳已造成，教我往京都尋取丈夫。我想獨自一身，幾時能勾成墳？呀！果然這墳臺造成了。分明是神道變化，待我拜謝一番。

【二犯五更轉】（唱）怨苦知多少？只道兩三人同做餓殍。公婆吓！今日幸賴神力，成此墳臺，先靈已得安妥。只是我未葬之時，也還像相親相傍一般；如今葬了呵，（唱）窮泉一閉無日曉，嘆如今永別，再無由相倚靠。只愁我死在他鄉中道，我的骨頭何由來到？從今去，這墳呵，只願得中乾燥，福子蔭孫也都難料。便蔭得三公，濟不得親老。淚暗滴，復把蒼天禱。（生啾上，丑隨）

【剷鍬令】悲風四起吹松柏，山雲黯淡日無色。（丑）虎嘯與猿啼，怎不慘慽？趲步行來都到峭壁，好與孝婦添助氣力。

（生）老漢張廣才。只爲蔡老員外夫婦棄世，虧了他媳婦五娘子支持。聞得他把裙子包土，築造墳臺。我想人家要造一所墳臺，不知要費許多工程才能成功，他是一個女流，如何造得成？爲此帶了家童，與他添助些氣力。呀！好奇怪，這墳臺如何造成了？（正旦）吓！大公，奴家方纔少睡片時，夢見鬼神助我築造墳臺；又教我往京都尋取丈夫；又説明日有兩位仙長贈我雲巾、道服、琵琶。及至醒來，果然墳臺造成了。（生）五娘子，這是你孝心所感，故爾如此。（正旦）大公吓！

【好姐姐】（唱）念奴血流滿指，奈獨力墳成無計。深感老天，暗中相護持。（合頭）墳成矣，別了二親尋夫婿，改換衣裝往帝畿。

【前腔】（生）五娘子，（唱）老夫帶着小使，待與你添些力氣，誰知有神暗中相救濟。（合頭）

【前腔】（丑）你們真個見鬼，這松柏孤墳在何處？恰纔小鬼是我妝扮的。（合前）

（生）孝心感格動陰兵，（正旦）不是陰兵墳怎成？（丑）萬事勸人休碌碌，（合）舉頭三尺有神明。（下）

賞秋

（旦上）（凡字調）

【念奴嬌】楚天過雨，正波澄木落，秋容光浄。（浄、丑、兩旦同唱）誰駕冰輪來海底，碾破瑠璃千頃。（旦）環珮風清，笙歌露冷，人在清虚境。（同）珍珠簾捲，小樓無限佳興。

（旦）玉作人間秋萬頃，銀葩點破瑠璃。瑶臺風露冷仙衣，天香飄下處，此景有誰知？（衆）未審明年明夜月，（一）此景何如？珠簾高捲醉瓊巵，（旦）莫辭終夕勸，（衆）動是隔年期。（旦）老媽媽。（浄）那。

（一）夜：原作『衣』，據汲古閣刊本《繡刻琵琶記定本》改。

（旦）今夜月色可愛，你去請老爺出來賞月。（淨）是哉。噲！老爺。（小生内）怎麼？（淨）夫人請吥出來賞月亮。（小生内）我要睡，不出來了。（淨）夫人，老爺説要困了，勿出來哉。（旦）惜春，再去請。（丑）是哉。我説吥個老太婆無用個，看我去一請就出來。（淨）看倷哉那？（丑）噲！老爺。（小生内）又是怎麼？（丑）夫人請倷出來賞月亮。（小生内）我不耐煩賞月。（丑）勿嚏，夫人自家拉裏請。（小生）賞燈。（二院子應）

【生查子】（小生上）逢人曾寄書，書去神亦去。今夜好清光，可惜人千里。

（旦）相公。（小生）夫人。（旦）今夜月色可愛，請你出來賞月，無事爲何推阻？（小生）月有甚好處？（旦）怎麼不好？看：玉樓绛氣捲霞綃，雲浪寒光澄徹。丹桂飄香清思爽，人在瑶臺銀闕。（小生）影透空幃，光窺羅帳，露冷蛩聲切。關山今夜，照人幾處離别。（院）須信離合悲歡，還如玉兔，有陰晴圓缺。便做人生長宴會，幾見冰輪皎潔？（梅）此夜明多，隔年期遠，莫放金樽歇。（旦）但願人長久，（合）年年同賞明月。（旦）掌燈，到玩月樓去。（衆應）

【念奴嬌】（小生、旦唱）（尺字調）長空萬里，（衆合）見嬋娟可愛，全無一點纖凝。十二闌干光滿處，涼浸珠箔銀屏。偏稱，身在瑶臺，笑斟玉斝，人生幾見此佳景？惟願取年年此夜，人月雙清。

【前腔】（小生）孤影，南枝乍冷。見烏鵲縹緲驚飛，棲止不定。萬點蒼山，何處是修竹吾廬

三徑？（旦）追省，丹桂曾攀，嫦娥相愛，故人千里謾同情。（合前）（細吹）

【前腔】（衆）光瑩，我欲吹斷玉簫，乘鸞歸去，不知風露冷瑤京。環佩濕，似月下歸來飛瓊。那更，香霧雲鬟，清輝玉臂，廣寒仙子也堪並。（合前）（細吹）

【前腔】愁聽，吹笛《關山》，敲砧門巷，月中都是斷腸聲。人去遠，幾見明月虧盈。惟應，邊塞征人，深閨思婦，怪他偏向別離情。（合前）

【古輪臺】峭寒生，鴛鴦瓦冷玉壺冰，闌干露濕人猶憑，貪看玉鏡。況萬里清明，皓彩有十分端正。三五良宵，此時獨勝。把清光都付與，酒杯傾。從教酩酊，拚夜深沉醉還醒。酒闌綺席，漏催銀箭，香銷寶鼎。斗轉與參横，銀河耿，轆轤聲已斷金井。

【前腔】閒評，月有圓缺與陰晴，人世上有離合悲歡，從來不定。深院閒庭，處處有清光相映。也有得意人兒，兩情暢詠；也有獨守長門伴孤另，君恩不幸。有廣寒仙子娉婷，孤眠長夜，如何捱得這更闌寂静？此事果無憑。但願人長久，小樓玩月共同登。

【尾聲】聲哀訴，促織鳴。俺這裏歡娱未罄，却笑他幾處寒衣織未成。

（旦）今宵明月正團圓，（小生）幾處淒涼幾處歡。（院）但願人生得長久，（梅）年年千里共嬋娟。（同下）

描容

（正旦上）（凡字調）

【胡搗練】辭別去，到荒丘，只愁途路煞生受。畫取真容聊藉手，逢人將此免哀求。奴家昨日親將公婆葬了，則索改換衣裝，將這琵琶做了行頭，往洛陽尋去丈夫。一路上唱幾個行孝曲兒，抄化前去，恰似叫化一般。（哭介）只是一件，我幾年間與公婆廝守，一旦撇了前去，如何捨得？奴家自幼薄頗曉丹青，不免想像畫取公婆真容，背着一路去，也似相親相傍一般。若遇小祥忌辰，展開與他燒些香紙，奠些酒飯，也是奴家心素。（哭介）不免描畫公婆真容則個。

【三仙橋】（六字調）一從公婆死後，要相逢不能夠，除非是夢裏暫時略聚首。若要描，描不就，暗想像，教我未寫先淚流。寫，寫不出他苦心頭，描，描不出他饑症候，畫，畫不出他望孩兒的睁睁兩眸。我只畫得他髮颼颼，和那衣衫敝垢。我若畫做好容顏，須不是趙五娘的姑舅。

【前腔】我待畫你個龐兒帶厚，他可又饑荒消瘦。我待畫你個龐兒展舒，他自來常恁皺。若寫出來，真是醜；那更我的心憂，也做不出他歡容笑口。吓！不是我不會畫那好的，我自到他家呵，只見他兩月稍優游，其餘的也都是愁。我只記得他形衰貌朽。便做他孩兒收，也認不出是當初父母。縱認不出是蔡伯喈當初的爹娘，須認得是趙五娘近日來的姑舅。真容已畫完，公婆吓！媳婦今日遠行，理當做碗羹飯。奈我身無半文，無可措辦，只有清香一炷，望公婆鑒納。

【前腔】非是我尋夫遠遊，只怕我公婆絶後。奴見夫便回，此行安敢久？苦！路途中，奴怎走？望公婆相保佑奴出外州。阿呀！倒是我差了。他尚兀自没人看守，如何來相保佑？只怕奴去後，冷清清有誰來拜掃？縱使遇春秋，一陌紙錢怎有？你生是個受凍餒的公婆，死做個絶祭祀的姑舅。拜禱已畢，不免去拜别了張大公，就起行便了。（下）

别墳

（生嗽上）衰柳寒蟬不可聞，西風敗葉正紛紛。長安古道休回首，西出陽關無故人。吓！五娘子，開門。（正旦上）是那個？（生）老漢在此。（正）原來是大公。（生）五娘子。（正旦）大公萬福。（生）聞得你遠行，老漢特來送别；但不知幾時起身？（正旦）正要到府拜别，即刻就行了。（生）老漢帶得碎銀幾兩，聊爲路費，請收了。（正旦）奴家不敢推辭，多謝大公。（生）好説。桌兒上是？（正旦）是公婆的真容。（生）五娘子，你衣食尚且不週，那有銀錢倩人描畫真容？（正旦）是奴家胡亂畫的。（正旦）若是畫工畫的呢，不消看得；　既是五娘子自己畫的，乞借一觀。（正旦）拙筆不足以當大觀。（生）好說。（正旦）大公請觀。（生）畫得好，畫得像吓！（同哭介）（生）老哥老嫂。（正旦）公公婆婆。（生連念）死別多應夢裏逢，謾勞孝婦寫遺踪。可憐不得圖家慶，辜負丹青泣畫工。衣破損，鬢鬔鬆，千愁萬恨在眉峰。蔡郎不識年來面，趙女空描別後容。（同哭介）（生）五娘子，這是你孝心所感，故爾畫得像。收好了。（正旦）是。奴家有事相托。（生）有何事？（正旦）奴家去後，公婆這所墳墓，望大公早晚看管一二。（生）這個在老漢身上。（正旦）多謝大公。（生）五娘子，你今日遠行，老漢有幾句言語囑咐你。（正旦）大公有何吩咐？（生）五娘子，你少長閨門，豈識路途？蔡郎臨別時，你青春嬌媚。如今遭此年荒歲歉，貌醜身單。（正旦）是。（生）桃花歲歲皆相似，人面年年自不同。蔡郎去時，他曾否道來？（正旦）他道：若有寸進，即便就回。（生）如今年荒親死，一竟不歸，知他心腹事如何？（正旦）是吓！（生）咳！畫虎畫皮難畫骨，知人知面不知心。蔡郎原是讀書人，呀！一舉成名天下聞。久留不知因甚故，年荒親死不回門。（同哭介）（生）五娘子，你去京城須仔細，逢人下禮問虛真。若見蔡郎慢說千般苦，只把琵琶語句訴原因。未可便說他妻子，未可便說喪雙親。未可便說裙包土，未可便說剪香雲。若得蔡郎思故舊，可憐張老一親鄰。（同哭介）（生）我今年已七十歲，比你公公少一旬。你去時還有張老來相送，你回時不知張老死和存。（同哭介）（正旦）大公何出此言？（生）五娘子，你逢人且說三分話，未可全拋一片心。你須牢牢記着吓！（正旦）大公金玉之言，怎敢有忘？奴家還有一事，不識進退之懇。（生）還有何事？（正旦）這是公公在日寫下的遺囑，並剪下的頭髮，望公公收下。（生）這却爲何？（正旦）奴家此去，若得尋見伯喈，這話不必提起；倘在路有些差遲，等伯喈回來，將此二物與他一看，以表奴家一點孝心。（哭介）（生）這也虧你想得到。待我與你收下了。（正旦）奴家還要到公婆墳上去拜别。（生）該去拜的。待他陰空護佑你前去。（正旦）等我閉上了門兒。（生）五娘子請。（正旦）大公請。（生）轉過翠柏蒼松，（正旦）來到荒丘墳墓。吓！阿呀！公婆吓！媳婦今日前往洛陽，尋取你兒子，望公婆，阿呀！護佑嘘！（唱）（生介）吓！老哥老嫂，你媳婦今日前往洛陽，尋取你兒子回來，保佑他在路末，好行吓好走！

【憶多嬌】（凡字調）他魂渺漠，我没無倚托。阿呀！程途萬里，教我懷夜壑。大公請上，受奴一拜。（生）不消。（正旦）此去孤墳，望公公看着。（生介）阿呀呀！請起。（合）舉目蕭索，舉目蕭索，滿眼盈盈淚落。

【前腔】（生）承委托，我當領略。這孤墳看守，我決不爽約。但願你在途中，吖哈！身安樂。（合前）

【鬥黑麻】（正旦）深謝得公公，便相允諾。從來的深恩，怎敢忘却？只怕途路遠，體怯弱，怕病染孤身，衰力倦脚。（合）此去孤墳寂寞，路途滋味惡。兩處堪悲，兩處堪悲，萬愁怎摸？

【前腔】（生）伊夫婿多應是，貴官顯爵，伊家去須當審個好惡。五娘子，似你這般喬打扮，他

怎知覺？一貴一貧，怕他將錯就錯。（合前）

（正旦）就此拜別。

【哭相思】爲尋夫婿別孤墳，（生）只怕你兒夫不認真。（同）流淚眼觀流淚眼，斷腸人送斷腸人。

（生）五娘子請轉。（正旦）大公，怎麼説？（生）你是不曾出過門的，路上須要遲行早宿。倘尋見丈夫，千萬寄封書回來，免得老漢在家懸望。（正旦）是。公婆這所墳墓，望大公看管一二。（生）多在老漢身上，你放心前去。（正旦）大公在家保重，我自去了。（生）路上小心。（正旦）吓！阿呀！公婆吓！（下）（生）慢些走！慢些走！咳！難得有這樣孝順媳婦。吓！老哥老嫂，你媳婦前往洛陽尋取你兒子，保佑他路上好行好走，早見你兒子之面。我是去了，改日再來看你。吖！改日再來。咳！難得吓難得！（嗽下）

盤夫

（小生上）（六字調）

【菊花新】封書遠寄到親闈，又見關河朔雁飛。梧葉滿庭除，咳！争似我悶懷堆積。

封書寄遠人，寄與萬里親。書去神亦去，兀然空一身。下官前日喜得家書，報道平安。已曾修書回去。

這幾日常懷思想，反添愁悶。正是：雖無千丈綫，萬里繫人心。

【意難忘】（旦上）緑鬢仙郎，懶拈花弄柳，勸酒持觴。（小生介）咳！（旦連）眉顰知有恨，吓！相公。（小生）阿呀呀！原來是夫人。（旦）何事苦相防？（小生）夫人。（旦）相公。（小生）請坐。（旦）有坐。古人云：顰有爲顰，笑有爲笑。古之君子，當食不嗟，臨樂不嘆。無事而戚，謂之不祥。你自到我家，不明不暗，似醉如癡，終日憂悶，爲着甚的？還是少了喫的呢，少了穿的吖？（小生）夫人，你那知我的就裏？（旦）相公，你每日呵，

【紅衲襖】（尺字調）你喫的是煮猩唇和那燒豹胎，穿的是紫羅襴，繫的是黃金帶。你出入呵，只見五花頭踏在你馬前擺，三簷傘兒在你頭上蓋。你莫怪我說。（唱）（小生介）但說何妨？你本是草廬中一秀才，今做了漢朝中梁棟材。你有甚不足，只管鎖着眉頭也，唧唧噥噥不放懷？

【前腔】（小生）夫人，我穿的是紫羅襴，倒拘束得我不自在。穿着這皂朝靴，怎敢胡亂踹？口兒裏喫幾口慌張張要辦事的忙茶飯，手兒裏拿着個戰兢兢怕犯法的愁酒杯。倒不如嚴子陵登釣臺，怎做得楊子雲閣上災？似我這般爲官呵，只管待漏隨朝，可不誤了秋月春花也，枉干碌碌頭又白？

（旦）相公，我倒猜着你的意兒了。（小生）猜着什麼來？（旦）哪！

【前腔】莫不是丈人行性氣乖？（小生介）不是。（旦連）莫不是妾跟前缺管待？（小生介）也不是。（旦連）莫不是畫堂中少了三千客？（小生介）都不是。（旦連）莫不是繡屏前少了十二釵？（小生）阿呀呀！一發不是了！（旦）吓！這話兒教人怎猜？這意兒教人怎解？（小生）其實難解。（旦）今番一定猜着了。（小生）又猜着什麼？（旦）敢則是楚館秦樓，有個得意人兒也，悶懨懨常掛懷？

【前腔】（小生）夫人，有個人兒在天一涯，只落得臉銷紅眉鎖黛。我不是傷秋宋玉無聊賴，有甚心情去戀着閒楚臺？（旦）有話可對我説。（小生）夫人，三分話兒只恁猜，一片心兒只恁解。（旦）對我説了，也不妨吓。（小生）哎！你休纏得我無語無言，若還提起那籌兒也，撲簌簌淚滿腮。

（旦）相公，我待不解勸你，你也只管愁悶；我來問你，你又不肯對我説，教我也没奈何。罷！夫妻何事苦相防？莫把閒愁切寸腸。（小生）各人自掃門前雪，（旦）是吓！莫管他家瓦上霜。這也由你，但憑你吓！（下）（小生）咳！難將我語和他語，未必他心似我心。下官娶妻兩月，别親數載。朝夕思想，反添愁悶。我那新娶妻房，雖則賢惠，幾次問及。欲待將此事與他説知，他縱肯同我回去，只是他爹爹知我有媳婦在家，如何肯放？不如權且隱忍，改日求一鄉郡除授，那時回去見我雙親，却不是好？吓！夫人吓！（旦暗上聽介）（小生連）非是隄防你太深，只因伊父苦相禁。正是：夫妻且説三分話，（旦）吓！相公，那些個未可全抛一片心？（小生介）阿呀呀！又被夫人聽見了。（旦連）好吓！你瞞我也罷，只是你媳婦在家，都怨着你哩！（唱）（小生介）阿呀！可不是麼？

【江頭金桂】（正字調）怪得你終朝攧暗，只道你緣何愁悶深。教咱猜着啞謎，爲你沉吟，那籌兒没處尋。我和你共枕同衾，你瞞我則甚？你自撇了爹娘媳婦，屢换光陰，他那裏須怨着你没信音。笑伊家短行，無情忒甚。到如今兀自道且説三分話，未可全抛一片心。

【前腔】（小生）夫人，非是我聲吞氣忍，只爲你爹行勢逼臨。怕他知我要歸去，將人厮禁，我要説時又將口噤。不瞞夫人説。我待解朝簪，再圖鄉任。他不隄防着我，須遣我到家林，和你雙雙兩人歸晝錦。阿呀！天吓！嘆雙親老景，存亡未審。（旦）可曾修書回去？（小生）已曾修書回去。（旦）可有回音？（小生）夫人吓！只怕雁杳魚沉。又不是烽火連三月，真個家書抵萬金。

（旦）原來如此，待我去對爹爹説知，和你一同回去便了。（小生）你爹爹知我有媳婦在家，如何肯放？莫説罷。（旦）我爹爹身爲太師，風化所關，觀瞻所繫，難道不顧人意麼？（小生）若不濟事，可不枉了？（旦）不妨，我自有道理。雪隱鷺鷥飛始見，柳藏鸚鵡語方知。（小生）假饒染就紺紅色，免被旁人講是非。（旦）講什麼是非？在我身上，保你回去。（小生）吖！夫人竟保下官回去？（旦）保你回去。（小生）如此全仗夫人。（旦）在我身上。（小生）阿呀呀！多謝夫人。（旦）在我。（小生）全仗夫

人。哈哈哈！（同下）

諫　父

（外上）

【西地錦】好怪吾家門婿，鎮日不展愁眉。教人心下常縈繫，也只爲着門楣。

入門休問榮枯事，觀着容顏便得知。老夫自招伯喈爲婿，可謂得人。只一件，他自到我家，終日眉頭不展，面帶憂容，不知爲何？且待女兒出來，便知端的。

【前腔】（旦上）只道兒夫何意，如今就裏方知。萬里家山，要同歸去，未審爹意何如？

爹爹萬福。（外）罷了。坐。（旦）告坐。（外）我老入桑榆，自嘆吾之皓首；汝聲乖琴瑟，每爲汝而懊懷。夫婿何故憂愁？吾兒必知端的。（旦）告爹爹知道。（外）起來説。（旦）伯喈娶妻六十日，即赴科場；别親三五載，竟無消息。温凊之禮既缺，伉儷之情何堪？今欲歸故里，辭至尊家尊而同行；待共事高堂，執子道婦道以盡禮。（外）吾兒差矣！吾乃紫閣名公，汝是香閨艷質。何必顧彼糟糠婦？焉能事此田舍翁？他久别雙親，何不寄封音書回去？汝從來嬌養，安能涉萬里程途？休惑夫言，當從父命。（旦）爹爹，孩兒曾觀典籍，未聞婦道而不拜姑嫜；試論綱常，豈有子職而不事父母？若重唱隨之義，當盡定省之儀。彼荆釵裙布，既已獨奉親闈之甘旨；此錦屏繡褥，豈可久戀監宅之歡娛？爹爹身居相位，坐理朝綱，豈可斷他人父子之恩，絶他人夫婦之義？使伯喈有貪妻之愛，不顧父母之愆；使孩兒有違夫之命，不事舅姑之罪。望爹爹容恕，乞賜矜憐。（外）胡説！他既有媳婦在家，你去則甚？（旦）爹爹吓！

【獅子序】（六字調）他媳婦雖有之，念奴家須是他孩兒的次妻。那曾有媳婦不事親闈？若論做媳婦的道理，須當奉飲食，問寒暄，相扶持蘋蘩中饋。又道是養兒待老，積穀防饑。

（外）既是養兒待老，積穀防饑，當初何必教他來赴選？（旦）爹爹吓！

【太平歌】他來求科舉，指望錦衣歸，不想道爹爹留他爲女婿。（外介）我留他做女婿，也不曾待慢他。（旦連）他埋怨洞房花燭夜，（外介）自古有緣千里來相會。（旦連）那些個千里能相會？只要保全金榜掛名時，他事急且相隨。

（外）事已如此，伯喈也枉自愁悶。（旦）伯喈呵，

【賞宫花】他終朝慘悽，我如何忍見之？若論爲夫婦，須是共歡娱。他數載不通魚雁信，枉了十年身到鳳凰池。

（外）那伯喈思想父母要回去，你如何也要去？你這妮子，敢是癡迷了？

【降黄龍换頭】（旦）須知，非是奴癡迷。已嫁從夫，怎違公議？（外）你若去時，只是我没個親人在旁，教我如何捨得？（旦）吓，爹猶念女，怎教他爹娘不念孩兒？（外）非是我不放你去，他有媳婦在家，你去時只怕耽擱了你。（旦）爹爹。休提，縱把奴耽擱，比耽擱他媳婦何如？那些個夫

唱婦隨，嫁鷄逐鷄飛？

（外）兒吓，他是貧賤之家，你如何去伏事他的父母？（旦）嗳！

【大勝樂】婚姻事難論高低，若論高低何如休嫁與？假饒親賤孩兒貴，終不然便抛棄？

（外）他有媳婦在家，你去做什麼？（旦）奴是他親生兒子親媳婦，難道他是何人我是誰？爹居相位，（外介）我不放他回去，他敢奈何我麼？（旦連）阿呀爹爹吓！怎説出傷風敗俗非理的言語？

（外）呸，夫言中聽父言非，懊恨孩兒見識迷。我本將心托明月，誰知明月照溝渠。我不放他回去，皆因爲你，怎麼反把我來挺撞？可惡！放肆！吖！哈哈！阿，就是伯喈，我不放他回去，他敢動一動，敢走一走麼？吖！哈哈！没相干，總是女生外向。嘿嘿嘿！（旦哭介）（外）哆！這等無禮！可惡！放肆！可惱吓可惱！（下）（旦）正是：酒逢知己千杯少，話不投機半句多。好笑我爹爹不顧仁義，反道我挺撞他。昨日伯喈原教我不要説的，如今怎好去回他？相公吓！你一心只欲轉家鄉，怎奈爹行不忖量。大風吹倒梧桐樹，自有旁人説短長。咳！（下）

回　話

（小生上）（六字調）

【稱人心】撇呆打墮，早被那人瞧破。要同歸，知他爹怎麽？料想他行不允諾。夫人，你緣何獨坐？想你爹爹不允？伊家道俐齒伶牙，争奈你爹行不可。

【前腔】（旦接）我爹爹，全不顧，人笑呵，這其間只是我見差。（小生）禍根芽，從此起，災來怎躲？（旦）他道我從着夫言，罵我不聽親話。

【紅衫兒】（小生）你不信我教伊休説破，到此如何？算你爹心性，我豈不料過？我爲甚亂掩胡遮？也只爲着這些。你直待要打破了砂鍋，是你招災攬禍。

【前腔】（旦）不想道相挃靶，這做作難禁架。見你每每咨嗟要調和，誰知道好事多磨？起風波，把你陷在地網天羅，你如何不怨我？懊恨只爲我一個，可不耽擱你兩下。

【醉太平】（小生）蹉跎，光陰易謝，縱歸去晚景之計如何？名牽利鎖，奔走在海角天涯。知麽？多應我老死在京華，孝情事一筆都勾罷。這般摧挫，傷情萬感，淚珠偷墮。

【前腔】（旦）非詐，奴甘死也。縱奴不死時，君去須不可。奴身值甚麽？只因奴誤你一家。差訛，假饒做夫婦也難和，你心怨我心牽掛。奴此身拚捨，成伊孝名，救伊爹媽。（下）

途勞

（正旦上）（凡字調）

【月雲高】路途勞頓，行行甚時近？未到洛陽城，盤纏都使盡。回首孤墳，空教奴望孤影。他那裏，誰瞅睬？我這裏，誰投奔？正是西出陽關無故人，須信道家貧不是貧。

〔蘇幕遮〕怯山登，愁水渡。暗憶雙親，淚把麻裙漬。回首孤墳何處是？兩下蕭條，一樣愁難訴。玉消容，蓮困步。愁寄琵琶，彈罷添悽楚。唯有真容時時顧，惟悴相看，無語悽惶苦。奴家爲赴京尋夫，於路風餐水宿，履險登高，受了多少狼狽？尋到洛陽，見了丈夫，相逢如故，也不枉喫這番辛苦；倘或他如今富貴了，見我這般藍縷，不肯相認，怎麼處吖？

【前腔】（唱）暗中思忖，此去好無准。只怕他身榮貴，把咱不斷認。若是他不瞅睬，教奴枉受艱辛。他未必忘恩義，我這裏自閒評論。他須記一夜夫妻百夜恩，怎做得區區陌路人？

咳！他若榮歸呵，

【前腔】（唱）在府堂深隱，奴身怎生進？他在駟馬高車上，我又難將他認。我有個道理。若到他跟前，只提起二親真容。咳！又怕消瘦了龐兒，他猶難十分信。呀！他不到得非親却是親，我自須防仁不仁。

哽咽無言對二真，千山萬水好艱辛。聞說洛陽花似錦，恐我來時不遇春。（下）

遣使

（外上引）

【番卜算】女話堪聽，使我心疑惑。暗中思忖覺前非，有個團圓策。

良藥苦口利於病，忠言逆耳利於人。昨日女兒要同伯喈回去，我只是不肯放。將言語來質辨我，我一時焦燥。思想起來，他的言語，句句有理。我欲待放他們回去，慮他少長閨門，難涉路途；況我年老，無人侍奉，如何捨得放他去？有個道理在此，不免差人去將伯喈的爹娘和媳婦迎取到來，多少是好？且待伯喈、女兒出來，商議則個。

【前引】（小生上）淚眼滴如珠，愁事縈如織。（旦接）早知今日悔當初，何似休明白。

岳丈、爹爹在上，待女婿、女兒拜見。（外）罷了。我兒，你昨日説的話，我細思起來，却説得有理。待要教你同女婿回去，一則你弱質，難於遠行；二來我年老，無人侍奉。不若差人前去迎接蔡家爹娘媳婦到來，一同居住，你二人意下如何？（旦）但憑爹爹作主。（小生）若得如此，感恩非淺。（外）如此，待我差李旺前去。（旦）多謝爹爹。（外）李旺那裏？（丑上）來也。頻聽指揮黄閣下，又聞呼唤畫堂前。相爺，有何吩咐？（外）我要差你到陳留郡，接取蔡狀元的員外、安人和小娘子，一同來我府中居住。（丑）小人不敢去。（外）爲何？（丑）若取了那小娘子到來，夫人和他争大争小起來，那時可不要埋怨我李旺？（外）胡説！我今多給些盤纏，修書付你前去。（小生）李旺，你到了陳留郡，須要多方詢問；若是員外、安人、小娘子在路上時，須要小心伏侍。（丑）曉得。（外）李旺。

【四邊静】（乾念）你去陳留仔細詢，專心去尋覓。請過兩三人，途中好承值。（合頭）休憂怨憶，寄書咫尺。眼望捷旌旗，耳聽好消息。

【前腔】（小生）只怕饑荒散亂無踪跡，存亡也難測。何況路途間，難禁這勞役。（合前）

（旦）李旺，我還有説話吩咐你。你到了那邊，他們若問起蔡相公呵，

【福馬郎】（唱）（小工調）你休説新婚在牛氏宅。（外介）説了何妨？（旦連唱）他須怨我相耽誤；歸未得，只恐傍人聞之把奴責。（合頭）若是到京國，相逢處做個好筵席。

【前腔】（丑）相爺，多與我盤纏增氣力，萬水千山路，我曾慣歷。辭却恩官去，管取好消息。

（合前）

（外）限伊半載望回音，（小生）路上看承須小心。（旦）骨肉團圓應有日，（丑）家書一紙抵萬金。（小生）快去。（丑）是。（下）

彌陀寺

（末上）年老心閒無外事，麻衣草座亦容身。相逢盡道休官好，林下何曾見一人？貧僧彌陀寺中五戒便是。今日寺中啟建無礙道場，不論貧富人等，薦度祖先，盡獲超升。正是：寄言苦海林中客，好向靈山會上人。（下）

【縷縷金】（淨嗽上）（乾念）胡厮啞，兩喬才。家中無宿火，强追陪。（丑上）自來妝瘋子，如今難悔。（同）向叢林深處且徘徊，都來看佛會，都來看佛會。

（净）一日復一日，（丑）無處坐來無處立。（净）亦無本錢做生意，（丑）終朝只好喫白食。（净）吃白食到無場化喫處。（丑）聞得彌陀寺中啟建無礙道場，我俚去擾擾和尚罷。（净）和尚是素浪湯，無啥喫頭。（丑）個樣年成，只要混飽子肚皮，管啥葷拉素？（净）倒也勿差，我搭伍妝個宦家公子模樣，好去擾俚個。（丑）倘然拿出緣簿來末那？（净）隨便臘離臘搨個寫拉上末哉。（丑）個末我俚那介稱呼？（净）倷末稱呼我大生，我末叫聲倷二生，即要口裏相應，隨機應變。（丑）有理個，大生請吓。（净）二生請吓。東説陽山西説海，（丑）天殼海來地座子。（净）幾裏是哉。（丑）且進去。（净）阿有和尚走個巴出來。（末上）呀！原來是二位相公。（净、丑）吖哟！和尚。（末）二位相公請裏面坐。（净）二生請吓。（丑）大生請吓。（末）二位相公稽首。（净、丑）罷哉，罷哉。今朝爲啥能鬧熱？（末）今日寺中啟建無礙道場，故爾熱鬧。（净）我俚到勿曾帶得香金末那哼。（丑）番道我俚屁股裏喫人参。（净）啥解説？（丑）後補。（净）勿差，後補。（末）多謝二位相公。請問二位相公上姓？（丑）個位相公纔勿認得個介？（末）不認得。（丑）俚虱個爺做過風臀縣，現任個臀州府公子滑。（末）原來是一位貴公子，失敬了。（净）罷哉，罷哉。不知者不罪也。（末）此位是？（净）俚虱老太爺做過伸手大將軍，後來亦征服子賊匪了，欽加敲大鑼個銜拉身上，倷那説勿認得個介？（末）原來又是一位貴公子，也失敬了。（丑）罷哉，罷哉。（净）和尚，伍還是東房呢西房？（末）貧僧是東房。（净）怪道勿認得，西房末我俚來往個。（丑）個末就叫東房勿管西房事。（净）和尚，殿宇坍塌，爲啥勿修理？（末）没有大施主，難以動手。（末）啥個大事務？倷去拿緣簿出來，我俚二位相公替倷開緣簿。（末）待貧僧去取來。

(净)隨便寫末哉。(末)哪，哪，哪，煩二位相公慈悲發心。(丑)大生請吓。(净)二生請吓。(丑)勿敢有僭，自然大生先請。(净)個末有僭哉。學生本姓陳，家住在南京，喜助香油一千斤，豆腐一塊。(丑)那説豆腐只得一塊介？(净)有個道理，拿油，倒滿子一大鑊，拿個塊豆腐拉邊上盪得下去，直介僕六僕六個滚吓。(丑)滚到何日是了？(净)滚過子日脚末罷哉。(丑)倒也勿差。(净)二生來哉。(丑)那是我來哉？小子本姓金，家住在常郡，喜助磚瓦石灰并鐵釘，外助楠本一萬四千八百零一根。(净)那説零一根？(丑)無零勿成賬。(末)二位相公，這些東西往那裏去取？(净)幾裏近段個油車纔是我開個，等我寫個條紙，傢去發末哉。(丑)團團一方個木行，我纔有分個，只要寫個票頭去發末哉。(末)多謝二位相公。(丑)大生，我裏去罷。(末)二位相公用了早膳去。(净)飯到用得着哩。(丑)個末點菜哉？黄燜雞，清燉脚魚。(净)蟹粉燒魚翅。(末)貧僧是素齋。(净)素浪湯是無啥喫頭個。(丑)大生，就是素局儂儂罷。(净)酒是總要個？(末)有匠人喫的濁醪在此。(净)快點去拿出來，讓我俚濁兩濁來滑。(末)待貧僧去取來。(丑)大生，濁醪可好喫個？(净)也不過如此。(末)二位相公，酒在此，請用。(丑)大生請吓。(净)二生請吓。(丑)和尚，添一只杯子來，也喫一杯。(末)貧僧是戒酒除葷。(丑)吖，戒子酒，開子色。(末)罪過吓。(净)我俚悶酒喫勿慣，呸到外勢去看，阿有唱道情個，叫俚進來唱唱。(末)待貧僧去看來。(下)

【前腔】(正旦背琵琶上唱)途路上，實難捱。盤纏都使盡，好狼狽。試把琵琶撥，逢人乞丐。薦公婆魂魄免沉埋，特來赴佛會，特來赴佛會。

上人稽首。（末）道姑何來？（正旦）貧道遠方而來。（末）到此何幹？（正旦）聞道寺中啟建無礙道場，特來抄化。（末）肩背琵琶，將來何用？（正旦）唱幾個行孝曲兒，趁些錢來，追薦公婆的。（末）候着。（正旦）是。（末）二位相公，外面有一道姑，會唱行孝曲兒，可要叫他進來？（净）且叫俚進來。（末應）吓，道姑呢？（正旦）在。（末）二位相公着你進去。（正旦應）（末）隨我來，見了二位相公。（正旦）是，二位。（净）罷哉。（丑）咦！秧田裏個篾圈。（净）啥解説？（丑）尼姑。（净）道姑。（丑）勿差，道姑。（净）道姑，你姓甚名誰？那方人士？因何到此？且説得來。（正旦）貧道一言難盡。（丑介）呸説末哉。（净）和尚，呸請事正。（末應下）

【銷金帳】（唱正工調）聽奴訴語：奴是良人婦，（净介）既是良人婦，爲啥個付打扮？（正旦連）爲兒夫相耽誤。（丑介）怎樣耽誤？（正旦連）他一向赴選及第，（丑介）大生，啥叫及第？（净）中子狀元爲及第。（丑）中子狀元哉，倒要賀賀俚個。大生請吓。（正旦連）未歸鄉故。爲饑荒喪了，（净介）喪了何人？（正旦連）喪了親嫡舅姑。（丑介）喪了公婆，誰人安葬？（正旦連）我獨造墳塋。（净介）到此做什麼？（正旦連）今爲尋夫來此。（丑介）可曾尋見丈夫？（正旦連）兒夫未知，未知他在何處所。

（丑哭介）（净）二生爲啥哭起來？（丑）天下只有三個苦人。（净）那三個？（丑）俚、倷、我。（净）我俚是仙人。（丑）勿差，仙人。（净）道姑，你肩背琵琶，阿會唱道情個？（正旦）不會。（丑）個末阿會唱《剪剪花》？（正旦）也不會。只會唱行孝曲兒。（丑）大生，行孝曲兒阿好聽個？（浄）個行孝曲兒末，叫好聽得來，我幾百年勿曾聽見哉。噲，道姑，呧且拿個行孝曲唱起來，唱得好，我俚兩位相公就賞。（丑）大生，一個銅錢纔勿有，那哼賞？（浄）我俚身上亦勿是着個瓦爿拉裏，叫和尚上賬，每樣十兩阿好？（丑）有理個。徹過筵席，呧且唱起來。（正旦）二位聽了吓。

【前腔】凡人養子，最苦是十月懷胎苦，（浄、丑）起句唱得好。十月懷胎苦，切極。賞呧一件花褶。和尚，上賬十兩。（正旦連）更三年勞乳哺。（丑介）三年乳哺，唱得妙！賞呧一件花襖。和尚，上帳十兩。大生請吓。（正旦連）虧他受濕推乾，（浄介）字眼唱得清，賞呧一頂巾。和尚，上賬十兩。二生請吓。（正旦連）不辭辛苦。真個千般愛惜，（丑介）唱得端正，賞呧一條綢裙。和尚，上賬十兩。大生請吓。（正旦連）萬般回護。兒有些不安，父母驚惶無措。（浄介）個句唱得好聽，賞呧一頂俊巾。和尚，上賬十兩。二生請。（正旦連）直待可了，可了歡欣似初。

（丑介）個句唱得悽慘，賞呧一把紙扇。和尚，上賬十兩。大生請吓。

【前腔】（正旦連）兒還念父母，（浄介）唱得苦楚，賞呧一蓬鬍鬚。和尚，上賬十兩。二生請吓。（正旦連）及早歸故里，羨慈烏亦能反哺。（丑介）唱得圓穩，賞呧一條布裙。和尚，上賬十兩。大生請吓。（正旦連）世人莫學我的兒夫，把雙親耽誤。（浄介）唱得顯豁，賞呧一雙黑襪。和尚，上賬十兩。二生請吓。（正旦連）常言養子，養子方知父母。試看那忤逆的男兒，（丑介）唱得精明，賞呧一頂綢巾。和尚，上賬十兩。大生請吓。（正旦連）和那不孝順的兒媳婦。（淨介）唱得難過，賞筒烟吔呼呼。二生請吓。（正旦連）若無報應，（丑介）唱得快燥，賞吔一個烟炮。大生請吓。（正旦連）果是乾坤有無。

（淨）呔！還要唱來！（正旦哭下）（淨）啥意思？忒覺勿像樣哉？（丑）大生勿要喊，纔拉裏個哉。

（淨）咳！和尚真好局。（丑）吔道局勿局。（淨）弄得滿身汗。（丑）只好湓河浴。（淨）個末竟去湓河浴擾我個？二生請吓。（丑）大生請吓。（下）

遺像

（正旦上）奴家今日正擬抄化幾文錢鈔追薦公婆，不想遇着兩個瘋子，空自攪了一場。如今雖没錢買辦祭物，只得把公婆的真容掛在此間，拜囑一番，以表來意則個。

【秋夜月】（凡字調）我在途路，歷盡多辛苦，把公婆魂魄來超度。焚香禮拜祈回護，願相逢我丈夫，相逢我丈夫。

（小生上，末、丑隨）車來。

【縷縷金】（小生）時不利，命多乖。雙親在途路上，怕生災。（末、丑）相公，此是彌陀寺，略停車蓋。（同）辦虔誠懇禱拜蓮臺，且來赴佛會，且來赴佛會。

(末、丑)狀元爺來了，道姑迴避。(正旦)正是：貴人方闢道，斂衽避高車。(下)(小生)那裏來這軸畫像？(末、丑)想是方纔那道姑遺下的？(小生)唤他轉來，還了他。(末、丑)霎時不見了。(小生)如此，與他收下了。(末、丑應)(小生)唤和尚過來。(末、丑應)和尚那裏？

【前腔】(净上乾念)能喫酒，怕喫齋。喫得醺醺醉，便去摟新戒。講經和回向，全然尷尬。官人若是有文才，休來看佛會，休來看佛會。

老爺在上，貧僧稽首。(小生)下官爲迎取父母來京，不知路上安否若何，特來向佛前祈禱。(净)如此，待貧僧先請諸佛，然後拈香。〔佛賺〕如來本是西方佛，却來東土救人多，救人多。結跏趺坐坐蓮花，丈六金身最高大。他是十方三界第一個大菩薩，摩訶薩，摩訶般若波羅糖。(末、丑介)差了，波羅蜜。(净連)糖也這般甜，蜜也這般甜。南無南無十方佛十方法十方僧，上帝好生不好殺。好人還有好提掇，惡人還有惡鑒察。好人成佛成菩薩，惡人做鬼做羅刹。第一滅却心頭火，心頭火；第二解開眉間鎖，眉間鎖；第三點起佛前燈，佛前燈。真個是好也快活我，快活我。諸惡莫作，奉勸世上人，做個浪裏梢公牢把舵。行正路，莫蹉跎，大家早去念彌陀。念彌陀，善男信女笑呵呵。聽大法鼓鼕鼕鼕，聽大法鏡乍乍乍乍，手鐘摇動陳陳陳陳。獅子能舞鶴能歌，木魚亂敲逼逼剥剥。海螺響處嘖嘖嘖，積善道場隨人做。惟願老相公老安人小夫人萬里程途悉安樂。南無菩薩薩摩訶，金剛般若波羅蜜。請佛已畢，請老爺拈香。(小生)諸佛在上，念下官呵，

【古江兒水】(小工調)如來證明，聽蔡邕咨啓：我雙親在途路，不知如何的？仰惟菩薩大

慈悲。龍天鑒知，龍神護持，護持他登山涉水。

【前腔】（浄）如來證明，覽兹情旨。蔡邕的父母，望相保庇，仰惟功德不思議。龍天鑒知，龍神護持，護持他登山涉水。

【前腔】（末、丑）我東人鎮日常懷憂慮，只愁二親在路途裏，孝思誠意足感神祇。（合前）

（小生）取香金送與和尚。（末、丑應）（浄）多謝老爺！我佛有緣蒙寵渥，（小生）願親路上悉平安。

（末）因過竹院逢僧話，（丑）又得平生半日閒。（下）（正旦上）阿呀！不好了！

【縷縷金】原來是，蔡伯喈，車前都喝道，狀元來。不是漁父引，怎得見波濤？方纔那位官長，我只道那個，詢問旁人，原來就是蔡伯喈，如今入贅在牛丞相府中。奴家方纔慌忙中失去公婆的真容，想必是他收去。且待明早竟投到他家裏，只借抄化爲因，問個消息。或者我夫婦便從此相會，亦未可知？料想雙親像，他們留在。天教我夫婦再和諧，都因這佛會？都因這佛會？

今朝喜見那喬才，收去真容事可諧。縱使侯門深似海，從今引得外人來。（下）

五卷

廊會

（旦上）

【十二時】心事無靠托，這幾日反成悶也。父意方回，夫愁稍可。未卜程途裏如何，教我怎生放下？

不如意事常八九，可與人言無二三。奴家自嫁伯喈之後，終日見他常懷憂悶，我去問他，他又不肯對我說。比及奴家知道，去對爹爹說，要同他回去，誰想爹爹不允。被我道了幾句，爹爹心下不安，已曾差人前去接他爹娘媳婦到來，同享榮華。倘或早晚到來，必要人使喚。院子。（末）有。（旦）你到街坊上去，尋幾個精細婦人來使喚。（末應）

【遶池游】（正旦上）風餐水卧，甚日能安妥？問天天怎生結果？

我一路問來，說此間已是牛府。（末嗽介）（正旦）那邊有位府幹哥在彼，不免上前問一聲。吓！府幹哥，貧道稽首。（末）道姑何來？（正旦）貧道遠方而來。（末）到此何幹？（正旦）特來抄化。（末）候着。（正旦）是。（末）啓夫人：精細婦人没有，有一道姑在外。（旦）道姑麽，着他進來。（末）是。道姑呢？（正旦）在。（末）夫人着你進來。（正旦）是。（末）放下包裹。（正旦）待我放了包裹。（末）見了夫人。（正旦）是。夫人在上，貧道稽首。（旦）道姑何來？（正旦）貧道遠方而來。（旦）到此何幹？（正旦）聞知夫人好善，特來抄化。（旦）你有甚本事來此抄化？（正旦）貧道不敢誇口，大則琴棋書畫，小則女工針黹，次則飲食餚饌，頗諳一二。（旦）你既有這等本事，何不住在我府中喫些現成茶飯？强如在外抄化。你意下如何？（正旦）若得如此，感恩非淺。只怕貧道没福，無可稱夫人之意。（旦）好說。道姑，你還是在家出家的呢，在嫁出家的？（正旦）貧道是在嫁出家的。（旦）院子。（末）有。（旦）他說在嫁出家的，是有丈夫的了，我府中不便收留。多打發些齋糧，教他到別處去抄化罷。（末）是。道姑，夫人道你在嫁出家的，有是丈夫的了，府中難以收留。着我多打發些齋糧，教你到別處去抄化罷。（正旦應）阿呀！苦吓！我不合說出有丈夫的。怎麽處？吖！有了。吓！夫人，貧道非爲抄化而來，特來尋取丈夫的。（旦）你丈夫姓甚名誰？（正旦）我丈夫姓，（私白）且住。我臨行時，蒙張大公囑咐道：逢人且說三分話，未可全抛一片心。我如今把蔡伯喈三字折開與他說，看他如何？吓！夫人，貧道的丈夫姓祭名白諧，人人說在貴府廊下，夫人可知道麽？（旦）我那裏知道？院子。（末）有。（旦）你掌管許多廊房，可有姓祭名白諧的麽？（末）老奴掌管許多廊房，并没有姓祭名白諧的。（旦）道姑，我這裏没有，你到别處去尋罷，休得耽誤了你。（正旦）阿呀！天吓！我千山萬水尋到這裏，誰想你又不在。敢是你没了？教我倚靠何人吖？（旦）咳！可憐！道姑，你也不須啼哭，你可住在我府中，待我着院子到街坊上尋取你丈夫，意下如何？（正旦）若得如此，再造之恩也。（旦）你可换了衣妝。（正旦）貧道不敢换。（旦）爲何？（正旦）貧道有一十二年大孝在身，所以不敢换。（旦）凡爲人子者，大孝不過三年，那有一十二年？（正旦）夫人有所不知：貧道公服三年，婆服三年。（旦）也只得六年吓。（正旦）吖，我那薄倖兒夫久留都下，一竟不回，替他代戴六年，共成一十二年。（旦）天下有這等行孝的婦人！然雖如此，怎奈我家老相公最嫌人這般打扮，你可略略换些素縞罷。（正旦）謹依夫人慈命。（旦）院子。（末）有。（旦）唤惜春取妝奩素服出來。（末應）惜春姐。（丑内）啥個？（末）夫人着你取妝奩素服出來。（下）（丑上）來哉。寶劍贈與力士，紅粉送與佳人。夫人，妝奩素服拉裏。（貼）放下。（丑）是哉。（旦）道姑，你可臨鏡梳妝罷。（正旦）貧道告梳妝了。（旦）好説。惜春，好生伏侍。（丑應）（正旦）鏡兒吓鏡兒，我自出嫁之後，只有兩月梳妝，幾時不曾照得你？吓！原來這般消瘦了。（旦介）且免愁煩。（丑）夫人叫㕶勿要哭哉。

【二郎神】（正旦）（六字調）容瀟灑，照孤鸞嘆菱花剖破。記翠鈿羅襦當日嫁，誰知他去後，釵荆裙布無些。（旦介）戴了金雀。（丑）戴子金雀。（正旦連）這金雀釵頭雙鳳嚲，（丑）夫人，俚勿戴。（旦）爲何不戴？（正旦）夫人，奴若戴此釵呵，可不羞殺人形孤影寡？（旦介）簪些花朵。（丑）戴子個朵花。（正旦連）説甚麽簪花捻牡丹，（丑介）夫人，俚纔勿戴。（旦）迴避。（丑）是哉。（下）（正旦連）教人怨着嫦娥。

【前腔換頭】（旦）嗟呀，他心憂貌苦，真情怎假？道姑，你爲着，（正旦介）阿呀！公婆吓！公婆珠淚墮，（正旦介）夫人的公婆可在否？（旦連）我公婆自有，不能承奉杯茶。你比我没個公婆承奉呵，不枉了教人做話靶。道姑，你公婆，爲甚的雙雙命掩黄沙？

【囀鶯兒】（正旦）爲荒年萬般遭坎坷。（旦介）你丈夫往那裏去了？（正旦連）我丈夫又在京華。我把糟糠暗喫擔饑餓，（旦介）公婆死了，那得錢來埋葬？（正旦連）公婆死，是我剪頭髮賣了去埋他。（旦介）墳墓何人造的？（正旦連）把孤墳自造。（旦介）獨自一身，怎生造這般墳墓？（正旦連）運土泥，盡是我把麻裙包裹。（旦介）不要誇口吓！（正旦連）也非誇，（旦）我不信。（正旦）夫人若不信，阿呀！哪，只看我手指傷，血痕尚染衣麻。

【前腔】（旦）愁人見説愁轉多，使我珠淚如麻。（正旦介）夫人爲何掉下淚來？（旦連）我丈夫亦久别雙親下。（正旦介）爲何不辭官回去？（旦連）他要辭官，被我爹蹉跎。（正旦介）他家中可有妻室否？（旦連）他妻雖有麽，（正旦介）他家中既有妻室，自能侍奉，不回去也罷了。（旦連）怕不似你會看承爹媽。（正旦介）如今在那裏？（旦連）在天涯，（正旦介）何不差人去接來？（旦連）教人去請，知他在路上如何？

【啄木鸝】（正旦）呀！聽言語，使人悽愴多，料想他們也非是假。夫人，他那裏既有妻房，取將來怕不相和？（旦）但得他似你能揾把，（正旦介）夫人便怎麽？（旦連）我情願侍他居他下。只愁他程途上苦辛，教奴望巴巴。

【前腔】（正旦）呀！錯中錯，訛上訛，呀啐！只管在鬼門前空占卦。夫人，若要識蔡伯喈的妻房，（旦）如今在那裏？（正旦）遠不遠千里，近只近在目前。（旦）我如今要去見他！（正旦）夫人真個要去見他？（旦）真個。（正旦）果然？（旦）果然。（正旦）阿呀！夫人吓！奴家便是無差。（旦）呀！果然是你非謊詐？阿呀姐姐吓！原來爲我遭折挫，爲我受波查。教伊怨我，我去怨爹爹。（跪介）（正旦）夫人請起。（旦）實不知姐姐到來，有失迎接，望乞恕罪。（正旦）好説。（旦）姐姐請上，受奴一拜。（正旦）賤妾也有一拜。（旦）姐姐吓！（正旦介）夫人。

【黄鶯兒】（唱）和你一樣做渾家，我安然，你受禍。你名爲孝婦，我被旁人駡。（正旦介）旁人怎敢罵夫人？（旦連）公死爲我，婆死爲我，情願把你孝衣穿着，我把濃妝罷。（合）事多磨，冤家到此，逃不得這波查！

【前腔】（正旦）他當年也是没奈何，被强將來赴選科，爲辭爹不肯聽他話。（旦）姐姐吓！他爲辭官不可，辭婚不准，只爲三不從，做成災禍天來大。（合前）

（正旦）無限心中不平事，（旦）一番清話又成空。（正旦）兩葉浮萍歸大海，（旦）人生何處不相逢？姐姐，你路上辛苦了，請到裏面去安息罷。（正旦）不敢。夫人請。（旦）自然是姐姐請。（正旦）如此，賤妾斗膽了。（旦）好説。請。吓！姐姐，你路上喫了苦了。（正旦）阿呀！可不是麽？（旦）請免愁煩。請。（正旦）請。阿呀！公婆吓！（下）

題　真

（末上）爲問當年素服儒，於今腰下佩金魚。分明有個朝天路，何事男兒不讀書？自家乃蔡相公府中院子便是。俺相公入朝，將已回府，不免灑掃書館伺候。真個好書館！但見：明窗瀟灑，碧紗内烟霧輕籠；净几端硯，青氈上塵埃不染。粉壁上掛三四幅名畫，石林内安一兩張古琴。緗帙縹囊，數起看何止一萬卷？牙籤犀軸，乘將來夠有三千車。正是：休誇東壁圖書府，賽過西垣翰墨林。閒話休説，俺相公昨日在彌陀寺燒香，拾得一軸畫像，命我收下。不知其中畫的什麽故事？待我將來掛在此間，等相公回來看便了。正是：早知不入時人眼，多買胭脂畫牡丹。（下）

【天下樂】（正旦上）一片花飛故苑空，隨風飄泊到簾櫳。玉人怪問驚春夢，只怕東風羞落紅。階下落紅三四點，錯教人恨五更風。當初只道蔡伯喈貪名逐利，不肯回家，原來被人逗留在此。昨日蒙牛氏夫人見我衣衫襤褸，怕丈夫不肯相認，教我到他書館中題幾句言語打動他。奴家只得從命。來此已是書館，教我寫在那裏好？呀！原來公婆的真容掛在此，我如今就在公婆真容背後題詩幾句便了。向日受饑荒，雙親俱死亡。如今題詩句，報與薄情郎。苦吓！

【醉扶歸】(小工調)我與你有緣結髮曾相共，難道是無緣對面不相逢？我鳳枕鸞衾也曾和他同，今日呵，倒憑着兔毫繭紙將他動。畢竟一齊分付與東風，把往事如春夢。詩已寫完，待我念來：『崑山有良璧，鬱鬱璠璵姿。嗟彼一點瑕，掩此連城瑜。人生非孔顔，名節鮮不虧。拙哉西河守，何不如皋魚？宋弘既以義，王允何其愚。風木有餘恨，連理無旁枝。寄與青雲客，慎勿乖天彝。』咳！

【前腔】縱使我詞源倒流三峽水，只怕他胸中別是一帆風。怕他不肯相認呵，還是教妾若爲容？奴家今日若不題詩打動他，夫人吓，只怕爲你難移寵。縱認不得這丹青貌不同，我這筆跡，兀自如舊。若認得我翰墨，教他心先痛。題詩已畢，且待伯喈回來見了，看是如何？依舊掛好了，如今待我先對夫人説知則個。正是：未卜兒夫意，全憑一首詩。得他心轉日，是我運通時。(下)

書　館

(小生上)

【鵲橋仙】披香侍宴，上林遊賞，醉後人扶馬上。金蓮寶炬照迴廊，正院宇梅梢月上。日晏下彤闈，平明登紫閣。何時在書案，快哉天下樂。下官早臨長樂，夜值嚴禁。召問鬼神，或前宣室之席；光傳太乙，時頒天禄之黎。惟有戴星衝黑出漢宫，安能滴露研硃點《周易》？這幾日朝無繁政，官有餘閒，庶可留志於詩書，從事於翰墨。正是：事業要當窮萬卷，人生須是惜分陰。這是《尚書》。《堯典》説道：『虞舜父頑母嚚象傲，克諧以孝。』他父母恁般相待，猶是克諧以孝。我父母虧了我什麽，倒不能奉養？看什麽《尚書》！這是《春秋》。《春秋》中潁考叔曰：『小人有母，未嘗君之羹，請以遺之。』咳！想古人有一口羹湯喫，兀自尋思父母，我如今享此厚禄，如何倒把父母撇了？枉看這書，濟得甚事？看書中那一句不説着『孝義』兩字？當初爹娘教我讀書，指望學些孝義，誰知反被這書來誤了！

【解三醒】（凡字調）嘆雙親把兒指望，教兒讀古聖文章。似我會讀書的，倒把親撇漾。少甚麽不識字的，倒得終養！書，只爲其中自有黄金屋，反教我撇却椿庭萱草堂。還思想，畢竟是文章誤我，我誤爹娘。

【前腔】比似我做負義虧心臺館客，倒不如守義終身田舍郎。《白頭吟》記得不曾忘，緑鬢婦何故在他方？書，只爲其中有女顔如玉，倒教我撇却糟糠妻下堂。還思想，畢竟是文章誤我，我誤妻房。

指望看書消遣，誰知反添愁悶，且向四壁古畫觀玩一番，散悶則個。這是《清溪垂釣》，畫得好。吓！這幅畫像，我前日在彌陀寺中燒香，拾得那道姑的行頭，院子不知，也將來掛在此間。但不知什麽故事在上，待我看來。（嗽介）吓！

【太師引】細端詳，這是誰筆仗？覷着他，教我心兒好感傷。吼，好似我雙親模樣。且住！若是我的爹娘呵。怎穿着破損衣裳？況前日曾有書來。道別後容顏無恙，怎這般淒涼形狀？我這裏要寄封音書回去，尚且不能夠。想他他那裏呵，有誰來往，直將到洛陽？吖，是了。須知是聖人陽虎一般龐。

吖，我理會得了。

【前腔】這是街坊誰劣像，砌莊家形衰貌黃。我那爹娘，若没個媳婦來相傍，少不得也是這般淒涼。敢是神圖佛像？吓！我正看到其間，吼，猛可的小鹿兒在心頭撞。丹青匠，由他主張，須知是毛延壽誤王嬙。

（末嗽上）苔痕上階緑，草色入簾青。老爺請茶。（小生）這幅畫像是你掛的麼？（末）是老奴掛的。（小生）收過了。（末）是。（小生）後面有表題？（末）有表題。（小生）取來。（末）是。（小生）迴避。（末）曉得。（下）（小生）待我看來：『崑山有良璧，鬱鬱璠璵姿。嗟彼一點瑕，掩此連城瑜。人生非孔顏，名節鮮不虧。拙哉西河守，何不如皋魚？宋弘既以義，王允何其愚？(一) 風木有餘恨，連理無旁

(一) 王允：原作『黄允』，據文義改。下同改。

枝。寄語青雲客，愼勿乖天彝。』吓！這詩一句好，一句歹，明明嘲着下官，不知何人題的？待我問夫人，便知端的。吓！夫人那裏？

【夜游湖】（旦上）猶恐他心思未到，教他題詩句，暗裏相嘲。翰墨關心，丹青入眼，勝如把言語相告。

（小生）夫人。（旦）相公。（小生）請坐。（旦）有坐。（小生）誰人到我書館中來？（旦）相公的書館，誰人敢來？（小生）説也好笑，下官前日在彌陀寺中燒香，拾得一幅畫像。院子不知，將來掛在此間。不知何人在背後題詩一首，一句好，一句歹，明明嘲笑下官。想夫人必知端的，爲此動問。（旦）敢是當年畫工寫的？（小生）墨跡尚鮮，怎説當年畫工寫的？夫人請看。（旦）待我看來：崑山有良璧，鬱鬱璠璵姿。嗟彼一點瑕，掩此連城瑜。相公，這詩奴家不解，請相公解釋。（小生）夫人不解，待下官解説與夫人聽。（旦）請教。（小生）崑山是個地名，産得好美玉。顔色瑩潤，價值連城，若有些兒瑕玷掩了顔色，便不貴重了。（貼）人生非孔顔，名節鮮不虧。（小生）孔子、顔子是大聖大賢，德行渾全。大凡人非聖賢，能忠不能孝，能孝不能忠，所以名節多至欠缺。（旦）拙哉西河守，何不如皋魚？（小生）西河守姓吴名起，是戰國時人，魏文侯拜他爲西河郡守，他母死不奔喪。（旦）皋魚呢？（小生）皋魚呢，亦春秋之人，只爲周遊列國，他父母死了。後來歸家，在靈前大哭一場，他就自刎而亡。（旦）宋弘既以義，王允何其愚。（小生）宋弘是光武時人，光武要將妹子湖陽公主招他爲駙馬，宋弘不從，對官裏道：『貧賤之交不可忘，糟糠之妻不下堂。』（旦）王允呢？（小生）王允是桓帝時人，司徒袁隗要把侄女嫁他，他就休了前妻，娶了袁氏。（旦）風木有餘恨，連理無旁枝。（小生）孔子聽得皋魚啼哭，問其故。皋魚答曰：『樹欲静而風不寧，子欲養而親不逮。』西晉時東宫門首有槐樹兩株，連理而生，旁無小枝。（旦）後面這兩句呢？（小生）後面這兩句，不過傳言那些做官的，切莫違反了天倫。（旦）那不奔喪的和那自刎的，那個是孝道？（小生）自刎的是孝道。（旦）棄妻的和那不棄妻的，那個是正道？（小生）不棄妻的是正道，那棄妻的是亂道了。（旦）相公，你待學那個？（小生）吓！夫人，我的父母存亡未卜，我決不學那不奔喪的。（旦）相公，似你這般腰金衣紫，假如有糟糠之婦，醜貌襤褸之妻到來，可不玷辱了你？也只索休了吓。（小生）夫人，你説那裏話來？縱然他醜貌襤褸，終是我的妻房，自古義不可絶。（旦）只怕事到其間，自然不認了。（小生）嗳！夫人。

【鏵鍬兒】你説得好笑，可見你的心兒窄小。没來由漾却苦李，再尋甜桃？古人云：棄妻有七出之條。（旦）那七出？（小生）他不嫉不淫與不盗，終無去條。那棄妻的，衆所誚，那不棄妻的，人所褒。縱然他醜貌，怎肯相休罷了？

【前腔】（旦）伊家富豪，那更青春年少。看你紫袍掛體，金帶垂腰，你妻子，應須有封號。金花紫誥，必俊俏，須媚嬌。若還他醜貌，怎不相休棄了？

【前腔】（小生）嗳！你言顛語倒，惱得我心兒焦燥。把咱奚落，特兀自裝喬。引得我淚痕交，撲簌簌這遭。那題詩人呵，他把我嘲，難恕饒。你不説與我知道，怎肯干休罷了？

【前腔】（旦）呀！心中忖料，諒不是薄情分曉。(一)相公，管教你夫婦會合，在今朝。伊家枉然焦，只怕你哭聲漸高。你道题诗人是誰？是伊大嫂，身姓趙。若說與你知道，怎肯干休罷了？

（小生）不信有這等事？快請他出來。（旦）是。吓！姐姐有請！（小生介）難道五娘子在此？（正旦上唱）

【竹馬兒賺】聽得鬧吵，想是兒夫看詩囉唣。（旦介）姐姐快來。（正旦連）是誰忽叫？夫人召，必有分曉。（旦）相公。（小生介）夫人。（旦）是他題詩句，（小生、旦、正旦見介）（同）吓！（旦）你還認得否？（小生介）他從那裏來？（旦連）他從陳留郡，爲你來尋討。（小生）吖，你莫非趙氏五娘子麼？（正旦）奴家正是。（小生）妻子在那裏？（正旦）相公在那裏？（小生）阿呀！（正旦、旦）阿呀！（小生）阿呀！（正旦、旦）阿呀！（同）阿呀！阿呀！（圓場）（小生）阿呀！妻吓！你怎生穿着破襖，衣衫盡是素縞？吖！莫不是我雙親不保？

【前腔】（正旦）阿呀！難說難道。（小生介）有甚難道？（正旦連）從別後，遭水旱，兩三人只道同做餓殍。（小生介）張大公如何？（正旦連）只有張公可憐，（小生介）我爹娘呢？（正旦連）嘆雙

(一) 諒：原作『量』，據汲古閣刊本《繡刻琵琶記定本》改。

親別無倚靠。兩口顛連相繼，(小生介)噯！(正旦連)阿呀！死，(小生介)阿呀！我爹娘死了！(旦介)阿呀！阿呀！(正旦)是我剪頭髮賣錢來送伊妣考。(小生介)安葬未曾？(正旦連)把孤墳自造，(小生介)土泥呢？(正旦連)土泥盡是我把麻裙裹包。(小生)呀！我聽你言道，阿呀！怎不教人痛傷噎倒？

(圓場)咊！(正旦、旦)相公醒來！相公甦醒！(小生)阿呀爹娘吓！(帽子)(正旦、旦)哪，這就是你爹娘的真容。(小生)吖，這、這、這就是我爹娘的真容？(正旦、旦)正是。(小生)阿呀！(正旦、旦)阿呀！(小生)阿呀！(正旦、旦)阿呀！(同)(圓場)阿呀！阿呀！(小生)阿呀！爹娘吓！

【山桃紅】(唱)蔡、蔡、蔡邕不孝，(帽子)(同哭)把父母相抛。早知道形衰耄，怎留漢朝？爲我、你受煩惱，爲我、你受劬勞。(小生)葬我爹，葬我娘，你的恩難報也。(同)又道是養子能待老。這苦知多少，此恨怎消？天降災殃人怎逃？

【前腔】(小生)脱却官帽，解下藍袍，(正旦、旦)相公，急上辭官表，(小生)吠。(旦、正旦連)共行孝道。(小生)吠。(旦、正旦連)豈敢憚煩惱？豈敢憚劬勞？(同)拜我、你爹，拜我、你娘，親把墳塋掃也，使地下亡靈添榮耀。(合前)

【尾聲】阿呀！幾年分別無音耗，千山萬水迢遥。(小生、正旦)阿呀！爹娘(公婆)吓！(同)只爲三不從，生出阿呀這禍苗。

（圓場）（小生）吓！　爹爹！（正旦、旦）公公！（小生）親、親、親娘！（正旦、旦）婆婆！（小生）咏！（旦、正旦）阿呀！（小生）哪！（旦、正旦）阿呀！（小生）阿呀！（旦、正旦）阿呀！（同）阿呀！　爹娘、公婆吓！（圓場）（下）

掃松

（生上）（小工調）

【虞美人】青山今古何時了？　斷送人多少。孤墳誰與掃荒苔？　鄰塚陰風吹送紙錢來。

老漢張廣才，曾受趙五娘之托，看守他公婆的墳墓。這幾日不曾去看得，今日閒暇，不免前去走遭。正是：　冥冥長夜不知曉，寂寂空山幾度秋。泉下長眠人未醒，悲風蕭瑟起松楸。呀！

【步步嬌】只見黄葉飄飄把墳頭覆，呢！　呢！　呢！　哈哈！　哈哈！　厮趕皆狐兔。吓！　吓！　吓！　不知那個不積善的，把這些樹木多砍去了。如不然呵，爲甚松楸漸漸疏？　阿呀！　什麼東西把我絆上這一交？　有了年紀，踏步不知低高，待我撑起來看。吖！　原來是苔把磚封，笋迸泥路。吓！　老哥、老嫂，小弟奉揖了。自古未歸三尺土，難保百年身。你如今已歸三尺土吖，只怕你難保百年墳。小弟在一日，與你看管一日。倘我死後呵，有誰來添上三尺土？

（丑上介）趲路吓！

【前腔】（接唱）渡水登山多辛苦，來到這荒村塢。咦！遥觀一老夫，試問他家，住在何所？趲步向前行，原來一所荒墳墓。

來此已是三岔路口，陳留郡不知往那條路走？（生嗽介）（丑）那邊有位老公公在那裏掃松，待我上前去問一聲。噲！老公公。（生）吓！（丑）老公公。（生）吓！哈哈哈！原來是位小哥。（丑）請了，請了。（生）請了。小哥是做什麼的？（丑）小子是問路。（生）問到那裏去？（丑）小子要問陳留郡去，不知往那條路走？（生）這裏就是陳留郡了。（丑）這裏就是陳留郡了？（生）正是。（丑）呵呀呀！謝天地，也有到的日子。老公公，再問一聲。（生）又問什麼？（丑）這裏有個蔡家府在那裏？（生）小哥，這裏只有蔡家莊，没有什麼蔡家府。（丑）老公公有所不知，俺家爺在京做了大大的官，就是莊也該稱做府的了。（生）是吓，你家老爺做了大大的官，就是莊也該稱做府了。（丑）也該稱做府了。（生）但不知你家老爺叫何名字？你説得明，我指引得明。（丑）俺家爺的名字誰敢叫？（生）爲何？（丑）前日京中有個人叫了俺家爺的名字，拿去，嘿嘿，殺了；又問了他三年徒罪。（生）一個人死了就罷了，又問什麼罪？（丑）老公公，俺家爺死也不饒人的。哈哈哈！（生）小哥，那京中呢人烟輳集，或者叫不得，哪哪哪，這裏荒僻去處，無人來往，但叫何妨？（丑）吖，叫得的？（生）叫得的。（丑）如此附耳過來。（生）是。（丑）俺家爺叫蔡伯喈。（生）吓！（丑）是耳背的？俺家爺叫蔡伯喈。（生）噯！

【風入松】不須提起蔡伯喈，（丑介）咦！ 爲什麼嚷起來？ （生連）阿呀！ 説着他們咊！ 忒歹！

（丑介）俺家爺有甚歹處？ （生連）他去做官有六七載，（丑介）不錯，有六七載了。（生連）撇父母拋妻不睬。（丑介）他父母在那裏？ （生連）兀的這磚頭土堆，小哥吓！ 是他雙親喪葬在此中埋。

（丑）吖！ 原來他兩個老人家都死了。 但不知什麼病死的？ （生）小哥吓！

【前腔】他一從別後遇荒災，（丑介）遇了荒年，依靠何人？ （生連）更無人倚賴。 虧他媳婦相看待，把衣服釵梳都解。（丑）把釵梳解當，也有盡期的。（生）是吓！ 他把釵梳解當，買米做飯與公婆喫。 小哥，你道他自己喫什麼？ （丑）自然喫飯，喫什麼？ （生）咳！ 那有飯喫吖？ 他背地裏把糟糠自捱，公婆的反疑猜。

（丑）敢是疑他背地裏喫什麼好東西？ 以後便怎麼？ （生）以後呵，

【急三槍】他公婆的親看見，雙雙死，無錢送，只得剪頭髮賣了去買棺材。

（丑）老公公，講了半天的話，這一句就撒謊了。 那頭髮能值多錢？ 又要買棺材，如何造所大墳墓來？

（生）小哥，你有所不知。

【前腔】他去空山裏，把裙包土，血流指，感得神明助，與他築墳臺。

（丑）孝感動了天，神明也來扶助。（生）是吓！ （丑）如今小夫人在那裏？ （生）你要問小夫人麼？

（丑）待我去見見他。（生）吖哈哪！

【風入松】他如今已往帝都來，（丑）那裏來的盤川？（生）咳！說也可憐。肩背着琵琶做乞丐。（丑）做乞丐？可憐！老公公，俺家爺差我來接取太老爺、太奶奶和小夫人到京，如今死的死了，小夫人又往京中去了，教我如何回覆俺家爺？（生）是吓！你也是一場苦差。（丑）苦得了不得！（生）也罷，你對這所墳墓跪着；我叫，你也叫。（丑）老公公叫，我也叫？（生）正是。吓！老哥。（丑）吓！老哥。（生）吓！吓！吓！你該稱太老爺纔是。（丑）不錯不錯，我要稱太老爺。再來，再來。（生）老嫂。（丑）這個太奶奶如何？（生）好。你兒子在京做了大大的官。（丑）做了大大的官。（生）今差這個，（丑）今差這個，（生）你叫什麼名字？（丑）你叫什麼名字？（生）我來問你吓！（丑）老公公問我？我叫李旺，表字興生。（生）誰來問你的表？（丑）也要表他娘一表。（生）今差李旺前來，接你二人到京。（丑）接你二位到京。（生）享榮華。（丑）享受榮華。（生）受富貴。（丑）受富貴。（生）你去也不去？（丑）你去也不去？（生）你去也不去？呀呀呀啞！叫他不應魂何在？空教人珠淚盈腮。小哥，他家老爺生不能養，死不能葬，葬不能祭。咻！三不孝逆天罪大，空設醮，枉修齋。小哥，來。

【急三槍】你如今疾忙去到京階，說老漢道你蔡伯喈喲。

【前腔】拜別人做爹娘好美哉，親爹娘死，不值得拜一拜。

（丑）老公公，不要錯怪了人。俺家爺在京，辭婚，牛太師不允，也是出於無奈。（生）吖！

【風入松】原來也是出無奈，（丑）出於無奈。（生）小哥，我和你今日在此相會，好一似鬼使神差。（丑）不錯，鬼使神差。（生）小哥，你家老爺當初原是不肯去赴選的。（丑）不知那一個狗囊養的叫他去？（生）不要罵，是老漢再三攛掇他去的。（丑介）就是老公公？得罪！得罪！（生）三不從把他斷禁害，三不孝亦非其罪。（丑）老公公，這是他爹娘福薄運乖，（同）想人生裏都是命安排。

（生）雙親死了兩無依。（丑）待我回去，教俺家爺連夜回來就是了。（生）今日回來也是遲。（丑）夜靜水寒魚不餌，滿船空載月明歸。老公公，小子告辭了。（生）小哥往那裏去？（丑）前面去找個飯鋪子，歇宿一宵，明日趲行。（生）小哥，看天色已晚，就在老漢家中權宿一宵，明日早行如何？（丑）怎好打攪你老人家？（生）好説，隨我來。（丑）老公公請。（生）小哥，隨我來。（丑）老公公請轉。（生）怎麼？（丑）講了半天話，不曾請問老公公尊姓大名。（生）我麼，就是你家老爺的好友，鄰比張大公，張廣才就是老漢。（丑）吖！張大公、張廣才就是你老人家？（生）正是。（丑）阿呀呀！小子有眼不識泰山，待小子這裏叩、叩、叩。（生）阿呀呀！不消。（丑）好吓！俺家爺在京，時刻想念你老人家。（生）怎樣想念？（丑）想念得了不得！他喫飯也是張大公，喝茶也是張大公。那一天在毛廁上登東，我拿粗紙去，只見他脹紅了臉，説：阿呀！我那張洞恭！哈哈哈！（生）哈哈！休得取笑。（丑）這叫做背後思君子。（生）方知是好人。（丑）老公公府上在那裏？（生）就在前面。（丑）老公公請。（生）小哥，這裏來。（嗽介）（丑）老公公請。阿呀呀呀！是個好人吓！（下）

别　丈

（外上）（尺字調）

【風入松慢】女蘿松柏望相依，況景入桑榆。他椿庭萱室齊傾棄，怎不想家山桃李？中雀誤看屏裏，乘龍難駐門楣。

人無遠慮，必有近憂。自家當初不仔細，招了蔡伯喈爲婿，指望養老百年。誰知他父母俱亡，他媳婦竟來尋取，我女兒也要與他同去，不知果否？院子。（末）有。（外）聞得蔡狀元妻子來此，要與我家小姐同去，此事果否？（末）老奴不知，問管家婆便知明白。（外）快唤過來。（末）是。吓！老媽媽。（老旦内）怎麽？（末）相爺唤。（老旦上）來了。

【光光乍】女婿要同歸，岳丈意何如？忽叫老身緣何的？想必與他作區處。

相爺在上，老婢叩頭。（外）起來。（老旦應）（外）聞得蔡狀元父母俱亡，此事准否？（老）果有此事。小姐和狀元要一同回去。（外）小姐去做什麽？（老旦）一同去帶孝守喪。（外）我的女兒怎與别人戴孝麽？（老旦）相爺請息怒，容老婢告禀。

【女冠子】媳婦侍舅姑合體例，怎不教女孩兒同去？當初是相公相留住，今日裏怨着誰？事須近理，怎挾威勢？休道朝中太師威如火，那更路上行人口似碑。（合）想起此事，費人區處。

【前腔】（末）相公只慮多嬌女，怕跋涉萬山千水。女生外向從來語，況既已做人妻。夫唱婦隨，不須疑慮。這是藍田種玉結親誤，今日裏到海沉船補漏遲。（合前）

【前腔】（外）當初是我不仔細，誰知道事成差池？念深閨幼女多嬌媚，怎跋涉萬餘里？我嫡親更有誰，怎忍分離？不教愛女擔煩惱，也被旁人講是非。（合前）

【五供養】（小生、正旦、上同唱）終朝垂淚，爲雙親使我心疼。墳塋須共守，只得離神京。商量個計策，猶恐你爹心不肯。（旦）若是爹不肯，只索向君王請命。

（小生、旦）吓！岳丈、爹爹。（外）賢婿，聞得你父母雙亡，媳婦來此，此事可真？（小生）小婿正要禀知岳丈。過來見了。（正旦）是，公相。（外）這就是五娘子？（旦）正是。（外）賢哉吓賢哉！（旦）孩兒有一事禀知爹爹。（外）起來説。（旦）是。孟子云：娶妻所以養親，事奉舅姑者也。孔子云：生，事之以禮，死葬之以禮。今姐姐爲蔡氏婦，生能竭奉養之力，死能備棺槨之禮，葬能盡封樹之勞。孩兒亦蔡氏婦，生不能供甘旨，死不能盡擗踴，葬不能侍窀穸。以此思之，何以爲人？誠得罪於姑舅，實有愧於姐姐。今特請命下在爹爹之前，願居姐姐之右。（外）我兒言得極是。（正旦）夫人，不是這等説。公相在上，賤妾有言禀告。（外）請。（正旦）妾聞人之貴賤，不可概論。夫人是香閨繡閣之明珠，奴家是裙布釵荆之貧婦；況承君命成婚，難讓妾身居左；這正位還該是夫人。（旦）還該是姐姐。（外）

五娘子，你既無父母，又喪公婆，亦我女兒一般。況你先歸於蔡氏，年紀又長於我女兒，此實理當，不必推辭。（小生）你二人姐妹相稱便了。（正旦）多謝了，公相。夫人，有占了。（旦）好説。（外）賢婿，你今父母雙亡，我也難留你；只是我捨你不得。（小生）岳丈，小生領二妻同歸故里，共盡孝道；待等服滿之後，再來事奉尊顔，不必掛念。（外、旦）吓！阿呀！兒、爹爹，（圓場）吓！（外）親兒，你如今去拜舅姑的墳墓，竟不念做爹爹的了？（哭介）（旦）阿呀！爹爹吓！孩兒此去，不過三年之期；待等服滿之後，再來侍奉，爹爹不必掛念。（外）阿呀！兒吓！莫説三年，爲父的一刻也捨你不得！（旦）孩兒也出於無奈嗟。（外）嗳！没相干，終是女生外向，女生外向！（圓場）（哭介）（小生）岳丈請上，小婿就此拜别。（外）阿呀！不要拜了！

【催拍】（小生）（小工調）念蔡邕爲雙親命傾，遭不孝逆天罪名。今辭了漢廷，辭了漢廷，感岳丈深恩，怎敢忘情？我欲待不歸，恐負却亡靈。（合）辭别去，同到墳塋；心慽慽，淚盈盈。

【前腔】（正旦）念奴家離鄉背井，望公相教孩兒共行。非獨故里榮，非獨故里榮，我陰世公婆，死也目瞑。看待相承，不必叮嚀。（合前）

【前腔】（旦）覷爹爹顔衰鬢星，痛點點教人淚零。進退不忍，進退不忍，我待不去呵，誤了公婆，被人譏評；我待去後呵，撇了親爹，又没人看承。（合前）

【前腔】（外）辭別去，你的吉凶未憑；再來時，我的存亡未審。吾今已老景，吾今已老景，畢竟你没爹娘，我没親生。賢婿，若念骨肉，一家須早辦回程。（合前）

【一撮棹】（小生）岳丈寬心等，何須苦掛縈？（外）賢婿，把音書寫，頻頻寄郵亭。（旦）媽媽，爹年老，伊家好看承。（老旦）但願程途裏，各要保安寧。（同）死別全無准，生離又難定。今去也，何日返神京？

【哭相思】（尾）最苦生離難抛捨，未知何日再會也？（圓場，慢）（旦）爹爹。（小生）那裏去了。（旦）爹爹。（小生）吓！夫人。（旦）呸。（小生）來。（旦）爹爹。（小生）阿呀！來嘘。（旦哭同下）（外）賢婿，我兒。阿呀兒吓！（圓場）婿女今朝遠别離，老年孤苦有誰知？夫唱婦隨同歸去，一處思量一處悲。賢婿在那裏？我兒在那裏？阿呀！兒吓！（圓場）（下）

李回

（丑上）

【柳穿魚】心忙似箭走如飛，歷盡艱辛有誰知？夜静水寒魚不餌，滿船空載月明歸。歸來後，到庭除内，聽説狀元已回去。

自家李旺，奉相爺差往陳留郡，迎取蔡狀元的老員外、老安人和小娘子來京同住。不想他兩位老人家都已死了，那小娘子又先往京中來了。張大公教我在路上尋覓他，却又尋不着，空自走了這一遭。今日回來，待要稟復狀元，聞説狀元已回去了。我今且稟老相公，再作道理。（外内嗽介）呀！老相公出來了。

【玩仙燈】（外上引）堂上有人聲，是誰來喧嘩鬧吵？

（丑）李旺叩頭。（外）你回來了？（丑應）（外）你可知道我家小姐和蔡相公都回家去了？（丑）蔡相公的小娘子可曾到來？（外）來的。我且問你：蔡相公的父母死了，那小娘子又到京中來了。你到彼，可曾遇見什麼人？（丑）老相公聽稟。

【風帖兒】（唱）（小工調）我到得陳留，逢一故老，在他爹娘墳上拜掃。道他爹娘呵，果然饑荒都死了。他媳婦也來到，枉教人走這遭。

【前腔】（外接）我如今去朝廷上表，上表蔡氏一門孝道。管取吾皇降丹詔，旌節孝，把他召。我自去陳留走一遭。

（丑）老相公，那趙氏小娘子其實難得！（外）便是。一來蔡狀元不忘其親，二來五娘子孝於舅姑，三來我家小姐又能成人之美；一門孝義如此，其實難得，理合表奏朝廷，請行旌獎。（丑）老相公説得極是。（外）五更三點奏朝廷，（丑）世上難求這樣人。（外）管取一封天子詔，（同）表揚千古孝賢名。

餘恨

（小生、旦、侍從同上）（小生唱引）（凡字調）

【梅花引】傷心滿目故人疏，看那墟，盡荒蕪。（正旦）惟有青山，伴着個墳墓。（合）痛哭無聲長夜曉，問泉下有人還聽得無？

〔玉樓春〕他鄉萬點思親淚，不能滴向家山裏。（正）如今有淚滴家山，欲見雙親渾無計。（旦）荒墳衰草連寒烟，蒼苔黄葉飛蘋蘩。（一）（小生）欲聽鷄聲來問寢，忽驚蟻夢先歸泉。（正旦）人生自古誰無死，嗟君此恨憑誰語。（旦）可憐衰絰拜墳塋，不作衣錦歸故里。（小生）夫人，此處便是爹娘墳塋，我和你先拜了雙親，然後再去拜謝張大公。（二旦）正該如此。

【玉雁子】（小生唱）（拜介）孩兒相誤，爲功名誤了父母。都是孩兒不得歸鄉故。爹媽呵，你怎便先歸黄土？乾坤豈容不孝子，名虧行缺不如死。只愁我死缺祭祀。（合頭）對真容形衰貌枯，想神靈悲咽痛苦。

（一）蒼：原作『芥』，據汲古閣刊本《繡刻琵琶記定本》改。

【前腔】（正旦）百拜公婆，望矜憐恕責我夫。你孩兒贅居牛相府，日夜要歸難離步。你這新媳婦，堅心雅意勸親父，同歸故里守孝服，今日雙雙來廬墓。（合前）

【前腔】（旦）不孝媳婦，當初爲我誤了丈夫。喫人談笑生何補？(一) 我、我待死呵，又羞見我公婆。公婆吓！我生前不能相奉侍，如何事你向黄泉路？只是我死呵，家中老父誰看顧？（合前）

（生内嗽介）（小生）呀！説話之間，只見朔風四起，瑞雪横空，天氣甚是寒冷。遠遠望見大公來了，左右，你們迴避者。（衆下）（小生）我們在此静坐一回。（二旦應）

【前腔】（生上唱）樓臺銀鋪，遍青山渾如畫圖。老漢張廣才，聞説蔡狀元在墳守墓，不免前去一看。（唱）想是天助孝子之哀，乾坤見他衣縗素。霎時起了朔風，想是要下雪了。（唱）故添朔風帶飛舞，那更大雪真悽楚。

吓！狀元。（小生）呀！果然是大公來了。我等拜揖。（生）不消。（小生）卑人父母生死，皆蒙大公周濟，銜環結草，難報大恩。正擬拜了雙親墳墓，要到府上拜謝，何勞大公先降？（生）好説。狀元，你高掇科名，腰金衣紫，可惜令尊令堂相繼謝世，不得盡你的孝心。正是：樹欲静而風不寧，子欲養而

(一) 生何補：原闕，據汲古閣刊本《繡刻琵琶記定本》補。

親不在。這也是他命該如此，不必説了。今日榮歸故里，光耀祖宗。雖是他生前不及享你的禄養，死後亦得沾你的恩榮，也不枉了他一片望子之心。老漢苟延殘喘，又得相見。僥倖！吓！吓！吓！僥倖！狀元，你今在此盧墓，老漢合當陪伴，但有牛氏夫人在這裏，不當穩便。暫且告别，明日再來相看。（小生）多謝大公。即日當造府叩謝。（生）不消。（同唱）（合前）（小生）多謝深恩不敢忘，追思父母好心傷。（生）親墳萁帚添榮耀，不負詩書教子方。（下）

旌奬

（小生上）（凡字調）

【逍遥樂】寂寞誰憐我？空對孤墳珠淚墮。（正旦、旦）光陰彈指過三春。（合）幽途渺渺，滯魄沉沉，誰與招魂？

（小生）夫人，我和你們盧墓守孝，彈指之間，不覺已過三年。光陰易過，音容日杳，好傷感人也。（正旦、旦）相公，正是服喪有終日，思親無盡時。（生内嗽介）（小生）呀！那邊來的好似大公。（生上）一封丹詔從天下，忽聽傳聞動郊野。説道旌表一門閭，未卜此爲何人也？（小生）吓！大公。（生）狀元，外面喧傳有天子恩詔到來，旌表孝義，都應是爲足下而來。（小生）卑人空懷罔極之思，徒抱終天之恨，方愧子道有虧，更何孝行可表？（生）説那裏話？老漢當初也只道你貪名逐利，撇了父母妻室，不肯還家，到如今纔得個分曉。自古道：孝弟之至，通於神明。今見你墳頭枯木生連理之枝，白兔有馴擾之性。祥瑞如此，吉慶必然來也。

【六么令】連枝異木新，驚見墳臺白兔如馴。禽獸草木尚懷仁，這一封丹詔必因君。料天也會相憐憫，料天也會相憐憫。

【前腔】（小生）皇恩若念臣，我也不圖禄及吾身。只愁恩不到雙親，空辜負，這孤墳。（合前）

【前腔】（正旦）知他假與真？謝得公公，報説殷勤。向日呵，空教你爲我受艱辛；今日呵，有誰旌表你門庭？（合前）

【前腔】（旦）來使是何人？閟中無由詢問一聲。夫人，你要詢問什麼？（旦）相公吓！無由詢問我家君，知他安與否，死和存？（合前）

【前腔】（二軍引丑上）敕書已來近，看街市之上人亂紛紛。俺們只得忙前奔，備香案，接皇恩。（合前）

（進見介）（小生）你們是何處官員？因何到此？（丑）小官乃本縣知縣，特來報知狀元，今日天朝牛丞相自賫恩詔到此，旌表狀元一門孝義，加官進職，起服到京。下官爲此先來鋪設香案，伺候詔書到來，請狀元換了吉服迎接。（小生）卑人服制初满，未忍便更吉服。（丑）先王制禮，不肖者跂而及，賢者俯而就。今狀元服制既終，禮宜去凶即吉。況天朝恩典，不可有違。（生）大人説得是。狀元，還該抑情就禮。（小生）既如此，卑人只得從命了。孝服承教換吉服，（正旦、旦）門閭旌表感吾皇。（生）不是

一番寒徹骨，怎得梅花撲鼻香？（同下）（侍從引外上）

【前腔】風霜已滿鬢，玉勒雕鞍，走遍紅塵。今日到此喜欣欣，重相見，解愁悶。（合前）

（丑接住）本縣知縣在此恭候，這裏就是蔡狀元廬墓之所，請丞相駐馬。（外）快報狀元來接詔。（丑）請狀元接詔。

【前腔】（小生、旦、正旦同上）心慌步又緊，聽説皇朝恩詔已到寒門。披袍秉笏更垂紳，冠和帔，一番新。（合前）

（外）聖旨到，跪！（各）萬歲！（外）皇帝詔曰：朕惟風俗爲教化之基，孝弟爲風俗之本。去聖逾遠，淳風日漓。彝倫攸斁，朕甚憫焉。其有克盡孝義，敦尚風化者，可不獎勸，以勉四方？議郎蔡邕，篤於行孝。富貴不足以解憂，甘旨常關於想念。雖違素志，竟遂佳名。委職居喪，厥聲尤著。其妻趙氏，獨奉舅姑。服勞盡瘁，克終養生送死之情，允備貞潔韋柔之德。糟糠之婦，今始見之。牛氏善諫其父，克相其夫。罔懷嫉妬之心，實有遜讓之美。曰孝曰義，可謂兼全。斯三人者，朕所嘉尚。四海億兆，皆當奉爲儀刑斯人。是用褒賜，以彰孝義。蔡邕授中郎將，妻趙氏封陳留郡夫人，牛氏封河南郡夫人，限日赴京；父蔡從簡贈十六勳，母秦氏贈天水郡夫人。於戲！風木之情何深，允爲教化之表；霜露之思既極，宜沾雨露之恩。服此休嘉，慰汝悼念。欽哉，謝恩！（同）萬萬歲！（外）老夫也對墳墓一拜。（小生）不敢。（各拜介）（拜完，各見介）（小生）荷蒙保奏，何以克當？（旦）自别尊顔，且喜無恙。（外）賢婿、五娘子和我女孩兒，且喜各保安康，再得相見。此位是誰？（生）老漢是蔡相公鄰居張廣才。(小生)愚婿父母生死,都得他周濟,真乃有德長者。(外)原來就是張大公,俺在朝中也聞他仗義高名。賢婿,你今起服到京,未及展報深恩。我有黄金一笏送與張公,聊表報答之意。(小生)大公,請收了。(生)救災卹鄰,古之常理;況你二親身死,我實有愧心,何敢受令岳丈之賜?(小生)大公且請收下,卑人尚當申奏朝廷,更圖薄報。(生)説那裏話?此金斷不敢受。(外)賢婿,張公乃高義之人,不可相强。老夫回京,當奏請朝廷降詔褒封,以酬大恩便了。

【一封書】我恭奉聖旨,跋涉程途千萬里。吾皇親賢意甚美,我因探孩兒並女婿。賢婿,你夫婦呵,數載辛勤雖自苦,今日裏,身受皇恩人怎比?(同)耀門閭,進官職,孝義名傳天下知。

【前腔】(小生)兒不孝,有甚德,蒙岳丈特主維。何如免喪親?又何須名顯貴?可惜二親饑寒死,博得孩兒名利歸。(合前)

【前腔】(正旦)把真容重畫取,公婆呵,喜如今封贈伊。待把你眉頭展舒,還愁瘦容難做肥。今日呵,豈獨奴家知感德,料你也啣恩泉世裏。(合前)

【前腔】(旦)從别後倍哀慼,況家中音信稀。爲公姑多怨憶,爲爹行又常淚垂。今見公婆庶無愧色,又喜得與爹行相依倚。(合前)

【永團圓】名傳四海人怎比?豈獨是耀門閭?人生怕不全孝義,聖明世,豈相棄。這隆恩美譽,從教管領何所愧,萬古青編記。如今便去,相隨到京畿。拜謝君恩了,歸庭宇一家賀喜。共設華筵會，四景常歡聚。

【尾聲】顯文明，開盛治，共説孝男並義女。願玉燭調和，聖主垂衣。

（小生）自居墓室已三年，（外）今日丹書下九天。（正旦、旦）莫道名高並爵貴，（同）須知子孝與妻賢。

（下）

附録一　散齣選本輯録

目録

吴歈萃雅……四七五二

南音三籟……四九二五

樂府遏雲編……四九六七

詞林逸響……四九七四

樂府名詞……五一三七

遏雲閣曲譜……五四二四

崑曲大全

風月錦囊

全名《新刊耀目冠場擢奇風月錦囊正雜兩科全集》，又稱《全家錦囊》，戲曲與散曲選集，明汝水徐文昭編集，詹氏進賢堂刊行。現存嘉靖癸丑（1553）重刊本。全書分正編、續編、時興曲三個部分，其中在續編中收録《琵琶記》一卷，題作《新刊摘匯奇妙戲式全家錦囊伯皆》，爲《琵琶記》的删節本，相當於汲古閣本的《副末開場》《高堂稱壽》《牛氏規奴》《蔡公逼試》《南浦囑别》《丞相教女》《才俊登程》《臨粧感歎》《蔡母嗟兒》《官媒議婚》《金閨愁配》《丹陛陳情》《義倉賑濟》《再報佳期》《强就鸞凰》《勉食姑嫜》《糟糠自厭》《琴訴荷池》《代嘗湯藥》《宦邸有思》《祝髮買葬》《拐兒紿誤》《感格墳成》《中秋望月》《乞丐尋夫》《瞯詢衷情》《幾言諫父》《聽女迎親》《寺中遺像》《兩賢相遘》《孝婦題真》《書館悲逢》《張公遇使》《一門旌獎》等三十四齣，輯録如下。

敷演關目(一)

【水調歌頭】(二)秋燈明翠幕，夜案覽芸編。(三)今來古往，其間故事幾多般。少甚佳人才子，也有神仙幽怪，瑣碎不堪觀。正是：不關風化體，縱好也徒然。論傳奇，樂人易，動人難。知音君子，這般另做眼兒看。休論插科打扮，也不尋宫商數調，只看子孝共妻賢。正是：驊騮方獨步，萬馬敢争先。

極富極貴牛丞相，施仁施義張廣才。
有貞有烈趙真女，(四)全忠全孝蔡伯皆。

華筵慶壽

【瑞鶴仙引】(生)十載青燈火，論高才絶學，休誇班馬。風雲太平日，正驊騮欲騁，魚龍將

(一) 原不分齣。今據汲古閣刊本分齣，齣名除『聽女迎親』外，均據插圖中文字整理而成。
(二) 頭：原闕，據汲古閣刊本《繡刻琵琶記定本》補。
(三) 芸：原作『雲』，據汲古閣刊本《繡刻琵琶記定本》改。
(四) 烈：原作『列』，據汲古閣刊本《繡刻琵琶記定本》改。下同改。

化。沉吟一和，咳！[一] 怎離他雙親膝下？且盡心甘旨，功名富貴，賦之天也。

【寶鼎兒引】（外）小門深巷裏居，到芳草，人閒清晝。（淨）人老去星星非故，春又來年年依舊。（旦）最喜得今朝新酒熟，滿目花開似繡。（合）願歲歲年年人在，花下常斟春酒。

（淨）孩兒，請爹媽出來則甚麽？（生）告爹媽：人生百歲，光陰幾何？幸乃爹媽年滿八旬，孩兒一則以喜，一則以懼。當此春光，以介眉壽，[二] 如此將壽。爲此，孩兒一杯淡酒，與雙親慶壽。將酒過來。

【錦堂月】（生）簾幕風柔，庭幃晝永，朝來峭寒輕透。人在高堂，一喜又還一憂。惟願取百歲椿萱，長似他三春花柳。（合）酌春酒，看取花下高歌，共祝眉壽。

【前腔換頭】（旦）輻輳，獲配鸞儔。深慚燕爾，持杯自覺嬌羞。怕難主蘋蘩，不堪侍奉箕箒。惟願取偕老夫妻，[三] 長侍奉暮年姑舅。（合前）

【前腔換頭】（外）還愁，白髮蒙頭，紅英滿眼，心驚去年時候。只恐時光，催人去也難留。惟願取黄卷青燈，及早換金章紫綬。（合前）

【前腔換頭】（淨）還憂，松竹門幽，桑榆暮景，明年知他健否？怕蘭玉蕭條，一朶桂花難茂。

[一] 咳：原作『垓』，據汲古閣刊本《繡刻琵琶記定本》改。

[二] 介：原作『屆』，據汲古閣刊本《繡刻琵琶記定本》改。

[三] 偕：原作『諧』，據汲古閣刊本《繡刻琵琶記定本》改。下同改。

惟願取連理芳年，得早遂孫枝榮秀。（合前）

【醉翁子】（生）回首，看瞬息烏飛兔走。（旦）喜爹媽雙全，謝天相祐。（生）不謬，更清淡安閒，樂事如今更誰有？（合）相慶處，但酌酒高歌，共祝眉壽。

【前腔換頭】（外）卑陋，論做人要光前耀後。勸我兒青雲萬里，早當馳驟。（生）聽剖，真樂在田園，何必當今公與侯？（合前）

牛氏誡妾

【祝英臺】把幾分春三月景，分付與東流。（丑）鳥啼花落，你煩惱否？（占）啼老杜鵑，飛盡紅英，端不爲春閒愁。（丑）你有閒愁，且去翫賞否？（占）休休，婦人不出閨門，怎去尋花穿柳？（丑）不薦賞，只怕瘦了你。（占）我花貌，誰肯因春消瘦？

【前腔換頭】（丑）春晝，只見燕子雙飛，蝶引隊，鶯語似求友。（占）你是人物，説那蟲兒佐甚麽？（丑）那更柳外畫輪，花底雕鞍，都是少年閒遊。（占）這賤人，你是婦人家，説那少年佐甚麽？（丑）難守，孤房清冷無人，也尋一個佳偶。（占）呀！賤人，你到思量丈夫呵。（丑）這般説，終身休配鸞儔？

【前腔換頭】（占）知否，我爲何不捲珠簾，獨坐愛清幽？（丑）清幽清幽，争奈人愁！（占）千斛悶懷，百種春愁，難上我的眉頭。（丑）只怕你不長恁的。（占）休憂，任他春色年年，我的芳心依舊。（丑）只怕風流年少引着小姐。（占）這文君，可不躭閣了相如琴奏？

【前腔換頭】（丑）今後，方信你徹底澄清，我好没來由。（占）你怎的不收了心呵？（丑）我想像暮雲，分付東風，情到不堪回首。〔一〕（占）你怎不學我？（丑）聽剖，你是蕊宫瓊苑神仙，不比塵凡相誘。（占）恁的，自隨我習些女工便了。（丑）謹隨侍，窗下拈針挑繡。

休聽枝上子規啼，悶請停針不語時。

窗外日光彈指過，席前花影坐間移。

親强應試

【一剪梅】（生）浪煖桃香欲化魚，期逼春闈，詔赴春闈。郡中空有聖賢書，心戀親幃，難捨親幃。

【宜春令】雖然讀萬卷書，論功名非吾意兒。只愁親老，夢魂不到親幃裏。便教我做到九棘三槐，怎撇得萱花椿樹？我這衷腸，一點孝心對誰人語？

〔一〕 情：原作『請』，據汲古閣刊本《繡刻琵琶記定本》改。

【前腔】(外)相鄰并，相依倚，往常間有事來相報知。解元，試期逼矣，早辦行裝前途去。(生)雙親老了，不敢去。(末)子須念親老孤單，親雖望孩兒榮貴。趁此青春不去，更待何日？解元還不肯去，更待老員外和老安人出來，看如何説？也只是勸解元去分曉。道尤未了，兀的是老員外來也。

【前腔】(外)時光短，雪鬓垂，守清貧不圖着甚的。有兒聰惠，但得他爲官吾足矣。(外)孩兒，天子詔招取賢良，秀才每都求科試。你快赴春闈，急急整着行李。

【似娘兒】親年老光陰有幾？行孝正當今日。終不然爲着一領藍袍，却落後了戲彩班衣？思之，此行榮貴雖可擬，怕親老等不得榮貴。(外)孩兒，春闈裏紛紛大才，難道是没爹娘的孩兒方去？

【前腔換頭】(末)解元，休迷，男兒漢凌雲志氣，何必苦恁淹滯？可不乾費了十載青燈，枉捱半世黄虀？須知，此行是親志，休故拒。秀才，你那些個是養親之志？(浄)苦！百年事只有此兒，老賊，難道是庭前森森丹桂？

【太師引】(外)他意兒難提起，這其間就裏我自知。(末)他爲着甚麽？(外)他戀着被窩中恩愛，捨不得離海角天涯。你是讀書人，我説個比方與你。塗山四日離大禹，你直恁的捨不得分離？(末)秀才，你敢定如此麽？你貪戀鴛侶守着親幃，多誤了鵬程鶚薦的消息。

【前腔】（净）张太公，他意裹只要供甘旨，又何曾貪歡戀妻？自古道曾参行孝，何曾去應舉及第？功名富貴天付與，天若與不求雖來至。（生）娘言是，望爹行聽取。爹爹，孩兒若戀媳婦不肯去呵，天須鑒孩兒不孝的情罪。

【三學士】（生）謝得公公意甚美，凡事仗托扶持。假饒一舉登科日，難道是雙親未老時？只恐錦衣歸故里，雙親的不見兒。

【前腔】（外）萱室椿庭衰老矣，指望你换了門閭。你休道無人供奉。你若做□呵，三牲五鼎供朝夕，須勝似啜粥并飲水。你若錦衣歸故里，我便死呵，一靈兒終是喜。

【前腔】（末）託在鄰家相依倚，我專當效些區區。秀才，你爲甚十年窗下無人問？只圖個一舉成名天下知。你若不錦衣歸故里，誰知你讀萬卷書？

【前腔】（净）一旦分離掌上珠，（一）我這老景憑着誰？苦！忍將父母饑寒死，博换得孩兒名利歸。你若還錦衣歸故里，補不得你名行虧。

急辦行裝赴試期，父親嚴命不敢違。

一舉首登龍虎榜，十年身到鳳凰池。

（一）旦：原作『日』，據汲古閣刊本《繡刻琵琶記定本》改。

送別南浦

【謁金門】（旦）春夢斷，臨鏡緑雲撩亂。聞道才郎遊上苑，又添離別嘆。（生）苦被爹行逼遣，默默此情何限？骨肉一朝成折散。可憐難捨拚。

（旦）解元，雲情雨意，須可抛兩月之夫妻；雪鬢霜鬟，更不念八旬之父母。功名之念一起，甘旨之心頓忘，是何道理？（生）娘子休説那話。膝下遠離，豈無眷戀之意？奈堂上父母力勉，不聽分剖之辭，教卑人如何是得？（旦）我猜着你了。（生）你猜着甚的？

【忒忒令】（旦）你讀書思量做狀元，（生）娘子，自古道：水望低流人望高。我讀萬卷書，知千古事，若去求官時節，不做狀元却做甚麼？（旦）我只怕你學疏才淺。（生）我學也不疏，才也不淺。（旦）只是《孝經》《曲禮》，你早忘了一半。（生）我也不曾忘了。（旦）却不道夏凊與冬温，昏須定，晨須省，親在遊怎遠？

【前腔】（生）我哭哀哀推辭了萬千，那張太公呵，他鬧炒炒抵死來相勸。將我深罪，不由人分辨。（旦）他罪你甚麼？（生）只道我戀新婚，逆親言，貪妻愛，不肯去赴選。

【沉醉東風】(一)（旦）你爹行見得你好偏，只一子不留在身伴。（生）我和你同去説呵。（旦）休休！他只道我不賢，要將你迷戀。苦！這其間怎不悲怨？（合）爲爹淚漣，爲娘淚漣，何曾淚着夫妻上意牽。

【前腔】（生）做孩兒節孝怎全？做爹行不由幾諫。呀！爲人子者，(二)不當恁地説。也不是要埋冤，只怕他影隻形單，我出去有誰來看管？（合前）

【臘梅花】（外、淨）我孩兒出去在今日中，爹爹媽媽來相送。但願得魚化龍，青雲得路，桂枝高折步蟾宫。

（外）孩兒，行李收拾了未曾？（生）安排已了。（外）安排既了，如何不去？（生）孩兒正要辭爹媽去。

【園林好】（生）兒今去，爹媽休得要意懸，兒今去今年便還。但願得雙親康健，（合）須有日拜堂前，須有日拜堂前。

【前腔】（外）我孩兒不須得掛牽，爹只望孩兒貴顯。若得你名登高選，須早把信音傳。

【江兒水】（淨）膝下嬌兒去，堂前老母單，臨行時只得密縫針綫。眼巴巴望着關山遠，冷清

(一) 沉：原闕，據汲古閣刊本《繡刻琵琶記定本》補。

(二) 人：原作『他』，據汲古閣刊本《繡刻琵琶記定本》改。

清倚定門兒遍。（生）母親且寬懷消遥則個。（凈）叫我如何消遣。兒，要解愁煩，須是寄個音書回轉。

【前腔】（旦）奴的衷腸事，有萬千。（生）妻，你有甚事，説來與我知道。（旦）我説來時又恐怕添縈絆。（生）説有何妨？（旦）六十日夫妻恩情斷，八十歲父母教誰人看管？（生）娘子這般説，莫不怨我？（旦）教我如何不怨？（合）

【尾聲】生離死别都休嘆，專望你名登高選。衣錦還鄉，教人作話傳。

此行勉强赴春闈，專望明年衣錦歸。

世上萬般哀苦事，無過死别共生離。

【尾犯序】（旦）無限别離情，兩月夫妻，一旦孤冷。此去經年，望迢迢玉京思省。奴不慮山遥路遠，奴不慮衾寒枕冷。奴只慮公婆没主，一旦冷清清。

【前腔換頭】（生）何曾，想着那功名？欲盡子情，難拒親命。我年老爹娘，望伊家看承。畢竟，你休怨朝雲暮雨，只替着我冬温夏清。思量起，如何教我割捨得眼睁睁？

【前腔】（旦）儒衣纔换青，快着歸鞭，早辦回程。十里紅樓，休重娶娉婷。叮嚀，不念我芙蓉帳冷，也思親桑榆暮景。親祝付，知他記否？空自語惺惺。

【前腔】（生）寬心須待等，肯戀花柳，甘爲萍梗？只怕萬里關山，那更音信難憑。須聽，我没奈何分情破愛，誰下得虧心短幸？從今去，相思兩處，一樣淚盈盈。

（旦）官人，你去千萬早早回程。（生）卑人有父母在堂，豈敢久戀他鄉？

【鶴沖天】（生）萬里關山萬里愁，（旦）一般心事一般憂。（生）親幃暮景應難保，客館風光怎久留？（生下）（旦）他那裏，謾凝眸，正是馬行十步九回頭。歸家只恐傷親意，各淚汪汪不斷流。

纔斟美酒淚先流，郎上孤舟妾倚樓。
片帆斷送皆回首，一種相思兩處愁。

丞相訓女

【齊天樂】鳳凰池上歸環珮，衮袖御香猶在。棨戟門前，平沙堤上，何事車塡馬隘？星霜鬢改，怕玉鉉無功，赤舄非才。回首庭前，凄涼丹桂好傷懷。

【花心動】（占）幽閣深沉，問佳人爲何懶添眉黛？針綫日長，圖史春閒，誰解屢傍粧臺？絳羅深護奇葩小，還不許蜂識鶯猜。（丑、净）笑瑣窗，多少玉人無賴。

（占）爹爹萬福。（外）孩兒，婦人之德，不出閨門。你如何不省得？我這幾日出朝去，見説幾個使喚的在後花園中閒耍，都是你不拘束！

【惜奴嬌】杏臉桃腮，又當有松筠節操，蕙蘭襟懷。閨中言語，不出閫閾之外。老姥姥，不教我孩兒伊之罪；惜春，這風情今休再。（合）記再來，但把不出閨門的語言相戒。

【前腔換頭】（占）堪哀，萱室先摧。嘆婦儀姆訓，未曾諳解。蒙爹嚴命，從今怎敢不改？老姥姥，早晚望伊家將奴誨；惜春，改前非休違背。（合前）

婦人不可出閨門，多謝家尊愛育恩。
休道成人不自在，須知自在不成人。

登途遇友

【滿庭芳】（生）飛絮沾衣，殘花隨馬，輕寒輕暖芳辰。江山風物，偏動別離人。回首高堂漸遠，嘆當時恩愛輕分。傷情處，數聲杜宇，客淚滿衣襟。

【前腔】（末）萋萋芳草色，故園人望，目斷王孫。謾憔悴郵亭，誰與温存？（净、丑）聞道洛陽近也，還又隔幾個城闉。（合）澆愁悶，解鞍沽酒，同醉杏花村。

（生）千里鶯啼綠映紅，水村山郭酒旗風。（净）行人如在畫圖中。不暖不寒天氣好，（丑）或來或往幾人逢，（末）此時誰不嘆西東？

【甘州歌】衷腸悶損，嘆路途千里，日日思親。青梅如豆，難寄隴頭音信。高堂已添雙鬢雪，客路空瞻一片雲。(合)途中味,客裏身,争如流水藴柴門。休回首,欲斷魂,數聲啼鳥不堪聞。

【前腔】(末)風光正暮春,便縱然勞役,何必愁悶?緑陰紅雨,征袍上染惹着芳塵。雲梯月殿圖貴顯,水宿風飡莫厭貧。(合)乘桃浪,躍錦鱗,一聲雷動過龍門。榮歸去,紫綬新,免教妻嫂笑蘇秦。

【前腔】(浄)誰家近水濱,見畫橋烟柳,朱門隱隱。鞦韆影裏,墻頭露出紅粉。他無情笑語聲漸杳,却不道惱殺多情墻外人。(合)思鄉遠,愁路貧,豈如千度謁侯門?行看取,朝紫宸,鳳池鰲足展絲綸。

【前腔】(丑)遥望露靄紛,想洛陽宫闕,行行將近。程途勞倦,欲待共飲芳樽。垂楊瘦馬莫暫停,只見那枯樹昏鴉棲漸盡。(合)天將暝,日已曛,一聲殘角斷樵門。尋宿處,步緊行,前村燈火已黄昏。

【餘文】向人家,忙投奔,解鞍沽酒共論文,今夜雨打梨花深閉門。

江山風物自傷情,南北東西爲利名。
路上有花并有酒,一程分作兩程行。

五娘臨鏡

【破齊陣】(旦)翠减翔鸞羅幌，香銷寶鴨金爐。楚館雲閒，秦樓月冷，動是離人愁思。目斷天涯雲山遠，人在高堂雪鬢疏，緣何書也無？

(古風)(五言哥)明明匣中鏡，盈盈曉來粧。意昔事君子，鷄鳴下君床。臨鏡理笄總，隨君問高堂。一旦遠離別，鏡匣掩青光。暗塵暗綺練，青苔生洞房。(一)零落荆釵鈿，慘淡羅衣裳。傷哉憔悴容，無復蕙蘭芳。有懷悽以楚，有路阻且長。妾身豈嘆此，所憂在姑嫜。念彼猸猱遠，眷此桑榆光。願言盡婦道，遊子不可望。勿彈緑綺琴，絃絶令人傷。勿聽《白頭吟》，哀音斷人腸。人事多錯違，羞彼雙鴛鴦。奴家嫁與蔡伯皆，纔方兩月，指望與他同侍雙親，偕老百年。誰知公公嚴命，强他赴選。自從去後，并無消息。把公婆抛撇在家，教奴家獨自侍奉。正是：天涯海角有窮時，只有此情無盡處。

蔡郎飽学衆皆知，甘旨庭前戲綵衣。
一日高堂難拒命，含悲掩淚赴春闈。

【新增清江引】(四首)昨日送郎到南浦，重重多囑付。白屋出朝郎，書有黄金屋。懶梳粧，

(一)生：原作『堂』，據汲古閣刊本《繡刻琵琶記定本》改。

懶梳粧只爲兒夫，春闈催赴。

【風雲會四朝元】（旦）春闈催赴，同心帶綰初。嘆陽關聲斷，送別南浦，早已成間阻。謾羅襟淚漬，謾羅襟淚漬，和那琴瑟沉埋，錦被羞鋪。寂寞瓊窗，消條朱户，空把流年度。嗏，酩子裏自尋思。妾意君情，一旦如朝露。君行萬里途，妾受萬般苦。君還念妾，迢迢遠遠，也索回顧。

【前腔】（新增）迢迢遠遠，也索回顧，送别我兒夫。他一向長安路，我今傅粉懶去搽，針綫無心做。朝夕裏，朝夕裏只爲兒夫，朱顔非顧。

【前腔】朱顔非故，緑雲懶去梳。奈畫眉人遠，傅粉郎去，鏡鸞羞自舞。把歸期暗數，把歸期暗數，只見雁杳魚沉，鳳隻鸞孤。緑遍汀洲，又生芳杜。空自思前事，嗏，日近帝王都。芳草斜陽，教我望斷長安路。君身豈蕩子，妾非蕩子婦。其間就理，千千萬萬，有誰堪訴？

【前腔】（新增）兒夫遊帝都，妾被張公悟。受不盡凄涼，千千萬萬，有誰堪訴？堂前問舅姑，堂前問舅姑，輕移蓮步。

【前腔】輕移蓮步，堂前問舅姑。怕食缺須進，衣綻須補同，要行須與扶。奈西山景暮，奈西山景暮，教奴倩着誰人，傳與我的兒夫：你身上青雲，只怕親歸黄土。臨别也曾祝付。嗏，那些兒個意孜孜，只怕十里紅樓，貪戀着人豪富。雖然忘了奴，也須索念父母。無人説與，這凄凄冷冷，怎生辜負？

【前腔】（新增）香腮謾托憶兒夫，他豈望登雲路？不羨緑袍榮，只愛班衣舞。爲朝廷，爲朝廷文場選士。

【前腔】文場選士，紛紛都是才俊徒。少甚麼鏡分鸞鳳，都要榜登龍虎，偏是他將人誤。也不索氣蠱，也不索氣蠱。既受托了蘋蘩，有甚推辭？索性做個孝婦賢妻，也落得名標青史，省得些閒悽楚。嗏，俺這裏自支吾，休得污了他的名兒，左右與他相回護。你腰金與衣紫，（一）須説荆釵與裙布。這一場忿緒，堆堆積積，宋玉難賦。

【尾聲】□□□後，知甚時，我勸把雙親來侍奉，專等兒夫返故廬。

回首高堂日已斜，遊人何事在天涯。

紅顔勝人多薄命，莫怨東風當自嗟。

勸諧公姑

【憶秦娥】（旦）長吁氣，自憐薄命相遭際。相遭際，晚年舅姑，薄情夫婿。

（一）你：原作『仰』，據汲古閣刊本《繡刻琵琶記定本》改。

饑荒時年，教奴家難承家事，如何是好？只得小心□侍二親便了。

【前腔】（外）孩兒一去無消息，雙親老景難存濟。（净）難存濟，不思前日，强教孩兒出去？老賊！教孩兒出去赴選，今日没飯喫，如何是了？

【金索掛梧桐】區區個孩兒，兩口相依倚。没事爲着功名，不要供甘旨。教他去做官，要改換門閭，他做得官時你做鬼。老賊，你圖他三牲五鼎供朝夕，今日裏要一口粥湯却教誰與你？相連累，我孩兒因你做不得好名儒。（合）空争着閒非閒是，只落得雙垂淚。

【前腔】（外）養子教讀書，指望他身榮貴。黄榜招賢，誰不去登科試？譬如范杞良差去築城池，他的娘親埋冤誰？合生合死皆由命，少甚麽孫子森森也忍飢。休聒絮，畢竟是咱每兩口受孤恓。（合前）

【前腔】（旦）孩兒雖暫離，他終有回家日。奴自有些金珠，解當充糧米。公婆休要争，教傍人道媳婦每有甚差池，致使公婆争恁的。婆婆，他心中愛子，指望功名就；公公，他眼下無兒，必是埋冤語。難逃避，兀的不是從天降下這災危？（合前）

形衰力倦怎支持？口食身衣只問奴。

莫道是非終日有，果然不聽自然無。

官媒説親

【高陽臺】（生）夢遠親闈，愁深旅邸，那更音信遼絶。淒楚情懷，怕逢淒楚時節。重門半掩黄昏雨，奈寸腸此際千結。守寒窗一點孤燈，照人明滅。

【勝葫蘆】（末、旦）特奉皇恩賜結親，來此把信音傳。若是仙郎肯諧繾綣，一場好事，管取今朝便團圓。

（生）我家門户重重閉，春色爲何得入來？未審何人到此？（末、丑）奉天子之洪恩，領牛公之嚴命，欲與狀元諧一佳偶。

【高陽臺】（生）宦海沉身，京塵迷目，名韁利鎖難脱。目斷家鄉，空勞魂夢飛越。閒聒，閒藤野蔓休纏也。俺自有正兔絲，和那的親瓜葛。是誰人無端調引，謾勞饒舌？

【前腔换頭】（末）閥閲，紫閣名公，黄扉元宰，三槐位裹排列。金屋嬋娟，妖嬈那更貞潔。（丑）歡悦，紅樓此日招鳳侶，遣妾們特來執伐。望君家殷勤肯首，㈠早諧結髮。

【餘文】我明朝有事朝丹闕，回家奉親心下悦。（末）狀元，只怕聖旨不從空自説。

㈠　首：原作『守』，據汲古閣刊本《繡刻琵琶記定本》改。

君王詔旨不相從，明朝辭官奏九重。
有緣千里能相會，無緣對面不相逢。

牛氏自嘆

【剔銀燈】（占）忒過分爹行所爲，但索强全不顧人議。背飛鳥硬求來諧比翼，隔墻花强扳來做連理。姻緣，還是恁的？我待説呵，婚姻事女孩兒家怎提？姻緣姻緣，事非偶然。〔一〕好笑俺爹爹將奴家招蔡狀元爲婿，狀元不肯相從，真個羞也！（净暗上探介）慚愧，慚愧。今日能勾得小姐悶也。不知你想着甚麼？

【桂枝香】書生愚見，忒不通變。不肯坦腹東床，謾自去哀求金殿。想他每就裏，想他每就裏，將人輕賤。非爹胡纏，怕被人傳。道你是相府公侯女，不能勾嫁狀元。

【前腔】（占）百年姻眷，須教情願。他那裏抵死推辭，俺這裏不索留戀。想他每就裏，想他每就裏，有些兒牽絆。怕恩多成怨。滿皇都少甚麼公侯子，何須去嫁狀元？

何事爹爹强索姻，娘行不必悶憂心。

〔一〕事：原作『是』，據汲古閣刊本《繡刻琵琶記定本》改。

姻親本是前生定，今日須交自□成。

上表辭婚

【北點絳唇】（末）夜色將闌，晨光欲散，把珠簾捲。移步丹墀，擺列着金龍案。

【北混江龍】官居宫苑，謾道天威咫尺近龍顔。每日間親隨車駕，只聽鳴鞭。向螭頭上拜跪，隨着那豹尾盤旋。朝朝宿衛，早早隨班。做不得卿相當朝一品貴，到先做他朝臣待漏五更寒。休嗟嘆，山寺日高僧未起，算來兀的名利不如閒。

（黄門白）吾乃漢朝一個小黄門。往來紫禁，侍奉丹墀。領百官之奏章，傳一人之命令。正是：主德無瑕因宦習，天顔有喜近臣知。如今天色漸明，正當早朝時分。官裏升殿，恐有百官奏事，只得在此祗候。怎見得早朝？但見銀河清淺，珠斗闌班。數聲角吹落殘星，三通鼓報道清曙。銀箭銅壺，點點滴滴，尚有九門寒漏；瓊樓玉宇，聲聲隱隱，已聞萬井晨鐘。曈曈朦朦，蒼茫初日映樓臺；佛佛霏霏，蒼菁瑞烟浮禁苑。裊裊巍巍，千尋玉掌，幾點瀼瀼露未晞；（一）澄澄湛湛，萬里旋穹，一片團團月初墜。三唱天鷄，咿咿喔喔，共傳紫陌更闌；百囀流鶯，間間關關，報道上林春曉。五門外碌碌剌剌，車兒碾

（一）露：原作『路』，據汲古閣刊本《繡刻琵琶記定本》改。

得塵飛；六宮裏嘔嘔啞啞，樂聲奏如鼎沸。只見那建章宮、甘泉宮、未央宮、長楊宮、五柞宮、長秋宮、長信宮、長樂宮，重重疊疊，萬萬千千，盡開了玉關金鎖；又見那昭陽殿、金華殿、長生殿、披香殿、金鑾殿、麒麟殿、太極殿、白虎殿，隱隱約約，三三兩兩，都捲上繡幕珠簾。半空中忽聽得一聲轟轟劃劃，如雷如霆，震耳的鳴嘯響；合殿裏只聞一陣氤氤氳氳，非烟非霧，撲鼻的御爐香。縹縹緲緲，紅雲裏雉尾扇遮着赭黄袍；深深沉沉，丹墀間龍鱗座覆着彤芝蓋。左列着森森嚴嚴、前前後後的羽林軍、旗門軍、控鶴軍、神策軍、虎賁軍，花迎劍佩星初落；右列着濟濟鏘鏘、高高下下的金吾衛、龍虎衛、拱日衛、千牛衛、驃騎衛，柳拂旌旗露未乾。金間玉，玉間金，閃閃爍爍、燦燦爛爛的神仙儀從；紫映緋，緋映紫，行行列列、整整齊齊的文武官僚。螭頭陛下，立着一對妖妖嬈嬈、花容月貌、繡鸞袍、鴛鴦靴的奉引昭容；豹尾班中，擺着一對端端正正、銅肝鐵膽、白象簡、獬豸冠的糾彈御史。拜的拜，跪的跪，那一個敢挨挨挱挱縱諠譁？升的升，下的下，那一個不欽欽敬敬依禮法？但願得常瞻仙仗，聖德日新日新日日新；與群臣共拜天顔，聖壽萬歲萬歲萬萬歲。從來不信叔孫禮，今日方知天子尊。

【北點絳唇】（生）月淡星稀，建章宮裏千門曉。御爐烟裊，隱隱鳴哨響。忽憶年時，問寢高堂早。鷄鳴了，悶縈懷抱，此際愁多少？

不寢聽金鑰，因風想玉珂。明朝有封事，數問夜如何。自家只爲父母在堂，今日上表辭官，回去侍奉雙親便了。

【神仗兒】揚塵舞蹈，揚塵舞蹈，遥瞻天表，見龍鱗日耀。（末）不得升殿。咫尺重瞳高照。有何文表，只須在此，一一分剖。（合）遥拜着赭黄袍，遥拜着赭黄袍。

【滴漏子】臣邕的，臣邕的，荷蒙聖朝。臣邕的，臣邕的，拜還紫誥。念邕非嫌官小，奈家鄉萬里遥，雙親又老。乾瀆天威，萬乞恕饒。

（末）吾乃黄門，職掌奏章。有何文表，在此披宣。

【入破第一】（生）議郎臣蔡邕啓：今日蒙恩旨，除臣爲議郎官職，重蒙婚賜牛氏。干瀆天威，臣謹誠惶誠恐，頓首頓首。伏念微臣，初來有志。誦詩書，力學躬耕修己，不復貪榮利。事父母，樂田里，初心原如此而已。不想州司，謬取臣邕充試。到京畿，豈料蒙恩，叨居上第。

【神仗兒】（生）揚塵舞蹈，揚塵舞蹈，見祥雲縹緲，想黄門已到。料應重瞳看了，多應是，哀念我私情烏鳥。顒望斷九重霄，顒望斷九重霄。

【滴溜子】天應念，天應念，蔡邕拜禱。雙親的，雙親的，死生未保。可憐恩深難報。一封奏九重，知他聽剖？會合分離，都在這遭。

【前腔】（末）今日裏，今日裏，議郎進表。傳達上，傳達上，聖旨看了。道太師昨日先奏，把乘龍女婿招，多少是好？見有玉音臨降聽剖。

（生）黄門大人，你與我官裏相見再奏咱，便情願不做官。（末）狀元，聖旨已出，難以再奏。

【啄木兒】(生)我親衰老，妻幼嬌，萬里關山音信杳。他那裏舉目悽悽，我這裏回首迢迢。他那裏望得眼穿兒不到，俺這裏哭得淚乾親難保。閃殺人也麼一封丹鳳詔。

【前腔】(末)何須慮，不用焦，人世上離多歡會少。大丈夫須當萬里封侯，肯守着故園空老？畢竟事君事親一般道，人生怎全得忠和孝？却不見母死王陵歸漢朝？

【三段子】(生)這懷怎剖？望丹墀天高聽高。這苦怎逃？望白雲山遥路杳。(末)你做官與親添榮耀，高堂管取加封號。與你改換門閭，偏不好？

【朝天歡】(生)冤家的，冤家的，苦苦見招，俺媳婦埋冤怎了？饑荒歲，饑荒歲，怕他怎熬？俺爹娘怕不做溝渠中餓莩。(末)譬如四方戰争多征調，從軍遠戍沙場草，也只爲國忘家怎憚勞？

家鄉萬里信難通，争奈君王不肯從。
情到不堪回首處，一齊分付與東風。

趙氏支糧

【鎖南枝】(旦)兒夫去，竟不還，公婆兩人都老年。從昨日到如今，不能勾得一飡飯。奴請糧，他在家懸望眼。念我年老公婆，做方便。

【前腔】（旦）鄉官可憐見，這是我公婆命所關。若是必須將去，寧可脱了奴衣裳，就問鄉官換。（丑）這是破衣服，我不要；也只是你身上寒冷。（旦）寧使奴身上寒，只要與公婆救殘喘。（丑推倒旦奪糧下）

【前腔】（旦）你奪將去，真可憐，公婆望奴奴不見。縱然不埋冤，道我做媳婦有何幹？㈠他忍飢，添我夫罪愆。怎見得，我夫面？我終久是個死的，這裏有一口古井，不免跳入井中，死休也罷。（投入井）

【前腔】將身赴井泉，思量左右難。我丈夫當年分散，叮嚀祝付爹娘，交我與他相看管。我死却，他形影單。夫婿與公婆，可不兩埋冤？

【前腔】（外）媳婦去，不見還，教我在家中凝望眼。你在這裏閒行，餓得我肝腸斷。（旦）公公，奴請糧爲你充午飡，又誰知被人騙。

【前腔】（外）元來你被人騙了。苦！思量我命乖蹇，不由人不珠淚漣。料想終須餓死，不如早赴黄泉，免把相牽絆。媳婦，婆老年，不久延，你須是好看管。

【前腔】（旦）公公，伊身還棄，我苦怎言？公還死了婆怎免？你兩人一旦身亡，教我如何獨

㈠　做：原闕，據汲古閣刊本《繡刻琵琶記定本》補。

自展？算來喫苦辛，其實難過遣。[一]我痛傷悲，只得强相勸。

【前腔】（外）媳婦，你衣衫盡皆典，囊篋又罄然。縱然目前存活，到底日久日深，你與我難相戀。衣食缺，要行孝難。不如活冤家，早拆散。

【前腔】（末）不豐歲，饑歉年，生離死别真可憐。縱然有八口人家，飢餓應難免。子忍飢，妻忍寒，痛哭聲，恁哀怨。

員外，你二人在此如何？（旦）奴家去支糧，誰知被里正搶去。元來如此。我支得些在此，分一半與你。

【洞仙歌】（旦）我家私没半分，靠着奴此身。只要救取公婆，豈辭多苦辛？（合）空把珠淚搵，[二]誰憐我飢與貧？這苦説不盡。

【前腔】（外）本爲泉下人，你救我一命存。只恨我不久身亡，報不得我媳婦恩。（合前）

【前腔】（末）見説不可聞，況我托在鄰。終不然我享安榮，忍見你受窮？

命薄多磨喫苦辛，不如身死早離分。

[一] 過：原闕，據汲古閣刊本《繡刻琵琶記定本》補。

[二] 搵：原作「温」，據汲古閣刊本《繡刻琵琶記定本》改。

惟有感恩并積恨，千年萬載不成塵。

狀元入贅

【金蕉葉】恨多怨多，俺爹娘知他怎磨？擺不就功名奈何？送將來的冤家怎躲？

（丑）狀元萬福。賀喜！賀喜！（生）何喜可賀？（丑）牛丞相選定今日畢結姻親，筵席安排已了，請狀元早赴佳期。

【三換頭】（生）名韁利鎖，先自將人摧挫。況鸞拘鳳束，甚日得到家？我也休怨他咱。這其間，只是我，不合長安來看花。悶殺我爹娘也，珠淚空暗墮。（合）這段姻緣，也只是無如之奈何。

【前腔】（丑）鸞臺罷粧，鵲橋初駕。佳期近也，請仙郎到河。此事明知牽掛，這其間，只得那壁廂，且都拚捨。他奉着君王詔，怎生別了他？（合前）

及早赴佳期，歡娛成怨悲。

情知不是伴，事急且相隨。

牛府成親

【傳言玉女】（外）燭影摇紅，簾幕瑞烟浮動，畫堂中珠圍翠擁。粧臺對月，下鸞鶴神仙儀從。玉簫聲裏，(一)一雙鳴鳳。

左右門官媒，請狀元與小姐出來。

【女冠子】（生）馬蹄篤速，傳呼齊擁雕轂。（外）宫花帽簇，天香袍染，丈夫得志，佳婿乘龍。（占）粧成聞唤促，又將嬌面重遮，羞蛾輕蹙。（淨、丑）這姻緣不俗，（合）金榜題名，洞房花燭。

（丑）請新人新郎交拜。

【畫眉序】（生）攀桂步蟾宫，豈料絲蘿在喬木。喜書中今朝，有女如玉。堪觀處絲幕牽紅，恰正是荷衣穿緑。（合）這回好一個風流婿，遍稱洞房花燭。

【前腔】（外）君才冠天禄，我的門楣稍賢淑。看相輝清潤，瑩然冰玉。光掩映孔雀屏開，花爛熳芙蓉隱褥。（合前）

【前腔】頻催少膏沐，金鳳斜飛鬢雲矗。喜逢蕭史，愧非弄玉。清風引珮下瑶臺，明月照粧

(一) 聲：原闕，據汲古閣刊本《繡刻琵琶記定本》補。

成金屋。（合前）

【前腔】（浄）湘裙顫六幅，似天上姮娥降塵俗。喜藍田今已種成雙玉。風月賽閬苑三千，雲雨笑巫山六六。（合前）

【滴溜子】（生）謾説道好姻緣，果諧鳳卜。細思之，此事豈吾意欲？有人在高堂孤獨。可惜新人笑語喧，不知舊人哭。兀的東床，難教我坦腹。

【鮑老催】（浄、丑）翠眉謾蹙，赤繩已繫夫婦足，芳名已註婚姻牘。空嗟怨，枉嘆息，休推故。畫堂富貴如金谷。〔一〕休戀故鄉生處好，受恩深處親骨肉。

【滴滴金】金猊寶鼎香馥郁，〔二〕銀海瓊舟泛醽醁，輕飛翠袖呈嬌舞。〔三〕囀鶯喉，歌麗曲。歌聲斷續，持觴勸酒人共祝。人共祝，百年夫婦永諧和睦。

【餘文】百年夫婦永不俗，占斷人間天上福，富貴榮華萬事足。

清風明月兩相宜，女貌郎才天下奇。

〔一〕金：原作『今』，據汲古閣刊本《繡刻琵琶記定本》改。
〔二〕馥：原作『腹』，據汲古閣刊本《繡刻琵琶記定本》改。
〔三〕呈嬌：原作『星喬』，據汲古閣刊本《繡刻琵琶記定本》改。

正是洞房花燭夜，果然金榜掛名時。

趙氏侍供

【夜行船】（外）忍餓擔飢何日了？孩兒一去無音耗。（淨）甘旨難供，米糧缺少，（合前）真個死生難保。

雖是饑荒，没有飯教我怎麼喫？

【羅鼓令】我終朝的受餒，你將的飯怎喫？疾忙便擡，非是我有些饞態。（一）

【前腔】（外）你看他衣衫都解，好茶飯將甚去買？兀的是天災，（二）教媳婦每難布擺。

【前腔】（旦）婆婆息怒且休罪，待奴家一霎時却得再安排。（合）思量到此，珠淚滿腮。看看做鬼，在溝渠裏埋。縱然不死也難睚，教人只恨、只恨蔡伯皆。

【前腔】（淨）如今我試猜，多因是他獨噇病來？多因是他不買些鮭菜？我喫飯他緣何不在？這些意真乃是歹。

（一）饞：原作『飯』，據汲古閣刊本《繡刻琵琶記定本》改。

（二）災：原作『容』，據汲古閣刊本《繡刻琵琶記定本》改。

【前腔】（外）婆婆，他和你甚相愛，不應反面直恁的乖。[一]（轉身介）（旦）我千辛萬苦，有甚疑猜？可不道臉兒上黃瘦骨如柴？（合前）

混濁不分鰱共鯉，[二]水清方見兩般魚。

親究糟糠

【山坡羊】（旦）亂荒荒不豐稔的年歲，遠迢迢不回來的夫婿。急煎煎不奈煩的二親，軟怯怯不濟事的孤身己。衣盡典，寸絲不掛體，幾番要賣了奴身己。爭奈没主公婆，教誰看取？思知，虛飄飄命怎期？難捱，哭哀哀災共危。

（外）媳婦，你餔饠喫的是甚麽東西？

【前腔】（旦）這是穀中膜，[三]米上皮，將來餔饠堪療飢。嘗聞讀古人書，狗彘食人食，公公，婆婆，須强如草根樹皮。嚼雪餐氈，[四]蘇卿猶健。飡松食柏，到做得神仙侶。縱然喫些何慮？

[一] 應：原作『因』，據汲古閣刊本《繡刻琵琶記定本》改。
[二] 鰱：原作『連』，據汲古閣刊本《繡刻琵琶記定本》改。
[三] 膜：原作『模』，據汲古閣刊本《繡刻琵琶記定本》改。
[四] 氈：原作『擅』，據汲古閣刊本《繡刻琵琶記定本》改。

爹媽休疑，奴須是你孩兒的糟糠妻室。

【雁過沙】他沉沉向迷途去，教我在耳邊呼。公公，婆婆，我不能盡心相奉侍，(一)番教你爲我歸黄土，教人道你死緣何故？(二) 公公，婆婆，你怎生捨得拋棄了奴？(三)

【前腔】(外)媳婦，你擔飢事公姑，媳婦，你擔飢怎生度？ 錯埋冤，你也不肯辭，我如今始信有糟糠婦。(四) 媳婦，料應我不久歸陰府，便爲我死的，把你生的受苦、受苦。

書館彈琴

【一枝花】(生上)閒庭槐影轉，深院荷香滿。簾垂清晝永，怎消遣？ 十二闌干，無事閒凭遍。困來湘簟展，夢到家山，又被翠竹敲風驚斷。

翠竹影摇金，暑殿簾櫳映碧陰。人静晝長無事，且沉吟，碧酒金樽懶去斟。幽恨苦相尋，離别經今無信音。寒暑相催人易老，寸心，却把閒愁付玉琴。左右，將琴書來。(末)黄卷看來消白日，朱絃動處引清

(一) 侍：原作『傳』，據汲古閣刊本《繡刻琵琶記定本》改。

(二) 死：原闕，據汲古閣刊本《繡刻琵琶記定本》補。

(三) 拋：原作『他』，據汲古閣刊本《繡刻琵琶記定本》改。

(四) 信：原作『這』，據汲古閣刊本《繡刻琵琶記定本》改。

風。炎蒸不到珠簾下，人在瑤臺閬苑中。(一) 告相公，琴書在此。（生操琴介）

【懶畫眉】强對南薰奏虞絃，只見指下餘音不似前，那些個流水共高山。只見滿眼風波惡，似離别當年懷水仙。

【前腔】頓覺餘音轉愁煩，一似别雁孤鴻與斷猿，又如别鳳乍離鸞。只見殺聲絃中見，敢只是螳螂來捕蟬？

【前腔】日暖藍田玉生烟，好一似望帝春心托杜鵑，好姻緣還似惡姻緣。只怕聞者知音少，争得鸞膠續斷絃？

夫人來了，各人回避。

【滿江紅】嫩緑池塘，梅雨歇薰風乍轉。見新涼華屋，已飛乳燕。簟展湘波紈扇冷，歌傳《金縷》瓊巵暖。（合）這炎蒸不到水亭中，珠簾捲。

（占）久聞相公高手，今日試操一曲。

【桂枝香】（生）危絃已斷，新絃不慣。舊絃再上不能，待撇了新絃難拚。一彈再鼓，一彈再鼓，又被宮商錯亂。（占）你敢心變了？（生）非乾心變，這般好涼天。正是此曲纔堪聽，又被

(一) 閬：原作『浪』，據汲古閣刊本《繡刻琵琶記定本》改。

風吹在别調間。

【前腔】（占）非絃已斷，只是你意慵心懶。你既道是《寡鵠孤鸞》，又道是《昭君宫怨》。那更《思歸》《别鶴》，《思歸》《别鶴》，無非愁嘆。你既不然，你道是除了知音聽，道我不是知音不與彈。

（占）相公休阻，奴家叫惜春將酒過來。（净、丑上）酒在此。

【燒夜香】樓臺倒影入池塘，緑樹陰濃日正長，一架荼蘼滿院香。滿院香，和你飲霞觴。傍晚來捲起簾兒，明月正上。

【梁州序】（占）新篁池閣，槐陰庭院，日永紅塵隔斷。碧闌干外，空飛漱玉清泉。只見香肌無暑，蕙質生風，小簟琅玕展。晝長人困也，好清閒，忽聽棋聲驚晝眠。（合）《金縷》唱，碧筒勸，向冰山雪檻開華宴。清世界，能有幾人見？

【前腔】（生）薔薇簾幕，荷花池館，一點風來香滿。香奩日永，香消寶篆沉烟。謾有枕欹寒玉，扇動齊紈，怎遂得黄香願？（占）相公爲何下淚？（生）猛然心地熱，透香汗，欲向南窗一醉眠。（合前）

【前腔】（占）向晚來雨過南軒，見池面紅粧零亂。漸輕雷隱隱，雨收雲散。風送荷香十里，

新月銀鈎，此景佳無限。蘭湯初浴罷，晚粧殘，深院黄昏懶去眠。（合前）

【前腔】（生）柳陰中忽聽新蟬，見流螢飛來庭院。聽菱歌何處？畫船歸晚。只見玉繩低度，朱户無聲，此景尤堪戀。起來攜素手，鬓雲亂，月照紗厨人未眠。（合前）

【節節高】（净、丑）蓮池戲綵鴛，把荷翻，清香瀉下瓊珠濺。香風扇，芳沼邊，閒亭畔。坐來不覺人清健，蓬萊閬苑何足羡？（合）只恐西風又驚秋，不覺暗中流年换。

【前腔】（丑）清宵思爽然，好凉天，瑶臺月下清虚殿。神仙眷，開玳筵，重歡宴。從教玉漏催銀箭，水晶宫裏笙歌按。（合前）

【餘文】光陰迅速如飛電，好良宵可惜漸闌，拚取歡娱歌笑喧。

歡娱休問夜如何，此景良宵能幾何？
遇飲酒時須飲酒，得高歌處且高歌。

公寫遺囑

【霜天曉角】（旦）難捱怎避，災禍重重至。最苦婆婆死後，公公病又將危。

【征胡兵】囊無半點贖藥費，良醫怎求？縱然救得目前，飯食何處有？料應難到後。謾説道有病遇良醫，饑荒怎救？

【前腔】公公，這愁萬苦千恁生受，粧成這証候。縱然救得眼下，怎免得憂與愁？料應不會久。除非子孝父心寬，方纔可救。

藥粥俱熟了，且扶公公出來喫些，看如何？

【霜天曉角】（外上）悄然魂似飛，料應不久矣。縱然擡頭强起，形衰力倦，怎支持？

（旦）公公且自寬心，喫些藥則個。（外）媳婦，我喫不入口。

【香遍滿】論來湯藥，須索是子先嘗方進與父母。你莫不是爲無子先嘗，你便尋思苦？公公，闌閫起來喫一口。（旦介）只索闌閫，怎捨得一命殂。元來不喫藥，只爲我糟糠婦。

公公，你不喫藥，喫一口粥湯。（外）我也喫不得。

【前腔】（旦）他萬千愁苦，堆積在悶懷，成氣蠱，可知道你喫了吞還吐。（外）媳婦，我不濟事了。（旦）公公，且自寬心。（背哭）怕添親怨憶，背將淚珠漬。元來你不喫粥湯，只爲我糟糠婦。

（外）媳婦，我死不妨，只是無以報。你可前來，我有兩句言語分付你。（旦）如何，公公？

【歌兒】我三年謝得你相奉事，只恨我當初把你相耽誤。(一) 我欲待要報你的深恩，待來生我做你的媳婦。（合）怨只怨蔡伯皆不孝子，苦只苦趙五娘辛勤婦。

(一) 誤：原作『悟』，據汲古閣刊本《繡刻琵琶記定本》改。

【前腔換頭】（旦）尋思，一怨你死後誰祭祀；　二怨你有孩兒不得他相看顧；　三怨你三年沒一個飽暖的日子。（合）三載相看甘共苦，一朝分别難同死。

【前腔換頭】（外）囑付，你將我骨頭休埋在土。（旦）但願公公一百二十歲。倘有些吉凶，不埋在土，埋在那裏？（外）我甘受責罰，任取屍骸暴露。（旦）公公，休這般説，被人取笑。（外）媳婦，不笑你。留與傍人，道蔡伯皆不葬親父。（合）怨只怨蔡伯皆不孝子，苦只苦趙五娘辛勤婦。

【前腔換頭】（旦）思之，公婆已做一處所，料想奴家不久歸陰府。苦！　可憐一家三個怨鬼在冥途。三載相看甘共苦，一朝分别難同死。

（外）媳婦，取紙筆來，寫下遺囑與你，死後你去嫁人。（旦）公公，烈女不嫁二夫，決然不可。（末）五娘子，且題他臨死言語，在後由你。（旦）太公説得是哩，就去取紙筆來。

【羅帳裏坐】（外）你艱辛萬千，是我躭伊誤伊。你不嫁人，你身衣口食，怎生區處？　終不然又教你守着靈位。（合）已知死别在須臾，更有甚麼生人來做主？

【前腔】（旦）公公嚴命，非奴敢違。公公教奴嫁人。只怕再不如伯皆，却不誤了一世？　我一馬一鞍，誓無他適。可憐家破與人離，怎不教人珠淚垂？

【前腔】（末）中間就裏，我待説難提。你若不嫁人，恐非活計；　若不守孝，又被傍人談議。（合前）

病裏莫生嗔，寬心往自身。
藥能醫舊病，佛化有緣人。

伯皆思鄉

【喜遷鶯】（生）終朝思想，但恨在眉頭，悶在心上。鳳侶添愁，魚書絶寄，空勞兩處相望。青鏡瘦顔羞照，寶瑟清音絶響。歸夢杳，繞屏山烟樹，那是家鄉？

怨極愁多，歌慵笑懶，只因添來鴛鴦伴。他鄉有子不能歸，高堂父母無人管。湘浦魚沉，衡陽雁斷，㈠音書要寄無方便。人生光景幾多時，蹉跎負却平生願。

【雁魚錦】思量，那日離故鄉，記臨歧送別多惆悵。五娘子送我到十里長亭，攜手共那人不厮放。囑付他幾句言語，教他好看承爹娘，臨行的言語，料他每應不會遺忘。前日在朝，聞知河南開封府陳留縣進一饑荒表，乃就是家鄉呵。聞知飢與荒，只怕捱不過歲月難存養。朝中董卓弄權，呂布虎牢，因此難通書信。望不見信音傳，却把誰倚仗？

【前腔换頭】思量，幼讀文章，論事親爲子也須要成模樣。心中多有話，説不盡。真情未講，怎

㈠ 衡陽：原作『行协』，據汲古閣刊本《繡刻琵琶記定本》改。

知道喫盡多魔障？在家中呵，被親强來赴選場，被君强官爲議郎，被婚强效着鸞凰。三被强，把衷腸事説與誰行？埋寃難禁這兩廂：這壁廂道咱是個不撑達害羞的喬相識，那壁廂道咱是個不覩親負心的薄倖郎。

【前腔換頭】悲傷，鷺序鴛行，慈烏也有反哺之義，爲人豈能效此呵？怎如慈烏反哺能終養？謾把金章，綰着紫綬；試問班衣，今在何方？班衣罷想，縱然歸去，又怕帶麻執杖。只爲雲梯月殿多勞攘，落得淚雨如珠兩鬢霜。

【前腔換頭】幾回夢裏，忽聞鷄唱。忙驚覺錯呼舊婦，同問寢堂上。待朦朧覺來，依然新人鳳衾和象床。怎不怨新婚愁玉無心緒？更思想，被他攔當。教我，怎不悲傷？俺這裏歡娛夜宿芙蓉帳，他那裏寂寞偏嫌更漏長。

【前腔換頭】謾悒怏，把歡娛都成悶場。菽水既清涼，我何心，貪戀着美酒肥羊？愁殺人花燭洞房，悶殺人掛名在金榜。魆地裏自思量，歸家不敢高聲哭，只恐怕猿聞也斷腸。

【尾聲】千思想，萬忖量，幾時得見我爹與娘？燒一炷明香答上蒼。

終朝長嘆憶，尋便寄書人。

眼望旌捷旗，[一]耳聽好消息。

五娘剪髮

【金瓏璁】（旦）饑荒先自窘，那堪連喪雙親？獨自怎支撑？我衣衫都解盡，首飾没分文。無計策，只得剪香雲。

奴家在先婆婆没了，却是張太公周濟。如今公公又亡，難再求他。尋思没奈何，只得剪下青絲細髮，賣幾貫錢，爲送終之用。正是：不幸喪雙親，求人不可頻。聊將青絲髮，斷送白頭人。

【香羅帶】一從鸞鳳分，誰梳鬢雲？粧臺懶臨生暗塵，那更釵梳首飾典無有也。頭髮，是我擔擱你度青春。如今又剪你，來資送老親。剪髮傷情也，只怨着結髮的薄倖人。

【前腔】思量薄倖人，辜負奴此身。欲剪未剪，教我珠淚傾。苦！我何不當初早披剃入空門也，做個尼姑去，[二]今日免艱辛。珠圍翠擁蘭麝薰。我的身死兀自無埋處，説甚麽没頭髮愚婦人。

[一] 旗：原作『起』，據汲古閣刊本《繡刻琵琶記定本》改。

[二] 尼姑：原作『泥如』，據汲古閣刊本《繡刻琵琶記定本》改。

【臨江仙】連喪雙親無計策，只得剪下香雲。非奴苦要孝多名傳，正是上山擒虎易，開口告人難。頭髮既已剪下，不免將去街上貨賣則個。

【梅花塘】賣頭髮，買的休論價。念我受饑荒，囊篋無些個。良人出去，那更連喪了公婆。没奈何，苦！只得賣頭髮資送他。怎的都没人買呵？

【香柳娘】看青絲細髮，剪來堪愛，如何賣也没人買？若論這饑荒死喪，怎教我女裙釵，當得這般狼狽？況我連朝受餒，我的脚兒怎擡？其實難捱。

【前腔】望前街後街，并無人在，我待再叫一聲，咽喉氣噎，(一)無如之奈。苦！我如今便死也，暴露了我的屍骸，誰人與遮蓋？待我將頭髮去賣，賣了把公婆葬埋，奴便死有何害？（跌介）（末）五娘子，緣何倒在街上？（旦）太公，一言難盡。公公又死了，賣頭髮資送他。

【前腔】（末）你兒夫曾托賴，怎敢違背？你若無錢使用，(二)我須當貸。誰教你將頭髮剪下，跌倒在長街？都緣是我之罪。（合）嘆一家破壞，否極何時泰來？各淚滿腮。

(一)　噎：原作『臺』，據汲古閣刊本《繡刻琵琶記定本》改。

(二)　錢：原作『乎』，據汲古閣刊本《繡刻琵琶記定本》改。下同改。

【前腔】（旦）謝公公可憐，把錢相貸，公婆泉下亦感戴。只恐奴此身，死也没人埋，誰還你的恩債？（合前）
謝得公公救妾身，你夫曾托我親鄰。
從空伸去拿雲手，提起天羅地網人。

生寄家書

【一封書】（生）一從你去離，我在家中常念你。功名事怎的？想多應折桂枝。幸喜爹娘和媳婦，各保安康無災危。見家書，可知之，及早回來莫待遲。

【下山虎】蔡邕百拜大人尊前：一自離膝下，頓覺數年。目斷萬里關山，鎮長望懸。一向那堪音信斷，名利事，嘆牽縮。謾勞珠淚連。上表辭金殿，要辭了官，争奈君王不見憐。院子，取出金珠與鄉親故。（末）多謝相公，不敢受。（生）胡亂收下。

【駐馬聽】書寄鄉關，説起教人心痛酸。傳示俺八旬爹媽，道與我兩月妻房，阻隔萬水千山。啼痕滴處翠綃班，〔一〕夢魂飛遶鋃屏遠。（合）報道平安，想我一家賀喜，却説道再相見。

〔一〕啼痕滴處翠綃班：原作『帝痕滴處翠消班』，據汲古閣刊本《繡刻琵琶記定本》改。

【前腔】（末）遥憶鄉關，有個人兒凝望眼。他頻看飛雁，望斷孤舟，倚遍危欄。見這銀鈎揮動綵雲箋，一雙玉筯界破殘粧面。（合前）

五娘葬墳

【掛真兒】（旦）四顧青山静悄悄，思量起暗裏魂消。黄土傷心，丹楓染淚，謾把孤墳獨造。

埋葬公婆，又無錢去倩人，只得搬泥運土。

【五更轉】把土泥獨自抱，麻裙裹來難打熬。空山静寂無人吊，但我情真意切，到此不憚勞。苦！何曾見葬親兒不到？又道是三匝圍喪，那些個卜其宅兆？思量起，是老親合顛倒。公公，你圖他折桂看花早，誰知你自把一身，送在白楊衰草。謾自苦，這苦憑誰告？

【前腔】我只憑十指爪，如何能勾這墳土高？只見鮮血淋漓濕衣襖，我形衰力倦，死也只這遭。休休！骨頭葬處，任他血流好。此唤作骨血之親，也教人稱道。教人道趙五娘親行孝。苦！心窮力盡形枯槁，只有這鮮血，到如今出盡了。這墳成後，只怕我一身難保。

孝心感格動陰兵，不是陰兵墳怎成？

萬事勸人休碌碌，舉頭三尺有神明。

中秋玩月

【生查子】（生）逢人曾寄書，書去神亦去。今夜好清光，可惜人千里。

（貼）惜春，過些酒來。

【本序】長空萬里，見嬋娟可愛，全無一點纖凝。十二闌干光滿處，涼浸珠箔銀屏。偏稱，身在瑶臺，笑斟玉斝，人生幾見此佳景？（合）惟願取年年此夜，人月雙清。

【前腔換頭】（生）孤影，南枝乍冷，見烏鵲縹緲驚飛，棲止不定。萬疊蒼山，何處盡是修竹吾廬三逕？追省，丹桂曾攀，姮娥相愛，那故人千里謾同情。（合前）

【前腔換頭】（占）光瑩，我欲吹斷玉簫，乘鸞歸去，不知風露冷瑶京。環佩濕，似月下歸來飛瓊。那更，香霧雲鬟，清輝玉臂，廣寒仙子也堪并。（合前）

【前腔換頭】（生）愁聽，吹笛關山，敲砧門巷，月中都是斷腸聲。人去遠，幾見明月虧盈？惟應，邊塞征人，深閨思婦，怪他貪偏向别離明。（合前）

【餘文】你聽那聲哀訴，促織鳴。（占）相公，俺這裏歡娱未聽，（合）却笑他幾處寒衣織未成。

今宵明月最團圓，幾處淒涼幾處歡。

但願人生得長久，年年千里共嬋娟。

描畫真容

【胡搗練】（旦）辭别去，到荒坵，只愁出路煞生受。畫取真容聊藉手，逢人將此去哀求。

奴家就此描畫真容，背着一路去。但遇忌辰展開，與他燒些香紙。

【三仙橋】一從他每死後，要相逢不能勾。除非夢寐裏，暫時間略聚首。若要描他相像，教我一筆未寫兩眼先淚流。畫不得他苦心頭，描不出他飢証候，畫不出他望孩兒的睁睁兩眸。只畫得他髪颼颼，和那衣衫敝垢。休休！若畫做好的容顔，須不是趙五娘的姑舅。

【前腔】（新增）想真容，未寫淚先流，要相逢不能得勾，除非夢裏有。全憑一管筆，描不出兩般愁。兩月優遊，三五年間都是愁。自從蔡郎去後，望斷長安，兩淚交流。年荒親喪，幾多添愁。常想心頭，長鎖着眉頭，怎畫他歡容笑口？畫得粉粧成就，畫得他容顔好，畫只畫龐兒待厚。此情不可休，此事不可去，叮嚀囑咐毛延壽。公婆真容奴身邊有，身背琵琶途路上走，全望公婆陰中相保祐。辭别張大公，也道奴生受。奴身出外州，沿路唱文詞，請糧度口。若見兒夫便回首。

【前腔】非我尋夫遠遊，只怕公婆絶後。尋取兒夫便回首，此行安敢久？深慮京師路途遥，惟望公婆，保佑奴身出外州。他骨自没人厮守，有甚陰靈能保祐？這墳呵，只恐奴去後，冷清清誰來拜掃？縱使遇春秋，一陌紙錢怎有？休休，你生是受飢餒的公婆，死做個絶祭祀的姑舅。

奴家辭二親，便去拜辭張太公。太公來了。（末）衰柳寒蟬不可聞，西風敗葉正紛紛。長安古道休回首，西出陽關無故人。（旦）奴家正要到宅上拜辭太公，往京師尋取丈夫。（末）你幾時去？（旦）奴家即便就去。（末）你背的是何物？（旦）是公婆的真容。（末）是誰畫的？（旦）奴家自己描畫，帶去路上，早晚燒香化紙。（末）如此，借我一看。（旦）畫得粗醜。（末）畫得好！五娘子，你這般好心，老夫與你題個贊兒，不知可否？（旦）如此多謝。（末）〔鷓鴣天〕死別多應夢裏逢，謾勞孝婦寫遺蹤。可憐不得圖家慶，辜負丹青泣畫工。衣破損，鬢髼鬆，千愁萬恨在眉峰。只恐蔡郎不識年來面，趙女空描別後容。（旦）謝得公公，無恩可報。（末）久不遠行，老夫略奉幾文錢與你做盤纏。（旦）多多擾害公公，決不敢再受。妾不識進退之愻：奴家去後，親墳萬望公公早晚看管。（末）這個不妨。我有幾句言語分付你：小娘子，你生長閨門，豈識途路？當先蔡郎在家，你青春嬌媚㈠。如今荒年飢歲，你貌短身單。正是：桃花歲歲皆相似，人面年年又不同。蔡郎別時，可不道來：若有寸進，即便回報。如今知他心腹如何？正是：畫虎畫皮難畫骨，知人知面不知心。又有一件，蔡郎元是讀書人，一舉成名天下知。久留不知因個甚，年荒親死不回門。你去京畿須子細，逢人下禮問虛真。若見蔡郎謾説千般

㈠ 媚：原作『眉』，據汲古閣刊本《繡刻琵琶記定本》改。

苦，未可便説喪雙親。蔡郎若肯思故舊，可憐張老一親鄰。老漢今年七十歲，比你公公少一旬。去時

却有張老送，回來未知張老死和存。流淚眼觀流淚眼，斷腸人送斷腸人。

【憶多嬌】（旦）他魂渺漠，我身没倚托。程途萬里，心懷絶壑。此去孤墳，望公公看着。

（合）舉目蕭索，[一]滿眼盈盈淚落。

【前腔】（末）承委託，當領略。這孤墳守着，决不失約。願你途中一身安樂。（合前）

【鬥黑麻】（旦）深謝公公，便承許諾。從來的深恩，怎敢忘却？只怕途路遠，身體怯弱，病

染災纏，衰力倦脚。（合）孤墳寂寞，路途滋味惡。兩處堪悲，萬愁怎麼？

【前腔】（末）伊夫婿多應是，貴官顯爵，你此去須當審個好惡。[二]只怕你這般喬粧打扮，他

怎知覺？一貴一貧，怕他將錯就錯。（合前）

爲尋夫婿别孤墳，只恐蔡郎不認真。

流淚眼觀流淚眼，斷腸人送斷腸人。

[一] 蕭：原作『稍』，據汲古閣刊本《繡刻琵琶記定本》改。

[二] 須：原作『雖』，據汲古閣刊本《繡刻琵琶記定本》改。

伯皆自嘆

【菊花新】（生）封書遠寄到親幃，又見關河朔雁飛。梧葉滿庭除，如我悶懷堆積。喜得家書，報道平安，吾亦付書回去，不知如何？常懷想念，番成憂悶。正是：雖無千丈綫，萬里繫人心。

【意難忘】（貼）緑鬢仙郎，懶拈花弄柳，勸酒持觴。眉顰知有恨，何事苦思量？（生）些個事，斷人腸。（貼）試説與，又何妨？（生）又怕伊尋消息，添我恓惶。（貼）古人云：樂天知命，謂之君子。當食不嘆，臨樂不憂。無事而戚，謂之不祥。相公，你此來不明不暗，如醉如癡，鎮日憂悶，爲着甚麼事？你還少了喫的，少了穿的？我道你少喫的呵，

【紅衲襖】你喫的是煮猩唇和那燒豹胎。我道你少穿的，你穿的是紫羅襴，繫的是白玉帶。你出去呵，我只見五花頭踏在你馬前擺，三簷傘兒在你頭上蓋。相公，休怪我説，你本是草廬中窮秀才，如今做着漢朝中梁棟材。有甚麼不足處？只管鎖了眉頭也，唧唧噥噥不放懷。

【前腔】（生）夫人，我穿的是紫羅襴，倒拘束我不自在；我穿的是皂朝靴，怎敢胡去踹？你道我有喫的，我口裏喫幾口荒張張要辦事忙茶飯，我手裏拿着一個戰兢兢怕犯法的愁酒杯。到不如嚴子陵登釣臺，怎做得揚子雲閣上災？似我這樣爲官，只管待漏隨朝，可不誤了春花

秋月，枉乾碌碌頭又白。

【前腔】(貼)莫不是丈人行性氣乖？(生)不是。(貼)莫不是妾根前缺管待？(生)不是。(貼)莫不是畫堂中少了三千客？莫不是繡屏前少了十二釵？(生)那裏是？(貼)又不是。這意兒教人怎猜？這話兒教人怎解？今番猜着了。敢只是楚館秦樓，有一個得意情人也，悶懨懨不放懷？

【前腔】(生)我有個人在天涯，不能勾見着也，只落得臉銷紅眉鎖黛。我本是宋玉傷秋無聊賴，有甚心情去想着雲雨臺？(貼)有甚事，說與我知道。(生)夫人，三分話兒只恁的猜，一片心兒也直恁解。(貼)你甚話，如何不對奴家說？(生)夫人，你休管我。若還提起那籌兒也，鎮撲簌簌珠淚滿腮。

(貼)相公，夫妻何事苦相防？莫把閒愁積寸腸。正是：歸家自掃門前雪，莫管他人屋上霜。(生)難將我語同他語，未必他心似我心。(貼上背聽介)(生)夫人，非是隄防你太深，都緣伊父苦相禁。夫妻謾說三分話，(貼)我理會得了，未可全抛一片心呵。[一](生)是我不合時，你息怒則個。

【江頭金桂】(貼)怪得你終朝攧窨，只道你緣何愁悶深。教咱猜着啞謎，爲你沉吟，況那籌

(一) 全：原作『至』，據汲古閣刊本《繡刻琵琶記定本》改。

兒没處尋。我和你共枕同衾，你瞞我則甚？你自撇下爹娘媳婦，屢換光陰，他那裏須怨着你没信音。笑伊家短行，笑伊家短行，無情忒甚。到如今，尚骨自道且説三分話，未可全抛一片心。

【前腔】（生）非是我聲吞氣忍，只爲你爹行勢逼臨。他知我要歸去，將你厮禁，我要説又將口禁。我待解了朝簪，再圖鄉郡。他不提防着我，須遣我到家林，我和你雙雙兩個歸晝錦。雙親老景，雙親老景，存亡未審，只怕雁杳魚沉。（貼）真個没有書來？（生）又不是烽火連三月，真個家書抵萬金。

不允女歸

【西地錦】（外）懊恨吾家門婿，鎮日不展愁眉。教人心下長縈繫，也只爲門楣。

入門休問榮枯事，觀看容顔便得知。自招伯皆爲婿，可謂得人。只一件，他自到此，眉頭不展，面帶憂容，不知爲甚，必有緣故。叫女孩兒出來問他，必知端的。

【前腔】（貼）只道兒夫何意，如今事理方知。萬里要同歸去，未知爹意何如。

（外）孩兒，吾老入桑榆，自嘆吾之皓首。汝身乖琴瑟，每爲汝而懊懷。夫婿何故憂愁？孩兒必知端的。（貼）告爹爹得知：他娶妻六十日，即赴科場。别親三五載，竟無消息。温清之禮既缺，伉儷之情何堪？今欲歸故里，辭至尊家尊而同行；待共事高堂，執子道婦道以盡禮。（外）呀！吾乃紫閣名公，汝是香閨艷質，何必顧此糟糠婦？豈肯事此田舍翁？他久別雙親，何不寄一封之音信？汝從來嬌養，焉能涉萬里之程途？休聽夫言，當從父命。（貼）爹爹，曾觀典籍，未聞婦道而不拜姑嫜；試論綱常，豈有子職而不事父母？若重唱隨之義，當盡定省之儀。彼荆釵裙布，既已獨奉親闈之甘旨；此金屏繡褥，豈可久戀監宅之歡娛？爹爹身居相位，坐理朝綱，豈可斷他人父子之恩，絶他人夫婦之義？使伯皆有貪妻之愛，不顧父母之愆；使孩兒有違夫之命，不事舅姑之罪。望爹爹特賜憐憫。

（外）既有媳婦在家，不須你去。

【獅子序】（貼）他媳婦須有之，念奴須是他孩兒的妻。那曾有媳婦不拜親幃？（外）你去有甚勾當？（貼）若論做媳婦道理，須當奉飲食，問寒暑，相扶持蘋蘩中饋。爹爹，正是養兒代老，種穀防飢。

（外）既是養兒代老，何不當初休交他來赴舉？

【太平歌】他求科舉，指望衣錦歸，不想道你留他爲婿。他埋怨洞房花燭夜，那些個千里能相會？只要保全金榜掛名時，他事急且相隨。

（外）孩兒，你到説我不是，這等埋怨着我？

【賞宮花】他終朝慘悽，我如何忍見之？若論爲夫婦，須是共歡娱。爹爹，他數載不通魚雁信，枉了十年身到鳳凰池。

【降黄龍】須知，非是奴癡迷。已嫁從夫，怎違公議？爹既念女，怎教他爹娘不念孩兒？（占）休提，縱把奴擔閣，比擔閣他的爹娘何如？爹爹，那些個夫唱婦隨，嫁鷄逐鷄飛？

【大聖樂】（占）婚姻事難論高低，論高低何如休嫁與？假如親賤孩兒貴，終不然便抛棄？[一] 奴是他親生兒子親媳婦，難道他是何人我是誰？爹居相位，怎説道傷風敗俗非理的言語？

（外怒介）這妮子好無理，到把言語來衝撞我！我本要將心托明月，誰知明月照溝渠。

【稱人心】（凡二首）（生唱）撇呆打墮，早被那人瞧破。他要同歸，知他爹怎麽。我料他每不允諾。呀，夫人，你緣何獨坐？想你爹行不肯麽？伊家道俐齒伶牙，争奈你爹行不可。

【前腔】（貼唱）天那！我爹爹，全不顧，人笑呵。這其間，只是我見差。禍根芽，從此起，災來怎躲？相公，他只道我從夫言，罵我不聽親話。

【紅衫兒】（凡二首）（生唱）夫人，你不信我教伊休説破，到此如何？算你爹心性，我豈不料過？我爲甚亂掩胡遮？只爲着這些。你直待要打破了砂鍋，是你招災攬禍。

[一] 便抛：原作「抛便」，據汲古閣刊本《繡刻琵琶記定本》改。

【前腔】（貼唱）苦！不想道伊㧏杷，做作難禁架。㈠我見你每每咨嗟要調和，誰知道好事多磨？相公，把你陷在地網天羅，如何不怨我？天那！懊恨只爲我一個，却擔閣了兩個。

【醉太平】（凡二首）（生唱）蹉跎，光陰易謝，縱歸去，晚景之計如何？名韁利鎖，奔走在海角天涯。知麼？多應我老死在京華，孝情事一筆都勾罷。苦！這般摧挫，傷情萬感，淚珠偷墮。

【前腔換頭】（貼唱）非詐，奴甘死也。縱奴不死時，君去須不可。相公，奴身值得甚麼？只因奴誤你一家。差訛，假要做夫婦也難和。你心怨我，我心縈掛。休休！奴此身拚捨，成伊孝名，救伊爹媽。

聽女迎親㈡

【四邊静】（凡二首）（外唱）李旺，你去陳留須仔細詢端的，㈢專心去尋覓。請過兩三人，途中

㈠　架：原作『價』，據汲古閣刊本《繡刻琵琶記定本》改。
㈡　齣名據汲古閣刊本《繡刻琵琶記定本》補。
㈢　須：原作『雖』，據汲古閣刊本《繡刻琵琶記定本》改。詢：原闕，據汲古閣刊本《繡刻琵琶記定本》補。

須好承直。（合前）休憂怨憶，寄書咫尺。眼望旌捷旗，耳聽好消息。

【前腔】（生唱）只怕饑荒散亂無踪跡，他存亡也難測。何向路途間，難禁這勞役。（合前）

【福馬郎】（凡二首）（貼唱）李旺，你休説新婚在牛氏宅。（貼唱）他須怨我相躭誤。歸未得，只恐傍人聞之把奴責。（合唱）若是到京國，相逢處做個好筵席。

【前腔】（丑唱）相公，你多與我盤纏添氣力，萬水千山路，曾慣歷。（拜科）辭却恩官去，且請免憂憶。（合前）

（外云）限伊半載望回音，（生云）路上行程須小心。

（貼云）但願應時還得見，（丑云）果然勝似岳陽金。

梵宮清雅

（七言四句）（末云）年老心閒無別事，麻衣草座亦容身。相逢盡道休官去，林下何曾見一人？自家乃是彌陀寺中一個五戒。今日這寺中建一個無礙道場，不揀甚麽人，或是薦悼雙親，保安身己的，都來這裏聚會。真個好寺院，好道場呵。怎見得好寺院？（末）但見蘭若莊嚴，蓮臺整肅。佛殿嵯峨耀金壁，回廊繚繞畫丹青。千層塔高聳侵雲，半空中時聞清鐸；七寶樓晶光耀日，六時裏頻扣洪鐘。松下山門，紅塵不到；竹邊僧舍，白日難消。阿羅漢神像威儀，如靈山三十六萬億佛祖；比丘僧戒行清潔，似祇園千二百五十人俱。且看旛影石壇高，惟有棋聲花院静。休提清浄法界，且說嚴肅道場。只見珠幢寶蓋影飄颻，玉磬金鐘聲斷續。(一)龍瓶中插九品紅蓮，開浄土春秋不老；鳳蠟内吐千枝絳蕊，照佛天晝夜長明。齊整整的貝葉同翻，撲簌簌的天花亂墜。旃檀林裏，爇着清浄香、道德香；香積厨中，獻這禪蜕食、法喜食。人人在十洲三島，個個浄五蘊六根。擊大法鼓，吹大法螺，仙樂一齊奏動；開甘露門，入甘露城，幽魄盡獲超升。正是：寄言苦海林中客，好向靈山會上修。今日寺中建設大會，怕有官員貴客來此遊玩。不免將着疏頭，就此抄題幾文錢鈔，添助支用。道尤未了，遠遠望見有兩個舍人來到。

趙氏自陳

【遶地遊】(旦唱)風飡水卧，甚日能安妥？苦！問天天怎生結果？(占)他梳粧淡雅，看丰姿堪描堪畫。院子，他是何人？教來見咱。

【二郎神】(旦唱)容瀟灑，照孤鸞嘆菱花剖破。苦！記翠鈿羅襦當日嫁，誰知道他去後，釵荆裙布無些。(貼云)道姑，你不改换衣服，且帶着這釵梳。(旦提釵看)苦！他金雀釵頭雙鳳朵，

(一)　金：原作『今』，據汲古閣刊本《繡刻琵琶記定本》改。

奴家若帶了呵，可不羞殺人形孤影寡。（貼云）道姑，你不帶釵梳，且帶這些花，别些吉凶。（旦提花看，唱）天天！說甚麽簪花捻牡丹，(一)教奴怨着嫦娥。

【前腔换頭】（占唱）嗟呀，他心憂貌苦，真情怎假？只爲着公婆珠淚墜。道姑，我公婆自有，不能彀承奉杯茶。你比我没個公婆承奉呵，不枉了教人作話把。我且問你咱，你公婆，爲甚的雙雙命掩黄沙？

【囀林鶯】（凡二首）（旦唱）苦！我荒年萬般遭坎坷，丈夫又在京華。糟糠暗地喫，擔飢餓。公婆死，賣頭髮去埋他。把孤墳自造，土泥盡是我麻裙包裹。（旦）夫人，也非誇，手指傷，血痕尚在衣麻。

【前腔】（貼唱）道姑，愁人見説愁轉多，使我珠淚如麻。（占）我丈夫亦久别雙親下，他要辭官家去，被我爹爹把他來蹉跎。他妻雖然有麽，怕不似你會看承爹媽。（旦云）他如今在那裏來？（占）在天涯，謾取去，知他在路上如何？

【香淋纏】（凡二首）（旦唱）聽言語，教我悽愴多。料他每也非是假。夫人，他那裏既有妻房，取將來怕不相和。（占）道姑，但得他似你能權靶，我情願讓他居他下。只愁他在程途上苦

(一) 捻：原作『念』，據汲古閣刊本《繡刻琵琶記定本》改。

辛，教人望得眼巴巴。

【前腔】（旦）錯中錯，訛上訛，只管來鬼門前空占卦。夫人，若要識蔡伯皆的妻房，(一)（旦）奴家便是無差。（占）咳！你果然是他非謊詐？苦！元來你爲我喫折挫，你爲我受奔波。教你怨我，我怨着爹爹。

【金衣公子】（凡二首）（貼唱）姐姐，我和你一樣渾家，我安然你受禍。你名爲孝婦，我喫傍人罵。苦！他道公死爲我，婆死爲我。姐姐，我情願把你這孝衣穿着，把濃粧罷。（合）正是事多磨，冤家到此，逃不得這波查。

【前腔】（旦唱）夫人，他當初也没奈何，被爹强將來赴選科。夫人，他爲功名把父母相躭擱。（占）他辭官不可，辭婚不可。（旦）只爲三不從，做成災禍天來大。

趙氏題詩

【天下樂】（旦唱）一片花飛故苑空，隨風飄泊舞玲瓏。玉人怪問驚春夢，只怕東風羞落紅。

【醉扶歸】（凡二首）（旦唱）丈夫，我有緣千里和你能相會，難道是無緣對面不相逢？鳳枕鸞衾

(一)　蔡：原作『菜』，據汲古閣刊本《繡刻琵琶記定本》改。

和你曾相共，今日呵，反將這兔毫繭紙來打動。休休！畢竟一齊分付與東風。蔡伯皆，只怕你把往事如春夢。

【前腔】我雖然詞源倒流三峽水，只怕他胸中别是一帆風。教妾若爲容，只怕爲你難移寵。休休！縱認不得這丹青，怕他目不同。他若認得我翰墨，也須心先痛。

（旦云）未卜兒夫意，（又云）全憑一首詩。

（又云）得他心肯日，（又云）是我運通時。

邕觀真容

【解三醒】（凡二首）（生唱）嘆雙親把兒指望，教兒讀古聖文章。似我會讀書的，到把親撇漾，少甚麽不識字的，到得終來養。書，我爲你其中自有黄金屋，却教我撇却椿庭萱草堂。我還思想，休休！畢竟是文章誤我，我誤了爹娘。

【前腔】比似我做個負義忘情臺館客，到不如做個守義終身田舍郎。《白頭吟》記得不曾忘，緑鬢婦何故在他方？書，我只爲你其中有女顏如玉，却教我撇了糟糠妻下堂。我還思想，休休，畢竟是文章誤我，我誤了妻房。

書既懶看他，且看他壁上古畫，散悶則個。呀！這一軸畫，是我昨日在寺中燒香院子拾的，如何將來掛在這裏？

【太師引】(凡二首)(生唱)細端詳，這是誰畫像？覷着他教我心兒裏好悲傷。好似我雙親模樣，怎穿着破損衣裳？道别後容顔無恙，怎的這般淒涼形狀？有誰來往，將帶到洛陽？須知仲尼與陽虎一般龐。

呀！我理會得了。

【前腔】這是街坊誰劣相，覷莊家形衰貌黄。若没有一個媳婦相傍，少不得也這般的淒涼。敢是個神圖佛像？猛可的小鹿兒心頭撞。丹青匠，由他自主張，須知漢毛延壽誤了王嬙。

【刬鍬兒】(凡四首)(生唱)夫人，你説得好笑，可見你的心兒窄小。没來由撇却苦李，再尋甜桃。他不嫉不淫與不盜，終無去條。衆所誚，人所褒。縱然他醜貌，怎肯相休棄了？

【前腔】伊家富豪，那更青春年少。看你紫袍掛體，金帶垂腰。應須有封號，金花紫誥。必俊俏，須媚嬌。若還他醜貌，怎不相休棄了？(一)

【前腔】夫人，你言顛語倒，惱得我心兒焦燥。莫不是你把咱奚落，特兀自粧喬？引得我淚痕交，撲簌簌這遭。夫人，他把我嘲，難恕饒。你説與我知道，怎肯干休住了？

(一) 不：原作『肯』，據汲古閣刊本《繡刻琵琶記定本》改。

【前腔】（貼唱）相公，我心中忖料，想不是個薄情分曉，管教你夫婦會合在今朝。是伊大嫂，身姓趙。相公，正要説與你知道，怎肯干休去了？

【入賺】（旦唱）聽得鬧炒，想是我兒夫看詩囉唕。是誰忽叫？料想是夫人召，必有分曉。（貼）相公，是他題詩句，你還認得否？他從陳留郡，爲你來尋討。（生）你怎穿着破襖，衣衫盡是素縞？莫是我雙親不保？

【前腔】（旦）丈夫，從別後，遭水旱，我兩三人只道同做餓莩。只有張公可憐，嘆雙親別無倚靠。兩口公婆相繼死，我剪頭髮賣錢來送伊妣考。丈夫，我把墳自造，土泥盡是麻裙裹包。

（生）娘子，我聽得你言語，教我痛傷噎倒。

【下山虎】（凡四首）（生唱）蔡邕不孝，把父母相抛。[一]早知你形衰貌，怎留漢朝？娘子，你爲我受煩惱，你爲我受劬勞。謝你葬我爹，葬我娘，你的恩難報也。又道是養子能代老。這苦知多少？此恨怎消？天降災殃人怎逃？

【前腔】（旦）丈夫，這儀容像貌，是我親描。乞丐把琵琶撥，怎禁路遥？説甚麼受煩惱？説甚麼受劬勞？是我葬你爹，葬你娘，獨把墳塋造也。苦！我的一身難打熬。

[一] 母：原闕，據汲古閣刊本《繡刻琵琶記定本》補。

【前腔】（貼）姐姐，你説着圈套，都爲我爹相招。相公，你也説不早，況音信遼杳。姐姐，你爲我受煩惱，爲我受劬勞。相公，是我誤你爹，誤你娘，誤你名不孝也。做不得妻賢夫禍少。

【前腔】（生）我捋却巾帽，卸下衣袍。（貼）急上辭官表，共行孝道。姐姐，我豈敢憚劬勞？豈敢憚路遥？同去拜他爹，拜他娘，重把墳塋掃也，（一）與地下亡魂添榮耀。（合前）

【前腔】（合唱）幾年間分别無音耗，奈千山萬水迢遥。天那！只爲這三不從，生出這禍苗。

（生云）只爲君親三不從，（旦云）至令骨肉兩西東。

（貼云）今宵賸把銀缸照，（旦云）猶恐相逢是夢中。

張公掃墓

【虞美人】（末唱）青山今古何時了，斷送了人多少？孤墳誰與掃蒼苔，連塚陰風吹送紙灰到。

（末云）冥冥長夜不知曉，寂寂空山幾度秋。泉下長眠人未醒，悲風瀟索起松楸。老漢曾受趙五娘之所托，教我爲他看守墳塋。前兩日有些閒事，不曾來看，今日不免去走一遭看看。呀！怎的？

（一）掃：原闕，據汲古閣刊本《繡刻琵琶記定本》補。

【步步嬌】（凡二首）（末唱）只見落葉紛紛把這墳頭覆，呀！你看那廝趕的皆狐兔。爲甚的松楸漸漸疏？却元來是青苔把磚封，笋迸着泥路。我頻看你百年墳，教誰來添上你三尺土？

【前腔】（丑唱）我渡水登山多勞苦，來到這荒村塢。遥望見一老夫，試問他家，住在何處。趲步向前行，呀！却是一所荒墳墓。

【風入松】（凡八首）（末唱）大哥，(一)你不須提起蔡伯皆，説着那人忒歹。他中狀元做官六七載，撇父母抛妻不采。只兀的這磚頭土堆，是他雙親在此中埋。

【前腔】一從他别後遇荒災，更無人倚賴。虧他媳婦相看待，把衣服和那釵梳都解。他背地裏把糟糠自捱，公婆見反疑猜。

【前腔】便是他公婆親看見，雙雙氣死。無錢斷送，剪頭髮買棺材。他去空山裏，裙包土，血流指，感得神明助，與他築墳臺。

【前腔】他如今逕往帝京來，他彈着琵琶做乞丐。（哭唱）苦！叫他不應魂何在？空教我珠淚盈腮。這三不孝逆天罪大，空設醮，枉修齋。

(一) 哥：原作『歌』，據文義改。下同改。

【前腔】大哥，你如今疾忙到京臺，説我張老的道與蔡伯皆。道你拜别人的爹娘好美哉，親的爹娘死，不值你一拜。

自居墓室已三年，今日丹書下九天。
要識名高并爵貴，須知子孝共妻賢。

趙氏團圓

【六么令】（凡五首）（末唱）連枝異木新，見這墳頭，兔走如馴。相公，他禽獸草木尚懷仁，這一封丹詔必因君。（合唱）叫天天也會相憐憫。

【前腔】（生）皇恩若念臣，我也不圖，禄及吾身。只愁恩不到雙親，空辜負，這孤墳。（合）

【前腔】（旦）知他假與真，謝得公公，報説殷勤。太公，空教你爲我受艱辛，今日裏，有誰旌表你門庭？（合前）

【前腔】（貼）來的是何人？閟中無由，詢問一聲。苦！無由詢問我家尊，知他安與否，死和存？（合前）

詞林一枝

全名《新刻京板青陽時調詞林一枝》。明黄文華選編。明萬曆間福建書林葉志元刻本。凡四卷。全書版式分爲三欄，上下兩欄選收南戲、傳奇散齣，中欄雜收散曲、小曲等。卷三下欄收録《琵琶記》之《趙五娘臨粧感嘆》《蔡伯皆中秋賞月》《趙五娘描畫真容》《牛氏詰問幽情》《趙五娘書館題詩》等五齣，輯録如下。

趙五娘臨粧感嘆

（旦）蔡郎飽學衆皆知，甘分庭前戲彩衣。一旦高堂難拒合，含悲掩淚赴春闈。

【風雲會四朝元】春闈催赴，奴家記得初婚之時，香羅纔綰同心結，又被春闈拆鳳凰。同心帶綰初。奴家當初與丈夫在南浦分别之時，正是：渭城朝雨浥輕塵，客舍青青柳色新。勸君更盡一杯酒，西出陽關無故人。嘆陽關聲斷，送别南浦，夫，指望與你白頭相守，誰知爲功名却被關山阻隔。早已成間阻。謾羅襟淚漬，謾羅襟淚漬，當初蔡郎在家，他操琴，妾鼓瑟。正是夫妻好合，如鼓琴瑟。自從兒夫去後呵，正是塵埋寶瑟無心整，朱户深關懶去開。和那寶瑟塵埋，錦被羞鋪。寂寞瓊窗，蕭條朱户，空把流年度。嗏，瞑子裏自尋思，夫，想起你貪着功名，遽然赴試，把夫妻情意一旦遽别，好似侵晨薄露容易乾。夫，妾意君情，一旦如朝露。伯皆夫，你去後不顧着奴身在家捱度歲月，君行萬里途，妾受萬般苦。君還念妾，迢迢遠遠，也須回顧。

情人别後未曾還，妾在深閨淚暗彈。萬恨千愁渾似織，懨懨春病改朱顔。

【前腔】朱顔非故，自從兒夫去後時節呵，教奴羞睹菱花鏡，愁容怯玉顔，緑雲懶去梳。昔日有何郎傅粉，張敞畫眉。奈畫眉人遠，傅粉郎去，鏡鸞羞自舞。把歸期暗數，把歸期暗數，只見雁杳魚沉，鳳隻鸞孤。奴家當初在南浦分别之時，只見春光明媚，景物鮮妍。去時節緑遍汀洲，到於今又生芳杜。空自思前事，嗏，日近帝王都。獨上小樓春欲暮，望斷長安芳草路。芳草斜陽，教奴家望斷長安路。君身豈蕩子，妾非蕩子婦。其間就裏，千千萬萬，有誰堪訴？

桑榆景逼實堪悲，囊篋蕭然值歲飢。竭力執餐行婦道，晨昏定省步輕移。

【前腔】輕移蓮步，向堂前問舅姑。怕食缺須進，衣綻須補，要行時須與扶。蘋蘩中饋，凡婦道當为者，奴家自當盡心竭力，不辭勞苦。只愁一件：公婆俱是八旬以上之人，好似日近西山景，光陰不久存。奈西山景暮，奈西山景暮，教我倩誰人，傳與我的兒夫？你身上青雲，只怕親歸黄土。

咳！我臨別時也曾多囑付。嗏，那些個意孜孜，只怕十里紅樓，貪戀着人豪富。夫，奴家是你妻子，不足掛懷，争奈爹娘年老在家，無人侍奉。雖然是忘了奴，也須念父母。苦！無人訴與，這淒淒冷冷，怎生辜負？怎生辜負？

秋來天氣最淒涼，俊秀紛紛鏖戰場。屈指算來經半載，多才想已決文場。

【前腔】文場選士，天下舉子三千，英雄五百，皆是胸藏錦繡，口吐珠璣。紛紛都是才俊徒。少甚麼鏡分鸞鳳，都要榜登龍虎，偏是他將奴誤。到是我差矣。婦事舅姑，理之當然，埋怨他則甚？也不索氣蠱，也不索氣蠱，那日長亭分別，奴受兒夫一禮。他將爹媽托付與我侍奉，既受托了蘋蘩，有甚推辭？索性做個孝婦賢妻，也落得名標青史。今日呵，不枉受了些閒淒楚。嗏，俺這裏自支吾，休得污了他的名兒，左右與他相回護。夫，奴家記得宋弘云：貧賤之交不可忘，糟糠之妻不下堂。倘若僥倖中了，切莫忘了今日。你便做腰金與衣紫，須記得荆釵與裙布。苦！一腸愁緒，恨從別後生千種，愁擁心頭結一團。堆堆積積，宋玉難賦，宋玉難賦。

回首高堂日已斜，遊子何事在天涯。
紅顏婦人多薄命，莫怨春風當自嗟。

蔡伯皆中秋賞月

【山查子】（生）逢人曾寄書，書去神亦去。今夜好清光，可惜人千里。

（貼）相公，今夜碧天如洗，月色光輝。人人慶賞，户户謳歌，偏你愁懷悒悒，怨懟沉沉。還是为着甚的？（生）夫人，月色有甚好處？（貼）你看玉樓绛氣捲霞綃，云浪空光澄徹。丹桂飄香清思爽，人在瑶臺銀闕。〔一〕（生）影透鳳幃，光窺羅帳，露冷蛩聲切。關山今夜，照人幾處離别。（貼）須信離合與悲歡，還如玉兔，有陰晴圓缺。便做人生長宴樂，幾見冰輪皎潔？（丑）此夜明多，隔年期遠，莫放金樽歇。（合）但願人長久，年年同賞明月。（貼）惜春，將珠簾捲起，待我陪相公玩賞。好月色呵！真個令人可愛可賞！惜春，斟上酒來。要看明月今宵好，管教萬里見嬋娟。

【念奴嬌序】長空萬里，見嬋娟可愛，（生）夫人，可愛甚的兒來？（貼）可愛秋風清，秋月明，落葉聚還散，寒鵶棲復驚。全無半點纖凝。正是：月明銀漢三千户，人醉金風十二樓。十二欄杆光滿處，涼浸珠箔銀屏。偏称，身在瑶臺，笑斟玉斝，相公，月明風清，如此良夜，怎不開懷暢飲？正是：西風吹散碧雲天，近水樓臺得月先。塵世難逢開口笑，良宵莫負遂心年。人生幾見此佳景？（合）惟

〔一〕銀：原作『艮』，據汲古閣刊本《繡刻琵琶記定本》改。

願取年年此夜，人月雙清。

【前腔】（生）孤影，南枝乍冷。見烏鵲縹緲驚飛，正是：月朗星稀，烏鵲南飛。遶樹三匝，無枝可棲。那更棲止不定。（貼）那烏想是夜深投宿的，尋歸舊巢。（生）夫人，你説舊巢，我又想起我少年讀書之處。當此光景，到也幽雅呵。萬疊蒼山，何處是修竹吾廬三徑？（貼）相公，你寒窗勤苦，今日這富貴榮耀，繡閣珠樓也不落下。（生）人各有所好。追省，人道中了狀元，扳丹桂近姮娥。伯皆今日得中了狀元呵，丹桂曾攀，（貼）丹桂相公扳了，姮娥在月宫如何得近？（生）既蒙岳丈大人不棄，把夫人招贅與下官，又得夫人相愛。把夫人當作姮娥相愛，夫人見我把姮娥比他，他就害羞，一笑而回去了。看起今宵月，想起故舊情。故人千里外，同玩月華明。那故人千里謾同情。（合前）

（貼）相公，對此清虛境界，自覺神思清爽。

【前腔】光瑩，昔有秦穆公一女，名曰弄玉，配與蕭史爲妻。夫婦二人吹簫於臺上。有一日鳳自天而下。曾有詩曰：鳳凰臺上鳳凰遊，鳳去臺空江自流。我欲吹斷玉簫，乘鸞歸去，不知風露冷瑶京。夜深了，好重露水。環佩濕，似月下歸來飛瓊。正是：香霧雲鬟濕，清輝玉臂寒。那更，香霧雲鬟，清輝玉臂，廣寒仙子也堪并。（合前）

【前腔】（生）試聽，吹笛關山，那裏吹得甚麽響？（丑）如今秋來天氣，人家洗整寒衣，送與出外征人。（生）那搗衣寄遠，心下豈不傷感？正是：吹笛秋山風月清，誰家巧作斷腸聲？敲砧門巷，月中都是斷腸聲。夫人，這離家的人都是經年隔歲。人去遠，幾見明月虧盈？（貼）依相公説起來，這中秋月色也有不喜他的？（生）惟應，邊塞征人，深閨思婦，怪他偏向别離明。（合前）

（浄、丑）禀相公、夫人，夜深了，身上有些寒冷。正是：迢迢玉露沾衣濕，夜深不覺峭寒生。

【古輪臺】峭寒生，鴛鴦瓦冷玉壺冰。（丑）惜春姐，適纔蒙相公、夫人賞賜我和你的酒，爲何傾在石欄杆上，濕喇喇的？（浄）愛春，那不是酒，夜深了，天時下露。（丑）這是奴家粧村了。（浄）欄杆露濕人猶凭，貪看玉鏡。況萬里清明，皓彩十分端正。三五良宵，此時獨勝。（丑）把清光都付與，酒杯傾。正是：遇飲酒時須飲酒，得高歌處且高歌。從教酩酊，捹夜深沉醉還醒。酒闌綺席，漏催銀箭，香消寶鼎。斗轉與參横，銀河耿耿，轆轤聲已斷金井。

【前腔】（浄）閒評，月有圓缺與陰晴。人世上有離合悲歡，從來不定。深院閒庭，處處有清光相映。也有得意人人，兩情暢詠；也有獨守長門伴孤另，君恩不幸。（丑）有廣寒仙子娉婷，孤眠長夜，如何捱得更闌寂静？此事果無凴。但願人長永，庾樓上玩月共同登。

【前腔】（衆）聲哀訴，促織鳴。（貼）俺這裏歡娱未罄，（生）他幾處寒燈織未成。

趙五娘描畫真容

（旦）兒夫别後遇荒凶，只恐公婆貌不同。描畫真容皆筆力，教奴含淚想真容。

【新水令】想真容，未寫淚先流，要相逢又不能勾。淚眼描來易，愁容寫出難。全憑着這枝筆，描不成畫不就萬般愁。親喪荒坵，要相逢除非是魂夢中有。

公婆，你自從孩兒去後，不曾得半載歡悦。我只記得，

【駐馬聽】兩月優游，三五年來都是愁。自從我兒夫去後，望斷長安，兩淚交流。自我丈夫離家之後，三載連遇饑荒。饑荒年歲度春秋，兩人雪鬢龐兒瘦。常想在心頭，常鎖在眉頭。教奴家怎畫得容顔依舊。公婆呵，在生時節終日思慮孩兒不回，又且遭此飢饉年歲，度日如年。教奴家怎畫得歡容笑口？

【雁兒落】待畫他瘦形骸，真是醜。待畫他髮颼颼，㈠望孩兒兩眼淚盈眸。待畫他俊龐兒，生成就，待畫他肥胖些，這幾年遭饑荒，只落得容顔消瘦。分付毛延壽，弄了筆尖頭，全憑着五道士用機謀。看起公婆真容，果然厮像。正是：睹面宛然如在目，不須指點問閒人。只是一件，當時伯皆在家，形容豐厚；自他去後，遭遇饑荒，容顔比前大不同矣。怕只怕蔡伯皆不認醜。公公亡過不久，猶自庶幾；婆婆亡過多年，看起真個難觀。醜只醜一女流。夫，雖不似你昔日的爹娘，也須是趙五娘的親姑舅。

㈠　颼颼：原作「搜搜」，據汲古閣刊本《繡刻琵琶記定本》改。下同改。

真容須然描就，待奴家掛在堂中，略備些水飯來祭奠一會，多少是好？

【疊字錦】非是奴家出外州，非是奴家出外遊，公婆，奴家今日往京，不爲别的，也只爲着公公，也只爲着婆婆，也只爲着孩兒出外州。此情不可丟，此情不可休。辭别我的公公，辭别我的婆婆。公婆，你生則爲人，死則爲神。奴家此去京城呵，一路上望公婆魂靈兒相保佑。

【三仙橋】保佑奴身出外州，抛閃下公婆墳塋，有誰厮守？公婆呵，只愁奴家去後，冷清清誰來拜掃？縱使遇春秋，一陌紙錢怎有？夫，你當初去時節，爲父母的望你到那裏，爲妻子的想你到那裏。你今一去不回，好似甚的來？好一似斷纜小孤舟，無拘束蕩蕩悠悠，又不知你歸來時候。我今往京都時節，盤纏没有分文。没奈何，只得抱琵琶權當作行頭，背真容不離左右。我今去休，兩淚交流。公婆呵，生時節做一個受饑餒的公婆，死後做一個絶祭祀的孤墳姑舅。不免將二親儀容收拾，往太公家拜辭他起程，多少是好。

【清江引】辭别張太公，謾説生和受。公婆真容奴畫的有，身背琵琶走，一路上唱詞兒覓食度口。

（末）衰柳寒蟬不可聞，西風敗葉正紛紛。長安古道休回首，西出陽關無故人。（旦）太公，奴家正欲造庭告辭，反蒙過舍，生受多矣。（末）老漢聞知五娘子往京，竟來送行。備有數貫錢鈔，以爲路費之資，請收下。（旦）屢屢多蒙賙濟，今番決不敢受。（末）五娘子敢嫌輕微？（旦）本不該受。既蒙太公所賜，斗膽領去。（末）説那裏話？你手中拿着甚麼子？（旦）是公婆真容。（末）是誰畫的？（旦）是奴家描畫的。（末）展開，待老夫一看。（旦）畫得相醜，太公休哂。（末）五娘子，畫得廝像！只道你精於針指挑繡，那知道善於水墨丹青？只一件，你公公畫得儼然廝像，婆婆多不相似。（旦）婆婆亡過多年，一時想像不真。（末）老漢雖無博學之才，願借笔硯，待老夫標題幾句。（旦）太公，笔硯在此。（末）差矣。老夫説不成文，寫不成字，恐污了你丹青。待我口贊幾句。（旦）如此，願聞。〔鷓鴣天〕（末）死別多應夢裏逢，謾勞孝婦寫遺踪。可憐不得圖家慶，辜負丹青泣畫工。衣破損，鬢蓬鬆，千愁萬恨在眉峰。只恐蔡郎不識年來面，趙女空描別後容。（旦）多謝太公金言。（末）五娘，你這般形狀，怎麼去得京城？（旦）奴家身背琵琶，沿路唱些詞兒，扮作道姑前去。（末）你是女流之輩，那曉唱甚麼詞兒？（旦）奴家自作得琵琶口詞，讀來望太公斥正一二。（末）老夫願聞。

【琵琶詞】（旦）試將曲調理宫商，彈動琵琶情慘傷。不彈雪月風花事，且把歷代源流訴一場。混沌初開盤古出，三才御世號三皇。天生五帝相繼續，堯舜心傳夏禹王。禹王後代昏君出，乾坤大抵屬商湯。商湯之後紂爲虐，吊民伐罪周武王。周室東遷王迹熄，春秋戰國七雄强。七雄併吞爲一國，秦氏縱横號始皇。西興漢室劉高祖，光武中興後獻王。此時有個陳留郡，陳留有個蔡家莊。蔡家有個讀書子，才高班馬飽文章。父親名唤蔡崇簡，母親秦氏老萱堂。自家名唤蔡邕的，娶有妻房趙五娘。夫妻新婚纔兩月，誰知一旦拆鴛鴦。只爲朝廷開大比，張公相勸赴科場。苦被堂上親催遣，不由妻諫兩分張。指望衣錦歸故里，誰知一去不還鄉。自從與夫分别後，陳留三載遇饑荒。公婆受餒身無主，妻子耽饑實可傷。(一)可憐三日無飡飯，幸遇官司開義倉。家下無人孤又苦，妾身親自請官糧。奴去請糧糧又盡，多謝恩官做主張。行到無人幽僻處，李正搶去甚慌張。奴思歸家無計策，將身赴井淚汪汪。幸遇太公來答救，分糧與我奉姑嫜。糧米充作二親膳，奴家暗地自挨糠。不想公婆來瞧見，雙雙氣倒在厨房。慌忙救得公甦醒，不想婆婆命已亡。自嘆奴身命運蹇，豈知公又夢黄粱。連喪雙親無計策，香雲剪下賣街坊。幸遇太公施仁義，刻腑銘心怎敢忘？孤墳獨造誰爲主？指頭鮮血染麻裳。孝感天神來助力，搬泥運土事非常。築成墳墓神分付，改换衣裝往帝邦。畫取公婆儀容像，迢遥豈憚路途長？琵琶撥調親求食，竟往京都尋蔡郎。皋魚殺身以報父，吴起母死不奔喪。宋弘不棄糟糠婦，王允重婚薄倖郎。此回若得夫相見，全仗琵琶説審詳。從頭訴盡千般苦，只恐猿聞也斷腸。

(末)賢哉！賢哉！只一件來，你少長閨門，豈識路途之苦？當初伯皆赴選之時，你青春嬌媚。到今日遭此饑荒，你形衰貌醜。正是：桃花歲歲皆相似，人面年年大不同。我想伯皆臨别之時，他道：

(一) 饑：原作『機』，據文義改。

太公，倘得寸進，即便回來。如今一别多年，音信不通。年荒親死，竟不返舍，知他心腹事體若何？正是：　畫虎畫皮難畫骨，知人知面不知心。五娘子，聽老夫囑付幾句：　蔡邕原是讀書人，想應一舉已成名。久留不知因個甚？年荒親死不回門。你去京城須仔細，逢人下禮問虚真。見郎謾説他妻子，見郎謾説喪雙親。見郎謾説裙包土，見郎謾説剪香雲。見郎謾説千般苦，只將琵琶語句訴原因。若得伯皆思故里，可憐張老一親鄰。老漢今年七十歲，比你公公少一旬。你去時還有張老送，回來未知張老死和存。正是：　流淚眼觀流淚眼，不傷悲處也傷悲。（旦）多謝太公指教。太公，奴家敢煩玉趾，同往南山拜詞公婆墳墓，即便登程？（末）五娘子，你孝心頗有。不消去南山拜辭，就此靈位前祝告一番。將靈位除了，你去後無人奉侍。（旦）如此，多感了。（末）老員外、老安人，你媳婦趙氏五娘前往京城，尋取你伯皆兒子，望你一點魂靈隨他同去，阴中保佑一路平安，身體康健。

【憶多嬌】（旦）他魂渺漠，我身没倚着。程途萬里，心懷絶壑。太公請上，受奴一禮。奴家此拜非为别的，此去孤墳，望太公看着。（合）舉目瀟索，滿眼盈盈淚落。

（末）五娘子，你但放心前去，公婆的墳塋我自看守了。

【前腔】承委托，當領諾。孤墳看守，决不爽約。五娘子，你此去京城，老漢别無所願呵，但願你途中身安樂。（合前）

【鬭黑麻】（旦）多謝公公，便承允諾。從來你的恩深，怎敢忘却？太公，奴家此去，吉凶難保。

只愁途路遠，身體弱，病染災纏，力衰倦脚。太公，奴家此去别無所慮。（末）五娘子，孤墳自有老夫看守。只愁一件。（旦）太公，你愁着那一件？（末）只愁你途路中滋味恶。（旦）太公，奴在路上慮着孤墳，你在家中愁奴家在路上。正是兩處堪悲，萬愁怎摸？

（末）五娘子，我想蔡伯皆在京，必然高中。

【前腔】你兒夫多應是，貴官顯爵，伊家此去須當審個好惡。只怕你喬打扮，他怎知覺？那時他腰金衣紫，後擁前呼。你一身這等襤褸，他一時那肯相認？他一貴，你一貧，怕他將差就錯。

（合前）

（旦）太公請回，不勞遠送。（末）待老夫再遠送一程則個。

【憶多嬌】（旦）山又高，水又長，山高水長離故鄉。公婆孤墳望你看管，只愁奴身此去受淒涼。（合）對景悲傷，對景愁斷腸，淚灑西風兩行。

【前腔】（末）趙五娘離故鄉，肩挑雨傘尋蔡郎，身背琵琶脚又忙。只恐金蓮窄小，難行上。

（合前）

牛氏詰問幽情

【江頭金桂】（旦）怪得你終朝嚬𠺕，只道你緣何愁悶深？教我猜着啞謎。爲你沉吟，况那籌兒没處尋。我和你共枕同衾，瞞我則甚？相公，你瞞我太不良，家中撇下老爹娘。久聞陳留遭水旱，如何捱得這饑荒？自你撇下爹娘媳婦，屢换光陰。你在此朝朝筵宴，夜夜笙歌，他那裏倚門懸望不見兒歸。須埋怨没音信。笑伊家短行，笑伊家短行，無情忒甚。相公，虧你忍得到於今，又道是夫妻且説三分話，未可全抛一片心。

【前腔】（生）非是我聲吞氣忍，只爲你爹行勢逼臨。怕他知我要歸去，將人厮禁。幾番要説，又要口噤。（貼）相公既不明説，終不然不圖歸家不成？（生）欲待要解下朝簪，再圖鄉郡。你令尊呵，他不隄防着我，須遣你我到家庭，和你雙雙兩個歸晝錦。（貼）相公，敢問公婆壽年多少？（貼）下官起程之際，與爹娘慶了八旬而來。他那裏蕭蕭鶴髮，槁槁枯容。嘆雙親老景，嘆雙親老景，這幾年白髮滿華星，遭遇這饑荒歲。老爹娘，你那裏存亡未審。（貼）你曾寄得有書回去否？（生）别的事不曾瞞過夫人，這椿事兒瞞了夫人。日前有一鄉親，名唤馬扁三官，與下官帶一封音書回去。那人臨别之時，言詞道得不好。他道是豺狼紛擾路途間，雁鴻飛不到家鄉伴。我想那人又非京商客旅，行止不定，没跡無踪。夫人，我的妻，只恐怕那書兒到做了雁杳魚沉。若得此書到家庭，爹娘見書如見子，五娘見書如見夫。又不是烽火連三月，真個家書抵萬金。

雪隱鷺鷥飛始見，柳藏鸚鵡語方知。
假如染就乾紅色，也被傍人講是非。

趙五娘書館題詩

【天下樂】（旦）一片花飛故苑空，隨風飄泊到簾櫳。玉人怪問驚春夢，只恐東風羞落紅。堦下落紅三四點，教人錯恨五更風。當初只道伯皆貪名逐利不回，誰想在這裏又娶一房。感得牛氏夫人賢會，怕伯喈不肯相認，教我在書館題詩打動。正是：緩緩金蓮小，輕輕疊步忙。潛身離繡閣，緩步到書房。呀！好個所在。上面是孝廉的牌匾語『廉』字呵。想你在此爲官清正，『廉』字可以名稱其實。『孝』字呵，撇下父母不歸奉養，孝從何來？呀！原來上面是公婆真容。公婆，昨日在彌陀寺一別，誰知今日在此又和你相逢。你媳婦是活的，不能先見你家孩兒；你是個枯槁形容，尚然先見你家孩兒。

【醉扶歸】正是有緣千里能相會，公婆，昨日在彌陀寺裏追薦，忽然报道有位官長來寺裏拈香，唬得我慌忙無措。後來人説是伯皆。早知道是伯皆呵，我一把手扯住，怕你不認？愁你不認？夫，正是相逢不能得勾和你相認時。夫，這還是我無緣對面不相逢？我想結髮之愛，須念兩月之同衾。鳳枕鸞衾也曾共，今日到此題詩，爲何傷他情上太絶，反將溪水逆流？今日呵，到憑着兔毫蘸紙將他動。分別之時，我道是：夫，你家父母比不得別人家父母不同，他年滿八旬，早晚風燭不定，你倘得利就名成，你把歸鞭早整。休戀上林春富貴，雖念高堂雪鬢翁。他今日事已成矣，講他則甚？罷罷，休休。畢竟一齊分付與東風，把往事如春夢。到此題詩爲何？閒講怎的？不免就此題着：崑山有良璧，鬱鬱璠璵姿。嗟彼一點瑕，掩此連城瑜。人生非孔顔，名節鮮不虧。拙哉西河守，胡不如臯魚？宋弘既以義，王允何其愚。風木有餘恨，連理無傍枝。寄語青雲客，慎勿乖天彜。

【前腔】總是我詞源倒流三峽水，他今日爲官，情性比不得在家做秀才不同，只怕你胸中別是一帆風。我乃是婦人之家，不出閨門。到今日抛頭露臉，到此京中，所爲何來？夫，都只爲玉簫聲斷鳳樓空。昨日見了牛氏夫人，他見我衣裳襤褸，怕伯喈不肯相認，叫我改換衣衫。縱然改換，怎比我舊日丰姿？還是教妾若爲容？這詩句不該寫王允在上。我昨已曾對牛氏夫人講過了來。我道明日題詩，又恐於礙夫人。他說：姐姐，你若不寫我在上，恐伯皆不肯相認。你與他日遠日疏，我與他日近日親。夫人，只怕爲你難移寵。我想伯皆見公婆真容，斷然相認。差矣，丈夫分別之時，公婆歡容笑臉。到今日消瘦容顔。休休，縱認不得這丹青貌不同，夫，你縱然認不得這丹青，趙五娘墨跡依然不改。若認得我翰墨，教心先痛。

【忒忒令】未卜我兒夫，心腸太毒。豈料到京都，榜登龍虎，入贅在丞相府。感夫人着我書館題詩，我的公婆保佑兒夫相認奴，把靈魂超度。看四壁間畫圖：這壁廂王祥卧冰孟宗哭竹，那壁廂黄香扇枕丁蘭刻木。惟有我的兒夫貪戀榮華，不思父母。各淚汪汪，長情短訴。

八能奏錦

全名《鼎雕崑池新調樂府八能奏錦》。明黄文華選編。明萬曆間福建書林愛日堂蔡正河刻本。凡六卷。全書版式分爲三欄，上下兩欄選收南戲、傳奇散齣，中欄採録小曲。卷二下欄收録《琵琶記》之《伯皆長亭分别》（原闕）、《五娘途中自嘆》（原闕）、《五娘書館題詩》（原闕），卷五下欄收録《伯皆華堂慶壽》《五娘臨粧感嘆》《丞相聽女迎親》《太公掃墓遇使》等七齣，輯録如下。

伯皆華堂慶壽

【瑞鶴仙】（生）十載親燈火，論高才絶學，休誇班馬。風雲太平日，正驊騮欲聘，魚龍將化。沉吟一和，怎離却雙親膝下？且盡心甘旨，功名富貴，付之天也。

宋玉多才未足稱，子雲識字浪傳名。奎光已透三千丈，風力行看九萬程。經世手，濟時英，玉堂金馬豈難登？要將萊綵歡親意，且戴儒冠盡子情。今喜雙親壽旦，對此春光，花下酌杯酒，特與爹娘慶壽。昨日分付安排酒筵，未知齊備否？（内）酒筵已齊備了。（生）既齊備，爹媽有請！

【寶鼎兒】（外）小門深巷，春到芳草，人閒清晝。（净）人老去星星非故，春又來年年依舊。（旦）最喜今朝春酒熟，滿目花開如繡。（合）願歲歲年年，人在花下，常斟春酒。（外）我兒，請我兩老出來有何話説？（生）告禀爹娘得知，人生百歲，光陰有幾？幸喜娘年滿八旬，當此青春光景，聊具一杯蔬酒，與爹娘慶壽。（净）老子，正是子孝雙親樂，家和萬事成。我兒，斟上酒來。

（外）我兒，風色大，放下簾來。

【錦堂月】（生）簾幕風柔，庭幃晝永，朝來峭寒輕透。親在高堂，一喜又還一憂。爹娘請酒。孩兒不願别的而來，惟願取百歲椿萱，長似那三春花柳。（合）酌春酒，看取花下高歌，共祝眉壽。

【前腔】（旦）輻輳，獲配鸞儔。深慚燕爾，持杯自覺嬌羞。（净）兒，自家公婆，不要怕羞。（旦）怕難主蘋蘩，不堪侍奉箕箒。（净）惟願你諧老夫妻，常侍奉我暮年姑舅。（合前）

【前腔】（外）還愁，白髮蒙頭，紅英滿眼，心驚去年時候。只恐時光似箭，催人去也難留。我兒，自古道學成文武藝，須當貨與帝王家。惟願取黄卷青燈，及早换金章紫綬。（合前）

【前腔】（净）還憂，松竹門幽，桑榆暮景，明年豈知健否？况且蘭玉未種，嘆蘭玉蕭條，一朵桂

花堪茂。兒，老娘不願你别的而來。惟願取連理芳妍，得早遂孫枝榮秀。（合前）

【醉翁子】（生）回首，嘆瞬息烏飛兔走。喜爹媽雙全，謝天相佑。（旦）不謬，更清淡安閒，樂事如今誰更有？（合）相慶處，相慶處，但酌酒高歌，共祝眉壽。

（外）我兒，今年乃是大比之年，昨日郡中有吏來辟召，你可收拾上京應取。倘得脱白掛緑，光宗耀祖，改換門閭，不枉你十年窗下之苦，不負爹娘教訓之功。（生）爹媽年老在堂，無人侍奉，孩兒豈敢遠離？

【前腔】（外）卑陋，論做人光前耀後。勸我兒青雲萬里，早當馳驟。（淨）聽剖，真樂在田園，何必區區公與侯？（合前）

【僥僥令】（生、旦）春光明綵袖，春酒泛金甌。但願歲歲年年人長在，父母共夫妻相勸酬。

【前腔】（外、淨）夫妻好廝守，父母願長久。坐對兩山排闥青來好，看將一水護田疇，緑遶流。

【十二時】（衆）山青水緑還依舊，嘆人生青春難又，惟有快樂是良謀。

逢時對景且高歌，須信人生能幾何。

萬兩黄金未爲貴，一家安樂值錢多。

五娘臨粧感嘆

（旦）蔡郎飽學衆皆知，甘分庭前戲綵衣。高堂一旦强逼試，含悲掩淚赴春闈。

【四朝元】春闈催赴，我與他新婚兩月，一旦遠離。正是：香羅纔綰同心結，又被春闈折鳳凰。同心帶綰初。古人曾造陽關一所，勸君更盡一杯酒，西出陽關無故人。嘆陽關聲斷，我也曾送別南浦。夫，你一去不回來呵，早已成間阻。謾把羅襟淚漬，謾把羅襟淚漬，自古道：夫妻好合，如鼓瑟琴。自從丈夫去後，百事淒凉。就是那寶瑟塵埋，錦被羞鋪。寂寞瓊窗，蕭條朱户，空把流年度。嗏，瞑子裏自尋思，妾意君情，一旦如朝露。君行千里途，妾受萬般苦。君還念妾，迢迢遠遠，也索回顧，也索回顧。

兒夫別後未回還，妾在深閨淚暗彈。萬恨千愁紛似織，懨懨春病改朱顔。

【前腔】朱顔非故，緑雲懶去梳。奴家記得古人張敞畫眉，何郎傅粉，自從我丈夫去後呵，奈我畫眉人遠，傅粉郎去，昔一公主籠一鸞於庭，悲鳴不已，人莫知其故。後出一鏡照之，其鸞即跳躍而死。鏡鸞羞自舞。把歸期暗數，把歸期暗數，到如今雁杳魚沉，鳳隻鸞孤。去時節緑遍汀洲，到於今又生芳杜。空自思前事，嗏，日近帝王都。芳草斜陽，教奴家望斷長安路。丈夫乃是讀書之人，豈非蕩子之比？君身豈蕩子，妾非蕩子婦。其間就裏，千千萬萬，有誰堪訴？有誰堪訴？

桑榆暮景實堪悲，囊篋蕭然值歲飢。竭力盡心行婦道，晨昏定省步輕移。

【前腔】輕移蓮步，堂前問舅姑。怕食缺須進，衣綻須補，要行時須與扶。奈西山暮景，奈西山暮景，公婆年老，猶如風前燈燭，草上露珠，朝不能保暮。教奴家倩着誰人，傳與我的兒夫？夫，你身上青雲，只恐怕親歸黄土，臨别也曾多囑付。嗏，那些個喜孜孜，只怕你十里紅樓，貪戀人家豪富。夫，須然忘了奴，也須念父母。苦，無人訴與，凄凄冷冷，怎生辜負？

兒夫分别去求名，未知何日衣錦榮。想應長安今已到，策試英雄入文場。

【前腔】文場選士，紛紛都是才俊徒。少甚麼鏡分鸞鳳，都要去榜登龍虎，偏他將奴誤。也不索氣蠱，也不索氣蠱，既受托了蘋蘩，有甚推辭？索性做個孝婦賢妻，也落得名標青史，不枉受了些閒凄楚。嗏，俺這裏自支吾，休得要污了他的名兒，左右與他相回護。夫，你便做腰金衣紫，須記得荆釵與裙布。一場愁緒，堆堆積積，宋玉難賦，宋玉難賦。

回首高堂日已斜，遊子何事在天涯。

紅顏勝人多薄命，莫怨東風當自嗟。

丞相聽女迎親

【番卜算】（外）兒女話堪聽，使我心疑惑。暗中思忖覺前非，有個團圓策。

自古道：良藥苦口利於病，忠言逆耳利於行。昨日女孩兒要和伯皆歸去，同事雙親，自家不肯放他去，却將幾句言語衝我，我一時不勝焦躁。如今尋思起來，他的言語句句有理，節節堪聽。待要放他回去，只慮他幼長閨門，難涉路途。況俺年老，無人奉事，如何放他去得？如今有個道理，不免使一個人，多與盤纏，教他逕往陳留，將蔡伯皆爹娘和媳婦都接取來，多少是好？不免叫女孩兒和伯皆過來，問他則個。

【前腔】（生）淚眼滴如珠，愁思縈如織。（占）早知今日悔當初，何似休明白？

（外）孩兒，你昨日的說話，我仔細尋思起來，都說得有理。我欲待教你同女婿回去，路途跋涉，這個也難。不如逕使人去陳留，取他爹媽媳婦來做一處住，你兩人心下如何？（占）這個隨爹爹主張。（生）若得如此，感恩非淺。（外）院子李旺何在？（丑）頻聽指揮黃閣下，忽聞呼喚畫堂前。老相公有何使令？（外）李旺，我要差你去陳留走一遭。（丑）去做甚麼？（外）差你去那裏接取蔡狀元的老員外、老安人、小娘子三人，來到我府中同住。（丑）如此，李旺不去。（占）李旺，你去請得來，我重重賞你。（丑）夫人，你如今說道重重賞我，只怕取得小娘子來時，夫人又要和他争大小，那時節可不埋冤李旺？那裏還肯把東西賞我？（外）休閒說。我如今修一封書去相請，外有銀錢與你路上做盤纏。休得落後了。（生）李旺，你去時節須要多方詢問，若是取得來時，路途上千萬小心承直。（丑）不妨，我出路慣便，自有分曉。

【四邊静】（外）李旺，你去陳留仔細詢端的，專心去尋覓。請過兩三人，途中好承直。（合）休憂怨憶，寄書咫尺。眼望旌捷旗，耳聽好消息。

【前腔】（生）只怕饑荒散亂無踪跡，他存亡也難測。何況路途間，難禁這勞役？（合前）

【福馬郎】（占）李旺，你休説新婚在牛氏宅。（外）孩兒，便説又待怎的？（占）他雖怨我相擔誤。歸未得，只恐傍人聞之把奴責。（合）若是到京國，相逢兩下免憂憶。

【前腔】（丑）相公，多與我盤纏添氣力，萬水千山路，曾慣歷。辭却恩官去，管取好消息。（合前）

限伊半載望回音，路上看承須小心。
但願應時還得見，果然勝似岳陽金。

太公掃墓遇使

【虞美人】（末）青山今古何時了，斷送人多少？孤墳誰與掃荒苔，連塚陰風吹送紙錢來。

冥冥長夜不知曉，寂寂空山幾度秋。泉下長眠人未醒，悲風蕭瑟起松楸。（一）老漢曾受趙五娘之托，教我爲他看守墳塋。前兩日有些閒事，不曾看得，今日不免去走一遭。

【步步嬌】呀！只見黄葉飄飄把墳頭覆，斷踶的皆狐兔。敢是誰砍了樹木去？爲甚松楸漸漸疏？咳！甚麼絆我這一倒？却元來是苔把磚封，筍迸泥路。老員外、老安人，自古道：未歸三尺土，難保百年身；已歸三尺土，難保百年墳。只怕你難保百年墳。况老夫在日，尚來爲你看管。若老夫死後呵，教誰添上你三尺土？

遠遠望見一個漢子來了，不知是甚麼人？且看他如何？

【前腔】（丑）渡水登山多勞苦，來到這荒村塢。遥觀見一老夫，試問他家住在何所？趱步向前行，呀！却是一所荒墳墓。

（末）小哥，你從那裏來？（丑）小人從京都來。（末）却往那裏去？（丑）奉蔡相公差來的。（末）你相公是那裏人？差你來有甚勾當？（丑）我相公特差小人來取他老員外老安人和小娘子，一同到洛陽去。（末）你相公叫甚麼名字？（丑）我相公是蔡伯皆狀元。（末怒介）

【風入松】你不須題起蔡伯喈，説着他每忒歹。（丑）呀！他有甚歹處？（末）他中狀元做官六

（一）楸：原作『秋』，據汲古閣刊本《繡刻琵琶記定本》改。

七載，撇父母拋妻不采。（丑）他父母在那裏？（末）兀的這磚頭土堆，是他雙親在此中埋。（丑）呀！原來老員外老安人都死了。不知爲着甚的？

【前腔】（末）一從他別後遇荒災，更無人倚賴。（丑）這等，是誰承直他兩個？（末）虧他媳婦相看待，把衣服和釵梳都解。（丑）解當須有盡時。（末）便是。這小娘子解得錢來糴米，做飯與公婆喫。他背地裏把糟糠自捱，公婆的反疑猜。（丑）公婆道他背後喫了好東西麼？（末）便是。後來呵。

【前腔】他公婆的親看見，雙雙痛倒，無錢斷送，剪頭髮賣買棺材。（丑）他那般無錢，如何築得這所墳墓？（末）他去空山裏，裙包土，血流指，感得神明助，與他築墳臺。（丑）自古道：孝感天地，果然有此。這小娘子如今在那裏？

【前腔】（末）他如今逕往帝都來。（丑）他把甚麼做盤纏？（末）他彈着琵琶做乞丐。（丑）苦！蔡相公特地差小人來取他父母妻子。如今老員外老安人俱死了，小娘子却又去了，如何是好？（末）你謾着，我替你説與他父母知道便了。（叫介）老員外、老安人，你孩兒做官，如今差人來取你到京，同享富貴，你去不去？叫他不應魂何在？空教我珠淚盈腮。（丑）公公，你休啼哭，小人如今回去，教俺相公多做些功果，追薦他便了。（末）他生不能養，死不能葬，葬不能祭。這三不孝逆天罪大，空設醮，枉修齋。

你相公如今在那裏？（丑）我相公如今入贅牛丞相府裏。

【前腔】（末）小哥，你如今疾忙便回，説我張老的道與蔡伯皆。[一]（丑）道甚麼來？（末）道他拜別人的爹娘好美哉，親爹娘死，不值你一拜。（丑）公公，你休錯埋冤了人。他要辭官，官裏不從；辭婚，牛太師不從。也只是没奈何了。[二]（末）恁的呵，元來他也是無奈，好似鬼使神差。他當原在家不肯赴選，他爹爹不從他。這是三不從把他厮禁害，三不孝亦非其罪。（丑）公公，你險些錯埋冤了人。（末）這是他爹娘福薄運乖，人生裏都是命安排。

（丑）敢問公公高姓？（末）小哥，老漢不是别人，張太公的便是。當初蔡伯皆臨去之時，把父母囑付與我。如今他父母身死，小娘子又去京都尋他，今去了半月日。你如今回去，一路上但見一個婦人，似道姑打扮，拿着一張琵琶，背着一軸真容的，便是你相公的小娘子。你可把盤纏好好承直他去便了。

（丑）這個理會得。小人告别了。

雙親死了兩無依，今日回來也是遲。

夜静水寒魚不餌，滿船空載月明歸。

[一] 與：原闕，據汲古閣刊本《繡刻琵琶記定本》補。

[二] 何：原闕，據汲古閣刊本《繡刻琵琶記定本》補。

樂府玉樹英

全名《新鍥精選古今樂府滚調新詞玉樹英》。明無名氏選編。明萬曆二十七年（1599）刊本。全書應爲五卷，僅殘存一卷。分上中下三欄，上下兩欄收録戲曲散齣，中欄載俗曲、酒令等。其中卷一上欄收録《琵琶記》之《書館托夢》，下欄收録《伯喈長亭分别》《伯皆上表辭官》《伯皆書館思親》《五娘剪髪送終》《伯皆中秋賞月》《五娘描畫真容》《牛氏詰問幽情》《牛氏拒父問答》《伯皆書館相逢》等十齣，輯録如下。

書館托夢 新增

【搗練子】（生）心耿耿，淚雙雙，皓月悲風冷透窗。思親不寐鄉關遠，夜深無語對銀缸。

我伯皆自别父母，强赴科場，忝中高魁，叨居清署。日侍經筵，耳聆皇上之綸音；夜賜金蓮，身沐朝廷之寵渥。布衣之榮，可謂至矣。奈家山萬里，魚雁杳無。正是：覩白雲而興思，徒增慨嘆；向青燈而淚雨，只覺淒其。似此宦海茫茫，鎮日愁懷鬱鬱；身羈上國，心切親闈。我爹娘呵，你倚門終朝顒望眼，教兒無日不追思。

【雁魚錦】追思爹媽意難忘，鞠育恩高，厚同霄壤。孟子云：不得乎親，不可以爲人；不順乎親，不可以爲子。論人子須當盡典常。我不能勾承歡膝下，怎能勾問寢在高堂？自古道：做官者榮親耀祖，蔭子封妻。似我今日爲官，欲求父母一見而不可得，做甚麼官？枉自去戴朝簪，爲卿爲相。下官到學不得一個古人來。做不得扇枕的黄香。當初伯皆起程之際，爹媽年滿八旬。正是：夕陽無限好，只恐不多時。我爹娘呵，兒只怕做到那刻木的丁蘭，這其間怎不悲傷？投至得雲路鵬程九萬里，早撇下椿樹萱花兩鬢霜。

下官自思，昔者大禹四日而離塗山氏，他爲洪水之患在外九年，三過其門而不入。這是憂國憂民，理宜如此。若下官與五娘兩月妻房，一旦拋别，不得家去，怎不思量？

【前腔】思量，結髮舊鴛鴦，他爲我受盡了多少恓惶。那日五娘送我到十里長亭，南浦之地，徘徊眷戀，不忍分離，有多少言語囑付我來？他道是成名及蚤還故鄉，莫戀紅樓滯上邦。妻，你的言語，今日一發應了。又誰知撞遇這奸黨？俺這裏辭官不准，辭婚不可，强逼效鸞凰。下官也學不得一個古人，怎知那宋弘的模樣？到做個吴起的心腸。魅地裏自思量，只爲那嬋娟金屋人豪富，致使恁裙布荆釵妻下堂。

一霎時精神疲倦，不如吹滅銀燈，少睡片時則個。（外、浄扮魂靈介）

【番卜算】（外）冥府黑沉沉，魂魄隨身蕩。（浄）今夜見兒行，訴不盡苦楚淒涼。莫言無地府，須信有天堂。三魂并七魄，顯夢到場。問我二老，乃伯皆父母。當初着他往京應試，指望衣錦還鄉，圖乾祿以贍餘年。誰想他逗留都下，入贅牛府。陳留連值饑荒，二老相繼而作。虧了媳婦趙氏，剪髮葬親，孤墳獨造；描畫真容，琵琶乞食，不辭萬里奔波，尋夫來至京國。昨日彌陀寺中伯皆偶來拈香，是我二老英靈附□，致令他拾回相府，懸掛書房。他今晚獨宿在此，不免托一夢與他，那時節夫妻相會，□管廬墓，大行孝道，也不枉我生前教子之心。此間是他卧榻之前，不免把他别的事情説與他知。

【風入松】從别後，三載遇饑荒。兒，真個是樹無枝葉，百草無秧。老爹娘捱不過這淒涼，兒，你在那瓊林宴上添豪興，爲父母的呵，在地府陰司拜鬼王。早把身軀喪。那見你成名反故鄉？撇得雙親没下場。説來好苦，淚汪汪孤墳寂寞，衰草卧斜陽。兒，枉了我爲爹娘的看得你重。

【五換頭江兒水】想當初把你做明珠掌上，養成人教讀文章。只爲着春風皇榜動長安，是則是老爹娘苦逼遣，張公相勸赴科場。指望你榮旋晝錦，門户生光。誰知你得中狀元郎，不思量親奉養。八旬父母誰爲主？兩月妻房受苦孱。兒，你在此千鍾祿享，朝朝筵宴，穩坐堂堂；　珠圍翠擁，美酒肥羊，怎知道老爹娘與妻子餓斷了肝腸？　你穿的是綾羅錦繡，那更有紫綬金章。你看我老爹娘，都穿着這破損衣裳。這到是你爲官的本等，我爹娘不以此而罪你。只是你重婚相府，戀新室而遺父母；　再效鸞凰，貪姿色而棄糟糠。不孝不義，傷化滅倫，枉自居官，是何道理？　誰着你停妻再娶妻？　潭潭相府招贅門楣，效那虧心的王允所爲？（一）　昨日在彌陀寺裏燒香對佛祇，你説那一張畫□，可是甚麼故事？　那更是你雙親的模樣兒。却原來你睹丹青尚不思，没來由拷打闍黎。兒，我記得古人云：　穿破綾羅纔是衣，白頭相守纔是妻。麻衣掛壁方成子，送老上山纔是兒。莫説我爲爹娘的怪你不孝，就是那傍人，也罵你是一個不孝的男兒，又何須拜佛燒香？　虚文假意，你好一似賣狗懸羊。　假慈悲，瞞過誰？　兒，恁是個男子漢，反不若女婦娘。苦只苦你結髮的舊糟糠，生能奉養，死能祭葬。　孤墳獨造，鮮血染麻裳。他這般受苦，全無半句嗟怨的言語。　他甘心受苦無怨望，兒，你怎不去萬里學奔喪？　心中自忖量，夢中言謹謹的記在心兒上。鷄鳴了，明日裏，早認前妻趙五娘。（下）（生驚醒介）

【鎖南枝】我的爹娘呵！　夢見爹娘，白髮蓬頭臉瘦黄。他道是三載遇饑荒，兩口顛連相繼亡。穿着那破損衣裳，苦楚難當，淒涼情狀。　口口聲聲罵我不奔喪，紫袍金帶不還鄉。　對面觀

（一）　王允：原作『黄允』，據史實改。下同改。

容，不認他親模樣。心下自參詳，他臨去又囑付，他教我早認前妻趙五娘。此事真個蹺蹊得緊，怎的似夢非夢，恍若生平，豈同夢寐？鬼神之道，雖則難明；感應之理，庶或不爽。天那！倘或我爹娘真個死了，一靈不昧，顯示於夢魂之間，也不見得。（悲介）

【尾】醒來不覺多惆悵，又見東方動曉光。左右，看朝衣來。忙整朝衣入廟廊，兼帶思親淚兩行。

伯喈長亭分別

（旦）頻頻寂寞烟與石，關山一派傷心滴。何日是回程，長亭共短亭。君心何太急，一時難住淚。臨行血滴衣，懊恨別離輕。

【尾犯】懊恨別離輕。（生）五娘，未行三五步，連嘆兩三聲。你莫非斷絃分鏡之悲乎？（旦）綠鬢仙郎，紅顏少婦，眼前雖有離別之苦，久後終有見面之期。解元呵，悲豈斷絃，愁非分鏡。（生）五娘，你愁甚麼來？（旦）解元，堂上公婆年滿八旬，就似風前燭、草上霜，朝不能保暮。奴只慮高堂，風燭不定。（生）五娘，你果然說得是。日近西山景，遊子不遠行。柔腸寸寸斷，血淚湧難收。腸已斷，欲離未忍；淚難收，無言自零。（旦）弓動不留絃上箭，絲牢難繫順風舟。你那裏去則去終須去，我這裏留則留實那留。（合）空留戀，天涯海角，須臾對面，頃刻分離，只在須臾頃。

（生）五娘請回，不勞遠送。（旦）解元，我和你一旦分離，心下豈忍？還要短送一程。（生）如此，請行。（旦）解元，前面是甚麼所在？（生）前面是十里長亭，南浦之地。（旦）送君送到十里亭，夫妻拆散淚盈盈。來路不辭歸路遠，心中無限別離情。

【本序】無限別離情，（生）五娘，諸友紛紛載道上京，不知他俱有妻子麽？（旦）解元，前面衆朋友豈没有妻子不成？多則的或有三年五載，少則的也有也有周年半載。誰似我和你，夫妻暫兩月，一旦成拋撇？纔得鳳鸞交，拆散同心結。兩月夫妻，一旦孤冷。解元，此去上京，還在幾時回來？（生）若是功名成就，經年便回。（旦）此去經年，解元，這三條大路，從那一條去？（生）卑人從中道而行。（旦）解元今日上京，妾從中道相送；明年錦旋，妾從中道相迎。此去經年，望着迢迢玉京。思省。（生）五娘，思者，乃慮也。敢莫慮卑人此去山遥水遠？（旦）解元，自古男兒志四方，何須妻子碎肝腸？不慮山遥并水遠，惟願衣錦早還鄉。奴不慮山遥水遠。（生）敢莫慮卑人此去衾寒枕冷？（旦）解元，你妻子豈是那等人！願君此去姓名揚，結髮夫妻歲月長。今年此日離門去，明年此日轉回鄉。奴不慮衾寒枕冷。（生）五娘，既不慮彼，又不慮此，你還慮着那一件來？（旦）解元，未曾起程，就先忘了？山遥水遠豈傷心，不愁枕冷與衾寒。君去青雲須有路，雙親年老靠何人？奴只慮公婆没主。公婆只生下一個孩兒，今日也要他去赴選，明日也要他去求名。公婆呵，只恐怕別兒容易見兒難，望斷關河烟水寒。想時想得肝腸斷，望時望得眼兒穿。肝腸斷，眼兒穿，撇得你老人家一旦冷清清。

（生）五娘，今日離别好傷情，别却雙親兩淚盈。一心只要供甘旨，何曾想着那功名？

【前腔】（生）何曾，想着那功名？（旦）既不想功名，又去怎的？（生）五娘，幼而學，壯而行，此乃是張公勸，又乃是爹娘命。張公相勸去求名。欲盡子情，難拒親命。五娘請上，受卑人一禮。（旦）解元，男兒膝下有黄金，何自低頭拜婦人？（生）五娘，禮下於人，必有所求。念伯皆上無兄，下無弟，我有年老爹娘，没奈何望賢妻，須索要爲我好看承。（旦）解元，做媳婦事舅姑，理之當然。畢竟。（生）五娘，卑人有一句笑話，休要見怪。（旦）有話但説不妨。（生）五娘，卑人去後，休怨我朝雲暮雨。（旦）解元，私室之情，也自罷了。你上無兄下無弟，撇下年老爹娘在家時節，誰替你冬温夏清？（生）思量起，如何割捨得眼睁睁？

（旦）解元，君去京師須小心，公婆甘旨我應承。惟願鰲頭君獨占，管取儒衣换却青。

【前腔】儒衣纔换青，快着歸鞭，早辦回程。解元，奴有一言，念夫婦之情，不要見怪。（生）有話但説不妨。（旦）只怕你十里紅樓，休得要重婚娉婷。叮嚀。（生）五娘，叮嚀甚的？（旦）解元，須則奴家不敢啓君之念。不念我芙蓉帳冷，也思親桑榆暮景。（内）蔡兄請行。（生）五娘，諸友等候多時，待我回他就來。（旦）思想男子漢真個心腸歹，我爲妻子的不忍分離，送他到十里長亭。他與朋友講話去了，把妻子丢在一傍，不揪不採。在家尚且如此，何況去到京城？雖然公婆囑付他許多言語，未知他何如？親囑付，知他記否？何況我妻子言語？我這裏言之諄諄，他那裏聽之漠漠，空自語惺惺。

（下）（生扯介）你爲何有興而來，没興而回？五娘妻，適同諸友話長亭，娘行何事意沉吟？雖然別後相思苦，暫時揾淚且寬心。五娘，

【前腔】寬心雖待等，妻，我常輕王允之作事，素慕宋弘之爲人。説甚麽紅樓偏有意，那知我翠館實無情？我豈肯戀花柳，甘爲萍梗？（旦）解元，若得成名，須早寄一封音書回報。（生）五娘，此時狼烟烽起，只愁音書阻隔。只怕萬里關山，那更有音信難憑。（旦）若音信難通，我和你夫婦恩情，從此絶矣。（生）須聽，没奈何分情破愛，誰下得虧心短倖？五娘，自今日別後，人居兩地，天各一方。從今後愁腸難訴，心事誰言？正是相思兩處，一樣淚盈盈，一樣淚盈盈。

【鷓鴣天】（旦）萬里關山萬里愁，（生）一般心事兩般憂。（旦）解元，妻子叮嚀之言，非爲別的。桑榆暮景親難保。（生）五娘妻，不必奉奉致囑。客館風光怎久留？（下）（旦）他那裏謾凝眸，正是馬行十步九回頭。歸家只恐傷親意，擱淚汪汪不斷流。（下）

伯皆上表辭官

【北點絳唇】（末）夜色將闌，晨光欲散，把珠簾捲。移步丹墀，擺列着金龍案。

【北混江龍】（末）官居宫苑，謾道是天威咫尺近龍顏。每日間親隨車駕，只聽鳴鞭。去螭頭上

拜跪，隨着那豹尾盤旋。朝朝宿衛，早早隨班。做不得卿相當朝一品貴，到先做侍臣待漏五更寒。空嗟嘆，山寺日高僧未起，算來名利兀的不如閒。

自家乃漢朝一個小黄門，往來紫禁，侍奉丹墀。領百官之奏章，傳一人之命令。正是：主德無瑕閹宦習，天顔有喜近臣知。如今天色漸明，正是早朝時分，官裏升殿，怕有百官奏事，只得在此俟候。從來不信叔孫禮，今日方知天子尊。道猶未了，一個奏事官人早來了。

【點絳唇】（生）月淡星稀，建章宫裏千門曉。御爐烟裊，隱隱鳴稍杳。下官當初在家事親時節，如今五鼓時分，我與五娘雙雙同在爹娘膝下問安。忽憶年時，問寢高堂早。（净）稟相公，鷄鳴了。（生）左右，你衆人且在午門外廂俟候。鷄鳴了，悶縈懷抱，此際愁多少？不寢聽金鑰，因風想玉珂。明朝有封事，數問夜如何？自家爲父母在堂，欲上表辭官，回去侍奉。如今天色已明，這裏是午門外廂，不免挨揆而進。（末）朝鼓鼕鼕月墜西，百官文武整朝衣。忽聽静鞭三下響，揚塵舞蹈拜丹墀。奏事官執笏，奏事官搢笏，三舞蹈。

【神仗兒】（生）揚塵舞蹈，揚塵舞蹈，遥瞻天表，見龍鱗日耀。（末）狀元不得升殿。咫尺重瞳高照。（末）有何文表，就此呈奏。（生）遥拜着赭黄袍，遥拜着赭黄袍。

【滴溜子】（生）臣邕的，臣邕的，荷蒙聖朝。臣邕的，臣邕的，拜還紫誥。（末）狀元，你莫不是嫌官小麼？（生）念邕非嫌官小，奈家鄉萬里遥，雙親又老。干瀆天威，萬乞恕饒。

（末）狀元，吾乃黄門，職掌奏章，有何文表，就此披宣。

【入破第一】（生）議郎臣蔡邕啓： 今日蒙恩旨，除臣爲議郎之職，重蒙賜婚牛氏。干瀆天威，臣謹誠惶誠恐，稽首頓首。伏念微臣，初來有志，誦詩書力學躬耕修己，不復貪榮利。事父母，樂田里，初心願如此而已。不想州司，謬取臣邕充試。到京畿，豈料蒙恩，叨居上第？

【破第二】重蒙聖恩，婚賜牛公女。臣草茅疏賤，如何當得此隆遇？況臣親老，一從别後，光陰又幾。廬舍田園，荒蕪久矣，荒蕪久矣。

（末）老親在堂，必自有人奉侍，狀元不必憂慮。

【衮第三】（生）但臣親老鬢髮白，筋力皆癯瘁。影隻形單，無兄弟，誰奉侍？況隔千山萬水，生死存亡，雖有音書難寄。最可悲，他甘旨不供，我食禄有愧。

（末）聖上作主，太師聯姻。狀元，這也是奇遇。

【歇拍】（生）不告父母，怎諧匹配？臣又聽得家鄉裏，遭水旱，遇荒飢。多想臣親，必做溝渠之鬼，未可知。怎不教臣，悲傷淚垂？

（末）狀元，此非哭泣之處，不得驚動天聽。

【中衮第五】（生）臣享厚禄掛朱紫，出入承明地。惟念二親寒無衣，飢無食，喪溝渠。憶昔先朝朱賣臣守會稽，司馬相如，持節錦歸。

【煞尾】他遭遇聖時，皆得回鄉里。臣何故，别父母，遠鄉閭，没音書，此心違？伏望陛下特憫微臣之志，遣臣歸。得侍雙親，隆恩無比。

【出破】若還念臣有微能，鄉郡望安置。庶使忠心孝義得全美，臣無任瞻天仰聖，激切屏營之至。

（末）原來如此，吾當與汝轉達天聽，你只在午門外廂俟候聖旨。正是：眼望旌捷旗，㈠耳聽好消息。狀元請了。

【神仗兒】（生）彤庭隱耀，彤庭隱耀，下官舉目一看，忽然見那一朵祥雲，就相似我家鄉一般。見祥雲縹緲。下官今日進此兩封奏章，我想將起來，本上寫得十分嚴切。上寫八旬父母，兩月妻房。聖上若見，必然是准的。如今想黄門到了。想黄門已到，黄門將我表章轉達聖上，萬歲必然把我表章龍案展開觀看。料應重瞳看了，聖上看我辭官那一封表章還不緊要，若看到辭婚的表章，萬歲乃仁德之君。多應是念我私情烏鳥。顒望斷九重霄。黄門已將我奏章傳達，未知聖上允否？不免乘閒禱告天地一番。

㈠ 旗：原作『起』，據汲古閣刊本《繡刻琵琶記定本》改。

【滴漏子】（生）天憐念，天憐念，蔡邕拜禱。雙親的，雙親的，死生未保。正是：哀哀父母，生我劬勞。欲報深恩，昊天罔極。天！那可憐恩深難報，一封奏九重，知他聽否？爹娘，孩兒若得與你相會，也在這一封奏章；不能勾與你相會，也在這一封表章了。爹娘呵，我和你會合分離，都在這遭。

咳！黄門去了多時，怎的不見回報？想必是官裏准了。天！我若能勾回家侍奉父母，我伯皆何須在此做官？

【前腔】（末）今日裏，今日裏，議郎進表。傳達上，傳達上，聖目看了。（生）聖目看了，如何説？（末）道太師昨日先奏，把乘龍女婿招，多少是好？（生）黄門大人，你莫不是哄我？（末）見有玉音傳降聽剖。（一）

（末）聖旨已到，跪聽宣讀：孝道雖大，忠於事君；王事多艱，豈遑報父？朕以涼德，嗣纘丕基。眷兹警動之風，未遂雍熙之化。爰招俊髦，以輔不逮。咨爾才學，允愜輿情。是用擢居議論之司，以求繩糾之益。爾當恪守乃職，勿有固辭。其所議婚姻事，可曲從師相之請，以成桃夭之化。欽予時命，裕汝乃心。叩頭謝恩。狀元，爲何不謝恩？（生）黄門大人，煩你與我再去奏知官裏，我情願不做官。（末）

（一）傳：原作『得』，據汲古閣刊本《繡刻琵琶記定本》改。

咳！這等好不曉事！聖旨已出，誰敢違背？（生）黄門大人，你不去時節，待我自去拜還聖旨如何？（末）呀！這狀元好怪麽。這所在，你如何去得？（生）學生身居草莽，一旦登於廊廟，誰人不愛？那個不喜？黄門大人。（末）你金榜題名，洞房花燭，此乃讀書人的美事，狀元何故苦辭？（生）大人，你有所不知，聽我道來。

【啄木兒】我親衰老，（末）你家中還有甚麽人？（生）奈伯皆上無兄，下無弟，只有妻幼嬌。（末）狀元既親老妻嬌，何不寄一封音信回去？（生）大人，曾奈朝中董卓弄權，吕布把守虎牢三關，縱有音書難寄了。大人呵，萬里關山音信杳。他那裏舉目淒淒，我這裏回首迢迢。我爹娘在家，終日倚門懸望，説道我怎麽不回？他那裏望得眼穿兒不到，我今日一旦僥倖，指望回家養親，誰想聖意不允。俺這裏哭得淚乾，怕，（末）狀元，你怕甚麽來？（生）怕雙親難保。閃殺人一封丹鳳詔。

【前腔】（末）狀元，你何須慮，不用焦，人世上離多歡會少。大丈夫須當萬里封侯，肯守着故園空老？畢竟事君事親一般道，人生怎全忠和孝？却不道母死王陵歸漢朝？

【三段子】（生）這懷怎剖？望丹墀天高聽高；這苦怎逃，望白雲山遥路遥。

【前腔】（末）狀元，你做官與親添榮耀，高堂管取加封號。與你改换門閭，偏不是好？（生）黄門大人，那穿緑袍繫銀帶者是誰？（末）此乃是楊給事。（生）穿紫袍繫金帶者是誰？（末）狀元，是你令岳丈牛太師了。（生）既是牛太師，待下官與他詰奏。（末）狀元，他乃一朝之冢宰，你不過新進之書生，焉敢與他詰奏？

【歸朝歡】（生）他名爲冢宰，實爲寇仇。格得我怒氣吽吽，悲悲切切。你就是冤家的，冤家的，苦苦見招，俺媳婦埋怨怎了？饑荒歲，饑荒歲，怕他怎熬？俺爹娘怕不做溝渠中餓殍？

【尾聲】（末）狀元，譬如四方戰争多征調，從軍遠戍沙場草，也只是爲國忘家怎憚勞？

詩曰：

家鄉萬里信難通，争奈君王不肯從。
情到不堪回首處，一齊分付與東風。

伯皆書館思親

【喜遷鶯】（生）終朝思想，但恨在眉頭，悶在心上。鳳侶添愁，魚書絶寄，空勞兩處相望。青鏡瘦顔羞照，寶瑟清音絶響。昨宵一夢到家山，醒來依舊天涯外。歸夢杳，繞屏山烟樹，那裏是我家鄉？

〔踏莎行〕怨極愁多，歌慵笑懶，只因添個鴛鴦伴。他鄉遊子不能歸，高堂父母無人管。湘浦魚沉，衡陽雁斷，音書要寄無方便。人生光景幾多時，蹉跎負却平生願。蔡邕定省思歸之念，屢屢堆積；骨内離别之言，耿耿在懷。正是：何時得脱利名韁，却怪當初赴選場。遙望故鄉千里客，教人無日不思量。

【雁魚錦】（生）思量，那日離故鄉。父愛子指日成龍，母念兒終朝極目。張太公有成人之美，每重父言；趙五娘身處孤單，惟順姑意。那些不是真情密愛？記臨歧送别多惆悵，五娘送我到十里長亭，南浦之地，二人執袂叮嚀，欲離未忍。攜手共那人不厮放。我與他徘徊眷戀，豈爲夫婦之情？無非爲我爹娘而已。教他好看承，我年老爹娘，五娘子見我把親幃囑托與他，當時回言得好。他道：婦事舅姑之理，豈待我言？五娘乃是信實之婦，豈肯負我臨行之囑？料他們有應不會遺忘。伯皆今日心下怎麽這等焦燥得緊？呀！今早上朝，忽見楊給事手擎一本。我問他何本，他道是貴處陳留郡上乾旱奏章。我問他本上如何道？他説：老弱轉於溝壑，少壯散於四方。伯皆聽得此言，唬得我魂不着體。聞知道饑與荒，别處饑荒猶可，惟我陳留饑荒，伯皆撇下父母在堂，上無兄，下無弟。年老爹娘，猶如風前燭草上霜一般，朝不能保暮。聞知道我那裏饑與荒，我的爹娘呵，只恐怕捱不過歲月難存養。記得臨行之時，我娘道：兒，你既然難割捨老娘前去，將你裹襟衣服過來，待我縫上幾針在上面。到京城見此針綫，如見老娘兩淚汪汪。他道：慈母手中綫，遊子身上衣。豈知五娘在傍回道：婆婆臨行密密縫，意恐遲遲歸。誰知此言信矣。老娘道：要解娘的愁煩，須早寄音書回轉。今吕布把守虎牢關，縱有音書難寄。他老望不見信音傳，却把誰倚仗？

【前腔】思量，父母愛子之心，無所不至。耳提面命，擇師取友。幼讀文章，果然家貧而兒不爲禄仕乎？親在而兒不敢遠遊乎？論事親爲子也須要成模樣。趙五娘雖則新婚兩月，日遠日親；牛氏夫人雖與他姻婕數載，日近日疏。我與他真情未講，岳丈有愛子之心，待卑人恩莫重矣，怎知我有怨恨之心？怎知道喫盡多磨障？此乃天生不辰，以致如此。向日在爹處推托，不肯前來應舉，我爹爹就以貪愛違命罪我，使我爲子的無一言敢回。這功名非吾自欲。被親强來赴選場，來此幸喜得中高魁。相府招贅一事，即時上表辭官，歸家養親。誰想聖旨已出，王事多艱，豈遑報父？使我進退無由。被君强官爲議郎，我説家有兩月妻房，重婚再娶，有傷風化。誰知旨意已出，勿有固辭。其所議婚姻，可曲從師相之請，以成桃夭之化。被婚强重效鸞凰。三被强，我的衷腸事訴與誰行？埋怨難禁這兩厢：這壁厢，牛氏夫人見我歡無半點，愁有千般，道咱是個不撑達害羞的喬相識；那壁厢，趙氏五娘見我不回，道我忘親背德，寡信傷倫，道咱是個不覩親負心的薄倖郎。

【前腔】悲傷，今日我職居清要，位列朝班。鷺序鴛行，自古以來，只有昔年大舜以天下養其親。且謾説大孝，就是那羊有跪乳之恩，鴉有反哺之義。俺伯皆官爲議郎，豈可人而不如烏乎？到不如那慈烏反哺能終養。記得當初花前慶壽，我爹曾道：惟願取黄卷青燈，及早换金章紫綬。今日果應其言。不得歸養親，也是枉然。謾把金章，綰着紫綬，昔日老萊子行年七十，身穿五彩班衣，戲舞娱親。覷伯喈異日歸家，效取戲綵班衣之樂。差矣，臨行時我爹娘年滿八旬，怎的還説此言？試問班衣，今在何方？今日我在朝事君之日長，事親之日短。班衣罷想，縱然不歸去，有誰人替我戴麻執杖？臨行之時，母親説道：兒，蟾宫桂枝須早攀，北堂萱草時光短。爲這蝸角虚名，誤我事親大孝。只爲雲梯月殿多勞攘，伯皆不得歸家見雙親，苟延歲月，照見髮皤兩鬢，已成半霜，只落得淚雨如珠兩鬢霜。俺這裏只落得晝之所思，夜之所夢。正是：五更歸夢三千里，一日思親十二時。

【前腔】幾回夢裏，忽聞鷄唱，悲哀出於離别，真情發於夢寐。忙驚覺錯呼舊婦，同問寢高堂上。待朦朧覺來時，那見我的爹娘？依然新人鴛幃鳳衾和象床。牛氏夫人，下官被你逗留不得回去，教我怎不怨香愁玉無心緒？我怎麽埋怨夫人？若對他説破，一同回去，必然肯從。争奈岳丈势壓朝班，威傾京國。更思想，被他攔當，一生光景他鄉老，謾灑西風淚兩行，教我怎不悲傷？下官在此，我牛氏夫人呵，未热有扇動齊紈，未冷有錦帳重幃。俺這裏歡娱夜宿芙蓉帳，我五娘在家，上有暮景之桑榆，下無孫技之蘭玉。耳聞四壁之蛩聲，眼對殘燈之孤影，獨枕淒凉，孤單漏永。他那裏寂寞偏嫌更漏長。差矣，伯皆思父母，禮之本然，怎麽想着五娘身上去？我少年夫妻，合歡有日；老景爹娘，報答無時。謾悒怏，把歡娱翻成悶腸。我爹娘在家，只靠五娘侍奉。他是女流之輩，那有肥甘之養？他菽水既清涼，夫人見下官不樂，朝夕追歡强飲。夫人，你縱有百味珍饈，我伯皆心不及此。我何心，貪羨着美酒肥羊？父母見我不歸，説我固寵忘親；五娘見我不歸，説我戀新棄舊。怎知我辭官辭婚二封表章皆不允？閃殺人花燭洞房，愁殺我掛名金榜。魆地裏自思想，且揾了眼淚，少時夫人瞧見，不當穩便。正是在家不敢高聲哭，今日將我衷腸説來，只好下官自嗟自嘆。倘聞之於外，莫説人呵，就是那猿聞也斷腸。

【餘文】千思想，萬忖量，若還得見俺爹娘，辨一炷明香答上蒼。

五娘剪髮送終

【雙調·金瓏璁】（旦）饑荒先自窘，那堪連喪雙親。身獨自，(一)怎支分？我衣衫都解盡，首飾没分文。無計策，只得剪香雲。

〔蝶戀花〕萬苦千辛難擺撥，力盡心窮，兩淚空流血。裙布釵荆今已竭，萱花椿樹連摧折。金刀盈盈明似雪，遠照烏雲，掩映蛾眉月。一片孝心難盡説，都來分付青絲髮。奴家前日婆婆死了，多蒙太公賙濟；如今公公又没了，無錢貲送，難再去求他。我思想起來，没奈何，只得剪下頭髮，賣幾貫錢鈔，爲送終之用。雖然這頭髮值錢不多，只將來做個由兒。苦！正是：不幸喪雙親，求人不可頻。聊將青絲髮，斷送白頭人。

【香羅帶】一從鸞鳳分，誰梳鬢雲？粧臺懶臨生暗塵，那更釵梳首飾典無有也。頭髮呵，是

(一) 身：原闕，據汲古閣刊本《繡刻琵琶記定本》補。

我耽擱你度青春，如今又剪你資送老親。似這等剪髮傷情也，奴因甚這等狼狽，我埋怨誰來？怨只怨結髮的薄倖人。

獨自守孤貧，剪髮殯雙親。欲剪猶未剪，思量薄倖人。

【前腔】（旦）思量薄倖人，辜奴此身。頭髮，欲待剪你下來，自古道：身體髮膚，受之父母，豈敢毁傷？欲剪未剪，教我淚先零。頭髮，早知今日剪你下來，我當初早披剃入空門也，做個尼姑去，今日免艱辛。咳！奴家只有這些頭髮也，恁般苦楚！少甚麼朱户佳人，珠圍翠擁蘭麝熏。呀！似這般光景呵，我的身死，兀自無埋處，尚愛惜這些頭髮則甚？説甚麼頭髮愚婦人？

無錢受苦辛，剪髮甚傷情。孤身誰爲主，堪憐愚婦人。

【前腔】堪憐愚婦人，單身又貧。頭髮，我待不剪你呵，開口告人羞怎忍？我待剪你呵，金刀下處應心疼也。却將堆鴉髻，舞鸞鬟，與烏鳥報答鶴髮親。教人道霧鬟雲鬢女，斷送霜髮雪鬢人。（剪下哭介）

【引子·臨江仙】（旦）連喪雙親無計策，只得剪下香鬟。非奴苦要孝名傳，這也是出乎無奈。正是上山擒虎易，開口告人難。

頭髮既已剪下，免不得將去街坊貨賣。穿長街，抹短巷，不免叫一聲：賣頭髮，賣頭髮。

【梅花塘】（旦）賣頭髮。（末）那婦人賣頭髮，什麼樣價值？（旦）長官，自古道：送飯送與飢人，説話說與知音。寶劍付與烈士，紅粉贈與佳人。你那裏買，我這裏賣，兩下的休論價。念我受饑荒，囊篋無些個。（内）丈夫那裏去了？因甚剪下頭髮？（旦）我丈夫若在家時節，也不要我婦人家抛頭露腆，把頭髮長街貨賣。丈夫出去，那堪連喪了公婆。（内）婦人，或有父兄親屬，哀告他亦可，何必剪下頭髮？（旦）長官呵，奈我上無父兄倚靠，下無親屬可援。没奈何，只得剪頭髮賣錢兒資送他。

（内）這頭髮又焦又黄，只好鞭馬韁，不用他。（旦）呀！怎的都没人買？

【香柳娘】看青絲細髮，看青絲細髮，剪來堪愛，如何賣也没人買？若論這饑荒死喪，這饑荒死喪，怎教我女裙釵，當得恁狼狽？况連朝受餒，連朝受餒，我的脚兒怎擡？其實難捱。（跌介）

【前腔】只得鬧閧起來，鬧閧起來，往前街後街，并没人采。待我再叫一聲：賣頭發。叫得我咽喉氣噎，無如之奈。苦！我如今便死，我如今便死，暴露屍骸，誰人與遮蓋？奴家終須必死，奈公公尸骸在床，未曾埋葬呵。待奴將頭髮去賣，待奴將頭髮去賣，賣了把公婆葬埋。奴便死，有何害？

（跌介）（末）慈悲勝念千聲佛，造惡徒燒萬炷香。這幾日未到蔡家，老員外病症不知如何？我且去看一看。呀！遠遠望見一女子，好似趙五娘一般，待我近前看取。果是五娘子。我且問你，爲甚倒在長街？（旦起相見科）（末）五娘子，你公公貴恙何如？手中擎着甚麼物件？（旦）太公可憐，公公昨晚一氣不來，以歸大夢。家下無錢埋葬，奴家只得剪下此頭髮，欲賣幾文錢，以爲送終之用。（末哭介）五娘差矣。既你公公去世，理合和我商議，誰教你剪下頭發作甚？（旦）太公，前番婆婆多蒙賙濟，今公公又死，不敢再來相求。（末）五娘子，説那裏話？

【前腔】你兒夫曾托賴，你兒夫曾托賴，我怎敢違背？你無錢使用，我須當貸。誰教你將頭髮剪下，又跌倒在長街？都緣是老夫之罪。（合）嘆一家破壞，嘆一家破壞，否極何時泰來？止不住各淚（下闋）

蔡伯皆中秋賞月（一）

（上闋）此夜。

（貼）相公，對此清虛境界，自覺神思清曠。

【前腔】光瑩，我欲吹斷玉簫，乘鸞歸去，不知風露冷瑶京。（丑）夜深了，好重露水。（貼）環珮濕，似月下歸來飛瓊。正是：香霧雲鬟濕，清輝玉臂寒。那更，香霧雲鬟，清輝玉臂，廣寒仙子

（一）蔡伯皆中秋賞月：原闕，據目録補。

也堪并。（合前）

（内吹笛介）（生）那裏吹得甚麼響？（浄）乃是笛聲。

【前腔】（生）愁聽，那吹笛關山，又是甚麼響？（丑）如今秋來天氣，人家先整寒衣，送與出外征人。（生）那搗衣寄遠，心下豈不傷感？正是：吹笛秋山風月清，誰家巧作斷腸聲？敲砧門巷，月中都是斷腸聲。夫人，這離家的人呵，都是經年隔歲。人去遠，幾見明月虧盈？（貼）依相公説起來，這中秋月色，也有不喜他的？（生）惟應，邊塞征人，深閨思婦，怪他偏向別離明。（合前）

【古輪臺】（浄）峭寒生，鴛鴦瓦冷玉壺冰，欄杆露濕人猶凭，貪看玉鏡。況萬里清明，皓魄十分端正。三五良宵，此時獨勝。（丑）把清光都付與酒杯傾，從教酩酊，拚夜深沉醉還醒。酒闌綺席，漏摧銀箭，香銷金鼎。斗柄與參横，銀河耿耿，轆轤聲已斷金井。

【前腔】（浄）閒評，月有圓缺與陰晴。人世上有離合悲歡，從來不定。深院閒庭，處處清光相映。也有得意人人兩情暢詠，也有獨守長門伴孤另，君恩不幸。（丑）廣寒仙子娉婷，孤眠長夜，如何捱得更闌寂静？此夜果無憑。但願人長永，庾樓玩月共同登。

【餘文】（生）夫人，你聽那聲哀訴，促織鳴。（貼）相公，俺這裏歡娛未罄，（合）却笑他幾處寒衣織未成。

今宵明月正團圓，幾處淒涼幾處喧。

但願人生得長久，年年千里共嬋娟。

五娘描畫真容

【胡搗練】（旦）辭別到荒圻，只愁途路煞生受。畫取真容聊藉手，逢人將此苦哀求。鬼神之道，須則難明；感應之理，不可不信。奴家昨日南山築墳，深感天神相助，築成墳墓；又教奴改换衣裝，竟往京都尋取丈夫。正是：寧可信其有，不可信其無。只是一件：我幾年間與公婆廝守，怎忍一旦拋撇？奴家略曉丹青，不免將二親真容描畫，背在身傍，早晚間燒香化紙，以盡我一點孝心。兒夫別後遇荒凶，只恐公婆貌不同。描畫丹青皆筆力，教奴含淚想真容。

【新水令】想真容，未寫淚先流，要相逢又不能勾。淚眼描來易，愁容寫出難。全憑着这這枝筆，描不成畫不就萬般愁。親喪荒圻，要相逢，除非是魂夢中有。公婆，你自從孩兒去後，不曾得半載歡悅，我只記得，

【駐馬聽】兩月優游，三五年來都是愁。自從我兒夫去後，望斷長安，兩淚交流。自我丈夫離家之後，三載連遇饑荒。饑荒年歲度春秋，兩人雪鬢龐兒瘦。常想在心頭，常鎖在眉頭，教奴家怎畫得容顏依舊？公婆呵，在生時節終日思慮孩兒不回，又且遭此飢饉年歲，度日如年，教奴家怎畫得歡容笑口？

正是：幻出千般人面目，全憑一點自精神。

【雁兒落】待畫他瘦形骸，真是醜；待畫他俊龐兒，生成就。待畫他髮颼颼，(一)望孩兒兩眼淚盈眸。待畫他肥胖些，這幾年遭饑荒，只落得容貌消瘦。分付毛延壽，錯弄了筆尖頭，全憑着五道士用機謀。看起公婆真容，果然厮像。正是：覩面宛然如在目，不須指點問閒人。只有一件：當時伯皆在家，形容豐厚；自他去後，遭遇饑荒，容顏比前大不同矣。怕只怕蔡伯皆不認醜，公公亡過不久，猶自庶幾；婆婆亡過多年，看起真個難觀，醜只醜一女流。夫，須不似你昔日的爹娘，也須是趙五娘的親姑舅。

真容雖然描就，待奴掛在堂中，略備些水飯來祭奠一會，多少是好。

【疊字錦】非是奴家出外州，非是奴家出外遊。公婆，奴家今日往京，不爲别的，也只爲着公公，也只爲着婆婆，也只爲着孩兒出外州。此情不可丢，此情不可休。辭别我的公公，辭别我的婆婆，公婆，你生既爲人，死則爲神。奴家此去京城呵，一路上望公婆魂靈兒相保佑。

【三仙橋】保佑奴身出外州，抛閃下公婆墳塋，有誰厮守？公婆呵，只愁奴家去後，冷清清誰來拜掃？縱使遇春秋，一陌紙錢怎有？夫，當初你去時節，爲父母的望你到那裏，爲妻子想你到

(一) 颼颼：原作『搜搜』，據汲古閣刊本《繡刻琵琶記定本》改。

那裏。你今一去不回，好似甚的來呵？好一似斷纜小孤舟，無拘束蕩蕩悠悠，又不知你歸來時候。我今往京都時節，盤纏没有分文。没奈何，只得抱琵琶權當做行頭，背真容不離左右。我今去休，兩淚交流。公婆呵，生時節做一個受饑餒的公婆，死後做一個絶祭祀的孤墳姑舅。不免將二親儀容收拾，前往太公家，拜辭他起程，多少是好。

【清江引】辭别張太公，謾説生和受。公婆真容奴畫的有，身背琵琶走。一路上唱詞兒，覓食度口。

（末）衰柳寒蟬不可聞，西風敗葉正紛紛。長安古道休回首，西出陽關無故人。〔一〕（旦）〔二〕太公，奴家正欲造庭告辭，反蒙過舍，生受多矣。（末）老漢聞知五娘子往京，竟來送行。備有數貫錢鈔，以爲路費之資，請收下。（旦）屢屢多蒙賙濟，今番決不敢受。（末）五娘子敢嫌輕微？（旦）本不該受。既蒙大公所賜，斗膽領去。（末）説那裏話？你手中拿着甚麼子？（旦）是公婆真容。（末）是誰畫的？（旦）是奴家描畫的。（末）展開，借老夫一看。（旦）畫得相醜，太公休哂。（末）五娘子，畫得厮像。只道你精於針指挑繡，那知你善於水墨丹青。只一件：你公公畫得儼然厮像，婆婆多不相似。（旦）婆婆亡過多年，一時想像不真。（末）老漢須無博學之才，願借筆硯，待老夫題標幾句。（旦）太公，筆硯在。

〔一〕故：原作『古』，據汲古閣刊本《繡刻琵琶記定本》改。
〔二〕旦：原作『末』，據汲古閣刊本《繡刻琵琶記定本》改。

（末）差矣，老夫説不成文，寫不成字，恐污你丹青。待我口贊幾句。（旦）如此，願聞。（末）〔鷓鴣天〕死别多應夢裏逢，謾勞孝婦寫遺踪。可憐不得圖家慶，辜負丹青泣畫工。衣破損，鬢蓬鬆，千愁萬恨在眉峰。只恐蔡郎不識年來面，趙女空描别後容。（旦）多謝太公金言。（末）五娘，你這般形狀，你怎麼去得京城？（旦）奴家身背琵琶，沿途唱些詞兒，扮作道姑前去。（末）你是女流之輩，那曉唱甚麼詞兒？（旦）奴家自作有琵琶口詞，讀來望太公斥正一二。（末）老夫願聞。

【琵琶詞】（旦）試將曲調理宫商，彈動琵琶情慘傷。不彈雪月風花事，且把歷代源流訴一場。混沌初分盤古出，三才御世號三皇。天生五帝相繼續，堯舜心傳夏禹王。禹王後代昏君出，乾坤大抵屬商湯。商湯之後紂爲虐，伐罪吊民周武王。〔一〕周室東遷王迹熄，春秋戰國七雄强。七雄併吞爲一國，秦氏縱横號始皇。西興漢室劉高祖，光武中興後獻王。此時有個陳留郡，陳留有個蔡家莊。蔡家有個讀書子，才高班馬飽文章。父親名喚蔡崇簡，母親秦氏老萱堂。自家名唤蔡邕的，娶有妻房趙五娘。夫妻新婚纔兩月，誰知一旦拆鴛鴦。只爲朝廷開大比，張公相勸赴科場。苦被堂上親催遣，不由妻諫兩分張。指望錦衣歸故里，誰知一去不還鄉。自從與夫分别後，陳留三載遇饑荒。公婆受餒身無主，妻子耽飢實

〔一〕伐：原作『代』，據文義改。

可傷。可憐三日無餐飯，幸遇官司開義倉。家下無人孤又苦，妾身親自請官糧。奴去請糧糧又盡，多謝恩官做主張。行到無人幽僻處，李正搶去甚慌張。奴思歸家無計策，將身赴井淚汪汪。幸遇太公來答救，分糧與我奉姑嫜。糧米充作二親膳，奴家暗地自挨糠。不想公婆來瞧見，雙雙氣倒在厨房。慌忙救得公甦醒，不想婆婆命已亡。自嘆奴家時運蹇，豈知公又夢黄粱。連喪雙親無計策，香雲剪下賣街坊。幸蒙太公施仁義，刻腑銘心怎敢忘？孤墳獨造誰爲主？指頭鮮血染麻裳。孝感天神來助力，搬泥運土事非常。築成墳墓神分付，改换衣裝往帝邦。畫取公婆儀容像，迢遥豈憚路途長？琵琶撥調親求食，敬往京都尋蔡郎。皋魚殺身以報父，吴起母死不奔喪。宋弘不棄糟糠婦，王允重婚薄倖郎。此回若得夫相見，全仗琵琶説審詳。從頭訴盡千般苦，只恐猿聞也斷腸。

（末）賢哉，賢哉。只一件來：你少長深閨，豈識程途之苦？當初伯皆赴選之時，你青春嬌美；到今日遭此饑荒，你形衰貌醜。那桃花歲歲皆相似，人面年年大不同。我想伯皆臨别之時，他道：太公，倘得寸進，即便回來。如今一别多年，音信不通；年荒親死，竟不返舍，知他心腹事體若何？正是：畫虎畫皮難畫骨，知人知面不知心。五娘子，聽老夫囑付幾句：蔡邕原是讀書人，想應一舉已成名。久留不知因個甚，年荒親死不回門。你去京城須仔細，逢人下禮問虚真。見郎謾説他妻子，見郎謾説喪雙親。見郎謾説裙包土，見郎謾説剪香雲。見郎謾説千般苦，只將琵琶語句訴原因。若得伯皆思故舊，可憐張老一親鄰。老漢今年七十歲，比你公公少一旬。你去時還有張老送，回來未知張老死和存。正是：流淚眼觀流淚眼，不傷悲處也傷悲。（旦）多謝太公指教。太公，奴家敢煩玉趾，同往南山拜辭公婆墳墓，即便登程。（末）五娘子，你孝心可有，不消去南山拜辭，就此靈位前祝告一番，將靈位除了，你去後無人奉侍。（旦）如此多感。（末）老員外、老安人，你媳婦趙氏五娘，前往京城尋取你伯皆兒子，望你一點靈魂，隨他同去。陰中保佑一路平安，身體康健。（旦哭拜跪介）

【憶多嬌】他魂渺漠，我身没倚着。程途萬里，心懷絶壑。太公請上，受奴一禮。奴家此拜，非爲别的。此去孤墳，望太公看着。（合）舉目蕭索，滿眼盈盈淚落。

（末）五娘子，你但放心前去，公婆的墳塋我自看守了。

【前腔】承委托，當領略，孤墳看守，決不爽約。五娘子，你此去京城，老漢别無所願呵。但願你途中身安樂。（合前）

【鬭黑麻】（旦）多謝公公，便承允諾。從來你的恩深，怎敢忘却？太公，奴家此去，吉凶難保。只愁途路遠，身體弱，病染災纏，力衰倦脚。太公，奴家此去，别無所慮。（末）五娘子，你慮着那一件？（旦）（合）只愁孤墳寂寞。（末）五娘子，孤墳自有老夫看守。只愁一件。（旦）太公，你愁着那一件？（末）只愁你途路中，滋味惡。（旦）太公，奴在路上慮着孤墳，你在家中愁奴家在路上。正是兩處堪悲，萬愁怎摸？

（末）五娘子，我想蔡伯皆在京，决然高中。

【前腔】你兒夫多應是貴官顯爵，伊家此去，須當審個好惡。只怕你喬打扮，他怎知覺？那時他腰金衣紫，後擁前呼，你一身這等襤褸，他一時那肯相認？他一貴，你一貧，怕他將差就錯。

（合前）

（旦）太公請回，不勞遠送。（末）待老夫再遠送一程則個。

【憶多嬌】（旦）山又高，水又長，山高水長離故鄉。公婆孤墳，望你看管，只愁奴身此去受淒涼。（合）對景悲傷，對景愁斷腸，淚灑西風雨行。

【前腔】（末）趙五娘離故鄉，肩托雨傘尋蔡郎，身背琵琶脚又忙。只愁金蓮窄小，難行上。

（合前）

爲尋夫婿別孤墳，只恐兒夫不認真。

流淚眼觀流淚眼，斷腸人送斷腸人。

牛氏詰問幽情(一)

【引子·菊花新】(生)封書遠寄到親幃，忽見關河朔雁飛。梧葉滿庭除，争如我悶懷堆積？封書寄遠人，寄與萬里親。書去神亦去，尤然空一身。下官喜得家書，報道平安，已曾修書家去。但不知這幾日長懷想念，番成愁悶，不知有甚事？正是：須無千丈綫，萬里繫人心。

【意難忘】(貼)緑鬢仙郎，懶拈花弄柳，勸酒持觴。眉顰應有恨。相公，何事苦相妨？(生)夫人，些個事，惱人腸。(貼)相公，試説與，有何妨？(生)只怕你尋消問息，添我恓惶。

(旦)相公，古人云：嗔有爲嗔，笑有爲笑。古之君子，當食不嘆，臨樂不憂。無事而慽，謂之不祥。你自到俺府中，不明不暗，如醉如痴，鎮日憂悶，不知爲着甚的？還是少了穿的，少了喫的？我且道你喫的，恐肥甘不足於口歟？

【紅納襖】你喫的是煮猩唇和那燒豹胎。恐輕暖不足於體與？你穿的是紫羅襴，繫的是白(中闕)身在帝王邊，如羊伴虎眠。有日龍顔怒，無處可遮攔。我手裏拿着戰兢兢怕犯法的愁酒杯。(貼)相公上忠於國家，下安於百姓，有何戰戰兢兢？(生)夫人，我講兩個古人與你聽着。標名

(一) 詰：原作『誥』，據文義改。

怎似埋名好，出仕無如隱士高。[一]（貼）敢問相公，標名與埋名，古人是怎的？（生）〔滚〕漢邦碌碌枉英豪，一個鱗鴻恤羽毛。實想公卿三十六，雲臺争似釣臺高？到不如嚴子陵登釣臺。（貼）出仕與隱士，古人是怎的？（生）〔滚〕身在異鄉終是客，心懸故園總成灰。每懷王粲樓中事，難免楊雄閣上災。决不學楊子雲閣上災。（貼）相公，還是你爲官的好。（生）夫人，我爲官的有甚麽好處？〔滚〕你看驄馬五更寒，披衣上繡鞍。去時東華天未曉，回來明月滿闌干。只管待漏隨朝也，可不誤了春花秋月在，等閒白了少年頭？〔滚〕自幼離鄉老大回，聲音不改鬢毛衰。兒童相見不相識，笑問客從何處來？枉干碌碌頭又白。

【前腔】（貼）莫不是丈人行性氣垂？（生）岳丈視吾猶子，恩莫厚矣，快不要這等説。（貼）莫不是妾跟前缺管待？（生）夫人説那裏話？我與你夫婦之情，講甚麽缺管待？（貼）莫不是畫堂中少了三千客？（生）我只不是孟嘗君，要三千客何用？（貼）莫不是繡屏前少了十二釵？（生）下官又非牛僧孺，要十二釵何用？（貼）又不是呵，這意兒教人怎猜？（生）枉爲丞相之女！丈夫身上這些事，不能解其意。（貼）這話兒怎的解？相公，我今猜着了。（生）夫人，你猜着那件來？（貼）猜便猜着了，説出來，又恐怕相公你改變了。〔滚〕知君心意悶沉沉，不爲君來不爲民。口裏無言空自

[一] 仕：原作『似』，據文義改。

嘆，應想花前月下人。敢只是楚館秦樓，有一個得意人兒也，因此上悶懨懨常掛懷？

【前腔】（生）〔滚〕夫人端的細詳猜，非我懨懨悶掛懷。只爲蝸角功名鎖，撇却情人天一涯。我有個人兒在天涯。（貼）相公不須愁惱，你既有心上人，何不修書差人接他來，同享榮華，有誰阻當你不成？（生）不能勾了，夫人。只落得臉銷紅，眉鎖黛。呀！險被夫人識破了。夫人，先前講的甚麽情人，我在這裏做官，有甚麽情人？要是情人，就是你了。我本是朝中桂子客，槐花鬢裏生，愁也愁不定了。夫人呵，我本是傷秋宋玉無聊賴，有甚麽情去戀着閒楚臺？（貼）分明猜着了，如今又説來説去，是怎的？（生）夫人，三分話兒只恁猜，一片心兒只恁解。（貼）相公，我猜不來解不來，如今定要明白説與奴家便罷。（生）夫人撒手，定要問我怎的？休纏得我啞口無言，若還提起那籌兒也，教我撲簌簌淚滿腮。

（貼）由你，由你。待我不勸解你，你只管憂悶；我待問你，你又不應我。我也沒奈何。夫妻何事苦相防？莫把閒愁積寸腸。各人自掃門前雪，休管他人瓦上霜。（虚下）（生）難將我語同他語，未卜他心似我心。伯皆娶妻兩月，別親數載，朝夕思歸，翻成愁悶。我這新娶的媳婦雖則賢慧，我待將此事説與他知，想他肯同我回去。争奈岳丈在堂，年逾六十以上，招伯皆爲東床，指望暮齡之砥柱，如何肯放我回去？不如姑且隱忍，只求一鄉郡，那時節回去見我爹娘罷了。非是我隄防你太深，只緣伊父苦相禁。夫妻且説三分話，未可全抛一片心。（貼上）（轉見貼云）夫人，你還是多久來，還是纔來？（貼）

奴家纔到。（生）聽見我説甚麼話？（貼）奴家只聽得那兩句：難將我語同他語，未可全抛一片心。（生背云）難將我語同他語，是下官起頭話；未可全抛一片心，是下官結尾的話。原來被他瞧破。咳！夫人，宰相之女，狀元之妻，竊聽夫言，成甚麼規模？罷，罷，你聽得兩句話了，討一個歸期與我。（貼）自你到我府中，臉帶憂容，終日煩惱，不知你爲着何來？却原來是親老妻嬌，身沉宦海。相公呵，楚館秦樓思舊約，洞房花燭怨新婚。此情幸得奴瞧破，家尊知道怪伊們。

【江頭金桂】怪得你終朝口嚬嚕，只道你緣何愁悶深？教咱猜着啞謎，爲你沉吟，况那籌兒没處尋。我和你共枕同衾，瞞我則甚？（生）我瞞你甚的來？（貼）冤家，你還説没有瞞我？你自撇下爹娘媳婦，屢換光陰。你家中既有八旬父母，兩月妻房在家，你到此得中了頭名狀元，本當差取人馬去迎接到這裏，同享榮華，纔是道理。相公，如今耳遮冷了？〔滚〕瞞我太無良，家中撇下老爹娘。久聞陳留遭水旱，如何捱得這饑荒？你自撇下爹娘媳婦，屢換光陰。你在此朝朝飲宴，夜夜笙歌；他那裏倚門懸望，不見兒歸，須埋怨没信音。自古道：養兒待老，積穀防飢。莫説公婆姐姐，就是傍人見你不回呵，笑伊家短行，笑伊家短行，無情忒甚。到於今夫妻且説三分話，未可全抛一片心。

【前腔】（生）非是我聲吞氣忍，只爲你爹行勢逼臨。（貼）翁婿之間，説甚麼逼臨？（生）怕他知我要歸去，將人厮禁。幾番要説，又將口噤。（貼）相公既不明説，終不然不圖歸家不成？（生）欲待要解下朝簪，再圖鄉郡。你令尊呵，他不隄防着我，須遣我到家庭，我和你雙雙兩個歸晝錦。（貼）相公，敢問公婆壽年多少？（生）下官起程，與爹娘慶了八旬之壽始來。〔一〕我雙親老景，我雙親老景，他那裏存亡未審。（貼）你曾寄得有書回去否？（生）下官前月有一封書，寄與鄉親馬扁三官帶去。他出門與那院子講，他説吕布把守三關，來往客商都要盤詰，恐怕不能到家，只怕雁杳魚沉。又不是烽火連三月，真個家書抵萬金，真個家書抵萬金。（并下）

雪隱鷺鷥飛始見，柳藏鸚鵡語方知。
假如染就乾紅色，也被旁人講是非。

牛氏拒父問答

【西地錦】（外）好怪吾家門婿，鎮日不展愁眉，教人心下常縈繫。也只爲着門楣。入門休問榮枯事，觀見容顔便得知。自招贅伯皆爲婿，可謂得人。只一件：他自從到府，眉頭不展，面帶憂容，不知爲着甚事？必有緣故。且叫女孩兒出來，便知端的。孩兒那裏？

【前腔】（貼）只道兒夫何意，如今就裏方知。萬里家山要同歸，未審爹意何如？

〔一〕八旬之壽始來：原作『分旬之壽如來』，據文義改。

（外）孩兒，吾老入桑榆，自嘆吾之皓首；汝身乖琴瑟，每爲汝而懊懷。夫妻何故憂愁？孩兒必知端的。（貼）告爹爹得知，伯皆娶妻六十日，即赴科場；别親三五載，竟無消息。温凊之禮尚缺，伉儷之情何堪？今欲歸故里，辭至尊家尊而同行；侍奉高堂，執子道婦道以盡禮。（外）吾乃紫閣名公，汝是香閨艷質，何必顧彼糟糠婦？豈可事此田舍翁？伯喈久别雙親，何不寄一封之音信？汝從來嬌養，安能涉萬里之程途？休聽夫言，當從父命。（貼）爹爹，曾觀典籍，未聞婦道而不拜姑嫜；試論綱常，豈有子哉而不事父母？若重唱隨之義，當盡定省之儀。彼荆釵裙布，既已獨奉親闈之甘旨；此錦屏繡褥，豈可久戀監宅之歡娛？爹爹身居相位，坐理朝綱，豈可斷他人父子之恩，絶他人夫婦之義，使伯皆有貪妻之愛，不顧父母之慼？俾孩兒有違夫之命，不事舅姑之罪。望爹爹容恕，特賜矜憐。

（外）休得胡説！他既有媳婦在家，你去有甚勾當？（貼）聽女孩兒一言。

【獅子序】他媳婦雖有之，念孩兒須是他的次妻。（外）聖上爲媒，太師之女，説甚麼次妻？（貼）爹爹，那曾有媳婦不拜親闈？（外）你是香閨宦女，那識做媳婦道理？（貼）爹爹，爲人媳婦者，奉事舅姑，昏定而晨省，聞所欲而敬進之；出入則扶持之。朝則問安，晚則問寢。曾記《毛詩》云：采蘋采蘩。《易》云：中饋貞吉。若論做媳婦的道理，須當奉飲食，問寒暑，相扶持蘋蘩中饋。（外）便做有許多勾當，他既有媳婦在家，你不去也無妨。（貼）爹爹，人家養兒子的，望他那一件？老者非帛不煖，望兒之衣；非肉不飽，望子之食；不能負戴，望兒代勞。又道是養兒代老，凡爲父母者，養兒子就是農夫耕種一般。三年耕，餘有一年之用；九年耕，餘有三年之用。積穀防饑。

（外）既道是養兒代老，積穀防飢，何不當初休教他來赴舉？（貼）讀書人那個不思量上致君、下澤民？必欲顯揚於天下，豈可獨善其身？

【東甌令】他求科舉，仕官而至將相，富貴而歸故鄉，此人所同，今昔之所共也。伯皆受十載寒窗之苦，指望衣錦歸，光宗祖耀門閭，不想道爹爹招他爲女婿。（外）這個是有緣千里能相會，須强他不得。（貼）金榜題名，洞房花燭，伯皆心下豈不歡喜？今日不能回去侍奉雙親，〔滚〕他心無意纏雙足，口裏常言奉二親。乘鸞客做兔家客，跨鳳人爲仇隙人。他埋怨着洞房花燭夜，那些個千里能相會？爹爹身居相位，勢壓朝班，伯皆纔得進步，怎敢與爹爹分辨？只要保全金榜掛名時，那時節要他成就姻緣，欲待不從，又恐怕爹爹見怪。好似觸藩羝羊，進退兩難。他那裏辭官未了，辭婚婚未休。官權落在爹爹手，只得事急且相隨。

（外）伯皆縱然埋怨，管他則甚？自古道：事君不能事親。（貼）曾記得古人云：一日之養，不以三公換。伯皆不得歸養，親愛日之誠，何時得了？

【賞宫花】（貼）他終朝慘悽。（外）他自慘悽，與你何乾？（貼）教我如何忍見之？爲夫妻者，憂樂相關，休戚與共。伯皆既以不得養親爲憂，我豈能獨樂乎？古人云：陰陽和而雨澤降，夫婦和而家道成。若論爲夫婦，須是共歡娱。（外）伯皆既不能回家，何不寄一封音書回去？（貼）争奈人居兩地，天各一方，縱有音書，難憑難寄。他數載不通魚雁信。（外）孩兒，你可對伯皆説，我明朝保奏他做個大官。（貼）爹，你道保奏他做個大官，如今目下議郎之官，也不願做了。常道是：富貴不還鄉，如着錦衣夜行。枉了十年身到鳳凰池。

（外）呀！順從夫言，違逆父命，這妮子好癡迷呵！

【降黄龍】（貼）須知，非奴癡迷。（外）兒，我爲父的曾教你讀《列女傳》，你還記得否？（貼）爹，不知是那一篇？（外）是在家從父。（貼）爹爹，下句怎麼道？（外）呔！這妮子，你説下句出嫁從夫，我豈不曉？假如把你嫁歸蔡氏之門，行了告廟之禮，這便當出嫁從夫。如今在我家，還該依我。（貼）你道在家從父，俺出嫁從夫，怎違公議？（外）兒，我且問你，你既曉得做媳婦侍奉别人；教我老爹在家，没個親人在傍，□如何捨得你去？（貼）爹既念女，父母生之，膝下一體。男女雖殊，愛子之心一也。爹止生女兒一人，尚未曾出門，就這等思慮不捨；虧了伯皆爹娘，也只生他一人，一别數載，音信杳然。爹爹未説他人，先諒自己。怎教他的爹娘不念孩兒？（外）孩兒，非是我不與你去。他有前妻在家，你去時節，只怕耽閣你了。（貼）休提，奴家不過一人之身，其事甚小；誤伯皆不得回去奉親，其罪甚大。縱然把奴耽閣，比耽閣他的爹娘媳婦何如？（外）既不然，只教伯皆自去便了。（貼）自古道：一與之醮，終身不改；婦人之義，從一而終。那些個夫唱婦隨，嫁鷄怎不逐着鷄飛？

（外）孩兒，他是貧賤之家，你如何肯伏侍他的父母？（貼）豈不聞商朝帝乙之女，下嫁于歸；英乃天子之公主也，帝堯之子也。虞舜，匹夫也；娥皇女英，堯之二女也，也曾出嫁與匹夫禹舜，何况孩兒乎？

【大聖樂】婚姻事難論高低。（外）我偏要論這些高低。（貼）爹，論遲了。若論高低，何似當初休嫁與？（外）伯皆父母乃是一白丁，汝豈作白丁的媳婦？（貼）爹，伯皆父母雖是白丁，生下孩兒中了狀元，乃是一貴世家有餘。假饒親賤孩兒貴，終不然便抛棄？（外）他是何人你是誰？管他則甚！（貼）爹，伯皆是他親生兒子，奴是他親媳婦，難道他是何人我是誰？（外）也罷！教他自己回去，你不要去。（貼）爹，只怕他去了不來。（外）一年定來。（貼）他有年老爹娘，少年媳婦在家，一年也是不來。（外）一年不來，兩年定至。（貼）他方纔回去，兩年也難來。（外）二年怕没有個狀元？（貼）爹，此事只好對女孩兒講，若與外人問知，笑你。（外）笑我怎的？（貼）不笑你别的來。

【尾聲】笑你身居相位，坐理朝綱，怎説着傷風敗俗非理言語？（外）這妮子好大膽！鸚鵡能言，不離飛鳥；猩猩能語，不離走獸。你今將此言語冲撞，我不開口，誰敢去？夫言中聽父言違，懊恨孩兒見識迷。本待將心托明月，誰知明月照溝渠。（貼）爹，孩兒明日去早，不得拜辭。（外）哇！我不開口，誰敢去？

【駐雲飛】（貼）堪笑爹行，不顧三綱并五常。枉做當朝相，理法皆成枉。嗏，你本是鐵心腸。

欲待要自縊懸梁，又恐怕公婆倚定門兒望。仔細思量痛斷腸。

酒逢知己千鍾少，話不投機半句多。且在此悶坐一會，尋思個道理回他。

【稱人心】(生)撇呆打墮，爲人説話要思量，瞻前顧後用隄防。千不思來萬不想，豈知夫人壁後藏。早被那人瞧破。他要同歸，知他爹肯麽？我料他每不允諾。呀！夫人呵，你緣何獨坐？夫人，還是今日起程，明日起程，就起程？〔滚〕要知窈窕心腹事，盡在摇頭不語中。去時節伶牙俐齒，到如今默默無言。悶坐書堂，手托香腮，兩淚交流。夫人呵，你那裏口不言，我這裏心自想。我曉得了，争奈你爹行不可。

【前腔】(貼)我爹爹，全不顧，人笑呵，這其間是我見差訛。(生)你就是個禍根芽。(貼)難怪相公道我是個禍根芽，從此起，災來怎躲？(生)你不曾將我的事對他講？(貼)他道我從着夫言，(生)不曾駡你？(貼)他駡奴不聽親爹話。

【紅衫兒】(生)你不信我教伊休説破，到此如何？蒙令尊寵愛，在府三年，算你爹心性，我伯皆豈不料過？爲甚的亂掩胡遮，也只爲着這些？直待要打破砂鍋，分明是你招災攬禍。

【前腔】(貼)不想道伊椏把，做作難禁慣。我見你每每咨嗟要調和，誰知道好事多磨。我爹爹，平地起風波。相公，把你陷在地網天羅，如何不怨我？耽擱你爹娘也是我，耽擱你的妻房也是我。惱恨只爲着奴一個，却耽擱伊家兩三個。

【醉太平】（生）蹉跎，光陰易謝。縱歸去，晚景之計如何？名韁利鎖，奔走在天涯海角。知麽？多應是老死在京華，孝情事一筆都勾罷。這般摧挫，那般做作，傷情萬感，珠淚偷墮。

（貼）相公，妾當初勉承父命，遣事君子。不想君家有白髮父母，青春妻室。妾今思之，誤君父母，誤君妻子，誤君爲薄倖之人，皆妾也。妾之罪大矣。妾當死於地，以謝君恩。小則可以解君之縈掛，大則可以救君之父母；近則可以成孝子之令名，遠則可以逃後世之公議，妾死有何憾焉？（生）夫人，這等無非僞言。

【前腔】（貼）非詐，奴甘死也。縱奴不死時，君去須不可。（生）這也非千金之體所爲的。（貼）奴身值得甚麽？只因奴一個，誤你一家。差訛，假饒做夫婦也難和。陷你不得回家侍奉雙親，你心怨我，我心牽掛。罷、罷、罷，休、休、休，奴拚此一身，成伊孝名，救伊爹媽。

伯皆書館相逢

【鵲橋仙】（生）披香侍宴，上林游賞，醉後人扶馬上。金蓮花炬照回廊，正院宇梅稍月上。

日宴下彤闈，平明登紫閣。何如在書案，快哉天下樂。自家早臨長安，夜值嚴更。召問鬼神，或前宣室之席；光傳太乙，時頒天禄之藜。惟有戴星衝黑出漢宫，安能露滴研硃點《周易》？俺這幾日喜得朝無煩政，官有餘閒，庶可留心於詩書，從事於翰墨。正是：事業要當窮萬卷，人生須是惜分陰。看這

《尚書・堯典》道：虞舜父頑母嚚象傲，克諧以孝。他父母這等不好，他猶自克諧以孝，我父母虧我那一件，我到不能勾奉侍他？看甚麽《尚書》？這是《春秋》，潁考叔曰：小人有母，未嘗君之羹，請以遺之。他就有一口湯喫，兀自尋思着娘。我如今做官享富貴，到把父母撇了。看甚麽《春秋》？這書中那一句不説着孝義？當時俺父母教我讀書知孝義，誰知到如今反被詩書誤了，我還看他怎的？

【解三醒】嘆雙親把兒指望，教兒讀古聖文章。似我會讀書的，到把親撇漾；少甚麽不識字的，到把親終養。還思想，畢竟是文章誤我，我誤爹娘。書呵，我只爲其中自有黄金屋，反教我撇却椿庭萱草堂。還思想，畢竟是文章誤我，我誤爹娘。

【前腔】比似我做個負義虧心臺館客，到不如守義終身田舍郎。五娘在家，見下官不回，未免有棄舊戀新之嘆。我豈比那樣人？《白頭吟》記得不曾忘，緑鬢婦何故在他方？書呵，我只爲其中有女顔如玉，反教我撇却糟糠妻下堂。還思想，畢竟是文章誤我，我誤妻房。書既懶看他，且看這壁間山水古畫散悶則個。呀！這一軸畫像是我昨日在彌陀寺中燒香拾得的，如何院子也將來掛在此間？這是甚麽故事？

【太師引】細端詳，這是誰筆仗？覷着他，教我心兒好傷感。這兩人我有些認得他，他好似我雙親模樣。不是，我媳婦會針綫。便做是我的爹娘，怎穿着破損衣裳？前月有書，道我父母無恙。道別後容顔無恙，怎的這般淒涼情狀？呀！俺這裏要寄一封書到陳留，尚不能勾。他那裏呵，有誰來往，直將到洛陽？天下少甚麼面貌廝像的？須知道仲尼陽虎一般龐。

呀！我理會得了。

【前腔】這是街坊誰劣相，砌莊家形衰貌黄。比如我爹娘在家，遇着這凶荒之歲，若没個媳婦來相傍，少不得也是這般淒涼。敢是個神圖佛像？呀！却怎的？我正看間，猛可的小鹿兒心頭撞。那有個這樣神圖佛像？敢是當原畫的？自有緣故。丹青匠，由他主張，須知道毛延壽誤了王嬙。

伯皆一時好癡呆！既是甚麼故事，自有標題，待我轉過來看。呀！原來有一首詩在上面。這廝好無禮，句句道着下官，等閒的怎敢到此？想必夫人知道，待我問他，便知分曉。

【夜遊湖】（貼）猶恐他心思未到，教他題詩句，暗裏相嘲。翰墨關心，丹青入眼，强如把語言相告。

（生）夫人，誰人到我書館中來麼？（貼）没有人來。（生）我前日去彌陀寺行香，拾得一軸畫像，院子他將來掛在此，誰人在背後題着一首詩？有些蹺蹊。（貼）敢是原初題的麼？（生）那墨跡尚然未乾，是新寫的。（貼）相公，我理會得。你試讀與我聽着。（生念介）（貼）我還不曉其意，望相公解説一番。（生）『崑山有良璧，鬱鬱璠璵姿。嗟彼一點瑕，掩此連城瑜。』崑山是地名，産得好玉，顔色瑩然，價值連城。若有些瑕玷掩了他顔色，便不貴重了。『人生非孔顔，名節鮮不虧。』孔子、顔子是個大聖大賢，德行渾全。大凡人非聖賢，能忠不能孝，能孝不能忠，所以名節多至欠缺。『拙哉西河守，胡不如皋魚？』西河守是戰國時人吴起。魏文侯拜他爲西河郡守，母死不奔喪。皋魚是春秋時人，只爲周遊列國，父母死了，後來回家，自刎而亡。『宋弘既以義，王允何其愚。』宋弘是光武時人，光武要把姐姐湖陽公主嫁他，宋弘不從，對官裏道：貧賤之交不可忘，糟糠之妻不下堂。王允乃桓帝時人，司徒袁隗要把侄女嫁他，他就休了前妻，娶了袁氏。『風木有餘恨，連理無傍枝。』孔子聽得皋魚啼哭，問其故。皋魚説道：樹欲静而風不寧，子欲養而親不在。晉時東宫門南有槐樹二株，連理而生，四旁皆無小枝。『寄語青雲客，慎勿垂天彝。』傳語做官的人，切莫違天倫之大道。（貼）相公，那不奔喪的和那自刎的，那一個是孝道？（生）那不奔喪的是亂道。（貼）那不棄妻的和那休妻的，那個是正道？（生）那休了妻的是亂道。（貼）比如相公，肯學那一個人？（生）呀！我的父母知他存亡如何？我不學那不奔喪的見識。（貼）相公，你不學那不奔喪的，且如你這般富貴，腰金衣紫，假有糟糠之婦，藍褸醜惡，可不辱邈了你？你莫是也索休了罷。（生）夫人説那裏話？縱是辱邈了我，終身是我的妻房，義不可絶。

【鏵鍬兒】夫人，你説得好笑，你説得好笑，可見你心兒窄小。我決不學王允的見識，没來由讓却苦李，再尋甜桃。古人云：棄妻有七出之條。他不嫉不淫與不盜，終無去條。那棄妻的，衆所誚；那不棄妻的，人所褒。縱然他醜貌，怎肯相休（下闕）

樂府菁華

全名《新鍥梨園摘錦樂府菁華》，明豫章劉君錫編，明萬曆二十八年（1600）三槐堂王會雲繡梓。全書共六卷，分上下兩欄。卷一下層收録《琵琶記》之《伯喈長亭分別》《伯皆中秋賞月》《五娘剪髮葬親》《伯皆上表辭官》《伯皆書館相逢》等五齣，輯録如下。

伯喈長亭分別

（旦）君心何太急？一時難住淚。臨行血滴衣，懊恨別離輕。

【尾犯】（生）懊恨別離輕。（生）五娘，未行三五步，連嘆兩三聲。你莫非斷絃分鏡之悲乎？（旦）緑鬢仙郎，紅顏少婦，眼前雖有離別之苦，久後終有見面之期。解元呵，悲豈斷絃，愁非分鏡。（生）五娘，你愁甚麼來？（旦）解元，堂上公婆年滿八旬，就似風前燭草上霜，朝不能保暮。奴只慮高堂，風燭不定。（生）五娘，你果然説得是。日近西山景，遊子不遠行。柔腸寸寸斷，血淚湧難收。腸已斷，欲離未忍。淚難收，無言自零。（旦）你那裏去則終須去，我這裏留則留實難留。（合）空留戀，天涯海角，解元，須臾對面，頃刻離分，只在須臾頃。

（生）五娘請了，不勞遠送。（旦）解元，我和你一旦分離，心下豈忍？還要短送一程。（生）如此請行。（旦）解元，前面是甚麼所在？（生）前面是十里長亭，南浦之地。（旦）送君送到十里亭，夫妻拆散淚溋溋。來路不辭歸路遠，心中無限別離情。

【本序】無限別離情。（生）五娘，諸友紛紛載道上京，不知他俱有妻子麼？（旦）解元，前面衆朋友豈没有妻子不成？多則的或有三年五載，少則的也有周年半載，誰似我和你夫妻纔兩月，一旦成抛撇？纔得鳳鸞交，拆散同心結。兩月夫妻，一旦孤冷。解元，此去上京，還在幾時回來？（生）若是功名成就，經年便回。（旦）此去經年，解元，這三條大路，從那一條去？（生）卑人從中道而行。（旦）解元，今日上京，妾從中道相送； 明年錦旋，妾從中道相迎。此去經年，望着迢迢玉京思省。（生）五娘，思者，乃慮也。敢莫慮卑人此去山遥路遠？（旦）解元，自古男兒志四方，何須妻子碎肝腸？不慮山遥并水遠，惟願衣錦早還鄉。奴不慮山遥水遠。（生）敢莫慮卑人此去衾寒枕冷？（旦）解元，你妻子豈是那等人？願君此去姓名揚，結髮夫妻歲月長。今年此日離門去，明年此日轉還鄉。奴不慮衾寒枕冷。（生）五娘既不慮此，又不慮彼，你還慮着那一件來？（旦）解元未曾起程，就先忘了？山遥路遠豈傷心？不愁枕冷與寒衾，君去青雲須有路，雙親年老靠何人？奴只慮公婆没主，公婆，你只生下一個孩兒，今日也要他去赴選，明日也要他去求名。公婆呵，只恐怕别兒容易見兒難，望斷關河烟水寒。想時想得肝腸斷，望時望得眼兒穿。肝腸斷，眼兒穿，□□你老人家一旦冷清清。

（生）五娘，離别好傷情，别却雙親淚盈盈。一心只要供甘旨，何曾想着那功名？

【前腔】（生）何曾，想着那功名？（旦）既不想功名，又去怎的？（生）五娘（此處漫漶不清）人，此乃是□□□，又乃是爹娘命，張公相勸去求名。欲盡子情，難拒親命。五娘請上，受卑人一禮！（旦）解元，男兒膝下有黄金，何自低頭拜婦人？（生）妻，禮下於人，必有所求。念伯皆上無兄下無弟，我有年老爹娘，没奈何望賢妻須索與我好看承。（旦）解元，做媳婦事舅姑，理之當然。畢竟，（生）五娘，卑人有一句笑話，休要見怪。（旦）有話但説不妨。（生）五娘，卑人去後，休怨我朝雲暮雨。（旦）解元，私室之情，也自罷了。你上無兄下無弟，撇下年老爹娘在家時節。誰替你冬温夏清？（生）思量起，如何割捨得眼睁睁？

（旦）解元，君去京師須小心，公婆甘旨奴應承。惟願鰲頭君獨占，管取儒衣換却青。

【前腔】儒衣纔換青，快着歸鞭，早辦回程。解元，奴有一言，念夫婦之情，不要見怪。（生）有話但説不妨。（旦）只怕十里紅樓，休得要重婚娉婷。叮嚀。（生）五娘叮嚀甚的？（旦）解元，須則奴家不敢啓君之念。不念我芙蓉帳冷，也思親桑榆暮景。（内）蔡兄請行。（生）五娘，諸友等候多時，待我回他就來。（旦）思想男子漢真個心腸歹！我爲妻子的尚且不忍分離，送他到十里長亭。他與朋友講話去了，把妻子丢在一傍不倸不倸。在家况且如此，何況去到京城？雖然公婆囑付他許多言語，未知他何如？親囑付，知他記否？□□□□子言语。我這裏言之諄諄，他那裏聽之漠漠，空自語惺惺。

（下）（生扯介）你爲何有興而來，没興而回？適同諸友話長亭（此處漫漶不清）

【前腔】（生）寬心須待等，妻，我常輕王允之□事，素慕宋弘之爲人。説甚麼紅樓偏有意，那知我翠館實無情。我豈肯戀花柳，甘爲萍梗？（旦）解元，若得成名，須早寄一封音書回報。（生）五娘，此時狼烟烽起，只愁音書阻隔。只怕萬里關山，那更有音信難憑。（旦）若音信難通，我和你夫婦恩情從此絶矣！（生）須聽，没奈何分情破愛，誰下得虧心短倖？五娘，自今日别後，人居兩地，天各一方。從今後，愁腸難訴，心事誰言？正是相思兩處，一樣淚盈盈，一樣淚盈盈。

【鷓鴣天】萬里關山萬里愁，（生）一般心事兩般憂。（旦）解元，妻子叮嚀之言，非爲别的。桑榆暮景親難保，（生）五娘妻，不必拳拳致囑。客館風光怎久留？（旦）他那裏謾凝眸，正是馬行十步九回頭。歸家只恐傷親意，擱淚汪汪不斷流。（下）

伯皆中秋賞月

【念奴嬌】（貼）楚天過雨，正波澄木落，秋容光凈。誰駕玉輪來海底，碾破瑠璃千頃？環珮風清，笙簫露冷，人在清虛境。（浄、丑）真珠簾捲，庾樓無限佳興。

（貼）玉作人間千萬頃，銀葩點破瑠璃。（浄）瑶臺風露冷仙衣，天香飄下處，此景有誰知？（丑）未審明年明夜月，此時此景何如？（貼）珠簾高捲醉瓊巵，（合）正是莫辭終夕勸，動是隔年期。（貼）老姥姥，今夜中秋，月色澄清，你與我去請相公同來賞玩則個。（浄）相公，夫人請一同玩月。（生）我睡了，你與我拜上夫人。（貼）惜春，你再去請他。（丑）相公，夫人在此久等，請相公出來飛觴臨月，莫負清秋。（生）來也。（丑）老姥姥，我好臉皮，一請便出來。

【生查子】（一）（生）逢人曾寄書，書去神亦去。今夜好清光，可惜人千里。

（貼）相公，今夜碧天如洗，月色增輝，人人慶賞，户户謳歌。偏你愁懷悒悒，怨態沉沉，還是爲着甚的？（生）夫人，月色有甚好處？（貼）你看玉樓絳氣捲霞綃，雲浪空光澄徹。丹桂飄香清思爽，人在瑶臺銀闕。（生）影透鳳幃，光窺羅帳，露冷蛩聲切。關山今夜，照人幾處離别？（浄）須信離合悲歡，還如玉兔，有陰晴圓缺。便做人生長宴樂，幾見冰輪皎潔？（丑）此夜明多，隔年期遠，莫放金樽歇。（合）但願人長久，年年同賞明月。（貼）惜春，□□□□□，待我陪相公一賞。（起介）（貼）好月色呵！惜春，將酒上一杯過來。相公，酒到。

【念奴嬌序】長空萬里，見嬋娟可愛，全無一點纖凝。十二欄杆光滿處，凉浸珠箔銀屏。偏

（一）生：原作『山』，據汲古閣刊本《繡刻琵琶記定本》改。

稱，身在瑤臺，惜春，再將酒過來。笑斟玉斝歡暢，相公，月白風清，如此良夜，怎不開懷暢飲？人生幾見此佳景？（合）惟願取年年此夜，人月雙清，喜得人月雙清。

【前腔】（生）孤影，南枝乍冷，見烏鵲縹緲驚飛，正是：月朗星稀，烏鵲南飛，（一）遶樹三匝，無枝可棲。那更棲止不定。（貼）那鳥想是夜深投宿的，尋那舊巢。（生）夫人，你説舊巢，我又想起我少年讀書之處。當此光景，到也幽雅呵。萬疊蒼山，何處是修竹吾廬三徑？（貼）相公，你寒窗勤苦，今日這富貴榮耀，繡閣朱樓，也不落下。（生）人各有所好。追省，丹桂曾攀，姮娥相愛，（貼）世人讀書的，那一個不圖功名富貴？似你，朝中少有。（生）怎的没有？那故人千里謾同情。（合前）

（貼）相公，對此清虚境界，自覺神思清爽。

【前腔】（貼）光瑩，我欲吹斷玉簫，乘鸞歸去，不知風露冷瑤京。（丑）夜深了，好重露水。（貼）環佩濕，似月下歸來飛瓊。正是：香霧雲鬟濕，清虚玉臂寒。那更，香霧雲鬟，清輝玉臂，廣寒仙子也堪并。（合前）

（内吹笛介）（生）那裏吹得甚麼響？（浄）乃是笛聲。

【前腔】（生）愁聽，那吹笛關山，又是甚麼響？（丑）如今秋來天氣，人家先整寒衣，送與出外征人。

（一）南飛：原闕，據文義補。

（生）那搗衣寄遠，心下豈不傷感？ 正是： 吹笛秋山風月清，誰家巧作斷腸聲？ 敲砧門巷，月中都是斷腸聲。 夫人，這離家的人□，都是經年隔歲。 人去遠，幾見明月虧盈？ （貼）依相公說來，這中秋月色也有不喜他的？ （生）惟應，邊塞征人，深閨思婦，怪他偏向別離明。（合前）

【古輪臺】（浄）峭寒生，鴛鴦瓦冷玉壺冰。 欄杆露濕人猶凭，貪看玉鏡。 況萬里清明，皓魄十分端正。 三五良宵，此時獨勝。（丑）把清光都付與酒杯傾，從教酩酊，捹夜深沉醉還醒。酒闌綺席，漏催銀箭，香銷金鼎。 斗轉與參橫，銀河耿耿，轆轤聲已斷金井。

【前腔】（浄）閒評，月有圓缺陰晴，人世上有離合悲歡，從來不定。 深院閒庭，處處清光相映。 也有得意人人，兩情暢詠；也有獨守長門伴孤另，君恩不幸。（丑）廣寒仙子娉婷，孤眠長夜，如何捱得更闌寂静？ 此事果無憑。 但願人長永，庾樓玩月共同登。

【餘文】（生）夫人，你聽那聲哀訴，促織鳴。（貼）相公，俺這裏歡娱未罄，（合）却笑他幾處寒衣織未成。

今宵明月正團圓，幾處淒涼幾處喧。
但願人生得久長，年年千里共嬋娟。

五娘剪髮葬親

【雙調金瓏璁】（旦）饑荒先自窘，那堪連喪雙親。獨自怎支分？我衣衫都解盡，首飾没分文。無計策，只得剪香雲。

〔蝶戀花〕萬苦千辛難擺撥，力盡心窮，兩淚空流血。裙布荆釵今已竭，萱花椿樹連摧折。金刀盈盈明似雪，遠照烏雲，掩映蛾眉月。一片孝心難盡説，都來分付青絲髮。奴家前日婆婆死了，多蒙太公周濟。如今公公又没了，無錢資送，難再去求他。我思想起來，没奈何，只得剪頭髮，賣幾貫錢鈔，爲送終之用。雖然這頭髮值錢不多，只將來做個由兒。苦！正是：不幸喪雙親，求人不可頻。聊將青絲髮，斷送白頭人。

【香羅帶】一從鸞鳳分，誰梳鬢雲？粧臺懶生暗塵，那更釵首飾典無有也。頭髮呵，是我耽擱你度青春，如今又剪你，資送老親。似這等剪髮傷情也，奴因甚這等狼狽？我埋怨誰來？怨只怨結髮的薄倖人。

獨自守孤貧，剪髮殯雙親。欲剪猶未剪，思量薄倖人。

【前腔】思量薄倖人，辜奴此身。頭髮，欲待剪你下來，自古道：身體髮膚，受之父母，豈敢毀傷？欲剪未剪，教我先淚零。頭髮，早知今日剪你下來，我當初早披剃入空門也，做個尼姑去，今日免艱辛。咳！奴家只有這些頭髮也，恁般苦楚！少甚麽朱户佳人，珠圍翠擁蘭麝熏。呀！似這般光景呵，我的身死兀自無埋處，尚愛惜這些頭髮則甚？說甚麽頭髮愚婦人？

無錢受苦辛，剪髮甚傷情。孤身誰爲主？堪憐愚婦人。

【前腔】堪憐愚婦人，單身又貧。頭髮，我待不剪你呵，開口告人羞怎忍？我待剪你呵，金刀下處應心疼也。却將堆鴉髻舞鸞鬢，與烏鳥報答鶴髮親。教人道霧鬢雲鬟女，斷送霜鬟雪鬢人。（剪下哭介）

【臨江仙】（旦）連喪雙親無計策，只得剪下香鬟。非奴苦要孝名傳，這也是出乎無奈。正是上山擒虎易，開口告人難。

頭髮既已剪下，免不得將去街坊貨賣。穿長街，抹短巷，不免叫一聲：賣頭髮！賣頭髮！

【梅花塘】（旦）賣頭髮。（末）那婦人賣頭髮，什麽樣價值？（旦）長官，自古道：送飯送與飢人，說話說與知音。寶劍付與烈士，紅粉贈與佳人。你那裏買，我這裏賣，兩下的休論價。念我受饑荒，囊篋無些個。（内）丈夫那裏去了？因甚剪下頭髮？（旦）我丈夫若在家時節，也不要我婦人家拋頭露臉，把頭髮長街貨賣。丈夫出去，那堪連喪了公婆。（内）婦人或有父兄親屬，哀告他亦可，何必剪下頭髮？（旦）長官呵，奈我上無父兄倚靠，下無親屬可援，沒奈何，只得剪頭髮賣錢兒，資送他。

（內）這頭髮又焦又黄，只好鞭馬韁，不用他。（旦）怎的都没人買？

【香柳娘】看青絲細髮，看青絲細髮，剪來堪愛，如何賣也没人買。若論這饑荒死喪，若論這饑荒死喪，怎教我女裙釵，當得恁狼狽。况連朝受餒，况連朝受餒，我的脚兒怎擡？其實難捱。（跌介）

【前腔】只得閗閩起來，只得閗閩起來，往前街後街，并没人采。待我再叫一聲：賣頭髮！叫得我咽喉氣噎，無如之奈。苦！我如今便死，我如今便死，暴露屍骸，誰人與遮蓋？奴家終須必死，奈公公尸骸在床，未曾埋葬呵。待奴將頭髮去賣，待奴將頭髮去賣，賣了把公婆葬埋。奴便死，有何害？

（跌介）慈悲勝念千聲佛，造惡徒燒萬炷香。這幾日未到蔡家，老員外病症不知如何？我且去看一看。呀！遠遠望見一女子，好似趙五娘一般。待我近前看取，果是五娘子。我且問你，爲甚倒在長街？（旦起相見科）（末）五娘子，你公公貴恙何如？手中擎着甚麽物件？（旦）太公可憐，公公昨晚一氣不來，以歸大夢。家下無錢埋葬，奴家只得剪下此頭髮，欲賣幾文錢，以爲送終之用。（末哭介）五娘差矣，既你公公去世，理合和我商議，誰教你剪下頭髮作甚？（旦）太公，前番婆婆多蒙周济，今公公又死，不敢再來相求。（末）五娘子，説那裏話？

【前腔】你兒夫曾托賴，你兒夫曾托賴，我怎敢違背？你無錢使用，我須當貸。誰教你將頭髮剪下，又跌倒在長街，都緣是老夫之罪。（合）嘆伊家破壞，嘆伊家破壞，否極何時泰來？止不住各淚溢腮，止不住各淚溢腮。

【前腔】（旦）謝公公可憐，謝太公可憐，把錢相貸。我公婆在地下亦相感戴。只恐奴身死也，只恐奴身死也，兀自没人埋。蔡邕又不回，太公呵，誰還你恩債？（合前）

（末）五娘子，你先到家去，老夫即着人送錢米衣衾棺槨之類到府上應用。[一]（旦）如此，多謝了。（末）[二]這頭髮我本不該收，難得一點孝心，剪髮葬親，古今罕有。留在我家中，不惟流傳後人做個話名。異日待你丈夫回來，將與他看，也不枉你今日之情。

謝得公公救妾身，你夫曾托我親鄰。
從空伸出拿雲手，提起天羅地網人。

伯皆上表辭官

【北點絳唇】（末）夜色將闌，晨光欲散，把珠簾捲。移步丹墀，擺列着金龍案。

[一] 米：原作『來』，據汲古閣刊本《繡刻琵琶記定本》改。

[二] 末：原作『太公』，據上文改。

【北混江龍】（末）官居宫苑，漫道是天威咫尺近龍顔。每日間親隨車駕，只聽鳴鞭。去螭頭上拜跪，隨着那豹尾盤旋。朝朝宿衛，早早隨班。做不得卿相當朝一品貴，到先做侍臣待漏五更寒。空嗟嘆，山寺日高僧未起，算來名利兀的不如閒。
自家乃漢朝一個小黄門，往來紫禁，侍奉丹墀。領百官之奏章，傳一人之命令。正是：主德無瑕閹宦習，天顔有喜近臣知。如今天色漸明，正是早朝時分，官裏升殿，怕有百官奏事，只得在此俟候。從來不信叔孫禮，今日方知天子尊。道猶未了，一個奏事官人早來了。

【點絳唇】（生）月淡星稀，建章宫裏千門曉。御爐烟裊，隱隱鳴稍杳。下官當初在家事親時節，如今五鼓時分，我與五娘雙雙同在爹娘膝下問安。忽憶年時，問寢高堂早。（净）禀相公，鷄鳴了。（生）左右，你衆人且在午門外廂俟候。鷄鳴了，悶縈懷抱，此際愁多少？
不寢聽金鑰，因風想玉珂。明朝有封事，數問夜如何。自家爲父母在堂，欲上表辭官回去侍奉。如今天色已明，這裏是午門外廂，不免挨挪而進。（末）朝鼓鼕鼕月墜西，百官文武整朝衣。忽聽静鞭三下響，揚塵舞蹈拜丹墀。奏事官執笏，奏事官捧笏三舞蹈。

【神仗兒】（生）揚塵舞蹈，揚塵舞蹈，遥瞻天表，見龍鱗日耀。（末）狀元不得升殿。咫尺重瞳高照，（末）有何文表，就此呈奏。（生）遥拜着赭黄袍，遥拜着赭黄袍。

【滴溜子】（生）臣邕的，臣邕的，荷蒙聖朝。臣邕的，臣邕的，拜還紫誥。（末）狀元，你莫不是嫌官小麼？（生）念邕非嫌官小，奈家鄉萬里遥，雙親又老。干瀆天威，萬乞恕饒。

（末）狀元，吾乃黄門，職掌奏章。有何文表，就此披宣。

【破第一】（生）議郎臣蔡邕啓：今日蒙恩旨，除臣爲議郎之職，重蒙婚賜牛氏。干瀆天威，臣謹誠惶誠恐，稽首頓首。伏念微臣，初來有志，誦詩書力學躬耕修己，不復貪榮利。事父母，樂田里，初心願如此而已。不想州司，謬取臣邕充試。到京畿，豈料蒙恩，叨居上第？

【破第二】重蒙聖恩，婚賜牛公女。臣草茅疏賤，如何當得此隆遇？况臣親老，一從别後，光陰又幾。廬舍田園，荒蕪久矣，荒蕪久矣。

（末）老親在堂，必自有人奉侍，狀元不必憂慮。

【滚第三】（生）但臣親老鬢髮白，筋力皆癯瘁。影隻形單，無兄弟，誰奉侍？况隔千山萬水，生死存亡，雖有音書難寄。最可悲，他甘旨不供，我食禄有愧。

（末）聖上作主，太師聯姻，狀元，這也是奇遇。

【歇拍】（生）不告父母，怎諧匹配？臣又聽得家鄉裏，遭水旱，遇荒飢。多想臣親必做溝渠之鬼，未可知。怎不教臣，悲傷淚垂？

（末）狀元，此非哭泣之處，不得驚動天聽。

【中衮第五】臣享厚禄掛朱紫，出入承明地。惟念二親寒無衣，饑無食，喪溝渠。憶昔先朝朱買臣守會稽，司馬相如，持節錦歸。

【煞尾】他遭遇聖時，皆得回鄉里。臣何敢，別父母，遠鄉里，没音書，此心違？伏望陛下特憫微臣之志，遣臣歸。得侍雙親，隆恩無比。

【出破】若還念臣有微能，鄉郡望安置。庶使忠心孝意得全美，臣無任瞻天仰聖，激切屏營之至。

（末）原來如此，吾當與汝轉達天聽，你只在午門外廂俟候聖旨。正是：遠望旌捷旗，耳聽好消息。狀元，請了。

【神仗兒】（生）彤庭隱耀，彤庭隱耀。下官舉目一看，忽然見那祥雲一朵，就相似我家鄉一般。見祥雲縹緲，下官今日進此兩封奏章，我想將起來，本上寫得十分嚴切。上寫八旬父母，兩月妻房。聖上若見，必然是准的。如今想黃門到了。想黃門已到，黃門將我表章轉達聖上，萬歲必然把我表章龍案展開觀看。料應重瞳看了。聖上看我辭官那一封表章還不緊要，若看到辭婚的表章，萬歲乃仁德之君。多應是念我私情烏鳥。顒望斷九重霄。

黃門已將我奏章傳達，未知聖意允否？不免乘閒禱告天地一番。

【滴漏子】天憐念，天憐念，蔡邕拜禱。雙親的，雙親的，死生未保。正是：哀哀父母，生我劬勞。欲報深恩，昊天罔極。那可憐恩深難報，一封奏九重，知他聽否？爹娘，孩兒若得與你相會，也在這一封奏章。不能勾相會，也在這一封表章了。爹娘呵，我和你會合分離，都在這遭。

咳！黄門去了多時，怎的不見回報？想必是官裏准了。天！我若能勾回家侍奉父母，我伯皆何須在此做官？

【前腔】（末）今日裏，今日裏，議郎進表。傳達上，傳達上，聖目看了。（生）聖目看了，如何説？（末）道太師昨日先奏，把乘龍女婿招，多少是好？（生）黄門大人，你莫不是哄我？（末）見有玉音傳降聽剖。

（生）聖旨已到，跪聽宣讀：孝道雖大，終於事君。（一）王事多艱，豈遑報父？朕以凉德，嗣纘丕基。眷兹儆動之風，未遂雍熙之化。爰昭俊髦，以輔不逮。咨爾才學，允協輿情。是用擢居議論之司，以求繩糾之益。爾當恪守乃職，勿有固辭。其所議婚姻事，可曲從師相之請，以成桃夭之化。欽予時命，裕汝乃心。叩頭謝恩。狀元，爲何不謝恩？（生）黄門大人，煩你與我再去奏知官裏，我情願不做官。（末）咳！這等好不曉事！聖旨已出，誰敢違背？（生）黄門大人，你不去時節，待我自去拜還聖旨如何？（末）這狀元好怪麽！這所在你如何去得？（生）學生身居草莽，一旦登於廊廟，誰人不愛？那個不喜？黄門大人。（末）你金榜題名，洞房花燭，此乃讀書人的美事，狀元何故苦辭？（生）大人，你有所不知，聽我道來。

（一）終：原作『忠』，據汲古閣刊本《繡刻琵琶記定本》改。

【啄木兒】我親衰老。（末）你家中還有甚麼人？（生）奈伯皆上無兄下無弟，只有妻幼嬌。（末）狀元既親老妻嬌，何不寄一封音信回去？（生）大人，怎奈朝中董卓弄權，吕布把守虎牢三關。縱有音書難寄了。大人呵，萬里關山信音杳。他那裏舉目淒淒，我這裏回首迢迢。我爹娘在家，終日倚門懸望，説道我怎麼不回來？他這裏望得眼穿兒不到，我今日一旦僥倖，指望回家養親，誰想聖意不允。俺這裏哭得淚乾，怕，（末）狀元，你怕甚麼來？（生）怕雙親難保。悶殺人一封丹鳳詔。

【前腔】（末）狀元，你何須慮，不用焦，人世上離多歡會少。大丈夫須當萬里封侯，肯守着故園空老？畢竟事君事親一般道，人生怎全忠和孝？却不道母死王陵歸漢朝？

【三段子】（生）這懷怎剖？望丹墀天高聽高。這苦怎逃？望白雲山遥路遥。

【前腔】（末）狀元，你做官與親添榮耀，高堂管取加封號。與你改換門閭，偏不是好？（生）黄門大人，那穿緑袍繫銀帶者是誰？（末）此乃是楊給事。（生）穿紫袍繫金帶者是誰？（末）狀元，是你令岳丈牛太師了。（生）既是牛太師，待下官與他詰奏。（末）狀元，他乃是一朝之冢宰，你不過新進之書生，焉敢與他詰奏？

【歸朝歡】（生）他名爲冢宰，實爲寇仇，格得我怒氣哰哰，悲悲切切。你就是冤家的，冤家的，苦苦見招，俺媳婦埋怨怎了？饑荒歲，饑荒歲，怕他怎熬？俺爹娘怕不做溝渠中餓殍？

【尾聲】（末）狀元，譬如四方争戰多征調，從軍遠戍沙場草，也只是是爲國忘家怎憚勞。

家鄉萬里信難通，爭奈君王不肯從。
情到不堪回首處，一齊分付與東風。

伯皆書館相逢

【鵲橋仙】（生）披香侍宴，上林遊賞，醉後人扶馬上。金蓮花炬照回廊，正院宇梅梢月上。

日宴下彤闈，平明登紫閣。何如在書案，快哉天下樂。自家早臨長安，夜值嚴更。召問鬼神，或前宣室之席；光傳太乙，時頒天禄之藜。惟有戴星銜黑出漢宫，安能滴露研硃點《周易》？俺這幾日喜得朝無繁政，官有餘閒，庶可留心於詩書，從事於翰墨。正是：事業要當窮萬卷，人生須是惜分陰。看這《尚書·堯典》道：虞舜父頑母嚚象傲，克諧以孝。他父母這等不好，他猶自克諧以孝。我父母虧我那一件？我到不能勾奉侍他。看甚麼《尚書》！這是《春秋》，潁考叔曰：小人有母，未嘗君之羹，請以遺之。他就有一口湯喫，兀自尋思着娘。我如今做官享富貴，倒把父母撇了。看甚麼《春秋》！這書中那一句不説着孝義？當時俺父母教我讀書知孝義，誰知到如今反被詩書誤了我，還看他怎的？

【解三酲】嘆雙親把兒指望，教兒讀古聖文章。似我會讀書的，到把親撇漾；少甚麼不識字的，到把親終養。書呵，我只爲其中自有黄金屋，反教我撇却椿庭萱草堂。還思想，畢竟是文章誤我，我誤爹娘。

【前腔】比似我做個負義虧心臺館客，到不如守義終身田舍郎。五娘在家，見下官不回，未免有棄舊戀新之嘆。我豈比那樣人？《白頭吟》記得不曾忘，緑鬢婦何故在他方？書呵，我只爲其中有女顔如玉，反教我撇却糟糠妻下堂。還思想，畢竟是文章誤我，我誤妻房。

書既懶看他，且看這壁間山水古畫，散悶則個。呀！這一軸畫像是我昨日在彌陀寺中燒香拾得的，如何院子也將來掛在此間？這是甚麼故事？

【太師引】細端詳，這是誰筆仗？覷着他，教我心兒好感傷。這兩人我有些認得他，好似我雙親模樣。不是我媳婦會針綫，便做是我的爹娘，怎穿着破損衣裳？前月有書，道我父母無恙。道別後容顔無恙，怎的這般凄涼情狀？呀！俺這裏要寄一封書到陳留，尚不能勾。他那裏呵，有誰來往，直將到洛陽？天下少甚麼面貌厮像的？須知道仲尼陽虎一般龐。

呀！我理會得了。

【前腔】這是街坊誰劣相，砌莊家形衰貌黄。比如我爹娘在家，遇着這凶荒之歲，若没個媳婦來相傍，少不得也這般凄涼。敢是個神圖佛像？呀！却怎的？我正看間，猛可的小鹿兒心頭撞。那有個這樣神圖佛像？敢是當元畫的自有緣故？丹青匠，由他主張，須知道毛延壽誤了王嬙。

伯皆一時好癡呆！既是甚麼故事，自有標題。待我轉過來看。呀！原來有一首詩在上面。這厮好無禮，句句道着下官，等閒的怎敢到此？想必夫人知道，待我問他，便知分曉。

【夜遊湖】（貼）猶恐他心思未到，教他題詩句，暗裏相嘲。翰墨關心，丹青入眼，强如把語言相告。

（生）夫人，誰人到我書館中來麼？（貼）没有人來。（生）我前日去彌陀寺行香，拾得一軸畫像，院子將來掛在此，誰人在背面題着一首詩？有些蹺蹊。（貼）敢是原初題的麼？（生）那墨迹尚然未乾，是新寫的。（貼）相公，我理會得。你試讀與我聽着。（生念詩介）（貼）我還不曉其意，望相公解説一番。（生）『崑山有良璧，鬱鬱璠璵姿。嗟彼一點瑕，掩此連城瑜。』崑山是地名，産得好玉，顔色瑩然，價值連城。若有些瑕玷，掩了他顔色，便不貴重了。『人生非孔顔，名節鮮不虧。』孔子顔子是個大聖大賢，德行渾全。大凡人非聖賢，能忠不能孝，能孝不能忠，所以名節多至欠缺。『拙哉西河守，胡不如皐魚？』西河守是戰國時人吴起，魏文侯拜他爲西河郡守，母死不奔喪。皐魚是春秋時人，只爲周遊列國，父母死了。後來回家，自刎而亡。『宋弘既以義，王允何其愚。』宋弘是光武時人，光武要把姐姐湖陽公主嫁他，宋弘不從。對官裏説：貧賤之交不可忘，糟糠之妻不下堂。王允乃桓帝時人，司徒袁隗要把侄女嫁他，他就休了前妻，娶了袁氏。『風木有餘恨，連理無傍枝。』孔子聽得皐魚啼哭，問其故。皐魚説道：樹欲静而風不寧，子欲養而親不在。晉時東宫門前有槐樹二株，連理而生，四旁皆無小枝。『寄語青雲客，慎勿乖天彝。』傳語做官的人，切莫違天倫。（貼）相公，那不奔喪的和那自刎的，那一個是孝道？（生）那不奔喪的是亂道。（貼）那不棄妻的和那休妻的，那個是正道？（生）那休了妻的是亂道。（貼）比如相公，肯學那一個人？（生）呀！我的父母知他存亡如何？我不學那不奔喪的見識。

（貼）相公，你不學那不奔喪的，且如你這般富貴，腰金衣紫。假有糟糠之婦，襤褸醜惡，可不辱玷了你？你莫是也索休了罷。（生）夫人説那裏話？縱是辱邈了我，終身是我的妻房，義不可絶。

【鏵鍬兒】夫人，你説得好笑，你説得好笑，可見你心兒窄小。我決不學王允的見識，没來由讓却苦李，再尋甜桃。古人云：棄妻有七出之條。他不嫉不淫與不盜，終無去條。那棄妻的，衆所誚；那不棄妻的，人所褒。縱然他醜貌，怎肯相休棄了？

【前腔】（貼）伊家富豪，那更青春年少。你紫袍掛體，金帶垂腰，做你的媳婦呵，應須有封號。金花紫誥，必俊俏，須媚嬌。若還他醜貌，怎不相休棄了？

【前腔】（生）夫人，你言顛語倒，惱得我心如轉焦。莫不是你把咱奚落，特兀自粧喬？引得我淚痕交，撲簌簌這遭。這題詩的是誰？（貼）相公，你待怎的？（生）夫人，他把我嘲，難恕饒。你説與我知道，怎肯乾休住了？

【前腔】（貼）我心中忖料，想不是薄情分曉，管教你夫婦會合在今朝。這字跡你可認得麽？（生）我一時不認來。（貼）伊家枉自焦，只恐怕你哭聲漸高。（生）是誰？快説來。（貼）是伊大嫂，身姓趙，正要説與你知道，怎肯乾休住了？

（生）既如此，快請來相見。

【入賺】(旦)聽得閙炒，敢是兒夫看詩啰唣？(貼)姐姐快來。(旦)是誰忽叫？想是夫人召，必有分曉。(貼)相公，是他題詩句，你還認得否？(生)他從那裏來？(貼)他從陳留郡，爲伊來尋討。(□旦笑介)呀！原來是你。五娘，你怎的穿着破襖，衣衫盡是素縞？呀！莫不是我雙親不保？(旦)官人，從別後，遭水旱，我兩三人只道同做餓殍。(生)張太公曾周濟你麼？(旦)(一)只有張公可憐，嘆雙親別無倚靠。(生)後來却如何？(旦)兩口顛連相繼死。(生)原來我爹娘都死了。娘子，你怎生殯斂他？(旦)我剪頭髮賣錢，送伊妣考。(生)如今安葬了未曾？(旦)把墳自造，土泥盡是麻裙裹包。(生)聽伊言語，怎不痛傷噎倒？

(仆地介)(貼)官人甦醒。(旦)官人，這畫像就是你爹娘的真容。

【山桃花】(生)蔡邕不孝，把父母相抛。爹娘，我與你別時，也不知恁的狼狽。早知你形衰耄，怎留漢朝？娘子，請受卑人一禮。你爲我受煩惱，你爲我受劬勞，謝你葬我爹，葬我娘，你的恩難報也。又道是養兒能代老。(合)這苦知多少？恨怎消？天降災殃人怎逃？

娘子，這真容是誰畫的？

【前腔】(旦)這儀容想像，是我親描。(生)那得盤纏來到此間？(旦)乞丐把琵琶撥，怎禁路

(一)旦：原作『貼』，據上文改。

遥？説甚麼受劬勞？不信看你爹，看你娘，比别時兀自形枯槁也。我的一身難打熬。（合前）

【前腔】（貼）設着圈套，被我爹相招。相公，你也説不早，況音信杳。姐姐，你爲我受煩惱，受劬勞。相公呵，是我誤你爹，誤你娘，誤你名不孝也。做不得妻賢夫禍少。（合前）

【前腔】（生）我脱却巾帽，解却衣袍。（貼）相公，急上辭官表，共行孝道。（生）夫人，只怕你去不得。（貼）我豈敢憚煩惱？豈敢憚劬勞？同去拜你爹，拜你娘，親把墳塋掃也。與地下亡靈添榮耀。（合前）

【餘文】（合）幾年間分别無音耗，奈千山萬水迢遥。天！只爲三不從，生出這禍苗。

樂府紅珊

全名《精刻繡像樂府紅珊》。明秦淮墨客（紀振倫）編，有萬曆三十年（1602）金陵唐振吾刻本、清嘉慶八年（1803）積秀堂覆刻本。共十六卷，卷一收録《琵琶記》之《蔡伯喈祝親壽》，卷二收録《蔡議郎牛府成親》，卷七收録《蔡伯喈書館思親》《趙五娘臨鏡思夫》，卷十收録《蔡伯喈荷亭玩賞》，卷十四收録《趙五娘描畫真容》等六齣，輯録如下。

蔡伯喈祝親壽

【瑞鶴仙】（生）十載親燈火，論高才絶學，休誇班馬。風雲際會太平日，正驊騮欲逞，魚龍將化。沉吟一和，怎離却雙親膝下？且盡心甘旨，功名富貴，付之天也。

〔鷓鴣天〕宋玉多才未足稱，子雲識字浪傳名。奎光已透三千丈，風力行看九萬程。經世手，濟時英，玉堂金馬豈難登？要將萊綵歡親意，且戴儒冠盡子情。蔡邕沉酣六籍，貫串百家。自禮樂名物，以及詩賦詞章，皆能窮其妙。由陰陽星曆，以至聲音書數，靡不得其精。抱經濟之奇才，當文明之盛世。幼而學，壯而行，雖望青雲於萬里。入則孝，出則弟，怎離白髮之雙親？到不如盡菽水之歡，甘虀鹽之分。正是：行孝於己，責報於天。自家新娶妻房，纔方兩月。却是陳留郡人。儀容俊雅，也休誇桃李之姿；德性幽閒，儘可寄蘋蘩之托。正是：夫妻和順，父母康寧。《詩》云：『爲此春酒，以介眉壽。』今喜雙親既壽而康，對此春光，就花下酌杯酒，與雙親稱壽，多少是好？昨已囑付五娘子安排，不免催促則個。娘子，酒完了，請爹媽出來。（旦内應介）（外、浄上介）

【寶鼎兒】（外）小門深巷，春到芳草，人間清晝。（浄）人老去星星非故，春又來年年依舊。（旦）最喜今朝春酒熟，滿目花開如繡。（合）願歲歲年年，人在花下，常斟春酒。

（外）孩兒，請我兩個出來做甚麽？（生）告爹媽得知，人生百歲，光陰幾何？喜得爹媽年滿八旬，孩兒一則以喜，一則以懼。聊具一杯蔬酒，與爹媽稱慶則個。（外）阿婆，這是這是子孝雙親樂，家和萬事成。（生進酒介）

【錦堂月】（生）簾幕風柔，庭幃晝永，朝來峭寒輕透。親在高堂，一喜又還一憂。惟願取百歲椿萱，長似他三春花柳。（合）酌春酒，看取花下高歌，共祝眉壽。

【前腔】（旦）輻輳，獲配鸞儔。深慚燕爾，持杯自覺嬌羞。怕難主蘋蘩，不堪侍奉箕箒。惟願取偕老夫妻，長侍奉暮年姑舅。（合前）

【前腔】（外）還愁，白髮蒙頭。紅英滿眼，心驚去年時候。只恐時光，催人去也難留。孩兒，惟願取黄卷青燈，及早换金章紫綬。（合前）

【前腔】（净）還憂，松竹門幽。桑榆暮景，明年知他健否安否？嘆蘭玉蕭條，一朵桂花難茂。媳婦，惟願取連理芳年，得早遂孫枝榮秀。（合前）

【醉翁子】（生）回首，嘆瞬息烏飛兔走。喜爹媽雙全，謝天相佑。（旦）不謬，更清淡安閒，樂事如今誰更有？（合）相慶處，但酌酒高歌，更復何求？

（外）孩兒，你今日爲我兩個慶壽，這便是你的孝心。人生須要忠孝兩全，方是個丈夫。我想將起來，今年是大比之年，你可上京取應。倘得脱白掛緑，濟世安民，這纔是忠孝兩全。（生）爹媽高年在堂，無人侍奉，孩兒豈敢遠離？實難從命。

【前腔】（外）卑陋，論做人要光前耀後。勸我兒青雲萬里，早當馳驟。（净）聽剖，真樂在田園，何必區區公與侯？（合前）

【僥僥令】（生、旦）春花明綵袖，春酒泛金甌。但願歲歲年年人長在，父母共夫妻相勸酬。

【前腔】（外、净）夫妻好廝守，父母願長久。坐對兩山排闥青來好，看將一水護田疇，緑遶流。

【十二時】山青水緑還依舊，嘆人生青春難又，惟有快活是良謀。

逢時對景且高歌，須信人生能幾何。
萬兩黄金未爲貴，一家安樂値錢多。

蔡議郎牛府成親

【傳言玉女】（外）燭影摇紅，簾幕瑞烟浮動，畫堂中珠圍翠擁。粧臺對月，鸞鶴神仙儀從。玉簫聲裏，一雙鳴鳳。

院子何在？（末）畫堂深處風光好，别是人間一洞天。覆相公，院子叩頭。（外）院子，今日與小姐畢姻，筵席完備麽？（末）安排完備。（外）怎見得完備？〔水調歌頭〕（末）但見屏開金孔雀，褥隱繡芙蓉。獸爐香裊，蓮臺絳蠟吐春紅。廣設珊瑚席子，高把真珠簾捲，環列翠屏風。人間丞相府，天上蕊珠宫。　錦遮圍，花爛漫，玉玲瓏。繁絃脆管，歡聲鼎沸畫堂中。簇擁金釵十二，座列三千珠履，談笑盡王公。正是：　門闌多喜氣，佳婿近乘龍。道尤未了，狀元老爺來矣。

【女冠子】（生）馬蹄篤速，傳呼齊擁華轂。（外）左右，與狀元簪上花。金花帽簇，天香袍染，丈夫得志，佳婿坦腹。院子，敲雲板，請小姐出畫堂。（浄、丑、貼上）粧成聞唤促，又將彩扇重遮，羞蛾輕蹙。（浄、丑）這段姻緣不俗，（合）金榜題名，洞房花燭。

請狀元、小姐各立一邊，待我來贊禮。（致語）竊以禮重婚姻，兹實人倫之大；　義當配偶，爰思宗祀之承。張設青廬，熒煌花燭。祀供蘋蘩，首嚴見廟之儀；贄備棗榛，抑講拜堂之禮。集珠履玳簪之客，環金釵玉珥之賓。慶會良宵，觀光盛事。爐熏寶鴨，香騰裊裊之烟；步擁金蓮，請下深深之拜。東拜東王公，西拜西王母。兩人齊下拜，攀桂步蟾宮。

【畫眉序】（生）攀桂步蟾宮，豈料絲蘿在喬木？喜書中今朝，有女如玉。堪觀處絲幕牽紅，恰正是荷衣穿緑。（合）這回好個風流婿，偏成洞房花燭。

【前腔】（外）君才冠天禄，我的門楣稍賢淑。看相輝清潤，瑩然冰玉。光掩映孔雀屏開，花爛漫芙蓉裀褥。（合前）

【前腔】（貼）頻催少膏沐，金鳳斜飛鬢雲矗。喜逢蕭史，愧非弄玉。清風引珮下瑶臺，明月照粧成金屋。（合前）

【前腔】（浄、丑）湘裙皾六幅，似天上姮娥降凡俗。喜藍田今已種成雙玉。風月賽閬苑三千，雲雨笑巫山二六。（合前）

（末）請狀元入房。（生）請岳翁大人尊重。（揖介）（外）且喜昨日笑攀蟾窟桂，今朝幸遇洞房春。（下）（生）請小姐先入洞房，待下官整理朝衣，來早謝恩。（貼下介）（生）咄！牛太師，牛太師，你道是昨日笑扳蟾窟桂，我這裏今朝怨殺洞房春。（浄私聽介）（生）爹娘呵，孩兒素志，只願菽水承歡，以侍膝下。豈知爹娘一子不留身畔，强逼赴試。指望求得一官半職，衣錦還鄉，榮親耀祖，乃是孩兒本意。豈料忝中高魁，又被牛府强贅爲姻，好不爲這卷書坑陷殺人呵！（轉身驚介）（浄）禀老爹得知，老爹乃是金榜之魁，小姐乃是千金之貴，正是一對好姻緣，有甚麼煩惱？（生）起來，聽我道。

【滴溜子】謾説道好姻緣，果諧鳳卜。細思之，此事豈吾意欲？（浄）我知道老爹有老老爹老奶奶在堂。有人在高堂孤獨。（内笑介）（生）可惜新人笑語喧，不知舊人何處哭。（浄）老爹，豈不聞王羲之故事乎？（生）起來。（背云）可見是相門中一個使女也知道王羲之的故事，我蔡邕怎比得他？一則失不告而娶之罪於父母，二且踵王允薄倖之徒於妻了。兀的東床，難教坦腹。

（丑内叫科）老姆，請狀元老爹入洞房，小姐在此伺候多時了。（浄）狀元老爹思鄉喫惱了。（丑）老賤人，那個不愛你那張口會講話？你把幾句好言語，相勸他進來就是。（浄）賤才，我要你教？

【鮑老催】勸相公翠眉謾蹙，自古道：　姻緣本是前生定，五百年前結會來。赤繩已繫夫婦足，芳名注定婚姻牘。（生作嘆介）（浄）狀元老爹，你空嗟怨，枉嘆息，休故推。（外上）一夢飛入楚陽臺，醒來却是陽臺路。你看金鴨晚香寒，想是有人在洞房深處。院子那裏？（末）丞相千歲。（外）更闌漏永，衆還不去睡？（末）禀丞相得知，蔡爺思鄉喫惱，小人每在此伺候，不敢去睡。（外）呀！原來是狀元喫惱，故在此中堂囉唣。我分付你去對他説，你説老老爺居在一人之下，坐在萬人之上，没有公子，贅他爲婿，乃爲半邊之子相倚，有甚麼虧他？你道我畫堂富貴如金谷，叫他休戀故鄉生處樂，受恩深處親骨肉。你去説。（末）理會得。（外下）（末跪介）老老爺知道老爺喫惱，差小人來奉勸。（生）你老爺怎麼道？（末）我老爺道他今居一人之下，在萬人之上，并無公子，單生小姐一人。只望老爺做個養老女婿，有甚麼虧負不成？他道得好。他道畫堂富貴如金谷，叫老爺休戀故鄉生處樂，受恩深處親骨肉。（生）老姆、院子，到如今我進牛府中來，上無兄下無弟，有那個是我親人？（淨、末）狀元老爹到我府中，與我小姐成就一對好姻緣時節。這的是親骨肉。

（生）既然如此，且自迴避着。（末下介）（丑、占迎介）（淨、丑）禀狀元老爺，小姐親自迎入洞房。

【滴滴金】金猊寶篆香馥郁，銀海瓊舟泛醽醁，輕飛翠袖呈嬌舞。囀鶯喉，歌麗曲，歌聲斷續，（生、占悶介）（丑）老姆，往常老相公心下不樂，你常去勸他。你看小姐與狀元憂悶，你也過去把幾句好言語相勸他。（淨）正是我看狀元心下喫惱，我也不好近前。也罷，你斟上兩杯酒來，我和你二人進去勸他。（丑）好，我和你大家去勸。（丑、淨）禀老爺、小姐，老爺與小姐成就姻緣，乃是好事。小奴婢也來勸老爺、小姐一杯酒。持觴勸酒人共祝。（生、占）你有甚麼話說？（丑、淨）要老爺、小姐飲過這杯酒，小奴婢有句祝。人共祝，願得你百年夫婦永諧和睦。（生、占）果願得好。齊祝願，他道是我和你百年夫婦永諧和睦。

（丑）老姆，不知我老老爺苦苦要把小姐招這狀元怎的？（淨）你那裏知道？

【鮑老催】他意深愛篤，（丑）愛他甚麼？（淨）愛他文章富貴珠萬斛。你説他二人今夜好麽？（丑）我不知道，要你老人家做過纔曉得他的好。（淨）他似蝶戀花，鳳棲梧，鸞停竹。（丑）蔡爺當初讀書時，須受十年窗下之苦，到於今中了頭名狀元，贅了千金小姐。看將來讀書的真個是好，真個是好！男兒有書須勤讀，書中自有黄金屋；也自有千鍾粟。（丑）你這等説，還是狀元的福，小姐的福？

【雙聲子】（浄）郎多福，郎多福，（丑）怎見得？（浄）他着紫綬黄金束。（丑）你説狀元有福，我説小姐也有福。娘多福，娘多福，看花誥紋犀束。（浄）賤人，他居相府，二人皆是有福的。兩意篤，兩意篤，豈非福，豈非福。似文鸞綵鳳，兩兩相逐。

【餘文】百年夫婦真不俗，占斷人間天上福，富贵荣华萬事足。

清風明月兩相隨，女貌郎才天下奇。
正是洞房花燭夜，果然金榜掛名時。

蔡伯喈書館思親

【喜遷鶯】（生）終朝思想，思想我爹娘年老，妻室青春。被他逗遛在此，不能得歸去呵。但恨在眉頭，悶在心上。蔡邕抛兩月夫妻，贅相府艶質。雖則新婚，實懷舊恨。鳳侶添愁，歲月屢遷音信杳，路途迢遞雁魚稀。魚書絶寄，爹娘，你那裏頻倚門閭兒不見，俺這裏空瞻屺岵憶雙親。空勞兩處相望。下官今早打從夫人粧臺前經過，照見我兩鬢皤然，容顔比承歡膝下之時不同了。青鏡瘦顔羞照，正是：欲釋心間悶，且撫七絃琴。琴呵，我今棄父母而不顧，拋妻子而不返，那有心事來撫你？寶瑟清音絶響。昨宵一夢到家山，醒來依舊天涯外。歸夢杳，繞屏山烟樹，那裏是我家鄉？

〔踏莎行〕怨極愁多，歌慵笑懶，只因添個鴛鴦伴。他鄉遊子不能歸，高堂父母無人管。湘浦魚沉，衡陽雁斷，音書要寄無方便。人生光景幾多時，蹉跎負却平生願。蔡邕定省思歸之念，耿耿在懷；骨肉離别之言，常常堆積。正是：三年離却故家鄉，雁杳魚沉音信荒。父母倚門頻望眼，教人無日不思量。

【雁魚錦】思量，那日離故鄉，父愛子指日成龍，母念兒終朝極目。張太公有成人之美，每重父言；趙五娘身處孤單，惟順姑意。那些不是真情密意？記臨歧送别多惆悵。那日五娘子送我到十里長亭，南浦之地，我二人執袂叮嚀，欲分手而不忍。(一)攜手共那人不斷放。我與他徘徊眷戀，豈爲夫婦之情？無非爲我爹娘年老，惓惓囑託。教他好看承，年老爹娘。五娘見我把二親囑托與他，他當時也回言道得好。他道：做媳婦事舅姑，(二)理之當然，何須叮嚀？五娘子乃信實之婦，料不負我臨行之囑。料他有應不會遺忘。下官心下爲何這等燋燥得緊？呀！今早上朝，只見楊司諫手擎一本。我問他此本爲何，他道是貴處陳留郡上飢饉奏章。我問他本上如何道？他説：少壯離散於四方，老弱轉展乎

(一) 分：原作『什』，據文義改。

(二) 姑：原闕，據汲古閣刊本《繡刻琵琶記定本》補。

溝壑。下官聽得此言，唬得魂不着體呵！聞知道我那裏饑與荒，我的爹，我的娘，只恐怕捱不過歲月難存養。記得臨行之時，老娘説道：兒，你既捨不得老娘前去，可將你裏襟衣服過來，待我縫上幾針。到京師見此針綫，如見老娘一般。他道：慈母手中綫，遊子身上衣。豈知五娘回道：婆婆臨行密密縫，意恐遲遲歸。誰知此言信矣。如今黄巾作叛，董卓弄權，吕布把守虎牢三關。莫説要孩兒回來侍奉，就是要寄一封音信也是難的。他那裏老望不見信音傳，却把誰倚仗？老親倚仗靠誰行？有子徒而在遠方。可憐不得圖家慶，思量枉自讀讀文章。

【一解】思量，幼讀文章，論事親爲子也須要成模樣。趙氏五娘雖則新婚兩月，日遠日親；牛氏夫人我與姻連數載，日近日疏呵。我與他真情未講，怎知道喫盡多磨障？被親强來赴選場，被君强官爲議郎，被婚强效結鸞凰。一被强，二被强，三被强，我的衷腸事訴與誰行？埋怨難禁這兩廂：這壁廂，牛氏夫人見我歡無半點，愁有千般。道咱是不撑撻害羞的喬相識。那壁廂，五娘子見我不回，道我忘恩悖德，寡信傷倫。道咱是不睹親負心的薄倖郎。不得承歡具慶堂，歸心如箭思茫茫。遥望白雲親舍遠，倚闌幾度自悲傷。

【二解】悲傷，今日我職居清要，位列朝班。鷺序鴛行，自古以來，只有大舜以天下養其親。且謾説那大孝，就是那慈烏尚能返哺，可以人而不如烏乎？到不如慈烏返哺能終養。謾把金章，綰着紫綬，昔老萊子行年七十，身穿五綵班衣，戲舞娱親。伯喈異日回家，亦效戲彩班衣之樂。差矣！臨別之時，爹娘年已八旬，一別數載，怎麼還說此話？試問斑衣，今在何方？斑衣罷想，縱然歸去，有誰人戴麻執杖？只爲雲梯月殿多勞攘，落得淚雨如珠兩鬢霜。

京華日暮望庭幃，路接南衢思欲飛。故里郊遊頻入夢，醒來依舊各東西。

【三解】幾回夢裏，忽聞鷄唱。忙驚覺錯呼舊婦，同問寢高堂上。覺來時，依然新人鳳衾和象床，牛氏夫人，我被逗遛在此，(一)不能得歸去養親呵。教我怎不怨香愁玉無心緒？更思想，被他攔擋，教我怎不悲傷？自到牛府，日開玳筵，時歌《金縷》。遇暑有枕欹寒玉，扇動齊紈；遇寒有紅爐暖閣，錦帳重幃。俺這裏歡娛夜宿芙蓉帳，五娘子在家，日奉雙親，怕蘋蘩之缺少；夜眠孤枕，覺衾被之單寒。他那裏寂寞偏嫌更漏長。謾悒怏，他菽水既清涼，我有何心貪戀美酒肥羊？爹娘見我不歸，說我顧寵忘親；五娘見我不歸，道我憐新棄舊。怎知辭官辭婚二表皆不允？悶殺人花燭洞房，愁殺人掛名金榜。魆地裏自思量，正是在家不敢高聲哭，就是猿聞也斷腸。

【餘文】千思想，萬忖量，若還得見俺爹娘，辦一炷明香答上蒼。

院子何在？(末)有問即對，無問不答。覆相公，院子叩頭。(生)院子，我要寄封家書回去，争奈没有便人，可到街坊上打聽，有陳留鄉里在此，與我請來相見。

(一) 我被：原作『我被我』，據文義改。

終朝苦思憶，欲寄書咫尺。
眼望旌旗捷，耳聽好消息。

趙五娘臨鏡思夫

【破齊陣】（旦）翠減祥鸞羅幌，香銷寶鴨金爐。楚館雲閒，秦樓月冷，動是離人愁思。目斷天涯雲山遠，親在高堂雪鬢疏，緣何書也無？

〔古風〕明明匣中鏡，盈盈曉來粧。憶昔事君子，雞鳴下君床。臨鏡理笄總，隨君問高堂。一旦遠離別，鏡匣掩青光。流塵暗綺練，青苔生洞房。零落金釵鈿，慘淡羅衣裳。傷哉憔悴容，無復惠蘭房。有懷悽以楚，有路阻且長。妾身豈嘆此，所憂在姑嫜。念彼猾猱遠，眷此桑榆光。願言盡婦道，遊子不可忘。勿彈綠綺琴，絃絕令人傷。勿聽《白頭吟》，哀音斷人腸。人事多錯迕，羞彼雙鴛鴦。奴家自從丈夫去後，竟無消息。把公婆抛撇在家，教奴家獨自侍奉。一來要要成丈夫孝名，二來要盡媳婦孝道。無奈正是：　天涯海角有窮時，惟有此情無盡處。若論我丈夫呵，寒窗腹笥蘊珠璣，念在承歡舞綵衣。高堂嚴命促，却教輕別赴春闈。

【四朝元】春闈催赴，同心帶綰初。嘆《陽關》聲斷，送別南浦，早已成間阻。謾羅襟淚漬，謾羅襟淚漬，和那寶瑟塵埋，錦被羞鋪。寂寞瓊窗，蕭條朱户，空把流年度。嗏，瞑子裏自尋思，妾憶君情，一旦如朝露。君行萬里途，妾心萬般苦。君還念妾，迢迢遠遠，也索回顧，也索回顧。

天涯遊子幾時還，目斷長安杳藹間。鶯老花飛春欲盡，愁貧怨別改朱顏。

【前腔】朱顏非故，綠雲懶去梳。奈畫眉人遠，傅粉郎去，鏡鸞羞自舞。把歸期暗數，把歸期暗數，只見雁杳魚沉，鳳隻鸞孤。綠遍汀洲，又生芳杜。空自思前事，嗏，日近帝王都。芳草斜陽，教我望斷長安路。君身豈蕩子？妾非蕩子婦。其間就裏，千千萬萬，有誰堪訴？有誰堪訴？

蕭條菽水獨支持，遠夢驚回報曉鷄。猶恐二親眠尚穩，幾回問寢步輕移。

【前腔】輕移蓮步，堂前問舅姑。怕食缺須進，衣綻須補，要行須與扶。奈西山景暮，奈西山景暮，教奴倩着誰人，傳與我的兒夫？你身上青雲，只恐怕親歸黃土。我臨別也曾多囑付。嗏，那些個意孜孜，只怕十里紅樓，貪戀着人豪富。你雖然忘了奴，也須念父母。苦！無人説與，這凄凄冷冷，怎生辜負？怎生辜負？

鱗鴻何事兩茫茫，輾轉猜疑欲斷腸。縱使名韁絆歸騎，也應先報捷文場。

【前腔】文場選士，紛紛都是才俊徒。少甚麼鏡分鸞鳳？都要榜登龍虎，偏他將奴誤。也不索氣蠱，也不索氣蠱，既受託了蘋蘩，有甚推辭？索性做個孝婦賢妻，也落個名標青史，若得公婆壽考，雙雙等他回來便好了。倘或有些不周時，我枉受了閒淒楚。嗏，俺這裏自支吾，休得污了他的名兒，左右與他相回護。咳！我心雖是如此，天！只怕你得遂功名，心又變了。你便做腰金與衣紫，須記得荆釵與裙布。苦！一埸愁緒，堆堆積積，宋玉難賦，宋玉難賦。

回首高堂日已斜，遊子何事在天涯。
紅顔勝人多薄命，莫怨東風當自嗟。

蔡伯喈荷亭玩賞

【一枝花】（生）閒庭槐影轉，深院荷香滿。簾垂清晝永，怎消遣？十二欄杆，無事閒凭遍。悶來把湘簟展，夢到家山，又被翠竹敲風驚斷。

〔南鄉子〕翠竹影摇金，水殿簾櫳映碧陰。人静晝長無個事，沉吟，碧酒金樽懶去斟。幽恨苦想尋，離别經年没信音。寒暑相催人易老，關心，却把閒愁付玉琴。院子，將琴書過來。（末將琴書上）黄卷看來消白日，朱絃動處引清風。炎蒸不到珠簾下，人在瑶池閬苑中。相公，琴書在此。（生）院子，你與我唤那兩個學童過來。（末唤科）（浄、丑上）

【金錢花】（浄、丑）自少承直書房，書房；快活其實難當，難當，只管打扇與燒香。荷亭畔，好乘涼；喫飽飯，上眠床。

（參見科）（生）我在先得此材於爨下，斵成此琴，名曰焦尾。自來此間，久不整理。今日當此清凉，試操一曲，以舒悶懷。你三人一個打扇，一個燒香，一個管文書，休得慢誤。（衆）領鈞旨。（生操琴科）

【懶畫眉】（生）强對南薰奏虞絃，只覺指下餘音不似前，那些個流水共高山？呀！只見滿眼風波惡，似離别當年懷水仙。

（浄困掉扇科）（末云）告相公，打扇的壞了扇。（生）背起打十三。那厮不中用，只教他燒香。（末）領鈞旨。

【前腔】（生）頓覺餘音轉愁煩，似寡鵠孤鴻和斷猿，又如别鳳乍離鸞。呀！只見殺声在絃中見，敢是螳螂來捕蟬？

（丑困滅香科）（浄）告相公，燒香的滅了香。（生）背起打十三。那厮不中用，只教他管文書。（末）領鈞旨。

【前腔】（生）藍田日暖玉生烟，似望帝春心托杜鵑，好姻緣翻做惡姻緣。只怕聞者知音少，争得鸞膠續斷絃？

（末掉文書科）（丑）告相公，管文書的亂了文書。（生）背起打十三。（貼上）（生）左右，夫人來也，且各回避。（衆）正是：有福之人人伏事，無福之人伏事人。（末、浄、丑下）

【滿江紅】（貼）嫩緑池塘，梅雨歇薰風乍轉。瞥然見新凉華屋，已飛乳燕。簟展湘波紈扇冷，歌傳《金縷》瓊巵暖。（合）炎蒸不到水亭中，珠簾捲。

（貼）相公元來在此操琴呵。（生）夫人，我當此清涼，聊托此以散悶懷。（貼）奴家久聞相公高於音樂，如何來到此間，絲竹之音杳然絶響？斗膽請再操一曲，相公肯麽？（生）夫人待要聽琴，彈甚麽曲好？我彈一曲《雉朝飛》何如？（貼）只是無妻的曲，不好。（生）呀！説錯了。如今彈一曲《孤鸞寡鵠》何如？（貼）兩個夫妻正團圓，説甚麽孤寡？（生）不然，彈一曲《昭君怨》何如？（貼）兩個夫妻正和美，説甚麽宫怨？相公，當此夏景，只彈一個《風入松》好。（生）這個却好。（彈科）（貼）相公，你彈錯了。（生）呀！到彈出《思歸引》來。待我再彈。（貼）相公，你又彈錯了。（生）呀！又彈出個《别鶴怨》來。（貼）相公，你如何恁的會差？莫不是故意賣弄，欺侮奴家？（生）豈有此心？只是這絃不中用。〔一〕（貼）這絃怎的不中用？（生）俺只彈得舊絃慣，這是新絃，俺彈不慣。（貼）舊絃在那裏？（生）舊絃撇下多時了。（貼）爲甚撇了？（生）只爲有了這新絃，便撇了那舊絃。（貼）相公何不撇了新絃，用那舊絃？（生）夫人，我心裏豈不想那舊絃？只是新絃又撇不下。（貼）你新絃既撇不下，還思量那舊絃怎的？我想起來，只是你心不在焉，特地有許多説話。

【桂枝香】（生）夫人，舊絃已斷，新絃不慣。舊絃再上不能，待撇了新絃難拚。我一彈再鼓，待我一彈再鼓，又被宫商錯亂。（貼）相公，你敢是心變了麽？（生）非干心變，這般好涼天。正

〔一〕中用：原作『用中』，據汲古閣刊本《繡刻琵琶記定本》改。

是此曲纔堪聽，又被風吹別調間。

【前腔】（貼）相公，非彈不慣，只是你意慵心懶。既道是《寡鵠孤鸞》，又道是《昭君宮怨》。那更《思歸》《別鶴》，《思歸》《別鶴》，無非愁嘆。相公，我看你多敢是想着誰？（生）夫人，我不想着甚麼人。（貼）相公，有何難見？你既不然，我理會得了。你道是除了知音聽，道我不是知音不與彈。

（生）夫人，那有此意？（貼）相公，這個也由你，畢竟你無心去彈他。何似教惜春安排酒過來，與你消遣何如？（生）我懶飲酒，待去睡也。（貼）相公休阻妾意。老姥姥、惜春，看酒來。（淨、丑持酒上）

【燒夜香】（淨）樓臺倒影入池塘，緑樹陰濃夏日長，（丑）一架荼蘼滿院香。（合）滿院香，和你捧霞觴。捲起珠簾，明月正上。

（貼）將酒過來。

【梁州序】（貼）新篁池閣，槐陰庭院，日永紅塵隔斷。碧欄杆外，寒飛漱玉清泉。只覺香肌無暑，素質生風，小簟琅玕展。晝長人困也，好清閒，忽被棋声驚晝眠。（合）《金縷》唱，碧筒勸，向冰山雪巘排佳宴。〔一〕清世界，幾人見？

〔一〕向冰山雪巘排佳宴：原作『向冰山雪獻非佳宴』，據汲古閣刊本《繡刻琵琶記定本》改。

【前腔】（生）薔薇簾箔，荷花池館，一陣風來香滿。湘簾日永，香消寶篆沉烟。謾有枕欹寒玉，扇動齊紈，怎遂黄香願？（作悲科）（貼）相公，你爲甚的下淚？（生）猛然心地熱，透香汗，我欲向南窗一醉眠。（合前）

【前腔】（貼）向晚來雨過南軒，見池面紅粧零亂。漸輕雷隱隱，雨收雲散。只覺荷香十里，新月一鈎，此景佳無限。蘭湯初浴罷，晚粧殘，深院黄昏懶去眠。（合前）

【前腔】（生）柳陰中忽噪新蟬，見流螢飛來庭院。聽菱歌何處，畫船歸晚。只見玉繩低度，朱户無声，此景尤堪戀。起來攜素手，鬢雲亂，月照紗幮人未眠。（合前）

【節節高】（淨）漣漪戲綵鴛，把露荷翻，清香瀉下瓊珠濺。香風扇，芳沼邊，閒庭畔。坐來不覺神清健，蓬萊閬苑何足羡。（合）只恐西風又驚秋，不覺暗中流年换。

【前腔】（丑）清宵思爽然，好涼天，瑶臺月下清虚殿。神仙眷，開玳筵，重歡宴。任教玉漏催銀箭，水晶宫裏把笙歌按。（合前）

【餘文】光陰迅速如飛電，好良宵可惜漸闌，拚取歡娱歌笑喧。

（生）樵樓上幾鼓了？（淨云）三鼓了。

歡娱休問夜如何，此景良宵能幾何？

遇飲酒時須飲酒，得高歌處且高歌。

趙五娘描畫真容

【胡搗練】（旦）辭別到荒坵，只愁途路煞生受。畫取真容聊藉手，逢人將此苦哀求。

鬼神之道，雖則難明；感應之理，未可不信。昨日在南山築墳，夢見神人分付，教我改換衣粧，往京尋取丈夫。正是：寧可信其有，不可信其無。只是一件，念我和公婆廝守數載，怎忍拋棄前去？不免將二親真容描畫出來，背在身傍，早晚焚香化紙，以盡奴一點孝心。兒夫別後遇荒凶，只恐公婆貌不同。描畫丹青皆筆力，教奴含淚想真容。

【新水令】（旦）想真容，未寫淚先流，要相逢又不能勾。淚眼描來易，愁腸寫出難。全憑着這枝筆，寫不出萬般愁。親喪荒坵，要相逢除非魂夢中有。

奴家自歸蔡門，我公婆那曾得半載歡悦？

【駐馬聽】（旦）兩月優遊，三五年來都是愁。自從我兒夫去後，望斷長安，兩淚交流。饑荒年歲度春秋，兩人雪鬢龐兒瘦。常想在心頭，常鎖在眉頭，教奴家怎畫得歡容笑口？

正是：寫出千般人面目，全憑一點自精神。

【雁兒落】(旦)待畫他瘦形骸，真是醜；待畫他俊龐兒，生成就。待畫他鬢颩颩，(一)望孩兒兩眼淚盈眸。待畫他肥胖些，我的公公婆婆呵，這幾年遭水旱遇飢荒，只落得容顔憔瘦。分付毛延壽，錯弄了筆尖頭。全憑着五道士用機謀。看起這真容果然厮像。只有一件，當時伯喈在家，二親容顔豐厚。自他去後，連遭饑荒，容顔比前大不相同。怕只怕蔡伯喈不認醜，公公猶可看起，婆婆呵，醜只醜一女流。夫，雖不像你昔日的爹娘，也須是趙五娘親姑舅。

真容既已畫完，不免收拾，拜辭太公前去。

【疊字錦】非是奴家出外州，非是奴家出外遊。公婆，奴家今日往京不爲别的，也只爲着公公，也只爲着婆婆，也只爲你孩兒在外州。此情不可丢，此情不可休。且將二親真容懸掛起來，待奴家祝告一番，拜辭前去。辭别我的公公，辭别我的婆婆，公婆生則爲人，死則爲神。奴家此去京城時節，一路上望公婆靈魂兒相保佑。

【三仙橋】保佑奴身出外州，抛閃下公婆墳塋，有誰厮守？愁只愁奴家去後，冷清清誰來拜掃？縱使遇春秋，一陌紙錢怎有？奴家此行，好似甚的來？好一似斷纜孤舟，無拘束蕩蕩悠悠。又不知我歸來時候？公婆，媳婦今日往京，盤纏半文也無。出乎无奈，只得把琵琶權當做行

(一)　颩颩：原作『搜搜』，據汲古閣刊本《繡刻琵琶記定本》改。

頭。背真容，背真容，不離左右。我今去休，我辭淚流。公婆呵，生時節做一個受凍餒的公婆，死後做一個絕祭祀的孤墳姑舅。

【清江引】公婆真容奴畫的有，身背琵琶走。辭別張太公，謾説生和受。一路上唱詞兒，覓食度口。

（末上）衰柳寒蟬不可聞，西風敗葉亂紛紛。長安古道休回首，西出陽關無故人。老漢適聞五娘子往京尋取丈夫，特來送些盤費。（旦）奴家正到尊府拜辭，反蒙光降，生受多矣。（末）老漢聞知五娘子往京，敬備些須，聊資路費，請受下。（旦）多謝太公厚賜。（末）你手中拿得甚麼卷子？（旦）是公婆真容。（末）那個畫的？（旦）奴家親自描的。（末）展開，待我一看。（旦展介）老員外老安人拜揖！五娘子，公公畫得廝像，婆婆略覺不同些。（旦）婆婆亡久了，一時想像不真。（末）五娘子，老夫本欲借筆硯標題幾句在上，恐污了你丹青；待老夫口讚幾句罷？（旦）多謝！願聞。（末）死别多應夢裏逢，謾勞孝婦寫遺踪。可憐不得圖家慶，辜負丹青筆下工。衣破損，鬢蓬鬆，千愁萬恨在眉峰。蔡郎不識年來面，趙女空描别後容。（旦）承過譽了。（末）五娘子，你這般形狀，怎往京城去得？（旦）奴家身背琵琶，沿途唱些詞兒，扮作道姑前去。（末）五娘子，有甚麼詞兒，老夫願聞。

【琵琶詞】（旦）試將曲調理宮商，彈動琵琶情慘傷。不彈雪月風花事，且把歷代源流訴一場。混沌初開盤古出，三才御世號三皇。天生五帝相繼續，堯舜心傳夏禹王。禹王後代昏君出，乾坤大抵屬商湯。商湯之後紂爲虐，伐罪吊民周武王。周室東遷王迹熄，春秋戰國七雄强。七雄併吞爲一國，秦氏縱横號始皇。西興漢室劉高祖，光武中興後獻王。此時有個陳留郡，陳留有個蔡家莊。蔡家有個讀書子，才高班馬飽文章。父親名唤蔡崇簡，母親秦氏老萱堂。生下孩兒蔡邕是，新娶妻房趙五娘。夫婦新婚纔兩月，誰知一旦折鴛鴦。只爲朝廷開大比，張公相勸赴科場。苦被堂上親催遣，不由妻諫兩分張。指望錦衣歸故里，誰知一去不還鄉。自從與夫分别後，陳留三載遇饑荒。公婆受餒誰爲主？妻子耽飢實可傷。可憐三日無飡飯，幸遇官司開義倉。家下無人孤又苦，妾身親自請官糧。誰知糧米都支盡，拿住李正要賠糧。行到無人幽僻處，李正搶去甚慌張。奴思歸家無計策，將身赴井淚汪汪。幸遇太公來答救，分糧與我奉姑嫜。糧米充作二親膳，奴家暗地自挨糠。不想公婆來瞧見，雙雙氣倒在厨房。慌忙救得公甦醒，不想婆婆命已亡。自嘆奴家時運蹇，豈知公又夢黄粱。連喪雙親無計策，香雲剪下往街坊。幸遇太公施仁義，刻腑銘心怎敢忘？孤墳獨造誰爲主？指頭鮮血染麻裳。孝感天神來助力，搬泥運土事非常。築成墳墓親分付，改换衣裝往帝邦。畫取公婆儀容像，迢遥豈憚路途長？琵琶撥調親覓食，徑往京都尋蔡郎。皐魚殺身以報父，吴起母死不奔喪。宋弘不棄糟糠婦，王允重婚薄倖郎。此回若得夫相見，全仗琵琶説審詳。從頭訴盡千般苦，只恐猿聞也斷腸。

（末）妙哉！ 妙哉！ 五娘子，只一件，你少長深閨，豈識程途之苦？當初伯喈赴選之時，你青春嬌美，今日遭此饑荒，形衰貌醜。正是：桃花歲歲皆相似，人面年年又不同。我想伯喈臨別之時，他道：太公，倘得寸進，即便回來。如今年荒親死，一竟不回，知他心腹事體若何？正是：畫虎畫皮難畫骨，知人知面不知心。五娘子，聽老夫囑付幾句：蔡郎原是讀書人，想應一舉已成名。久留不知因個甚，年荒親死不回門。你去京城須仔細，逢人下禮問虛真。見郎謾説他妻子，見郎謾説喪雙親。見郎謾説裙包土，見郎謾説剪香雲。見郎謾説受盡千般苦，只把琵琶語句訴原因。若得蔡郎思故舊，可憐張老一親鄰。老漢今年七十歲，比你公公少一旬。你去時還有張老送，回來未知張老死和存。流淚眼觀流淚眼，斷腸人送斷腸人。（旦）多謝太公指教，敢煩玉趾，同到南山拜拜公婆墳墓起程？（末）五娘子，你孝心可有，不必到墓前去，就此靈位前拜拜。你去京後，無人奉侍，老夫代你除了靈位，祝告二親靈魂，隨你往京便了。（旦）如此，多感大德。（末）老員外、老安人，你媳婦趙氏五娘往京尋你兒子伯喈，望你靈魂隨他同去，陰中保佑一路平安。（旦哭拜介）

【憶多嬌】（旦）他魂渺漠，奴身没倚着。程途萬里，心懷絶壑。太公請上，受奴一禮。此拜非爲別的，此去孤墳，望太公看着。（合）舉目蕭索，滿眼盈盈淚落。

【前腔】（末）五娘子但放心前去。我承委托，當領略，孤墳看守，決不爽約。五娘子，你此去京中，老夫別無所願呵，但願你途路中身安樂。（合前）

【鬥黑麻】（旦）多謝公公，便承允諾，你的恩深怎敢忘却？太公，奴家此去呵，吉凶難保。只恐途路遠，身體弱，病染災纏，力衰倦脚。太公，此去别無所慮。（末）五娘子，你慮着那一件來？（旦）只愁孤墳寂寞。（末）五娘子，孤墳自有老夫看守，不須憂慮。只愁一件。（旦）太公，你愁着那一件？（末）只愁你途路中，滋味惡。（旦）太公，奴在路上愁着孤墳，你在家中愁我在路上。（合）正是兩處堪悲，萬愁怎摸？

【前腔】（末）五娘子，我想伯喈在京，決然高中。你兒夫多應是貴官顯爵，伊家去須當審個好惡。只怕你喬打扮，怎知覺？那時節他腰金衣紫，後擁前呼，你一身這等襤褸，恐怕他一時難肯相認。他一貴，你一貧，怕他將差就錯。（合前）

（旦）太公請回，不勞遠送了。（末）五娘子，你可早去早回。

爲尋夫婿别孤墳，只恐兒夫不認真。

流淚眼觀流泪淚，斷腸人送斷腸人。

新鐫詞林白雪

全稱《新鐫出相詞林白雪》。戲曲與散曲選集。明竇彦斌編選。凡八卷。有明萬曆三十四年(1606)刻本,現藏於日本東京大學東洋文化研究所。又有國家圖書館藏影鈔萬曆本。前六卷收南北散曲,后二卷收南戲、传奇散齣。其中,一、二、三卷爲『閨情』,四卷爲『美麗、詠物附旅懷一套』,五卷爲『譃賞』,六卷爲『棲逸』,七、八卷爲『褉録』。又,『褉録』中所收戲曲僅録曲文,不收賓白。全書共收《琵琶記》之《規奴》《賞夏》《思親》《望月》《玩真》等五齣,輯録如下。

規奴

【祝英臺序】把幾分春,三月景,分付與東流。啼老杜鵑,飛盡紅英,端不爲春閒愁。休休,婦人家不出閨門，怎去尋花穿柳？我花貌，誰肯因春消瘦？

【前腔】春晝，只見燕成雙，蝶引隊，鶯語似求友。那更柳外畫輪，花底雕鞍，都是少年閒遊。難守，繡房中清冷無人，我待尋一個佳偶。這般說，我終身休配鸞儔？

【前腔】知否？我爲何不捲珠簾，獨坐愛清幽？縱有千斛悶懷，百種春愁，難上我的眉頭。休憂，任他春色年年，我的芳心依舊。這文君，可不擔閣了相如琴奏。

【前腔】今後，方信你徹底澄清，我好没來由。想像暮雲，分付東風，情到不堪回首。聽剖，你是蕊宫瓊苑神仙，不比塵凡相誘。我謹隨侍娘行，拈針挑繡。

賞夏

【梁州序】新篁池閣，槐陰庭院，日永紅塵隔斷。碧闌干外，寒飛漱玉清泉。只覺香肌無暑，素質生風，小簟琅玕展。晝長人困也，好清閒，忽聽棋聲驚晝眠。（合）《金縷》唱，碧筒勸，向冰山雪巘排佳宴。清世界，幾人見？

【前腔】薔薇簾箔，荷花池館，一點風來香滿。湘簾日永，香消寶篆沉烟。謾有枕欹寒玉，扇動齊紈，怎遂黄香願？猛然心地熱，透香汗，我欲向南窗一醉眠。（合前）

【前腔】向晚來雨過南軒，見池面紅粧零亂。漸輕雷隱隱，雨收雲散。只覺荷香十里，新月

一鈎，此景佳無限。蘭湯初浴罷，晚粧殘，深院黄昏懶去眠。（合前）

【前腔】柳陰中忽噪新蟬，見流螢飛來庭院。聽菱歌何處，畫船歸晚。只見玉繩低度，朱户無聲，此景尤堪戀。起來攜素手，鬢雲亂，月照紗幮人未眠。（合前）

【節節高】漣池戲綵鴛，把露荷翻，清香瀉下瓊珠濺。香風扇，芳沼邊，閒亭畔。坐來不覺神清健，蓬萊閬苑何足羨？（合）只恐西風又驚秋，不覺暗中流年换。㈠

【前腔】清宵思爽然，好凉天，瑶臺月下清虚殿。神仙眷，開玳筵，重歡宴。任教玉漏催銀箭，水晶宫裏把笙歌按。（合前）

【餘文】光陰迅速如飛電，好良宵可惜漸闌，拚取歡娱歌笑喧。

思親

【雁魚錦】思量，那日離故鄉。記臨期送别多惆悵，攜手共那人不斷放。教他好看承，我爹娘，料他每應不會遺忘。聞知飢與荒，只怕捱不過歲月難存養。若望不見我信音，却把誰倚仗？

㈠　暗：原闕，據汲古閣刊本《繡刻琵琶記定本》補。

【前腔】思量，幼讀文章，論事親爲子也須要成模樣。真情未講，怎知道喫盡多魔障？被親强來赴選場，被君强官爲議郎，被婚强傚鸞凰。三被强，我衷腸事流與誰行？埋怨難禁這兩廂：這壁廂道咱是個不撑達害羞的喬相識，那壁廂道咱是個不睹親負心的薄倖郎。

【前腔】悲傷，鷺序鴛行，怎如那慈烏返哺能終養？謾把金章，綰着紫綬；試問班衣，今在何方？班衣罷想，縱然歸去，又恐怕帶麻執杖。天那！只爲那雲梯月殿多勞攘，落得淚雨如珠兩鬢霜。

【前腔】幾回夢裏，忽聞鷄唱。忙驚覺錯呼舊婦，同問寢堂上。待朦朧覺來，依然新人鴛幃鳳衾和象床。怎不怨香愁玉無心緒？更思想，被他攔當。教我，怎不悲傷？俺這裏歡娱夜宿芙蓉帳，他那裏寂寞偏嫌更漏長。

【前腔】謾悒怏，把歡娱翻成悶腸。菽水既清涼，我何心，貪着美酒肥羊？悶殺人花燭洞房，愁殺人掛名金榜。驀地裏自思量，正是歸家不敢高聲哭，只恐猿聞也斷腸。

望　月

【念奴嬌序】長空萬里，見嬋娟可愛，全無一點纖凝。十二闌干光滿處，涼侵珠箔銀屏。偏稱，身在瑶臺，笑斟玉斝，人生幾見此佳景？（合）惟願取年年此夜，人月雙清。

【前腔】孤影，南枝乍冷。見烏鵲縹緲驚飛，棲止不定。萬點蒼山，何處是修竹吾廬三徑？追省，丹桂曾攀，嫦娥相愛，故人千里謾同情。（合前）

【前腔】光瑩，我欲吹斷玉簫，乘鸞歸去，不知風露冷瑶京。環佩濕，似月下歸來飛瓊。那更，香霧雲鬟，清輝玉臂，廣寒仙子也堪並。（合前）

【前腔】愁聽，吹笛《關山》，敲砧門巷，月中都是斷腸聲。人去遠，幾見明月虧盈。惟應，邊塞征人，深閨思婦，怪他偏向别離明。

【古輪臺】峭寒生，鴛鴦瓦冷玉壺冰，闌干露濕人猶凭，貪看玉鏡。況萬里清冥，皓彩十分端正。三五良宵，此時獨勝。把清光都付與，酒杯傾。從教酩酊，拚夜深沉醉還醒。酒闌倚席，漏催銀箭，香銷寶鼎。斗轉與参横，銀河耿，轆轤聲已斷金井。

【前腔】閒評，月有圓缺陰晴，人世上有離合悲歡，從來不定。深院閒庭，處處有清光相映。也有得意人人，兩情暢詠；也有獨守長門伴孤零，君恩不幸。有廣寒仙子娉婷，孤眠長夜，如何挨得更闌寂静？此事果無憑。但願人長久，小樓玩月共同登。

【餘文】聲哀訴，促織鳴。俺這裏歡娱未盡，他幾處寒衣織未成。

玩真

【解三酲】嘆雙親把兒指望，教兒讀古聖文章。似我會讀書的，到把親撇漾。少甚麽不識字的，到得終奉養。書呵，我只爲其中自有黄金屋，反教我撇却椿庭萱草堂。還思想，畢竟是文章誤我，我誤爹娘。

【前腔】比似我做個負義虧心臺館客，到不如守義終身田舍郎。《白頭吟》記得不曾忘，緑鬢婦何故在他方？書呵，我只爲其中有女顔如玉，反教我撇却糟糠妻下堂。還思想，畢竟是文章誤我，我誤妻房。

【太師引】細端詳，這是誰筆仗？覷着他，教我心兒好感傷。好似我雙親模樣，怎穿着破損衣裳？道别後容顔無恙，怎的這般淒涼形狀？有誰來往，直將到洛陽？須知道仲尼陽虎一般龐。

【前腔】這是街坊誰劣相，砌莊家形衰貌黄。若没個媳婦來相傍，少不得也這般淒涼。敢是個神圖佛像？猛可的小鹿兒心頭撞？丹青匠，由他主張，須知道毛延壽誤了王嬙。

玉谷新簧

全名《鼎刻時興滚調歌令玉谷新簧》，别題《玉谷調簧》，原名應作《玉振金聲》，凡五卷。明吉州景居士編選，明萬曆三十八年（1610）書林劉次泉刻本。版式分三欄，上下兩欄選録南戲、傳奇散齣，中欄載燈謎、小曲等。卷一下層選收《琵琶記》之《五娘長亭送别》《伯皆書館思親》《伯皆書館夢親》，卷四下層選收《蔡狀元牛府成親》，卷五下層選收《伯皆上表辭官》等五齣，輯録如下。

五娘長亭送别

（旦）頻頻寂寞烟與石，關山一派傷心滴。何日是回程？長亭共短亭。君心何太急？一時難住淚。臨行血滴衣，懊恨别離輕。

【尾犯序】㈠（生）懊恨別離輕，五娘，未行三五步，連嘆兩三聲。你莫非爲斷絃分鏡之悲乎？（旦）解元，我和你緑鬢仙郎，朱顔少婦，眼前雖是離別之苦，久後終有會合之期。悲豈斷絃，愁非分鏡。（生）五娘，你愁甚的來？（旦）解元，堂上公婆年滿八旬，好似風前燭草上霜，朝不能保暮了。奴只慮高堂，風燭不定。（生）五娘，你果然説得是。日近西山景，遊子不遠行。柔腸寸寸斷，血淚湧難收。腸已斷，欲離未忍。淚難收，無言自零。（旦）解元，正是：機動難留絃上箭，絲牢怎繫順風舟。你那裏去則去不忍去，我這裏留則留實難留。俺和你空留戀，天涯海角，須臾對面，頃刻離分。只在須臾頃。

（生）五娘，請回步了。（旦）解元，我和你一旦分離，心下豈忍？還要再送一程。（生）不敢遠勞。

（旦）正是：情未盡時還送送，話難分處再行行。（生）既如此，同到前面亭上打坐片時。一去二三里，烟村四五家。（旦）樓臺六七座，八九十枝花。（生）此乃是十里長亭，南浦之地了。（旦）送君送到十里亭，夫妻拆散淚溋溋。去路不辭歸路遠，我心中有無限別離情。

【本序】（旦）㈡無限別離情，（生）五娘，你看前面諸友紛紛載道上京，不知他俱有妻子否？（旦）解元，前面衆朋友豈俱没有妻子不成？或娶有三年五載的，也有周年半載的。〔滚〕誰似我和你夫妻纔兩

㈠ 序：原闕，據汲古閣刊本《繡刻琵琶記定本》補。

㈡ 旦：原闕，據汲古閣刊本《繡刻琵琶記定本》補。

月，一旦成抛撇？始得鳳鸞交，拆散同心結。兩月夫妻，一旦孤冷。解元，此去上京，還在幾時回來？（生）五娘，功名成就，經年便回。（旦）此去經年，解元，這三條大路，從那一條去？（生）五娘，卑人從中道而行。（旦）解元，今日上京，妾從中道相送；明年錦旋，妾從中道而迎。此去經年，望着迢迢玉京思省。（生）五娘，思者，慮也。敢莫慮卑人此去山遥水遠？（旦）〔滚調〕解元，自古男兒志四方，何須妻子碎肝腸？今歲今日即别妾，來歲今日妾迎郎。奴不慮山遥水遠，（生）敢莫慮卑人去後衾寒枕冷？（旦）〔滚調〕解元，你妻子豈是那等之人？願君此去姓名揚，結髮夫妻歲月長。今年此日離門去，明年衣錦早還鄉。奴不慮衾寒枕冷。（生）五娘既不慮彼，又不慮此，你還慮着那一件來？（旦）解元未曾起程，就先忘了？〔滚〕山遥水遠豈傷心？不愁枕冷與寒衾。君去青雲須有路，雙親年老靠何人？奴只慮公婆没主，公婆只生下一個孩兒，今日也要他去赴選，明日也要他去求名。公婆呵，〔滚〕只恐怕别兒容易見兒難，望斷關河烟水寒。想時想得肝腸斷，望時望得眼兒穿。肝腸斷，眼兒穿，撇得你老人家一旦冷清清。

（生）五娘，今朝離别好傷情，别却雙親兩淚溢。一心只要供甘旨，何曾想着那功名？

【前腔】何曾，想着那功名？（旦）既不想功名，此去怎的？（生）五娘，幼而學，壯而行。此乃是張公勸，又乃是爺娘命。張公相勸去求名。欲盡子情，難拒親命。五娘請上，受卑人一禮！（旦）解元，男兒膝下有黄金，何自低頭拜婦人？（生）五娘，禮下於人，必有所求。念伯皆上無兄下無弟，我有年老爺娘，没奈何望賢妻須索要與我好看承。（旦）解元請起。聖人云：〔滚〕朝則問安，晚則問寢。做媳婦事舅姑，理之當然，豈待你言？畢竟，（生）五娘，卑人有一句笑話，休要見怪。（旦）有話但説不妨。（生）五娘，卑人去後，休怨我朝雲暮雨。（旦）解元，私室之情，也自罷了。你上無兄下無弟，撇下年老爹娘在家時節，誰替你冬温夏清？（生）〔滚調〕樂莫樂兮新相見，悲莫悲兮生别離。思量起，如何割捨得眼睁睁？

（旦）解元，君去京師須小心，公婆甘旨我應承。惟願鰲頭君獨占，管取儒衣换却青。

【前腔】儒衣纔换青，快着歸鞭，早辦回程。解元請上，受奴一禮。奴有一句話不好講得，恐解元計懷。（生）五娘，有話但説，何勞下禮？（旦）只怕你十里紅樓，休得要重婚娉婷。解元，叮嚀。（生）五娘叮嚀甚的？（旦）解元，須則奴家不敢啓君之念。不念我芙蓉帳冷，也思親桑榆暮景。（内）蔡兄請行。（生）五娘站立片時，卑人回顧朋友就來。（旦）思量男子漢真個心腸歹！爲妻的不忍割捨，送他到十里長亭。他與衆朋友講話，把奴丢在一傍不偢不倸。在家尚且如此，何況去到京城乎？啐！莫説是奴家，就是他親囑付，知他記否？何況爲妻的言語？俺這裏言之諄諄，他那裏聽之漠漠，空自語惺惺。

（虚下）（生）五娘，你怎的有興而來，没興而回了？〔滚〕諸友握談未盡情，疾忙回顧我妻身。雖然别後相思苦，寬心不必淚盈盈。

【前腔】寬心須待等，妻，我常輕王允之作事，素慕宋弘之爲人。〔滚〕説甚麽紅樓偏有意，那知我翠館本無情。肯戀花柳，甘爲萍梗？（旦）解元，若得成名，須早寄一封音書回報。（生）〔滚調〕五娘妻，夫婦恩情豈忍離？只因催促赴春闈。天涯海角情難盡，只愁關山阻隔時。只怕萬里關山，那更音信難憑。（旦）夫，音信不通，夫婦恩情就此絶矣了！（生）須聽，没奈何分情破愛，誰下得虧心短倖？自今日别後，人居兩地，天各一方。五娘妻，從今後，愁腸難訴，心事誰言？正是相思兩處，一様淚盈盈。

【鷓鴣天】（旦）夫，我和你就此拜别了。萬里關山萬里愁，（生）一般心事兩般憂。（旦）解元，奴再三叮嚀，非爲别的。桑榆暮景親難保，（生）妻，再不勞拳拳了。客館風光怎久留？五娘請了。（旦）解元，早去早回。俺這裏謾凝眸，他那裏馬行十步，人有九回頭。歸家只恐傷親意，擱淚汪汪不斷流。诗曰：

纔斟别酒淚先流，郎上孤舟妾倚樓。
片帆漸遠皆回首，一種相思兩處愁。

伯皆書館思親

【喜鶯遷】（生）終朝思想，思想我爹娘年老，妻室青春。爲着一介功名，逗遛在此，不得歸去呵。但恨在眉頭，悶在心上。下官拋兩月夫妻，贅相府艷質。雖則新婚，實懷舊恨。鳳侶添愁，正是：歲月屢遷魚信杳，路途迢遞雁書遥。魚書絶寄，爹娘呵，你那裏頻倚柴門兒不見，俺這裏遥瞻親舍白雲邊。空勞兩處相望。下官今早打從夫人鏡屏邊經過，照見我兩鬢消然，比在家承歡膝下之時大不侔矣。青鏡瘦顔羞照，欲釋心間悶，且撫案上琴。我今棄父母而不顧，拋妻室而不返，那有心來撫你？寶瑟清音絶響。昨宵一夢到家山，醒來依舊天涯外。歸夢杳，繞屏山烟樹，那裏是我家鄉？

〔踏莎行〕怨極愁多，歌慵笑懶，只因添個鴛鴦伴。他鄉遊子不能歸，高堂父母無人管。湘浦魚沉，衡陽雁斷，音書要寄無方便。人生光景幾多時，蹉跎負却平生願。蔡邕定省思歸之念，屢屢在懷；骨肉離别之情，耿耿於心。正是：斑衣冷淡好悲傷，鳳侶催殘寸斷腸。千愁萬恨撇不下，教人無日不思量。

【雁魚錦】思量，那日離故鄉。父愛子指日成龍，母念兒終朝極目。張太公有成人之美，每重父言；趙五娘有孤單之慮，惟順姑意。那些不是真情密愛？記臨歧送别多惆悵，那日五娘送我到十里長亭，南浦之地呵。攜手共那人不厮放。〔滚〕囑付與叮嚀，爹娘好看承。他説理自盡，不用我勞心。教他好看承，我年老爹娘，料他們有應不會遺忘。下官心下怎麽這等焦燥得緊？呀！今早上朝，見王給事手擎一本。我問他是何本，他道是貴處陳留乾旱奏章。我問他本上如何道，他説老弱轉展於溝壑，少壯離散於四方。聽得此言，諕得魂不着體。聞知道我那裏饑與荒，别處饑荒猶可，惟我陳留饑荒最愁殺人。〔滚〕家下若饑荒，最苦老爹娘。一似風前燭，只怕短時光。我的爹，我的娘，只恐怕你捱不過歲月難存養。記得臨行之時，老娘説道，兒，你既然難割捨老娘前去，將你裏襟衣服過來，待我縫上幾針。到京師見此針綫，如見老娘。兩淚汪汪説道：慈母手中綫，遊子身上衣。豈知五娘回道：婆婆臨行密密縫，意恐遲遲歸。誰知此言信矣。值此擾攘之際，董卓弄權，黄巾作叛，吕布把守虎牢三關。老爹娘，孩兒莫説要歸來見你，就是要寄封音書也不能勾了。他老望不見信音傳，却把誰倚仗？

〔滚〕雙親倚仗靠誰行？有子徒勞在遠方。可憐不得圖家慶，思量枉自讀文章。

【一解】思量，幼讀文章，下官思想起來，父母愛子之心無所不至。擇師取友，教讀聖經。看那聖賢典謨，句句教人行孝；青編黄卷，章章都説事親。〔滚〕記得幼年時，我讀書與詩。教人行好事，教子奉親幃。父母在高堂，子不可遠離。今日想我伯皆呵，論事親爲子也須要成模樣。趙五娘雖則新婚兩月，日遠而日親；牛氏夫人我與姻緾數載，日近而日疏。我與他真情未講，岳父有愛女之心，待卑人恩莫重矣，怎知我有傷心之怨？怎知我喫盡多磨障？〔滚〕那日在家庭，爹行逼起程。再三推與托，發怒罪兒身。功名非所欲，只愛盡子情。被親强來赴選場，〔滚〕勉强到京城，幸喜中魁名。牛府欲招贅，上表奏朝廷。聖旨先已出，不放我回程。被君强官爲議郎，〔滚〕那日上表章，道我有妻房。再娶傷風化，糟糠不可忘。丞相先奏准，强贅作東床。被婚强效結鸞凰。三被强，我的衷腸事訴與誰行？埋怨難禁這兩廂：這壁廂牛氏夫人見我歡無半點，愁有萬端，道咱是個不撑撻害羞的喬相識，那壁廂趙五娘見我不回，道咱忘親背德，寡信傷倫。道咱是不睹親負心的薄倖郎。

〔滚〕歲月高堂缺問安，歸心似箭思茫茫。遥望白雲親舍遠，幾度翹首自悲傷。

【二解】悲傷，今日我職居清要，位列朝班。鷺序鴛行，想昔日大舜以天下養其親，子路負米於百里。且謾説聖賢，就是羊有跪乳恩，鴉有返哺義，可以人而不如鳥乎？到不如慈烏返哺能終養。我爹爹昔日曾道來：惟願取黄卷青燈，及早换金章紫綬。今日果應其言。不能養親，也是枉然。謾把金章，綰着紫綬。昔日老萊子行年七十，斑衣戲舞娱親之樂。伯皆羈留不得回去呵，試問斑衣，今在何方？罷！罷！罷！王陽不得爲孝子，王遵不得爲忠臣，忠孝怎得兩全？今日在朝事君之日長，在家事親之日短，還想甚麽斑衣？斑衣罷想，我父母止生伯皆一人，雁行無分。臨行囑付我許多言語，聲聲只道八旬。今又遇此饑荒，倘有甚麽不測，却有何人支吾？縱然不歸去，有誰人替我戴麻執杖？記得臨行時，老娘曾道：蟾宫桂枝須早扳，北堂萱草時光短。今爲着蝸角虚名，誤我孝親大事。只爲雲梯月殿多勞攘，伯皆不得歸見雙親，苟延歲月，不覺兩鬢已成霜了。只落得淚雨如珠兩鬢霜。

〔滚〕京華日暮望庭幃，路接南衢思欲飛。故里交遊頻入夢，醒來依舊各東西。

【三解】幾回夢裏，忽聞鷄唱。悲哀出自離别，真情發於夢寐。忙驚覺錯呼舊婦，同問寢在高堂上。待朦朧覺來時，那裏見我爹娘？依然新人鴛幃鳳衾和象床。牛氏夫人，下官被你逗遛在此。教我怎不怨香愁玉無心緒？呀！是下官錯矣。怎麽埋怨夫人？我若對他説破，一同還鄉，未必不從。争奈岳丈勢壓朝班，威傾京國。更思想，被他攔擋，教我，怎不悲傷？自到牛府，日開玳筵，時歌《金縷》。遇暑有枕欹寒玉，扇動齊紈；遇寒有紅爐獸炭，與那錦帳重幃。俺這裏歡娱夜宿芙蓉帳，我五娘在家，日奉雙親，怕蘋蘩之缺少；夜眠孤枕，覺衾被之單寒。他那裏寂寞偏嫌更漏長。差矣，伯皆思父母理之當然，怎想在五娘身上去？我年少妻房合歡有日，年老爹娘報答無時。謾悒怏，這歡娱翻成悶場。吾觀《孟子》有云：五十非帛不暖，七十非肉不飽。今撇下父母八旬有餘，五娘女流之輩，焉能得勾？他菽水既清涼，牛氏夫人見下官不悦，屢屢追歡强飲。夫人呵，你縱有食前方丈，百味珍饈，争奈我心不在此。何心貪戀着美酒肥羊？俗云：世上無樂事，除是洞房春。怎知辭官辭婚二表不允？閃殺人花燭洞房，人道登科多喜色，我偏埋怨掛名時。愁殺我掛名金榜。魆地裏自思量，且揾了眼淚，少時夫人瞧見，不當穩便。正是在家不敢高聲哭，此情莫説人知。只恐猿聞也斷腸。

【餘文】千思想，萬忖量，若還得見我爹娘，辦炷明香答上蒼。

伯皆書館夢親

【搗練子】（生）心耿耿，淚雙雙，皓月悲風冷透窗。思親不寐鄉關遠，夜深無語對銀釭。伯皆自别父母，强赴科場，忝中高魁，叨居清署。日待經筵，耳聆皇上之綸音；夜賜金蓮，身沐朝廷之寵渥。布衣之榮，可謂極矣。奈家山萬里，魚雁杳然。正是：睹白雲而興思，徒增慨嘆；向青燈而淚雨，只覺淒其。似此宦海茫茫，鎮日愁懷鬱鬱。身羈上國，心切親闈。我爹娘呵，你那裏倚門終朝頻望眼，教兒無日不追思。

【雁魚錦】追思爹媽意難忘，鞠育恩高，厚同霄壤。《孟子》云：不得乎親，不可以爲人；不順乎親，不可以爲子。論人子，須當盡典常。我不能勾承歡膝下，怎能勾問寢在高堂？自古道：做官者榮親耀祖，蔭子封妻。似我今日爲官，欲求父母一見而不可得，做甚麼官？枉自去戴朝簪，爲卿爲相。下官到學不得一個古人來。做不得扇枕的黄香。當初伯皆起程之際，爹娘年滿八旬。正是：夕陽無限，只恐不多時。我爹娘呵，兒只怕做到那刻木的丁蘭，這其間怎不悲傷？方倖得雲路鵬程九萬里，早撇下椿樹萱花兩鬢霜。

下官自思，昔者大禹四日而離塗山氏，他爲洪水之患在外九年，三過其門而不入。這是憂國憂民，理宜如此。若下官與五娘兩月妻房，一旦拋别，不得家去，怎不思量？

【前腔】思量，結髮舊鴛鴦，他爲我受盡了多少恓惶？那日五娘送我到十里長亭，南浦之地，徘徊眷戀，不忍分離。有多少言語囑付我來？他道是成名及蚤還故鄉，莫戀紅樓滯上邦。妻，你的言語今日一發應了。又誰知撞遇這奸黨。俺這裏辭官不准，辭婚不可，强逼效鸞凰。下官也學不得一個古人。怎知那宋弘的模樣？到做個吴起的心腸。魅地裏自思量，只爲那嬋娟金屋人豪富，致使恁裙布荊釵妻下堂。

一霎時精神疲倦，不免吹滅了燈，少睡片時。（外、浄扮魂靈上）

【番卜算】（外）冥府黑沉沉，魂魄随身蕩。（浄）今夜见兒行，訴不盡苦楚凄涼。

莫言無地狱，須信有天堂。三魂并七魄，顯夢到書房。我二老乃伯皆父母，當初着他往京應試，指望衣錦還鄉，圖寸禄以贍余年。誰想他逗遛都下，入贅牛府。陳留連值饑荒，二老相繼而亡。虧了媳婦趙氏剪髮葬親，孤墳獨造，描畫真容，琵琶乞食，不辭萬里奔波來至京國。昨日彌陀寺中伯皆偶來拈香，是我二老英靈附像，致令他拾回相府，懸掛書房。他今晚獨宿在此，不免托一夢與他。那時節夫妻相會，辭官廬墓，也不枉我生前教子之心。此間是他卧榻之前，不免把他别後的事情説與他知。

【風入松】從别後，三載遇饑荒，兒，真個是樹無枝葉百草無秧。老爹娘捱不過這凄涼，兒，你在那瓊林宴上添豪興，爲父母的呵，在地府陰司拜鬼王。早把身軀喪。那見你成名返故鄉？撇得雙親没下場。説來好苦。淚汪汪，孤墳寂寞，衰草卧斜陽。

兒，我爹娘枉看得你如掌上珍了。

【五换頭江兒水】想當初把你做明珠掌上，養成人教讀文章。只爲着春風皇榜動長安，是則是老爹娘苦逼遣，張公相勸赴科場。指望你榮旋晝錦，門户生光。誰知你得中狀元郎，不思量親奉養。八旬父母誰爲主？兩月妻房受苦殃。兒，你在此千鍾禄享，朝朝筵宴穩坐高堂，珠圍翠擁美酒肥羊，怎知道老爹娘與妻子餓斷了肝腸？兒，你穿的是綾羅錦繡，那更有紫綬金章。你看我老爹娘都穿着這破損衣裳？這到是你爲官的本等，老爹娘不以此而罪你。只是你重婚相府，戀新室而遺父母；再效鸞凰，貪姿色而棄糟糠。不孝不義，傷化滅倫，枉自居官，是何道理？誰着你停妻再娶妻，牛相府招贅門楣，效那虧心的王允所爲？昨日在彌陀寺裏燒香，對佛祇拾得丹青畫一張。你説那畫圖可是甚麽故事？兒，那便是你雙親的模樣。兒，却原來你睹丹青尚不思，没來由拷打唐三藏。兒，我記得古人云。穿破綾羅纔是衣，白頭相守纔是妻。麻衣掛壁方成子，送老歸山纔是兒。莫説我爲爹娘的怪你不孝，就是那就是那傍人也駡你是一個不孝的男兒，又何須去拜佛燒香？虚文假意，你好一似賣狗懸羊。假慈悲，瞞過誰？孤墳獨兒，恁是個男子漢，反不若女婦娘。苦只苦你結髮的舊糟糠，他生能奉養死能祭葬。孤墳獨造，鮮血染麻裳。他這般受苦，全無半句嗟怨的言語。他甘心受苦無怨望，兒，你怎不去萬里學奔喪？心中自忖量，夢中言，謹謹記在心兒上。鷄鳴了。明日裏早認前妻趙五娘。（下）（生驚醒介）

【鎖南枝】我的爹娘呵，夢見爹娘，白髮蓬頭臉瘦黄。他道是三載遇饑荒，兩口顛連相繼亡。穿着那破衣裳，苦楚難當，淒涼情狀。口口聲聲駡我不奔喪，紫袍金帶不還鄉。對面觀容，不認他親模樣。心下自參詳，他臨去又囑付道，教我早認前妻趙五娘。

此事真個蹺蹊得緊！怎的似夢非夢，恍若生平，豈同夢寐？鬼神之道，雖則難明；感應之理，庶或

不爽。天！倘或我爹娘真個死了，一靈不昧，顯示於夢魂之間，也不見得。（悲介）

【尾聲】醒來不覺多惆悵，又見東方動曉光。左右，看朝衣來。忙整朝衣入廟廊，兼帶思親淚兩行。

蔡狀元牛府成親

【傳言玉女】（外）燭影摇紅，簾幕瑞烟浮動，畫堂中珠圍翠擁。粧臺對月，下鸞鶴神仙儀從。玉簫聲裏，一雙鳴鳳。

左右何在？（末）獨立畫堂聽命令，珠簾底下一聲傳。伏相公，有何指揮？（外）今日與小姐畢婚，筵席完備否？（末）安排完了。遠遠望見一簇人馬，想是狀元來也。

【女冠子】（生）馬蹄篤速，傳呼齊擁萃轂。（外）左右，與狀元簪花。金花帽簇，天香袍染，丈夫得志，佳婿坦腹。惜春，敲雲板，請小姐出來拜堂。（占）粧成聞唤促，又將彩扇重遮，羞蛾輕蹙。（合）這姻緣不俗，金榜題名，洞房花燭。

（淨）請狀元、小姐各立一邊，參拜家廟。（拜介）（末）告廟已畢，惜春姐，與新人揭起繡復。（丑）待我來。伏以窈窕青娥二八春，緑雲之上覆方巾。玉纖揭起西川錦，露出嬌容賽玉貞。請狀元小姐交拜。（末）東拜東王公，西拜西王母。兩人齊下拜，扳桂步蟾宫。相公，酒到。

【畫眉序】（生）攀桂步蟾宮，豈料絲蘿在喬木。喜書中今朝，有女如玉。堪觀處絲幕牽紅，恰正是荷衣穿緑。（合）這回好個風流婿，偏稱洞房花燭。

【前腔】（外）君才冠天禄，我的門楣稍淑。看相輝清潤，瑩然冰玉。光掩映孔雀屏開，花爛熳芙蓉穩褥。（合前）

【前腔】（占）頻催少膏沐，金鳳斜飛賓雲矗。喜逢他蕭史，愧非弄玉。清風引珮下瑶臺，明月照粧成金屋。（合前）

【前腔】（浄、丑）湘裙顫六幅，似天上姮娥降凡俗。喜藍田今已種成雙玉。風月賽閬苑三三，雲雨笑巫山六六。（合前）

（外）請狀元入洞房。（生）請岳翁大人自在。（外）且喜昨日笑扳蟾窟桂，今朝幸遇洞房春。（生）請小姐先入洞房。牛太師這奸賊，好不坑陷殺人呵！（丑）禀老爹得知，姑爹乃金榜之魁，小姐乃是千金之貴，正是一對好姻緣，何須煩惱？（生）

【滴溜子】謾説道姻緣好，好姻緣果諧鳳卜。細思之，此事豈吾意欲？有人在高堂孤獨。可惜新人笑語喧，〔滚〕新婚纔兩月，强逼赴科場。妻言多囑付，一旦頓迂忘。五娘的妻，你在那裏望，俺在這裏想。不知舊人何處哭。（丑）老爹，豈不知王羲之故事乎？（生）起來。可見相府中一使女也知王羲之故事，伯皆怎比得他？兀的東床，難教坦腹。

【鮑老催】(丑)〔滚〕天上已迎新進士，人間又赴小登科。大登科來小登科，狀元呵，何事不喜？何事不樂？勸相公翠眉謾蹙，〔滚〕自古道：姻緣姻緣，事非偶然。千里有玉藍田種，今生姻緣是綫牽。赤繩已繫夫婦足，芳名注定婚姻牘。狀元老爹，你空嗟怨，枉嘆息，休推故，〔滚〕天上神仙府，人間宰相家。有田皆種玉，何地不栽花。華堂富貴如金穀。休念故鄉生處好，受恩深處親骨肉。

【滴滴金】金猊寶篆香馥郁，銀海瓊舟泛醽醁，輕飛翠袖呈嬌舞。囀鶯喉，謳麗曲，歌声斷續，(丑)你斟上酒來，我和你大家去勸他。〔滚〕酒能遣興又消愁，萬事無過一醉休。世上若無花共酒，七歲孩童白了頭。持觴勸酒人共祝。願祝你百年夫婦，永諧和睦。

【鮑老催】他意深愛篤，愛他文章富貴珠萬斛。他兩個今夜呵，一似蝶戀花，鳳棲梧，鸞停竹。〔滚〕打開世上輕人眼，激起人間教子心。莫道文章無用處，皇天豈負讀書人。奉勸男兒，有志須勤讀，書中自有黃金屋，也自有千鍾粟。

【雙声子】郎多福，郎多福，着紫綬黃金束。娘多福，娘多福，着花誥文犀束。兩意篤，兩意篤，豈非福。似紋鸞彩鳳，兩兩相逐。

【餘文】郎才女貌真不俗，占斷人間天上福，富贵荣华萬事足。

清風明月兩相宜，女貌郎才天下奇。
正是洞房花燭夜，果然金榜掛名时。

伯皆上表辭官

【北點絳唇】（末）夜色將闌，晨光欲散，把珠簾捲。移步丹墀，擺列着金龍案。

【北混江龍】官居宫苑，謾道是天威咫尺近龍顔。每日間親随車駕，只聽鳴鞭。去螭頭上拜跪，随着那豹尾盤旋。朝朝宿衛，早早随班。做不得卿相當朝一品貴，到先做侍臣待漏五更寒。空嗟嘆，山寺日高僧未起，算來名利不如閒。

吾乃漢朝一個小黄門，往來紫禁，侍奉丹墀。領百官之奏章，傳一人之命令。正是：主德無瑕閹宦習，天顔有喜近臣知。於今天色漸明，正是早朝时分，官裏升殿，怕有百官奏事，只得在此俟候。從來不信叔孫禮，今日方知天子尊。道猶未了，奏事官早到。

【點絳唇】（生）月淡星稀，建章宫裏千門曉。御爐烟裊，隱隱鳴稍杳。想我在家之際，每值五更時候，我與五娘同在爹娘膝下問安。忽憶年時，問寢高堂早。（净）禀相公，鷄唱了。（生）你們在午門外俟候。鷄鳴了，悶縈懷抱，此際愁多少？

不寢聽金鑰，因風想玉珂。明朝有封事，數問夜如何。自家爲父母在堂，欲上表辭官回去侍奉。如今天色已明，這裏是午門外廂，不免挨捯而進。（末）朝鼓鼕鼕月墜西，百官文武整朝衣。忽聽静鞭三下響，揚塵舞蹈拜丹墀。奏事官搢笏三舞蹈。

【神仗兒】（生）揚塵舞蹈，揚塵舞蹈，遥瞻天表，見龍鱗日耀。（末）狀元不得升殿。（生）咫尺重瞳高照，（末）有何文表，就此呈奏。（生）遥拜着赭黄袍，遥拜着赭黄袍。

【滴溜子】臣邕的，臣邕的，荷蒙聖朝。臣邕的，臣邕的，拜還紫誥。（末）狀元，你敢是嫌官小？

（生）念邕非嫌官小，奈家鄉萬里遥，雙親又老。干瀆天威，萬乞恕饒。

（末）狀元，吾乃黄門，職掌奏章。有何文表，就此披宣。

【入破第一】（生）議郎臣蔡邕啓：今日蒙恩旨，除臣爲議郎官職，重蒙賜婚牛氏女。干瀆天威，臣謹誠惶誠恐，稽首頓首。伏念微臣，初來有志，誦詩書力學躬耕修己，不復貪榮利。事父母，樂田里，初心願如此而已。不想州司，謬取臣邕充試。到京畿，豈料蒙恩，叨居上第？

【破第二】重蒙聖恩，婚賜牛公女。臣草茅疏疏，如何當得此隆遇？况臣親老，一從别後，光陰又幾。盧舍田園，荒蕪久矣。盧舍田園，荒蕪久矣。

（末）狀元，老親在堂，必自有人奉侍，不必憂慮。

【衮第三】（生）但臣親老鬢髮白，筋力皆癯瘁。影隻形單，無兄弟，誰奉侍？况隔千山萬水，生死存亡，雖有音書难寄。最可悲，他甘旨不供，我食禄有愧。

（末）聖上作主，太師聯姻，狀元，這也是奇遇。

【歇拍】（生）不告父母，怎諧匹配？臣又聽得家鄉裏，遭水旱，遇荒飢。多想臣親必做溝渠之鬼，未可知。怎不教臣，悲傷淚垂？（末）狀元，此非哭泣之所，不得驚動天顔。

【中衮第五】臣享厚禄掛朱紫，出入承明地。惟念二親寒無衣，飢無食，喪溝渠。憶昔先朝朱買臣守會稽，司馬相如，持節錦歸。

【煞尾】他遭遇聖時，皆得回鄉里。臣何故，别父母，遠鄉閭，没音書，此心違？伏望陛下特憫微臣之志，遣臣歸。得侍雙親，隆恩無比。

【出破】若還念臣有微能，鄉郡望安置。庶使臣忠心孝意得全美，臣無任瞻天仰聖，激切屏營之至。

（末）元來如此，吾當與汝轉達天聽，你只在午門外廂俟候聖旨。正是：遠望旌捷旗，耳聽好消息。

【神仗兒】（生）彤庭隱耀，彤庭隱耀，下官舉目一看，忽然見那朵祥雲，就相似我家鄉一般。見祥雲縹緲，下官今日進此兩封表章，我想將起來，本上十分嚴切。上寫八句父母，兩月妻房。聖上見了，必然是准的。想黄門到了。想黄門已到，黄門把我表章轉達聖上，萬岁必然展開詳看。料應是重瞳看了。聖上見我辭官表章還不緊要，若看到俺辭婚的表章，萬歲乃仁德之君，多應是念我思親烏鳥。顒望斷九重霄。

黄門已將我奏章傳達，未知聖意允否，不免乘間禱告天地一會。

哀哀父母，生我劬勞。【滴漏子】天憐念，天憐念，蔡邕拜祷。雙親的，雙親的，死生未保。正是：欲報深恩，昊光罔極。天那！可憐恩深難報，一封奏九重，知君聽否？爹娘，孩兒若得與你相會，也在這一封奏章；不能勾與你相會，也在這一封奏章了。我和你會合分離，都在這遭。咳！黄門去了多時，怎的不見回報？想必是官裏准了。天！我若能勾回家侍奉父母，我何須在此做官？

【前腔】（末）今日裏，今日裏，議郎進表。傳達上，傳達上，聖目看了。（生）聖目看了如何說？（末）道太師昨日先奏，把乘龍女婿招，多少是好？（生）黄門大人，你莫不是哄我？（末）見有玉音傳降聽剖。

聖旨已到，跪聽宣讀：孝道雖大，終於事君。王事多艱，豈遑報父？朕以涼德，嗣贊丕基。眷兹儆動之風，未遂雍熙之化。爰招俊髦，（一）以輔不逮。咨爾才學，允愜輿情。是用擢居議論之司，以求繩糾之益。爾當恪守乃職，勿有固辭。其所議婚姻事，可曲從師相之請，以成桃夭之化。欽予時命，裕汝乃心。叩頭謝恩。狀元，爲何不謝恩？（生）黄門大人，煩你與我再去奏知官裏，我情願不做官。（末）

（一）招：原作『昭』，據汲古閣刊本《繡刻琵琶記定本》改。

咳！這等好不曉事！聖旨已出，誰敢違背？（生）黄門大人，你不去時節，待我自去拜還聖旨如何？（末）這狀元好怪麽！這所生，你如何去得？（生）學生身居草莽，一旦登於廊廟，誰人不愛？那個不喜？（末）你金榜題名，洞房花燭，此乃讀書人的美事，狀元何故苦辭？（生）大人，你有所不知，聽我道來。

【啄木兒】（生）我親衰老，（末）你家中還有甚麽人？（生）奈伯皆上無兄下無弟，只有妻幼嬌。（末）狀元既親老妻嬌，何不寄一封音信回去？（生）大人，争奈朝廷董卓弄權，吕布把守虎牢三關，縱有音書難寄了。大人呵，萬里關山信音杳。他那裏舉目淒淒，我這裏回首迢迢。我爹娘在家，終日倚門懸望，説道我怎麽不回？他那裏望得眼穿兒不到，我今日一旦僥倖，指望回家養親，誰想聖意不允。俺這裏哭得淚乾，怕，（末）狀元，你怕甚麽來？（生）怕雙親難保。閃殺人一封丹鳳詔。

【前腔】（末）狀元，何須慮，不用焦，人世上離多歡會少。大丈夫須當萬里封侯，肯守着故園空老？畢竟是事君事親一般道，人生怎全忠和孝？却不道母死王陵歸漢朝？

【三段子】（生）這懷怎剖？望丹墀天高聽高。這苦怎逃？望白雲山遥路遥。

【前腔】（末）你做官與親添榮耀，高堂管取加封號。與你改換門閭，偏不是好？

（生）黄門大人，那穿緑袍繫銀帶者是誰？（末）此乃是楊給事。（生）那穿紫袍繫金帶者是誰？（末）就是令岳丈牛太師。（生）既是牛太師，待下官與他詰奏。（末）狀元，他乃是一朝之家宰，你不過新進的書生，安敢與他詰奏？

【歸朝歡】（生）〔滾〕他名爲冢宰，實爲寇仇，格得我怒氣哞哞，悲悲切切。你就是冤家的，冤家的，苦苦見招，俺媳婦埋怨怎了？饑荒歲，饑荒歲，怕他怎熬？俺爹娘怕不做溝渠餓殍？（末）狀元，譬如四方争戰多征調，從軍遠戍沙場草，也只是爲國忘家豈憚勞。

家鄉萬里信難通，争奈君王不肯從。

情到不堪回首處，一齊分付與東風。

摘錦奇音

全名《新刊徽板合像滚調樂府官腔摘錦奇音》。明龔正我選輯。萬曆三十九年（1611）書林敦睦堂張三懷刊本。凡六卷。全書版式分上、下兩欄，上欄收録時調、燈謎、酒令，下欄收録戲曲。卷一下欄選收《琵琶記》之《伯喈高堂慶壽》、《伯喈别親赴選》、《五娘長亭送别》、《伯喈别妻應舉》（原闕）、《五娘臨鏡思夫》、《蔡邕待漏辭朝》、《伯喈再配鸞凰》、《伯喈牛府賞秋》、《五娘琵琶詞》（原闕）、《五娘途中自嘆》、《伯喈書館相逢》等十一齣，輯録如下。

伯喈高堂慶壽

【瑞鶴仙】（生引）十載親燈火，論高才絶學，休誇班馬。風雲太平日，正驊騮欲騁，魚龍將化。沉吟一和，怎離却雙親膝下？且盡心甘旨，功名富貴，付之天也。

〔鷓鴣天〕宋玉多才未足稱，子雲識字浪傳名。奎光已透三千丈，風力行看九萬程。經世手，濟時英，玉堂金馬豈難登？要將萊綵歡親意，且戴儒冠盡子情。今喜雙親壽日，對此春光，就花下酌杯酒，與雙親慶壽。昨日分付安排酒筵，未知完否？（内）酒筵俱已齊備。（生）既如此，爹娘有請！

【寶鼎兒】（外引）小門深巷，春到芳草，人間清晝。（淨引）人老去星星非故，春又來年年依舊。（旦引）最喜今朝春酒熟，滿目花開如繡。

（外）孩兒，你請我兩個出來做甚麽？（生）告爹娘得知，人生百歲，光陰幾何？幸喜爹媽年滿八旬，當此青春光景，聊杯一杯蔬酒，與爹娘上壽。（淨）老子，正是：子孝雙親樂，家和萬事成。（外）我兒，風色甚大，可將簾放下。

【錦堂月】（生）簾幕風柔，庭幃晝永，朝來峭寒輕透。親在高堂，一喜又還一憂。惟願取百歲椿萱，長似他三春花柳。（合）酌春酒，看取花下高歌，共祝眉壽。

【前腔】（旦）輻輳，獲配鸞儔。深慚燕爾，持杯自覺嬌羞。（淨）自家公婆，怕甚么羞？（旦）怕難主蘋蘩，不堪侍奉箕箒。惟願取偕老夫妻，長侍奉暮年姑舅。（合前）

【前腔】（外）還愁，白髮蒙頭，紅英滿眼，心驚去年時候。只恐時光，催人去也難留。兒，惟願取黄卷青燈，及早换金章紫綬。（合前）

【前腔】(浄)還憂,松竹門幽,桑榆暮景,明年知他健否安否? 嘆蘭玉蕭條,一朵桂花堪茂。兒,老娘不願你别的而來,惟願取連理芳年,得早遂孫枝榮秀。(合前)

【醉翁子】(生)回首,回首,嘆瞬息烏飛兔走。喜爹媽雙全,謝天相佑。(旦)不謬,更清淡安閒,樂事如今誰更有? (合)相慶處,但願酌酒高歌,共祝眉壽。

(外)我兒,今當大比之年,昨日郡中有吏來辟召,你可收拾行李上京應取。倘得脱白掛緑,榮宗耀祖,不枉你十年窗下之苦,不負爹娘教訓之功。(生)爹娘年老在堂,無人侍奉,孩兒怎敢遠離膝下?

【前腔】(外)卑陋,卑陋,論做人要光前耀後。勸我兒青雲萬里,早當馳驟。(浄)聽剖,真樂在田園,何必區區公與侯? (合前)

【僥僥令】(生、旦)春花明彩袖,春酒泛金甌。但願歲歲年年人長在,父母共夫妻相勸酬。

(外、浄)夫妻常廝守,父母願長久。坐對兩山排闥青來好,看將一水護田疇,緑遶流。

【十二時】(同唱)山青水緑還依舊,嘆人生青春難又,惟有快樂是良謀。

詩曰:

逢時對景且高歌,須信人生能幾何。

萬兩黄金未爲貴,一家安樂值錢多。

伯喈别親赴選

【謁金門】（旦）春夢斷，臨鏡緑雲撩亂。聞道才郎遊上苑，又添離别嘆。（生）苦被爹行逼遣，默默此情何限。骨肉一朝輕折散，妻，可憐難捨難分。

（旦）解元，雲情雨意，須可拋兩月夫妻；雪鬢霜鬟，更不念八旬父母？功名之念一起，甘旨之心頓忘，是何道理？（生）五娘，你説那裏話？膝下遠離，豈無眷戀之念？奈堂上力勉不聽，教卑人如何是好？（旦）解元，奴家今番猜着你了。（生）五娘，你猜着我甚的而來？

【忒忒令】（旦）你讀書思量佐狀元。（生）自古道：水望低流人望高。受盡十載寒窗之苦，讀萬卷古今之書；奮青雲如拾草芥，佐狀元豈待言乎？（旦）只怕你學疏才淺。（生）腹内包藏千古史，胸中蘊記五車書，怎見學疏才淺？（旦）只是《孝經》《曲禮》，你早忘了一半。（生）蔡邕立心行孝，每留念於此二書，怎肯忘了？（旦）却不道夏凊與冬温，昏須定，晨須省。聖人云：父母在，不遠遊，遊必有方。親在兒遊怎遠？

（生）五娘，你不見今日卑人在堂上呵，

【前腔】（生）我哭哀哀推辭萬千。（旦）張太公在傍如何説？（生）鬧炒炒抵死來相勸。（旦）解元，你不去也由你。（生）五娘，你不知道我爹爹呵，他將我深罪，不由人分辨。（旦）他罪你甚的？

（生）他道我戀新婚，逆親言，貪妻愛，不肯去赴選。

【沉醉東風】（旦）你爹行見得好偏。（生）五娘差矣，蔡邕上無兄，下無弟，惟我一人，有甚見偏而來？只有一子不留身伴。（旦）公婆如今在那裏？（生）在堂上。（旦）既在堂上，和你一同去講。（生）如此，請行。五娘，怎的又不行？（旦）且問，你昨日在公婆跟前應允不曾？（生）奈緣爹爹苦逼，太公力贊，卑人一時應承，今日就要起程。（旦）可知道你到應承起程，奴家若去講呵，公婆若見得到，留解元養親三年；若見不到之時，不道他見偏，反道奴不賢，要將伊迷戀。這其間，教人怎不悲怨？（合）爲爹淚漣，爲娘淚漣，何曾爲着夫妻常掛牽？

【前腔】（生）做孩兒節孝怎全？五娘，非是卑人貪榮慕禄，奈雙親嚴命，以致如此耳。做爹行不從幾諫。（旦）解元差矣。古云：父母愛之，喜而不忘；父母惡之，勞而不怨。你怎的去怨他？（生）非是我將他埋怨，只愁他影隻形單，我出去有誰看管？（合前）

（生）五娘，爹媽來了，你且揾了眼淚。

【臘梅花】（外、淨）孩兒出去今日中，爹爹媽媽來相送。但願魚化龍，青雲得路通，桂枝高折步蟾宫。

（外）孩兒，行李收拾若何？（生）告爹爹得知，行李俱已齊備，只等張太公來此，把爹娘付托與他，孩兒方可放心前去。（末上）仗劍對樽酒，恥爲游子顔。所志在功名，離别何足嘆？解元，但求科舉子紛紛然而去，你怎麽還不起程？（生）家中并無親人，爹娘年老，早晚全賴扶持。倘有欠缺，望太公週全。卑人稍得寸進，自當結草含環之報。（末）老夫一言既出，駟馬難追，決不敢有誤。（外）兒，既蒙太公金諾，諒不食言，你可放心前去。（生）爹娘，孩兒就此拜辭而去。

【園林好】（生）兒今去，爹媽休得要意懸。（淨）兒，你此去幾時回？（生）今年去，明年便還。但願雙親康健。（合）須有日拜堂前。

【前腔】（外）孩兒去，不須掛牽，我的兒，古人云：學成文武藝，合當貨與帝王家。爲爹者豈忍割捨？爹指望孩兒貴顯。若得名登高選，（合）須早把信音傳。

（淨）我兒，聽老娘祝付你幾句：未晚先投宿，鷄鳴早看天。逢橋須下馬，過渡莫争先。你早去早回。

【江兒水】（淨）膝下嬌兒去，（生）堂前老母單，（淨）媳婦，討針綫過來。（旦）針綫現在。（淨）慈母手中綫，遊子身上衣。（旦）婆婆，臨行密密縫，意恐遲遲歸。（淨）媳婦兒，你道差了！臨行密密縫，但願早早歸。臨行時只得密縫針綫。〔滚〕密縫針綫意何因？只爲孩兒求利名。須記親老當速返，莫使老母盼王孫。眼巴巴望着關山遠，冷清清倚定門兒遍。（生）老娘且自寬懷消遣。（淨）教我如何消遣？（合）要解娘的愁煩，須早寄音書回轉。

（旦）解元夫，奴家有幾句言語不敢啓齒。

【前腔】（旦）妾的衷腸事，有萬千，（生）有話但説無妨。（旦）説來又恐添縈絆。解元夫，身外功名輕似芥，夫妻恩愛重如山。虧你下得！　夫，六十日夫妻恩情斷，（净）説甚麼話？（生）娘，媳婦説得好。他説八十歲父母有誰人看管？　娘子，你這樣説，莫不埋怨我麼？（旦）教我如何不怨？（生）五娘，我此去須要解你的愁煩。（旦）要解愁煩，須早寄音書回轉。

【五供養】（末）貧窮老漢，託在隣家，事體相關。解元，此行須勉强，不必恁留連。（生）太公，卑人去後，只慮年老爹娘無人看顧。（末）你爹娘早晚間，我專來陪伴。（生悲介）（末）解元差矣，大淚不出男兒眼。丈夫非無淚，不灑别離間。（合）骨肉分離，寸腸割斷。

（生跪介）太公，請受卑人一禮。

【前腔】公公可憐，太公可憐，俺的爹娘望你週全。此身若貴顯，自當效啣環。（旦）你做孩兒也枉然，我做媳婦也枉然，且問太公姓甚麼？（生）太公姓張。（旦）可知道他姓張來你姓蔡？　你的爹娘反教别人看管。此際情何限，偷把珠淚彈。（合前）

（外）哇！　求取功名乃是好事，爲何啼哭？　自古道：　千里未爲遠，十年歸未遲。總在乾坤内，何須嘆别離。

【玉交枝】（外）别離休嘆，兒，今日此去，怎生割捨嬌兒？（悲介）（净）方纔他两個哭，你説不合哭；你自又哭起來！（外）媽媽，你有愛子之心，我豈無惜子之意了？　我心中豈不痛酸？　非爹苦要把你輕折散，只圖你身榮貴顯。（净）蟾宫桂枝須早攀，兒，今日去求取功名，若是功名到手，即便早回。北堂萱草時光短。（合）又不知何日再還？

（生）五娘，請受卑人一禮。

【前腔】（生）雙親衰倦，望你扶持看他老年。（旦）這是婦道當盡，不須祝付。（生）飢時勸他加飡飯，寒時頻奉衣穿。（旦）解元，此是媳婦理之當然的。婦事舅姑，不待言；兒離母，何日返？（合前）

【川撥棹】（外）孩兒，你歸休晚，莫教人頻望眼。（生）爹爹，我但有日回到家園，怕歸來雙親老年。（合）怎教人心放寬？不由人珠淚漣。

【前腔】（旦）解元，你去後呵。奴埋怨怎盡言？我一身難上難。（生）五娘，你寧可將我來埋怨，莫把我堂上雙親冷眼看。（合前）

【餘文】生離遠別何足嘆？（外）孩兒，但願你名登高選。衣錦還鄉，教人作話傳。

詩曰：

此行勉强赴春闈，專望明年衣錦歸。
世上萬般哀苦事，無非遠別共生離。

五娘長亭送别

【引】(旦)送别兒夫赴選場，指望一舉登金榜。解元，我和你歡情正濃，又早做離恨無窮。(生)今朝勒馬往長安，準擬衣錦歸畫堂。我和你喜氣徜徉，到做了怨恨彷徨。(旦)夫，一旦遠離，不忍割捨，待奴家短送一程。(生)妻，鞋弓襪小，不勞遠送。(旦)頻頻寂寞烟與石，關山一派傷心滴。何日是回程，長亭共短亭。君心何太急？一時難住淚。臨行血淚衣，懊恨别離輕。

【尾犯引】(生)懊恨别離輕，五娘，未行三五步，連嘆兩三聲。莫非爲斷絃分鏡之悲乎？(旦)夫，緑鬢才郎，朱顏少婦，眼前雖有離别之苦，久後還有見面之期。解元夫，奴不慮悲豈斷絃，愁非分鏡。(生)五娘，你慮着何來？(旦)解元夫，堂上公婆年滿八旬，就似風前燭草上霜，朝不能保暮。奴只慮高堂，風燭不定。(生)五娘，你是女流之輩，到有此心。爲夫的是一男子，到不如你了。妻，好教我腸已斷，欲離未忍。淚難收，無言自零。(旦)你看我丈夫行色匆匆，好似甚的而來？〔滚〕就似弓動不留絃上箭，絲牢難繫順風舟。你那裏去則去終須去，我這裏留則留怎生留？空留戀，天涯海角，海角天涯。須臾對面，頃刻離分。俺和你别離，只在須臾頃。(生)妻，不覺來此乃十里長亭，南浦之地。衆朋友在彼，觀之不雅，請回也罷。(旦)夫，公婆年老，早去早回。滿腹離情訴不盡，功名得意早回程。夫，早去早回！（生）請了。（作別復回哭介）妻欲回而不回，悲哭慘切，敢是還有甚麽心事未明麽？（旦）解元，適纔在家，公婆在堂，有話不好講。指望送你到中途，把衷情盡訴。誰知頃刻到此，看你興興然而去，我心中還有無限別離情。

【本序】（旦）別離情，（生）五娘，諸友紛紛載道上京，誰似我和你這般樣難分難捨？（旦）解元夫差矣。人家夫婦也有三年五載，少者週年半載了。夫，誰似俺和你兩月夫妻，一旦孤另？解元，此去上京，幾時回來？（生）若是功名成就，經年便回。（旦）此去經年，解元，這三條大路，你從那一條而去？（生）卑人只從中道而行。路乃小事，問他則甚？（旦）解元，今日上京，妾從中道相送；明年錦旋，妾從中道相迎。此去經年，你那裏冷清清，俺這裏眼巴巴望着迢迢玉京思省。（生）五娘，思者，慮也。敢莫慮卑人此去山遥路遠？（旦）自古男兒志四方，何須妻子碎肝腸？不慮山遥并水遠，惟願你衣錦早還鄉。奴不慮山遥路遠，（生）不慮山遥路遠，敢只慮卑人此去衾寒枕冷麽？（旦）解元，你妻子豈是那等之人不成？願君此去姓名揚，結髮夫妻歲月長。今年此日離門去，明年此日轉還鄉。奴不慮衾寒枕冷。（生）五娘既不慮彼，又不慮此，你還慮着那一件來？（旦）解元未曾起程，就先忘了？山遥路遠豈傷心？不愁枕冷與寒衾。君去青雲須有路，雙親年老靠何人？奴只慮公婆没主，公婆娘，你今日苦苦叫你孩兒去求取功名，倘求得一官半職回來光耀門閭，便是好事。若還他人羈絆在彼，不得回來，事君之日長，事親之日短了。只怕你別兒容易見兒難，倚門長嘆淚偷彈。想時想得肝腸斷，望時望得眼兒穿。肝腸斷，眼兒穿，撇得他老人家一旦冷清清。

又非是卑人要遠行，奈緣爹命逼登程。我一心只要奉甘旨，何曾想着那功名？

【前腔】（生）何曾，想着那功名？（旦）冤家，不想功名，去他怎的？這是我幼而學，壯而行。此乃是爹娘嚴命，張太公相勸去求名。欲盡子情，難拒親命。五娘請上，受我一禮！（旦）男兒膝下有黄金，不可低頭拜婦人。（生）妻，禮下於人，必有所求。奈伯喈上無兄下無弟。我有年老爹娘，没奈何望賢妻早晚間須索與我看承。（旦）做媳婦事舅姑，禮之當然。何勞你？畢竟，（生）五娘，卑人有句笑話講來，休要見怪。（旦）夫，離别之際，真情不能盡説，還有講甚麽笑話？（生）妻，非是你丈夫要講笑話。我去後，休怨我朝雲暮雨。（旦）私室之情，也自罷了。誰替你冬温夏清？（生）妻，你替我冬温夏清。樂莫樂兮新相見，悲莫悲兮生别離。我和你夫妻纔兩月，一旦成抛别。纔得鳳鸞交，折散同心結。教人思量起，如何樣割捨和你眼睁睁？

（旦）解元，君去京師須小心，公婆甘旨奴應承。惟願鰲頭君獨占，管取儒衣换却青。

【前腔】（旦）儒衣纔换青，快着歸鞭，早辦回程。解元，奴有一言，不敢説來。煩念夫婦之情，不要見怪。（生）有話但説不妨。（旦）只怕你十里紅樓，休得要重婚娉婷。叮嚀。（生）五娘叮嚀甚的？（旦）解元，須則奴家不敢啓君之念。不念我芙蓉帳冷，也思親桑榆暮景。（内）蔡兄請行。（生）五娘，諸友等候多時，待我回他就來。（旦）思想男子漢真個心腸歹，爲妻子的不忍分離，送他到十里長亭。他與朋友講話去了，把妻子丢在一傍不偢不保。在家尚然如此，何况去到京城？雖然公婆祝付他許多言語，未知他心下如何？親祝付，知他記否？我這裏言之諄諄，他那裏聽之漠漠，空自語惺惺。

（生）妻，你爲何有興而來，没興而回？諸友言談話未週，我妻性執好心癡。虧心短倖天垂鑒，開懷樂意且寬心。

【前腔】（生）寬心須待等，妻，你丈夫雖無宋弘之高義，決不學王允之無情。説甚麽紅樓偏有意，那知我翠館實無情。我豈肯戀花柳，甘爲萍梗？（旦）解元，若得成名，須早寄一封書回來。（生）此時狼烟烽起，只怕音書阻隔。俺只怕萬里關山，那更有音信難憑。（旦）若音信難通，我和你夫婦之情從此絶矣！（生）須聽，没奈何分情剖愛，誰下得虧心短倖？五娘，自今日别後，人居兩地，天各一方。從今去，愁腸難訴，心事難言。正是相思兩處，一樣淚盈盈，一樣淚盈盈。

【鷓鴣天】（旦）萬里關山萬里愁，（生）一般心事兩般憂。（旦）解元，妻子叮嚀之言，非爲别的。奈桑榆暮景親難保，（生）五娘妻，不必拳拳致祝。客館風光怎久留？請了。（旦）解元請了。他那裏謾凝眸，正是馬行十步人到有九回頭。奴家不忍分離，兩淚汪汪，欲住流珠，情實難忍。又恐回至家庭，淚痕未乾。公婆若見我爲媳婦這等憂慮，到不能解親之憂，反添親之悶了。正是：我歸家只恐傷親意，擱淚汪汪不敢流。

五娘臨鏡思夫

【破齊陣】(旦)翠減祥鸞羅幌，香銷寶鴨金爐。楚館雲閒，秦樓月冷，動是離人愁思。目斷天涯雲山遠，親在高堂雪鬢疏，緣何書也無？

明明匣中鏡，盈盈曉來粧。憶昔事夫主，鷄鳴下君床。臨鏡理笄總，隨君問高堂。一旦遠離別，鏡匣掩青光。流塵暗綺疏，青苔生洞房。零落金釵鈿，慘淡羅衣裳。傷哉憔悴容，無復惠蘭房。有懷悽以楚，有路阻且長。妾身豈嘆此，所憂在姑嫜。念彼猸猱遠，眷此桑榆光。願言盡婦道，遊子不可忘。勿彈緑綺瑟，絃絶令人傷。勿聽《白頭吟》，哀聲斷人腸。人事多錯迕，羞彼雙鴛鴦。奴家自嫁與蔡伯喈，纔方兩月。指望與他同事雙親，諧老百年。誰知公公嚴命，强他赴選。自從去後，竟無消息。把公婆拋撇在家，教奴獨自應承。奴家一來要盡爲婦之孝道，二來要成丈夫之孝名，盡心竭力，朝夕奉養。正是：天涯海角有窮時，惟有此情無盡處。蔡郎飽學衆皆知，甘分庭前戲彩衣。高堂一旦强逼試，含悲掩淚赴春闈。

【風雲會四朝元】春闈催赴，我與他新婚兩月，一旦遠離。正是：香羅纔綰同心結，又被春闈折鳳凰。同心帶綰初。古人曾造陽關一所，有云：勸君更盡一杯酒，西出陽關無故人。嘆《陽關》聲斷，送別南浦。知你一去不回來，我的夫，早已成間阻。謾把羅襟淚漬、淚漬，丈夫在家，琴瑟有盡好之音，衾枕有燦爛之心。自從去後，百事淒涼。和那寶瑟塵埋，錦被羞鋪。丈夫若在家，不似這等門面了。寂寞瓊窗，蕭條朱户，空把流年度。嗏，瞑子裏自尋思，妾意君情，一旦如朝露。君行萬里途，妾受萬般苦。君還念妾，君還念妾，迢迢遠遠，也須回顧，也須回顧。

丈夫别後未回還，妾在深閨淚暗彈。萬恨千愁渾似水，懨懨春病改朱顔。

【前腔】朱顔非故，自從兒夫去後時節呵，教奴羞睹菱花鏡，愁容怯玉顔。緑雲懶去梳。奴家記得古人張敞畫眉，何郎傅粉。自從我丈夫去後呵，奈畫眉人遠，傅粉郎去，鏡鸞羞自舞。把歸期暗數，把歸期暗數，只見雁杳魚沉，鳳隻鸞孤。奴當初送别在南浦之時，春光明媚，景物鮮妍。去時節緑遍汀洲，到如今又生芳杜。空自思前事，嗏，日近帝王都。芳草斜陽，教奴家望斷長安路。想我丈夫乃是讀書之人，定非蕩子之比。君身豈蕩子？妾非蕩子婦。其間就裏，其間就裏，千千萬萬，有誰堪訴？有誰堪訴？

桑榆暮景實堪悲，囊篋蕭然值歲飢。竭力盡心行婦道，晨昏定省轉輕移。

【前腔】輕移蓮步，向堂前問舅姑。怕食缺須進，衣綻須補，要行時須與扶。蘋蘩中饋，乃婦道當然之事，奴家自當盡心竭力，不辭勞苦。只愁一件，公婆俱是八旬以上之人，好似日近西山景，光陰不久存。奈西山暮景，奈西山暮景，公婆年老，猶如風前燭草上霜，朝不能保暮了。教奴家倩着何人，傳與我的兒夫？夫，你要上青雲，只恐怕親歸黄土。臨别也曾多囑付。嗏，那些個意孜孜，只怕你十里紅樓，貪戀人豪富。夫，奴是你妻子，不足掛懷。争奈爹娘年老在家，無人侍奉呵。你雖然忘了奴，也須念父母。無人訴與，無人訴與，淒淒冷冷，怎生辜負？怎生辜負？

秋來天氣最淒涼，俊秀紛紛鏖戰忙。屈指算來經半載，多才想應決文場。

【前腔】文場選士，天下舉子三千，策試英雄五百，皆是胸藏錦繡，筆吐珠璣。紛紛都是才俊徒。少甚麼鏡分鸞鳳？他都是榜登龍虎，偏伊將奴誤。到是我差矣。婦事舅姑，理之當然，埋怨他則甚？也不索氣蠱，也不索氣蠱，那日長亭分别，奴家受他一禮，他將爹媽托付與我侍奉。既受托了蘋蘩，有甚推辭？索性做個孝婦賢妻，也落得名標青史，不枉受了些閒悽楚。嗏，俺這裏自支吾，古云：君子有成人之美，況受他所托？休得要污了他名兒，左右與他相回護。夫，奴家記得宋弘云：貧賤之交不可忘，糟糠之妻不下堂。倘然僥倖高中了，切莫忘了今日。你便做腰金與衣紫，須記得荆釵與裙布。一場愁緒，一場愁緒，自夫别後愁千種，鬱結心頭夢一團。堆堆積積，宋玉難賦，宋玉難賦。

【尾聲】從他去後知甚所？奴把雙親勤侍奉，專望兒夫衣錦歸。

詩曰：

回首高堂日已斜，遊子何事在天涯？

紅顔佳人多命薄，莫怨春風當自嗟。

蔡邕待漏辭朝

【北點絳唇】（末）夜色將闌，晨光欲散，把珠簾捲。移步丹墀，擺列着金龍案。

【北混江龍】官居宮苑，謾道是天威咫尺近龍顔。每日裏親隨車駕，只聽鳴鞭。去螭頭上拜跪，隨着那豹尾盤旋。朝朝宿衛，早早隨班。做不得卿相當朝一品貴，到先做侍臣待漏五更寒。空嗟嘆，空嗟嘆，山寺日高僧未起，算來名利兀的是不如閒。

自家乃是漢朝中一個小黄門，往來紫禁，侍奉丹墀。領百官之奏章，傳一人之命令。正是：主德無瑕因宦習，天顔有喜近臣知。如今天色漸明，正當早朝時分，恐有百官奏事，只得在此伺候。道由未了，奏事官來了。

【點絳唇】（生）月淡星稀，建章宮裏千門曉。御爐烟裊，隱隱的鳴稍杳。下官當初在家事親之時，如今五鼓時分，我與五娘同在爹娘膝下問安。今日忝中高魁，不能定省庭幃，反做了待漏隨朝。忽憶年時，問寢高堂早。（丑）禀相公，鷄鳴了。（生）左右的，你衆人俱在朝房伺候。又聽得鷄鳴了，悶縈懷抱，此際愁多少？

不寢聽金鑰，因風想玉珂。明朝有封事，數問夜如何。自家爲父母在堂，今上此表章歸家養親。如今天色已明，這是午朝門外，不免挨拶而進。（末）朝鼓鼕鼕日墜西，百官文武整朝衣。專聽静鞭三下響，揚塵舞蹈拜丹墀。

【神仗兒】（生）揚塵舞蹈，揚塵舞蹈，遥瞻天表，見龍鱗日耀。（末）狀元不得升殿。咫尺重瞳高照，有何文表，只須在此一一呈奏。（生）遥拜着赭黄袍，遥拜着赭黄袍。

（末）有何文表，就此呈奏。

【滴溜子】（生）臣邕的，臣邕的，荷蒙聖朝。臣邕的，臣邕的，拜還紫誥。（末）狀元，你莫非嫌官小麼？（生）念邕非嫌官小，奈家鄉萬里遥，奈家鄉萬里遥，雙親又老。干瀆天威，望乞恕饒。

（末）狀元，吾乃黄門，職掌奏章。有何文表，就此披宣。

【入破第一】（生）議郎臣蔡邕啓：今日蒙恩旨，除臣爲議郎之職。干瀆天威，臣謹誠惶誠恐，稽首頓首。伏念微臣，初來有志，誦詩書力學躬耕修己，不復貪榮利。事父母，樂田里，初心願如此而已。不想州司，謬取臣邕充試。到京畿，豈料蒙恩，叨居上第。

【破第二】重蒙聖恩，賜婚牛氏女。臣草茆疏賤，如何當得此隆遇？但臣親老，一從别後，光陰又幾。廬舍田園，荒蕪久矣。

（末）親老在堂，必自有人侍奉，狀元何須憂慮？

【衮第三】（生）那更親老鬢髮白，筋力皆憔悴。影隻形單，無兄弟，誰奉侍？況隔千山萬水，生死存亡，縱有音書難寄。最可悲，最可悲，他甘旨不敷，臣食禄有愧。

（末）聖上作主，太師聯婚，這也是奇遇了。

【歇拍】（生）不告父母，怎諧匹配？臣又聽得家鄉里，遭水旱，遇荒飢。料想臣親必做溝渠之鬼，未可知，未可知。怎不教臣，悲傷淚垂？

（末）狀元，此非哭泣之所，毋得驚動天顔。

【中衮第五】（生）臣享厚禄掛朱紫，出入承明地。惟念二親寒無衣，飢無食，喪溝渠。憶昔先朝朱買臣守會稽，司馬相如，持節錦歸。

【煞尾】他遭遇聖時，皆得賜還鄉里。臣何故，别父母，遠鄉閭，没音書，此心違？伏望陛下特憫微臣之志，遣臣歸，得侍雙親，隆恩無比。

【出破】若還念臣有微能，鄉郡望安置。庶使臣忠心孝意得全美，臣無任瞻天仰聖，激切屏營之至。

（末）既如此，吾當與你轉達天庭。即忙移步上金堦，傳達封章奏帝臺。狀元且退午門外，須臾自有好音來。（生）請了。黄門大人去了，不免在此顒望一會，多少是好？

【神仗兒】（生）彤庭隱耀，昔有古人仁傑，望雲思親。今日伯喈要見爹娘，看那朵祥雲之下，想就是我家鄉了。見祥雲縹緲，下官今日進此二道表章，上寫八旬父母，兩月妻房。聖上見了，必然是准。想黄門大人到了。想黄門已到，昨日聞得聖上在長樂宫飲宴，想黄門如今去到長樂宫門首，將我表章傳進於宫中，展開在龍案之上，龍目觀看。料應是重瞳看了。聖上看我那兩本，惟有辭官養親本上説得十分悲切。我道羊有跪乳之恩，鴉有反哺之義。惻隱之心，人皆有之。況我主乃仁德之君，若見我表章這等悲切，豈不傷感？豈不傷感了？那黄門到了，重瞳看了。不消説，不消説，一定是哀念我思親烏鳥。黄門去已多時，爲何還不見聖旨擬下？教人顒望斷九重霄，教人顒望斷九重霄。

黄門已將我表章傳奏，未知聖意允否？不免在此撮土爲香，禱告天地一番。

【滴溜子】天憐念，天憐念，蔡邕拜禱。俺伯喈今日上表，不爲别的而來。老天！只爲我雙親的，只爲我雙親的，死生未保。父兮生我，母兮育我。哀哀父母，生我劬勞。欲報深恩，昊天罔極。可憐恩深難報，一封奏九重，知君聽否？爹娘，孩兒今日上此表章，我主若准，與你父子相會有期。我主若不准此表章呵，孩兒在朝事君之日長，不能得勾歸家侍奉老爹老娘。我和你會合分離，都在這遭。

咳！黄門去了多久，怎的不見回報？想必是官裏准了。

【前腔】（末）今日裏，今日裏，議郎進表。傳達上，傳達上，聖目看了。（生）聖上見了如何道？（末）道太師昨日先奏，要把乘龍女婿招，多少是好？（生）大人敢是哄言？（末）現有玉音，狀元聽剖。

聖旨已到，跪聽宣讀。皇帝詔曰：孝道須大，忠於事君。王事多艱，豈遑报父？朕以涼德，嗣贊丕基。眷茲儆動之風，未遂雍熙之化。爰昭俊髦，以輔不逮。咨爾才學，允愜輿情。是用擢居議論之司，以求繩糾之益。爾當恪守乃職，勿有固辭。其所議姻親事，可曲從師相之請，以成桃夭之化。欽予時命，裕汝乃心。叩頭謝恩。狀元，爲何不謝恩？（生）煩大人與學生再奏官裏，情願納還官誥，歸家養親。（末）狀元好不曉事！聖旨已出，誰敢再奏？（生）大人不替學生奏，學生自去面奏。（末）老先生自若奏得，要我黄門官無用了。（生）奏不得了？（末）再奏不得了。（生）這的不是悶殺人了！（末）狀元，金榜題名，洞房花燭，世間之美事，爲何苦苦推辭？何也？（生）老大人，學生身居草茅之中，一旦登於廊廟，誰人不愛？那個不喜？大人有所不知。

【啄木兒】（生）我只爲親衰老，（末）狀元家下還有甚人？（生）奈伯喈上無兄下無弟。只有妻，是我差矣。爹娘乃天倫父母，言之不妨。五娘乃私室之情，焉可對黄門大人講？（末）狀元有話，但説不妨，何必私言？（生）只有妻幼嬌。（末）狀元既是親老妻嬌，何不寄一封音信回去？（生）大人，争奈朝中董卓弄權，吕布把守虎牢三關。莫説是音書，就是鴻雁也不能勾傳！雲山疊疊，緑水迢迢，萬里關山音信杳。老爹娘，這般時候，你在家裏望孩兒的捷了。他那裏舉目淒淒，俺這裏回首迢迢。當初在家起程之際，老娘説道：兒，你可記得王孫賈母有言：兒朝出而暮返，則娘倚門而望；朝出而暮不返，則娘倚閭而望。今日你孩兒上表辭官，指望歸家侍奉你，誰想聖上准了婚姻本，不准我養親的本了。爹娘呵，你那裏望子不得歸，俺這裏思親不能養。你那裏望得眼穿兒不到，苦！俺這裏哭得淚乾怕，（末）狀元怕甚麼來？（生）怕只怕雙親難保。（末）狀元接詔。（生）閃殺人也麼一封丹書詔。

【前腔】（末）狀元，你何須慮，不用焦，人世上離多歡會少。大丈夫須當要萬里封侯，肯守着故園空老？狀元，自古道君親一體，忠孝難得兩全。畢竟是事君事親一般道，人生怎全忠和孝？却不道母死王陵歸漢朝。

【三段子】（生）我這懷怎剖？老大人，説不得還要面奏。（末）狀元，朝廷法度，豈不知道？（生）黄門大人，朝廷法度豈不知道？聖旨已出，堅如金石，信如四時，下官深已知之，只是我下情不能上達了。老大人，你教我這懷怎剖？苦！只落得望丹墀天高聽高，這苦怎逃？望白雲山遥路遥。

【前腔】（末）狀元，你做官與親添榮耀，高堂管取加封誥。與你改换門閭，偏不是好？請了。（生）大人，那穿紫袍繫金帶，與大人請者是誰？（末）那就是令岳丈牛太師。（生）那就是牛太師？待下官與他詰奏。（末）狀元差矣，他乃是當朝冢宰，立在一人之下，坐在萬人之上。你與他詰奏，聖上只由他講，不由你説。（生）承教了。黄門大人説得有理，我若與他詰奏，聖上只由他講，不由我説，果然是了。老宰相，你是一朝冢宰，有女千金之態，滿朝多少王孫公子，任你選一位女婿，有何不可？苦苦要招我伯皆怎的？你名爲冢宰，實爲仇寇了。

【歸朝歡】（生）煢煢極極，泣泣哀哀。牛太師，你就是冤家的，苦苦見招。（末）狀元何不從了此親事？（生）大人，下官從了此親不致緊。怎當得賢媳婦埋怨怎了？（末）請了。（生）大人，那穿緑袍繫銀帶、擎本者何人？（末）那是户科楊給事中，上貴處陳留荒旱表章。（生）他本上如何道？（末）那本上説得好：怕人老弱填於溝壑，少壯散於四方。（生）咳！罷了。别處饑荒猶自可，陳留饑荒最難當。饑荒歲，饑荒歲，怕他怎熬？俺爹娘怕不做溝渠中餓殍？（末）狀元，譬如四方争戰多征討，從軍遠戍沙場草，也只是爲國忘家豈憚勞。

【尾聲】（末）家鄉萬里終須到，（生）争奈山遥與路遥，爹娘呵，把你養育劬勞一旦抛。

伯喈再配鸞凰

【傳言玉女】（外）燭影摇紅，簾幕瑞烟浮動，畫堂中珠圍翠擁。粧臺對月，下鸞鶴神仙儀從。玉簫聲裏，一雙鳴鳳。

左右那裏？（末）獨立畫堂聽命令，珠簾底下一聲傳。老相公有何均旨？（外）今日小姐畢姻，筵席可以安排完備否？（末）安排完備了。（外）完備得如何？〔水調歌頭〕（末）屏開金孔雀，褥隱繡芙蓉。獸爐烟裊，蓮臺絳蠟吐春紅。廣設珊瑚席子，(一)高把真珠簾捲，環列翠屏風。人間丞相府，天上蕊珠宫。錦遮圍，花爛熳，玉玲瓏。繁絃脆管，歡聲鼎沸畫堂中。簇擁金釵十二，座列三千珠履，談笑盡王

(一) 席：原闕，據汲古閣刊本《繡刻琵琶記定本》補。

公。正是：門闌多喜氣，女婿近乘龍。（外）既然如此，唤老姆、惜春過來。（末唤介）（浄、丑上）一枝花带滿庭芳，燭影摇紅晝錦堂。滴滴金杯雙勸酒，聲聲謾唱〔賀新郎〕。覆老相公，老姆、惜春叩頭。（外）惜春、老姆，今日與小姐畢姻，你衆人在此伺候。（浄）曉得。（外）院子那裏？（末）在。（外）狀元到之時，可要通報吹打迎接。

【女冠子】（生）馬蹄篤速，傳呼齊擁雕轂。（外）金花帽簇，天香袍染，丈夫得志，佳婿坦腹。（外）惜春，狀元已到，請小姐出來拜堂。（貼上）粧成聞唤促，又將綵扇重遮，羞蛾輕蹙。（合）這姻缘不俗，金榜題名，洞房花燭。

（浄）狀元、小姐兩個，各自立一邊，請陰陽先生讚禮。（末扮賓人）禀相公，告廟。（外）你就告廟。（末）維大漢太平年，團圓月，和合日，吉利時，嗣孫牛太師，有女年已及笄，奉聖旨招贅新科狀元蔡伯皆爲婿。以此吉辰，敢申虔告。告廟已畢。惜春姐，與新人揭起方巾。（丑）待我來。伏以窈窕嬌娥二八春，緑雲之上覆方巾。玉纖揭起西川錦，露出嬌容賽玉貞。（末）竊以禮重婚姻，兹實人倫之大。義當配偶，爰思宗系之承。張設青廬，熒煌花燭。祀供蘋藻，首嚴見廟之儀；贄備棗榛，聊講拜堂之禮。集珠履玳簪之客，環金釵玉珥之賓。慶會良宵，觀光盛事。香熏寶鴨，濃騰裊裊之烟；步擁金蓮，請下深深之拜。（請拜科）拜禮已畢，請相公把酒。

【畫眉序】（生）攀桂步蟾宫，豈料絲蘿在喬木。喜書中今朝有女如玉。堪觀處絲幕牽紅，恰正是荷衣穿緑。（合）這回好個風流婿，偏稱洞房花燭。

【前腔】（外）君才冠天禄，我的門楣稍賢淑。看相輝清潤，瑩然冰玉。光掩映孔雀屏開，花爛熳芙蓉隱褥。（合前）

【前腔】（貼）頻催少膏沐，金鳳斜飛鬓雲矗。喜逢他蕭史，愧非弄玉。清風引珮下瑶臺，明月照粧成金屋。（合前）

【前腔】（浄、丑）湘裙顫六幅，似天上嫦娥降塵俗。喜藍田今已種成雙玉，風月賽閬苑三千，雲雨笑巫山二六。（合前）

【滴溜子】（生）謾説道姻緣好，好姻緣果諧鳳卜。細思之，此事豈吾意欲？有人在高堂孤獨。（浄、丑）恭喜小姐成就百年姻眷，小奴婢不勝之喜。（生）可惜新人笑語喧，不知我舊人在何處哭？（貼）惜春、老姆，去請狀元坦腹東床。（丑）曉得。狀元，小姐請坦腹東床。兀的東床，難教我坦腹。

（丑）老姆，這狀元好嬌傲得緊！小姐請他坦腹東床，他説難教坦腹。我和你去對小姐講。（浄）賤人，狀元講的話，我和你怎該去對小姐説？不免我和你去勸他兩個歡悦，後來他自然另把眼兒看着我和你。〔一〕（丑）講得有理，和你去勸狀元。（净）狀元，大登科出乎其類，小登科拔乎其萃。最美者金榜題名，洞房花燭。何事不美？何事不悦？天上已登新進士，人間又赴小登科。一雙兩好人欽羨，如魚似水兩情多。

【鮑老催】（净、丑）勸相公翠眉謾蹙，勸相公翠眉謾蹙，千里姻緣似綫牽，致使今日兩相連。宿世姻緣今配合，如漆投膠到百年。赤繩已繫夫婦足，狀元乃是陳留，小姐生於京國。未出娘懷，先定佳期；天上月老注婚，人間憑媒説合。正是：人間未結婚姻事，月老先簽月下書。芳名注定婚姻牘。空嗟怨，枉嘆息，休推故，（丑）狀元没有喜色，我和你把畫堂開了，狀元見了景致，自然歡喜。正是：天上神仙府，人間宰相家。有田堪種玉，無地不栽花。畫堂富貴如金谷。（净）狀元，今乃新婚燕爾，因何悶悶無聊？男兒四海爲家，魚生三日遊於江湖，人懷十月要離母腹。正是：人因名利離鄉土，得逢恩愛便爲家。休戀故鄉生處好，受恩深處親骨肉。

也罷！我與你焚起香來，滿斟玉液，二人唱舞，取他歡悦，有何不可？

【滴滴金】（丑、净）金猊寶鼎香馥郁，銀海瓊舟泛醽醁，輕飛翠袖逞嬌舞。囀咽喉，謳麗曲，把歌聲斷續，把歌聲斷續，狀元還不歡喜，我和你滿斟杯酒奉上狀元、小姐，與他兩個飲個交杯，自然

〔一〕另：原作『令』，據文義改。

歡喜。〔滾〕自古道酒能遣興又消愁，萬事無過一醉休。世上若無花共酒，三歲孩兒白了頭。持觴勸酒人共祝。狀元、小姐飲這杯酒，奴婢有句好言奉上：但願你鳳鸞比翼，舉案齊眉，如魚似水，夫唱婦隨。但願你百年夫婦永諧和睦。

古云：好語不須多，兩句拿來一句説。看他兩個便歡喜了。

【鮑老催】（丑）你看他兩個意深愛篤，（丑）老姆，你看狀元這等模樣，苦把小姐招他，圖着甚來？（浄）丫頭，你那曉得其中之故？老相公位居極品，威壓朝班。小姐是閬苑奇花，㈠香閨艷質，故選狀元青雲貴客，天下奇才，配合一對，豈爲小可？只愛他文章富貴珠萬斛，天教艷質爲眷屬。（丑）説者須是。我看他兩個不言不語，若是上床睡，怎麽交歡？（浄）這丫頭，你好過慮！他三場文字奪了一個狀元，難道交歡之事要你教他不成？我和你兩個在傍，特故害羞。少刻進了洞房，要睡之際，放下羅帳，脱了衣裳，鴛鴦枕上兩情歡暢，倚玉偎香呵。好似蝶戀花，鳳棲梧，鸞停竹。（丑）依你這般説將起來，毛骨悚然，不由人不興發如狂，今夜怎生熬得過？幾時等得我有這樣日子，便死也罷！（浄）啐！賤丫頭，你我生居奴婢，身爲下流，豈可過望？只是奉勸年少攻書子，須要努力向燈窗。〔滾〕須知將相本無種，男兒當自强。塵埃生宰相，白屋出朝廟。男兒有志須勤讀，書中自有黄金屋，也自有千

㈠ 閬：原作『浪』，據文義改。下同改。

鍾粟。

【雙聲子】（衆）郎多福，郎多福，着紫綬黄金束。娘萬福，娘萬福，帔花誥紋犀軸。兩意篤，兩意篤，豈非福，豈非福，似文鸞綵鳳，兩兩相逐。

【尾聲】（合）郎才女貌真不俗，占斷人間天上福，富貴榮華萬事足。

詩曰：

清風明月兩相宜，女貌才郎天下奇。
正是洞房花燭夜，果然金榜掛名時。

伯喈牛府賞秋

【念奴嬌】（貼）楚天過雨，正波澄木落，秋容光浄。誰駕玉輪來海底，碾破瑠璃千頃？環珮風清，笙簫露冷，人在清虚境。（浄、丑）真珠簾捲，庾樓無限佳興。

〔臨江仙〕（貼）玉作人間秋萬頃，銀葩點破碧琉璃。（浄）瑶臺風露冷仙衣，天香飄下處，此景有誰知？（丑）未審明年明夜月，此時此景又何如？（貼）珠簾高捲醉瓊巵。〔一〕正是莫亂終夕勸，動是隔年期。

〔一〕巵：原作『枝』，據汲古閣刊本《繡刻琵琶記定本》改。

老姥姥，今夜中秋佳節，月色澄清，你去請相公同來玩賞則個。（浄）相公，夫人有請一同玩月。（生内應）我睡了，拜上夫人。（貼）惜春，再去請他。（丑）相公，夫人在此久等，請相公出來飛觴臨月，莫負清宵。（生）月色有甚好處，不來。（丑）奴婢們請他不來，還要小姐自己去請。（貼）相公，今夜月色可愛，莫負佳景。請相公一同玩賞，妾在此等候。（生）夫人請先行，下官就來。

【山查子】（生）逢人曾寄書，書去神亦去。今夜好清光，可惜人千里。

（貼）相公，今夜碧天如洗，月色增輝，人人慶賞，户户笙歌。偏你愁懷悒悒，怨態沉沉，還是爲着甚的而來？（生）夫人，月色有甚好處？（貼）你看玉樓絳氣捲霞綃，雲浪空光澄徹。丹桂飄香清思爽，人在瑶臺銀闕。（生）影透鳳幃，光窺羅帳，露冷蛩聲切。關山今夜，照人幾處離别。（浄）須知離合悲歡，還如玉兔，有陰晴圓缺。便佐人生長宴樂，幾見冰輪皎潔？（丑）此夜明多，隔年期遠，莫放金樽歇。（合）但願人長永，年年同賞明月。（貼）中秋佳節勝無邊，對景陶情恣綺筵。要看今夜清光好，只見，

【念奴嬌序】（貼）長空萬里，見嬋娟可愛，〔滚〕遇此良宵思悄然，月光如水水如天。凭欄玩賞須行樂，風景依稀似去年。全無半點纖凝。十二欄杆光滿處，〔滚〕秋到今朝三五奇，金風颯颯透庭幃。天街夜色涼如許，正好追歡遣興時。涼浸珠箔銀屏。（生）夫人心下要追歡遣興，争奈下官心中不悦，無意玩賞。（貼）相公不必恁憂心，且展眉頭醉玉瓶。月明池館真如畫，勝似瓊臺閬苑人。偏稱，身在瑶臺，笑斟玉斝，相公呵，自古道青春易過，美景難逢。人民鬧賞，天下相同。人生幾見此佳景？

(合)惟願取年年此夜，歲歲今宵，人月雙清。喜得人月雙清。

【前腔】(生)自别家鄉到帝京，果然一舉便成名。今宵辜負清光好，忽睹南枝烏鵲驚。孤影，南枝乍冷。見烏鵲縹緲驚飛，棲止不定。念蔡邕不能歸去，羈繫在此，争奈定省思歸之念悶悶於心。當時南浦祝付之言，耿耿在懷，到如今只落得夢裏相逢，醒來人居兩地，天各一方。〔滚〕身在京華心戀親，幾回夢裏見分明。醒來只在新人處，不見家山舊故人。只見萬疊蒼山，何處是修竹吾廬三徑？伯喈思想爲子之道，只願奉親，豈肯遠離膝下？俺爹爹道惟願黄卷青燈，及早换金章紫綬。一則榮耀父母，二則改换門閭，三則鄰里称美。母親道真樂在田園，何必區區公與侯？今日身雖富貴，不得回鄉，還是母親之言爲定了。老爹娘呵，追省，(貼)相公追省甚的？(生)丹桂曾攀，誰知道嫦娥相愛，(貼)相公曾見嫦娥來？(生)夫人，嫦娥在天上，凡人怎麽見得他？人間女子生得美貌，比做嫦娥。緣下官到此赴選，忝中魁名，猶如扳丹桂一般。蒙令尊不棄，將夫人招贅下官，猶如見嫦娥了。(背云)夫人他見我把嫦娥比他，他心下十分歡喜，怎知我心下事情呵！〔滚〕正是：遥憶故人千里遠，今宵同玩月華明。舉頭但見嬋娟影，不見荆釵裙布人。那故人千里謾同情。(合前)

(貼)對此清虚境界，自覺神思清曠。

【前腔】(貼)光瑩，昔有秦穆公一女，名唤弄玉，後來配與蕭史爲妻，夫婦二人吹簫於臺上。一日鳳凰自天而下，夫婦乘鸞而去，遺下一臺，名曰鳳凰臺。有詩爲証：鳳凰臺上鳳凰遊，鳳去臺空江自流。我欲吹斷玉簫，乘鸞而去，不知風露冷瑶京。夜深了，好重露水。環佩濕，似月下歸來飛瓊。那更，香霧雲鬟，㈠清輝玉臂，（浄）適纔狀元把小姐比佐嫦娥，今晚看他在瑶臺之上，明月之下，真個生得標致得緊。〔滚〕正是：香霧雲鬟冷，清輝玉臂寒。臨期雙樂普，對月兩嬋娟。就是廣寒仙子也堪并，就是廣寒仙子也堪并。（合前）

（貼）相公，妾身着惜、愛二春來勸相公酒，因甚在此睡着了？（生）伯喈不曾睡。（貼）不曾睡，在此怎的？

【前腔】（生）夫人，我這裏愁聽，（貼）今宵佳景難逢，月色可愛，妾身與相公在此玩月，你愁聽甚的？（生）夫人，我愁聽那吹笛關山，〔滚〕吹笛關山風月清，誰家巧作斷腸聲？風吹律吕相和砌，月照關山到處明。敲砧門巷，月下都是斷腸聲。伯喈今晚蒙夫人整酒在此玩月，老天！但不知我老爹娘在家中何等苦楚？我五娘妻遇着今晚中秋佳節，他不見我伯喈回家呵，他道我人去遠，幾見明月虧盈。惟應，（貼）相公，你一人在此講甚麽？（生）下官在此嘆月。（貼）嘆他何幹？（生）下官想起，我與夫人夫婦雙雙爲之是月，此不是月。（貼）不是月，是甚麽子，相公？（生）是愁人的鏡。（貼）怎見得是愁人的鏡？（生）他照那邊塞征人，（貼）邊塞征人，朝廷自有俸糧供給與他，何勞相公今夜動念？（生）又

㈠ 香霧雲鬟：原作『香露雲環』，據汲古閣刊本《繡刻琵琶記定本》改。下同改。

有那深閨怨婦，（貼）深閨怨婦，是他命帶孤星，何須相公月下思念？（生）夫人，你不知其詳。有一等爲將帥者，在邊庭鎮守，爲朝廷出力。有一等爲官者，在任爲官，他子不能見父，妻不能見夫，終不然他也是命帶孤星不成？你那知那邊塞征人苦，深閨少婦愁。恨殺長安月，偏照別離人。怪他偏向別離明，

怪他偏向別離明。（合前）

（貼）惜、愛二春，相公不飲酒，都賞你們拿去喫。（淨、丑）謝相公、夫人賞賜。（淨）愛春，夜深了，身上有些寒冷。正是：秋來無奈寒侵體，衣單不覺峭寒生。

【古輪臺】（淨、丑）峭寒生，鴛鴦瓦冷玉壺冰，（丑）惜春姐，蒙相公、夫人賞俺和你酒，不免拿在欄杆上去喫到好。甚麽人在欄杆撒尿？（淨）啐！丫頭，不是撒尿，乃是秋來天氣下了露水。欄杆露濕人猶凭，（丑）惜春姐，甚麽子在酒杯中溜將過去？（淨）愛春，那就是一輪月影了。〔滚〕從來不識月，錯疑白玉盤。臨空懸寶鏡，飛入五雲端。貪看玉鏡。（丑）惜春姐，〔滚〕你看一輪明月當空照，萬里全無半點雲。況萬里清明，皓彩十分端正。惜春姐，月月有個十五，月也團圓，人皆悄然。今夜十五，處處宴樂，人人慶賞，事有何由？（淨）愛春，我幼年間聞得人言，今夕乃太陰當要之時，光明皎潔，普照萬方。亦乃女流節界之期，家家慶賞，戶戶歡盈。〔滚〕一年四季皆有月，不似中秋月更明。三五良宵，（丑）惜春姐，是那個三五良宵？（淨）愛春，正月十五乃是上元佳節，處處花燈，慶賀元宵，此是一五。二五乃五月初五端陽佳節，那處不玩賞龍舟？三五就是今晚八月中秋了。（丑）那一五更好。（淨）三五良宵，

總不如此時獨勝。（丑）酒热了，待我拿來和你在這裏賞月。（净）你看一輪明月照金樽，酒滿金樽月滿輪。明月既照金樽裏，把酒將來對月呑。把清光都付與酒杯傾。（净）愛春，我和你兩個忘其所有，只管喫酒。相公、夫人如今坐得冷淡了，不免將這酒杯洗得潔浄，奉杯热酒與他兩個喫，也見我和你二人慇懃小心。下次有酒再賞，未可量也。（丑）惜春，還是你老成見得到。热酒在此，相公、夫人，奴婢奉一杯酒，有句好話。（生）有甚話説？（净）〔滚〕自古道：酒逢歡處，飲千盞不爲多。明月休虚負，良夜莫蹉跎。從教酩酊，拚夜深沉醉還醒。酒闌綺席，漏催銀箭，香銷寶鼎。勸相公與夫人直飲到斗轉與參横，銀河耿耿，轆轤聲已斷金井，轆轤聲已斷金井。

【前腔】（净）閒評，月有圓缺與陰晴。人世上有離合悲歡，從來不定。深院閒庭，處處有清光相映。也有得意人，兩情暢詠，也有獨守長門伴孤另。（丑）惜春姐，長門乃是甚故事？（净）愛春，長門乃是朝廷禁門，三十六宮七十二院，一宮宮皆排筵宴，迎接聖駕。（丑）接得到者如何？（净）接得到者，一宮宮皆來賀喜。倘若是接不到者呵，一宮宮皆來埋怨。（丑）他埋怨甚的來？（净）他埋怨着君恩不幸，就是廣寒仙子也娉婷。（丑）惜春姐，俺和你真個好苦！你看相公、夫人呵，他兩個在此飲酒歡樂，只愁一件而來了。（净）他愁只愁歡娱嫌夜短，俺和你兩人上了許多年紀，尚未配與人。正是寂寞恨更長。似這等孤眠長夜，長夜孤眠，如何捱得，如何捱得，這更闌寂静？（貼）哇！這兩個賤人講甚麽話？好好跪在花臺之上。（生）夫人，這等夜深，爲何將惜、愛二春跪在此間？

（貼）相公有所不知。（生）夫人爲何？（貼）他背地裏埋怨我和你兩人。他道是孤眠長夜，長夜孤眠，如何捱得，如何捱得，更闌寂静。（生）夫人言之差矣。自古道：人有貴賤，心無貴賤。人同此心，心同此理。别樣事情猶似可，惟有此事果無憑。（净、丑）相公、夫人，小奴婢不願别的而來。但願人長久，庾樓上玩月共同登，庾樓上玩月共同登。

【餘文】（生）夫人，你聽那裏聲哀訴，促織鳴。（貼）相公呵，俺這裏歡娱未罄，（合）却笑他幾處寒衣織未成。

詩曰：

今宵明月正團圓，幾處淒涼幾處歡。
但願人生得長久，年年千里共嬋娟。

五娘途中自嘆

【月兒高】（旦）路途多勞頓，〔滚〕勞頓不堪言，心中愁萬千。回首望家鄉，家鄉漸漸遠。行行甚時近？那日起程之際，蒙太公賜我盤費，只説到京儘勾用。誰知出路日久，費用甚多。未到洛陽城，盤纏都使盡。〔滚〕離家一月餘，行來没了期。回首望孤墳，孤墳在那裏？回首孤墳，〔滚〕只見青山不見墳，回頭只見影隨身。空教奴望孤影，夫，他那裏不偢倸，俺這裏無投奔。〔滚〕只見往來人似蟻，不見故鄉人。正是西出陽關無故人。〔滚〕路遠甚艱難，水宿與風餐。在家千日好，出路半朝難。須信家貧未是貧，果然路貧愁殺人。

〔蘇幕遮〕愁山登，怯水渡。憶昔雙親，淚把麻裙漬。回首孤墳何處是？兩下消條，一樣愁難訴。玉消容，蓮困步，愁寄琵琶，彈罷添淒楚。惟有真容時時顧，惟悴相看，無語恓惶苦。奴家爲尋丈夫，在路上受了多少狼狽！况獨自一身，拿着一個琵琶，背着二親真容，登高履險，水宿風餐，其實難捱。只是一件，若去到洛陽，尋見丈夫，相逢如故，也不枉了這辛苦。倘或他高車駟馬，前呼後擁，見奴家這般襤褸，不肯相認，可不擔擱奴家了？

【前腔】暗中思忖，思忖起來，又不知到得那裏，到不得那裏？若到京城，見了伯皆，他説：妻，你來了，一路辛苦。這等説便好。他是個做官之人，心下思忖：我如今頂冠束帶，怎的認這等醜陋妻子？可不見笑於士大夫？休胡説，誰敢認我做丈夫？叫手下的與我趕將出去，怎生是好？此去好無准。只怕他身榮貴，把咱不斷認。我若到那裏，他若不認呵，若是他不保俙，枉教奴受艱辛。他未必忘恩義，我這裏自閒評論。蔡郎夫，須記得一夜夫妻百夜恩，怎做得區區陌路人？

奴家此去，只愁一件而來了。

【前腔】他在府堂深隱，奴身怎生進？奴有計較：待他出來之時，一把扯住他，怕他不認我不成？只怕他出來，前呼後擁，從人齊擺列於兩傍，奴家怎敢進前呵。他在駟馬高車上，又難將他認。我有個道理。我若到他的跟前，只提起二親真容。還愁一件，當初伯皆在家，容顔豐厚，自他去後遭遇饑荒年歲，容顔比前大不相同。我只怕消瘦了龐兒，猶難十分信。他難道非親却是親，我也須防仁不仁。

【駐雲飛】驀想兒夫，富貴榮華不顧奴。夫，你在潭潭府，妾身奔途路。嗏，只恐他不如初，十里紅樓，貪戀人豪富。夫，你纔得成名就棄奴？呀！天色已晚，只管閒言閒語則甚？不免趲行幾步。只得趲步金蓮往帝都。（下）

伯喈書館相逢

【鵲橋仙】（生）披香侍宴，上林遊賞，醉後人扶馬上。金蓮花炬照回廊，正院宇梅稍月上。日宴下彤幃，平明登紫闥。何如在書案，快哉天下樂。且喜朝無繁政，官有餘閒，庶可留志於詩書，從事於翰墨。你看那書中那一篇不説孝義？當先俺父母教我讀書，反被書誤了我，還看他做甚麼？

【解三醒】嘆雙親把兒指望，教兒讀古聖文章。爹娘當初教我讀書，指望光宗耀祖，改换門閭，誰知今日在外，不能歸家侍奉爹娘。正是功名反被功名誤了。似我會讀書的，倒把親撇樣。少甚麼不識字的，到得終奉養。書呵，我只爲其中自有黄金屋，反教我撇却椿庭萱草堂。還思想，休休，畢竟是文章誤我，我誤爹娘，我誤爹娘。

【前腔】比似我做一個負義虧心臺館客，到不如守義終身田舍郎。《白頭吟》記得不曾忘，緑鬢婦何故在他方？書呵，我只爲其中有女顔如玉，反教我撇却糟糠妻下堂。還思想，休休，畢竟是文章誤我，我誤妻房，我誤妻房。

在此看書，亦添愁悶，不免看四壁古畫消遣則個。這是淡墨山水，這是十八學士，内中也有忠孝廉節，合當掛在中堂。呀！這軸小畫兒，昨日在彌陀寺中拾得來的。我曾分付那個要尋，可在牛府中西廊下來尋。這院子怎麽將來掛在這裏？昨日在彌陀寺裏去拈香，拾得丹青畫一張。看這兩個老頭兒，必定飢寒遭凍餒，教人沉吟低語細端詳。

【太師引】細端詳，這是誰畫像？看這兩個老頭兒，不是凍死，也是餓死。覷着他，教我心兒裏好感傷。這兩個人我也曾與他相會過了一般，怎麽一時就忘記了？怎的今日見此畫，我心下這等炮操得緊了？這是我雙親模樣。老爹娘？呸！好差矣，怎麽就認這兩個人是我爹娘？喜得夫人不曾聽見，若是夫人看見，可不失了觀瞻？既是我爹娘，俺妻房頗賢良，決不使姑嫜穿着破損衣裳。前日馬扁三官有書來，幸喜爹娘與媳婦，各保安寧無禍危。道别後容顔無恙，怎的這般淒涼情狀？我這裏要寄書回去尚然不能勾。他那裏，有誰來往，直到洛陽？天下少甚面貌厮像的？須知道仲尼楊虎一般龐。

我曉得了。

【前腔】這是街坊上誰劣相，砌莊家形衰貌黄。比如我爹娘在家，遇着這等饑荒年歲，若没個媳婦相傍，少不得也這般凄涼。敢是個神圖佛像？呀！猛可的小鹿兒心頭撞。(一)那有個這樣神圖佛像？敢是當原畫的自有緣故？丹青匠，由他主張，須知道毛延壽誤寫王嬙，須知道毛延壽誤寫王嬙。

叫院子。(丑)有。(生)這軸小畫兒緣何掛在這裏？收下來。原來上面有標題。(讀詩介)你掛時有詩没有？(丑)掛時没有。(生)這墨迹尚然未乾，諒題詩的去也未遠，快請夫人出來。(丑)夫人，有請。

【夜遊湖】(貼)猶恐他心思未到，教他題詩句，暗裏相嘲。翰墨關心，丹青入眼，强如把語言相告。

(生)夫人，昨日彌陀寺裏去拈香，拾得丹青畫一張。無端院子高掛起，何人把筆到書房？(貼)不知道。(生)這詩一定是夫人題的。丞相之女，狀元之妻，也當貴重纔是。怎麽曉得兩個字，拿起一管筆，東也寫，西也寫，成甚模樣？(貼)敢是當原題的？(生)墨跡尚然未乾，怎麽是當原題的？(貼)待我看取：崑山有良璧，郁郁，(生)五言詩。(貼)崑山有良璧，郁郁璠璵姿。嗟彼一點瑕，掩此連城瑜。

(一)鹿：原作『轆』，據汲古閣刊本《繡刻琵琶記定本》改。

人生非孔、顏，名節鮮不虧。拙哉，（生）住了，不是你題的，怎麼這等慣熟？（貼）依字而念。（生）依字而念，莫怪了。這詩上好利害，其間正道也有，亂道也有；奔喪也有，不奔喪也有；棄妻的也有，不棄妻的也。（貼）敢問相公，那個是正道，那個是亂道？（生）宋弘是正道，王允就是亂道了。（貼）敢問相公肯效那一個？（生）依我伯喈，就效那宋弘了。（貼）敢怕效了王允？（生）我怎麼效王允？（貼）撇下八旬父母，兩月妻房，爲着何來而不顧？在此貪戀榮華，不想歸計，怎麼不效王允？

【鏵鍬兒】（生）你説得好笑，你説得好笑，可見你心兒窄小。決不效那王允的没來由，讓却苦李，再尋甜桃。棄妻有七出之條，他不嫉不淫與不盜，終無去條。那棄妻的，衆所誚；不棄妻的，人所褒。（貼）相公，你這般富貴，腰金衣紫，家有醜陋爹娘，襤褸妻房，你如何？（生）夫人説那裏話？醜陋爹娘是我天倫父母，襤褸妻房是我枕邊骨肉。自古道恩不可斷，義不可忘了。夫人，縱然他醜貌，縱然他醜貌，怎肯相休棄了？怎肯相休棄了？

【前腔】（貼）伊家富豪，伊家富豪，那更青春年少。你紫袍掛體，金帶垂腰，做你的媳婦呵，應須有封號。金花紫誥，必俊俏，須媚嬌。若還他醜貌，若還他醜貌，怎不相休棄了？怎不相休棄了？

【前腔】（生）你言顛語倒，你言顛語倒，惱得我心兒焦燥。我曉得了。莫不是你把咱奚落，特固來粧喬？我看了這詩不打緊。到引得我淚痕交，撲簌簌這遭。那題詩，把我嘲，（貼）饒過他罷。（生）難恕饒。望夫人快快説與我知道，怎肯與他干休罷了？怎肯與他干休罷了？

【前腔】（貼）我心中忖料，我心中忖料，想他不是薄情分曉。管教你夫妻會合，定在今朝。伊家枉自焦，那題詩的是伊家大嫂，姓甚名字？（貼）身姓趙。（生）趙夫人到了？我問你，三個人，一個幼的，兩個老的？（貼）是兩個老的，一個少的。（生）我問你。（貼）我問你。咳！正要正要説與你知道，只恐怕你哭聲漸高。

姐姐有請。

【入賺】（旦）聽得鬧炒，敢是兒夫看詩囉唣？（貼）姐姐快來。（旦）是誰叫？夫人召，必有分曉。（貼）是他題詩句，他從陳留郡，爲伊來尋討。（生）呀！我道是誰，原來就是趙氏五娘妻來了。罷了，妻，你怎穿着破襖，衣衫盡是素縞？妻，我的爹娘怎的不來？妻，你口不言，心自曉，莫不是我雙親不保？（旦）從别後，遭水旱，我兩三人只道同做溝渠中餓殍。（生）張太公如何？（旦）只有張太公可憐，嘆雙親别無倚靠。兩口公婆相繼死，我剪頭髮賣錢來送伊妣考。把墳自造，土泥盡是麻裙裹包。（生）聽伊言語，教我怎不痛傷噎倒？

（旦）相公甦醒！生的爹娘不能勾見了，死的上面真容就是。（生）罷了。爹娘，你孩兒當初不肯來赴選，你苦苦迫我前來。你孩兒生不能養，死不能葬，葬不能祭，到做了衣冠中禽獸，名教中罪人，非是我爹娘命薄了。

【小桃紅】（生）這還是蔡邕不孝，這還是蔡邕不孝，把父母相抛。早知你形衰耄，怎留漢朝？妻，你坐下，待我拜你。你爲我受煩惱，你爲我受劬勞。妻，你丈夫今日拜你，你不肯受。我爹娘生是你養，死是你葬，葬是你祭。你到做了伯喈，我伯喈到不能做得你了。妻，謝你葬我爹（下闕）

吴歈萃雅

明周之標（茂苑梯月主人）選輯，古吴隱之道民標點。明萬曆四十四年（1616）長洲周氏刻本。全書分元、亨、利、貞四集，元、亨兩集選收散曲，利、貞兩集選收戲曲曲文，其中分别收録《琵琶記》之《祝壽》《成親》《憂思》《賞荷》《賞月》《敘别》《答親》《自嘆》《議姻》《登程》《剪髮》《試宴》《求濟》《掃墓》《怨配》《請糧》《自厭》《詢情》《館逢》《愁訴》《囑别》《强試》《拜托》《勸試》《規奴》《喫糠》《嗟怨》《畫容》《築墳》《尋夫》《埋怨》《彈怨》《煎藥》《喫藥》《喫糠》《行路》《題真》《館逢》等三十八齣曲文，輯録如下。

祝　壽

【雙調・錦堂月】㊧簾幕風柔，庭幃晝永，朝來峭寒輕透。親在高堂，一喜又還一憂。惟願取百歲椿萱，長似他〔三〕春花柳。（合）酌春酒，看取花下高歌，共祝眉壽。

（『簾幕』五句【畫錦堂】，『惟願』五句【月上海棠】。）

【前腔】輻輳，獲配鸞儔。〔深〕慚燕爾，持杯自覺嬌羞。怕難主蘋蘩，不〔堪〕侍奉箕帚。惟願取偕老夫妻，長侍奉暮年姑舅。（合前）

（偕：音『皆』。）

【前腔】還愁，白髮蒙頭。紅英滿眼，〔心〕驚去年時候。只恐時光，催人去也難留。惟願取黃卷青燈，及早換〔金〕章紫綬。（合前）

【前腔】還憂，松竹門幽。桑榆暮景，明年知他健否安否？歎蘭玉蕭條，一朵桂花〔堪〕茂。惟願取連理芳年，得早遂孫枝榮秀。（合前）

【醉公子】回首，看瞬息烏飛兔走。喜爹媽雙全，謝天相佑。不謬，更清〔淡〕安閒，樂事如〔今〕誰更有？（合）相慶處，但酹酒高歌，共祝眉壽。

（瞬：撮口。）

【前腔換頭】卑陋，論做人要光前耀後。願我兒青雲萬里，馳驟。聽剖，真樂在田園，何必當今公與侯。（合前）

【僥僥令】春花明綵袖，春酒泛〔金〕甌。但願歲歲年年人長在，父母共夫妻相勸酬。

【前腔】夫妻好廝守，父母願長久。坐對送青排闥青山好，看將緑護田疇，緑遶流。

【尾聲】山青水緑還依舊，嘆人生青春難又，惟有快活是良謀。

成親

【黄鍾・畫眉序】攀桂步蟾宫，豈料絲蘿在喬木。喜書中今日有女如玉。堪觀處絲幕牽紅，恰正是荷衣穿緑。（合）這回好個風流婿，偏稱洞房花燭。

（恰：音『掐』，非『恰』也。）

【前腔】君才冠天禄，我的門楣稍賢淑。喜相輝清潤，瑩然冰玉。光掩映孔雀屏開，花爛熳芙蓉隱褥。（合前）

（瑩：音『用』。雀：音『爵』，撮口。）

【前腔】頻催少膏沐，金鳳斜飛鬢雲矗。喜逢他蕭史，愧非弄玉。清風引珮下瑶臺，明月照粧成金屋。（合前）

【前腔】湘裙顫六幅，似天上嫦娥降塵俗。喜藍田今日種成雙玉。風月賽閬苑三千，雲雨笑巫山六六。（合前）

【滴溜子】謾説道姻緣事，果諧鳳卜。細思之，此事豈吾意欲？有人在高堂孤獨。可惜新人笑語喧，竟不知舊人哭。兀的東床，難教我坦腹。

【鮑老催】翠眉謾蹙，赤繩已繫夫婦足，芳名已註婚姻牘。空嗟怨，枉嘆息，休摧速。畫堂富貴如㊎谷。休戀故鄉生處好，受恩㊍處親骨肉。

【滴滴金】㊎猊寶篆香馥郁，銀海瓊舟泛醽醁，輕飛翠袖呈嬌舞。囀鶯喉，歌麗曲，歌聲斷續，持觴勸酒人共祝。共祝，百年夫婦永睦。

【鮑老催】意㊍愛篤，文章富貴珠萬斛，天教豔質爲眷屬。似蝶戀花，鳳棲梧，鸞停竹。㊚兒有書須勤讀，書中自有黄㊎屋，也自有千鍾粟。

【雙聲子】郎多福，郎多福，看紫綬黄㊎束。娘萬福，娘萬福，看花誥紋犀軸。兩意篤，兩意篤；豈非福，豈非福。似紋鸞綵鳳，兩兩相逐。

【尾聲】郎才女貌真不俗，㊤斷人間天上福，百歲歡娱萬事足。

憂思

【正宫·雁過聲】思量，那日離故鄉。記㊖歧送別多惆悵，攜手共那人不厮放。教他好看承，我爹娘，料他們應不會遺忘。聞知饑與荒，只怕捱不過歲月難存養。若望不見我信㊥，却把誰倚仗？

(『應不會』該一截板,因舊唱甚佳,不敢改也。惆:音『籌』。)

【二犯漁家傲】思量,幼讀文章,論事親爲子也須要成模樣。真情未講,㊀知道喫盡多魔障?被親强來赴選場,被君强官爲議郎,被婚强效鸞皇。㊁被强,衷腸説與誰行?埋冤難㊂這兩厢:這壁厢道咱是個不撑達害羞喬相識,那壁厢道咱是個不睹事負心薄倖郎。

(『這壁』二句【雁過聲】,後倣此。)

【二犯漁家燈】悲傷,鷺序鴛行,㊀如那慈烏返哺能終養?謾把㊄章,綰着紫綬;試問斑衣,㊅在何方?斑衣罷想,總然歸去,猶怕帶麻執杖。只爲他雲梯月殿多勞攘,落得淚雨似珠兩鬢霜。

【喜魚燈】幾回夢裏,忽聞鷄唱。忙驚覺錯呼舊婦,同問㊆堂上。待朦朧覺來,依然新人鳳㊇和象床。㊀不怨香愁玉無㊈緒?更思想,和他攔擋。教我,㊀不悲傷?㊉這裏歡娱夜宿芙蓉帳,他那裏寂寞偏㊊更漏長。

(『鷄唱』連下二板,『忽聞』乃襯字。此唱法原張小泉來派。)

【錦纏道犯】謾悒怏,把歡娱都成悶腸。菽水既清涼,我何㊈,㊋着美酒肥羊?閃殺人花燭洞房,愁殺我掛名在㊄榜。魆地裏自思量,正是在家不㊌高聲哭,只恐人聞也斷腸。

(江邊可説猿聞,在家不可説猿聞。況有『恐』『也』二字,該用『人聞』,當從古本。魆:音『七』,

撮口。）

賞荷

【南呂·梁州序】新篁池閣，槐陰庭院，日永紅塵隔斷。碧闌干外，寒飛漱玉清泉。只覺香肌無暑，素質生風，小簟琅玕展。晝長人困也，好清閒，忽被棋聲驚晝眠。（合）《金縷》唱，碧筒勸，向冰山雪檻開華宴。清世界，幾人見？

（『金縷』五句犯【賀新郎】。檻：音『餡』。）

【前腔】薔薇簾幕，荷花池館，一點風來香滿。湘簾日永，香消寶篆沉烟。謾有枕欹寒玉，扇動齊紈，怎遂得黄香願？猛然心地熱，透香汗，欲向南窗一醉眠。（合前）

（篆：撮口。）

【前腔】向晚來雨過南軒，見池面紅粧零亂。漸輕雷隱隱，雨收雲散。只見荷香十里，新月一鈎，此景佳無限。蘭湯初浴罷，晚粧殘，深院黄昏懶去眠。（合前）

【前腔】柳陰中忽噪新蟬，見流螢飛來庭院。聽菱歌何處？畫船歸晚。只見玉繩低度，朱户無聲，此景尤堪戀。起來攜素手，鬢雲亂，月照紗厨人未眠。（合前）

（船、厨：撮口。）

【節節高】漣漪戲綵鴛，把露荷翻，清香瀉下瓊珠濺。香風扇，芳沼邊，閒庭畔。坐來不覺神清健，蓬萊閬苑何足羨？（合）只恐西風又驚秋，不覺暗中流年换。

（瓊：音『窮』。濺：音『薦』。）

【前腔】清宵思爽然，好涼天，瑶臺月下清虚殿。神仙眷，開玳筵，重歡宴。任教玉漏催銀箭，水晶宫裏把笙歌按。（合前）

【尾聲】光陰迅速如飛電，好良宵可惜漸闌，拚取歡娱歌笑喧。

賞　月

【大石調・念奴嬌序】長空萬里，見嬋娟可愛，全無一點纖凝。十二欄杆光滿處，涼浸珠箔銀屏。偏稱，身在瑶臺，笑斟玉斝，人生幾見此佳景？（合）惟願取年年此夜，人月雙清。

【前腔】孤影，南枝乍冷，見烏鵲縹緲驚飛，棲止不定。萬點蒼山，何處是修竹吾廬三逕？追省，丹桂曾攀，嫦娥相愛，故人千里謾同情。（合前）

【前腔】光瑩，我欲吹斷玉簫，乘鸞歸去，不知風露冷瑶京。環珮濕，似月下歸來飛瓊。那更，香霧雲鬟，清輝玉臂，廣寒仙子也堪并。（合前）

（瑩：爲命切。）

【前腔】愁聽，吹笛關山，砧敲門巷，月中都是斷腸聲。人去遠，幾見明月虧盈？惟應，邊塞征人，深閨思婦，怪他偏向別離明。（合前）

【古輪臺】峭寒生，鴛鴦瓦冷玉壺冰，闌干露濕人猶凭，貪看玉鏡。況萬里清明，皓彩十分端正。三五良宵，此時獨勝。把清光都付與酒杯傾，從教酩酊，拚夜深沉醉還醒。酒闌綺席，漏催銀箭，香銷寶鼎。斗轉與參橫，銀河耿，轆轤聲已斷金井。

【前腔】閒評，月有圓缺與陰晴，人世有離合悲歡，從來不定。深院閒庭，處處有清光相映。也有得意人人，兩情暢詠；也有獨守長門伴孤另，君恩不幸。有廣寒仙子娉婷，孤眠長夜，如何捱得更闌寂靜？此事果無憑。但願人長永，小樓看月共同登。

（詠：音『瑩』。）

【尾聲】聲哀訴，促織鳴，俺這裏歡娛未聽，却笑他幾處寒衣織未成。

敘別

【中吕·尾犯序】無限別離情，兩月夫妻，一旦孤另。此去經年，望迢迢玉京。思省，奴不慮山遙水遠，奴不慮衾寒枕冷。奴只慮公婆没主，一旦冷清清。

【前腔】何曾，想着那功名？欲盡子情，難拒親命。我有年老爹娘，望伊家看承。畢竟，你休怨着朝雲暮雨，暫替我冬温夏清。思量起，如何教我割捨得眼睁睁？

【前腔】儒衣纔换青，快着歸鞭，早辦回程。只怕十里紅樓，休重娶娉婷。叮嚀，不念我芙蓉帳冷，也思親桑榆暮景。親囑付，知他記否，空自語惺惺。

【前腔】寬心須待等，我肯戀花柳，甘爲萍梗？只怕萬里關山，那更音信難憑。須聽，没奈何分情破愛，誰下得虧心短行？從今去，相思兩處，一樣淚盈盈。

答親

【黄鍾・獅子序】他媳婦雖有之，念奴是他孩兒的妻，那曾有媳婦不侍親帷？若論做媳婦的道理，須當奉飲食，問寒暄，相扶持蘋蘩中饋。正是養兒代老，積穀防饑。

【東甌令】他來求科舉，指望錦衣歸，不想道你留他爲女婿。他理冤洞房花燭夜，那些個千里能相會？只要保全金榜掛名時，事急且相隨。

【賞宮花】他終朝慘悽，我如何忍見之？若論爲夫婦，須是共歡娱。他數載不通魚雁信，枉了十年身到鳳凰池。

【降黄龍】須知，非是奴癡迷。已嫁從夫，怎違公議？爹猶念女，怎教他爹娘不念孩兒？休提，縱把奴擔閣，比擔閣他的媳婦何如？那些個夫唱婦隨，嫁鷄逐鷄飛？

【大聖樂】婚姻事難論高低，論高低何如休嫁與？ 假饒親賤孩兒貴，終不然便抛棄？ 奴是他親生兒子親媳婦，難道他是何人我是誰？ 爹居相位，怎説着傷風敗俗非理的言語？

自嘆

【仙吕入雙調・風雲會四朝元】春闈催赴，同心帶綰初。嘆《陽關》聲斷，送别南浦，早已成間阻。謾羅襟淚漬，謾羅襟淚漬，和那寶瑟塵埋，錦被羞鋪。寂寞瑣窗，蕭條朱户，空把流年度。嗏，銘子裏自尋思，妾意君情，一旦如朝露。君行萬里途，妾心萬般苦。君還念妾，迢迢遠遠，也索回顧，也索回顧。

（『春闈』六句【五馬江兒水】，『和那』四句【柳摇金】，『空把』二句【駐雲飛】，『妾意』四句【一江風】，『君還』四句【朝元令】。）

【前腔】朱顔非故，緑雲懶去梳。奈畫眉人遠，傅粉郎去，鏡鸞羞自舞。把歸期暗數，把歸期暗數，只見雁杳魚沉，鳳隻鸞孤。緑遍汀洲，又生芳杜。空自思前事，嗏，日近帝王都。芳草斜陽，教我望斷長安路。君身豈浪子，妾非蕩子婦。其間就裏，千千萬萬，有誰堪訴？有誰堪訴？

【前腔】輕移蓮步，堂前問舅姑。怕食缺須進，衣綻須補，要行須與扶。奈西山景暮，奈西山景暮，教奴倩着誰人，傳與我的兒夫。你身上青雲，只怕親歸黄土，臨別也曾多囑付。嗏，那些個意孜孜，只怕十里紅樓，貪戀着人豪富。你雖然忘了奴，也須念父母。無人説與，這淒淒冷冷，怎生辜負？怎生辜負？

【前腔】文場選士，紛紛都是才俊徒。少甚麼鏡分鸞鳳，都要榜登龍虎，偏是他將我誤。也不索氣蠱，也不索氣蠱，既受托了蘋蘩，有甚推辭？索性做個孝婦賢妻，也落得名標青史，省了些閒悽楚。嗏，俺這裏自支吾，休得污了他的名兒，左右與他相回護。腰金與衣紫，須記得釵荆與裙布。一場愁緒，堆堆積積，宋玉難賦，宋玉難賦。

（『索性』之『索』，思寡切。）

議姻

【商調・高陽臺】宦海沉身，京塵迷目，名韁利鎖難脱。目斷家鄉，空勞魂夢飛越。閒聒，閒藤野蔓休纏也，俺自有正兔絲的親瓜葛。是誰人無端調引，謾勞饒舌？（蔓：音『萬』。）

【前腔】閥閲，紫閣名公，黄扉元宰，三槐位裏排列。金屋嬋娟，妖嬈那更貞潔。歡悦，紅樓此日招鳳侶，遣妾每特來執伐。望君家殷勤肯首，早諧結髮。

【前腔】非別，千里關山，一家骨肉，教我怎生拋撇？妻室青春，那更親鬢垂雪？差迭，須知少年人愛了，謾勞你嫦娥提挈。滿皇都豪家無數，豈必卑末？

【前腔】不達，相府尋親，侯門納禮，你却拒他不屑。繡幕奇葩，青春正當十八。休撇，知君是個折桂手，留此花待君攀折。況親奉丹墀詔旨，非是我自相攛掇。

【前腔】心熱，自小攻書，從來知禮，忍使行虧名缺？父母俱存，娶而不告須難説。悲咽，門楣相府須要選，奈㡛㢉佳人實難存活。縱然有花容月貌，怎如我自家骨血？

（㡛㢉：音『琰移』。）

【前腔】迂闊，他勢壓朝綱，威傾京國，你却與他相別。只怕他轉日回天，那時須有個決裂。虛設，江空水寒魚不餌，笑滿船空載明月。下絲綸不愁無處，笑伊村殺。

登　程

【仙吕·甘州歌】衷腸悶損，嘆路途千里，日日思親。青梅如豆，難寄隴頭音信。高堂已添雙鬢雪，客路空瞻一片雲。途中味，客裏身，争如流水遶柴門？休回首，欲斷魂，數聲啼鳥不堪聞。

【前腔】風光正暮春，便縱然勞役，何必愁悶？緑陰紅雨，征袍上染惹芳塵。雲梯月殿圖貴顯，水宿風餐莫厭貧。乘桃浪，躍錦鱗，一聲雷動過龍門。榮歸去，緑綬新，休教妻嫂笑蘇秦。

（役：音『亦』。宿：撮口。）

【前腔】誰家近水濱，見畫橋烟柳，朱門隱隱。鞦韆影裏，墻頭上半出紅粉。他無情笑語聲漸杳，不道惱殺多情墻外人。思鄉遠，愁路貧，肯如十度謁侯門？行看取，朝紫宸，鳳池鰲禁聽絲綸。

（綸：撮口。）

【前腔】遙望霧靄紛，想洛陽宮闕，行行將近。程途勞倦，欲待共飲芳樽。垂楊瘦馬莫暫停，只見古樹昏鴉棲漸盡。天將暝，日已曛，一聲殘角斷樵門。尋宿處，行步緊，前村燈火已黃昏。

【尾聲】向人家，忙投奔，解鞍沽酒共論文；今夜雨打梨花深閉門。

翦髮

【南呂・香羅帶】一從鸞鳳分，誰梳鬢雲？粧臺懶臨生暗塵，那更釵梳首飾典無有也。是我耽閣你度青春，如今又翦你，資送老親。翦髮傷情也，只怨着結髮薄倖人。

【前腔】思量薄倖人，辜奴此身。欲翦未翦，教我珠淚零。我當初早披剃入空門也，做個尼姑去，今日免艱辛。珠圍翠簇蘭麝熏，我的身死骨自無埋處，説甚麼頭髮愚婦人。

【前腔】堪憐愚婦人，單身又貧，開口告人羞怎忍？金刀下處應心疼也。却將堆鴉髻，舞鸞鬢，與烏鳥報答白髮親。教人道霧鬢雲鬟女，斷送他霜鬢雪鬢人。

【臨江仙】連喪雙親無計策，只得剪下香雲。非奴苦要孝名傳，正是上山擒虎易，開口告人難。

【梅花塘】賣頭髮，買的休論價。念我受饑荒，囊篋無些個。丈夫出去，那更連喪了公婆。没奈何，只得剪頭髮資送他。

（他：音『拖』。）

【香柳娘】看青絲細髮，看青絲細髮，剪來堪愛，如何賣也没人來買？論饑荒死喪，論饑荒死喪，怎教我女裙釵，當得這狼狽？況連朝受餒，況連朝受餒，我的脚兒怎擡？其實難捱。

【前腔】往前街後街，往前街後街，并無人采。叫得我咽喉氣噎，無如之奈。我如今便死，我如今便死，暴露我屍體，誰人與遮蓋？將頭髮去賣，將頭髮去賣，賣了把公婆葬埋，奴便死何害？

（暴：音『撲』。）

試宴

【中吕・山花子】玳筵開處遊人擁，争看五百名英雄。喜鰲頭一戰有功，荷君恩奏捷詞鋒。

（合）太平時車書已同，干戈盡戢文教崇，人間此時魚化龍。留取瓊林，勝景無窮。

【前腔】三千禮樂如泉湧，一筆掃萬丈長虹。看奎光飛纏紫宫，光摇萬玉班中。（合前）

【前腔】青雲路通，一舉能高中，三千水擊飛沖。又何必扶桑掛弓？也强如劍倚在崆峒。（合前）

【前腔】恩深九重，絡繹八珍送，無非翠釜駝峰。看吾皇待賢恁隆，也不枉了十年窗下把書來攻。（合前）

【太和佛】寶篆沉烟香噴濃，濃雲羅繡叢。瓊舟銀海，翻動酒鱗紅，一飲盡教空。持杯自覺心先痛，縱有香醪，欲飲難下我喉嚨。他寂寞高堂菽水誰供奉？俺這裏傳杯喧閧。休得要對此歡娱意忡忡。

【舞霓裳】願取群賢盡貞忠，貞忠；管取雲臺畫形容，形容。時清無報君恩重，惟有一封書上勸東封，更撰個河清德頌。乾坤正，看玉柱擎天又何用？

【紅繡鞋】猛捹沉醉東風，東風；倩人扶上玉驄，玉驄。歸去路，望畫橋東。花影亂，日瞳朧。沸笙歌，引紗籠。沸笙歌，影裏紗籠。

【尾聲】㊀今宵㊀添上繁華夢，明早聽呼清㊀禁鐘。皇恩謝了，鵷行豹尾陪侍從。

求濟

【正宮·普天樂】我兒夫一向留都下，只有年老爹和媽。弟和兄更没一個，看承盡是奴家。歷盡苦，誰憐我？㊀怎説得不出閨門的清貧話？若無糧，我也不敢回家。豈㊀忍見公婆受餓，嘆奴家命薄，直㊀恁摧挫。

掃墓

【仙吕·風入松】不須提起蔡伯喈，説着他每哏歹。他中狀元做官六七載，撇父母抛妻不采。兀的這磚頭土堆，是他雙親的在此中埋。

（哏：『狠』字，平聲。）

【前腔】一從他别後遇荒災，更無人倚賴。虧他媳婦相看待，把衣㊀衫和釵梳都解。魆地裏把糟糠自捱，公婆的反疑猜。他公婆的親看見，雙雙死，無錢送，剪頭髮賣買棺材。他去空山裏，把裙包土，血流指，㊀感得神明助，與他築墳臺。

（『他公婆』至末【急三鎗】，『他公婆的』四字乃襯字。）

【前腔】他如㊀今直往帝都來，彈着琵琶做乞丐。叫他不應魂何在？空教我珠淚盈腮。這三不孝逆天罪大，空設醮，枉修齋。你如㊀今疾忙去到京臺，説張老的道與蔡伯喈。道你拜别人做爹娘好美哉，親爹娘死，不直你一拜。

（註見前）

【前腔】他元來也只是無奈，㊀恁地好似鬼使神差。這是㊀三不從把他㊀厮禁害，㊀三不孝亦非其罪。只是他爹娘的福薄運乖，人生裏都是命安排。

（【風入松】前後止用本調，不犯【急三鎗】，不可不知。）

怨　配

【仙吕・桂枝香】書生愚見，忒不通變。不肯坦腹東床，謾自去哀求㊀金殿。想他每就裏，想他每就裏，將人輕賤。非爹胡纏，怕被人傳。道你是相府公侯女，不能勾嫁狀元。

【前腔】百年姻眷，須教情願。他那裏抵死推辭，㊀俺這裏不索留戀。想他每就裏，想他每就裏，有些牽絆。怕恩多成怨。滿皇都少㊀甚麼公侯子，何須去嫁狀元？

【大迓鼓】非干是你爹意堅，怕春花秋月，誤你芳年。況㊀兼他才貌真㊀堪羡，又是五百名中第一仙。故把嫦娥，付與少年。

【前腔】姻緣雖在天，若非人意，到底埋冤。料想赤繩不曾綰，多應他無玉種藍田。休强把嫦娥，付與少年。

請糧

【南吕·三换頭】名韁利鎖，先自將人摧挫。況鸞拘鳳束，㊀甚日得到家，我也休怨他。這其間，只是我，不合來，長安看花。悶殺我爹娘也，淚珠空㊀暗墮。（合）這段姻緣，也只是無如之奈何。

（『名韁』二句【五韻美】，『況鸞』四句【臘梅花】，『悶殺』四句【梧葉兒】，此照舊譜所註，但中四句及後二句亦不相似。）

【前腔】鸞臺罷粧，鵲橋初駕。佳期近也，請仙郎到河。此事明知牽掛，這其間，只得把，那壁廂，且都拚捨。況奉君王命，㊀怎生别了他？

自厭

【雙調·孝順歌】嘔得我肝腸痛，珠淚垂，喉嚨尚兀自牢嗄住。遭磨被舂杵，篩你簸揚你，喫盡控持。好似奴家身狼狽，千辛萬苦皆經歷。苦人喫着苦味，兩苦相逢，可知道欲吞不去。

（『嘔得』六句【孝順歌】，『好似』五句【江兒水】。）

【前腔】糠和米，本是相依倚，被簸颺作兩處飛。一賤與一貴，好似奴家共夫婿，終無見期。米在他方没尋處，怎的把糠來救得人饑餒？好似兒夫出去，怎的教奴供膳得公婆甘旨？

【前腔】思量我生無益，死又值甚的？不如忍饑爲怨鬼。公婆老年紀，靠着奴相依倚，只得苟活片時。片時苟活雖容易，到底日久也難相聚。謾把糠來相比，奴的骨頭，知他埋在何處？

【前腔】這是穀中膜，米上皮，將來饆饠堪療饑。嘗聞古賢書，狗彘食人食，也强如草根樹皮。嚙雪吞氈，蘇卿猶健；餐松食柏，到做得神仙侶。縱然喫些何慮？爹媽休疑，奴須是你孩兒糟糠妻室。

詢情

【仙吕入雙調・江頭金桂】怪得你終朝攧窨，只道你緣何愁悶深？教咱猜着謎謎，爲你沉吟，那籌兒没處尋。我和你共枕同衾，瞞我則甚？你自撇下爹娘媳婦，屢换光陰，他那裏須怨着你没信音。笑伊家短行，無情忒甚。到如今兀自道且説三分話，不肯全抛一片心。

（『怪得』五句【五馬江兒水】，『我和』五句【柳摇金】，『笑伊』五句【桂枝香】。『攧窨』元出詩餘，今人不識，訛作『顛』字。）

【前腔】非是我聲吞氣飲，只爲你爹行勢逼臨。怕他知我要歸去，將我厮禁，要説又將口噤。我待解朝簪，再圖鄉任。他不提防着我，須遣我到家林，雙雙兩人歸晝錦。雙親老景，存亡未審。只怕雁杳魚沉。又不是烽火連三月，真個家書抵萬金。

館　逢

【南吕·太師引】細端詳，這是誰筆仗？覷着他，教我心兒好感傷。好似我雙親模樣，怎穿着破損衣裳？道别後容顔無恙，怎這般淒涼形狀？誰往來，直將到洛陽？須知仲尼陽虎一般龐。

（『須知』一句【刮鼓令】。）

【前腔】這是街坊誰劣相，砌莊家形衰貌黄。若没個媳婦相傍，少不得也這般淒涼。敢是神圖佛像？猛可地小鹿兒心頭撞。丹青匠，由他主張，須知漢毛延壽誤王嬙。

愁　訴

【商調·二郎神】容消灑，照孤鸞嘆菱花剖破。記翠鈿羅襦當日嫁，誰知他去後，釵荆裙布無些？這金雀釵頭雙鳳彈，羞殺人形孤影寡。説甚麼簪花捻牡丹，教人怨着嫦娥。

（彈：音『朵』。雀：音『爵』。）

【前腔】嗟呀，心憂貌苦，真情怎假？你爲着公婆珠淚墮，我公婆自有，不能勾承奉杯茶。你比我没個公婆得承奉呵，不枉了教人做話靶。我且問你咱，你公婆，爲甚的雙雙命掩黄沙？

【囀林鶯】爲荒年萬般遭坎坷，丈夫又在京華。糟糠暗喫擔饑餓，公婆死，是奴賣頭髮去埋他。把孤墳自造，土泥盡是我羅裙包裹。也非誇，手指傷，血痕尚在衣羅。

（『也非』二句【二郎神】。）

【前腔】愁人見説愁轉多，使我珠淚如麻。我丈夫亦久别雙親下，他要辭官，被我爹蹉跎。他妻雖有麼，怕不似您會看承爹媽。在天涯，教人去取，知他路上如何？

【啄木鸝】聽言語，教我悽愴多，料想他也應非是埋妬。他那裏既有妻房，取將來怕不相和？但得他似你能捱靶，我情願侍他居他下。只愁他程途上苦辛，教人望巴巴。

（愴：妻喪切。『只愁』三句【黄鶯兒】。）

【前腔】錯中錯，訛上訛，只管在鬼門前空占卦。若要識蔡伯喈的妻房，奴家便是無差。你果然是他非謊詐？你原來爲我喫折挫，你爲我受波查。教伊怨我，教我怨爹爹。

【金衣公子】（即【黄鶯兒】）一樣做渾家，我安然伊受禍。你名爲孝婦，我被傍人罵。公死爲我，婆死爲我，情願把你孝衣穿着，把濃粧罷。（合）事多磨，冤家到此，逃不得這波查。

【前腔】他當元也是没奈何，被强將來，赴選科，辭爹不肯聽他話。他辭官不可，辭婚不可，㊂不可，做成災禍天來大。（合前）

囑别

【仙吕入雙調·園林好】兒㊀去，爹媽休得要意懸，兒㊀去經年便還。但願得雙親康健，須有日拜堂前，須有日拜堂前。

【前腔】我孩兒不須掛牽，爹只望孩兒貴顯。若得你名登高選，須早把信㊀傳，須早把信㊀傳。

【江兒水】膝下嬌兒去，堂前老母單，㊀行只得密縫㊀綫。眼巴巴望着關山遠，冷清清倚定門兒遍，教我如何消遣？（合）要解愁煩，須是寄個㊀書回轉。

【前腔】妾的衷腸事，有萬千，説來又恐㊀縈絆。六十日夫妻恩情斷，八十歲父母教誰看管？教我如何不怨？（合前）

【五供養】貧窮老漢，託在鄰家，事體相關。此行須勉强，不必㊀留連，你爹娘早晚、早晚間我專來陪伴。丈夫非無淚，不灑別離間。（合）骨肉分離，寸腸割斷。（『骨肉』二句【月上海棠】。）

【前腔】公公可憐，㊉的爹娘望你周全。此身若貴顯，自當效㊉環。有孩兒也枉然，你爹娘到教別人來看管。此際情何限，偷把淚珠彈。（合前）

【玉交枝】別離休嘆，我㊉中非不痛酸。非爹苦要輕拆散，也只是要圖你榮顯。㊉宮桂枝須早攀，北堂萱草時光短。（合）又未知何日再圓？又未知何日再圓？

【前腔】雙親衰倦，你扶持供看他老年。饑時勸他加餐飯，寒時頻與衣穿。做媳婦事舅姑，不待你言；你做孩兒離父母，何日返？（合前）

【川撥棹】歸休晚，莫教人凝望眼。但有日回到家園，但有日回到家園，怕回來雙親老年。（合）㊉教人㊉放寬？不由人不珠淚漣。

【前腔】我的埋冤㊉盡言？我的一身難上難。你寧可將我來埋冤，你寧可將我來埋冤，莫把我爹娘來冷眼看。（合前）

强　試

【南吕・宜春令】然雖讀萬卷書，論功名非吾意兒。只愁親老，夢魂不到春闈裏。便教我做到九棘㊂槐，㊟撇得萱花椿樹？我這衷腸，一㊀孝㊁對着誰語？

【前腔】相鄰并，相依倚，往常間有事來相報知。試期逼矣，早辦行裝前途去。子雖㊃親老孤單，親須望孩兒榮貴。趁此青春不去，更待何日？

【前腔】時光短，雪鬢垂，守清貧不圖着㊄的。有兒聰慧，但得他爲官吾足矣。天子詔招取賢良，秀才每都求着科試。快赴春闈，急急整着行李。

【前腔】娘年老，八十餘，眼兒昏聾着兩耳。又没個七男八婿，止有個孩兒，要供㊅旨。方纔得六十日夫妻，强逼他去争名奪利。懊恨無知老子，好不度理。

拜托

【仙吕入雙調·忒忒令】你讀書思量做狀元，我怕你學疏才淺。只是《孝經》《曲禮》，你早忘了一段。却不道夏清與冬温，昏須定，晨須省，親在遊㊟遠？

（晨：音『陳』。）

【前腔】我哭哀哀推辭了萬千，他鬧炒炒抵死來相勸。將我㊆罪，不由人分辨。他道我戀新婚，逆親言，㊇妻愛，不肯去赴選。

（『不由人』譜上用截板。）

【沉醉東風】你爹行見得好偏，只一子不留在身畔。他只道我不賢，要將你迷戀。這其間，怎不悲怨？（合）爲爹淚漣，爲娘淚漣，何曾爲着夫妻上意牽？

【前腔】做孩兒節孝怎全，做爹行不從人幾諫。也不是要埋冤，形隻影单，我出去有誰來看管？（合前）

（隻：音『只』。）

勸試

【南吕・繡帶兒】親年老光陰有幾？行孝正當今日。終不然爲着一領藍袍，却落後了戲彩斑衣？思之，此行榮貴雖可擬，怕親老等不得榮貴。春闈裏紛紛都是大儒，難道是没爹娘的孩兒方去？

【前腔】休迷，男兒漢凌雲志氣，何必苦恁淹滯？可不乾費了十載青燈，枉捱過半世黄虀？須知，此行親命，休故拒。那些個養親之志。百年事只有此兒，難道是庭前森森丹桂？

【太師引】他意兒難提起，這其間就裏我自知。他戀着被窩中恩愛，捨不得離海角天涯。塗山四日離大禹，直恁的捨不得分離？你貪鴛侣守着鳳幃，多誤了鵬程鶚薦的消息。

【前腔】他意兒只要供甘旨，又何曾貪歡戀妻？自古道曾參純孝，何曾去應舉及第？功名富貴天付與，天若與不求而至。娘言是，望爹行聽取。天須鑒蔡邕不孝的情罪。

規奴

【越調・祝英臺】把幾分春三月景，分付與東流。啼老杜鵑，飛盡紅英，端不爲春閒愁。休休，婦人家不出閨門，怎去尋花穿柳？把花貌，誰肯因春消瘦？

【前腔】春晝，只見燕雙飛，蝶引隊，鶯語似求友。那更柳外畫輪，花底雕鞍，都是少年閒遊。難守，繡房中清冷無人，也尋一個佳偶。這般説，我終身不配鸞儔？

【前腔】知否，我爲何不捲珠簾，獨坐愛清幽？千斛悶懷，百種春愁，難上我的眉頭。休憂，任他春色年年，我的芳心依舊。這文君，可不擔閣了相如琴奏？

【前腔】今後，方信你徹底澄清，我好没來由。想像暮雲，分付東風，情到不堪回首。聽剖，你是蕊宫瓊苑神仙，不比塵凡相誘。謹隨侍，窗下拈針挑繡。（蕊：隨雖，撮口。）

喫糠

【商調・山坡羊】亂荒荒不豐稔的年歲，遠迢迢不回來的夫婿。急煎煎不耐煩的二親，軟怯怯不濟事的孤身已。衣盡典，寸絲不掛體。幾番要賣了奴身已，争奈没主公婆，教誰管取？（合）思之，虚飄飄命怎期？難捱，實丕丕災共危。

【前腔】滴溜溜難窮盡的珠淚，亂紛紛難寬解的愁緒。骨崖崖難扶持的病體，戰兢兢難捱過的時和歲。糠，我待不喫你，教奴怎忍飢？思量起來，不如奴先死，圖得個不知他親死時。（合前）

嗟怨

【南吕・紅衫兒】你不信我教伊休説破，到此如何？算你爹心性，我豈不料過？我爲甚亂掩胡遮？也只爲着這些。你直待要打破了砂鍋，是你招災攬禍。

【前腔】不想道相挜靶，這做作難禁架。我見你每每咨嗟要調和，誰知道好事多磨？起風波，把你陷在地網天羅，你如何不怨我？懊恨只爲我一個，却擔閣你兩下。

【醉太平】蹉跎，光陰易謝，縱歸來已晚，歸計無暇。名牽利鎖，奔走在海角天涯。知麽？多應我老死在京華，孝情事一筆都勾罷。這般摧挫，傷情萬感，淚珠偷墮。

【前腔】非詐，奴甘死也。縱奴不死時，君去須不可。奴身值甚麽？只因奴誤你一家。差訛，假饒做夫婦也難和，我心怨你心縈掛。奴此身拚捨，成伊孝名，救伊爹媽。

畫容

【過曲·三仙橋】一從他每死後，要相逢不能彀，除非是夢裏暫時略聚首。若要描，描不就，暗想象，教我未寫先淚流。寫，寫不得他苦心頭；描，描不出他饑症候；畫，畫不出他望孩兒的睜睜兩眸。只畫得他髮颼颼，和那衣衫敝垢。若畫做好容顏，須不是趙五娘姑舅。

【前腔】我待畫你個龐兒帶厚，你可又饑荒消瘦。我待畫你個龐兒展舒，你自來長恁皺。若寫出來，真是醜，那更我心憂，也做不出他歡容笑口。只見兩月稍優遊，其餘都是愁。我只記得他形衰貌朽，便做他孩兒收，也認不得是當初父母。縱認不得是蔡伯喈當初爹娘，須認得是趙五娘近日來的姑舅。

【前腔】非是我尋夫遠遊，只怕你公婆絶後。奴見夫便回，此行安敢久？路途中，奴怎走？望公婆相保佑我出外州。他骨自没人倚恃，他如何來相保佑？只怕奴去後，冷清清有誰來拜掃？縱使遇春秋，一陌紙錢怎有？你生是受凍餒的公婆，死做個絶祭祀的孤魂麼姑舅。

築墳

【南呂・二犯五更轉】把土泥獨抱，麻裙裹來難打熬。空山静寂無人吊，但我情真實切，到此不憚勞。何曾見葬親兒不到？又道是(三)匝圍喪，那些個卜其宅兆？思量起，是老親合顛倒。你圖他折桂看花早，不道自把一身，送在白楊衰草。謾自苦，這苦憑誰告？

（『把土泥』五句【香遍滿】，『何曾』八句【五更轉】，『漫自』二句【賀新郎】。）

【前腔】我只憑十爪，如何能勾墳土高？只見鮮血(淋)漓濕衣襖，我形衰力倦，死也只這遭。骨頭葬處，(任)他流血好。此喚做骨血之親，也教人稱道。人道趙五娘親行孝。(心)窮力盡形枯槁，只有這鮮血，到如(今)也出了。這墳成後，只恐我的身難保。

【前腔】怨苦知多少？兩(三)人只道同做餓莩。窮泉一閉無日曉，嘆從(今)永别，再無由相倚靠。只愁我死在他途道，我的骨頭何由來到？從(今)去，但願得中乾燥，福孫(蔭)子也都難料。便(蔭)得個(三)公，也不濟得親老。淚(暗)滴，把蒼天禱。

尋夫

【仙呂・月雲高】路途勞頓，行行(甚)時近？未到得洛陽縣，盤纏都使盡。回首孤墳，空教我望孤影。他那裏，誰偢采？俺這裏，將誰投奔？正是西出陽關無故人，須信道家貧不是貧。

（『正是』二句【渡江雲】）

【前腔】暗中思忖，此去好無准。只怕他身榮貴，把咱不厮認。若是他不瞧，空教我受艱辛。他未必忘恩義，俺這裏自閒評論。他須記得一夜夫妻百夜恩，怎做得區區陌路人？

【前腔】他在府堂深隱，奴身怎生進？他在駟馬高車上，我又難將他認。來到他根前，只提起他二親真。又怕消瘦龐兒，猶難十分信。他不到得非親却是親，我自須防人不仁。

埋怨

【商調・金絡索】區區一個兒，兩口相依倚。没事爲着功名，不要他供甘旨。教他去做官，要改換門閭，他做得官時你做鬼。你圖他三牲五鼎供朝夕，今日裏要一口粥湯却教誰與你？相連累，我孩兒因你做不得好名儒。（合）空争着閒是閒非，也只落得垂雙淚。

（『區區』五句【金梧桐】，『要改』三句【東甌令】，『今日』二句【針綫箱】，『我孩』一句【懶畫眉】，『空争』二句【寄生子】。）

【前腔】養子教讀書，指望他身榮貴。黄榜招賢，誰不去登科試？譬如范杞梁差去築城池，他的娘親埋冤誰？合生合死皆由命，少甚麼孫子森森也忍饑。休聒絮，畢竟是咱每兩口

受孤恓。（合前）

【前腔】孩兒雖暫離，須有日回家裏。奴自有些金珠，解當充糧米。教傍人道媳婦每有甚差池，致使公婆爭恁地。他心中愛子，只望功名就；他眼下無兒，必是埋冤語。難逃避，兀的不是從天降下這災危。（合前）

【劉潑帽】我每不久須傾棄，嘆當初是我不是，不如我死了到無他慮。（合）一度思量，一度也肝腸碎。

【前腔】有兒女却遣他出去，教媳婦怎生區處？可憐誤你芳年紀。（合）

【前腔】媳婦便是親兒女，勞役事本分當爲，但願公婆從此相和美。（合前）

彈怨

【仙吕入雙調・銷金帳】聽奴訴與：奴是良人婦，爲兒夫相擔誤。一向赴選及第，未歸鄉故。饑荒喪了，喪了親的舅姑。我造墳墓。今爲尋夫到此，如今未知、未知在何處所。

【前腔】凡人養子，最是十月懷擔苦，更三年勞役抱負。休言他受濕推乾，萬千勞碌。真個千般愛惜，千般愛護。兒有些不安，父母驚惶無措。直待可了，可了歡欣似初。

（役：音『亦』。）

【前腔】兒行幾步，父母歡欣相顧，漸能言能走路。指望飲食羹湯，自朝及暮。懸懸望他，知他幾度？爲擇良師，又怕孩兒愚魯。略得他長俊，可便歡欣賞賀。

【前腔】朝經暮史，教子勤詩賦，爲春闈催教赴。指望他耀祖榮親，改換門户。懸懸望他，望他腰金衣紫。兒在程途，又怕餐風宿露。求神問卜，且把歸期暗數。

【前腔】兒還念父母，及早歸鄉土，念慈烏亦能返哺。莫學我的兒夫，把親擔誤。常言養子，養子方知父母。算忤逆兒男，和孝順爹娘之子，若無報應，果是乾坤有私。

（逆：音『亦』。）

煎藥

【越調·犯胡兵】囊無半點挑藥費，良醫怎求？縱然救得目前，這飯食何處有？料應難到後。謾説道有病遇良醫，饑荒怎救？

【前腔】百愁萬苦千生受，粧成這症候。縱然救得目前，怎免得憂與愁？料應不會久。除非是子孝父心寬，方纔可救。

喫藥

【南吕・香遍滿】論來湯藥，須索是子嘗方進與父母。你莫不爲無子先嘗，你便㝷思苦？只索要鬧閧，㤼捨得一命殂？元來你不喫藥，也只爲我糟糠婦。

【前腔】他萬千愁苦，堆積在悶懷，成氣蠱，可知道喫了吞還吐。怕忝親怨憶，暗將珠淚墮。元來你不喫這粥，也只爲我糟糠婦。

喫糠

【犯仙吕越調・羅鼓令】終朝裏受餒，你將來的飯教我㤼喫？可疾忙便擡，非干是我有些饞態。看他衣衫都解，好茶飯將甚去買？兀的是天災，教媳婦每也難佈擺。婆婆息怒且休罪，待奴霎時却得再安排。（合）思量到此，珠淚滿腮。看看做鬼，溝渠裏埋。縱然不死也難捱，教人只恨蔡伯喈。

（『終朝』十一句【刮鼓令】，『思量』五句【皂羅袍】，『教人』一句【包子令】。）

【前腔】我如今試猜，多應是你獨噇病來？多應是你買些鮭菜？我喫飯他緣何不在？這些意真乃是歹。他和你甚相愛，不應反面直恁的乖。我千辛萬苦，有甚情懷？可不道臉

兒黃瘦骨如柴。（合前）

（噇：音『床』。鮭：音『諧』。）

行　路

【仙呂入雙調・朝元令】晨星在天，早起離京苑；昏星粲然，好向程途趲。水宿風餐，豈辭遥遠？要盡奔喪通典。血淚漫漫，天寒地坼行步難。回首望長安，西風夕照邊。（合）洛陽漸遠，何處是舊家庭院？舊家庭院？

（趲：上聲。）

【前腔】凜凜風吹雪片，彤雲四望連，行路古來難。相看淚眼，血痕衣袖斑。請自停哀消遣，幸夫婦團圓，把淒涼往事空自嘆。曲澗小橋邊，梅花照眼鮮。（合前）

（『凜凜』一句【五馬江兒水】，『彤雲』四句【朝天歌】，『請自』五句【朝元令】本調。）

【前腔】念我深閨嬌眷，麻衣代錦鮮，崎嶇不慣。萬水千山，素羅鞋不耐穿。誰與我承看，老親衰草暮年？有日得重相見，淚珠空暗彈。何處叫哀猿？饑烏落野田。（合前）

【前腔】好向程途催趲，漁翁罷釣還，聽山寺晚鐘傳。路逐溪流轉，前村起暮烟。遥望酒旗懸，且問竹籬茅舍邊。舉棹更揚鞭，皆因名利牽。（合前）

（第三第四【換頭】各比第二【換頭】不同，必自有説，不敢爲妄解也。）

題真

【仙吕・醉扶歸】我有緣結髮曾相共，難道是無緣對面不相逢？我鳳枕鸞㊂也和他同，倒憑兔毫繭紙將他動。畢竟一齊分付與東風，把往事也如春夢。

【前腔】詞源倒流㊂峽水，只怕他胸中别是一帆風。還是教妾若爲容？只怕爲你難移寵。縱認不得這丹青貌不同，若認得我翰墨，也教㊂先痛。

館逢

【仙吕・解三酲】嘆雙親把兒指望，教兒讀古聖文章。似我會讀書的，倒把親撇漾；少㊂麼不識字的，倒得終養。我只爲你書中自有黄㊂屋，却教我撇却椿庭萱草堂。還思想，畢竟是文章誤我，我誤爹娘。

【前腔】比似我做了虧㊂臺館客，倒不如守義終身田舍郎。《白頭㊂》記得不曾忘，緑鬢婦何故在他方？我只爲你書中有女顔如玉，却教他撇却糟糠妻下堂。還思想，畢竟是文章誤我，我誤妻房。

南北詞廣韻選

明徐複祚編選。全書按《中原音韻》十九個韻部列目，每一韻部下兼收的南北劇曲，其中卷一、卷二、卷五、卷六、卷七、卷十一、卷十五、卷十六分别收録《琵琶記》之《墜馬》《花燭》《題真》《思鄉》《書館》《梳粧》《盤夫》《掃松》《登程》《剪賣》《途勞》《辭朝》《造墳》《别墳》《賞秋》《南浦》《稱慶》《規奴》《湯藥》《描容》等二十齣部分曲文，㈠輯録如下。

墜　馬

【南中吕·山花子】玳筵開處遊人擁，㈡争看五百名英雄。喜鰲頭一戰有功，荷君恩奏捷詞

㈠ 齣目名據1921年上海朝記書莊印行的《琵琶全記曲譜》補。
㈡ 夾批：起句雄健。

鋒。(合)太平時車書已同，干戈盡戢文教崇，人間此時魚化龍。留取瓊林，勝景無窮。

【前腔】三千禮樂如泉湧，一筆掃萬丈長虹。看奎光飛躔紫宮，光摇萬玉班中。(合前)

【前腔】青雲路通，一舉能高中，三千水擊飛翀。又何必扶桑掛弓？也强如劍倚崆峒。(合前)

【前腔】恩深九重，絡繹八珍送，無非翠釜駝峰。看吾皇待賢恁隆，不枉了十年窗下把書攻。(合前)

【大和佛】寶篆沉烟香噴濃，濃熏綺羅叢。瓊舟銀海，翻動酒鱗紅，一飲盡教空。持杯自覺心先痛，縱有香醪，欲飲難下我喉嚨。他寂寞高堂菽水誰供奉？俺這裏傳杯諠鬨。你休得要對此歡娛意忡忡。

【舞霓裳】願取群賢盡貞忠，盡貞忠。管取雲臺畫形容，畫形容。時清莫報君恩重，惟有一封書上勸東封，更撰個河清德頌。乾坤正，看玉柱擎天又何用？

【紅繡鞋】猛拚沉醉東風，東風。倩人扶上玉驄，玉驄。歸去路，望畫橋東。花影亂，日曈曨；沸笙歌，引紗籠。

【意不盡】今宵添上繁華夢，明早遥聽清禁鐘。皇恩謝了，鵷行豹尾倍侍從。(一)

花燭

【南黃鍾引子・傳言玉女】燭影摇紅，簾幕瑞烟浮動，畫堂中珠圍翠擁。粧臺對月，下鸞鶴神仙儀從。玉簫聲裏，一雙鳴鳳。

【女冠子】馬蹄篤速，傳呼齊擁雕轂。宫花帽簇，天香袍染，丈夫得志，佳婿乘龍。粧成聞喚促，又將嬌面重遮，羞蛾輕蹙。這姻緣不俗，金榜題名，洞房花燭。

【黃鍾曲・畫眉序】攀桂步攀桂步蟾宫，豈料絲蘿在喬木。喜書中今日，有女如玉。堪觀處絲幕牽紅，恰正是荷衣穿緑。(合)這回好個風流婿，偏稱洞房花燭。

【前腔】君才君才冠天禄，我的門楣稍賢淑。看相輝清潤，瑩然冰玉。光掩映孔雀屏開，花爛熳芙蓉隱褥。(合前)

【前腔】頻催少膏沐，金鳳斜飛鬢雲矗。已逢他蕭史，愧非弄玉。清風引珮下瑶臺，明月照粧成金屋。(合前)

(一) 夾批：結稍弱。

【前腔】湘裙顫六幅，似天上嫦娥降塵俗。喜藍田今日，種成雙玉。風月賽閬苑三千，雲雨笑巫山二六。（合前）

【滴溜子】謾説道因緣事，果諧鳳卜。細思之，此事豈吾意欲？有人在高堂孤獨。可惜新人笑語喧，不知舊人哭。兀的東床，難教我坦腹。

【鮑老催】翠眉謾蹙，赤繩已繫夫婦足，芳名已注婚姻牘。空嗟怨，枉嘆息，休推故。（一）畫堂富貴如金谷。（二）休戀故鄉生處好，受恩深處親骨肉。

【滴滴金】金猊寶篆香馥郁，銀海瓊舟泛醽醁，輕飛綵袖呈嬌舞。囀鶯喉，歌麗曲，歌聲斷續，持觴勸酒人共祝。共祝，百年夫婦永睦。

【鮑老催】意深愛篤，文章富貴珠萬斛，天教艷質爲眷屬。似蝶戀花，鳳棲梧，鸞停竹。男兒有書須勤讀，書中自有黄金屋；也自有千鍾粟。

【雙聲子】郎多福，郎多福，看紫綬黄金束。娘分福，娘分福，看花誥文犀軸。兩意篤，兩意篤。豈反覆，豈反覆。似文鸞綵鳳，兩兩相逐。

（一）眉批：推故：一作『催促』。此句該用韻。

（二）夾批：漢時不應便有金谷。

（古本無【尾聲】。沈先生曰：此曲以東鍾韻轉入轂速等韻。《中州韻》無此音。高先生用之則可耳，後人不可學也。按：沈隱侯原以東冬轉入屋櫝，高先生每用詩韻作曲，故每每有未叶處。然此曲詞極贍麗，姑録之，不若前後兩曲之完璧也。）

題真

【南仙吕引子·天下樂】一片花飛故苑空，隨風飄泊到簾櫳。玉人怪問驚春夢，只怕東風羞落紅。(一)

【仙吕曲·醉扶歸】我有緣結髮曾相共，難道是無緣對面不相逢？我鳳枕鸞衾也和他同，(二)倒憑兔毫繭紙將他動。畢竟一齊分付與東風，把往事也如春夢。

【前腔】彩筆墨潤鸞封重，只爲玉簫聲斷鳳樓空。還是教妾若爲容，怕他爲你難移寵。縱認不得這丹青怕貌不同，他若認我翰墨教心先痛。

（時本【醉扶歸】，首句『有緣千里能相會』，次隻首句『詞源倒流三峽水』，下句云『只怕胸中别似一帆

(一) 眉批：只怕：今本作『只想』。
(二) 眉批：和：去聲。

風』，兩首句俱不用韻，非。）

思鄉

【南正宮引・喜遷鶯】終朝思想，但恨在眉頭，人在心上。鳳侶添愁，魚書絶寄，空勞兩處相望。青鏡瘦顔羞照，寶瑟清音絶響。歸夢杳，繞屏山烟樹，那是家鄉？

【正宮曲・雁魚錦】【雁過聲】思量，那日離故鄉。(一) 記臨歧送別多惆悵，攜手共那人不厮放。教他好看承我爹娘，料他每應不會遺忘。聞知饑與荒，只怕捱不過歲月難存養。若望不見信音，却把誰倚仗？【二犯漁家傲】思量，幼讀文章，論事親爲子須要成模樣。真情未講，怎知道喫盡多魔障？被親强來赴選場，被君强官爲議郎，被婚强效鸞凰。三被强，衷腸説與誰行？埋怨難禁這兩厢：這壁厢道咱是個不撑達害羞的喬相識，那壁厢道咱是個不睹事負心薄倖郎。【二犯漁家燈】悲傷，鷺序鴛行，怎如烏烏反哺能終養？謾把金章，綰着紫綬；試問斑衣，今在何方？斑衣罷想，縱然歸去，又怕帶麻執杖。只爲雲梯月殿多勞攘，落得淚雨似珠兩鬢霜。【喜漁燈犯】幾回夢裏，忽聞鷄唱。忙驚覺錯呼舊婦，同問寢堂上。待朦朧覺來，

(一) 眉批：離：去聲。

依然新人鳳衾和象床。怎不怨香愁玉無心緒？更思想，和他攔擋。[一]教我，怎不悲傷？俺這裏歡娛夜宿芙蓉帳，他那裏寂寞偏嫌更漏長。【錦纏道犯】謾悒怏，把歡娛都成悶腸。菽水既清凉，我何心貪着美酒肥羊？悶殺人花燭洞房，愁殺我掛名在金榜。魆地裏自思量，正是在家不敢高聲哭，只恐猿聞也斷腸。

（沈先生曰：後四闋每闋末二句犯【雁過聲】。是矣。但『思量』及『悲傷』二闋俱云二犯，而未明言彼一犯是何調。及查『思量』闋，【漁家傲】也。與《荆釵》之『明月蘆花』、《拜月》之『去國愁人』絶不同。『悲傷』闋，【漁家燈】也，與《荆釵》之『若提起舊日根芽』；『幾回』闋，【喜魚燈】也，與散曲之『幾番欲把金錢問』亦絶不同，不知何也？惟『謾悒怏』至『自思量』是【錦纏道】甚明。余俟識者再訂。此套是本傳中極佳套數，然其精彩處獨在『幾回』闋數語。如『忽』字、『忙』字、『錯』字、『舊婦』字、『同』字、『朦朧』字，挑剔極佳。落句『猿聞』是成語，重在『斷腸』，不重在『人』與『猿』也。沈先生以爲必京師有猿而後可，何執礙也。）

書館

【南仙吕引·鵲橋仙】披香随宴，上林遊賞，醉後人扶馬上。金蓮花炬照回廊，正院宇梅梢

[一] 眉批：『和』字唱去聲亦可。

月上。

【仙吕曲・解三酲】嘆雙親把兒指望，教兒讀古聖文章。似我會讀書的，倒把親撇漾；少甚麼不識字的，倒得終養。書，我只爲其中自有黄金屋，却教我撇却椿庭萱草堂。還思想，畢竟是文章誤我，我誤爹娘。

【前腔】比似我做了虧心臺館客，倒不如守義終身田舍郎。《白頭吟》記得不曾忘，緑鬢婦何故在他方？書，我只爲其中有女顔如玉，却教我撇却糟糠妻下堂。還思想，畢竟是文章誤我，我誤妻房。

【南南吕・太師引】細端詳，這是誰筆仗？覷着他，教我心兒好感傷。好似我雙親模樣。怎穿着破損衣裳？道别後容顔無恙，怎這般淒凉形狀？誰來往，直將到洛陽？須知仲尼和陽虎一般龐。

【前腔】這是街坊誰劣相，砌莊家形衰貌黄。若没個息婦來相傍，少不得也這般淒凉。敢是神圖佛像？猛可地小鹿兒心頭撞。丹青匠，由他主張，須知漢毛延壽誤王嬙。

（二闋共十六句，而十六轉折，揣摩想像，意態無窮。文法似從昌黎《弔田横文》來，真神品也。

按：本韻《荆釵》中唯『窮酸魍魎』與『治家邦』兩套耳。無論『窮酸』套鄙陋不足觀，『治家邦』俗師在在喜唱之，然玄妙觀相逢定非古本，即四曲何嘗有一語足采？是特去之，不欲以魚目溷珠也。）

梳粧

【南正宫引·破齊陣】【破陣子】（頭）翠減祥鸞羅幌，香銷寶鴨金爐。【齊天樂】楚館雲閒，秦樓月冷，動是離人愁思。【破陣子】（尾）目斷天涯雲山遠，親在高堂雪鬢疏，緣何書也無？

【正宫曲·風雲會四朝元】【五馬江兒水】春闈催赴，同心帶綰初。嘆《陽關》聲斷，送别南浦，早已成間阻。【桂枝香】謾羅襟淚漬，謾羅襟淚漬，【柳摇金】和那寶瑟塵埋，錦被羞鋪。寂寞瓊窗，蕭條朱户，【駐雲飛】空把流年度。嗏，瞑子裏自尋思，【一江風】妾意君情，一旦如朝露。君行萬里途，妾心萬般苦。【朝元令】君還念妾，迢迢遠遠，也索回顧。

【前腔】朱顔非故，緑雲懶去梳。奈畫眉人遠，傅粉郎去，鏡鸞羞自舞。把歸期暗數，把歸期暗數，只見雁杳魚沉，鳳隻鸞孤。緑遍汀洲，又生芳杜。空自思前事，嗏，日近帝王都。芳草斜陽，教我望斷長安路。君身豈蕩子，妾非蕩子婦。其間就裏，千千萬萬，有誰堪訴？

【前腔】輕移蓮步，堂前問舅姑。怕食缺須進，衣綻須補，要行須與扶。奈西山景暮，奈西山景暮，教我倩着誰人，傳語兒夫。你身上青雲，只怕親歸黄土，我臨别也曾多囑付。嗏，那些個意孜孜，只怕十里紅樓，貪戀着人豪富。雖然忘了奴，也索念父母。無人説與，這凄凄冷冷，怎生辜負？

【前腔】文場選士，紛紛才俊徒。少甚鏡分鸞鳳，都要榜登龍虎，偏他將我誤。也不索氣蠱，也不索氣蠱，既受托了蘋蘩，有甚推辭？索性做個孝婦賢妻，也得名書青史，省了些閒悽楚。嗏，俺這裏自支吾，休得污了他名兒，左右與他相回護。你便做腰金與衣紫，須記得釵荊與裙布。一場愁緒，堆堆積積，宋玉難賦。

（【四朝元】與【雁漁錦】俱《琵琶記》中最佳套數，但【雁漁錦】純用江陽韻，而【四朝元】則以魚模韻而借用支思韻。『中』『思』『漬』『事』『孜』『辭』『史』『紫』等八字不無微恨，不無少遜【雁漁錦】。然是有數佳詞，何忍以數字棄而弗録？

沈先生欲以『愁緒』易【引子】中『思』字，果爾，即前八字亦何難易？已操管矣，尋復思之，秦錦雖敝，詎宜綴以絺綌？一笑擲之。）

又：【雙調・步步嬌】只見黃葉飄飄把墳頭覆，斷趕的皆狐兔。怎地松楸漸漸疏？却元來苔把磚封，筍迸泥路。只恐你難保百年墳，教誰添你三尺土？

【前腔】渡水登山多勞苦，到得這荒村塢。遥觀見一老夫，試問他家，住在何所。趲步向前行，却是一所荒墳墓。

（魚模顯是異聲，定該分爲兩韻。沈隱侯分之而錯出，周德清合之而混叶，故凡用此韻者，未免有鴂舌之恨。至《洪武正韻》始截然分而爲兩，魚自魚，與居、諸、盧等字叶；模自模，與蘇、芻、無等字叶，而此韻始調。此二闋人知高先生用魚模韻，而不知其專用『模』字，不雜一『魚』韻也。然高先生非偶合也，其後《廬墓》諸闋與【銷金帳】諸曲俱然，則知非偶合矣。獨攙入支思太多，故另録。）

盤夫

【南呂·紅衲襖】你喫的是煮猩唇和那燒豹胎，穿的是紫羅襴，繫的是白玉帶。五花頭踏在你馬前擺，三簷傘兒在你頭上蓋。你本是草廬中窮秀才，如今做了漢朝中梁棟材。有甚不足，只管鎖了眉頭也，唧唧噥噥不放懷？

【前腔】我穿着紫羅襴，倒拘束的不自在；穿的皂朝靴，怎敢胡去踹？口裏喫幾口荒張張要辦事的忙茶飯，手裏拿着個戰兢兢怕犯法的愁酒杯。倒不如嚴子陵登釣臺，怎做得揚子雲閣上災？只管待漏隨朝，可不誤了秋月春花也，枉乾碌碌頭又白？

【前腔】莫不是丈人行性氣乖？莫不是妾跟前缺管待？莫不是畫堂中少了三千客？莫不是繡屏前少了十二釵？這話兒教人怎猜？這意兒教人怎解？敢只是楚館秦樓，有個得意人兒也，悶懨懨不放懷？

【前腔】有個人人在天一涯，只落得臉銷紅眉鎖黛。我本是傷秋宋玉無聊賴，有甚心情賦着閒楚臺？三分話兒也只恁猜，一片心兒也只恁解。你休纏得我無言，若還提那籌兒也，鎮撲簌簌珠淚滿腮。

掃松

【南仙呂・風入松】不須提起蔡伯喈，説着他每哏歹。(一) 他中狀元做官六七載，撇父母拋妻不采。只兀的這磚頭土堆，(二) 是他雙親的在此中埋。

【前腔】一從他別後遇荒災，更無人倚賴。虧他息婦相看待，把衣服和釵梳都解。他魆地裏把糟糠自捱，公婆的倒疑猜。他公婆的親看見，雙雙死，無錢送，剪頭髮賣買棺材。他去空山裏，把裙包土，血流指。感得神明助，与他築墳臺。

【前腔】他如今直往帝京來，彈着琵琶做乞丐。叫他不應魂何在？空教我珠泪盈腮。這三不孝逆天罪大，空設醮，枉修齋。你如今便回，説張老的道与蔡伯喈。道你拜別人爹娘好美哉，親爹娘死，不值你一拜。

(一) 夾批：哏：呵金切。

(二) 眉批：堆：沈韻。

【前腔】他元來他也只是無奈，似鬼使神差。這是三不從把他斷禁害，三不孝亦非其責。[一]只他爹娘的福薄命該，[二]人生裏都是命安排。

（沈先生曰：細查舊曲，凡【風入松】或一曲，或二曲，其後必帶二段，今人謂之【急三鎗】。未知是否，未敢遽題其名也。末後一曲則止用【風入松】，更不帶此二段，不知何故。或題作【風入松犯】。）

登程

【南中呂引·滿庭芳】飛絮沾衣，殘花隨馬，輕寒輕暖芳辰。江山風物，偏動別離人。回首高堂漸遠，嘆當時恩愛輕分。傷情處，數聲杜宇，客淚滿衣巾。

【前腔】萋萋芳草色，故園人望，目斷王孫。謾憔悴郵亭，誰与温存？聞道洛陽近也，又還隔幾座城闉。澆愁悶，解衣沽酒，同醉杏花村。

【仙吕曲·甘州歌】【八聲甘州】衷腸悶損，嘆途路千里，日日思親。青梅如豆，難寄隴頭音

[一] 眉批：責：坊本作『罪』，非韻。從古本。

[二] 眉批：命該：一作『運乖』。

信。高堂已添雙鬢雪，客路空瞻一片雲。【排歌】途中味，客裏身，争如流水蘸柴門？休回首，欲斷魂，數聲啼鳥不堪聞。

【前腔】風光正暮春，便縱然勞役，何必愁悶？緑陰紅雨，征袍上染惹芳塵。雲梯月殿圖貴顯，水宿風餐莫厭貧。乘桃浪，躍錦鱗，一聲雷動過龍門。榮歸去，緑綬新，休教妻嫂笑蘇秦。

【前腔】誰家近水濱，見畫橋烟柳，朱門隱隱，鞦韆影裏，墻頭上半出紅粉。〔一〕他無情笑語聲漸杳，不是惱殺多情墻外人。思鄉遠，愁路貧，肯如十度謁侯門？行看取，朝紫宸，鳳池鰲禁聽絲綸。

【前腔】遥望霧靄紛，〔二〕想洛陽宫闕，行行將近。程途勞倦，欲待共飲芳樽。垂楊瘦馬莫暫停，只見古樹昏鴉棲漸盡。天將暝，日已曛，一聲殘角斷樵門。尋宿處，行步緊，前村燈火已黄昏。

【餘文】向人家，忙投奔，解鞍沽酒共論文，今夜雨打梨花深閉門。

〔一〕眉批：半：坊本作『露』。『半』字佳。
〔二〕眉批：望：平聲。

剪賣

【南吕·香羅帶】一從鸞鳳分，誰梳鬟雲？粧臺不臨生暗塵，那更釵梳首飾典無存也。是我耽閣你度青春，如今又剪你，資送老親。剪髮傷情也，只怨着結髮薄倖人。

【前腔】思量薄倖人，孤奴此身，欲剪未剪，教我珠淚零。我當初早披剃入空門也，做個尼姑去，今日免艱辛。珠圍翠簇蘭麝熏。〔一〕我的身死兀自無埋處，説甚頭髮愚婦人？

【前腔】堪憐愚婦人，單身又貧。開口告人羞怎忍？金刀下處應心疼也。却將堆鴉髻，舞鸞鬟，與烏鳥報答白髮親。〔二〕教人道霧鬟雲鬟女，斷送他霜鬟雪鬟人。

（既云『堆鴉髻，無鸞鬟』，又云『白髮』，既云『霧鬟雲鬟』，又云『霜鬟雪鬟』，不厭重複，高先生换骨手也，使他人爲之，不勝疊床架屋矣。）

〔一〕眉批：簇：一作『擁』。

〔二〕夾批：白髮：或作『鶴髮』。『白』與『烏』相應，『鶴』與『鴉』相應，『鸞』『鳥』相應，皆通。

途勞

【仙吕・月雲高】【月兒高】路途勞頓，行行甚時近？未到得洛陽縣，那盤纏使盡。回首孤墳，空教我淚珠隕。(一)他那裏誰偢采？俺這裏將誰投奔？【渡江雲】正是西出陽關無故人，須信道家貧不是貧。

【前腔】暗中思忖，此去好無准。只怕他身榮貴，把咱不認。若是他不瞧，(二)可不空教我受艱辛？他未必忘恩義，我這裏自閒評論。他須記一夜夫妻百夜恩，怎做得區區陌路人？

【前腔】他在府堂深隱，奴身怎生進？他在駟馬高車上，我又難將他認。來到他跟前，只提起他二親真。又怕瘦消龐兒，猶難十分信。他不到得非親却是親，我自須防人不仁。（許多轉折，許多參錯，揣情決策，縱横變化，絶奇文筆也。）

(一) 眉批：珠淚隕：坊本盡作『望孤影』，出韻，非。從古本。

(二) 眉批：他不瞧：或作『他不偢采』。

辭朝

【黄鍾引・點絳唇】月淡星稀，建章宫裏千門曉。御爐烟裊，隱隱鳴梢杳。

【前腔】忽憶年時，問寢高堂早。鷄鳴了，悶縈懷抱，此際愁多少。

【黄鍾曲・啄木兒】親衰老，妻幼嬌，万里關山音信杳。他那裏舉目凄凄，俺這裏回首迢迢。他那裏望得眼穿兒不到，俺這裏哭得淚乾親難保。閃殺人麽一封丹鳳詔。

【前腔】何須慮，不用焦，人世上離多歡會少。大丈夫當万里封侯，肯守着故園空老？畢竟事君事親一般道，人生怎全忠和孝？却不見母死王陵歸漢朝？

【三段子】這懷怎剖？望丹墀天高聽高。這苦怎逃？望白雲山遥路遥。你做官與親添榮耀，高堂管取加封號。改換門閭，偏不是好？

【歸朝歡】冤家的，冤家的，苦苦見招，俺息婦埋冤怎了？饑荒歲，饑荒歲，怕他怎熬？俺爹娘怕不做溝渠中餓殍？譬如四方戰爭多征調，從軍遠戍沙場草，也只爲国忘家怎憚勞？

造墳

【南吕・二犯五更轉】【香遍滿】把土泥獨抱，麻裙裏來難打熬。空山寂静無人吊，但我情真實切，到此不憚勞。【五更轉】何曾見葬親兒不到？又道是三匝圍喪，那些個卜其宅兆？思量起，是老親合顛倒。你圖他折桂看花早，不道自把一身，送在白楊衰草。【賀新郎】謾自苦，這苦憑誰告？

【前腔】我只憑十爪，如何能彀墳土高？只見鮮血淋漓濕衣襖。我形衰力倦，死也只這遭。骨頭葬處，任他流血好。此喚做骨血之親，也教人稱道。教人道趙五娘親行孝。心窮力盡形枯槁，只有這點鮮血，到如今也出了。只怕墳成後，我的身難保。

（二闋俱有佳思，佳句亦自不乏，獨恨其邊幅少狹，斤兩欠足。『形衰力倦』與下『心窮力盡』句微覺犯重複。尚有『怨苦知多少』闋，去之。）

別墳

【越調・憶多嬌】他魂渺漠，我没倚着。程途萬里，教我懷夜壑。此去孤墳，望公公看着。

（合）舉目蕭索，舉目蕭索，滿眼盈盈淚落。

【前腔】承委托，當領略。孤墳看守，決不爽約。只願你途中身安樂。（合前）

【鬥黑麻】奴深謝公公，便辱許諾。從來的深恩，怎敢忘却？只怕途路遠，體怯弱；病染孤身，力衰倦脚。（合）孤墳寂寞，路途滋味惡。兩處堪悲，兩處堪悲，萬愁怎摸？

【前腔】伊夫婿多應是，貴官顯爵，伊家去須當審個好惡。似這般喬打扮，他怎知覺？一貴一貧，怕他將錯就錯。（合前）

賞秋

【大石調引·念奴嬌】楚天過雨，正波澄木落，秋容光凈。誰駕玉輪來海底，碾破瑠璃千頃。環珮風清，笙歌露冷，人在清虛境。真珠簾捲，小樓無限佳興。

【大石調曲·本序】長空萬里，見嬋娟可愛，全無一點纖凝。十二欄杆光滿處，涼浸珠箔銀屏。偏稱，身在瑤臺，笑斟玉斝，人生幾見此佳景？（合）惟願取年年此夜，人月雙清。

【前腔】孤影，南枝乍冷，見烏鵲縹緲驚飛，棲止不定。萬點蒼山，何處是修竹吾廬三徑？追省，丹桂曾攀，嫦娥相愛，故人千里謾同情。（合前）

【前腔】光瑩，（一）我欲吹斷玉簫，驂鸞歸去，不知風露冷瑤京？環佩濕，似月下歸來飛瓊。（二）那更，香霧雲鬟，清輝玉臂，廣寒仙子也堪并。（合前）

（一）眉批：瑩：縈定切。

（二）眉批：瓊：渠營切。

【前腔】愁聽，吹笛《關山》，敲砧門巷，月中都是斷腸聲。人去遠，幾見明月虧盈。惟應，邊塞征人，深閨思婦，怪他偏向別離明。（合前）

【中呂曲・古輪臺】峭寒生，鴛鴦瓦冷玉壺冰，闌干露濕人猶凭，貪看玉鏡。況萬里清冥，皓彩十分端正。三五良宵，此時獨勝。把清光都付與酒杯傾，從教酩酊，拚夜深沉醉還醒。酒闌綺席，漏催銀箭，香銷金鼎。斗轉與參横，銀河耿，轆轤聲已斷金井。

【前腔】閒評，月有圓缺與陰晴，人世有離合悲歡，從來不定。深院閒庭，處處有清光相映。也有得意人人，兩情暢詠；(一)也有獨守長門伴孤零，君恩不幸。有廣寒仙子娉婷，孤眠長夜，如何捱得更闌寂静？此事果無憑。但願人長永，(二)小樓翫月共同登。

【餘文】聲哀訴，促織鳴。俺這裏歡娛未罄。却笑他幾處寒衣織未成。

南浦

【中呂引・尾犯】懊恨別離輕，悲豈斷絃，愁非分鏡。只慮高堂，似風燭不定。腸已斷，欲離

(一) 眉批：詠：爲命切。

(二) 眉批：永：于憬切。

未忍；　淚難收，無言自零。空留戀，天涯海角，只在須臾頃。

【中吕曲・尾犯序】無限別離情，兩月夫妻，一旦孤另。此去經年，望迢迢玉京。思省，奴不慮山遥路遠，奴不慮衾寒枕冷。奴只慮公婆没主，一旦冷清清。

【前腔】何曾，想着那功名？欲盡子情，難拒親命。年老爹娘，望伊家看承。畢竟，你休怨朝雲暮雨，只得暫替着我冬温夏清。思量起，如何教我割捨得眼睁睁？

【前腔】儒衣纔換青，快着歸鞭，早辦回程。十里紅樓，休重娶娉婷。叮嚀，不念我芙蓉帳冷，也思親桑榆暮景。親囑付，知伊記否？空自語惺惺。

【前腔】寬心須待等，我肯戀花柳，甘爲萍梗？只怕萬里關山，那更音信難憑。須聽，我没奈何分情破愛，誰下得做虧心短行？從今去，相思兩處，一樣淚盈盈。

（此折該在【大石調】前。）

稱慶

【雙調引・寶鼎現】小門深巷，春到芳草，人閒清晝。人老去星星非故，春又來年年依舊。最喜今朝新酒熟，滿目花開似繡。願歲歲年年人在，花下常斟春酒。

【雙調曲・錦堂月】【晝錦堂】簾幕風柔，庭闈晝永，朝來峭寒輕透。人在高堂，一喜又還一憂。惟願取百歲椿萱，長似他三春花柳。（合）【月上海棠】酌春酒，看取花下高歌，共祝眉壽。

【前腔】輻輳，獲配鸞儔。深慚燕爾，持杯自覺嬌羞。怕難主蘋蘩，不堪侍奉箕箒。惟願取偕老夫妻，長侍奉暮年姑舅。（合前）

【前腔】還愁，白髮蒙頭，紅英滿眼，心驚去年時候。只恐時光，催人去也難留。惟願取黄卷青燈，及早换金章紫綬。（合前）

【前腔】還憂，松竹門幽，桑榆景暮，明年知他健否安否？嘆蘭玉蕭條，一朵桂花難茂。惟願取連理芳年，得早遂孫枝榮秀。（合前）

【醉公子】回首，嘆瞬息烏飛兔走。喜爹媽雙全，謝天相佑。不謬，更清淡安閒，樂事如今復更有？（合）相慶處，但酌酒高歌，共祝眉壽。

【前腔】卑陋，論做人要光前耀後。勸我兒，青雲萬里馳驟。聽剖，真樂在田園，何必當今公與侯？（合前）

【僥僥令】春花明綵袖，春酒滿金甌。但願歲歲年年人長在，父母共夫妻相勸酬。

【前腔】夫妻長廝守，父母願長久。坐對兩山排闥青來好，看將一水護田疇，緑遶流。

【尾聲】山青水緑還依舊，嘆人生青春難又，惟有快活是良籌。[一]

（此慶壽之鼻祖也。今人作傳奇者，不論關目若何，第二齣十九慶壽，遂成惡套，令人欲噦。不知《琵琶》之用慶壽者，要見父母年俱八十，伯喈遠宦爲非耳，豈泛泛以無所關係者湊齣數乎？不獨慶壽爲然。《琵琶》有逼試，則亦有逼試；有行路，則亦有行路，若似乎一定不可易者。此何説也？況壽詞純用頭巾祥瑞語，湊成一片，全無本色切題語，即以甲本移之乙本，亦無不可。可笑！可厭！此折四用『惟願取』，無不本色。又『心驚去年』與『明年知他』等句，俱有關鍵。『卑陋』一闋，外、浄矛盾，大旨已略可睹矣。故觀慶壽，未嘗不恨高先生之作俑；讀壽詞，又未嘗不服高先生之獨詣也。落句『良籌』，俗本俱作『謀』，出韻，不敢從。第沿習已久，必有議其非者。）

規　奴

【越調曲·祝英臺近】緑成陰，紅似雨，春事已無有。聞説西郊，車馬尚馳驟。怎如柳絮簾櫳，梨花庭院，好天氣清明時候。

【越調曲·祝英臺】把幾分春三月景，分付與東流。啼老杜鵑，飛盡紅英，端不爲春閒愁。

[一] 夾批：謀：忙逋切，與『謨』同音，在魚模韻。

休休，婦人家不出閨門，怎去尋花穿柳？把花貌，誰肯因春消瘦？

【前腔】春晝，只見燕雙飛，蝶引隊，鶯語似求友。那更柳外畫輪，花底雕鞍，都是少年閒遊。難守，空房清冷無人，也待尋一佳偶。這般説，我的終身休配鸞儔？

【前腔】知否？我爲何不捲珠簾，獨坐愛清幽？縱有千斛悶懷，百種春愁，難上我的眉頭。休憂，任他春色年年，我的芳心依舊。這文君，可不擔閣了相如琴奏？

【前腔】今後，方信你徹底澄清，我好没來由。想像暮雲，分付東風，情到不堪回首。聽剖，你是蕊宫瓊苑神仙，不比塵凡相誘。謹隨侍，窗下拈針挑繡。

（『春晝』闋内『空房』，坊本俱作『繡房』，『空』字應下『清冷』爲勝。但第一闋『婦人』、第三『任他』、第四『蕊宫』俱用仄聲發調，則『繡房』當兩存之。

【引子】當作【祝英臺慢】，近詞過曲也。）

湯藥

【越調曲・犯胡兵】囊無半點挑藥費，良醫怎求？縱然救得目前，飯食何處有？料應難到後。謾説道有病遇良醫，飢荒怎救？

【前腔】百愁萬苦千恁生受，粧成這症候。縱然救得目前，怎免得憂與愁？料應不會久。

除非是子孝父心寬，方纔可救。

描容

【雙調曲・三仙橋】一從他每死後，要相逢不能彀。除非夢裏暫時略聚首。若要描，描不就，暗想像，教我未寫先淚流。寫，寫不出他苦心頭；描，描不出他饑證候；畫，畫不出他望孩兒的睁睁兩眸。只畫得他髮颼颼，和那衣衫敝垢。若畫做好容顔，須不是趙五娘的姑舅。

【前腔】我待畫你個龐兒帶厚，你可又饑荒消瘦。我待畫你個龐兒展舒，你自來眉恁皺。若畫出來，真是醜，那更我心憂，也做不出他歡容笑口。只見他兩月稍優游，他其餘都是愁。我只記得他形衰貌朽。便做他孩兒收，也認不得是當初父母。縱認不得是蔡伯喈往日爹娘，須認得是趙五娘近日來的姑舅。

【前腔】非是奴尋夫遠遊，只怕你公婆絶後。奴見夫便回，此行安敢久？路途中，奴怎走？望公婆相保佑我出外州。他尚兀自没人看守，如何來相保佑？只怕奴去後，冷清清有誰來祭祀？縱使遇春秋，一陌銀錢怎有？你生是受凍餒的公婆，死做個絶祭祀的姑舅。

（第二闋『父母』『母』字用沈韻，權作『𡚸』上聲唱，若依沈先生作『模』上聲，則不叶矣。第三闋『誰來祭祝』坊本作『誰來拜掃』，非。

語語述，語語翻，有境必窮，有造必詣，高先生真神筆哉。）

大明春

明程萬里選。明萬曆間福建書林金魁刻本。别題《新調萬曲長春》。凡六卷。卷一題《鼎鍥徽池雅調南北官腔樂府點板曲響大明春》，卷二、三題《新鍥徽池雅調官腔海鹽青陽點板萬曲明春》，卷四題《鼎鍥徽池雅調官腔海鹽青陽點板萬曲明春》，卷五題《新刻徽池雅調官腔海鹽點板青陽萬曲明春》，卷六題《新鍥徽池雅調官腔海鹽青陽點板萬曲明春》。版式分爲三欄，上下兩欄采録傳奇散齣，中欄選小曲、雜詩、方語等。原本藏日本尊經閣文庫。卷四上欄收録《琵琶記》之《五娘描真》、《五娘辭墓》（正文未題齣目）、《五娘祭畫》（原闕）、《五娘請糧》、《李正搶糧》（原闕）等五齣，下層收録《蔡伯喈長亭分别》、《蔡中郎上表辭官》、《蔡中郎書館思親》、《牛氏爲夫排悶》（原闕）、《牛氏詰問幽情》等五齣，輯録如下。

五娘描真(一)

【胡搗練】辭别去，(二)到荒丘，只愁出路煞生受。畫取真容聊藉手，逢人將此苦哀求。

鬼神之道，須則難明；感應之理，不可不信。昨日南山築墳，深感天神相助。正是：寧可信其有，不可信其無。夢道教奴改换衣衫，竟往京都尋取丈夫。只是一件，我幾年間與公婆厮守，怎忍一旦拋撇？奴家略曉丹青，不免將二親真容描畫，背在身傍，早晚間燒香化紙，以盡我一點孝心。不免描畫則個。

【滚】(三)兒夫别后遇荒凶，只恐公婆貌不同。描畫丹青皆筆力，教奴含淚想真容。

【新水令】(旦)想真容，未寫淚先流，要相逢又不能勾。淚眼描來易，愁容畫出難。全憑着這枝筆，描不成畫不就萬般愁。親喪荒圻，要相逢，除非是夢魂中兒有。

公婆，你孩兒自從去後，不曾得半載歡悦。我只記得，

【駐馬聽】兩月優游，三五年來都是愁。自從兒夫去後，望斷長安，兩淚交流。自丈夫離家之

(一) 目録中《五娘描真》與《五娘辭墓》在正文實爲一齣。

(二) 去：原闕，據汲古閣刊本《繡刻琵琶記定本》補。

(三) 【滚】：原闕，據曲律補。

後，三載連遇飢荒。饑荒年歲度春秋，兩人雪鬢龐兒瘦。常想在心頭，常鎖在眉頭。教奴家怎畫得容顏依舊？公婆思想孩兒不回，又遇飢饉之年，教奴家怎畫得歡容笑口？

正是：畫出千般人面目，全憑一點自精神。

【雁兒落】待畫他瘦形骸，真是醜。待畫他俊龐兒，生成就。待畫他髮嗖嗖，望孩兒兩眼淚溢眸。待畫他肥胖些，這幾年遭飢荒，只落得容顏消瘦。分付毛延壽，錯弄了筆尖頭，全憑着五道士用機謀。看起公婆真容，果然厮像，猶如生前一般。正是：覩面宛然如在目，不須指點問閒人。只有一件：當時伯皆在家，形容豐厚；自他去後，遭遇飢荒，容顏比前大不同矣。怕只怕蔡伯皆不認醜。公公亡過不久，犹自庶幾；婆婆亡了多年，看起來真個難觀。醜只醜一女流。夫，須不似你昔日的爹娘，也須是趙五娘的親姑舅。

真容須然描就，待奴掛在中堂，略備些水飯來祭奠一番，多少是好。

【疊字錦】（旦）非是奴家出外州，非是奴家出外遊。公婆，奴家今日往京，不爲别的而來。也只爲着公公，也只爲着婆婆，也只爲着孩兒出外州。此情不可丢，此情不可休。辭别我的公公，辭别我的婆婆。公婆生既爲人，死則爲神。奴家此去京城呵，(一)一路上望公婆魂靈兒相保佑，

(一) 去：原闕，據文義補。

一路上望公婆魂靈兒相保佑。

【三仙橋】（旦）保佑奴身出外州，抛閃下公婆墳塋，有誰厮守？公婆呵，只愁奴家去後，冷清清誰來拜掃？縱使遇春秋，一陌紙錢怎有？夫，你當去時節，爲父母的望你到那裏一舉成名，早早回來。你今一去不回，好似甚的來呵？好一似斷纜小孤舟，無拘束蕩悠悠；又不知你歸來時候。我今往京都時節，盤纏没有分文。没奈何，只得抱琵琶權當作行頭，背真容不離左右。我今去休，兩淚交流。公婆呵，生時節做一個受饑餒的公婆，死後做一個絶祭祀的孤墳姑舅。不免將二親儀容收拾，前往太公家拜辭再起程，多少是好。

【清江引】辭别張太公，謾説生和受。身背琵琶走，一路上唱詞兒覓食度口，一路上唱詞兒覓食度口。

（末）衰柳寒蟬不可聞，西風敗葉亂紛紛。長安古道休回首，西出陽關無故人。（旦見介）奴家正欲造府拜辭，有勞太公貴步過舍。（末）老漢聞知五娘子往京，敬幾貫錢來，以爲路費之資。（旦）多多擾害太公，奴家再不敢受。（末）何言擾害？敢嫌輕微？（旦）如此，多感盛德，無恩可報。（末）五娘子，你手中拿着甚的卷子？（旦）是奴家描畫二親真容。（末）展開，借老夫一看。（旦）畫得粗醜，望太公休得見笑。（末）畫得好！五娘子，只知你女工針指，那曉你水墨丹青？只一件，公公畫得厮像，婆婆多不相似。（旦）公公死去不久，婆婆亡過多年，因此上默想未到。（末）老漢須無博學之才，願借筆硯，待老夫標題幾句。（旦）筆硯在此。（末）差矣。老夫説不成文，寫不成字，恐污了你丹青；待我口讚幾句便了。（旦）如此，願聞。〔鷓鴣天〕（末）死别多應夢裏逢，謾勞孝婦寫遺踪。可憐不得圖家慶，幸負丹青筆畫工。衣破損，鬢蓬鬆，千愁萬恨在眉峰。蔡郎不識年來貌，趙女空描别後容。（旦）多謝太公金言！（末）五娘子，這般形狀，怎麼去得京城？（旦）奴家身背琵琶，沿途唱些詞兒，扮做道姑前去京城。（末）你是女流之輩，那曉唱甚麼詞兒？（旦）奴家自作有《琵琶口詞》，讀來望太公校正一二。

（末）老夫願聞。

（旦唱《琵琶詞》）試將曲調理宫商，彈動琵琶情慘傷。不彈雪月風花事，且把歷代源流訴一場。混沌初開盤古出，三才御世號三皇。天生五帝相繼續，堯舜心傳夏禹王。禹王後代昏君出，乾坤大抵屬商湯。商湯之後紂爲虐，伐罪吊民周武王。周室東遷王迹熄，春秋戰國七雄强。七雄併吞爲一國，秦室縱横號始皇。西興漢室劉高祖，光武中興後獻王。此時有個陳留郡，陳留有個蔡家莊。蔡家有個讀書子，才高班馬飽文章。父親名唤蔡崇簡，母親秦氏老萱堂。生下孩兒蔡邕是，新娶妻房趙五娘。夫婦新婚纔兩月，誰知一旦折鴛鴦。幸逢朝廷開大比，張公相勸赴科場。苦被堂上親催遣，不由妻諫兩分張。指望錦衣歸故里，誰知一去不還鄉。自從與夫分别去，陳留三載遇飢荒。公婆受餒誰爲主，妻子耽飢實可傷。可憐三日無飡飯，幸遇官司開義倉。家下無人孤又苦，妾身親自請官糧。行到無人幽僻處，李正搶去甚慌張。奴思回家無計策，將身赴井淚汪汪。幸遇太公來答救，分糧與我奉姑嫜。糧米充作二親膳，奴家暗地自挨糠。不想公婆來瞧見，雙雙氣倒在厨房。慌忙救得公甦醒，不想婆婆命已亡。自嘆奴家時運蹇，豈知公又夢黄粱。連喪雙親無計策，香雲剪下往街坊。幸逢太公施仁義，刻腑銘心怎敢忘？孤墳獨造誰爲主？指頭鮮血染麻裳。孝感天神來助力，搬泥運土事非常。築成墳墓親分付，改换衣裝往帝邦。畫取公婆儀容像，迢遥豈憚路途長？琵琶撥調親覓食，敬往京都尋蔡郎。皋魚殺身以報父，吴起母死不奔喪。宋弘不棄糟糠婦，王允重婚薄倖郎。此回若得夫相見，全仗琵琶説審詳。從頭訴出千般苦，只恐猿聞也斷腸，只恐猿聞也斷腸。

（末）賢哉！賢哉！五娘子，只一件來：少長深閨，豈識程途之苦？当初伯皆赴選之時，你青春嬌媚。到今日遭此飢荒，你形衰貌醜。那桃花歲歲皆相似，人面年年大不同。你丈夫臨别之時，他道：太公，倘得寸進，即便回來。如今一别多年，音信難通。年荒親死，竟不還鄉，知他心腹事體若何？正是：畫虎畫皮難畫骨，知人知面不知心。五娘子，你聽老夫囑付幾句：蔡邕原是讀書人，一舉成名天下聞。久留不知因個甚，年荒親死不回門。你去京城須子細，逢人下禮問虚真。見郎謾説他妻子，見郎謾説喪雙親。見郎謾説裙包土，見郎謾説剪香雲。見郎謾説千般苦，只把琵琶語句訴元因。若得蔡郎思故舊，可憐張老一親鄰。老漢今年七十歲，比你公公少一旬。去時還有張老送，回來未知張老死和存。流淚眼觀流淚眼，斷腸人送斷腸人。好苦！天！（旦）太公，奴家勞煩貴步，同到南山拜辭公婆墳墓，即便登程。（末）不須到南山去，待我對你公婆靈位祝告幾句就是。老員外、老安人，你媳婦趙氏五娘今往京城尋取你伯皆兒子，望你陰中保佑他一路平安，身體康健。

【憶多嬌】（旦）太公，他魂渺漠，我身没倚着。程途萬里，心懷絶壑。太公請上，受奴一禮。此拜非爲别的。此去孤墳，望太公看着。（合）舉目蕭索，滿眼盈盈淚落，滿眼盈盈淚落。

（末）五娘子，你放心前去。

【鬬黑麻】（末）承委托，當領略。孤墳看守，决不爽約。五娘子，你去京城，老夫别無所願。但願你路途中身安樂，但願你路途中身安樂。（合前）

【前腔】（旦）多深謝公公，便承允諾。從來你的深恩，怎敢忘却？太公，奴家此去，未知吉凶若何。只愁途路遠，身體弱，病染災纏，力衰倦脚，力衰倦脚。（合）孤墳寂寞，路途滋味惡。正是兩處堪悲，萬愁怎麽？

【前腔】（末）五娘子，你兒夫多應是，貴官顯爵，伊家此去須當審個好惡。只怕你喬打扮，他怎知覺？一貴一貧，只得將錯就錯。（合前）

（旦）太公請回，不勞遠送。（末）待老夫再送一程。

【憶多嬌】（旦）山又高，路又長，山高水長離故鄉，撇下孤墳往帝邦。只恐奴家此去，受淒涼。（合）對景悲傷，對景斷腸，淚灑西風兩行，淚灑西風兩行。

【前腔】（末）趙五娘離故鄉，肩拖雨傘尋蔡郎，身背琵琶脚又忙。五娘子，只愁你金蓮窄小難行上，只愁你金蓮窄小難行上。（合前）（下）

五娘請糧（一）

【駐雲飛】（旦）賑濟饑荒，奴是蔡伯皆的妻房，來請糧。夫去登金榜，聞道姓名揚，不見還鄉黨。嗏，（二）可憐三口度時光，好恓惶，淚汪汪。公婆甘旨誰供養，（三）緩步金蓮到義倉，緩步金蓮到義倉。

心忙來路遠，事急出家門。公婆今日聞官司賑濟饑民，特使奴家來請糧，免不得去走一遭。正是：路逢險處難回避，事到頭來不自由。來此乃是倉前，只見四壁悄然，不免問這長官則個。長官請了！（丑）婦人，你來此則甚？（旦）聞老爹放糧濟貧，待來請糧，央煩通報。（丑）少待，等我稟老爹，放你進去。稟老爹，外面有一飢户婦人請糧，不敢擅進。（末）既有飢户，帶進來。（丑）稟過老爹，叫你進

（一）目録中《五娘請糧》與《李正搶糧》在正文實爲一齣。

（二）嗏：原作『茶』，據汲古閣刊本《繡刻琵琶記定本》改。

（三）供：原作『共』，據文義改。下同改。

去。（旦）如此，多勞了。（丑）婦人進。（旦）老爺，小婦人叩頭。（末）婦人，你是那一里？（旦）上五里。（末）户頭姓甚何名？（旦）公公蔡崇簡。（末）你丈夫爲何不來，反使你婦人家來請糧？（旦）丈夫在家，不致如此了。（末）丈夫那裏去？（旦）老爺，容奴訴來。

【普天樂】（旦）我兒夫一向留都下。（末）家裏還有誰？（旦）家中只有年老爹和媽。（末）可有兄弟麽？（旦）老爺，奴家若有兄弟，也不要我這婦人拋頭露臉來此請糧。老爺呵，弟和兄更没一個。（末）没有兄弟，誰看承你的公婆？（旦）看承盡是奴家。（末）依你説起來，真個好苦。（旦）歷盡苦，誰憐我？（末）婦人家不可出閨門。（旦）老爺，小婦人豈不曉也？似這等饑荒年歲，怎顧得羞恥？一來公婆年老，二來家道貧窮，三來兒夫出外州。老爺呵，怎説得不出閨門的清平話？怎説得不出閨門的清平話？（末）婦人家有幾口？（旦）家有三口。（末）里正，這婦人説得好苦，支四口糧與他。（净）稟老爺，東西二廒都放盡了，一粒糧米没有。（末）婦人，你來遲了，倉中糧米俱已放盡。你且回去，待我申聞上司，加重賑濟。（旦）老爺今日放糧，猶如久旱逢甘霖。若無糧，奴也不敢回家裏。（末）這婦人好刁！（旦）老爺，小婦人豈敢放刁？老爺是父母恩官，小婦人是老爺百姓。望老爺愛良民施惻隱，把糧周濟奴歸，免得公婆相埋怨。老爺呵，奴豈忍見公婆受餒？嘆奴家命薄，直恁折挫。

(末)左右，這倉中稻子没了，一來湊原數不起，二來這婦人説得好苦，你去拿里正來，㈠要這厮賠償。(净)一似甕中捉鱉，手到拿來。(末)里正，這倉中稻子湊原數不起，想是你自偷了，你好好招來。(丑)相公，小人招不得。自古道：東量西折，難教小人賠償。(外)畜生！尖斛量入，平斛量出，如何會折許多？㈡ 左右，拿下重打四十。(供狀介)(净)假饒人心似鐵，怎逃官法如爐？告相公，里正賠償的稻子有了。(末)支與那婦人去。(旦)多謝恩官做主維，㈢(丑)教他半路受災危。(末)當權若不行方便，(净)如入寶山空手回。(旦)一斟一酌，莫非前定。今日奴家去請糧，誰知道里正作弊，倉中無糧。若不得相公督併，如何得這些稻子回家？正是：飢時得一口，强似飽時得一斗。(丑攔旦搶介)咳！恩人相見，分外眼明；仇人相見，分外眼睁。你快把稻子還我！(旦)老爺把與奴家的稻子，如何把還你？(丑搶介)(旦)里正官人，休要用强，可憐奴家艱苦。(丑)可憐你甚的？

【雙調・鎖南枝】(旦)兒夫去，竟不還，公婆兩人都老年。自從昨日到如今，不能彀一飡飯，不能彀一飡飯。(丑)你公婆没飯喫，干我甚事？(旦)奴請糧，他在家懸望眼。念我老公婆，做方便。念我老公婆，做方便。

㈠ 拿：原作『那』，據汲古閣刊本《繡刻琵琶記定本》改。

㈡ 何：原闕，據汲古閣刊本《繡刻琵琶記定本》補。

㈢ 維：原作『爲』，據汲古閣刊本《繡刻琵琶記定本》改。

（拜介）（丑）[一]不要拜，不要拜。這般時年，做不得方便。你將稻子還我便罷。

【前腔】（旦）鄉官可憐見，這些稻子呵，是我公婆命所關。若是奪將去，寧可脱下衣衫，就問與鄉官换，就問與鄉官换。（脱衣介）（丑）不要，不要。你身上寒冷。（旦）寧使奴身上寒，只要與公婆救殘喘。

（丑）娘子，罷，罷。你説起這話來，是孝心，我不忍問你取，你去罷。（旦）如此，多謝！（丑虚躲介）

（旦）且喜里正去了，不免趲行。（丑搶推旦奪下介）

【前腔】（旦）奪將去，真可憐，公婆望奴奴不見。縱然他不埋怨，道我做媳婦的有何幹？他忍飢添我夫罪愆，教奴家怎得見得我夫面？

千死萬死，不如早死爲强。此間有一口古井，不免投入死休！（投井介）呀！

【前腔】將身赴井泉，思量左右難。我丈夫當年分散，叮嚀付爹娘，教我與他相看管。若我死却，他形影單。夫婿與公婆，可不兩埋怨？可不兩埋怨？

【前腔】（外）媳婦去，不見還，教人在家凝望眼。（外跌介，旦扶介）（外）呀！你在這裏閒行，教我望得肝腸斷。（旦）公公，奴請糧爲你供午餐，又誰知被人騙。

[一] 丑：原闕，據汲古閣刊本《繡刻琵琶記定本》補。

（外）媳婦，却怎麼説？（旦）公公，奴家請得些稻子，到半途之中，却被里正奪去了。（外）天！元來如此。（哭介）

【前腔】（外）思量我命乖蹇，不由人不不珠淚漣。料想終須餓死，不如早赴黄泉，免把你厮牽絆。媳婦，婆老年，不久延，你須是好看管。

呀！這裏元來有一口古井，不免投入死休！

【前腔】（旦）公公，你若身傾棄，我苦怎言，公還死了婆怎免？你兩人一旦身亡，教我獨自如何展？公公，你喫苦辛其實難過遣，我痛傷悲只得强相勸，我痛傷悲只得强相勸。

【前腔】（外）媳婦兒，你衣衫盡解典，囊篋已罄然。縱使目前存活，到底日久日深，你與我難相念。苦！衣食缺你行孝難，活冤家不如早折散。（一）

【前腔】（淨）不豐歲，荒歉年，官司把糧來給散。見一個年老的公婆，在那裏頻嗟嘆。待向前仔細看，元來是蔡員外和五娘子。你兩人在此有何幹？

（旦）奴家今日請糧，被人騙了，太公。

【前腔】（淨）我聽你説這言，待我趕去，罵那厮鐵心腸，昧心漢。（旦）公公，他去得遠了。（外）

（一）家：原闕，據汲古閣刊本《繡刻琵琶記定本》補。

罷！罷！這幾日餓得難過。你且不須憂慮，我也請得些官糧，和你兩下分一半。（旦）是太公請的，如何使得？（浄）你休推，末棄嫌，且將回，做兩厨飯。

（旦）如此，多擾了。

【洞仙歌】（旦）家私没半分，靠着奴此身。只要救公婆，豈辭多苦辛？（合）空把珠淚搵，誰□□□□，□苦説不盡。

【前腔】□□□□，本爲泉下人，他□我一命存。只怕我不久身亡，報不得媳婦恩。（合前）

蔡伯喈長亭分别

（旦）頻頻寂寞烟與石，關山一派傷心滴。何日是回程？長亭共短亭。君心何太急，一時難住立。臨行血淚襟，懊恨别離輕。

【尾犯】懊恨别離輕，（生）五娘，未行三五步，連嘆兩三聲。你莫非斷絃分鏡之悲乎？（旦）緑鬢才郎，紅顔少婦。眼前雖有離别之苦，久後終有見面之期。悲豈斷絃，愁非分鏡。（生）五娘，你愁甚麽來？（旦）解元，堂上公婆年已八旬，就如風前燭草上霜，朝不能保暮。奴只慮高堂，風燭不定。（生）五娘説得是。日近西山景，遊子不遠行。柔腸斷千寸，血淚湧難收。腸已斷，欲離未忍；淚難收，無言自零。（旦）弓動不留絃上箭，絲牢難繫順風舟。你那裏去則去終須去，我這裏留則留實難留。（合）空留戀，天涯海角，須臾對面，頃刻離分，只在須臾頃。

（生）五娘請回，不勞遠送。（旦）解元，我和你一旦分離，心下豈忍？還要短送一程。（生）如此，請行。（旦）解元，前面是甚麼所在？（生）前面是十里長亭，南浦之地。（旦）送君送到十里亭，夫妻折散淚盈盈。來路不辭歸路遠，心中無限別離情。

【本序】無限別離情，（生）五娘，諸友紛紛載道上京，不知他俱有妻子否？（旦）解元，前面衆友豈無妻子不成？或有三年五載，也有周年半載。誰似我和你夫妻纔兩月，一旦成拋撇？纔得鳳鸞交，拆散同心結。兩月夫妻，一旦孤冷。解元此去上京，還在幾時回來？（生）若是功名成就，經年便回。（旦）此去經年，解元，這三條大路，從那一條而去？（生）卑人從中道而行。（旦）解元，今日上京，妾從中道相送；明年錦旋，妾從中道相迎。此去經年，望着迢迢玉京思省。（生）五娘，敢莫慮卑人山遥路遠？（旦）解元，自古道：男兒志四方，何須妻子碎肝腸？不慮山遥并水遠，惟願衣錦早還鄉。奴不慮山遥水遠。（生）敢莫慮卑人衾寒枕冷？（旦）解元，你妻子豈是那等之人？願君此去姓名揚，結髮夫妻歲月長。今年此日離門去，明年此日轉還鄉。奴不慮衾寒枕冷。（生）五娘既不慮彼，又不慮此，你還慮着那一件來？（旦）解元未曾起程，就先忘了？山遠水遠豈傷心，不愁枕冷與寒衾。君去青雲須有路，雙親年老靠何人？奴只慮公婆没主，公婆，你只生一個孩兒，今日要他赴選，明日要他求名。公婆呵，只恐怕別兒容易見兒難，望斷關河烟水寒。想時想得肝腸斷，望時望得眼兒穿。肝腸斷，眼兒穿，撇得你老人家一旦冷清清，撇得你老人家一旦冷清清。

（生）五娘，今朝離別好傷情，別却雙親兩淚盈。一心只要供甘旨，何曾想着那功名？

【前腔】㈡（生）何曾，想着那功名？（旦）既不想功名，又去怎的？（生）幼而學，壯而行。此乃是張太公相勸，又是爹娘之命，怎敢有違？ 欲盡子情，難拒親命。五娘請上，受卑人一禮。（旦）解元，男兒膝下有黃金，豈可低頭拜婦人？（生）五娘，禮下於人，必有所求。今伯皆上無兄，下無弟。我有年老爹娘，没奈何，望賢妻與我好看承，望賢妻與我好看承。（旦）解元，做媳婦事舅姑，理之當然。畢竟，（生）五娘，卑人有一句話，休要見怪。（旦）有話但説無妨。（生）休怨我朝雲暮雨。（旦）解元，私室之情，也自罷了。上無兄下無弟，撇下年老爹娘在家時節呵，誰替你冬温夏清？（生）思量起，如何割捨得眼睜睜？ 如何割捨得眼睜睜？

（旦）解元，君去京師須小心，公婆甘旨我應承。惟願鰲頭君獨占，管取儒衣換却青。

【前腔】（旦）儒衣纔換青，快着歸鞭，早辦回程。解元，奴有一言，念在夫婦之情，不要見怪。（生）有話但説無妨。（旦）只怕你十里紅樓，休得要重婚娉婷。叮嚀，五娘叮嚀甚的？（旦）解元，須則奴家不敢啓君之念。不念我芙蓉帳冷，也思親桑榆暮景，也思親桑榆暮景。（内叫介）（生）五

㈡ 腔：原作『調』，據曲律改。下同改。

娘，諸友等候多時，待我回他就來，待我回他就來。（旦）思想男子漢真個心歹！我爲妻子的不忍分離，送他到十里長亭，他與朋友講話去了，把妻子丟在一傍，不揪不採。在家尚且如此，何況去到京城？雖然公婆囑付他許多的言語，未知他記否何如？親囑付，知他記否？我這裏言之諄諄，他那裏聽之漠漠，空自語惺惺。

（虚下介）（生扯介）五娘，適同諸友話長亭，娘行何事意沉吟？雖然别後相思苦，苦時揾淚且寬心。

【前腔】（生）寬心雖待等，妻，説甚麼紅樓偏有意，那知我翠館實無情。我豈肯戀花酒，甘爲萍梗？（旦）解元，若得成名，早寄一封音書回來，我的夫。（生）五娘，此時狼烟蜂起，只愁音書阻隔。只怕萬里關山，那更音信難憑。（旦）解元，若音信難通，我和你夫婦恩情從此絶矣。（生）須聽，没奈何分情破愛，誰下得虧心短倖？五娘，今朝别後，人居兩地，天各一方。從今後愁腸難訴，心事誰言？正是相思兩處，一樣淚盈盈。

【鷓鴣天】（旦）萬里關山萬里愁，（生）一般心事兩般憂。（旦）夫，妻子叮嚀之言，非爲别的。桑榆暮景親難保，（生）五娘妻，不必拳拳致囑。客館風光怎久留？（下）（旦）他那裏，謾凝眸，正是馬行十步九回頭。歸家只恐傷親意，擱淚汪汪不斷流。

蔡中郎上表辭官

【北點絳唇】（末）夜色將闌，晨光欲散，把珠簾捲。移步丹墀，擺列着金龍案。

【北混江龍】（末）官居宮院，謾道是天威咫尺近龍顏。每日間親隨車駕，只聽鳴鞭。去螭頭上拜跪，隨着那豹尾盤旋。朝朝宿衛，早早隨班。做不得卿相當朝一品貴，到先做侍臣待漏五更寒。空嗟嘆，山寺日高僧未起，算來名利不如閒，算來名利不如閒。

自家乃漢朝中一個小黄門是也。往來紫禁，侍奉丹墀。領百官之奏章，傳一人之命令。正是：主德無瑕閹宦習，天顔有喜近臣知。如今天色漸明，正是早朝時分，官裏升殿。恐有百官奏事，只得在此侯候。道猶未了，一個奏事官來了。

【點絳唇】（生）月淡星稀，建章宮裏千門曉。御爐烟裊，隱隱鳴稍杳。下官當初在家事親時節，如今五鼓時分，我與五娘雙雙同在爹娘膝下問安。忽憶年時，問寢高堂早。鷄鳴了，鷄鳴了，悶縈懷抱，此際愁多少？此際愁多少？

不寢聽金鑰，因風想玉珂。明朝有封事，索問夜如何。念伯皆爲父母在堂，欲上表辭官，回去侍奉雙親。今天色已明，這是午朝門外，不免挨拶而進。（末）朝鼓鼕鼕月墜西，百官文武整朝衣。忽聽静鞭三下響，揚塵舞蹈拜丹墀。

【神仗兒】(生)揚塵舞蹈，揚塵舞蹈，遥瞻天表。見龍鱗日耀，(末)狀元不得升殿。咫尺重瞳高照。(末)有何文表，就此批宣。(生)遥拜着赭黄袍，遥拜着赭黄袍。

【滴溜子】(生)臣邕的，臣邕的，荷蒙聖朝；臣邕的，臣邕的，拜還紫誥。(末)狀元，你莫不是嫌官小？(生)念邕非嫌官小，奈家鄉萬里遥，雙親又老。干瀆天威，萬乞恕饒，萬乞恕饒。

(末)狀元，吾乃黄門，我掌奏章，有何文表，就此批宣。

【入破第一】(生)議郎臣蔡邕啓：今日蒙恩旨，除臣爲議郎之職，重蒙賜婚牛氏。干瀆天威，臣謹誠惶誠恐，稽首頓首。伏念微臣，初來有志。誦詩書，力學躬耕修己，不復貪榮利。(一)事父母，樂田里，初心願如此而已。不想州司，謬取臣邕充試。到京畿，豈料蒙恩，叨居上第，叨居上第。

【破第二】(生)重蒙聖恩，婚賜牛公女。臣草茅疏淺，如何當得此隆遇？(二)況臣親老，一從别後，光陰有幾。廬舍田園，荒蕪久矣。

(末)親老在堂，必自有人奉侍，狀元不必憂慮。

(一) 貪：原闕，據汲古閣刊本《繡刻琵琶記定本》補。

(二) 隆：原作『龍』，據汲古閣刊本《繡刻琵琶記定本》改。

【衮第三】（生）但臣親老鬢髮白，筋力皆癯瘁。影隻形單，無兄弟，誰奉侍？况隔千山萬水，生死存亡，雖有音書難寄。最可悲，他甘旨不供，我食禄有愧，我食禄有愧。

（末）聖上作伐，太師聯姻，狀元，這也是奇遇，何故推辭？

【歇拍】（生）不告父母，怎諧匹配？臣又聽得家鄉裏，遭水旱，遇荒飢。多想臣親必做溝渠之鬼，未可知。怎不教臣，悲傷淚垂？

（末）狀元，此非哭泣之所，不得驚動天顔。

【中衮第五】（生）臣享厚禄掛朱紫，出入承明地。惟念二親寒無衣，飢無食，喪溝渠。憶昔先朝朱買臣守會稽，司馬相如，持節錦歸。

【煞尾】（生）他遭遇聖時，皆得還鄉里。臣何故，别父母，遠鄉閭，没音書，此心違？伏望陛下特憫微臣之志，遣臣歸。得侍雙親，隆恩無比。

【出破】若還念臣有微能，鄉郡望安置。庶使臣忠心孝意得全美，(一)臣無任瞻天仰聖，激切屏營之至，激切屏營之至。

(一) 臣：原闕，據汲古閣刊本《繡刻琵琶記定本》補。

（末）原來如此。吾當與汝轉達天聽，你只在午門外俟候聖旨。正是：眼望旌捷旗，㈠耳聽好消息。

【神仗兒】（生）彤庭隐耀，彤庭隐耀，下官舉目一看，忽然見有一朵祥雲，就似我家鄉一般，見祥雲縹緲。下官今日進此兩封奏章，我想將起來，本上寫得十分嚴切。上寫『八旬父母，兩月妻房』。聖上若見，必然是准。如今想黄門到了。想黄門已到，料應重瞳看了，聖上看我辭官表章，還不緊要；若看到辭婚的表章，萬歲乃仁德之君。多應是念我私情烏烏，顒望斷九重霄。

黄門將我奏章轉達，未知聖意允否？不免在此禱告天地一番。

【滴溜子】（生）天憐念，天憐念，蔡邕拜禱。雙親的，雙親的，㈡死生未保。正是：哀哀父母，生我劬勞。欲報深恩，昊天罔極。可憐恩深難報，㈢一封奏九重，知他聽否？爹娘，孩兒若得與你相會，也在這一封表章；不能勾與你相會，也在這一封表章了。爹娘呵，我和你會合分離，都在這遭，都在這遭。

【前腔】今日裏，今日裏，議郎進表。傳達上，傳達上，聖目看了。（生）聖目看了如何説？（末）道太師昨日先奏，把乘龍女婿招，多少是好？（生）黄門大人，你莫不是哄我？（末）見有玉音

㈠ 旗：原作『起』，據汲古閣刊本《繡刻琵琶記定本》改。

㈡ 雙親的：原不疊，據汲古閣刊本《繡刻琵琶記定本》補。

㈢ 報：原作『保』，據汲古閣刊本《繡刻琵琶記定本》改。

傳降聽剖，見有玉音傳降聽剖。

聖旨已到，跪聽宣讀：孝道雖大，終於事君；王事多艱，豈遑報父？朕以凉德，嗣纘丕基。眷兹警動之風，未遂雍熙之化。爰招俊髦，以輔不逮。咨爾才學，允愜輿情。是用擢居議論之司，以求繩糾之益。爾當恪守乃職，勿有固辭。其所議婚姻事，可曲從師相之情，以成桃夭之化。欽予時命，裕爾乃心。謝恩。狀元爲何不謝恩？（生）黄門大人，煩你與我再去奏知官裏，我情願不做官也。（末）咳！這等不曉事。聖旨已出，誰敢違背？（生）大人，你有所不知，聽我道來。

【啄木兒】（生）我親衰老。（末）你家中還有甚麽人？（生）奈伯皆上無兄下無弟，妻又嬌。（末）狀元既親老妻嬌，何不寄一封音信回去？（生）大人，曾奈朝中董卓弄權，吕布把守虎牢三關，縱有音書難寄了。大人呵，萬里關山音信杳。他那裏舉目淒淒，我這裏回首迢迢。我爹娘在家，終日倚門懸望，説道我怎麽不回？他那裏望得眼穿兒又不得到，我今日一旦僥倖，指望回家養親，誰想聖意不允。俺這裏哭得淚乾怕雙親難保，閃殺人一封丹鳳詔。

【前腔】（末）狀元，你何須慮，不用焦，人世上離多歡會少。大丈夫須當萬里封侯，肯守着故園空老。畢竟事君事親一般道，人生怎全忠和孝？却不道母死王陵歸漢朝？却不道母死王陵歸漢朝？

【三段子】（生）這懷怎剖？望丹墀天高聽高；這苦怎逃？望白雲山遥路遥，望白雲山遥路遥。

【前腔】（末）狀元，你做官與親添榮耀，高堂管取加封號。與你改换門閭，偏不是好？（生）黄門大人，那穿紫袍繫金帶者是誰也？（末）狀元，是你令岳丈牛太師了。

【歸朝歡】（生）他名爲冢宰，實爲寇仇，惱得我怒氣哰哰，悲悲切切。你就是寃家的，你就是寃家的，苦苦見招。俺媳婦，俺媳婦，埋怨怎了？饑荒歲，饑荒歲，怕他怎熬？俺爹娘怕不做溝渠中餓殍？

【尾聲】（末）狀元，譬如四方戰争多征調，從軍遠戍沙場草，也只是爲國忘家怎憚勞？

蔡中郎書館思親

【喜遷鶯】（生）終朝思想，但恨在眉頭，悶在心上。鳳侣添愁，魚書絶寄，空勞兩處相望。青鏡瘦顔羞照，寶瑟清音絶響。昨宵一夢到家鄉，醒來依舊天涯外。歸夢杳，繞屏山烟樹，那裏是我家鄉？

〔踏莎行〕怨極愁多，歌慵笑懶，只因添個兜央伴。他鄉遊子不能歸，高堂父母無人管。湘浦魚沉，衡陽雁斷，音書要寄無方便。人生光景幾多時，蹉跎負却平生願。念伯皆定省思歸之念屢屢追積，離别之言耿耿在懷。正是：何時得脱利名韁，(一)却怪當初赴選場。遥望故鄉千里客，教人無日不思量。

【雁魚錦】(生)思量，那日離故鄉。父愛子指日成龍，母念兒終朝極目。張太公有成人之美，每重父言；趙五娘身處孤單，惟順姑意，那些兒不是真情密意？記臨期送别多惆悵，五娘送我到十里長亭，南浦之地，二人執袂叮嚀，欲離未忍。攜手共那人不厮放。我與他徘徊繾戀，豈爲夫婦之情？無非爲我爹娘而已。教他好看承，我年老爹娘，五娘見我把親幃囑託與他，當時回言得好。他道：婦事舅姑，(二)理之當然，豈待我言？五娘乃是信實之婦，豈肯負我臨行之囑？料他們有應不會遺忘。伯皆今日心下怎麽這等焦燥得緊？呀！今早上朝，忽見楊給事手擎一本。我問他何本，他道：是貴處陳留郡上乾旱奏章。我問他本上如何道？他道：老弱填於溝壑，少者離散於四方。伯皆聽得此言，唬得我魂不着體。聞知道我那裏飢與荒，别處饑荒猶自可，惟我陳留饑荒，伯皆撇下父母在堂，上無兄下無弟，無人奉侍。猶如風前燭草上霜，朝不能保暮。聞知道我那裏飢與荒，我的爹如何？只恐怕捱不過歲月難存養。記得臨行之時，我娘道：兒，你既然難割捨老娘前去，將你裏襟衣服過來，待我縫上幾針在上面。到京城見此針綫，如見老娘兩淚汪汪。他道：慈母手中綫，遊子身上衣。豈知五娘在傍回

(一) 韁：原作「疆」，據汲古閣刊本《繡刻琵琶記定本》改。

(二) 舅：原作「舊」，據汲古閣刊本《繡刻琵琶記定本》改。

道：婆婆，臨行密密縫，意恐遲遲歸。誰知此言信矣。老娘道：要解娘的愁煩，須早寄音書回轉。自今呂布把守虎牢三關，縱有音信難寄。他老望不見書音轉，却把誰倚仗？却把誰倚仗？

【前腔】（生）思量，父母愛子之心無所不至，耳提面命，擇師取友。幼讀文章，果然家貧而兒不爲祿仕乎？親在而兒不敢遠遊乎？論事親爲子也須要成模樣。趙五娘雖則新婚兩月，日遠日親；牛氏夫人雖與他姻鏈數載，日近日疏。我與他真情未講，岳丈有愛子之心，待卑人恩莫厚矣，怎知我有許多怨恨之心？怎知道喫盡多磨障？此乃天生不辰，以致如此。向日在爹爹處，托他不肯前來應舉。我爹爹就以貪愛違命罪我，使我爲子的無一言敢回。這功名非吾欲。被親强來赴選場，來此幸喜得中高魁，相府招贅一事，即時上表辭官，歸家養親。誰想聖旨已出：王事多艱，豈遑報父？使我進退無由。被君强官爲議郎，我道家有兩月妻房，重婚再娶，有傷風化。誰知聖上旨意已出：『勿有固辭。其所議姻婚，可曲從師相之請，以成桃夭之化。』被婚强效結鸞凰。三被强，我的衷腸事訴與誰行？埋怨難禁這兩廂：（一）這壁廂，牛氏夫人見我歡無半點，愁有千般，道咱是個不撑達害羞的喬相識；那壁廂，趙氏五娘見我不回，道我忘親悖德，寡信傷倫。道咱是個不覩親負心的薄倖郎，道咱是個不覩親負心的薄倖郎。

（一）難禁：原作『南京』，據汲古閣刊本《繡刻琵琶記定本》改。

【前腔】(生)悲傷，今日我官居清要，位列朝班。鷺序鴛行，自古以來，昔年大舜以天下養其親。且謾説大孝，就是那羊有跪乳之恩，鴉有反哺之義，豈可人而不如烏乎？到不如慈烏返哺能終養。記得燈前慶壽，我爹爹曾道：惟願取黄卷青燈，及早换金章紫綬。今日果應此言。不得歸養親，也是枉然。謾把金章，綰着紫綬，昔日老萊子行年七十，身穿五綵班斕之衣。伯皆異日歸家，效取戲彩班衣之樂。差矣。臨行時我爹娘年滿八旬，怎的還説此言？試問班衣，今在何方？今日在朝事君之日長，事親之日短。班衣罷想，縱然不歸去，有誰人替我帶麻執杖？臨行之時，母親説道：兒，蟾宫桂枝須早攀，北堂萱草時光短。爲這蝸角虚名，誤我事親大孝。只爲雲梯月殿多勞攘，伯皆不得歸家見雙親，苟延歲月，照見髮皤兩鬢，已成半霜，只落得淚雨如珠兩鬢霜。

俺這裏只落得晝之所思，夜之所夢。正是：五更歸夢三千里，一日思親也十二時。

【前腔】(生)幾回夢裏，忽聞金鷄唱。悲哀出於離别，真情發於夢寐。忙驚覺錯呼舊婦，同問寢高堂上。朦朧覺來時，那見我的爹娘？依然新人鴛幃鳳衾和象床。牛氏夫人，下官被你逗遛不得回去，教我怎不怨香愁玉無心緒？我怎麽埋怨夫人？若對他説破，一同回去，必然肯從。争奈岳丈勢壓朝班，威傾京國。更思想，被他攔當，一生光景他鄉老，謾灑西風淚兩行，教我怎不悲傷？下官在此，未熱有扇動齊紈，未冷有錦帳重幃。俺這裏歡娱夜宿芙蓉帳，我五娘在家，上無暮景之桑榆，下無孫枝之蘭玉。耳聞四壁之蛩聲，眼對殘燈之孤影。獨枕凄涼，孤單漏永。他那裏寂寞偏嫌更漏長。怎麼想在五娘身上去？我少年夫婦，合歡有日；老景爹娘，報答無時。謾悒怏，把歡娛翻成悶腸。我爹娘在家，只靠五娘侍奉。他是個女流之輩，那有肥甘之養？天！他菽水既清涼，夫人，你縱有百味珍饈，我伯皆心不及於此。我何心，貪戀着美酒肥羊？父母見我不歸，説我固寵忘親；(一)五娘見我不歸，説我戀新棄舊。怎知我辭官辭婚二封表章皆不允？閃殺人花燭洞房，愁殺我掛名金榜。魆地裏自思想，且揾了眼淚，及時夫人瞧見，不當穩便。正是在家不敢高聲哭，莫説與人知道，就是那猿聞也斷腸，就是那猿聞也斷腸。

【餘文】千思想，萬忖量，若還得見俺爹娘，辦一炷明香答上蒼。

牛氏詰問幽情

【引子·菊花新】(生)封書遠寄到親幃，忽見關河朔雁飛。(二)梧葉滿庭除，争如我悶懷堆積。

封書寄遠人，寄與萬里親。書去神亦去，猶然空一身。下官喜得家書，報道平安。已曾修書家去，但不

(一)忘：原闕，據文義補。

(二)朔：原作『索』，據汲古閣刊本《繡刻琵琶記定本》改。

知。這幾日長懷想念，番成愁悶，不知有甚事？正是：須無千丈綿，萬里繫人心。

【意難忘】（占）綠鬢仙郎，懶去拈花弄柳，勸酒持觴。㈠眉顰應有恨，相公，何事苦相妨？何事苦相妨？（生）夫人，些個事，惱人腸。（占）相公，試說與又何妨？（生）只怕你尋消問息，添我的淒惶。

（占）相公，古人云：嗔又未嗔，笑又未笑。古之君子，當食不笑，臨樂不憂，無事而慽，謂之不詳。你自到我府中，不明不暗，如醉如癡，鎮日憂悶，不知爲着甚的？還是少了你穿的，少了你喫的？我且道你喫的來，恐肥甘不足於口與？

【紅衲襖】（占）你喫的是煮猩唇和那燒豹胎，恐輕暖不足於體與？你穿的是紫羅襴，繫的是白玉帶。相公，恐彩色不足於目與？只見前者擁而後者隨，從者挨摎於左右。我只見五花頭踏在你馬前擺，三簷傘兒在你們頭上蓋。（生）夫人，豈不聞書中車馬多如簇？此乃是我讀書人本然的。（占）妾有句話說，望相公休要見怪。（生）有話請說無妨。（占）你本是草廬中一秀才。（生）夫人差矣。那個公卿不從秀才出身？（占）相公不要惱，下句道得好。到如今做了漢朝中梁棟材。相公，天子得之爲臣，諸侯納之爲婿，頭名狀元被你占了，千金小姐被你娶了。食祿萬鍾，志願足矣。你有

㈠ 觴：原作『觸』，據汲古閣刊本《繡刻琵琶記定本》改。

甚的不足處，只管鎖了眉頭也，唧唧噥噥不放懷？唧唧噥噥不放懷？

【前腔】（生）爲臣一日立朝班，鐵甲將軍夜度關。山寺日高僧未起，算來名利不如閒。你道我穿的是紫羅襴，到拘束不自在。（占）你脚下穿的是皂朝靴，那一件不是好的？（生）夫人，俺伯皆在家，麻鞋草履，行也由我，坐也由我。自從穿了皂朝靴，怎敢胡去踹？（占）相公，你喫的是珍饈百味，那一些不美？（生）夫人，正是：心事未平空宴樂，烹龍炮鳳亦徒然。俺伯皆在家，黄齏淡飯，緊緩喫些俱可，誰人來催我？到如今口裏喫幾口慌慞慞要辦事的忙茶飯，到如今口裏喫幾口慌張張要辦事的忙茶飯。（占）相公，你飲的是碧酒金樽，那一些不樂？（生）身在帝王邊，如羊伴虎眠。有日龍顔怒，無處可遮攔。我手裏拿着戰兢兢怕犯法的愁酒杯，我手裏拿着戰兢兢怕犯法的愁酒杯。（占）相公上忠於國家，下安於百姓，有何戰戰兢兢？（生）夫人，我講兩個古人與你聽着。標名怎似埋名好？出士無如隱士高。（占）敢問相公，標名與埋名，古人是怎的？（生）漢邦碌碌枉英豪，一個鱗鴻恤羽毛。實想公卿三十六，雲臺争似釣臺高？到不如嚴子陵登釣臺。（占）出士與隱士，古人是怎的？（生）身在異鄉終是客，心懸故國總成灰。每懷王燦樓中事，難免楊雄閣上災。決不學楊子雲閣上災。（占）相公，還是你爲官的好。（生）夫人，我爲官的有甚好處？你看驄馬五更寒，披衣上繡鞍。去時東華天未曉，回來明月滿欄杆。只管待漏隨朝也，可不誤了春花秋月在？自幼離鄉老大回，聲音不改鬢毛衰。兒童相見不相識，笑問客從何處來。枉干碌碌頭又白。

【前腔】（占）莫不是丈人行性氣乖？（生）岳丈視吾猶子，恩莫厚矣，快不要這等説。（占）莫不是妾跟前缺管待？（生）夫人説那裏話？我與你夫婦恩情，講甚缺管待？（占）莫不是畫堂中少了三千客？（生）我又不是孟嘗君，何用三千客？（占）莫不是繡屏前少了十二釵？（生）下官又非牛僧兒，何用十二釵？（占）又不是。這意兒教人怎的猜？（生）枉爲丞相之女！丈夫身上這些事，不能解其意。（占）這話兒教人怎的解？相公，我今番猜着了！（生）夫人，你猜着那件來？（占）猜便猜着了，説出來又恐怕相公改變了。知君心意悶沉沉，不爲君來不爲民。口裏無言空自嘆，應想花前月下人。敢只是楚館秦樓，有一個得意人兒也，因此上悶懨懨常掛懷？因此上悶懨懨常掛懷？

【前腔】（生）夫人端的細詳猜，非我懨懨悶在懷。只因蝸角功名鎖，撇却情人天一涯。我有個人兒在天涯。（占）相公不須煩惱，你既有心上人，何不修書差人接他來，同享榮華，有誰阻擋不成？（生）不能勾了，夫人。只落得臉銷紅眉愁鎖黛。呀！險被夫人識破了。先前講的甚么情人，我在這裏做官，有甚麼情人？要見情人，就是你了。我本是朝中桂子客，槐花鬢裏生，愁不定了。夫人呵，我本是傷秋宋玉無聊賴，有甚心情去戀着閒楚臺？有甚心情去戀着閒楚臺？（占）分明猜着了，如今又説來説去，是怎的？（生）三分話兒只恁猜，一片心兒只恁解。（占）相公，我猜不來，解不來。如今定要明白説與奴家便。（生）夫人撒手，定要問我怎的？休纏我啞口無言説，若還提起那籌兒也，好教我撲簌簌淚滿腮，好教我撲簌簌淚滿腮。

（占）由你！由你！待我不勸解你，你只憂悶；我待問你，你又不應我。我也没奈何。夫妻何事苦相妨？莫把閒愁積寸腸。各人自掃門前雪，休管他人瓦上霜。（旦虚下介）（生）難將我語同他語，未必他心似我心。伯皆娶親兩月，别妻數載，我朝夕思歸，翻成愁悶。牛氏雖則新婚，實是賢慧。若將此事説與他知，想他肯同我回去。争奈岳丈在堂，逾年六十以上。招我伯皆爲東床女婿，指望暮齡之紙柱，〔一〕如何肯放我回去？不如姑且隱忍，改日求一鄉郡，那時節回去見我爹娘罷了。非是我隄防你太深，只緣伊父苦相禁。〔二〕（占虚聽）（生）夫妻且説三分話，未可全拋一片心。（生轉見占介）夫人，你還是多久來還是方纔到？（占）奴家纔到。（生）聽見我説甚麽話？（占）奴家只聽得那兩句：難將我話同他語，未可全拋一片心。（生背云）難將我語同他語，是下官起頭的話。未可全拋一片心，是下官結尾的話。原來被他瞧破了。呀！夫人宰相之女，狀元之妻，竊聽夫言，成甚麽模樣？罷！罷！你聽我兩句話了，討一個歸期與我。（占）自你到我府中，臉帶憂容，終日煩惱，不知你爲着何來。却原來是親老妻嬌，身沉宦海。相公呵，楚館秦樓思舊約，洞房花燭怨新婚。此情幸得奴瞧破，家尊知道怪伊門。

【江頭金桂】（占）怪得你終朝嚬𡄷，只道你緣何愁悶深？教咱猜着啞謎，爲你沉吟，況那籌兒没處尋。我和你共枕同衾，瞞我則甚？瞞我則甚？（生）我瞞你甚的來？（占）冤家，你還説没

〔一〕指：原作『旨』，據文義改。

〔二〕伊：原作『依』，據汲古閣刊本《繡刻琵琶記定本》改。

有瞞我？你自撇下爹娘媳婦，屢换光陰。你家中既有八旬父母，兩月妻房在家，你到此得中了頭名狀元，即當差取人馬去迎接到這裏，同享榮華纔是道理。我夫瞞我太無良，撇下爹娘與妻房。久聞陳留遭水旱，如何捱得這饑荒？你自撇下爹娘媳婦，屢换光陰。你在此朝朝飲宴，夜夜笙歌，他那裏倚門懸望不見兒歸。須埋怨没信音。自古道：養兒待老，積谷防飢。莫説公婆、姐姐，就是傍人見你不回呵，笑伊家短行，笑伊家短行，無情忒甚。到於今夫妻且説三分話，未可全拋一片心，未可全拋一片心。

【前腔】（生）非是我聲吞氣忍，只爲你爹行勢逼臨。（占）翁婿之情，説甚麼勢逼？（生）怕他知我要歸去，將人厮禁。幾番要説，又將口噤。（占）相公既不明説，終不然不圖歸家不成？（生）欲待要解下朝簪，再圖鄉郡。你令尊呵，他不隄防着我，須遣我你到家庭，我和你雙雙兩個歸晝錦。（旦）相公，敢問公婆壽年多少？（生）下官起程，與爹娘慶了八旬之壽而來。我雙親老景，我雙親老景，他那裏存亡未審，(一)他那裏存亡未審。（占）你曾寄得有書回去否？（生）下官前月有一封書，寄與鄉親馬扁三官帶去。出門與那院子講，他説吕布把守三關，來往客商都要盤詰，恐怕不能到家。只怕雁杳魚沉。又不是烽火連三月，真個家書抵萬金，真個家書抵萬金。（下）

(一) 亡：原作『望』，據汲古閣刊本《繡刻琵琶記定本》改。

賽徵歌集

明無名氏選輯，明萬曆間巾箱本。凡六卷。其中卷一收録《琵琶記》之《牛氏賞花》《逼子赴選》《涼亭賞夏》《中秋望月》等四齣，輯録如下。

牛氏賞花

（末扮老院子上）風送爐香歸别院，日移花影上閒庭。晝長人静無他事，惟有鶯啼三兩聲。小子不是别人，却是牛太師府裏一個院子。若論俺太師的富貴，真個只有天在上，更無山與齊。舉頭紅日近，回首白雲低。怎見得富貴？他勢壓中朝，資傾上苑。白日映沙堤，青霜凝畫戟。門外車輪流水，城中甲第連天。瓊樓酬月十二層，錦障藏春五十里。香散綺羅，寫不盡園林景致；影摇珠翠，描不就庭院風光。好耍子的油碧車輕金犢肥，没尋處的流蘇帳暖春鷄報。畫堂内持觴勸酒，走動的是紫綬金貂；繡屏前品竹彈絲，擺列的是朱唇粉面。瑇瑁筵前爇寶香，真個是朝朝寒食；琉璃影裏燒銀燭，果然是夜夜元宵。這般樣福地洞天，可知有仙姝玉女。休誇富貴的牛太師，且説賢德的小娘子。真個好一位小娘子呵！看他儀容嬌媚，一個没包彈的俊臉，似一片美玉無瑕；體態幽閒，半點難勾引的芳心，如幾層清冰徹底。珠翠叢中長大，倒堪雅淡梳粧；綺羅隊裏生來，却厭繁華氣象。怪聽笙歌聲韻，惟貪針指工夫。愛景清幽，鎮白日何曾離繡閣？笑人游冶，傍青春那肯出香閨。開遍海棠花，也不問夜來多少；飛殘楊柳絮，竟不道春去如何。要知他半點貞心，惟有穿瑣窗的皓月；能回他一雙嬌眼，除非翻翠幌的清風。决非慕司馬的文君，肯學選伯鸞的德耀。更羨他知書知禮，是一個不趨蹌的秀才；若論他有德有行，好一位戴冠兒的君子。多應是相門相種，可惜不做厮兒。少甚麼王子王孫，争要求爲佳配。呀！理會得麼？他是玉皇殿前掌書仙，一點塵心謫九天。莫怪蘭香熏透骨，霞衣曾惹御爐烟。呀！好怪麼！只見府堂中老姥姥和惜春姐兩個，笑哈哈舞將出來。我且躱在一邊，看他來此做甚麼？（浄扮老姥姥，丑扮惜春上）

【仙吕入雙調·雁兒落】（浄）庭院重重，怎不怨苦？要尋個男兒，又無門路。（丑）甚年能彀和一丈夫，一處裏雙雙雁兒舞？

（相見科）（末云）來，我且問你兩個：往常間不曾恁的快活，今日如何這般快活？（丑云）院公，你那得知我喫小姐苦哩！并不許半步胡踹，又不要我説男兒那邊厢去。咳！苦也。你不要男兒，我須要哩！他也道我和他相似，笑也不許我笑一笑。今日天可憐見，喫我千方百計去説動他，只限我半個時辰去後花園閒耍一遭。你道我如何不快活？（浄云）院公，便是我也千不合萬不合，前生不曾種得福田。爹娘把我送在府堂中做個丫頭，到今年紀老了，不曾得一日眉頭舒展。今日天可憐見，老相公入朝，我纔得偷身來此閒耍一遭。你道我如何不快活？（末云）元來恁的，可知道你二人快活也。（淨云）院公，你伏侍老相公，却是公的又撞着公的。我與惜春伏侍小姐，却是雌的又撞着雌的。（末云）呀！老姥姥，你怎的説這話？惜春年紀小，也怪他傷春不得。你年紀這般老大，也説這般傷春的話，成甚麽樣子？（淨云）哱嗯老畜生，倒喫你識破了。却不道秋茄晚結，菊花晚發？我雖然老便老，似京棗，外面皺，裏頭好。你不聞東村有個李太婆，年紀七八十歲，頭光撻撻的，也只要嫁人。人問道：婆婆，你這般老了，又要去嫁人怎的？那婆婆做四句詩應得好。（末云）如何説？（淨云）道是人生七十古來稀，不去嫁人待何時？下了頭髻床上睡，枕頭上架兩個大擂搥。（末云）你有些欠尊重！（丑云）休閒説！今日能彀得來此花園遊嬉，也不容易。又撞着院公在此，咱每三個何不做個耍子？（末云）也説得是。還是做甚麽耍子好？（淨云）院公，和你踢氣毬耍子。（末云）不好。（淨云）怎的不好？〔西江月〕（末云）白打從來逞藝，官場自小馳名。如今年老脚踜蹭，圓社無心馳騁。空使繡襦汗濕，漫教羅襪生塵，兀的是少年子弟俏門庭。老姥姥，不是你實粧行徑。（丑云）院公，踢氣毬不好，便和你鬥百草耍子？（末云）也不好。（丑云）怎的不好？（末云）香徑裏攀殘柳眼，雕闌畔折損花容。又無巧藝動王公，枉費工夫何用？驚起嬌鶯語燕，打開浪蝶狂蜂。若還尋得個并頭紅，惜春姐，早把你芳心引動。（淨、丑云）院公，你道兩樣都不好，如今打鞦韆耍子好麽？（末云）這個却好。你聽我説：玉體輕流香汗，繡裙蕩漾明霞。纖纖玉手綵繩拿，真個堪描堪畫。本是北方戎戲，移來上苑豪家。女娘撩亂隔墻花，好似半仙戲耍。（浄、丑云）恁地，便打鞦韆。只是没有架子。（末云）這花園中那裏得他？一來老相公不喜，二來小娘子不好，縱有也倒壞了。（丑云）院公，没奈何，我每三個在這裏廝輪做個鞦韆架，一人打，兩人擡。（末云）如此也好。誰人先打？（浄、丑云）我兩人擡，院公先打起。（做架科）（末云）你兩人不要跌了我。（浄、丑云）院公你放心，只管上去打。（末打科）

【窣地錦襠】（末唱）花紅柳緑草芊芊，正值春光艷陽天。我和你不來此處打鞦韆，爲人一生也徒然。

（放跌科）（末云）你兩個跌得我好！如今輪該老姥姥打。（浄云）你兩人也不要跌了我。（末云）老姥放心，不妨事，只管打。（浄打科）

【前腔】（浄）春光明媚景色鮮，遊遍花塢聽杜鵑。那更上苑柳如綿，我和你不打鞦韆枉少年。

（放跌科）（浄云）你兩個騙得我好！如今輪該惜春打。（丑云）你兩人也不要跌了我。（浄云）惜春放心也，只管打便罷。（丑打科）

【前腔】（丑）奴是人間快活仙，喫了飽飯愛去眠。莫教小姐來撞見，那時高高吊起打三千。

（放跌科）（貼扮牛氏上云）莫信直中直，須防仁不仁。是要得好呵！（末、浄走下，丑做不知云）你兩個騙得我好！如今我打了，又該院公打。（貼扯丑耳科）賤人，恁的爲人不尊重，只要閒嬉并閒哄！

（丑驚科）小姐，教人怎不去閒哄？你看那鞦韆架尚兀自走動哩！（貼云）賤人，我只教你在此閒翫片時，誰許你在此？（丑云）小姐，奴家心裏憂悶，只得在此消遣則個。（貼云）賤人，你心中憂悶怎的？（丑云）小姐，奴家名唤做惜春，見這春去了，便自傷春起來。教人如何不悶？（貼云）賤人，有甚傷春處？（丑云）小姐，我早晨裏只聽踈辣辣寒風吹散了一簾柳絮，餉午間只見淅零零細雨打壞了滿樹梨花。一霎時囀幾對黄鸝，猛可地叫數聲杜宇。奴家見此春去，如何不悶？（貼云）春光自去，有甚麽悶來？我和你去習學女工便了。（丑云）咳！苦也。這般天氣，誰不去閒嬉？小姐却教惜春去習學女工，兀的不是悶殺惜春麽？（貼云）婦人家誰許你閒嬉？（一）不習女工，有甚勾當？你却不學那不出閨門的！（丑云）小姐，你有盈箱羅綺，滿頭珠翠。少甚麽子，却這般自苦？（貼云）賤人，好怪麽？做女工是你本分的事，問有和没有做甚麽？（丑云）恁地，惜春拜辭小姐去也。（貼云）你拜辭我那裏去？（丑云）小姐，我去伏侍别人，與他傳消遞息，隨趁也得些快活。（貼云）咳！賤人，你伏侍我，我有甚虧了你？（丑云）小姐，我伏侍着你時節，見男兒也不許我擡頭看一看。前日艶陽天氣，花紅柳緑，猫兒也動心，你也不動一動；如今暮春時候，鳥啼花落，狗兒也傷情，你也不傷一傷。惜春其實難和小姐過活！（貼云）呀！這賤人。你是顛是狂，説這般話？我就去對老相公説，好生施行你！（丑跪科）小姐，可憐見惜春心裏悶，因此這般説。（貼云）賤人，我饒你這遭。你自看麽。

（一）誰：原闕，據汲古閣刊本《繡刻琵琶記定本》補。

【越調引子・祝英臺近】（貼）緑成陰，紅似雨，春色已無有。（丑）聞説西郊，車馬尚馳驟。（貼）怎如柳絮簾櫳，梨花庭院，（合）好天氣清明時候？

［玉樓春］（丑云）清明時節單衣試，争奈晝長人静重門閉。（貼云）我芳心不解亂縈牽，羞睹游絲與飛絮。（丑云）小姐，我在繡窗欲待拈針指，忽聽鶯燕雙雙語。（貼云）賤人，無情何事管多情，任取春光自來去。（丑云）小姐，你有甚麽法兒教惜春休悶哩？（貼云）你且聽我説。

【越調過曲・祝英臺序】（貼）把幾分春三月景，分付與東流。（丑云）小姐，如今鳥啼花落，你須煩惱些麽？（貼）啼老杜鵑，飛盡紅英，端不爲春閒愁。（丑云）你不閒愁，也還去賞翫麽？（貼）我花貌，休休，婦人家不出閨門，怎去尋花穿柳？（丑云）小姐你不去賞翫，只怕消瘦了你。（貼）我誰肯因春消瘦？

【前腔】（丑）春晝，只見燕成雙，蝶引隊，鶯語似求友。（貼云）呀！賤人，你是人，却説那蟲蟻做甚麽？（丑）那更柳外畫輪，花底雕鞍，都是少年閒遊。（貼云）這賤人，你是婦人家，説那男兒的事做甚麽？（丑）難守，繡房中清冷無人，我待尋一個佳偶。（貼云）呀！你倒思量丈夫起來。（丑唱）這般説，我終身休配鸞儔？

【前腔】（貼）惜春，知否，我爲何不捲珠簾，獨坐愛清幽？（丑云）清幽，清幽，争奈人愁！（貼）縱有千斛悶懷，百種春愁，難上我的眉頭。（丑云）小姐，只怕你不常恁的。（貼唱）休憂，任他春色年年，我的芳心依舊。（丑云）小姐，只怕風流年少的哄動你。（貼）這文君，可不擔閣了相如琴奏？

【前腔】（丑）今後，方信你徹底澄清，我好没來由。（貼云）惜春，你怎的不收斂了心？（丑）想像暮雲，分付東風，情到不堪回首。（貼云）你怎的不學着我？（丑）姐姐，聽剖，你是蕊宫瓊苑神仙，不比塵凡相誘。（貼云）恁地，自隨我習女工便了。（丑）我謹隨侍娘行，拈鍼挑繡。

（丑云）姐姐，你聽那子規却是啼得好哩！

（貼）休聽枝上子規啼，（丑）悶在停針不語時。

（貼）窗外日光彈指過，（丑）席前花影坐間移。

逼子赴選

【南吕引子・一剪梅】（生）浪暖桃香欲化魚，期逼春闈，詔赴春闈。郡中空有辟賢書，心戀親闈，難捨親闈。

世間好物不堅牢，彩雲易散琉璃脆。蔡邕本欲甘守清貧，力行孝道。誰知朝廷黄榜招賢，郡中把我名字保申上司去了。一壁廂已有吏來辟召，自家力以親老爲辭。這吏人雖則去，只怕明日又來；我只得力辭便了。正是：人爵不如天爵貴，功名争似孝名高？

【南呂過曲・宜春令】（生）雖然讀萬卷書，論功名非吾意兒。只愁親老，夢魂不到春闈裏。便教我做到九棘三槐，怎撇得萱花椿樹？天那！我這衷腸，一點孝心對誰語？

【前腔】（末扮張太公上）相鄰并，相依倚，往常間有事來相報知。（生云）來的却是張太公呵。（相見科）（末云）秀才，試期逼矣，早辦行裝前途去。（生云）公公，我雙親年老，不敢去。（末云）呀！秀才，子雖念親老孤單，親須望孩兒榮貴。你趁此青春不去，更待何日？

（生云）公公言極有理。争奈父母無人奉侍，如何去得？（末云）你既不肯去呵，且看老員外和老安人出來如何説。我想起來，也只是教你去的分曉。道猶未了，老員外來也。

【前腔】（外）時光短，雪鬢催，守清貧不圖甚的。有兒聰慧，但得他爲官吾心足矣。（外末作相見科）（外云）孩兒，天子詔招取賢良，秀才每都求科試。你快赴春闈，急急整着行李。

（末云）呀！老安人也出來了。

【前腔】（浄）娘年老，八十餘，眼兒昏又聾着兩耳。又没個七男八婿，只有一個孩兒，要他供甘旨。方纔得六十日夫妻，老賊强逼他争名奪利。天那！細思之，怎不教老娘嘔氣？

（相見科）（浄云）孩兒，我不合娶個媳婦與你。方纔得兩個月，你渾身便瘦了一半。若再過三年，怕不成一個枯髏？（末云）呀！老安人，你要他夫妻不諧呵？（外云）孩兒，如今黄榜招賢，試期已逼。郡中既然辟召你，你的學問可知。如何不去赴選？（生云）告爹爹得知，孩兒非不要去，争奈爹媽年老，家中無人侍奉。（末云）老員外和老安人，不可不作成秀才去走一遭。（浄云）咳！太公，你豈不知道？我家中又没有七子八婿，只有一個孩兒，如何去得？（外云）呀！你怎説這話？如今去赴選的，家中都有七子八婿麽？（浄云）老賊，你如今眼又昏，耳又聾，又走動不得。你教他去後，倘有些差池，教兀誰來看顧你？真個没飯喫便餓死你，没衣穿便凍死你，你知道麽？（外云）你婦人家理會得甚麽？孩兒若做得官時，也改换我門閭，如何不教他去？（生云）爹爹説得是，只是孩兒難去。

【繡帶兒】（生）親年老光陰有幾？行孝正當今日。（末云）秀才此去，必定脱白掛緑。（生）太公，終不然爲着一領藍袍，却落後五綵斑衣？思之，此行榮貴雖可擬，怕親老等不得榮貴。

（外）孩兒，春闈裏紛紛的都是大儒，難道是没爹娘的方去求試？

【前腔】（末）秀才，你休疑，男兒漢凌雲志氣，何必苦恁淹滯？秀才，你此回不去呵，可不干費了十載青燈，枉捱過半世黄虀？須知，此行是親志，你休固拒。秀才，那些個養親之志？

（浄）我百年事只有此兒，老賊，難道是庭前森森丹桂？

【太師引】（外）他意兒我也難提起，這其間就裏我自知。（末云）老員外知他爲着甚麽？（外）他戀着被窩中恩愛，捨不得離海角天涯。（生云）孩兒豈有此心？（外云）你是個讀書之人，我説一個比方與你聽。塗山四日離大禹，你今畢姻已曾兩月，直恁的捨不得分離？（末笑科）呀！秀才，你敢是如此麽？（生云）太公，卑人怎敢？（末）秀才，你貪鴛侶守着鳳幃，只怕誤了你鵬程鶚薦消息。

【前腔】（净）太公，他意兒只要供甘旨，又何曾貪歡戀妻？自古道曾参純孝，何曾去應舉及第？功名富貴天付與，天若與不求而至。（生）娘言是，望爹行聽取。（外云）呀！娘言的是，父言的非呵？你敢是戀新婚，逆親言麽？（生跪天科）天那！蔡邕若是戀新婚不肯去呵，天須鑒蔡邕不孝的情罪。

（外怒云）畜生，我教你去赴選，也只是要改换門閭，光顯祖宗。你却七推八阻，有許多説話！（生云）爹爹，孩兒豈敢推阻？争奈爹媽年老，無人侍奉。萬一有些差池，一來人道孩兒不孝，撇了爹娘，去取功名。二來人道爹爹所見不達，止有一子，教他遠離。孩兒以此不敢從命。（外云）不從我命也由你，你且説如何唤做孝？（净云）老賊，你年紀八十餘歲，也不識做孝？披麻帶索便唤做孝。（外云）咦！你曉得甚麽？（生云）告爹爹，凡爲人子者，冬温夏凊，昏定晨省；問其燠寒，搔其疴癢；出入則扶持之，問所欲則敬進之。所以父母在，不遠遊。出不易方，復不過時。古人的孝，也只是如此。（外云）孩兒，你説的都是小節，不曾説着大孝。（净云）老賊，你又不曾死，只管教他做大孝，越出去赴選不得。（末云）咦！這話有些不祥。（外云）孩兒，你聽我説。夫孝始於事親，中於事君，終於立身。身體髮膚，受之父母，不敢毁傷，孝之始也。立身行道，揚名後世，以顯父母，孝之終也。是以家貧親老，不爲禄仕，所以爲不孝。你若是做得官時節，也顯得父母好處，兀的不是大孝是甚麽？（生云）爹爹説得極是。但孩兒此去，知道做得官否？若還不中時節，既不能彀事君，又不能彀事親，(一)却不兩下擔閣了？（末云）秀才所見差矣。老漢嘗聞古人云：幼而學，壯而行。懷寶迷邦，謂之不仁。孔席不暇暖，墨突不待黔。伊尹負鼎俎於湯，百里奚五羊皮自鬻，也只要順時行道，濟世安民。自古道：學成文武藝，貨與帝王家。秀才，你這般才學，如何不去做官？（浄云）太公，你都有好言勸我孩兒去赴選，我有個故事説與你聽。（末云）老漢願聞。（浄云）在先東村李員外有個孩兒，也讀兩行書。他爹爹每日鬧炒，只是教孩兒去求官。孩兒喫不過爹爹鬧炒，去到長安，那裏無人擡舉他，遂流落去街上乞食。見個平章宰相，他疾忙在地上拜着，叫聲擡舉他。那宰相道：我與你做個養濟院大使，去管你爹娘。這孩兒自思道：做個養濟院大使，如何管得自己的父母？比及他回家，不想他父母無人供養，流落在養濟院裏居住。他父母見孩兒回來，説道：我教孩兒去得是。今日我孩兒做個頭目，衆人也不敢欺負我。你如今勸我孩兒去赴選，千萬叫他做個養濟院頭目回來，衆人也不敢欺負我。（末笑科）老安人，你説這乞丐事，儘教我聽了半日。（外云）孩兒，你趁早收拾行李起程。（生云）爹爹，孩兒去則不妨，只是爹媽年老，教誰看管？（末云）秀才不必憂慮，自古道：千錢買鄰，八百買舍。老漢既忝在鄰居，你但放心前去。若是宅上有些小欠缺，老漢自當應承。（生云）如此多謝公公，凡事仗託周濟。此行若獲寸進，決不忘恩。卑人没奈何，只得收拾行李便去。

(一) 又不能彀事親：原闕，據汲古閣刊本《繡刻琵琶記定本》補。

【三學士】（生）謝得公公意甚美，凡事仗託扶持。假饒一舉登科日，難道是雙親未老時？只恐錦衣歸故里，怕雙親不見兒。

【前腔】（外）萱室椿庭衰老矣，指望你改換門閭。孩兒，你道是無人供養我，若是你做得官來時節呵，三牲五鼎供朝夕，須勝似啜菽并飲水。你若錦衣歸故里，我便死呵，一靈兒終是喜。

【前腔】（末）托在鄰家相依倚，自當效些區區。秀才，你爲甚十年窗下無人問，只圖個一舉成名天下知。你若不錦衣歸故里，誰知你讀萬卷書？

【前腔】（淨）一旦分離掌上珠，我這老景憑誰？苦！忍將父母饑寒死，博得孩兒名利歸。你縱然錦衣歸故里，補不得你名行虧。

（外）急辦行裝赴試闈，（生）父親嚴命怎生違？

（淨）一舉首登龍虎榜，（末）十年身到鳳凰池。

涼亭賞夏

【南吕引子・一枝花】（生）閒庭槐影轉，深院荷香滿。簾垂清晝永，怎消遣？十二欄杆，無事閒凭遍。悶來把湘簟展，夢到家山，又被翠竹敲風驚斷。

〔南鄉子〕翠竹影揺金，水殿簾櫳映碧陰。人静晝長無個事，沉吟，碧酒金樽懶去斟。幽恨苦相尋，〔一〕離别經年没信音。寒暑相催人易老，關心，却把閒愁付玉琴。院子，將琴書過來。（末將琴書上）黄卷看來消白日，朱絃動處引清風。炎蒸不到珠簾下，人在瑶池閬苑中。相公，琴書在此。（生云）院子，你與我唤那兩個學僮過來。（末叫科）（净執扇、丑執香上）

【南吕過曲・金錢花】（净、丑）自少承直書房，書房。快活其實難當，難當。只管打扇與燒香，荷亭畔，好乘凉；　喫飽飯，上眠床。

（參見科）（生云）我在先得此材於爨下，斲成此琴，即名焦尾。自來此間，久不整理。今日當此清凉，試操一曲，以舒悶懷。你三人一個打扇，一個燒香，一個管文書，休得熳誤。（衆云）領鈞旨。（生操琴科）

【懶畫眉】强對南薰奏虞絃，只覺指下餘音不似前，那些個流水共高山？呀！只見滿眼風波惡，似離别當年懷水仙。

（净困掉扇科）（末云）告相公，打扇的壞了扇。（生云）背起打十三。那厮不中用，只教他燒香。（末云）領鈞旨。

【前腔】（生）頓覺餘音轉愁煩，似寡鵠孤鴻和斷猿，又如别鳳乍離鸞。呀！只見殺聲在絃中

〔一〕相：原作『想』，據汲古閣刊本《繡刻琵琶記定本》改。

見，敢只是螳螂來捕蟬？

（丑困滅香科）（浄云）告相公，燒香的滅了香。（生云）背起打十三。那厮不中用，只教他管文書。（末云）領鈞旨。

【前腔】（生）藍田日暖玉生烟，似望帝春心托杜鵑，好姻緣翻做惡姻緣。只怕眼底知音少，争得鸞膠續斷絃？

（末掉文書科）（丑云）告相公，管文書的亂了文書。（生云）背起打十三。（貼上）（生云）左右，夫人來也，且各回避。（衆云）正是：有福之人人伏事，無福之人伏事人。（末、丑、浄下）

【南吕引子·滿江紅】（貼）嫩緑池塘，梅雨歇薰風乍轉。瞥然見新凉華屋，已飛乳燕。簟展湘波紈扇冷，歌傳《金縷》瓊巵暖。（衆）炎蒸不到水亭中，珠簾捲。

（貼云）相公元來在此操琴呵。（生云）夫人，我當此清凉，聊托此以散悶懷。（貼云）奴家久聞相公高於音樂，如何來到此間，絲竹之音杳然絶響？斗膽請再操一曲，相公肯麽？（生云）夫人待要聽琴，彈甚麽曲好？我彈一曲《雉朝飛》何如？（貼云）這是無妻的曲，不好。（生云）呀！説錯了。如今彈一個《孤鸞寡鵠》何如？（貼云）兩個夫妻正團圓，説甚麽孤寡？（生云）不然，彈一曲《昭君怨》何如？（貼）兩個夫妻正和美，説甚麽宫怨？相公，當此夏景，只彈一個《風入松》好。（生云）這個却好。（彈科）（貼云）相公，你彈錯了。（生云）呀！倒彈出《思歸引》來。待我再彈。（貼云）相公，你又彈錯了。（生云）呀！又彈出個《别鶴怨》來。（貼云）相公，你如何恁的會差？莫不是故意賣弄，欺侮奴家？（生云）豈有此心？只是這絃不中用。（貼云）這絃怎的不中用？（生云）俺只彈得舊絃貫，這是新絃，俺彈不貫。（貼云）舊絃在那裏？（生云）舊絃撇下多時了。（貼云）爲甚撇了？（生云）只爲有了這新絃，便撇了那舊絃。（貼云）相公何不撇了新絃，用那舊絃？（生云）夫人，我心裏豈不想那舊絃？只是新絃又撇不下。（貼云）你新絃既撇不下，還思量那舊絃怎的？我想起來，只是你心不在焉，特地有許多説話。

【仙吕過曲·桂枝香】（生）夫人，舊絃已斷，新絃不貫。舊絃再上不能，待撇了新絃難拚。我一彈再鼓，一彈再鼓，又被宫商錯亂。（貼云）相公，你敢是心變了麽？（生）非干心變，這般好涼天。正是此曲纔堪聽，又被風吹别調間。

【前腔】（貼）相公，非彈不慣，只是你意慵心懶。既道是《寡鵠孤鸞》，又道是《昭君宫怨》。那更《思歸》《别鶴》，《思歸》《别鶴》，無非愁嘆。相公，我看你多敢是想着誰？（生云）夫人，我不想着甚麽人。（貼云）相公，有何難見？你既不然，我理會得了。你道是除了知音聽，道我不是知音不與彈。

（生云）夫人，那有此意？（貼云）相公，這個也由你。畢竟你無心去彈他，何似教惜春安排酒過來，與你消遣何如？（生云）我懶飲酒，待去睡也。（貼云）相公休阻妾意。老姥姥、惜春，看酒來。（净、丑持

酒上）

【燒夜香】（净）樓臺倒影入池塘，緑樹陰濃夏日長，（丑）一架荼蘼滿院香。（合）滿院香，和你捧霞觴。捲起珠簾兒，[二]明月正上。

（貼云）將酒過來。

【南吕過曲・梁州序】（貼）新篁池閣，槐陰庭院，日永紅塵隔斷。碧欄干外，寒飛漱玉清泉。只覺香肌無暑，素質生風，小簟琅玕展。晝長人困也，好清閒，忽被棋聲驚晝眠。（合）《金縷》唱，碧筒勸，向冰山雪巘排佳宴。清世界，幾人見？

【前腔】（生）薔薇簾箔，荷花池館，一陣風來香滿。湘簾日永，香消寶篆沉烟。謾有枕欹寒玉，扇動齊紈，怎遂黄香願？（作悲科）（貼云）相公，你爲甚的下淚？（生）猛然心地熱，透香汗，我欲向南窗一醉眠。（合前）

【前腔】（貼）向晚來雨過南軒，見池面紅粧零亂。漸輕雷隱隱，雨收雲散。只覺荷香十里，新月一鈎，此景佳無限。蘭湯初浴罷，晚粧殘，深院黄昏懶去眠。（合前）

【前腔】（生）柳陰中忽噪新蟬，見流螢飛來庭院。聽菱歌何處？畫船歸晚。只見玉繩低

[二] 兒：原闕，據汲古閣刊本《繡刻琵琶記定本》補。

度，朱户無聲，此景尤堪戀。起來攜素手，鬢雲亂，月照紗幮人未眠。（合前）

【節節高】（净）漣漪戲綵鴛，把露荷翻，清香瀉下瓊珠濺。香風扇，芳沼邊，閒亭畔。坐來不覺神清健，蓬萊閬苑何足羨？（合）只恐西風又驚秋，不覺暗中流年换。

【前腔】（丑）清宵思爽然，好涼天，瑶臺月下清虚殿。神仙眷，開玳筵，重歡宴。任教玉漏催銀箭，水晶宫裏把笙歌按。（合前）

【餘文】（衆）光陰迅速如飛電，好良宵可惜漸闌，管取歡娱歌笑喧。

（生云）樵樓上幾鼓了？（净云）三鼓了。

（貼）歡娱休問夜如何，（生）此景良宵能幾何。

（净）遇飲酒時須飲酒，（丑）得高歌處且高歌。

中秋望月

【大石調・念奴嬌引】（貼）楚天過雨，正波澄木落，秋容光净。誰駕玉輪來海底，碾破瑠璃千頃？環珮風清，笙簫露冷，人在清虚境。（净、丑）真珠簾捲，庾樓無限佳興。

（臨江仙）（貼云）玉作人間秋萬頃，銀葩點破瑠璃。（净云）瑶臺風露冷仙衣，天香飄到處，此景有誰知？（丑云）未審明年明夜月，此時此景何如？（貼云）珠簾高捲醉瓊卮。（合）正是：莫辭終夕勸，動是隔年期。(貼云)老姥姥，今夜中秋，月色澄清，你與我請相公出來賞翫則個。(浄云)是，是。夫人請相公翫月。(生内應云)我已睡了，不來。(丑云)你甚麽嘴臉？可知道請他不來。(貼云)惜春，你再去請。(丑云)我去請。相公，夫人請相公出來翫月。(生云)來也。(丑笑云)老姥姥，你看我嘴兒纔動一動，相公就出來了。

【南吕引子・生查子】(生)逢人曾寄書，書去神亦去。今夜好清光，可惜人千里。

(貼云)相公，今夜中秋，月色可愛，我請你賞翫一番，你没事推阻怎的？(生云)月色有甚好處？(貼云)相公，怎的不好？〔酹江月〕你看：　玉樓金氣捲霞綃，雲浪空光澄徹。丹桂飄香清思爽，人在瑶臺銀闕？(生云)影透鳳幃，光窺羅帳，露冷蛩聲切。關山今夜，照人幾處離別。(浄云)須信離合悲歡，還如玉兔，有陰晴圓缺。便做人生長宴會，幾見冰輪皎潔？(丑云)此夜明多，隔年期遠，莫放金樽歇。

(合云)但願人長久，年年同賞明月。(飲酒科)

【大石調・念奴嬌序】(貼)長空萬里，見嬋娟可愛，全無一點纖凝。十二欄干光滿處，涼浸珠箔銀屏。偏稱，身在瑶臺，笑斟玉斝，人生幾見此佳景。(合)惟願取年年此夜，人月雙清。

【前腔】(生)孤影，南枝乍冷。見烏鵲縹緲驚飛，棲止不定。萬點蒼山，何處是修竹吾廬三逕？追省，丹桂曾攀，嫦娥相愛，故人千里謾同情。(合前)

【前腔】（貼）光瑩，我欲吹斷玉簫，乘鸞歸去，不知風露冷瑶京。環佩濕，似月下歸來飛瓊。那更，香霧雲鬟，清輝玉臂，廣寒仙子也堪并。（合前）

【前腔】（生）愁聽，吹笛關山，敲砧門巷，月中都是斷腸聲。人去遠，幾見明月虧盈？惟應，邊塞征人，深閨思婦，怪他偏向别離明。（合前）

【中吕過曲·古輪臺】（净）峭寒生，鴛鴦瓦冷玉壺冰，闌干露濕人猶凭，貪看玉鏡。況萬里清明，皓彩十分端正。三五良宵，此時獨勝。（丑）把清光都付與，酒杯傾。從教酩酊，捹夜深沉醉還醒。酒闌綺席，漏催銀箭，香銷金鼎。斗轉與參横，銀河耿，轆轤聲已斷金井。

【前腔】（净）閒評，月有圓缺與陰晴，人世有離合悲歡，從來不定。深院閒庭，處處有清光相映。也有得意人人，兩情暢詠；也有獨守長門伴孤另，君恩不幸。（丑）有廣寒仙子娉婷，孤眠長夜，如何捱得更闌寂静？此事果無憑。但願人長久，小樓翫月共同登。

【餘文】（衆）聲哀訴，促織鳴。（貼）俺這裏歡娱未罄，（生）他幾處寒衣織未成。

（貼）今宵明月正團圓，（生）幾處凄凉幾處喧。

（合）但願人生得久長，年年千里共嬋娟。

樂府珊珊集

全名《新刻出像點板增訂樂府珊珊集》。明吴中宛瑜子（周之標）編選。明末刻本。分文、行、忠、信四卷，文、行兩卷選收散曲，忠、信兩卷選收戲曲。戲曲僅收録曲文，不收賓白。其中卷三收録《琵琶記》之《赴試》《囑别》《賞荷》《梳粧》《登程》等五齣曲文，輯録如下。

赴試

【園林好】兒今去，爹媽休得要意懸，兒今去今年便還。但願得雙親康健，（合）須有日拜堂前，須有日拜堂前。

【前腔】我孩兒不須掛牽，爹指望孩兒貴顯。若得你名登高選，（合）須早把信音傳，須早把信音傳。

【江兒水】膝下嬌兒去，堂前老母單，臨行密密縫針綫。眼巴巴望着關山遠，冷清清倚定門兒盼，教我如何消遣？（合）要解愁煩，須是頻寄音書回轉。

【前腔】妾的衷腸事，有萬千，説來又恐添縈絆。六十日夫妻恩情斷，八十歲父母教誰看管？教我如何不怨？（合前）

【五供養】貧窮老漢，託在鄰家，事體相關。此行雖勉强，不必恁留連。你爹娘早晚、早晚間吾當陪伴。丈夫非無淚，不灑别離間。（合）骨肉分離，寸腸割斷。

【前腔】公公可憐，俺爹娘望你周全。此身還貴顯，自當效啣環。有孩兒也枉然，你爹娘到教别人看管。此際情何限，偷把淚珠彈。（合前）

【玉交枝】别離休嘆，我心中非不痛酸。非爹苦要輕拆散，也只是圖你榮顯。蟾宮桂枝須早攀，北堂萱草時光短。（合）又未知何日再圓？又未知何日再圓？

【前腔】雙親衰倦，你扶持看他老年。饑時勸他加餐飯，寒時頻與衣穿。我做媳婦事舅姑，不待你言；你做孩兒離父母，何日還？（合前）

【川撥棹】歸休晚，莫教人凝望眼。但有日回到家園，怕回來雙親老年。（合）怎教人心放寬？不由人不珠淚漣。

【前腔】我的埋冤怎盡言？我的一身難上難。你寧可將我來埋冤，莫將我爹娘冷眼看。

（合前）

【尾聲】生離遠别何足嘆，但願得你名登高選。衣錦還鄉，教人作話傳。

囑别

【尾犯序】無限别離情，兩月夫妻，一旦孤另。你此去經年，望迢迢玉京。思省，奴不慮山遥水遠，奴不慮衾寒枕冷。奴只慮公婆没主，一旦冷清清。

【前腔】我何曾，想着那功名？欲盡子情，難拒親命。年老爹娘，望伊家看承。畢竟，休怨着朝雲暮雨，且爲我冬温夏清。思量起，如何教我割捨得眼睁睁？

【前腔】你儒衣纔换青，快着歸鞭，早辦回程。十里紅樓，休戀着娉婷。叮嚀，不念我芙蓉帳冷，也思親桑榆暮景。頻囑付，知他記否，空自語惺惺。

【前腔】你寬心須待等，我肯戀花柳，甘爲萍梗？只怕萬里關山，那更音信難憑。須聽，我没奈何分情破愛，誰下得虧心短行？從今後，相思兩處，一樣淚盈盈。〔一〕

【鷓鴣天】萬里關山萬里愁，一般心事一般憂。桑榆暮景應難保，客館風光怎久留？他那

〔一〕樣：原作『漾』，據汲古閣刊本《繡刻琵琶記定本》改。

裏，謾凝眸，正是馬行十步九回頭。歸家只恐傷親意，閣淚汪汪不敢流。

賞荷

【梁州序】新篁池閣，槐陰庭院，日永紅塵隔斷。碧闌杆外，寒飛漱玉清泉。只覺香肌無暑，素質生風，小簟琅玕展。晝長人困也，好清閒，忽被棋聲驚晝眠。（合）《金縷》唱，碧筒勸，向冰山雪巘排佳宴。清世界，幾人見？

【前腔】薔薇簾幕，荷花池館，一陣風來香滿。湘簾日永，香消寶篆沉烟。謾有枕欹寒玉，扇動齊紈，怎遂黃香願？猛然心地熱，透香汗，欲向南窗一醉眠。（合前）

【前腔】向晚來雨過南軒，見池面紅粧零亂。漸輕雷隱隱，雨收雲散。風送荷香十里，新月一鈎，此景佳無限。蘭湯初浴罷，晚粧殘，深院黃昏懶去眠。（合前）

【前腔】柳陰中忽噪新蟬，見流螢飛來庭院。聽菱歌何處？畫船歸晚。只見玉繩低度，朱户無聲，此景尤堪羨。起來攜素手，鬢雲亂，月照紗幮人未眠。（合前）

【節節高】漣漪戲彩鴛，露荷翻，清香瀉下瓊珠濺。香風扇，芳沼邊，閒亭畔。坐來不覺神清健，蓬萊閬苑何足羨？（合）只恐西風又驚秋，不覺暗中流年换。

【前腔】清宵思爽然，好涼天，瑶臺月下清虚殿。神仙眷，開玳筵，重歡宴。任教玉漏催銀

箭，水晶宮裏把笙歌按。（合前）

【尾聲】光陰迅速如飛電，好良宵可惜漸闌，拚取歡娛歌笑喧。

梳粧

【破齊陣】翠減詳鸞羅幌，香銷寶鴨金爐。楚館雲閒，秦樓月冷，動是離人愁思。目斷天涯雲山遠，親在高堂雪鬢疏，緣何書也無？

〔古風〕明明匣中鏡，盈盈曉來粧。憶昔事君子，鷄鳴下君床。臨鏡理笄總，隨君問高堂。一旦遠別離，鏡匣掩青光。流塵暗綺疏，青苔生洞房。零落金釵鈿，慘淡羅衣裳。傷哉憔悴容，無復蕙蘭芳。有懷悽以楚，有路阻且長。妾身豈嘆此，所憂在姑嫜。念彼猾猱遠，眷此桑榆光。願言盡婦道，遊子不可忘。勿彈緑綺琴，絃絶令人傷。勿聽《白頭吟》，哀音斷人腸。人事多錯迕，羞彼雙鴛鴦。奴家自嫁與蔡伯喈，纔方兩月。指望與他同事雙親，偕老百年。誰知公公嚴命，强他赴選。自從去後，竟無消息。把公婆抛撇在家，教奴家獨自應承。奴家一來要成丈夫之名，二來要盡爲婦之道，盡心竭力，朝夕奉養。正是：天涯海角有窮時，只有此情無盡處。

【風雲會四朝元】春闈催赴，同心帶綰初。嘆《陽關》聲斷，送別南浦，早已成間阻。謾羅襟淚漬，謾羅襟淚漬，和那寶瑟塵埋，錦被羞鋪。寂寞瓊窗，蕭條朱户，空把流年度。嗏，瞑子裏自尋思，妾意君情，一旦如朝露。君行萬里途，妾心萬般苦。君還念妾，迢迢遠遠，也須回顧，也須回顧。

【前腔】朱顔非故，緑雲懶去梳。奈畫眉人遠，傅粉郎去，鏡鸞羞自舞。把歸期暗數，把歸期暗數，只見雁杳魚沉，鳳隻鸞孤。緑遍汀洲，又生芳杜。空自思前事，嗏，日近帝王都。芳草斜陽，教我望斷長安路。君身豈浪子，妾非蕩子婦。其間就裏，千千萬萬，有誰堪訴？有誰堪訴？

【前腔】輕移蓮步，堂前問舅姑。怕食缺須進，衣綻須補，要行須與扶。奈西山景暮，奈西山景暮，教奴倩着誰人，傳與我的兒夫。你身上青雲，只怕親歸黄土，臨别也曾多囑付。嗏，那些個意孜孜，只怕十里紅樓，貪戀着人豪富。你雖然忘了奴，也須念父母。無人説與，這淒淒冷冷，怎生辜負？怎生辜負？

【前腔】文場選士，紛紛都是才俊徒。少甚麽鏡分鸞鳳，都要榜登龍虎，偏他將我誤。也不索氣蠱，也不索氣蠱，既受托了蘋蘩，有甚推辭？索性做個孝婦賢妻，也落得名標青史，省了些閒淒楚。嗏，俺這裏自支吾，休得污了他的名兒，左右與他相回護。腰金與衣紫，須記得釵荆與裙布。一場愁緒，堆堆積積，宋玉難賦，宋玉難賦。

登程

（以上原闕）出紅粉。他無情笑語聲漸遠，不道惱殺多情墻外人。思鄉遠，愁路貧，肯如十度謁侯門？行看取，朝紫宸，鳳池鰲禁聽絲綸。

【前腔】遥望霧靄紛，想洛陽宫闕，行行將近。程途勞倦，欲待共飲芳尊。垂楊瘦馬莫暫停，只見古樹昏鴉棲漸盡。天將暝，日已曛，一聲殘角斷樵門。尋宿處，行步緊，前村燈火已黄昏。

【尾聲】向人家，忙投奔，解鞍沽酒共論文。今夜雨打梨花深閉門。

徽池雅調

全名《新鋟天下時尚南北徽池雅調》。明福建書林熊稔寰匯輯，潭水燕石居主人刊梓，明末刊本。凡二卷。全書分上、中、下三欄，其中上下兩欄選收南戲、傳奇散齣，中欄載劈破玉歌。卷二下欄收録《琵琶記》之《鬧飢荒》《托夢》等二齣，輯録如下。

鬧飢荒

（夫）叵耐老賊心太癡，强逼孩兒赴春闈。别人有三男共四女，我只有區區一個兒。

【金索掛梧桐】區區一個兒，兩口相依倚。（旦）婆婆，還有公公一口。（夫）他乃是半載之塗，不當算了。他聽了廣才之言，今日逼他求選，明日叫他去求名。没來由爲甚麼功名，不要他供甘旨。老賊，我想你心高似天，命薄如紙。你教他做官改换門閭，只恐怕他做得官來你做鬼。你圖他三牲五鼎供朝夕，老顛倒，當日兒子在家，朝夕相見，是你苦苦逼他求名。你道爹娘雖則年老，此去倘得一官半職回來，光宗耀祖，改換門閭。就是死後，那時頂冠束帶，雙膝跪在墳前，拜上一拜，(二)陰靈也是喜的。老顛倒，只圖他三牲五鼎供朝夕，到今日食一口粥湯却教誰與你？相連累，我孩兒爲你做不得好名儒。(合)空争着閒是閒非，只落得雙垂淚。

【前腔】(外)養子教讀書，指望他身榮貴。黄榜招賢，誰不去求科試？老乞婆，待我説個比方與你聽。譬如范杞良差去築城池，(夫)老賊，你到好比方。他是奉公差。(外)你乃愚人，終化不醒。其情不通，其理不明。譬如范杞良差去築城池，他的娘親埋怨誰？合生合死皆由命，説甚麽孫子森森也忍飢。休聒絮，畢竟是咱們兩口受孤恓。(合前)

【前腔】(旦)孩兒雖暫離，須有日還家裏。飲食甘旨，媳婦自能勉强支持，决不致你二人落後。奴還有些釵，解當充糧米。自古道天時不如地利，地利不如人和，人和不如家和。又道是家和貧亦好，炒鬧富何如？有等知道的説兒子不在家中，遇此飢荒，無人支持，公婆故炒鬧。有等不知道的，反道媳婦們有甚麽差池，致令得公婆争鬥起。婆婆也不要埋怨公公，又道是父母愛子之心，無所不至。雖然兒子前去求名，那曉有此饑荒？知道如此，也不教他前去。婆婆，他心中愛子，指望功名就。公公難怪婆婆埋怨於你。自古道：天能蓋地，大能容小。兒子又不在家，媳婦是個女流之輩，教他怎的不怨

(二) 一：原作『乙』，據文義改。

着公公？　也只是眼下無兒，婆婆埋怨你。伯皆的夫，爹娘教你前去求名，指望有個好處。誰知你一去不回，家中遭此飢荒，公婆終日鬧炒。你只下就回，可解二親之憂；　你若不回，一家人難逃避，兀的不是從天降下這災危？（合前）

【劉潑帽】（外）我們不久身傾棄，嘆當年是我不是，不如我死了無他慮。（合）一度思量，一度肝腸碎。

【前腔】（夫）我有兒强逼他出去，教媳婦怎生區處？　可憐誤却芳年紀。（合前）

【前腔】（旦）媳婦本是親兒女，勞役事分所當爲，但願公婆從此相和美。

托　夢

【山坡羊】（外、夫）纔離了閻君殿府，早來到相府門首。正是三魂居地府，七魄到陽間。（門神）唗！　你是何方厲鬼，來到此間？（夫）員外的夫，當初在世之時，門神都是紙畫的。到今日亡過三載，門神也會講話了嗎？（夫）只見那將軍位立兩傍排，唬得我淚滿腮，哀告將軍聽拜。（門神）且問你兩個老頭兒哪裏來的？（夫）念奴家住陳留身姓蔡，（門神）家中還有甚人？（夫）生下孩兒名伯皆。只因春闈動選場開，千里迢迢到此來。誰想他得中魁名，招贅了小姐千金，不想還鄉。撇下了八旬父母誰爲主，兩月妻房受苦殃。全不想陳留郡連遇三載饑荒，撇了我兩個老人家餓斷肝腸。（門神）既有兒子中狀元，家中豈無人周濟你不成？（夫）幸得恩官來放糧，行孝婦趙五娘，親自請官糧。請得糧來奉姑嫜，他在暗地自捱糠。實可傷，淚汪汪，好恓惶。因此上氣得我一命先喪，不幸員外後。

（門神）你既是他爹娘，放你進去，不得驚動鷄犬。

【山查子】（夫、外）地府黑茫茫，魂魄隨身喪。今日見我兒，訴不盡苦楚淒涼。

莫道陰司無地獄，須知陽間有天堂。自家伯皆爹娘，恰是只爲孩兒貪名逐利不回，把爹娘抛撇在家，雙雙餓死。今夜前到書館之中，把别後事情與他訴説一番，多少是好？

【剔銀燈】從别後三載遇饑荒，真個是樹無枝葉百草無秧。你成名返故鄉，淚汪汪，孤墳寂寞，衰草對斜陽。

【解三醒】想當初養你時當作掌上明珠，撫養成人教讀孔聖文章。爲只爲漢朝皇榜動長安，是則是老爹娘苦逼遣，張太公相勸赴科場。實指望榮登金榜門户增光，又誰知得中狀元郎全不想把雙親奉養。撇下了八旬父母誰爲主，兩月妻房受苦殃。你在此千鍾粟享，朝朝飲宴，穩坐高堂。珠圍翠擁，又有美酒肥羊，全不想老爹娘與妻子餓斷腸。

【前腔】你穿的是綾羅錦繡，又有紫綬金章，全不想老爹娘穿的是破損衣裳。誰教你停妻再娶，牛相府招贅東床，到做了王允薄倖郎？那日彌陀寺裏去燒香，拾得丹青畫一張。你説此畫是甚麼故事？那就是你的爹娘，没來由拷打唐三藏。曾記得古人云，穿破綾羅纔是衣，白頭相守是夫妻。麻衣掛壁方成子，送老歸山纔是兒。莫道爹娘背地理道你不孝，就是傍人也道你是個不孝的兒子。又何須拜佛燒香？虚情假意，好一似賣狗懸羊，假慈悲瞞過誰行？你是個男子漢，學不得女嬌娘。苦只苦結髮舊糟糠，生能奉養死祭葬，甘心自守無他向。兒，你心中自忖量，夢中言语緊記在心兒上，明日裏早認前妻趙五娘。

堯天樂

全名《新鍥天下時尚南北新調堯天樂》。明豫章殷啓聖匯輯，明萬曆間福建書林熊稔寰繡梓，明末刊本。凡二卷，分上、中、下三欄，上下兩欄選收雜劇、南戲、傳奇散齣，中欄載時尚笑談、時尚酒令。其中卷一下欄收録《琵琶記》之《蔡伯皆中秋賞月》《趙五娘描畫真容》《趙五娘往京自嘆》等三齣，輯録如下。

蔡伯皆中秋賞月

【念奴嬌序】（旦）長空萬里，見嬋娟可愛，全無半點纖凝。十二欄杆光滿處，涼侵珠箔銀屏。偏稱，身在瑶臺，惜春，酬上酒來。相公請酒。笑斟玉斝，自古道：光陰易過，佳節難逢。人生幾見此佳景？奴家敬奉相公一杯。（合）惟願取年年此夜，人月雙清。

（生）五娘客夢三千里，一日思親十二時。伯皆今日在此爲官，享不盡榮華富貴，虧了我老爹娘在家呵。

【前腔】孤影，南枝乍冷，見烏鵲縹緲驚飛，正是：月朗星稀，烏鵲南飛。遶樹三匝，無枝可棲。那更栖止不定。萬疊蒼山，何處是修竹吾廬三徑？追省，（貼）相公追省甚事？（生）夫人，我想讀書之人受了十載寒窗之苦，當此光景，豈無故鄉之思？夫人。（貼）相公，你寒窗勤苦，今日這等榮華富貴，繡閣朱樓，也不枉了。（生）夫人，自古道手扳丹桂，身近姮娥。我今日丹桂曾攀，（貼）相公攀了丹桂，可曾見姮娥否？（生）夫人，姮娥在月宮，我和你凡人怎麼得見？下官到此，忝中高魁，荷蒙令尊大人不棄，將小姐招贅與下官。把夫人比姮娥相愛。（背云）夫人見我把姮娥比他，就一笑而去。呸，老天，伯皆今晚在此玩月，何等富貴？不知我爹娘同五娘在家何等淒凉？空撇下，故人千里謾同情。

（淨）禀相公，不曾回敬夫人酒。（生）斟酒過來。夫人。（合前）

【前腔】（貼）光瑩，吹斷玉簫，昔秦穆公生一女，名曰弄玉，配與蕭史爲妻。夫婦二人善能吹簫，起一臺名曰鳳臺，二人吹簫其上，後來乘鸞而去。曾有詩云：鳳凰臺上鳳凰遊，鳳去臺空江自流。我欲吹斷玉簫，乘鸞而去，不知風露冷瑤京。環佩濕，似月下歸來飛瓊。那更，香霧雲鬟，清輝玉臂，

（丑）惜春，適纔狀元爺把我小姐比作月裏姮娥，今晚在此坐在瑤臺之上，明月之下，真正生得標致。正是香霧雲鬟濕，清輝玉臂寒。臨溪雙合浦，對月兩嬋娟。就是廣寒仙子，俺小姐也堪并。（合前）

（貼）相公，妾身着惜、愛二春勸相公酒，因甚在此睡着了？（生）伯皆不曾睡。（貼）不曾睡，在此怎的？

【前腔】（生）夫人，我在這裏愁聽，（貼）今宵佳景難逢，月色可愛，妾身與相公在此玩月，你愁聽甚的？（生）夫人，我愁聽那吹笛關山，吹笛關山風月静，誰家巧作斷腸聲？風吹律吕相和砌，月照關山到處明。敲砧門巷，月中都是斷腸聲。（背云）伯皆今晚蒙夫人整酒，在此玩月。老天，但不知我老爹娘在家何等苦楚？五娘妻在家，今晚遇着中秋佳節，不見伯皆回家呵。我人去遠，幾見明月虧盈？惟應，（貼）相公，你一人在此講甚麽？（生）下官在此嘆月。（貼）嘆他何幹？（生）下官想起來與夫人夫婦雙雙爲之是月，此不是月，夫人。（貼）不是月，是甚麽子？（生）是愁人的鏡。（貼）怎的是愁人鏡？（生）惟應，那邊塞征人，（貼）邊塞征人，朝廷自有俸糧供給與他，何勞相公今夜動念？（生）又有那深閨怨婦，（貼）深閨怨婦，是他命帶孤星，何勞相公月下思念？（生）夫人，你不知其詳。有一等爲將帥的，在邊庭鎮守，爲朝廷出力。有一等爲官者，在任爲官，他子不能見父，妻不能見夫，終不然他也命帶孤星不成？夫人，你那知邊塞征人苦，深閨怨婦愁？恨殺長安月，偏向别離明。月，怪他偏向别離明。

（合前）

（貼）惜、愛二春，相公不飲酒，賞你們去喫。（浄）謝夫人。（丑）我們擡在石欄杆邊，也去賞一賞。

（浄）惜春，是了，這夜深霧濕鴛鴦瓦，年來秋到峭寒生。

【古輪臺】（浄）峭寒生，鴛鴦瓦冷玉壺冰。愛春，你怎麽把酒傾在石欄杆上？（丑）是了，那不是酒。那欄杆露濕人猶凭，小時不識月，錯疑白玉盤。身在瑶臺境，虚遠五雲端。爲只爲貪看玉鏡。惜春，你看那一輪明月當空照，萬里全無半點雲。況萬里清明，皓彩十分端正。那更，三五良宵，總不如此時獨勝。你看一輪明月照金樽，酒滿金樽月滿輪。明月既照金樽裏，且把金樽帶月呑。把清光都付與，酒杯傾，從教酩酊，拚夜深沉醉還醒。酒闌綺席，漏催銀箭，香銷金鼎。直飲得斗轉與參横，銀河耿耿，轆轤聲已斷金井。

【前腔】（丑）閒評，月有圓缺與陰晴。人世上有離合悲歡，從來不定。深院閒庭，處處有清光相映。也有得意人兒，兩情暢咏；也有獨守長門伴孤另，此乃君恩不幸。有廣寒仙子娉婷，似這等孤眠長夜，如何捱得更闌寂静？此事果無憑。但願人長永，庾樓玩月共同登。

【餘文】（合）聲哀訴，促織鳴。（貼）俺這裏歡娱未罄，（生）他幾處寒衣織未成？

趙五娘描畫真容

兒夫去後遇荒凶，只恐雙親貌不同。描畫丹青皆筆力，教奴暗地想真容。

【新水令】想真容，提筆未寫淚先流，要相逢不能勾。淚眼描來易，愁容寫出難。全憑着這管筆，描不成畫不就萬般愁。伯皆夫，自你去後，陳留連遇饑荒三載，你那爹娘雙雙餓死。那知道親喪在荒坵，要相逢則除是魂夢中有。公婆自奴來家做媳婦時，不曾得半載歡悦。

【駐雲飛】只記得兩月優游，三五年來都是愁。自從我兒夫去後，望斷長安，兩淚交流。我今日想像真容，宛然在目。奈閒愁萬種，離恨千端。饑荒年歲度春秋，兩人雪鬢龐兒瘦。常想在心頭，常鎖在眉頭。教奴家怎畫得歡容笑口？怎畫得容顔依舊？

【雁兒落】待畫他瘦形骸，真是醜；待畫他粉臉兒，生成就。只畫得髮颼颼，衣衫敝垢，畫不出望孩兒睁睁兩眸。待畫他肥胖些兒略帶厚，這幾年遇饑荒容顔消瘦。又不是五道士用機謀。叮嚀囑付毛延壽，休賣弄他筆尖頭。畫將出來真是醜，醜只醜一女流。雖不似蔡伯皆當初的爹娘，還須是趙五娘近日來的親姑舅。好教我，舉雙毫難措手。

公婆真容寫完，聊將些水飯祭奠而行罷了。公婆老娘，你媳婦只説没有和你相見，誰知紙上又與你相逢。公婆，你媳婦要上京尋取你孩兒，望你陰中保佑，暗裏扶持。

【疊字錦】非是奴尋夫遠遊，公婆，非是你媳婦不肖，撇親墳墓遠遊。一來慮着孤身獨自，二來不孝有三，無後爲大。也只爲着公公，也只爲着婆婆，怕你無兒絶後。我若去到京城，尋見你兒子，即便回來。若還久戀他鄉，不思孝道，就是淫奔之婦了。尋着兒夫便回首，此情安敢久？此情焉敢留？此行若到京城，見了伯皆，認奴便好；倘若負了初心，不認奴家，那時進退兩難。差矣，我丈夫乃是讀書之人，明知夫婦有五倫之義，焉有不認之理？此情不可丢，此情不可休，慮只慮京師路遠遊。念奴是婦人家，不出閨門，鞋弓襪小，一路上，一路上教奴家怎走？惟望公婆相保佑。

差矣，公婆搬在深山曠野，猶如那没主孤魂一般，自身尚不能管顧，安得魂靈護佑奴家？

【三仙橋】冷清清没人廝守，有誰保僽？奴身出外州，又没個人來拜掃。縱使遇春秋，要一陌銀錢那裏有？公婆的娘，你如何肯來相保佑？奴好似斷纜小孤舟，隨風水上漂。伯皆夫，你便做個無拘束蕩蕩遊遊，又不知歸來時候。抱琵琶權當作行頭，背真容不離奴家左右。我今去休，拜辭淚流。 罷了，公婆老娘，生做個受凍餒的公婆，死做個絶祭祀的孤墳姑舅。

趙五娘往京自嘆

【月兒高】（旦）路途多勞倦，勞倦不堪言，心中愁萬千。回首望孤墳，家鄉漸漸遠。行行甚時近？那日起程之際，多蒙太公賜我盤纏。只説到京儘勾，誰知道途中日久，費用甚多。未到洛陽城，盤纏都使盡。離家一月餘，行來没了期。回首望孤墳，孤墳在那裏？回首望孤墳，只見青山不見墳，回頭只見影隨身。空教奴望孤墳。你那裏不僽保，俺這裏無投奔。看往來人似蟻，不見故鄉人。舉目人不識，這苦向誰論？西出陽關無故人，路遠甚艱難，水宿與風餐。在家千日好，出路半朝難。須信道家貧未是貧。

〔蘇幕遮〕怯登山，愁水渡，暗憶雙親，淚漬麻裙布。〔一〕回首孤墳，兩下蕭條，一樣愁難訴。玉容消，蓮困步，愁寄琵琶，彈罷添淒楚。惟有真容時時顧，惟悴相看，無語恓惶苦。奴家爲尋丈夫，路途上多少狼狽！獨自一人，拿着一面琵琶，背着二親真容，登高履險，宿水餐風，其實難捱。只是一件，若去到洛陽，尋見丈夫，相逢如故，也不枉了這遭辛苦。〔二〕他若是不認，可不耽擱了奴家這一往了？

【前腔】我這裏暗中思忖，暗中思忖，思忖起來，又不知到得那裏也到不得那裏？若是到了那裏，見了伯皆，他説：『妻，你來了。一路辛苦。』這等説便好。他是做官之人，心下思忖：『我如今頂冠束帶，怎認這等醜陋妻子？可不見笑於士大夫？休胡説，那個是你丈夫？手下，與我打出去！』此去好無准。只怕他身榮貴，把咱們不厮認。我若到了那裏，他若不認我呵，他若是不保俬，枉教奴受艱辛。他未必忘恩義，我這裏閒評論。須記得一夜夫妻百夜恩，怎做得區區陌路上人？

【前腔】奴家此去，只愁一件來。他在府堂深隱隱，奴身怎生進？奴有一計，等他出來之時，一把手扯住他，怕他不認不成？只怕他出來時前呼後擁，從人擺列於兩傍，奴家怎敢近前去？他在駟馬高車上，又難將他認。我自有個道理。我若到得他的跟前，只提起二親真容訴原因。只愁一件，當

〔一〕漬：原作『績』，據汲古閣刊本《繡刻琵琶記定本》改。

〔二〕遭：原作『得』，據汲古閣刊本《繡刻琵琶記定本》改。

初伯皆在家，形容豐厚；　自他去後，遭遇饑荒年歲，容顔比前大不相同。我只愁他瘦減了龐兒，猶難十分全信。他難道非親却是親，我也須防仁不仁。

【駐雲飛】驀想兒夫，貪戀榮華不顧奴。你在潭潭府，妾在奔途路。嗏，只愁他不如初，十里紅樓，貪戀人豪富。夫，你縱然身榮，休忘却糟糠婦。只得趲步金蓮到帝都。

時調青崑

全名《新選南北樂府時調青崑》。明江湖黄儒卿匯選。明書林四知館刊本。凡四卷。分上、中、下三欄，上、下兩欄收録戲曲，中欄收録笑話、酒令等。卷一下欄選收《琵琶記》之《長亭分別》《描畫真容》《伯喈思親》，卷三下欄選收《書館相逢》《中秋賞月》，卷四上欄選收《臨粧感嘆》等六齣，輯録如下。

長亭分別

【引】頻頻漠漠烟如石，關山一派傷心滴。何日是回程？長亭共短亭。（旦）此行何太急，一時難竚立，臨行血淚流。

【犯尾引】（旦）懊恨別離輕，（生）五娘，你言未出兩淚交流，莫非斷絃分鏡之故耳？（旦）夫，緑鬢仙郎，朱顔少婦，眼前雖有離別之苦，日後還有再會之期。呸，夫，悲豈斷絃，愁非分鏡。雙親垂白，有子難保存亡之患了。夫，奴只慮高堂，怕風燭不定。（生）正是：日暮西山近，遊子不遠行。伯喈今日遠行呵，使我腸已斷，欲離未忍。（旦）正是：弓動難留絃上箭，絲牢怎繫順風舟？你那裏去則去終須去，我這裏留則留實難留。（合）空留戀，天涯海角，須臾對面，頃刻離分。只在須臾頃。

（旦）來此那裏？（生）來此乃是十里長亭，南浦之地，五娘請回，不勞遠送。（旦）夫，父母年老，早去早回。滿腹離情訴不盡，功名得意早回程。（生）妻，爲何欲回而不回，敢是還有甚心事未剖麽？（旦）罷了，夫。適纔公婆面前，有話難提。妻子指望送你到中途，把愁腸盡剖。誰知你去也匆匆，我心中還有無限別離情。

【本序】別離情。（生）五娘，你看諸友紛紛載道上京，有似你我這般難以割捨，去也不成了。（旦）夫，天下舉子紛紛，難道他家没有妻子不成？多則三年五載，少則周年半載。夫，誰似我和你兩月夫妻，一旦孤另。解元，來此有三條大路，你從那一條而去？（生）卑人從中道而行。五娘，你問此路兒何幹？（旦）非是你妻子問此路兒，今年此去妾從中道相送，明年衣錦旋，妾從中道相迎。夫，此去經年，望着迢迢玉京思省。（生）五娘，思者，慮也。敢莫慮卑人此去山遥路遠？（旦）自古道：男兒四海爲家，何須妻子掛念了。夫，奴不慮山遥路遠，（生）莫非慮卑人去後衾寒枕冷麽？（旦）解元，你妻子豈是那等之人？既不慮山遥路遠，又豈慮衾寒枕冷？（生）既不慮此，又不慮彼，慮着何來？

（旦）奴只慮公婆没主，罷了，公婆老娘，你只有一個兒子，今日逼他去赴選，明日逼他去求名。此去倘得片雲蓋頂，那時王事羈身，事君不能勾事親了。老公婆，只恐怕别兒容易見兒難，倚門懸望淚偷彈。想時想得肝腸斷，望時望得眼兒穿。肝腸斷，眼兒穿，撇得你老人家一旦冷清清。

【前腔】（生）何曾，想着那功名？（旦）冤家，既不想功名，去他怎的？（生）正是：親命强應舉，人子難固辭了。妻，欲盡子情，教俺難拒親命。五娘，請受我一禮了。（旦）解元，男兒膝下有黄金，豈可低頭拜婦人？（生）此拜非爲别的，我有年老爹娘在堂，無人侍奉。你名爲媳婦，合當把你當做一個嫡親女兒看待了。妻，我有年老爹娘，没奈何望賢妻須索，須索與我好看承。（旦）做媳婦事舅姑，理之當然，何勞『畢竟』？（生）我想『畢竟』二字，一發是允諾了。我有一句笑話，説來休怪。（旦）有話但説不妨。（生）我與你燕爾新婚，方纔兩月。今日一旦遠行，把五娘抛撇在家，閨闈清冷了。妻，我去後，休怨我朝雲暮雨。（旦）誰替你冬温夏清？正是：兩月夫妻苦分張，千里相思痛斷腸。目斷白雲天際外，長亭分手好恓惶。（生、旦）正是：樂莫樂兮新相見，（一）悲莫悲兮生别離。越教人家思量起，如何樣割捨夫妻眼睁睁？

【前腔】（旦）儒衣纔换青，快着歸鞭，早辦回程。夫，你妻子昨日打疊行囊，只見燈花結蕊。今日送

（一）新：原作『心』，據文義改。

你到十里長亭，南浦之地，又見鵲噪枝頭。你此去求名，中則有准了。夫，儒衣纔換青，得中之時，快着歸鞭，我的夫早辦回程。喜的是金榜題名，偏怪你洞房花燭了。夫，只怕你十里紅樓，休得要重婚娉婷。（生）五娘，你丈夫豈是那等之人了？（旦）料夫不是那等人，這是你妻子短見了。夫，無過只是叮嚀。叮嚀，不念奴家芙蓉帳冷，也思親桑榆暮景。（内云）蔡兄請行。（生應了，虚下）（旦）你看男子漢心腸好歹！爲妻子的不忍分離，送他到十里長亭，南浦之地，聽得朋友一聲，忻然去了。把妻子丢在一傍，不倸不保。在家尚且如此，何況去到京城？我想今日南浦之路，也是枉行了；高堂囑付也是枉然了。謾道奴家言語，就是高堂親囑付，知他記否？我這裏言之諄諄，他那裏聽之漠漠。解元大怒，你妻子不來遠送了。夫，空自語惺惺。

【前腔】（生）寬心須待等。妻，你爲何有興而來，没興而回？你丈夫雖無宋弘之高義，決不學王允之無情，勿得這等炮燥。妻，寬心須待等。説甚麽紅樓偏有意，那知我翠館實無情。肯戀花柳，甘爲萍梗？（旦）解元，若得成名，須早寄一封音書回來。（生）五娘，此時狼烟烽起，只怕音書阻隔。只怕萬里關山，那更有音書難憑。（旦）信息難通，我和你夫婦恩情，從此絶矣，夫。（生）須聽，没奈何分情破愛，誰下得虧心短倖？從今後，愁腸難訴，心事難言，正是相思兩處，都一樣淚溋溋。

【鷓鴣天】（旦）萬里關山萬里愁，（生）一般心事兩般憂。（旦）桑榆暮景親難保，（生）客館風光怎久留？五娘請了。（旦）他那裏，謾凝眸，請了。正是馬行十步人到有九回頭。帶淚歸家，不致緊要。公婆正在堂上思念他的兒子，正是不能解親之憂，反來添親之悶了。苦！歸家只恐傷親意，擱淚汪汪不敢流，擱淚汪汪不敢流。

描畫真容

（旦）兒夫别後遇荒凶，只恐雙親貌不同。描畫丹青皆筆力，教奴暗地想真容。

【新水令】（旦）想真容，提筆未寫淚先流，要相逢不能得勾。淚眼描來易，愁容寫出難。全憑着這管筆，描不成畫不就萬般愁。伯喈的夫，自從你去後，陳留連遇饑荒三載，你那爹娘雙雙餓死了。那知道你親喪荒圻，你親喪荒圻，要相逢則除非是夢魂中有。

公婆，自奴家來做媳婦，不曾得半載歡悦。

【駐馬聽】（旦）只記得兩月優遊，三五年來都是愁。自從我兒夫去後，望斷長安，兩淚交流。似這等饑荒年歲度春秋，饑荒年歲度春秋。兩人雪鬢，兩人雪鬢龐兒瘦。常想在心頭，鎖在眉頭，教奴家怎畫得歡容笑口，容顔依舊？容顔依舊？

【雁兒落】（旦）待畫他瘦形骸，真是醜，待畫他粉臉兒，生成就。只畫得髮颼颼，衣衫蔽垢，畫不出望孩兒睁睁兩眸。待畫他肥胖些兒略帶厚，這幾年遇饑荒，只落得容顔消瘦，只落得容顔消瘦。又不是五道士用機謀。叮嚀囑付毛延壽，休賣弄筆尖頭。畫出來真是醜，醜只醜一女流。雖不是蔡伯喈的爹娘，也雖是趙五娘的親姑舅，好教我舉霜毫難措手。公婆真容寫完了，不免將些水飯祭奠而行罷了。公婆的老娘，你媳婦只道沒有相見日子，誰知紙上又與你相逢。公婆□，媳婦要上京尋取你的孩兒，望你陰中保佑，暗裏扶持。

【疊字錦】（旦）非是奴尋夫遠遊。非是你媳婦不肖，撇親墳墓遠遊。一來爲着孤身獨自，二來不孝有三，無後爲大。也只爲着公公，也只爲着婆婆。吒，婆，怕只怕無兒絕後。我若到京，尋見你的兒子，即便回來。若還久戀他鄉，不思孝道，就是淫奔之婦了。尋着兒夫便回首，此情安敢久？此情焉敢留？我與伯喈乃是□□□□夫婦，有五倫之義，焉有不認之理。此情不可丢，此情不可休。慮只慮京師路遠遥，惟願公婆相保佑。到是奴家差矣。把公婆撇在深山曠野，就如沒主孤墳一般。愁只愁孤墳喪在荒坵，墳臺上誰來拜掃，誰來保俫？謾道是拜掃了，就是奴身出外州，縱使遇春秋，要一陌陰錢，要一陌陰錢，叫他那有？公婆呵，怎肯相保佑？罷了，公婆□□□媳婦此行，好似甚的而來？似斷纜小孤舟，似斷纜小孤舟，隨風水上漂。伯喈夫，你便做無拘束蕩蕩悠悠，又不知歸來時候。抱琵琶權當作行頭，背真容不離左右，敢離左右？我今去休，拜辭淚流。罷了，公婆的娘，你生做一個受饑餒的公婆，死做個絕祭祀的孤墳姑舅，死做個絕祭祀的孤墳姑舅。

伯喈思親

【喜鶯還】（生）終朝思想。思想我爹娘年老，妻室青春。但恨在眉頭，悶在心頭上。下官丢了兩月妻房，鳳侶添愁，伯皆别親赴選，音信□□。魚書絶寄。五娘妻，你那裏望斷歸舟人不到，我這裏□□□□□□。空勞兩處相望。下官天早打從夫人（此處漫漶不清）青鏡瘦顔羞照，欲留心詞□□□七絃琴，我今背父母而不顧，拋妻子而不返，那有心來撫你？寶瑟清音絶響。昨宵一夢到家山，醒來依舊天涯外。歸夢杳，繞屏山烟樹，那是我的家鄉？

〔踏莎行〕怨極愁多，歌慵笑懶，只因添個鴛鴦伴。他鄉遊子不能歸，高堂父母無人管。湘浦魚沉，衡陽雁斷，音書要寄無方便。人生光景幾多時，蹉跎負却平生願。蔡邕定省思歸之念，屢屢在心；骨肉離别之言，耿耿在懷。只是何時得脱利名韁，誤却當初赴選場。遥望故鄉千里外，令人無日不思量。

【雁魚錦】思量，那日離故鄉，父愛子指日成龍，母念兒終朝極目。張太公到有成人之美，每重父言；趙五娘身處孤單，順從姑命。那些不是真情美愛？記臨期送别多惆悵。那日趙五娘送我到十里長亭，南浦之地，我説：五娘，鞋弓襪小，不勞遠送。他説：情未盡時略送送，話難分手再行行。傍人觀看，只道重妻情而顧戀，那曉得我匆匆未盡蘋蘩托，隱隱難遣折柳心。我與他攜手不斷放。我與五娘徘徊眷戀，執袂叮嚀，豈爲夫婦之情？只爲爹娘年老，拳拳囑付。我也曾再三苦囑叮嚀，教他們好看承，我年老爹娘，我想趙五娘雖是新婚兩月之妻，決不負我臨行之囑。料他們有應不會遺忘。伯皆有一樁事，怎麼□□了心下這等暴躁？是了，今早楊給事奏三樁事，手捧一本送别。我道：大人所奏何事？他道是貴處奏了饑荒的本。我問本上如何道，他答道：老者喪於溝壑，少者散於四方。伯喈聽得此言，唬得我魂不着體。聞知道我那裏飢與荒。罷了，老天，我那爹娘遇着豐稔之年，還有飽暖日子；遇着凶荒年歲，只有煢煢寡妻。他乃是女流之輩，能説不能行了。臨行雖則托付廣才叔看管，他乃是年老之人，遇此饑荒年歲，想他自身尚不能管顧，豈能與我代子之勞苦？聞知道我那裏飢與荒，聞知道我那裏飢與荒，老天，别處饑荒猶自可，惟有陳留饑荒最難當。似這等桑榆暮景，罄息家囊。伯喈苦這在京邦，五娘又是寡弱的糟糠。他怎能勾侍奉得老姑嫜？只愁他兩行白髮時光短，只愁他兩行白髮時光短，一夢黃粱人自悲。呸，爹娘，只怕你捱不過歲月難存養。（哭介）記得那日起程之際，我老娘執袂牽衣，將我裏襟衣服縫上幾針。他道：慈母手中綫，遊子身上衣。那時五娘兩淚汪汪，傍言答道：婆婆雖然臨行密密縫，猶恐有日遲遲歸。伯喈記得在家之時，我那媳婦説道：曾聞王孫賈母之言，朝出而暮歸，則老娘倚門而望；暮出而不返，老娘倚閭而盼。奈當今董卓弄權，吕布把守虎牢三關。我這裏縱有音書，也不能勾到得了。老爹娘，謾説道是盼了。就是你那裏牢望不見我這裏信音傳，却把誰倚仗？

【前腔】思量，幼讀文章，孟子有云：不得乎親，不可以爲人；不順乎親，不可以爲子。論事親爲子的也須要成模樣。我與五娘雖則間别多年，日遠日親；牛氏夫人雖則與我連衾三載，與他日近日疏。與他真情未講，我想牛太師待下官恩重如山，這等看將起來，也是恩多成怨了。撇得我父不能見子，子不能見父。正是悖親忘妻，名行有虧，怎知道我在此喫盡、我在此喫盡多磨障？我想當初不肯前來赴選，爹娘説我戀新婚，逆親言。爲父母的説出此言，爲子的不得不從了。到今日王事羈身，事君不能勾事親了。被親强來赴選場，被君强官爲議郎。又誰知被婚强，牛太師，你好没來由，苦苦的逼我重效鸞凰。三被强的衷腸事，訴與誰行？埋怨難禁這兩廂：這壁廂，牛氏夫人見我歡無半點，愁有千般。道咱是不撑撻害羞的喬相識，那壁廂趙五娘見我不回，道我忘親背德，寡信傷倫。忘親背德非君子，寡信傷倫豈丈夫？道咱是不睹親負心的薄倖郎。悲傷，鷺序鴛行。羊有跪乳之恩，鴉有反哺之義。伯喈思忖起來，到不如慈烏反哺能終養。謾把金章，綰着紫綬。記得老萊子行年七十，戲綵庭前娱親之樂，伯喈回去定然效取。到是我差矣。伯喈今日被人逗留在此，不得歸家侍奉雙親，講他怎的？苦！試問斑衣，今在何方？老爹娘斑衣罷想，縱然歸去，也趕不上披麻執杖。好一似雲梯月殿多勞攘，只落得淚雨如珠兩鬢霜。伯喈夜之所思，夜之所夢。正是身在異鄉終是客，心懷故國總成空。幾回夢裏，忽聞鷄唱。忙驚覺錯呼舊婦，問寢在高堂上，醒來時依舊新人和象床。教我，怎不悲傷怨香愁玉無心緒？更思想，被他攔擋。我想伯喈在此爲官，重裀而卧，列鼎而食。悶有管絃歌舞奏，醉歸珠翠倚羅裳。俺這裏歡娱夜宿芙蓉帳，我想五娘在家，上有老景桑榆，下無孫芝蘭秀。年聞四壁懸磬，日對殘燈孤影。獨枕淒涼，衾單漏永。你那裏寂寞偏嫌更漏長。伯喈思父母，理之當然，怎麼想着五娘身上去了？想年少夫妻，合歡有日；年老爹娘，報答無期。謾悒怏，這歡娛反成愁悶腸。他那裏菽水既淒涼，我有何心貪戀着美酒肥羊？這的是閃殺人花燭洞房，恨殺我掛名金榜。魆地裏自思量。（哭介）罷了！我那爹娘，伯喈好沒分曉，在他府中怎麼高聲大叫？倘若夫人聞知，又是一場怪恨。正是在他家不敢高聲哭，只恐猿聞也斷腸。千思想，萬忖量，幾時得會我爹娘。若還得見雙親面，辦一炷明香答上蒼。

書館相逢

【鏵鍬兒】夫人，你說得好笑，你說得好笑，可見你心兒窄小。決不學那王允的，沒來由讓却苦李，再尋甜桃。古云，棄妻有七出之條。他不嫉不淫與不盜，終無去條。那棄妻的，衆所誚；不棄妻的，人所褒。（貼）相公，假如襤褸爹娘，醜陋妻房，你可不認他麼？（生）夫人此言差矣，襤褸爹娘乃是我天倫父母，醜陋妻房乃是我枕邊骨血。自古道：恩不可斷，義不可絕了麼。夫人，縱然他醜貌，縱然他醜貌，怎肯相休棄了，怎肯相休棄了。

【前腔】（貼）伊家富豪，伊家富豪，那更青春年少。看你紫袍掛體，金帶垂腰。做你家媳婦呵，應須有封號。金花紫誥，必俊俏，須媚嬌。若還他醜貌，若還他醜貌，何不相休棄了？

【前腔】（生）夫人，你言顛語倒，惱得我心兒轉焦。莫不是你把咱奚落，特兀自粧喬？下官不見此詩則可，見了此詩呵，引得我淚痕交，撲簌簌這遭。我想題詩之人去也未遠，墨跡未乾。夫人，他把我嘲，（貼）相公，你饒他罷。（生）難恕饒，夫人，快快說與我知道。夫人，書館之中，只有你我來往，閒人焉敢到此？今日苦問，再三不說，有日水清石現，燕過落毛。倘若查將出來，伯喈決不輕恕。夫人，快快說與我知道，快快說與我知道，怎肯干休罷了？怎肯干休罷了？（貼）我心中忖料，我心中忖料，想不是薄情分曉。管教你夫婦會合，定在今朝。伊家枉自焦，（生）是誰？（貼）那題詩的是伊大嫂。（生）姓甚名誰？（貼）身姓趙，名五娘。（生）趙夫人到了？我問你：一個幼的，兩個老的？（貼）是兩個老的，一個小的。（生）我問你。（貼）正要說與你知道，只恐怕哭聲漸高。

（生）既然來了，快請相見。（貼）姐姐有請。

【入賺】（旦）聽得鬧炒，敢是兒夫看詩囉唣？（貼）姐姐快來。（旦）想是夫人召，必有分曉。（貼）相公，是他題詩句，你還認得否？（生）他從那裏來？（貼）他從陳留郡，爲你來尋討。（生）呀！原來是趙氏五娘。妻，你來了麽？妻，你怎的穿着破襖，衣衫盡是素縞？我的爹娘怎的不來？妻，你口不言來我心自省。莫不是我雙親不保？（旦）從別後，遭水旱遇饑荒，我兩三人只道同做溝渠中餓殍。（生）張太公可曾週濟否？（旦）只有張太公可憐，嘆雙親別無倚靠。兩口顛連相繼死，（生）却原來我爹娘都死了！你那時如何殯斂？（旦）我剪頭髮賣錢來送伊妣考。（生）如今安葬未曾？（旦）把墳自造，土泥盡是我麻裙裹包。（生）罷了。聽伊言道，好教我痛傷噎倒。

（生倒，旦、貼扶起介）（一）相公快甦醒。要見生的爹娘不能勾，紙畫儀容就在眼前。（生）罷了，爹娘。你孩兒當初不肯前來赴選，是你苦苦逼我前來。得中高魁，誰知牛府苦苦招贅，你孩兒生不能養，死不能葬，葬不能祭，到做了三不孝也。衣冠禽獸，名教罪人。莫説陳留郡，就是普天下道我，

【小桃紅】蔡邕不孝，蔡邕不孝，把父母相拋。老爹娘，早知你形衰耄，怎留聖朝？娘子請坐下，待我拜你。你爲我受煩惱，你爲我受劬勞，你爲我受劬勞。妻，一拜之禮，爲何不受？伯喈爹娘生是你養，死是你葬，葬是你祭。你到做了伯喈，伯喈到效不得你來了。妻，謝你葬我爹，葬我娘，你的恩深，天高海深，天高海深，恩難報也。（旦）公公婆婆當初指望養兒代老，積穀防飢，到今日看將起來，有子也是枉然了。養子何曾代得老？（生）是了嗎，妻？（合）這苦知多少，此恨怎消？天降災殃人怎逃？天降災殃人怎逃？（旦）儀容像貌，儀容像貌，是我親描。（生）一

（一）倒：原作『抱』，據汲古閣刊本《繡刻琵琶記定本》改。

路上怎麼到此？（旦）一路上把琵琶撥，怎禁路遥？（生）虧了你，妻。（旦）嗳，你假慈悲怎的？冤家，當初送你十里長亭之地，怎生囑付你來？我説道：夫，此去若是中高魁，早寄一封書回來。誰知你得中狀元，在此貪享榮華，不思歸計，你背逆天倫。冤家，今日妻子尋到此間，説道虧了妻子。假若你妻子不來，説虧了那個？説虧了那個麼？冤家，假言説甚麼受煩惱？假言説甚麼受劬勞？説甚麼受煩惱？説甚麼受劬勞？不信看你爹來看你娘，比别時容顔差多少？我的一身難打熬。（合前）

【前腔】（貼）設着圈套，設着圈套，被我爹相招。逼爲東床婿，怎行孝道？姐姐，受我一禮。你爲我受煩惱，你爲我受劬勞。相公，是我誤你爹，誤你娘，誤你名兒不孝也。做不得妻賢夫禍少。（合前）

【前腔】（生）脱却巾帽，解下宫袍。（貼）相公，那裏去？（生）急上辭官表。（貼）幾時？（生）定在明朝。罷了。爹娘，當初孩兒不肯前來赴選，你道：兒，我生縱不能受你爵禄之榮，死後到我墳上拜幾拜，孩兒只得强來。得中之時，也曾上表辭官辭婚，怎奈聖上不准。到今日陳留連遇饑荒，爹娘雙雙餓死。我今手捧二親真容，跪在萬歲臺前。我説：萬歲爺，蔡邕在此享禄千鍾，爹娘在家雙雙餓死。萬歲乃仁德之君，必定有個御葬御祭。我那爹娘生前不享爵禄之榮，死後當受三牲五鼎之養。一靈兒真是喜。手執真容去哀告，手執真容去哀告，陳留趙氏今來到。這便是我爹，這便是我娘，只爲饑荒歲，我雙親死了。（貼）我與你戴起冠穿起袍，待來朝你去辭官裏，我去辭爹爹，共行孝道。（生）夫人，只怕你去不得。（貼）姐姐來得，我怎麼去不得？豈敢憚山遥？豈敢憚路遥？同去拜你爹來拜你娘，親把墳塋掃也。（生）是了，夫人，我如今一夫帶領二婦同蘆墓，與地下亡靈添榮耀。（合前）

【餘文】（合）幾年間别無音耗，奈千山萬水迢遥。爲只爲三不從，生出這禍苗。

中秋賞月

（貼）相公，你看一輪明月當空，萬里全無半點雲。

【念奴嬌序】（貼）長空萬里，見嬋娟可愛，全無半點纖凝。十二欄杆光滿處，涼侵珠箔銀屏。偏稱，身在瑶臺。惜春，斟上酒來。相公請酒。笑斟玉斝。自古道：光陰易過，佳節難逢。人生幾見此佳景？奴家敬奉相公一杯。（合）惟願取年年此夜，人月雙清。

（生）五載客夢三千里，一日思親十二時。伯喈在此爲官，享不盡榮華與富貴了，我爹娘在家，

【前腔】（生）孤影，南枝乍冷。下官□家□晝，見此烏鵲尋歸舊巢，今日在此爲官，不能歸去侍奉二親。見烏鵲縹緲驚飛，正是：月朗星稀，烏鵲南飛。繞樹三匝，無枝可棲。那更棲止不定。萬疊蒼山，何處是修竹吾廬三徑？追省，（貼）相公追省甚事？（生）夫人，我想讀書之人，受了寒窗之苦，

當此光景，豈無故鄉之思，夫人？（貼）相公，你寒窗勤苦，今日這等富貴榮耀，繡閣珠樓，也不枉了。（生）夫人，自古道手攀丹桂，身近姮娥。丹桂我也曾攀。（貼）相公扳了丹桂，可曾見姮娥否？（生）夫人，姮娥在月宮，我和你凡人怎麼見得？下官到此，忝中高魁，荷蒙令尊大人不棄，將小姐招贅與下官，因此上把夫人當做個姮娥相愛。夫人見我把姮娥比他，就一笑而去。呸，老天，伯喈今晚在此玩月，何等富貴；不知我爹娘同五娘在家，多少淒涼。空撇下故人千里謾同情。（浄）禀相公，不曾回敬夫人酒。（生）看酒過來，夫人。（合前）

【前腔】（貼）光瑩，吹斷玉簫。昔秦穆公生一女，名曰弄玉，配與蕭史爲妻。夫婦二人善能吹簫，起一臺，名曰鳳凰臺。夫婦二人吹簫其上，後來乘鸞而去。曾有詩云：鳳凰臺上鳳凰遊，鳳去臺空江自流。我欲吹斷玉簫，乘鸞而去，不知風露冷瑶京。環佩濕，似月下歸來飛瓊。那更，香霧雲鬟，清輝玉臂，（旦）惜春，適纔狀元爺把我小姐比作月裏姮娥。今晚看起來，在瑶臺之上，明月之下，真正生得標緻。正是：香霧雲鬟濕，清輝玉臂寒。臨溪雙洛浦，對月兩嬋娟。就是廣寒仙子也堪并，廣寒仙子也堪并。（合前）

（貼）相公，妾身着惜、愛二春奉勸相公酒，因甚在此睡着？（生）伯喈不曾睡。（貼）不曾睡，在此怎的？

【前腔】（生）夫人，我這裏愁聽。（貼）今宵佳景難逢，月色可愛，妾身與相公在此玩月，你愁聽甚的？

（生）夫人，我愁聽那吹笛關山。正是：吹笛關山風景清，誰家巧作斷腸聲。風吹律吕相和砌，月照關山到處明。敲砧門巷，月中都是斷腸聲。（背云）伯喈今晚蒙夫人整酒，在此玩月。老天，但不知我老爹娘在家何等苦楚？我五娘妻在家遇着今晚中秋佳節，不見伯喈回家呵。他道我人去遠，幾見明月虧盈。惟應，（貼）相公，你一人在此講甚麽？（生）夫人，下官在此嘆月。（貼）嘆他何幹？（生）下官想起我與夫人雙雙謂之是月，此不是月。（貼）不是月，是甚麽子？（生）是愁人的鏡。（生）惟應，那邊塞征人，（貼）邊塞征人，朝廷自有俸糧供給與他，何勞相公今夜掛念？（生）又有那深閨怨婦，（貼）深閨怨婦，是他命帶孤星，何勞相公月下思念？（生）夫人，你不知其詳。有一等爲將帥者，在边庭鎮守，爲朝廷出力。有一等爲官者，在任爲官的，他子不能見父，妻不能見夫，終不然他也命帶孤星不成？夫人，你那知邊塞征人苦，深閨怨婦愁？恨殺長安月，偏向別離明。月，怪他偏向別離明。（合前）

（貼）惜、愛二春，相公不飲酒了，都賞你們拿去喫。（淨）謝夫人賞我們，且在石欄杆邊，大家也來嘗一嘗。這酒席都冷了，惜春，正是夜深露濕鴛鴦瓦，年來秋到峭寒生。

【古輪臺】（淨）峭寒生，鴛鴦瓦冷玉壺冰，愛春，你怎麽把酒傾在石欄杆上？（丑）惜春，那不是酒。那欄杆上露濕人猶凭。小時不識月，錯疑白玉盤。身在瑶臺境，飛遶五雲端。爲只爲貪看玉鏡。惜春，你看那一輪明月當空照，萬里全無片黑雲。況萬里清明，皓彩十分端正。那更三五良宵，（淨）愛春姐，何謂三五良宵？（丑）惜春，正月十五、五月初五、今日八月十五。（淨）那一五更好？

（丑）總不如此時獨勝。（淨）酒熱了，待我拿來，和你在這裏賞月。（丑）你看一輪明月照金樽，酒滿金樽月滿輪。明月既照金樽裏，把酒將來帶月吞。把清光都付與，酒杯傾，從教酩酊，捹夜深沉醉還醒。酒闌綺席，漏催銀箭，香銷寶鼎。直飲得斗轉與參横，銀河耿耿，轆轤聲已斷金井。

【前腔】（淨）閒評，（丑）月有圓缺陰晴，人世上也有離合悲歡，從來不定。深院閒庭，處處有清光相映。也有得意人人，兩情暢詠，也有獨守長門伴孤另，此乃君恩不幸。（丑）廣寒仙子娉婷，似這等孤眠長夜，虧了咱和伊，如何捱得更闌寂静？此事果無憑。但願人長久，庾樓玩月共同登。

【餘文】（合）聲哀訴，促織鳴。（貼）俺這裏歡娱未罄，（生）他幾處寒衣織未成，他幾處寒衣織未成。

臨粧感嘆

〔清江引〕蔡郎飽學衆皆知，甘分庭前舞綵衣。高堂一旦强逼試，含悲掩淚赴春闈。

【四朝元】（旦）春闈催赴，同心帶綰初。勸君更盡一杯酒，西出陽關無故人。嘆陽關聲斷，我也曾送别南浦，早知道你一去不回呵，早已成間阻。謾把羅襟淚漬，自我兒夫去後，百事淒凉。塵埋寶瑟無心整，緑户朱扃懶去開。寶瑟塵埋，錦被羞鋪。寂寞瓊窗，蕭條朱户，蕭條朱户，空把流年度。嗏，瞑子裏自尋思，妾意君情，一旦如朝露。君行千里途，妾受萬般苦。君還念妾，迢迢遠遠，也索回顧，也索回顧。

〔清江引〕丈夫別後未回還，妾在香閨淚暗彈。萬恨千愁渾似積，懨懨春病改朱顔。

【四朝元】（旦）朱顔非故，緑雲懶去梳。昔日張敞畫眉，何郎傅粉。自從丈夫去後，奈畫眉人遠，傅粉郎去，鏡鸞羞自舞。奴把歸期暗數，奴把歸期暗數，只見雁杳魚沉，鳳隻鸞孤。去時節緑遍汀洲，到如今又生芳杜。空自思前事，嗏，日近帝王都，日近帝王都。芳草斜陽，教我望斷長安路。君身豈蕩子，妾非蕩子婦。想其間就裏，千千萬萬，有誰堪訴？有誰堪訴？

〔清江引〕桑榆暮景實堪悲，囊篋蕭然值幾飢。竭力盡心行婦道，晨昏定省步輕移。

【四朝元】（旦）輕移蓮步，向堂前問舅姑。怕食缺須進，衣綻須補，要行時須與扶。奈西山暮景，奈西山暮景，教我倩着誰人，傳與我的兒夫？吒，夫，你身上青雲，只怕親歸黃土，臨別也曾多囑咐。嗏，那些個意孜孜，那些個意孜孜，只怕你十里紅樓，貪戀着人豪富。吒，夫，無人訴與，淒淒冷冷，怎生辜負？怎生辜負？

〔清江引〕秋來天氣最淒凉，俊秀紛紛鏖戰場。屈指算來有半載，才郎想已姓名揚。

【四朝元】（旦）文場選士，紛紛都是才俊徒。説甚麼鏡分鸞鳳，都要去榜登龍虎，偏你將奴誤。也不索氣蠱，也不索氣蠱，既受託了他的蘋蘩，有甚麼推辭？須索要做一個孝婦賢妻，也落得名標青史，不枉受盡了閒淒楚。嗏，俺這裏自支吾，俺這裏自支吾，休得要汚了他的名兒，左右與他相回護。呧，夫，你便做腰金衣紫，須記得荆釵裙布。苦！一場愁緒，堆堆積積，宋玉難賦，宋玉難賦。

月露音

明凌虚子編。明萬曆間刻本。凡四卷，分莊、騷、憤、樂四集。選録明人散曲套數及南戲、傳奇散齣。其中卷一收録《琵琶記》之《祝壽》，卷三收録《對粧》，卷四收録《賞夏》《賞月》四齣曲文，輯録如下。

祝　壽

【錦堂月】簾幕風柔，庭幃晝永，朝來峭寒輕透。親在高堂，一喜又還一憂。惟願取百歲椿萱，長似他三春花柳。酌春酒，看取花下高歌，共祝眉壽。

【前腔】輻輳，獲配鸞儔。深慚燕爾，持杯自覺嬌羞。怕難主蘋蘩，不堪侍奉箕箒。惟願取偕老夫妻，長侍奉暮年姑舅。酌春酒，看取花下高歌，共祝眉壽。

【前腔】還愁，白髮蒙頭，紅英滿眼，心驚去年時候。只恐時光，催人去也難留。惟願取黄卷青燈，及早換金章紫綬。酌春酒，看取花下高歌，共祝眉壽。

【前腔】還憂，松竹門幽，桑榆暮景，明年知他健否安否？嘆蘭玉蕭條，一朵桂花堪茂。惟願取連理芳年，得早遂孫枝榮秀。酌春酒，看取花下高歌，共祝眉壽。

【醉翁子】回首，嘆瞬息烏飛兔走。喜爹媽雙全，謝天相佑。不謬，更清淡安閒，樂事如今誰更有？相慶處，但酌酒高歌，共祝眉壽。

【前腔】卑陋，論做人要光前耀後。勸我兒青雲萬里，早當馳驟。聽剖，真樂在田園，何必區區公與侯？相慶處，但酌酒高歌，共祝眉壽。

【僥僥令】春花明綵袖，春酒泛金甌。但願歲歲年年人長在，父母共夫妻相勸酬。

【前腔】夫妻好廝守，父母願長久。坐對兩山排闥青來好，看將一水護田疇，緑遶流。

【尾聲】山青水緑還依舊，嘆人生青春難又，惟有快活是良謀。

對粧

【四朝元】春闈催赴，同心帶綰初。嘆《陽關》聲斷，送别南浦，早已成間阻。謾羅襟淚漬，謾羅襟淚漬，和那寶瑟塵埋，錦被羞鋪。寂寞瓊窗，蕭條朱户，空把流年度。嗏，瞑子裏自尋思，妾意君情，一旦如朝露。君行萬里途，妾心萬般苦。君還念妾，迢迢遠遠，也須回顧。

【前腔】朱顔非故，緑雲懶去梳。奈畫眉人遠，傅粉郎去，鏡鸞羞自舞。把歸期暗數，把歸期暗數，只見雁杳魚沉，鳳隻鸞孤。緑遍汀洲，又生芳杜。空自思前事，嗏，日近帝王都。芳草斜陽，教我望斷長安路。君身豈蕩子，妾非蕩子婦。其間就裏，千千萬萬，有誰堪訴。

【前腔】輕移蓮步，堂前問舅姑。怕食缺須進，衣綻須補，要行時須與扶。奈西山景暮，奈西山景暮，教我倩着誰人，傳語我的兒夫。你身上青雲，只怕親歸黄土，我臨别也曾多囑付。嗏，那些個意孜孜，只怕十里紅樓，貪戀着他人豪富。你雖然是忘了奴，也須念父母。無人説與，這凄凄冷冷，怎生辜負？

【前腔】文場選士，紛紛都是才俊徒。少甚麽鏡分鸞鳳，都要榜登龍虎，偏是他將奴誤。也不索氣蠱，也不索氣蠱，既受託了蘋蘩，有甚推辭？索性做個孝婦賢妻，也落得名標青史，不枉受了些閒悽楚。嗏，俺這裏自支吾，休得污了他的名兒，左右與他相回護。你便做腰金衣紫，須記得荆釵與裙布。一場愁緒，堆堆積積，宋玉難賦。

賞　夏

【梁州序】新篁池閣，槐陰庭院，日永紅塵隔斷。碧欄杆外，寒飛漱玉清泉。只見香肌無暑，素質生風，小簟琅玕展。晝長人困也，好清閒，忽被棋聲驚晝眠。《金縷》唱，碧筒勸，向冰山雪巘排佳宴。清世界，幾人見？

【前腔】薔薇簾箔，荷花池館，一陣風來香滿。湘簾日永，香消寶篆沉烟。謾有枕欹寒玉，扇動齊紈，怎遂黄香願？猛然心地熱，透香汗，我欲向南窗一醉眠。（合前）

【前腔】向晚來雨過南軒，見池面紅粧零亂。漸輕雷隱隱，雨收雲散。只見荷香十里，新月一鈎，此景佳無限。蘭湯初浴罷，晚粧殘，深院黄昏懶去眠。（合前）

【前腔】柳陰中忽噪新蟬，見流螢飛來庭院。聽菱歌何處？畫船歸晚。只見玉繩低度，朱户無聲，此景尤堪戀。起來攜素手，鬌雲亂，月照紗厨人未眠。（合前）

【節節高】漣漪戲彩鴛，把露荷翻，清香瀉下瓊珠濺。香風扇，芳沼邊，閒亭畔。坐來不覺神清健，蓬萊閬苑何足羨？只恐西風又驚秋，不覺暗中流年换。

【前腔】清宵思爽然，好涼天，瑶臺月下清虚殿。神仙眷，開玳筵，重歡宴。任教玉漏催銀箭，水晶宫裏把笙歌按。（合前）

【尾聲】光陰迅速如飛電，好良宵可惜漸闌，管取歡娱歌笑喧。

賞月

【念奴嬌序】長空萬里，見嬋娟可愛，全無一點纖凝。十二欄杆光滿處，涼浸珠箔銀屏。偏稱，身在瑶臺，笑斟玉斝，人生幾見此佳景？惟願取年年此夜，人月雙清。

【前腔】孤影，南枝乍冷，見烏鵲縹緲驚飛，棲止不定。萬點蒼山，何處是修竹吾廬三逕？追省，丹桂曾攀，嫦娥相愛，故人千里謾同情。惟願取年年此夜，人月雙清。

【前腔】光瑩，我欲吹斷玉簫，乘鸞歸去，不知風露冷瑶京？環佩濕，似月下歸來飛瓊。那更，香霧雲鬟，清輝玉臂，廣寒仙子也堪并。惟願取年年此夜，人月雙清。

【前腔】愁聽，吹笛《關山》，敲砧門巷，月中都是斷腸聲。人去遠，幾見明月虧盈。惟應，邊塞征人，深閨思婦，怪他偏向别離明。惟願取年年此夜，人月雙清。

【古輪臺】峭寒生，鴛鴦瓦冷玉壺冰，欄杆露濕人猶凭，貪看玉鏡。况萬里清明，皓彩十分端正。三五良宵，此時獨勝。把清光都付與酒杯傾，從教酩酊，拚夜深沉醉還醒。酒闌綺席，漏催銀箭，香銷金鼎。斗轉與參横，銀河耿，轆轤聲已斷金井。

【前腔】閒評，月有圓缺陰晴，人世有離合悲歡，從來不定。深院閒庭，處處有清光相映。也有得意人人，兩情暢咏；也有獨守長門伴孤另，君恩不幸。有廣寒仙子娉婷，孤眠長夜，如何捱得更闌寂静？此事果無憑。但願人長久，小樓玩月共同登。

【尾聲】聲哀訴，促織鳴，俺這裏歡娱未罄，他幾處寒衣織未成。

樂府萬象新

安成阮祥宇编，書林劉齡甫梓。明末刊本。全書分前後兩集，每集各四卷。僅前集保存完整。全書版式分上中下三欄，上下兩欄收録戲曲散齣，中欄載俗曲等。其中前集卷二下欄選收《琵琶記》之《伯喈荷亭滌悶》《五娘侍奉湯藥》《五娘剪髮送終》《夫妻書館相逢》四齣，輯録如下。

伯喈荷亭滌悶

【一枝花】（生）閒庭槐影轉，深院荷香滿。簾垂清晝永，怎消遣。〔一〕十二欄杆，無事閒凭遍。悶來把湘簟展，夢到家山，又被翠竹敲風驚斷。

〔一〕怎：原闕，據汲古閣刊本《繡刻琵琶記定本》補。

〔南鄉子〕翠竹影摇金，暑殿簾櫳映碧陰。人静晝長無個事，沉吟，碧酒金罇懶去斟。幽恨苦相尋，離别經年没信音。寒暑相催人易老，關心，却把閒愁付玉琴。院子，將琴書過來。（末將琴書上）黄卷看來消白日，朱絃動處引清風。炎蒸不到珠簾下，人在瑶池閬苑中。相公，琴書在此。（生）院子，你與我喚那琴、學二僮過來。（末叫科，净執扇、丑執香爐上）

【金錢花】（净、丑）自小承直書房、書房，快活其實難當、難當。只管打扇與燒香，荷亭畔，好乘凉；喫飽飯，上眠床。

（相見科）（生）我在先得此材於爨下，斵成此琴，名曰焦尾。自來此間，久不整理，今日當此清凉，試操一曲，以舒悶懷。你三人一個打扇，一個燒香，一個管文書，休得要誤了事。（衆）領均旨。（操琴介）

【懶畫眉】（生）强對南薰奏虞絃，只覺指下餘音不似前，那些個流水共高山。呀！只見滿眼風波惡，似離别當年懷水仙。（净困掉扇科）（末）告相公，打扇的壞了扇。（生）背起打十三。那廝不中用，只教他燒香。（末）領鈞旨。（衆换科）頓覺餘音轉愁煩，似寡鵠孤鴻和斷猿，又如别鳳乍離鸞。呀！怎的？只見殺聲在絃中見，敢只是螳螂來捕蟬？（丑困滅香科）（净）告相公，燒香的滅了香。（生）背起打十三。那廝不中用，只教他管文書。（末）領鈞旨。（衆换科）日暖藍田玉生烟，似望帝春心托杜鵑，好姻緣翻做惡姻緣。只怕聞者知音少，争得鸞膠續斷絃。

（末掉文書科）（丑）告相公，管文書的亂了文書。（生）背起打十三。（貼上）（生）左右，夫人來也，且各

回避。（衆）正是：有福之人人伏事，無福之人伏事人。（末、丑、浄先下）

【滿江紅】（貼）嫩緑池塘，梅雨歇薰風乍轉。瞥然見新涼華屋，已飛乳燕。簟展湘波紈扇冷，歌傳《金縷》瓊巵暖。（衆）炎蒸不到水亭中，珠簾捲。

（貼）相公元來在此操琴呵。（生）夫人，我當此清涼，聊在此間散悶。（貼）奴家久聞相公高於音樂，如何來到此間，絲竹之音杳然絶響？斗膽請再操一曲，相公肯麼？（生）夫人待要聽琴，彈甚麼曲好？我彈一曲《雉朝飛》，夫人意下何如？（貼）這是無妻的曲，不好。（生）呀！説錯了。如今彈一個《孤鸞寡鵠》何如？（貼）兩個夫妻正團圓，説甚麼孤寡？（生）不然，彈一曲《昭君怨》何如？（貼）兩個夫妻正和美，説甚麼宫怨？相公，當此夏景，只彈一個《風入松》好。（生）這個却好。（彈錯科）相公，你彈錯了。（生）呀！倒彈出了《思婦引》來，待我再彈。（彈錯科）（貼）相公，你又彈錯了。（生）呀！倒彈出個《别鶴怨》來。（貼）相公如何恁的會差？莫不是賣弄，欺侮奴家？（生）豈有此心。只是新絃却不中用了。（貼）這絃怎的不中用？（生）俺只彈舊絃慣，這是新絃，俺一時彈不慣。（貼）舊絃在那裏？（生）舊絃撇下多時了。（貼）爲甚撇了？（生）只爲有了這新絃，便撇了舊絃。（貼）相公何不撇了新絃，用那舊絃？（生）夫人，我心裏豈不想那舊絃？只是新絃又撇不下。（貼）罷！罷！你新絃既撇不下，還思量那舊絃怎的？我想起來，只是你心不在焉，特地有許多説話。

【桂枝香】（生）夫人，舊絃已斷，新絃不慣。舊絃再上不能，待撇了新絃難拚。我一彈再鼓，一彈再鼓，又被宫商錯亂。（貼）相公，你敢是心變了麼？（生）非干心變。（貼）你却爲何來？

（生）這般好涼天。正是此曲纔堪聽，又被風吹别調間。（貼）相公，非彈不慣，只是你意慵心懶。你既道是《寡鵠孤鸞》，又道是《昭君宫怨》。那更《思歸》《别鶴》，《思歸》《别鶴》，無非愁嘆。有何難見？你既不然，呀！我理會得了。你道是彈與知音聽，道我不是知音不與彈。

（生）夫人，那有此意？（貼）相公，我教惜春安排酒過來，與你消遣何如？（生）我懶飲酒，待我去睡也。（貼）相公休阻妾意。老姥姥，你看酒來。（净、丑持酒上）

【燒夜香】（净）樓臺倒影入池塘，緑樹陰濃夏日長，（丑）一架荼蘼滿院香。（合）滿院香，和你飲霞觴。捲起簾兒，明月正上。

（貼）將酒過來。

【梁州序】（貼）新篁池閣，槐陰庭院，日永紅塵隔斷。碧欄干外，空飛漱玉清泉。只覺香肌無暑，素質生風，小簟琅玕展。晝長人困也，好清閒，忽被棋聲驚晝眠。（合）《金縷》唱，碧筒勸，向冰山雪巘排佳宴。清世界，幾人見？

【前腔】（生）薔薇簾幕，荷花池館，一陣風來香滿。湘簾日永，香銷寶篆沉烟。謾有枕欹寒玉，扇動齊紈，怎遂黄香願？（作悲介）（貼）相公，你爲甚的掉下淚來？（生）不。猛然心地熱，透香汗，我欲向南窗一醉眠。（合前）

【前腔】（貼）向晚來雨過南軒，見池面紅粧零亂。聽輕雷隱隱，雨收雲散。只見荷香十里，新月一鈎，此景佳無限。蘭湯初浴罷，晚粧殘，深院黄昏懶去眠。（合前）

【前腔】（生）柳陰中忽噪新蟬，見流螢飛來庭院。聽菱歌何處，畫船歸晚。只見玉繩低度，朱户無聲，此景尤堪戀。起來攜素手，鬢雲亂，月照紗幮人未眠。（合前）

【節節高】（浄）蓮池戲綵鴛，把露荷翻，清香瀉下瓊珠濺。香風扇，芳沼邊，閒亭畔。坐來不覺神清健，蓬萊閬苑何足羨？（合）只恐西風又驚秋，不覺暗中流年换。

【前腔】（丑）清宵思爽然，好凉天，瑶台月下清虚殿。神仙眷，開玳筵，重歡宴。任教玉漏催銀箭，水晶宫裏把笙歌按。（合前）

【餘文】（衆）光陰迅速如飛電，好良宵可惜漸闌，管取歡娱歌笑喧。

歡娱休問夜如何，此景良宵有幾多？

遇飲酒時須飲酒，得高歌處且高歌。

五娘侍奉湯藥

【霜天曉角】（旦）難捱怎避，災禍重重至。最苦婆婆死矣，公公病又將危。

屋漏更遭連夜雨，船遲又被打頭風。奴家自從婆婆死後，萬千狼狽；誰知公公病又將危。如今赎得些藥，安排煎了，不免再安排一口粥湯。

【犯胡兵】（旦）囊無半點挑藥費，良醫怎求？天那！縱然救得目前，飯食何處有？料應難到後。謾説道有病遇良醫，饑荒怎救？公公這病呵。愁萬苦千恁生受，粧成這症候。便做這藥喫時呵，縱然救得目前，怎免得憂與愁？料應不會久。他只爲不見孩兒，纔得這病。若要這病好時，除非是子孝父心寬，方纔可救。

藥已熟了，且扶公公出來喫些，看如何。（旦下扶外上）

【霜天曉角】（外）神散魂飛，料應不久矣。（旦）公公，請掙挫。（外）我縱然擡頭强起，形衰倦，怎支持？

（旦）公公，藥已熟了，慢慢喫些，調養身己，看着病體若何。（外）媳婦，我喫不得這藥了。

【香遍滿】（旦）論來湯藥，須索是子先嘗方進與父母。公公，莫不是爲無子先嘗，你便尋思苦？（外喫藥吐科）（旦）公公，且耐煩喫些。（外）媳婦，這藥我喫不得了。媳婦，我寧可死罷，免得累你。（旦）公公，你須索掙挫，怎捨得一命殂？（外）媳婦，你喫糠，省錢贖藥與我喫，可不虧了你？（旦）苦，元來你不喫藥，也只爲我糟糠婦。（旦）公公，你不喫藥，且喫一口粥湯，看如何？（外喫粥吐介）（旦）公公，你且慢慢喫些。（外）媳婦，我肚腹膨脹，怎喫得下？（旦）公公，你萬千愁苦，堆積在悶懷，成氣蠱，可知道喫了吞還吐。（外）媳婦，我不濟事了，必是死也。孩兒又不回來，只是虧了你們。（旦）苦！元來你不喫粥，也只爲我糟糠婦。

（外）媳婦，我死也不妨，只嘆孩兒不在家，虧了你。你近前來，我有二句言語分付你。（旦）公公，如何？（外跌倒拜介）

【青歌兒】（外）媳婦，我三年謝得你相奉事，只恨我當初把你相擔誤。天那！我欲待報你的深恩，待來生我做你的媳婦。怨只怨蔡伯喈不孝子，苦只苦趙五娘辛勤婦。

【前腔】（旦）公公，我一怨你死後有誰來祭祀，二怨你有孩兒不得相看顧，三怨你三年間没一個飽暖日子。三載相看甘共苦，一朝分别難同死。

（外）媳婦，我死呵，

【前腔】你將我骨頭休埋在土。（旦）呀！公公，百歲後不埋在土，却放在那裏？（外）媳婦，是我當初不合教孩兒出去，誤得你恁的受苦。我甘受折罰，任取屍骸暴露。（旦）公公，你休這般説，被人談笑。（外）媳婦，不笑你，留與傍人，道蔡伯喈不葬親父。怨只怨蔡伯喈不孝子，苦只苦趙五娘辛勤婦。

（旦）公公，你死呵，

【前腔】公婆已得做一處所，料想奴家不久也歸陰府。苦！可憐一家三個怨鬼在冥途。三載相看甘共苦，一朝分别難同死。

（外）媳婦，我畢竟是死，你去請張太公過來。（末上）歲歉無夫婿，家貧喪老親。可憐貞潔女，日夜受艱辛。（相見介）（末）五娘子，你公公病症何如？（旦）太公，公公病症危篤。（末）如此，待我向前看看。老員外，你病體若何？（外）苦！張太公，我畢竟是死，你來恰好。我欲憑你爲證，寫下遺囑與媳婦收執爲照，待我死後，休要守孝，早早改嫁便了。（旦）公公，休這般説。自古道：忠臣不事二君，烈女不更二夫。公公，休要寫。（外）媳婦，你取紙筆過來。（旦）公公，奴家生是蔡郎妻，死是蔡郎婦，千萬休寫，枉自勞神。（外）媳婦，你不取紙筆來，要氣殺我也！（末）五娘子，你休逆他。嫁不嫁由在你，且取將過來。（旦取紙筆介）（外）咳！這一管筆，倒有千斤重。（寫不得介）

【羅帳裏坐】（外）媳婦，你艱辛萬千，是我擔誤了伊。你不嫁人呵。身衣口食，怎生區處？休休，當元是我折散了你夫妻，我如今死了呵，終不然教你，又守着靈幃？（放筆介）已知死别在須臾，更與甚麼生人作主？（末）這中間就裏，我難説怎提。五娘子，你若不嫁人，恐非活計；若不守孝，又被人談議。可憐家破與人離，怎不教人淚垂？（旦）公公嚴命，非奴敢違。只是你教我嫁人呵，那些個不更二夫，却不誤奴一世？公公，我一馬一鞍，誓無他志。可憐家破與人離，怎不教人淚垂？

（外）張太公，我憑你爲證，留下這條拄杖，待我那不孝子回來，把他與我打將出去。（外倒，旦扶科）

公公病裏莫生嗔，員外寬心保自身。

正是藥醫不死病，果然佛度有緣人。

五娘剪髮送終

【雙調·金瓏璁】（旦）饑荒先自窘，那堪連喪雙親，獨自怎支分？我衣衫都解盡，首飾没分文。無計策，只得剪香雲。

〔蝶戀花〕萬苦千辛難擺撥，力盡心窮，兩淚空流血。裙布釵荆今已竭，萱花椿樹連摧折。金刀盈盈明似雪，遠照烏雲，掩映蛾眉月。一片孝心難盡説，都來分付青絲髮。奴家前日婆婆死了，多蒙太公賙濟；如今公公又没了，無錢資送，難再去求他。不如剪下頭髮，賣幾貫錢鈔，爲送終之用。雖然這頭髮值錢不多，只將來做個由兒。苦！正是：不幸喪雙親，求人不可頻。聊將青絲髮，斷送白頭人。

【香羅帶】一從鸞鳳分，誰梳鬢雲？粧台懶臨生暗塵，那更釵梳首飾典無有也。頭髮呵，是我耽擱你度青春，如今又剪你，資送老親。似這等剪髮傷情也，奴受此苦，怨着誰來？怨只怨結髮的薄倖人。

獨自守孤貧，剪髮殯雙親。欲剪猶未剪，思量薄倖人。

【前腔】（旦）思量薄倖人，辜奴此身。頭髮，欲待剪你下來，自古道：身體髮膚，受之父母，豈敢毀傷？欲剪未剪，教我先淚零。頭髮，早知今日剪你下來，我當初早披剃入空門也，做個尼姑去，今日免艱辛。咳！只有我的頭髮恁般苦，少甚麼佳人的，珠圍翠擁蘭麝熏。呀！似這般光景呵，我的身死兀自無埋處，說甚麼頭髮愚婦人？

【前腔】（旦）堪憐愚婦人，單身又窮。頭髮，我待不剪你呵，開口告人羞怎忍？我待剪你呵，金刀下處應心疼也。却將堆鴉髻，舞鸞鬢，與烏鳥報答鶴髮親。教人道霧鬢雲鬟女，斷送霜鬟雪鬢人。（剪下哭介）

【臨江仙】（旦）連喪雙親無計策，只得剪下香鬟。非奴苦要孝名傳，正是上山擒虎易，開口告人難。

頭髮已剪下，免不得將去貨賣。穿長街，抹短巷，叫一聲賣頭髮。（叫介）

【梅花塘】賣頭髮，買的休論價。念我受饑荒，囊篋無些個。丈夫出去，那堪連喪了公婆。没奈何，只得剪頭髮資送他。

呀！怎的都没人買？

【香柳娘】看青絲細髮，看青絲細髮，剪來堪愛，如何賣也没人買？這饑荒死喪，這饑荒死喪，怎教我女裙釵，當得恁狼狽？况連朝受餒，况連朝受餒，我的脚兒怎抬擡？其實難捱。（跌倒，起介）

【前腔】（旦）往前街後街，往前街後街，并無人采。我待再叫一聲，咽喉氣噎，無如之奈。苦！

我如今便死，我如今便死，暴露我屍骸，誰人與遮蓋？天那！我到底也只是個死，將頭髮去賣，將頭髮去賣，賣了把公婆葬埋，奴便死有何害？

（跌介）（末）慈悲勝念千聲佛，造惡徒燒萬炷香。幾日蔡老員外病症不知如何，我且去看一看。呀！五娘子，你爲何倒在街上？（旦）苦！太公可憐見，救奴家則個。（末杖扶介）五娘子，你手裏拿着頭髮做甚麼？（旦）奴家公公又没了，無錢資送，只得剪下頭髮，賣幾文錢，爲送終之用。（末哭介）元來你公公又死了呵，你怎的不和我商量，[一]把這頭髮剪下做甚麼？[二]（旦）奴家多番擾害公公了，不敢再來相惱。（末）呀！你説那裏話？

【前腔】五娘子，你兒夫曾托賴，你兒夫曾托賴，我怎敢違背？你無錢使用，我須當貸。誰教你將頭髮剪下，又跌倒在長街？都緣是老夫之罪。（合）嘆一家破壞，嘆一家破壞，否極何時泰來？止不住各淚盈腮，各淚盈腮。

【前腔】（旦）謝太公可憐，謝太公可憐，把錢相貸，我公婆在地下亦相感戴。只恐奴身死也，只恐奴身死也，兀自没人埋。蔡邕又不回，太公呵，誰還你恩債？（合前）

（末）五娘子，你先到家去，我着小的送些布帛米穀之類與你使用。（旦）如此，多謝公公，代奴家收了這

[一] 你：原作『奴』，據汲古閣刊本《繡刻琵琶記定本》改。
[二] 做：原闕，據汲古閣刊本《繡刻琵琶記定本》補。

頭髮。（末）咳！難得，難得。這是孝婦的頭髮，剪來資送公婆，我留在家中，不惟傳流做個話名，後日蔡伯喈回來，將與他看，也使他惶愧。

多謝公公救妾身，伊夫曾托我親鄰。
從空伸出拏雲手，提起天羅地網人。

夫妻書館相逢

【鵲橋仙】（生）披香侍宴，上林遊賞，醉後人扶馬上。金蓮花炬照回廊，正院宇梅稍月上。（一）日宴下彤闈，平明登紫閣。何如在書案，快哉天下樂。自家早臨長安，夜值嚴更。召問鬼神，或前宣室之席；光傳太乙，時頒天禄之藜。惟有帶星衝黑出漢宮，（二）安能露滴研硃點《周易》？俺這幾日喜得朝無煩政，官有餘閒，庶可留心於詩書，從事於翰墨。看這《尚書・堯典》道：虞舜父頑母嚚象傲，克諧以孝。他父母這等不好，他猶自克諧以孝；我父母這等好，我到不能勾奉侍他。看甚麼《尚書》？這是《春秋》，潁考叔曰：小人有母，未嘗君之羹，請以遺之。他就有一口湯喫，兀自尋思着娘；我如今做官享富貴，到把父母撇了。看甚麼《春秋》？這書中那一句不説着孝義？當時俺父母叫我讀書

（一）正：原作「上」，據汲古閣刊本《繡刻琵琶記定本》改。
（二）衝：原作「衡」，據汲古閣刊本《繡刻琵琶記定本》改。

知孝義，誰知到如今反被詩書誤了我，看他怎的？

【解三醒】嘆雙親把兒指望，教兒讀古聖文章。似我會讀書的，到把親撇漾；少甚麽不識字的，到把親終養。書呵，我只爲其中自有黄金屋，反教我撇却椿庭萱草堂。還思想，畢竟是文章誤我，我誤爹娘。

【前腔】比似我做個負義虧心臺館客，到不如守義終身田舍郎。五娘子，你在家見下官不回，未免有棄舊戀新之嘆。我豈比那樣人？《白頭吟》記得不曾忘，緑鬢婦何故在他方？書呵，我只爲書中有女顔如玉，反教我撇却糟糠妻下堂。還思想，畢竟是文章誤我，我誤妻房。

書既懶看，且看些古畫散悶則個。呀！這一軸畫像是我昨日在彌陀寺中燒香拾得的，如何院子也將來掛在此間？這是甚麽故事？

【太師引】細端詳，這是誰筆仗？覷着他，教我心兒好感傷。這兩人我有些認得他。好似我雙親模樣，怎穿着破損衣裳？道别後容顔無恙，怎的這般淒涼情狀？呀！俺這裏要寄一封書到陳留，尚不能勾。他那裏呵，有誰來往，直將到洛陽？天下少甚麽面貌廝像的？須知道仲尼陽虎一般龐。

呀！我理會得了。

【前腔】這是街坊誰劣相，砌莊家形衰貌黄。比如我爹娘在家，遇着這般饑荒之歲，若没個媳婦來相傍，少不得也這般淒涼。敢是個神圖佛像？呀！卻怎的？我正看間，猛可的小鹿兒心頭撞。那有個這樣神圖佛像，敢是當原畫的有緣故？丹青匠，由他主張，須知道毛延壽誤了王嬙。

伯喈一時好癡呆！既是甚麽故事，自有標題，待我轉過來看。呀！原來有一首詩在上面。這厮好無禮，句句道着下官，等閒的怎敢到此？想必夫人知道，待問便知了。

【夜遊湖】（貼）猶恐他心思未到，教他題詩句，暗裏相嘲。翰墨關心，丹青入眼，强如把语言相告。

（生）夫人，誰人到我書館中來麽？（貼）没有人來。（生）我前日往彌陀寺燒香，拾得一軸畫，院子將他掛在此，誰人題着一首詩？中間有些蹺蹊。（貼）敢是原初題的麽？（生）那墨跡尚然未乾，是新寫的。（貼）相公，我理會得，你試讀與我聽着。（生念介）（貼）我還不曉其意，望相公解説一番。（生）『崑山有良璧，鬱鬱璠與姿。嗟彼一點瑕，掩此連城瑜。』崑山是地名，産得好玉，顔色瑩然，價值連城。若有些瑕玷，掩了他顔色，便不貴重了。『人生非孔顔，名節鮮不虧。』孔子、顔子是個大聖大賢，德行渾全。大凡人非聖賢，能忠不能孝，能孝不能忠，所以名節多至欠缺。『拙哉西河守，胡不如臯魚？』西河守是戰國時人吴起，魏文侯拜他爲西河守，母死不奔喪。臯魚是春秋時人，只爲周遊列國，父母死了，後來回家自刎而亡。『宋弘既以義，王允何其愚。』宋弘，光武時人。光武要把姐姐湖陽公主嫁他，宋弘不從，對官裏道：貧賤之交不可忘，糟糠之妻不下堂。黄允乃桓帝時人，司徒袁隗要把姪女嫁他，他就休了前妻，娶了袁氏。『風木有餘恨，連理無傍枝。』孔子聽得皋魚啼哭，問其故。皋魚説道：(一)樹欲静而風不寧，子欲養而親不在。晉時東宫門前有槐樹二株，連理而生，四旁皆無小枝。『寄語青雲客，慎勿乖天彝。』傳語做官的人，切莫違了天倫之大道。(貼)相公，(二)那不奔喪的和那自刎的，那一個是孝道？(生)那不奔喪的是亂道。(貼)那不棄妻的和那休妻的，那個是正道？(生)那休妻的是亂道。(貼)比如相公，肯學那一個人？(生)呀！我的父母，知他存亡如何？我不學那不奔喪的見識。(貼)相公，你不學那不奔喪的，且如你這般富貴，腰金衣紫，假有糟糠之婦，藍褸醜惡，可不辱邈了你？你莫是也索休了罷。(生)夫人説那裏話？縱是辱邈了我，終身是我的妻房，義不可絶。

【鏵鍬兒】(生)夫人，你説得好笑，你説得好笑，可見你心兒窄小。我決不學王允的見識，没來由讓却苦李，再尋甜桃。古人云：棄妻有七出之條。他不嫉不淫與不盜，終無去條。那棄妻的，衆所誚；那不棄妻的，人所褒。縱然他醜貌，怎肯相休棄了？

【前腔】(貼)伊家富豪，那更青春年少。你紫袍掛體，金帶垂腰，做你的媳婦呵，應須有封號。

(一) 皋：原闕，據汲古閣刊本《繡刻琵琶記定本》補。

(二) 公：原闕，據汲古閣刊本《繡刻琵琶記定本》補。

金花紫誥，必俊俏，須媚嬌。若還他醜貌，怎不相休棄了？

【前腔】（生）夫人，你言顛語倒，惱得我心兒轉焦。㈠莫不是你把咱奚落，特兀自粧喬？引得我淚痕交，撲簌簌這遭。這題詩的是誰？（貼）相公，你待怎的？（生）夫人，他把我嘲，難恕饒。你説與我知道，怎肯干休住了？

【前腔】（貼）我心中忖料，想不是薄情分曉，管教你夫婦會合在今朝。這字跡你認得麼？（生）我一時認不得。（貼）伊家枉自焦，只恐怕啼哭聲漸高。（生）是誰？快説來。（貼）是伊大嫂，身姓趙，正要説與你知道，怎肯干休住了？

（生）既如此，快請來相見。

【入賺】（旦）聽得閙炒，敢是兒夫看詩囉唣？（貼）姐姐快來。（旦）是誰忽叫？想是夫人召，必有分曉。（貼）相公，是他題詩句，你還認得否？（生）他從那裏來？（貼）他從陳留郡，爲伊來尋討。（生抱旦哭介）呀！原來是你。五娘，你怎的穿着破襖，衣衫盡是素縞？呀！莫不是我雙親不保？（旦）官人，從別後，遭水旱，我兩三人只道同做餓殍。（生）張太公曾周濟你麼？（貼）只有張公可憐，嘆雙親別無倚靠。（生）後來却如何？（旦）兩口顛連相繼死。（生）原來我

㈠　心兒：原作『身如』，據汲古閣刊本《繡刻琵琶記定本》改。

爹娘都死了。娘子，你怎生殯殮他？（旦）我剪頭髮賣錢，送伊妣考。（生）如今安葬了未曾？（旦）把墳自造，土泥盡是麻裙裹包。（生）聽伊言語，怎不痛傷噎倒？

（僕地介）（貼）相公甦醒。（旦）官人，這畫像就是你爹娘的真容。

【山桃花】（生）蔡邕不孝，把父母相拋。爹娘，我與你别時也不恁的狼狽，早知你形衰耄，怎留漢朝？娘子，請受卑人一禮。你爲我受煩惱，你爲我受劬勞。(一) 謝你葬我爹，葬我娘，你的恩難報也。又道是養兒能代老。（合）這苦知多少，此恨怎消，天降災殃人怎逃？

娘子，這真容是誰畫的？

【前腔】（旦）這儀容想像，是我親描。（生）那得盤纏來到此間？（旦）乞丐把琵琶撥，怎禁路遥？説甚麼受煩惱？説甚麼受劬勞？不信看你爹，看你娘，比别時兀自形枯槁也。我的一身難打熬。（合前）

【前腔】（貼）設着圈套，被我爹相招。相公，你也説不早，况音信杳。姐姐，你爲我受煩惱，受劬勞。相公呵，是我誤你爹，誤你娘，誤你名兒不孝也。做不得妻賢夫禍少。（合前）

【前腔】（生）我脱却巾帽，解却衣袍。（貼）相公，急上辭官表，共行孝道。（生）夫人，只怕你去不

(一) 我：原闕，據汲古閣刊本《繡刻琵琶記定本》補。

得。（貼）我豈敢憚煩惱？豈敢憚劬勞？同去拜你爹，拜你娘，親把墳塋掃也。與地下亡靈添榮耀。（合前）

【餘文】（合）幾年間分别無音耗，奈千山萬水迢遥。天！只爲三不從，生出這禍苗。

南音三籟

明淩濛初選輯，明崇禎刻本、清康熙七年（1668）袁園客重刻增益本。分散曲、戲曲類，各兩卷，戲曲僅收録曲文，不收賓白。戲曲卷收録《琵琶記》之《登程》《愁配》《路途》《題真》《悲逢》《憂思》《賞月》《敘别》《賞荷》《剪髮》《請赴》《逼試》《玩真》《勸試》《相怨》《筑墳》《喫藥》《喫糠》《成親》《答親》《規奴》《議姻》《小相逢》《勸鬧》《祝壽》《自厭》《自嘆》《掃墓》《送别》《拜托》《行路》《詢情》《畫容》《煎藥》《請糧》等三十五齣部分曲文，輯録如下。

登程

【仙吕·八聲甘州】（人籟）【八聲甘州】衷腸悶損，嘆路途千里，日日思親。青梅如豆，難寄隴頭音信。高堂已添雙鬢雪，客路空瞻一片雲。【排歌】途中味，客裏身，争如流水蘸柴門。休回首，欲斷魂，數聲啼鳥不堪聞。

【前腔換頭】風光正暮春，便縱然勞役，何必愁悶？緑陰紅雨，征袍上染惹芳塵。雲梯月殿圖貴顯，水宿風餐莫厭貧。乘桃浪，躍錦鱗，一聲雷動過龍門。榮歸去，緑綬新，休教妻嫂笑蘇秦。

【前腔】誰家近水濱，見畫橋烟柳，朱門隱隱。鞦韆影裏，墻頭上半出紅粉。他無情笑語聲漸杳，却不道惱殺多情墻外人。思鄉遠，愁路貧，肯如十度謁侯門？行看取，朝紫宸，鳳池鰲禁聽絲綸。

【前腔】遥望霧靄紛，(一)想洛陽宮闕，行行將近。程途勞倦，欲待共飲芳尊。垂楊瘦馬莫暫停，(二)只見古樹昏鴉棲漸盡。(三)天將暝，日已曛，一聲殘角斷樵門。尋宿處，行步緊，前村燈火已黄昏。

(一)　眉批：『望』字平聲，不可作去聲。

(二)　眉批：『停』字不用韻，非借韻也。

(三)　眉批：『垂楊』二句，每句末一字先平後仄，與前曲不同，然不失其正。妙哉！

【尾聲】向人家，忙投奔，解鞍沽酒共論文。今夜雨打梨花深閉門。

（用真文韻）

愁配

【仙呂・桂枝香】（天籟）書生愚見，忒不通變。不肯坦腹東床，謾自去哀求金殿。想他每就裏，想他每就裏，將人輕賤。非爹胡纏，怕被人傳。道你是相府公侯女，不能勾嫁狀元。(一)（每：音『門』。纏：去聲。）

【前腔】百年姻眷，須教情願。他那裏抵死推辭，俺這裏不索留戀。想他每就裏，想他每就裏，有些二牽絆。怕恩多成怨。滿皇都，少甚麼公侯子，何須去嫁狀元？(二)

【南呂・大迓鼓】非干是你爹意堅，(三)怕春花秋月，誤你芳年。況兼他才貌真堪羨，又是五百

(一) 眉批：第五、六句用韻，第九句不用韻亦可，但第三句不可用韻。

(二) 眉批：『滿皇都』自爲句，但不用韻。唱者竟連下句唱，大非。

(三) 眉批：『干』字不用韻。

名中第一仙。故把嫦娥，付與少年。(一)

【前腔】姻緣雖在天，若非人意，到底埋冤。料想赤繩不曾綰，多應他無玉種藍田。休强把嫦娥，付與少年。

（用先天韻。內『絆』字、『綰』字犯寒山。）

路途

【仙呂・月雲高】（天籟）路途勞頓，行行甚時近？未到得洛陽縣，(二)盤纏使盡。回首孤墳，空教我望孤影。他那裏誰偢倸？俺這裏將誰投奔？正是西出陽關無故人，(三)須信道家貧不是貧。(四)（犯見前）

(一) 眉批：按：《殺狗記》本調云：『聽咱說事因，一人心痛，一個腰疼，假意佯推病。果然日久見人心，到此方知沒義人。』則『況兼他』三字、『料想』二字、『付與』二『與』字皆襯字也。今人皆以實字唱之，而詞隱生作譜竟別之爲『又一體』，不知作襯字唱，原無異耳。

(二) 眉批：『縣』字一作『城』字，平聲，非調。

(三) 眉批：『無故人』『無』字平聲。

(四) 眉批：『不是貧』『貧』字用入作平，不用上、去，下二曲皆然。妙甚！

【前腔】暗中思忖，此去好無准。只怕他身榮貴，把咱不厮認。若是他不瞧，空教我受艱辛。他未必忘恩義，俺這裏自閒評論。須記得一夜夫妻百夜恩，怎做得區區陌路人？

【前腔】他在府堂深隱，奴身怎生進？他在駟馬高車上，難將他認。來到他根前，只提起二親真。又恐怕消瘦龐兒，他猶難十分信。他不到得非親却是親，我自須防人不仁。

（用真文韻。內『影』字犯庚青。亦是各以二成句爲收句，皆古法也。）

題真

【仙呂・醉扶歸】（天籟）我有緣結髮曾相共，難道是無緣對面不相逢？我鳳枕鸞衾也和他同，倒憑兔毫繭紙將他動。畢竟一齊分付與東風，把往事也如春夢。(一)（和：去聲。）

【前腔】綵筆墨潤鸞封重，只爲玉簫聲斷鳳樓空。(二) 還是教妾若爲容？只怕爲你難移寵。縱認不得這丹青貌不同，若認得我翰墨，也教心先痛。

（『教妾』二字俱平聲，今人於第三句每作平平仄仄仄平平，非也。）

(一) 眉批：首句時本或作『有緣千里能相會』，非也。首句宜韻。末句句法如此乃合，今人皆作七字。

(二) 眉批：一本改作『詞源倒流三峽水，只怕他胸中另是一帆風』。其詞甚俊，然首句宜用韻耳。

悲逢

【仙呂・解三酲】（天籟）嘆雙親把兒指望，教兒讀古聖文章。似我會讀書的，倒把親撇漾；少甚麼不識字的，倒得終養。我只爲你書中自有黄金屋，却教我撇却椿庭萱草堂。還思想，畢竟是文章誤我，我誤爹娘。（一）

【前腔換頭】比似我做了虧心臺館客，倒不如守義終身田舍郎。《白頭吟》記得不曾忘，緑鬢婦何故在他方？我只爲你書中有女顔如玉，却教我撇却糟糠妻下堂。還思想，畢竟是文章誤我，我誤妻房。（二）

（忘：去聲，用江陽韻。）

（一）眉批：此曲之病全在『書中自有』，用二成句，遂成拗體。而《香囊記》沿而用之，遂牢不可破矣。『金』字不如改仄聲爲妙，若用仄，則『屋』字平仄俱可。

（二）眉批：此【換頭】甚得體，今人皆與首曲同矣。

憂思

【正宮·雁魚錦】（天籟）【雁過聲】思量，那日離故鄉。記臨歧送別多惆悵，攜手共那人不斷放。教他好看承，我爹娘，料他們應不會遺忘。(一) 聞知饑與荒，只怕捱不過歲月難存養。若望不見信音，却把誰倚仗？【二犯漁家傲】思量，幼讀文章，論事親爲子也須要成模樣。真情未講，怎知道喫盡多魔障？被親强來赴選場，被君强官爲議郎，被婚强效鸞凰。三被强，(二)衷腸事説與誰行？埋冤難禁這兩廂：這壁廂道咱是個不撐達害羞喬相識，那壁廂道咱是個不覩事負心薄倖郎。(三)【二犯漁家燈】悲傷，鷺序鴛行，怎如慈烏返哺能終養？謾把金章，綰着紫綬；試問班衣，今在何方？斑衣罷想，縱然歸去，又怕帶麻執杖。只爲他雲梯月殿多勞攘，落得淚雨似珠兩鬢霜。【喜漁燈】幾回夢裏，忽聞雞唱。忙驚覺錯呼舊婦，同問寢堂上。待朦朧覺來，依然新人鳳衾和象床。怎不怨香愁玉無心緒？更思想，和他攔擋，教

(一) 眉批：『教他』『他』字上時唱有二板，『會』字下『忘』字上無板，打在『遺』字上、『忘』字下。皆教頭之誤也，今從譜正定。

(二) 眉批：『三被强』藏韻於句中，不可不知。

(三) 眉批：『不撐達』『不覩事』皆詞家本色語，或作『不覩親』，非也。

我怎不悲傷？俺這裏歡娛夜宿芙蓉帳，他那裏寂寞偏嫌更漏長。【錦纏道犯】謾悒怏，把歡娛都成悶腸。菽水既清涼，我何心貪着美酒肥羊？閃殺人花燭洞房，愁殺我掛名在金榜。魆地裏自思量，正是在家不敢高聲哭，只恐猿聞也斷腸。（一）

賞　月

【大石調・念奴嬌序】（二）（人籟）長空萬里，見嬋娟可愛，全無一點纖凝。十二欄杆光滿處，涼浸珠箔銀屏。偏稱，身在瑤臺，笑斟玉斝，人生幾見此佳景？（合）惟願取年年此夜，人月雙清。

【前腔換頭】孤影，南枝乍冷。見烏鵲縹緲驚飛，棲止不定。萬點蒼山，何處是修竹吾廬三逕？追省，丹桂曾攀，嫦娥相愛，故人千里謾同情。（合前）

【前腔第三換頭】光瑩，（三）我欲吹斷玉簫，乘鸞歸去，不知風露冷瑤京。環珮濕，似月下歸來

（一）　眉批：後四段每段末二句俱犯【雁過聲】。『猿聞』句不過用成句作結耳，詞隱生謂江邊可説猿聞，在家不可説猿聞而改爲『人聞』，亦太拘矣。

（二）　眉批：一本作【本序】，蓋此折【引子】是【念奴嬌】，而此曲即【念奴嬌序】，故名，非别名【本序】。

（三）　眉批：瑩：爲命切。

飛瓊。那更，香霧雲鬟，清輝玉臂，廣寒仙子也堪并。（合前）

【前腔】愁聽，吹笛關山，砧敲門巷，月中都是斷腸聲。人去遠，幾見明月虧盈。惟應，邊塞征人，深閨思婦，怪他偏向別離明。（合前）

【中吕·古輪臺】峭寒生，鴛鴦瓦冷玉壺冰，欄杆露濕人猶凭，貪看玉鏡。況萬里清明，皓彩十分端正。三五良宵，此時獨勝。把清光都付與酒杯傾，從教酩酊，拚夜深沉醉還醒。酒闌綺席，漏催銀箭，香銷寶鼎。斗轉與參横，銀河耿，轆轤聲已斷金井。

【前腔換頭】閒評，月有圓缺與陰晴，人世有離合悲歡，從來不定。深院閒庭，處處有清光相映。也有得意人人，兩情暢詠；也有獨守長門伴孤另，君恩不幸。（一）有廣寒仙子娉婷，孤眠長夜，如何捱得更闌寂静？此事果無憑。但願人長永，小樓玩月共同登。（二）

【餘文】聲哀訴，促織鳴。俺這裏歡娛未聽，却笑他幾處寒衣織未成。

（用庚青韻。白門詞家柳陳父云：曾見前輩道此曲與『新篁池閣』一套皆非高東嘉筆，乃他人雜取詩餘中【賀新郎】夏景諸詞，【念奴嬌】詠月諸詞而爲之者。觀此《記》他處多本色入神，獨二折堆積，如出

（一）眉批：『獨守長門』句比前『把清光』句稍不同，亦變體也。

（二）眉批：『詠』字、『求』字不可作『用』字、『勇』字音，當作爲命、爲酪切。

二手，意其言不妄也。）

叙別

【中呂・尾犯序】（地籟）無限別離情，兩月夫妻，一旦孤另。此去經年，望迢迢玉京。思省，奴不慮山遥路遠，(一)奴不慮衾寒枕冷，奴只慮公婆没主，一旦冷清清。(二)

【前腔】何曾，想着那功名？欲盡子情，難拒親命。年老爹娘，望伊家看承。畢竟，你休怨朝雲暮雨，替着我冬温夏清。(三) 思量起，如何教我割捨得眼睁睁？

【前腔】儒衣纔换青，快着歸鞭，早辦回程。十裏紅樓，休重娶娉婷。叮嚀，不念我芙蓉帳冷，也思親桑榆暮景。親囑付，知他記否？空自語惺惺。

【前腔】寬心須待等，我肯戀花柳，甘爲萍梗？只怕萬里關山，那更音信難憑。須聽，没奈何分情破愛，誰下得虧心短行？從今去，相思兩處，一樣淚盈盈。

（用庚青韻。人皆謂《琵琶》走韻，此曲無一字傍犯，蓋自有未嘗不嚴者在，奈何只從疵處學之耶。）

(一) 眉批：路遠：時作『水遠』。

(二) 眉批：『主』字、『冷』字兩上聲，俱妙絶！下倣此。

(三) 眉批：替着我：時作『暫替我』，依古本並譜改定。

賞荷

【南呂・梁州小序】(一)（人籟）新篁池閣，槐陰庭院，日永紅塵隔斷。碧欄杆外，寒飛漱玉清泉。只覺香肌無暑，素質生風，小簟琅玕展。晝長人困也，好清閒，忽被棋聲驚晝眠。（合）《金縷》唱，碧筒勸，向冰山雪檻開華宴。清世界，幾人見？（犯見前散曲）

【前腔】薔薇簾幕，荷花池館，一點風來香滿。湘簾日永，香消寶篆沉烟。謾有枕欹寒玉，扇動齊紈，怎遂得黃香願？猛然心地熱，透香汗，欲向南窗一醉眠。（合前）

【前腔換頭】向晚來雨過南軒，見池面紅粧零亂。漸輕雷隱隱，雨收雲散。只見荷香十里，新月一鈎，此景佳無限。蘭湯初浴罷，晚粧殘，深院黃昏懶去眠。（合前）

【前腔】柳陰中忽噪新蟬，見流螢飛來庭院。聽菱歌何處？畫船歸晚。只見玉繩低度，朱户無聲，此景尤堪戀。起來攜素手，鬢雲亂，月照紗厨人未眠。（合前）

【節節高】漣漪戲綵鴛，把露荷翻，清香瀉下瓊珠濺。香風扇，芳沼邊，閒亭畔。坐來不覺神清健，蓬萊閬苑何足羡？（合）只恐西風又驚秋，不覺暗中流年换。

(一) 眉批：曲名説詳見前散曲。

【前腔】清宵思爽然，好涼天，瑤臺月下清虛殿。神仙眷，開玳筵，重歡宴。任教玉漏催銀箭，水晶宮裏把笙歌按。（合前）

【餘文】光陰迅速如飛電，好良宵可惜漸闌，拚取歡娛歌笑喧。

（用先天韻，犯寒山、桓歡。）

剪髮

【南吕・香羅帶】（天籟）一從鸞鳳分，誰梳鬢雲？粧臺懶臨生暗塵，那更釵梳首飾典無存也。是我耽閣你，度青春，如今又剪你，資送老親。剪髮傷情也，只怨着結髮薄倖人。

【前腔】思量薄倖人，辜奴此身。欲剪未剪，教我珠淚零。我當初早披剃入空門也，做個尼姑去，今日免艱辛。珠圍翠簇蘭麝熏。我的身死骨自無埋處，説甚麽頭髮愚婦人。

【前腔】堪憐愚婦人，單身又貧，開口告人羞怎忍？金刀下處應心疼也。却將堆鴉髻，舞鸞鬢，與烏鳥報答白髮親。教人道霧鬢雲鬟女，斷送他霜鬢雪鬢人。

（用真文韻。內『零』字、『疼』字犯庚青。）

請赴

【南呂・三換頭】（天籟）名繮利鎖，先自將人摧挫。況鸞拘鳳束，甚日得到家？我也休怨他。這其間，只是我，不合來，長安看花。悶殺我爹娘也，淚珠空暗墮。（合）這段姻緣，也只是無如之奈何。(一)

【前腔】鸞臺罷粧，鵲橋初駕，佳期近也，請仙郎到河。此事明知牽掛，這其間，只得把，那壁廂，且都拚舍。況奉君王命，怎生别了他。（合前）

（用韻雜）

逼試

【南呂・宜春令】（天籟）雖然讀萬卷書，論功名非吾意兒。只愁親老，夢魂不到春闈裏。便教我做到九棘三槐，怎撇得萱花椿樹？我這衷腸，一點孝心對着誰語？

(一) 眉批：舊譜註云：前二句【五韻美】，中四句【臘梅花】，後四句【梧葉兒】。今接前二句，末二句近似矣，但中四句及後二句不相似，闕疑可也。

【前腔】相鄰并，相依倚，往常間有事來相報知。試期逼矣，早辦行裝前途去。子雖念親老孤單，親須望孩兒榮貴。趁此青春不去，更待何日？

【前腔】時光短，雪鬢垂，守清貧不圖甚的。有兒聰慧，但得他爲官吾足矣。天子詔招取賢良，秀才每都求科試。快赴春闈，急急整着行李。

【前腔】娘年老，八十餘，眼兒昏聾着兩耳。又没個七男八婿，止有個孩兒，要供甘旨。方纔得六十日夫妻，强逼他去争名奪利。懊恨無知老子，好不度理。(一)

（用齊微韻。雜犯支思、魚模。）

玩真

【南吕・太師引】（地籟）細端詳，這是誰筆仗？覷着他，教我心兒好感傷。好似我雙親模樣，怎穿着破損衣裳？道别後容顔無恙，怎這般淒涼形狀？誰來往，直將到洛陽？須知

(一) 眉批：末句一作『思之，怎生不教老娘嘔氣』。

仲尼陽虎一般龐。(一)

(『詳』字、『往』字俱是句中暗用韻處。下曲倣此,或於『詳』字下打截板,或唱作『誰往來』,皆非也。)

【前腔】這是街坊誰劣相,砌莊家形衰貌黄。若没個媳婦相傍,少不得也這般淒涼。敢是神圖佛像?猛可地小鹿兒心頭撞?丹青匠,由他主張,須知漢毛延壽誤王嬙。

(用江陽韻。)

勸試

【南吕·繡帶兒】(天籟)親年老光陰有幾?行孝正當今日。終不然爲着一領藍袍,却落後戲彩斑衣?思之,此行榮貴雖可擬,怕親老等不得榮貴。春闈裏紛紛大儒,難道是没爹娘的孩兒方去?(二)

(一) 眉批:詞隱生曰:古曲【太師引】皆與本《傳》『他意兒』合,此曲『别後容顔無恙』稍不合,至末句犯【刮鼓令】,今人欲强合【太師引】本調,甚非。詞隱生之議如此,然余按【太師引】古曲用『塗山四日』句法固多,如《金印記》『當釵』二曲云:『自古濟人須濟急時,這釵子直得甚的』,皆與此『别後』句法同者,或『塗山』句亦非七字句定體。

(二) 眉批:新譜中收此爲【繡帶兒】,而又收散曲『驀忽地雙眉暗鎖』一曲爲【繡帶引】,爲犯【太師引】也。及查,與此調不差一字。若此爲本調,則【繡帶引】又何爲哉?疑此『春闈裏』以下即犯【太師引】者,故《玉簪》『難提起』一曲原較此少二句可証也。沈伯英混載難解。

【前腔換頭】休迷，男兒漢凌雲志氣，何必苦恁淹滯？可不干費了十載青燈，枉捱過半世黃虀？須知，此行親命休固拒。那些個養親之志。百年事只有此兒，難道是庭前森森丹桂？

【太師引】他意兒難提起，這其間就裏我自知。他戀着被窩中恩愛，捨不得海角天涯。塗山四日離大禹，直恁的捨不得分離？〔一〕你貪鴛侶守着鳳幃，多誤了鵬程鶚薦的消息。

【前腔】他意兒只要供甘旨，又何曾貪歡戀妻？自古道曾參純孝，何曾去應舉及第？功名富貴天付與，天若與不求而至。娘言是，望爹行聽取。天須鑒孩兒不孝的情罪。

（雜用支思、齊微、魚模三韻。）

相怨

【南呂・紅衫兒】（天籟）你不信我教伊休説破，到此如何？算你爹心性，〔二〕我豈不料過？

〔一〕眉批：『塗山』句用七實字句，查他【太師引】用『別後容顏無恙』句法者多，恐此句仍犯【繡帶兒】者。詞隱生以此爲本調，別『細端詳』爲又一體，疑亦未辨也。

〔二〕眉批：『性』字不用韻是其疏處，觀下曲『磨』字便見。

我爲甚亂掩胡遮？只爲着這些。你直待要打破了砂鍋，是你招災攬禍。

【前腔】不想道相挜把，這做作難禁架。我見你每每咨嗟要調和，誰知道好事多磨？起風波，把你陷在地網天羅，如何不怨我？懊恨只爲我一個，却擔閣你兩下。(一)

【正宫・醉太平換頭】蹉跎，光陰易謝，縱歸來已晚，(二)歸計無瑕。名牽利鎖，奔走在海角天涯。知麼？多應我老死在京華，孝情事一筆都勾罷。這般摧挫，傷情萬感，淚珠偷墮。

【前腔】非詐，奴甘死也。縱奴不死時，君去須不可。奴身值甚麼？只因奴誤你一家。差訛，假饒做夫婦也難和，我心怨你心縈掛。奴此身拚舍，成伊孝名，救伊爹媽。

（雜用歌戈、家麻二韻。）

築墳

【南吕・二犯五更轉】（天籟）把土泥獨抱，麻裙裹來難打熬。空山静寂無人吊，但我情真實切，到此不憚勞。【五更轉】何曾見葬親兒不到？又道是三匝圍喪，那些個卜其宅兆？思量

(一) 眉批：第三句疑是七實字句法，【換頭】之與前少異者，往往有此，今姑依譜作襯。然襯字太多，終恐非體。

(二) 眉批：第二句諸本作『縱歸去晚景之計如何』。

起，是老親合顛倒。你圖他折桂看花早，不道自把一身，送在白楊衰草。謾自苦，這苦憑誰告？（一）

【前腔】我只憑十爪，如何能勾墳土高？只見鮮血淋漓濕衣襖，我形衰力倦，死也只這遭。骨頭葬處，任他流血好。此喚做骨血之親，也教人稱道。人稱道，趙五娘親行孝。心窮力盡形枯槁，只有這鮮血，到如今也出了。（二）這墳成後，只恐我的身難保。

【前腔】怨苦知多少？兩三人只道同做餓莩。窮泉一閉無日曉，嘆從今永別，再無由相倚靠。只愁我死在他途道，我的骨頭，何由來到？從今去，但願得中乾燥，福孫蔭子也都難料。便蔭得個三公，也不濟得親老。淚暗滴，把蒼天禱。

（用蕭豪韻。）

喫藥

【南呂・香遍滿】（天籟）論來湯藥，須索是子先嘗方進與父母。你莫不爲無子先嘗，恰便尋思

（一）眉批：詞隱生曰：前五句似【香遍滿】，末後二句似【賀新郎】，然未敢明註。

（二）眉批：出了：即出盡也。時本添作『出盡了』，可謂蛇足。

苦？只索要鬮閫，怎捨得一命殂？元來你不喫藥，也只爲我糟糠婦。

【前腔】他萬千愁苦，堆積在悶懷，成氣蠱，可知道喫了吞還吐。怕添親怨憶，暗將珠淚墮。元來你不喫粥，也只爲我糟糠婦。

（用魚模韻。）

喫糠

【南吕·羅鼓令】（天籟）【刮鼓令】終朝裏受餒，你將來的飯怎喫？可疾忙便擡，非干是我有些饞態。看他衣衫都解，好茶飯將甚去買？兀的是天災，教媳婦每也難佈擺。婆婆息怒且休罪，待奴霎時却得再安排。【皂羅袍】（合）思量到此，淚珠滿腮。看看做鬼，溝渠裏埋。縱然不死也難挨，【包子令】教人只恨蔡伯喈。

【前腔】我如今試猜，多應他犯着獨噇病來，背地裏來買些鮭菜？我喫飯他緣何不在？這些意真是歹。他和你甚相愛，不應反面直恁的乖。我千辛萬苦，有甚情懷？可不道臉兒黃瘦骨如柴。（合前）

（噇：音『床』。鮭：音『諧』。）

成親

【黄鍾・畫眉序】（人籟）攀桂步蟾宮，豈料絲蘿在喬木？喜書中今日有女如玉。堪觀處絲幕牽紅，恰正是荷衣穿緑。（合）這回好個風流婿，偏稱洞房花燭。(一)

【前腔】君才冠天禄，我的門楣稍賢淑。喜相輝清潤，瑩然冰玉。光掩映孔雀屏開，花爛熳芙蓉隱褥。（合前）

【前腔】頻催少膏沐，金鳳斜飛鬢雲矗。喜逢他蕭史，愧非弄玉。清風引珮下瑶臺，明月照粧成金屋。（合前）

【前腔】湘裙顫六幅，似天上嫦娥降塵俗。喜藍田今日種成雙玉。風月賽閬苑三千，雲雨笑巫山二六。（合前）

【滴溜子】謾説道姻緣事，果諧鳳卜。細思之，此事豈吾意欲？有人在高堂孤獨。可惜新人

(一) 眉批：按：《八義記》本調起句乃『與民歡』三字，譜中收之。自此曲行，而人止知有五字矣。杭人復改《八義》作五字起，更可惡也。

笑語喧，竟不知舊人哭。兀的東床，難教我坦腹。(一)（此曲便可天籟。）

【鮑老催】翠眉謾蹙，赤繩已繫夫婦足，芳名已註婚姻牘。空嗟怨，枉嘆息，休摧挫。畫堂富貴如金谷。休戀故鄉生處好，受恩深處親骨肉。

【滴滴金】金猊寶篆香馥鬱，銀海瓊舟泛醽醁，輕飛翠袖呈嬌舞。囀鶯喉，歌麗曲，歌聲斷續，持觴勸酒人共祝。共祝，百年夫婦永睦。(二)

【鮑老催】意深愛篤，文章富貴珠萬斛，天教艷質爲眷屬。似蝶戀花，鳳棲梧，鸞停竹。男兒有書須勤讀，書中自有黃金屋，也自有千鍾粟。

【雙聲子】郎多福，郎多福，看紫綬黃金束。娘萬福，娘萬福，看花誥紋犀軸。兩意篤，兩意篤；豈非福，豈非福。似紋鸞綵鳳，兩兩相逐。

【尾聲】郎才女貌真不俗，占斷人間天上福，百歲歡娛萬事足。

（用魚模入聲韻。內『肉』字借尤侯。）

(一) 眉批：『謾説道』少一疊句而另增『姻緣事』三字，『細思之』亦少一疊句而止增『此事』二字，皆小變。

(二) 眉批：俗本『永』下增一『和』字，非本調。

答親

【黄鍾·獅子序】(天籟)他媳婦雖有之,念奴是他孩兒的妻,(一)那曾有媳婦不事親帷?若論做媳婦的道理,須當奉飲食,問寒暄,相扶持,蘋蘩中饋。又道是養兒代老,積穀防饑。

【太平令】他求科舉,指望錦衣歸,不想道你留他爲女婿。他理冤洞房花燭夜,那些個千里能相會?只要保全金榜掛名時,事急且相隨。(二)

【賞宮花】他終朝慘悽,我如何忍見之?若論爲夫婦,須是共歡娱。他數載不通魚雁信,枉了十年身到鳳凰池。(三)

【降黄龍換頭】須知,非是奴癡迷。已嫁從夫,怎違公議?爹猶念女,怎教他爹娘不念孩兒?休提,縱把奴擔閣,比擔閣他媳婦何如?那些個夫唱婦隨,嫁鷄逐鷄飛?

(一)　眉批:『的』字本上聲,今人認作『低』字音,謂此句難唱,遂改作『次妻』,大謬。『的』字説别見。夾批:的:音底。

(二)　眉批:近或將此調與【南吕·東甌令】混爲一調,非。此第五句八字,而【東甌令】第五句止五字,板眼亦不同,唱者辨之。

(三)　眉批:第一句第二字用仄聲,第四字必不可又用仄聲。

【南吕・大聖樂】婚姻事難論高低，論高低何如休嫁與？假饒親賤孩兒貴，終不然便抛棄？奴是他親生兒子親媳婦，難道他是何人我是誰？爹居相位，怎說着傷風敗俗非理的言語？

（用齊微韻。内『時』字、『之』字犯支思，『如』字、『與』字、『語』字犯魚模。）

規奴

【越調・祝英臺】（天籟）把幾分春，三月景，分付與東流。啼老杜鵑，飛盡紅英，端不爲春閒愁。休休，婦人家不出閨門，怎去尋花穿柳？把花貌，誰肯因春消瘦？

【前腔换頭】春晝，只見燕雙飛，蝶引隊，鶯語似求友。那更柳外畫輪，花底雕鞍，都是少年閒遊。難守，繡房中清冷無人，也待尋一個佳偶。這般說，我終身不配鸞儔？

【前腔・第三换頭】知否，我爲何不捲珠簾，獨坐愛清幽？千斛悶懷，百種春愁，難上我的眉頭。休憂，任他春色年年，我的芳心依舊。這文君，可不擔閣了相如琴奏？

【前腔】今後，方信你徹底澄清，我好没來由。想像暮雲，分付東風，情到不堪回首。聽剖，你是蕊宫瓊苑神仙，不比塵凡相誘。謹隨侍，窗下拈針挑繡。

（用尤侯韻。）

議姻

【商調・高陽臺】（天籟）宦海沉⃝身，京塵迷目，名韁利鎖難脱。目斷家鄉，空勞魂夢飛越。閒聒，閒藤野蔓休纏也，俺⃝自有正免絲的親瓜葛。是誰人無端調引，謾勞饒舌？

【前腔換頭】閥閲，紫閣名公，黄扉元宰，三⃝槐位裏排列。金⃝屋嬋娟，妖嬈那更貞潔。歡悦，紅樓此日招鳳侶，遣妾每特來執伐。望君家殷勤肯首，早諧結髮。

【前腔】非別，千里關山，一家骨肉，教我怎⃝生拋撇？妻室青春，那更親鬢垂雪。差迭，須知少年自有人愛了，謾勞你嫦娥提挈。滿皇都豪家無數，豈必卑末？

【前腔】不達，相府尋⃝親，侯門納禮，你却拒他不屑。繡幕奇葩，青春正當十八。休撇，知君是個折桂手，留此花待君攀折。況親奉丹墀詔旨，非是我自相攛掇。

【前腔】心⃝熱，自小攻書，從來知禮，忍使行虧名缺？父母俱存，娶而不告須難説。悲咽，門楣相府須要選，奈扊⃝扅⃝家人實難存活。縱然有花容月貌，怎⃝如我自家骨血？

（扊扅：音『琰移』。）

【前腔】迂闊，他勢壓朝綱，威傾京國，你却與他相別。只怕他轉日回天，那時須有個決裂。虛設，江空水寒魚不餌，笑滿船空載明月。下絲綸不愁無處，笑伊村殺。

（雜用家麻、歌戈、魚模、車遮各入聲韻。如此作尾，勁不可言，庸俗不識，遂妄增【尾聲】云：『明朝有事朝金闕，歸家事親心下悦，只怕聖旨不從空自説。』不知此調或二曲四曲六曲皆不可用【尾聲】，乃反謂無【尾】者欠結果，妄續貂以訾高先生。冤哉！近日湯海若作『四夢』，曲末類作一【尾】，先生不甚諳律，亦不足論。即梁伯龍作《浣紗記》【高陽臺】六曲後亦有【尾聲】，更何疑俗子之妄加哉。）

小相逢

【商調·二郎神】（天籟）容消灑，照孤鸞嘆菱花剖破。記翠鈿羅襦當日嫁，誰知他去後，釵荊裙布無些。這金雀釵頭雙鳳嚲，羞殺人形孤影寡。説甚麼簪花捻牡丹，教人怨着嫦娥。(一)

【前腔換頭】嗟呀，心憂貌苦，真情怎假？你爲着公婆珠淚墮，我公婆自有，不能勾承奉杯茶。你比我没個公婆得承奉呵，不枉了教人做話靶。你公婆，爲甚的雙雙命掩黄沙？

【囀林鶯】爲荒年萬般遭坎坷，丈夫又在京華。糟糠暗喫擔饑餓，公婆死，是奴賣頭髮去埋

(一) 眉批：『剖破』用上去聲，『影寡』『話靶』用去上聲，俱妙絶。後人所作如《明珠記》之『睡來還覺，餘香猶裊』，《連環記》之『怎生能勾，問君知否』，『還』字、『猶』字、『能』字、『知』字用平聲便無調矣。《琵琶》所以不可及，全在此處，而後人自不知耳。

他。把孤墳自造，土泥盡是我羅裙包裹。也非誇，手指傷，血痕尚在衣羅。(一)

【前腔】愁人見説愁轉多，使我珠淚如麻。我丈夫亦久別雙親下，要辭官，被我爹蹉跎。他妻雖有麼，怕不似您會看承爹媽。在天涯，漫取去，知他路上如何？

【啄木鸝】【啄木兒】聽言語，教我悽愴多，料想他每也非是假。(二)他那裏既有妻房，取將來怕不相和？但得他似你能挜靶，我情願讓他居他下。【黃鶯兒】只愁他，程途上苦辛，教人望巴巴。

【前腔】錯中錯，訛上訛，只管在鬼門前空占卦。若要識蔡伯喈的妻房，奴家便是無差。你果然是他非謊詐？你原來爲我喫折挫，你爲我受波查。教伊怨我，教我怨爹爹。

【黃鶯兒】一樣做渾家，我安然你受禍。你名爲孝婦，我被傍人罵。公死爲我，婆死爲我，情願把你孝衣穿着，把濃粧罷。(合)事多磨，冤家到此，逃不得這波查。

【前腔】他當元也是没奈何，被强來赴選科，辭爹不肯聽他話。他辭官不可，辭婚不可。(三)不從，做成災禍天來大。(合前)

(一) 眉批：雖名【囀林鶯】，「也非誇」以下原非犯【黃鶯兒】，不可强扭其腔以合之。《萃雅》作犯【二郎神】，亦非。

(二) 眉批：「假」字舊本有作「埋妒」者，於調不甚合。

（雜用家麻、歌戈、車遮三韻。）

喫糠

【商調・山坡羊】（地籟）亂荒荒不豐稔的年歲，遠迢迢不回來的夫婿。急煎煎不耐煩的二親，軟怯怯不濟事的孤身己。衣盡典，寸絲不掛體。幾番要賣了奴身己，争奈没主公婆，教誰看取？（合）思之，虛飄飄命怎期。難捱，實丕丕災共危。

【前腔】滴溜溜難窮盡的珠淚，亂紛紛難寬解的愁緒。骨崖崖難扶持的病體，戰兢兢難捱過的時和歲。待不喫，教奴怎忍饑？思量起來不如奴先死，圖得個不知他親死時。（合前）

勸閙

【商調・金絡索】（天籟）區區一個兒，兩口相依倚。没事爲着功名，不要他供甘旨。教他去做官，要改換門閭，他做得官時你做鬼。你圖他三牲五鼎供朝夕，今日裏要一口粥湯却教誰與你？相連累，我孩兒因你做不得好名儒。（合）空争着閒是閒非，(一)只落得垂雙淚。（犯見散曲中。）

【前腔】養子教讀書，指望他身榮貴。黃榜招賢，誰不去求科試？譬如范杞梁差去築城池，他的娘親埋怨誰？合生合死皆由命，少甚麼孫子森森也忍饑。休聒絮，畢竟是咱每三口受孤恓。(二)（合前）

【前腔】孩兒雖暫離，須有日回家裏。奴自有些金珠，解當充糧米。教傍人道媳婦每，有甚差池，致使公婆争恁起。他心中愛子，只望功名就；他眼下無兒，因此埋冤你。難逃避，兀的不是從天降下這災危？（合前）

（雜用齊微、魚模、支思三韻。）

祝壽

【雙調・錦堂月】（人籟）【晝錦堂】簾幕風柔，庭幃晝永，朝來峭寒輕透。親在高堂，一喜又還

(一) 眉批：『空争着』句，盧伶見散曲『陣陣楊花』誤多四字，又《浣紗記》『音信無憑』亦然，而於此增唱云『偏要争閒是閒非』，可笑！可恨！

(二) 眉批：舊本『三口』，時本作『兩口』。

一憂。【月上海棠】惟願取百歲椿萱，長似他三春花柳。（合）酌春酒，看取花下高歌，共祝眉壽。

【前腔換頭】輻輳，獲配鸞儔。深慚燕爾，持杯自覺嬌羞。怕難主蘋蘩，不堪侍奉箕帚。惟願取偕老夫妻，長侍奉暮年姑舅。（合前）

【前腔】還愁，白髮蒙頭，紅英滿眼，心驚去年時候。只恐時光，催人去也難留。惟願取黃卷青燈，及早換金章紫綬。（合前）

【前腔】還憂，松竹門幽，桑榆暮景，明年知他安否？[1] 嘆蘭玉蕭條，一朵桂花難茂。[2] 惟願取連理芳年，得早遂孫枝榮秀。（合前）

【醉公子】回首，看瞬息烏飛兔走。喜爹媽雙全，謝天相佑。不謬，更清淡安閒，樂事如今誰更有？（合）相慶處，但酌酒高歌，共祝眉壽。

【前腔】卑陋，論做人要光前耀後。願我兒青雲萬里，早當馳驟。[3] 聽剖，真樂在田園，何必

---

[1] 眉批：時本『知他』下多『健否』二字。

[2] 眉批：難茂：即一子不忍遣求功名之意。時本作『堪茂』，非。

[3] 眉批：時本無『早當』二字，疑『我兒』二字爲實字耳。

當今公與侯？（合前）

【僥僥令】春花明綵袖，春酒泛金甌。但願歲歲年年人長在，父母共夫妻相勸酬。

【前腔】夫妻好廝守，父母願長久。坐對送青排闥青山好，看將緑水護田疇，緑水浟。(一)

【尾聲】山青水緑還依舊，嘆人生青春難又，惟有快活是良謀。

（用尤侯韻。今人皆知【錦堂月】，而不知是二調合成，世遂無有作【畫錦堂】者矣。本調在《卧冰記》，今附録。）

自厭

【雙調・孝順兒】（天籟）【孝順歌】嘔得我肝腸痛，珠淚垂，喉嚨尚兀自牢嗄住。遭礱被舂杵，篩你簸颺你，喫盡控持。【江兒水】好似奴家身狼狽，千辛萬苦皆經歷。苦人喫着苦味，兩苦

(一) 眉批：時本作：『兩山排闥青來好，一水護田疇，緑遶流。』蓋以荆公詩改之也。今俗亦多從之，然非古本。古本語思之亦自有味，況送青將緑，本荆公語中警字乎？余向訂《琵琶》全傳，已正之矣。坊本唯《萃雅》同此，想亦復見古本而然耳。

相逢，可知道欲吞不去。(一)

【前腔】糠和米，本是相依倚，誰人簸颺作兩處飛。一賤與一貴，好似奴家共夫婿，終無見期。米在他方没尋處，怎把糠來救得人饑餒？好似兒夫出去，怎的教奴供膳得公婆甘旨？

【前腔】思量我生無益，死又值甚的？不如忍饑爲怨鬼。公婆老年紀，靠着奴相依倚，只得苟活片時。片時苟活雖容易，到底日久也難相聚。謾把糠來相比，奴的骨頭，知他埋在何處？

【前腔】這是穀中膜，米上皮，將來餵鑼堪療饑。嘗聞古賢書，狗彘食人食，也强如草根樹皮。嚙雪吞氈，蘇卿猶健；餐松食柏，到做得神仙侣。縱然喫些何慮？爹媽休疑，奴須是你孩兒糟糠妻室。

（雜用齊微、魚模韻。）

(一) 眉批：詞隱生曰：向坊本刻作【孝順歌】，然【孝順歌】本調《李寶傳奇》中有之，與此不同，人皆捩其腔以合之，殊覺苦澀。今見近刻本作【孝順兒】乃犯【江兒水】者，乃暢然矣。

自嘆

【仙吕入雙調・風雲會四朝元】(地籟)【五馬江兒水】春闈催赴，同心帶綰初。嘆陽關聲斷，送別南浦，早已成間阻。【桂枝香】謾羅襟淚漬，謾羅襟淚漬，【柳摇金】和那寶瑟塵埋，錦被羞鋪。寂寞瓊窗，蕭條朱户，【駐雲飛】空把流年度。嗏，酩子裏自尋思，【一江风】妾意君情，一旦如朝露。君行萬里途，妾心萬般苦。【朝元令】君還念妾，迢迢遠遠，也索回顧。

【前腔】朱顔非故，緑雲懶去梳。奈畫眉人遠，傅粉郎去，鏡鸞羞自舞。把歸期暗數，把歸期暗數，只見雁杳魚沉，鳳只鸞孤。緑遍汀洲，又生芳杜。空自思前事，嗏，日近帝王都。芳草斜陽，教我望斷長安路。君身豈浪子，妾非浪子婦。其間就裏，千千萬萬，有誰堪訴？

【前腔】輕移蓮步，堂前問舅姑。怕食缺須進，衣綻須補，要行時須與扶。奈西山暮景，奈西山暮景，教奴倩着誰人，傳與我的兒夫？你身上青雲，只怕親歸黄土，臨别也曾多囑付。嗏，那些個意孜孜，只怕十裏紅樓，貪戀着人豪富。你雖然忘了奴，也須念父母。無人説與，這淒淒冷冷，怎生辜負？

【前腔】文場選士，紛紛都是才俊徒。少甚麽鏡分鸞鳳，都要榜登龍虎，偏是他將奴誤。也不索氣蠱，也不索氣蠱，既受托蘋蘩，有甚推辭？索性做個孝婦賢妻，也落得名標青史，不枉受了些閒凄楚。嗏，俺這裏自支吾，休得污了他的名兒，左右與他相回護。腰金與衣紫，須記得釵荆與裙布。一場愁緒，堆堆積積，宋玉難賦。

（用魚模韻。內『漬』字、『思』字、『事』字、『孜』字、『士』字、『辭』字、『史』字借支思。）

掃墓

【仙吕入雙調・風入松】（天籟）不須提起蔡伯喈，説着他每哏歹。他中狀元做官六七載，撇父母拋妻不采。兀的這磚頭土堆，是他雙親的在此中埋。(一)（哏歹：時本作『忒歹』。哏：狠，平聲。）

【前腔】一從他別後遇荒災，更無人倚賴。虧他媳婦相看待，把衣服和釵梳都解。魆地裏把糟糠自捱，公婆的倒疑猜。他公婆的親看見，雙雙死，無錢送，剪頭髮賣買棺材。他去空山裏，把裙包土，血流指，感得神明助，與他築墳臺。

(一) 眉批：細查舊曲，凡【風入松】或一曲，或二曲，其後必帶二段，今人謂之【急三鎗】，未知是否，未敢遽定其名也。末後一曲則止用【風入松】本調，更不帶此二段，不知何故。作此調者如事情多，不妨再增幾曲，但每一曲、二曲【風入松】後必帶二段，末後須用本調，此不可不知也。舊譜以此全套作【風入松犯】。

【前腔】他如今直往帝都來，(一)彈着琵琶做乞丐。叫他不應魂何在？空教我珠淚盈腮。這三不孝逆天罪大，空設醮，枉修齋。你如今便回，說張老的道與蔡伯喈。道你拜別人爹娘好美哉，親爹娘死，不直你一拜。

【前腔】他元來也只是無奈，恁地好似鬼使神差。這是三不從把他厮禁害，三不孝亦非其罪。只是他爹娘的福薄運乖，人生裏都是命安排。

（用皆來韻。）

送別

【仙呂入雙調・園林好】（天籟）兒今去，爹媽休得要意懸，兒今去經年便還。但願得雙親康健，須有日拜堂前，須有日拜堂前。

【前腔】我孩兒不須掛牽，爹只望孩兒貴顯。若得你名登高選，須早把信音傳，須早把信音傳。

(一)　眉批：『直往』或作『也往』『逕往』，皆非也。『直』字宜平。『如今』下時本增作『疾忙去到京臺』以合【前腔】，非也。依譜改正。

【江兒水】膝下嬌兒去，堂前老母單，臨行只得密縫針綫。眼巴巴望着關山遠，冷清清倚定門兒遍，教我如何消遣？（合）要解愁煩，須是頻寄音書回轉。

【前腔】妾的衷腸事，有萬千，説來又恐添縈絆。六十日夫妻恩情斷，八十歲父母如何展？(一) 教我如何不怨？（合前）

【五供養犯】貧窮老漢，托在鄰家，事體相關。此行須勉强，不必恁留連，(二)你爹娘早晚、早晚間我當陪伴。丈夫非無淚，不灑别離間。（合）【月上海棠】骨肉分離，寸腸割斷。(三)

【前腔】公公可憐，俺的爹娘望你周全。此身若貴顯，自當效銜環。有孩兒也枉然，你爹娘到教别人看管。此際情何限，偷把淚珠彈。（合前）

【玉交枝】别離休嘆，我心中非不痛酸。非爹苦要輕折散，也只是圖你榮顯。蟾宫桂枝須早

(一) 眉批：如何展：古本及譜皆如此，時作『誰看管』，非。

(二) 恁：原作『您』，據汲古閣刊本《繡刻琵琶記定本》改。

(三) 眉批：第二曲『此際』二字用仄聲方是【五供養】本調，若如『丈夫非無淚，』『夫』字平聲，唱不順矣。然此止借一『夫』字，『非無』二字俱平聲，未嘗全拗也。而《浣紗》之『忠良應阻隔』，《明珠》之『便教肢體碎』乃用平平平仄仄，殊誤後學，作詞者不可不嚴。

攀，北堂萱草時光短。（合）又不知何日再圓？〔一〕又不知何日再圓？

【前腔】雙親衰倦，你扶持看他老年。饑時勸他加餐飯，寒時頻與衣穿。做媳婦事舅姑，不待你言；你做孩兒離父母，何日返？（合前）

【川撥棹】〔二〕歸休晚，莫教人凝望眼。但有日回到家園，但有日回到家園，怕回來雙親老年。（合）怎教人心放寬？不由人珠淚漣。

【前腔】我的埋冤怎盡言？我的一身難上難。你寧可將我來埋冤，你寧可將我來埋冤，莫把我爹娘冷看。〔三〕（合前）

（用先天韻。雜犯桓歡、寒山二韻。）

拜托

【仙呂入雙調・忒忒令】（天籟）你讀書思量做狀元，我只怕你學疏才淺。只是《孝經》《曲

〔一〕眉批：『不』字用入作平，時皆改作『未』字，非。

〔二〕眉批：時本增【尾聲】云：『生離遠別何足歎，但願得名登高選，衣錦還鄉，教人作話傳。』語皆重複不稱，不知譜云：每牌名各二隻者，俱可不用【尾】，且後有吊場。此正不必益信古本之爲確也。

〔三〕眉批：冷看：時本改作『冷眼看』，非調而且索然。

禮》，早忘了一段。[一] 却不道夏清與冬温，昏須定，晨須省，親在遊怎遠？

（晨：音『陳』。）

【前腔】我哭哀哀推辭了萬千，他鬧炒炒抵死來相勸。將我深罪，不由人分辨。他道我戀新婚，逆親言，貪妻愛，不肯去赴選。

【沉醉東風】你爹行見得好偏，只一子不留在身畔。他只道我不賢，要將你迷戀。這其間，怎不悲怨？（合）爲爹淚漣，爲娘淚漣，何曾爲着夫妻上意牽？[二]

【前腔】做孩兒節孝怎全，做爹行不從幾諫。也不是要埋冤，形隻影单，我出去有誰來看管。

（合前）

（用先天韻。內『段』字、『畔』字、『管』字犯桓歡，『諫』字、『單』字犯寒山。）

行路

【仙呂入雙调·朝元令】（人籟）晨星在天，早起離京苑；昏星粲然，好向程途趲。水宿風

[一] 眉批：『《孝經》《曲禮》，早忘了一段』，此句法今人多用七字句，如『楚雲深鎖黄金闕』之類，不便下板矣。

[二] 眉批：夫妻上意牽：或作『夫妻意上掛牽』，非。

餐，豈辭遥遠？要盡奔喪通典。血淚漫漫，天寒地坼行步難。回首望長安，西風夕照邊。（合）洛陽漸遠，何處是舊家庭院？舊家庭院？（一）（舊本作『陳留名縣』。）

【前腔第二換頭】【五馬江兒水】凜凜風吹雪片，【朝天歌】彤雲四望連，行路古來難。相看淚眼，血痕衣袖斑。【朝元令】（本調）請自停哀消遣，幸夫婦團圓，把淒涼往事空自嘆。曲澗小橋邊，梅花照眼鮮。（合前）

【前腔第三換頭】【五馬江兒水】念我深閨嬌眷，麻衣代錦鮮。崎嶇不慣，萬水千山，素羅鞋不耐穿。【朝天歌】誰與我承看？老親衰草暮年。有日得重相見，淚珠空暗彈。【朝元令】（本調）何處叫哀猿？饑烏落野田。（合前）

【前腔第四換頭】【五馬江兒水】好向程途催趲，漁翁罷釣還，【柳揺金】聽山寺晚鐘傳。路逐溪流轉，【朝天歌】前村起暮烟，遥望酒旗懸。【朝元令】（本調）且問竹籬茅舍邊，舉棹更揚鞭，皆因名利牽。（合前）

（一）　眉批：第一隻乃本調第二【換頭】，依舊譜註明。第三第四【換頭】各比第二【換頭】不同，今悉查註。《香囊記》不知其説而概與第二曲同，其見遠出《荆釵》下矣。

（用先天韻。内『趲』字、『餐』字、『難』字、『安』字、『眼』字、『斑』字、『歎』字、『慣』字、『山』字、『看』字、『彈』字、『還』字俱犯寒山，『漫』字犯桓歡。此套舊本《琵琶記》有之，爲舊譜所收，音律和協，非淺學所能撰也。詞隱生亦賞其與《荆釵記》相合，而猶疑其非高則誠筆，其所考正《琵琶記》不敢收之，當亦惑於時本之皆無耳。此【朝元令】祖調，或作【朝元歌】，非也。此調惟行路最宜，故諸家戲曲往往襲用之，獨《玉簪記》『長清短清，忽以爲兩人酬應』之曲其不合也甚矣。況四曲皆用本調，而無【換頭】乎？録此以存典刑，不及其餘者，亦以此調不甚宜於清唱也。）

詢情

【仙吕入雙調·江頭金桂】（天籟）【五馬江兒水】怪得你終朝擲窨，只道你緣何愁悶深。教咱猜着啞謎，爲你沉吟，那籌兒没處尋。【柳摇金】我和你共枕同衾，瞞我則甚？自撇下爹娘媳婦，屢換光陰，他那裏須怨着没信音。【桂枝香】笑伊家短行，無情忒甚。到如今，兀自道且説三分話，未可全抛一片心。(一)

(一) 眉批：此犯【柳摇金】，亦依譜註。實即【五馬江兒水】一曲，【柳摇金】中無此也。『伊家短行』本用【桂枝香】下半曲，從七句起，今人誤認爲第五句，遂疊唱一句。並詞隱生亦疑下半曲闕一句，而謂或高先生嫌其煩而删之。所謂得之千里，失之目前者也。向訂《琵琶》亦踵其説，今查正。然既非疊句，則宜用韻，而此則借用耳。

【前腔】非是我聲吞氣飲，只爲你爹行勢逼臨。怕他知我要歸去，將你厮禁，要説又將口噤。我待解朝簪，再圖鄉任。他不隄防着我，須遣我到家林，雙雙兩人歸晝錦。我雙親老景，存忘未審。只怕雁杳魚沉。又不是烽火連三月，真個家書抵萬金。（用侵尋韻。高先生用韻都雜，此獨用閉口險韻，能不失一字。）

畫容

【三仙橋】（天籟）一從他每死後，要相逢不能彀，除非是夢裏暫時略聚首。若要描，(一)描不就，暗想像，教我未寫先淚流。寫，寫不出他苦心頭；描，描不出他饑症候；畫，畫不出他望孩兒的睁睁兩眸。只畫得他髮颼颼，和那衣衫敝垢。若畫做好容顔，須不是趙五娘的姑舅。

【前腔】我待畫他個龐兒帶厚，他可又饑荒消瘦。我待畫你個龐兒舒展，他自來長恁皺。若寫出來，真是醜。那更我心憂，也做不出他歡容笑口。只見兩月稍優遊，他其餘都是愁。我只記得他形衰貌朽，便做他孩兒收，也認不得是當初父母。縱認不得是蔡伯喈當初爹娘，須認得是

(一)　眉批：『若要描』者，言夢裏暫見，若描則難。時本改『若』作『苦』，且批云：『「若」字不通。』不知何謂。

趙五娘近日來的姑舅。

【前腔】非是我尋夫遠遊，只怕你公婆絕後。奴見夫便回，此行安敢久？路途中，奴怎走？望公婆相保佑我出外州。他兀自没人看守，如何來相保佑？只怕奴去後，冷清清有誰來拜掃？縱使遇春秋，一陌紙錢怎有？你生是受凍餒的公婆，死做個絕祭祀的姑舅。(一)

(用尤侯韻。內『母』字借魚模以叶猶可，至『掃』字犯蕭豪則不倫矣。豈『掃』字可依偏旁而叶『帚』字耶？高先生最喜借韻，故有此等耳。)

煎藥

【犯胡兵】(天籟)囊無半點挑藥費，良醫怎求？縱然救得目前，這飯食何處有？料應難到後。謾説道有病遇良醫，饑荒怎救？

【前腔】百愁萬苦千生受，(二)粧成這症候。縱然救得目前，怎免得憂與愁？料應不會久。除非是子孝父心寬，方纔可救。

(一) 個：原作『做』，據汲古閣刊本《繡刻琵琶記定本》改。

(二) 眉批：時本作『愁萬苦千恁生受』，以爲應後『萬千愁苦』，拘鄙可笑，且平仄俱拗。

請糧

【正宫・普天樂】（天籟）兒夫一向留都下，只有年老的爹和媽。弟和兄更没一個，看承盡是奴家。歷盡苦，誰憐我？㊀説得不出閨門的清平話？若無糧，我也不敢回家。豈忍見公婆受餒，嘆奴家命薄，直㊁催挫。〔一〕

（『兒』字上增一『我』字，將『一向』作襯，方是【普天樂】正體。雜用家麻、歌戈、魚模韻。『餒』字齊微，尤不通也。）

〔一〕眉批：【普天樂】宜六字起，故譜取《拜月亭》『氣全無愁難語』一曲，自此用七字後，而作者皆然矣。第二句用六個字乃妙，如散曲『從別後多顛倒』是也，故此只宜襯『只有』二字。

樂府遏雲編

崑腔劇曲選集。全名《新鐫出像點板樂府遏雲》（正文題《彩雲乘新鐫樂府遏雲編》），分上中下三卷，明萬曆、天啓年間蘇州人槐鼎、吴之俊編選。明刊本。所選皆爲戲曲散齣，僅收録曲文，不收賓白。其中卷上收録《琵琶記》之《梳粧》《分别》《賞荷》《玩月》《憂思》等五齣部分曲文，輯録如下。

梳粧

【破齊陣】翠減祥鸞羅幌，香銷寶鴨金爐。楚館雲閒，秦樓月冷，動是離人愁思。目斷天涯雲山遠，親在高堂雪鬢疏，緣何書也無？

【風雲會四朝元】春闈催赴，同心帶綰初。嘆《陽關》聲斷，送别南浦，早已成間阻。謾羅襟淚漬，謾羅襟淚漬，和那寶瑟塵埋，錦被羞鋪。寂寞瓊窗，蕭條朱户，空把流年度。嗏，瞑子裹自尋思，妾意君情，一旦如朝露。君行萬里途，妾心萬般苦。君還念妾，迢迢遠遠，也須回顧，也須回顧。

【前腔】朱顔非故，緑雲懶去梳。奈畫眉人遠，傅粉郎去，鏡鸞羞自舞。把歸期暗數，把歸期暗數，只見雁杳魚沉，鳳隻鸞孤。緑遍汀洲，又生芳杜。空自思前事，嗏，日近帝王都。芳草斜陽，教我望斷長安路。君身豈蕩子，妾非蕩子婦。其間就裹，千千萬萬，有誰堪訴，有誰堪訴。

【前腔】輕移蓮步，堂前問舅姑。怕食缺須進，衣綻須補，要行須與扶。奈西山景暮，奈西山景暮，教奴倩着誰人，傳與我的兒夫。你身上青雲，只怕親歸黄土，臨别也曾多囑付。嗏，那些個意孜孜，只怕十里紅樓，貪戀着人豪富。你雖然忘了奴，也須念父母。無人説與，這淒淒冷冷，怎生辜負？怎生辜負？

【前腔】文場選士，紛紛都是才俊徒。少甚麽鏡分鸞鳳，都要榜登龍虎，偏他將我誤。也不索氣蠱，也不索氣蠱，既受託了蘋蘩，有甚推辭？索性做個孝婦賢妻，也落得名標青史，省了些閒悽楚。嗏，俺這裹自支吾，休得污了他的名兒，左右與他相回護。腰金與衣紫，須記得釵荆與裙布。一場愁緒，堆堆積積，宋玉難賦，宋玉難賦。

分別

【犯尾序】無限別離情，兩月夫妻，一旦孤另。你此去經年，望迢迢玉京。思省，奴不慮山遥水遠，奴不慮衾寒枕冷。奴只慮公婆没主，一旦冷清清。

【前腔】我何曾，想着那功名？欲盡子情，難拒親命。年老爹娘，望伊家看承。畢竟，你休怨朝雲暮雨，且爲我冬温夏清。思量起，如何教我割捨眼睁睁？

【前腔】儒衣纔换青，快着歸鞭，早辦回程。十里紅樓，休戀着娉婷。叮嚀，不念我芙蓉帳冷，也思親桑榆暮景。我頻囑付，知他記否？空自語惺惺。

【前腔】寬心須待等，我肯戀花柳，甘爲萍梗？萬里關山，那更音信難憑。須聽，我没奈何分情破愛，誰下得虧心短行？從今後，相思兩處，一樣淚盈盈。

【鷓鴣天】萬里關山萬里愁，一般心事一般憂。桑榆暮景應難保，客館風光怎久留？他那裏，謾凝眸，正是馬行十步九回頭。歸家只恐傷親意，閣淚汪汪不敢流。

賞荷

【梁州序】新篁池閣，槐陰庭院，日永紅塵隔斷。碧闌干外，寒飛漱玉清泉。只覺香肌無暑，素質生風，小簟琅玕展。晝長人困也，好清閒，忽被棋聲驚晝眠。（合）《金縷》唱，碧筒勸，向冰山雪巘排佳宴。清世界，幾人見？

【前腔】薔薇簾箔，荷花池館，一陣風來香滿。湘簾日永，香消寶篆沉烟。謾有枕欹寒玉，扇動齊紈，怎遂黃香願？猛然心地熱，透香汗，欲向南窗一醉眠。（合前）

【前腔】向晚來雨過南軒，見池面紅粧零亂。漸輕雷隱隱，雨收雲散。風送荷香十里，新月一鈎，此景佳無限。蘭湯初浴罷，晚粧殘，深院黃昏懶去眠。（合前）

【前腔】柳陰中忽噪新蟬，見流螢飛來庭院。聽菱歌何處？畫船歸晚。只見玉繩低度，朱户無聲，此景尤堪戀。起來攜素手，髩雲亂，月照紗厨人未眠。（合前）

【節節高】漣漪戲彩鴛，露荷翻，清香瀉下瓊珠濺。香風扇，芳沼邊，閒亭畔。坐來不覺神清健，蓬萊閬苑何足羨？（合）只恐西風又驚秋，不覺暗中流年换。

【前腔】清宵思爽然，好涼天，瑶臺月下清虚殿。神仙眷，開玳筵，重歡宴。任教玉漏催銀箭，水晶宫裏把笙歌按。（合前）

【尾】光陰迅速如飛電，好良宵可惜漸闌，拚取歡娱歌笑喧。

玩月

【本序】長空萬里，見嬋娟可愛，全無一點纖凝。十二闌干光滿處，涼浸珠箔銀屏。偏稱，身在瑤臺，笑斟玉斝，人生幾見此佳景？（合）惟願取年年此夜，人月雙清。

【前腔】孤影，南枝乍冷。見烏鵲縹緲驚飛，棲止不定。萬疊蒼山，何處是修竹吾廬三徑？追省，丹桂曾攀，嫦娥相愛，故人千里謾同情。（合前）

【前腔】光瑩，我欲吹斷玉簫，乘鸞歸去，不知風露冷瑤京。環佩濕，似月下歸來飛瓊。那更，香霧雲鬟，清輝玉臂，廣寒仙子也堪并。（合前）

【前腔】愁聽，吹笛《關山》，敲砧門巷，月中都是斷腸聲。人去遠，幾見明月虧盈。惟應，邊塞征人，深閨思婦，怪他偏向別離明。（合前）

【古輪臺】峭寒生，鴛鴦瓦冷玉壺冰，闌干露濕人猶凭，貪看玉鏡。況萬里清明，皓彩十分端正。三五良宵，此時獨勝。把清光都付與，酒杯傾。從教酩酊，拚夜深沉醉還醒。酒闌綺席，漏催銀箭，香銷金鼎。斗轉與參横，銀河耿，轆轤聲已斷金井。

【前腔】閒評，月有圓缺陰晴，人世上有離合悲歡，從來不定。深院閒庭，處處有清光相映。也有得意人人，兩情暢詠；也有獨守長門伴孤另，君恩不幸。有廣寒仙子娉婷，孤眠長夜，如何捱得更闌寂静？此事果無憑。但願人長久，小樓翫月共同登。

【尾】聲哀訴，促織鳴。俺這裏歡娱未罄，却笑他幾處寒衣織未成。

憂思

【雁魚錦】思量，那日離故鄉。記臨歧送别多惆悵，攜手共那人不厮放。教他好看承，我的爹娘，料他每應不會遺忘。聞知道饑與荒，只怕捱不過歲月難存養。又望不見信音，却把誰倚仗？

【前腔】思量，幼讀文章，論事親爲子也須要成模樣。真情未講，怎知道喫盡多魔障？被親强來赴選場，被君强官爲議郎，被婚强效鸞凰。三被强，我衷腸事訴與誰行？埋怨難禁這兩廂：這壁廂道咱是個不撑達害羞的喬相識，那壁廂道咱是個不睹親負心的薄倖郎。

【前腔】悲傷，鷺序鴛行，怎如那慈烏反哺能終養？謾把金章，綰着紫綬；試問斑衣，今在何方？斑衣罷想，縱然歸去，又恐怕帶麻執杖。天那！只爲那雲梯月殿多勞攘，落得淚雨如珠兩鬢霜。

【前腔】幾回夢裏，忽聞鷄唱。忙驚覺錯呼舊婦，同問寢堂上。待朦朧覺來，依然新人鴛幃鳳衾和象床。怎不怨香愁玉無心緒？更思量，想被他攔擋。教我，怎不悲傷？俺這裏歡娱夜宿芙蓉帳，他那裏寂寞偏嫌更漏長。

【前腔換頭】謾悒怏，把歡娱翻成悶腸。菽水既清涼，我何心，貪着美酒肥羊？閃殺人花燭洞房，愁殺我掛名金榜。魆地裏自思量，正是歸家不敢高聲哭，只恐猿聞也斷腸。

詞林逸響

明許宇编，明天啓三年（1623）刻本、萃錦堂刻本、書業堂刻本。分風、花、雪、月四卷，風、花兩卷選收散曲，雪、月兩卷選收戲曲，戲曲僅收録曲文，不收賓白。其中雪卷收録《琵琶記》之《祝壽》《規奴》《强試》《勸試》《拜托》《囑別》《敘別》《自嘆》《試宴》《埋怨》《議姻》《求濟》《請赴》《成親》《疑餐》《喫糠》《自厭》《賞荷》《湯藥》《憂思》《剪髮》《築墳》《賞月》《畫容》《詢情》《答親》《嗟怨》《尋夫》《彈怨》《愁訴》《題真》《館逢》《掃墓》等三十三齣部分曲文，輯録如下。

祝　壽

【錦堂月】簾幕風柔，庭幃晝永，朝來峭寒輕透。親在高堂，一喜又還一憂。惟願取百歲椿萱，長似他三春花柳。（合）酌春酒，看取花下高歌，共祝眉壽。

（『簾幕』五句【晝錦堂】，『惟願』五句【月上海棠】。）

【前腔】輻輳，獲配鸞儔。深慚燕爾，持杯自覺嬌羞。怕難主蘋蘩，不堪侍奉箕箒。惟願取偕老夫妻，長侍奉暮年姑舅。（合前）

（偕：音『皆』。）

【前腔】還愁，白髮蒙頭，紅英滿眼，心驚去年時候。只恐時光，催人去也難留。惟願取黄卷青燈，及早换金章紫綬。（合前）

【前腔】還憂，松竹門幽，桑榆暮景，明年知他健否安否？嘆蘭玉蕭條，一朵桂花堪茂。惟願取連理芳年，得早遂孫枝榮秀。（合前）

【醉翁子】回首，看瞬息烏飛兔走。喜爹媽雙全，謝天相佑。不謬，更清淡安閒，樂事如今誰更有？（合）相慶處，但酌酒高歌，共祝眉壽。

【前腔】卑陋，論做人要光前耀後。願我兒青雲萬里，早當馳驟。聽剖，真樂在田園，何必區區公與侯？（合前）

【僥僥令】春花明綵袖，春酒泛金甌。但願歲歲年年人長在，父母共夫妻相勸酬。

【前腔】夫妻好廝守，父母願長久。坐對兩山排闥青來好，看將一水護田疇，緑遶流。

【尾聲】山青水緑還依舊，嘆人生青春難又，惟有快活是良謀。

規　奴

【祝英臺】把幾分春三月景，分付與東流。啼老杜鵑，飛盡紅英，端不爲春閒愁。休休，婦人家不出閨門，怎去尋花穿柳？把花貌，誰肯因春消瘦？

【前腔】春晝，我只見燕雙飛，蝶引隊，鶯語似求友。那更柳外畫輪，花底雕鞍，都是少年閒遊。難守，繡房中清冷無人，欲待尋一個佳偶。這般説，我的終身休配鸞儔？

【前腔】知否，我爲何不捲珠簾，獨坐愛清幽？千斛悶懷，百種春愁，難上我的眉頭。休憂，任他春色年年，我的芳心依舊。這文君，可不擔閣了相如琴奏？

【前腔】今後，方信你徹底澄清，我好没來由。想像暮雲，分付東風，情到不堪回首。聽剖，你是蕊宫瓊苑神仙，不比塵凡相誘。謹隨侍，窗下拈針挑繡。

强　試

【宜春令】然雖讀萬卷書，論功名非吾意兒。只愁親老，夢魂不到春闈裏。便教我做到九棘三槐，怎撇得萱花椿樹？我這衷腸，一點孝心對着誰語？

【前腔】相鄰并，相依倚，往常間有事來相報知。試期迫矣，早辦行裝往前途去。子雖念親老孤單，親須望孩兒榮貴。趁此青春不去，更待何日？

【前腔】時光短，雪鬢垂，守清貧不圖甚的。有兒聰慧，但得他爲官吾足矣。天子詔招取賢良，秀才每都求科試。快赴春闈，急急整裝行李。

【前腔】娘年老，八十餘，眼兒昏聾着兩耳。又没七男八婿，止有這個孩兒，要供甘旨。方纔得六十日夫妻，强逼他争名奪利。懊恨無知老子，好不度己。

勸試

【繡帶兒】親年老光陰有幾？行孝正當今日。終不然爲着一領藍袍，却落後戲彩斑衣。思之，此行榮貴雖可擬，怕親老等不得榮貴。春闈裏紛紛大儒，難道没爹娘的孩兒方去？

【前腔】休迷，男兒漢有凌雲志氣，何必苦恁淹滯？可不干費了十載青燈，枉捱過半世黄虀？須知，此行是親命，休過拒。那些個養親之志？百年事只有此兒，難道是庭前森森丹桂？

【太師引】他意兒難提起，這其間就裏我自知。他戀着被窩中恩愛，捨不得離海角天涯。塗山四日離大禹，直恁地捨不得分離？你貪鴛侣守着鳳幃，都誤了鵬程鶚薦的消息。

【前腔】他意兒只要供甘旨，又何曾貪歡戀妻？自古道曾參純孝，何曾去應舉及第？功名富貴天付與，天若與不求而至。娘言是，望爹行聽取。天須鑒蔡邕不孝的情罪。

拜托

【忒忒令】你讀書思量做狀元，只怕你學疏才淺。只這《孝經》《曲禮》，早忘了一段。却不道夏清與冬温，昏須定，晨須省，親在遊怎遠？

（晨：音『陳』。）

【前腔】哭哀哀推辭了萬千，他鬧炒炒抵死來相勸。將我深罪，不由人分辨。他道我戀新婚，逆親言，貪妻愛，不肯去赴選。

【沉醉東風】你爹行見得好偏，只一子不留在身畔。他只道我不賢，要將伊迷戀。這其間，怎不悲怨？（合）爲爹淚漣，爲娘淚漣，何曾爲着夫妻意上掛牽？

【前腔】做孩兒節孝怎全？做爹行不從幾諫。非是我要埋寃，形隻影單，我出去有誰來看管？（合前）

（隻：音『只』。）

囑別

【園林好】兒今去，爹媽休得要意懸，兒今去經年便還。但願得雙親康健，須有日拜堂前，須有日拜堂前。

【前腔】我孩兒不須掛牽，爹只望孩兒貴顯。若得你名登高選，須早把信音傳，須早把信音傳。

【江兒水】膝下嬌兒去，堂前老母單，臨行只得密縫針綫。眼巴巴望着關山遠，冷清清倚定門兒盼，教我如何消遣？（合）要解愁煩，須是寄個音書回轉。

【前腔】妾的衷腸，事有萬千，説來又恐添縈絆。六十日夫妻恩情斷，八十歲父母教誰看管？教我如何不怨？（合前）

【五供養】貧窮老漢，托在隣家，事體相關。此行須勉强，不必恁留連。你爹娘早晚、早晚間吾專來陪伴。丈夫非無淚，不灑別離間。（合）骨肉分離，寸腸割斷。

【前腔】公公可憐，俺的爹娘望你周全。此身若貴顯，自當效啣環。有孩兒也枉然，你爹娘到教別人看管。此際情何限，偷把淚珠彈。（合前）

【玉交枝】別離休嘆，我心中非不痛酸。非爹苦要輕拆散，也只是圖你榮顯。蟾宮桂枝須早攀，北堂萱草時光短。（合）又未知何日再圓？ 又未知何日再圓？

【前腔】雙親衰倦，你扶持看他老年。 饑時勸他加餐飯，寒時頻與衣穿。 做媳婦事舅姑，不待你言；你做孩兒離父母，何日返？（合前）

【川撥棹】歸休晚，莫教人凝望眼。 但有日回到家園，但有日回到家園，怕回來雙親老年。（合）怎教人心放寬？ 不由人不淚漣。

【前腔】我的埋冤怎盡言？ 我的一身兀自難上難。 你寧可將我來埋冤，你寧可將我來埋冤，莫把我爹娘冷眼看。（合前）

敘別

【尾犯序】無限别離情，兩月夫妻，一旦孤另。 此去經年，望迢迢玉京。 思省，奴不慮山遥水遠，奴不慮衾寒枕冷。 奴只慮公婆没主，一旦冷清清。

【前腔】何曾，想着那功名？ 欲盡子情，難拒親命。 年老爹娘，望伊家看承。 畢竟，你休怨着朝雲暮雨，暫替我冬温夏清。 思量起，如何教我割捨得眼睁睁？

【前腔】儒衣纔换青，快着歸鞭，早辦回程。 只怕十里紅樓，休重娶娉婷。 叮嚀，不念我芙蓉帳冷，也思親桑榆暮景。 親囑付，知他記否？ 空自語惺惺。

【前腔】寬心須待等，我肯戀花柳，甘爲萍梗？只怕萬里關山，那更音信難憑。須聽，没奈何分情破愛，誰下得虧心短行？從今去，相思兩處，一樣淚盈。

自嘆

【風雲會四朝元】春闈催赴，同心帶綰初。嘆《陽關》聲斷，送别南浦，早已成間阻。謾羅襟淚漬，謾羅襟淚漬，和那寶瑟塵埋，錦被羞鋪。寂寞瓊窗，蕭條朱户，空把流年度。嗏，銘子裏自尋思，妾意君情，一旦如朝露。君行萬里途，妾心萬般苦。君還念妾，迢迢遠遠，也須回顧，也須回顧。

（『春闈』六句【五馬江兒水】，『和那』四句【柳摇金】，『空把』二句【駐雲飛】，『妾意』四句【一江風】，『君還』四句【朝元令】。）

【前腔】朱顔非故，緑雲懶去梳。奈畫眉人遠，傅粉郎去，鏡鸞羞自舞。把歸期暗數，把歸期暗數，只見雁杳魚沉，鳳隻鸞孤。緑遍汀洲，又生芳杜。空自思前事，嗏，日近帝王都。芳草斜陽，教我望斷長安路。君身豈蕩子，妾非蕩子婦。其間就裏，千千萬萬，有誰堪訴？有誰堪訴？

【前腔】輕移蓮步，堂前問舅姑。怕食缺須進，衣綻須補，要行須與扶。奈西山暮景，奈西山暮景，教我倩着誰人，傳與我的兒夫？你身上青雲，只怕親歸黄土，臨別也曾多囑付。嗏，那些兒個意孜孜，只怕十里紅樓，貪戀着人豪富。你雖然是忘了奴，也須索念父母。無人説與，這淒淒冷冷，怎生辜負？怎生辜負？

【前腔】文場選士，紛紛都是才俊徒。少甚鏡分鸞鳳，都要榜登龍虎，偏他將我誤。也不索氣蠱，也不索氣蠱，既受托了蘋蘩，有甚推辭？索性做個孝婦賢妻，也落得名標青史，不枉受了些閒悽楚。嗏，俺這裏自支吾，休得污了他的名兒，左右與他相回護。你便做腰金與衣紫，須記得釵荆與裙布。一場愁緒，堆堆積積，宋玉難賦，宋玉難賦。

試　宴

【山花子】玳筵開處遊人擁，争看五百名英雄。喜鰲頭一戰有功，荷君恩奏捷詞鋒。（合）太平時車書已同，干戈盡戢文教崇，人間此時魚化龍。留取瓊林，勝景無窮。

（崇：音『蟲』。）

【前腔】三千禮樂如泉湧，一筆掃萬丈長虹。看奎光飛躔紫宫，光揺萬玉班中。（合前）

【前腔】青雲路通，一舉能高中，三千水擊飛冲。又何必扶桑掛弓？也强如劍倚崆峒。（合前）

【前腔】恩深九重，絡繹八珍送，無非翠釜駝峰。看吾皇待賢恁隆，也不枉了十年窗下把書來攻。（合前）

【大和佛】寶篆沉烟香噴濃，濃熏羅繡叢。瓊舟銀海，翻動酒鱗紅，一飲盡教空。持杯自覺心先痛，縱有香醪，欲飲難下我喉嚨。他寂寞高堂菽水誰供奉？俺這裏傳杯喧閧。休得要對此歡娱意忡忡。

（叢：音『從』。）

【舞霓裳】願取群賢盡貞忠，盡貞忠；管取雲臺畫形容，畫形容。時清無報君恩重，惟有一封書上勸東封，更撰個河清德頌。乾坤正，看玉柱擎天又何用？

【紅繡鞋】猛拚沉醉東風，東風；倩人扶上玉驄，玉驄。歸去路，望畫橋東。花影亂，日曈曨。沸笙歌，引紗籠。

【尾聲】今宵添上繁華夢，明早遥聽清禁鐘。皇恩謝了，鵷行豹尾陪侍從。

埋怨

【金索掛梧桐】區區一個兒，兩口相依倚。没事爲着功名，不要他供甘旨。教他去做官，要改换門閭，他做得官時你做鬼。圖他三牲五鼎供朝夕，今日裏要一口粥湯却教誰與你？

相連累，我孩兒因你做不得好名儒。（合）空争着閒是閒非，也只落得垂雙淚。（『區區』五句【金梧桐】，『要改』三句【東甌令】，『今日』二句【針綫箱】，『相連累』【解三醒】，『我孩』一句【懶畫眉】，『空争』二句【寄生子】。）

【前腔】養子教讀書，指望他身榮貴。黄榜招賢，誰不去登科試？譬如那范杞梁差去築城池，他的娘親埋怨誰？合生合死皆由命，少甚麼孫子森森也忍飢。休聒絮，畢竟是咱每兩口受孤恓。（合前）

【前腔】孩兒雖暫離，須有日回家裏。奴有些釵梳，解當充糧米。教傍人道媳婦每，有甚差池，致使公婆争㤯地。他心中愛子，只望功名就； 他眼下無兒，必定埋冤語。難逃避，兀的不是從天降下這災危？（合前）

【劉潑帽】有兒却遣他出去，教媳婦怎生區處？可憐誤你芳年紀。（合）一度思量，一度也肝腸碎。

【前腔】我每不久須傾棄，嘆當初是我不是。不如我死了到無他慮。（合前）

【前腔】媳婦便是親兒女，勞役本分當爲。但願得公婆從此相和美。（合前）

議姻

【高陽臺】宦海沉身，京塵迷目，名韁利鎖難脱。目斷家鄉，空勞魂夢飛越。閒聒，閒藤野蔓休纏也。俺自有正兔絲，和那的親瓜葛。是誰人，無端調引，謾勞饒舌。

（蔓：音『萬』。）

【前腔】閥閲，紫閣名公，黄扉元宰，三槐位中排列。金屋嬋娟，妖嬈那更貞潔。歡悦，紅樓此日招鳳侶，遣妾每特來執伐。望君家殷勤肯首，早諧結髮。

【前腔】非別，千里關山，一家骨肉，教我怎生抛撇？妻室青春，那更親鬢垂雪？差迭，須知少年自有人愛了，謾勞您嫦娥提挈。滿皇都豪家無數，豈必卑末？

【前腔】不達，相府尋親，侯門納禮，你却拒他不屑。繡幕奇葩，青春正當十八。休撇，知君是個折桂手，留此花待君攀折。况親奉丹墀詔旨，非我自相攛掇。

【前腔】心熱，自小攻書，從來知禮，忍使行虧名缺。父母俱存，娶而不告須難説。悲咽，門楣相府雖要選，奈戾㑊佳人，實難存活。縱然有花容月貌，怎如我自家骨血？

（戾㑊：音『琰移』。）

【前腔】迂闊，他勢壓朝班，威傾京國，你却與他相別。只怕他轉日回天，那時須有個决裂。

虛設，江空水寒魚不餌，笑滿船空載明月。下絲綸不愁無處，笑伊村殺。

求濟

【普天樂】兒夫一向留都下，只有年老爹和媽。弟和兄更没一個，看承盡是奴家。歷盡苦，誰憐我？怎説得不出閨門的清貧話？若無糧，我也不敢回家。豈忍見公婆受餒？嘆奴家命薄，直恁摧挫。

請赴

【三換頭】名韁利鎖，先自將人摧挫。况鸞拘鳳束，甚日得到家？我也休怨他。這其間，只是我，不合來，長安看花。悶殺爹娘也，淚珠空暗墮。（合）這段姻緣，也只是無如之奈何。

（『名韁』一句【五韻美】，『况鸞』四句【臘梅花】，『悶殺』四句【梧葉兒】。此雖舊譜所註，亦不相似。今改『名韁』四句【雙勸酒】，『我也』一句【臘梅花】云云。）

【前腔】鸞臺罷粧，鵲橋初駕，佳期近也，請仙郎到河。此事明知牽掛，這其間，只得把，那壁廂，且都拚捨。况奉君王命，怎生别了他？

成親

【畫眉序】攀桂步蟾宫，豈料絲蘿在喬木。喜書中今日，有女如玉。堪觀處絲幕牽紅，恰正是荷衣穿緑。（合）這回好個風流婿，偏稱洞房花燭。

【前腔】君才冠天禄，我的門楣稍賢淑。喜相輝清潤，瑩然冰玉。光掩映孔雀屏開，花爛熳芙蓉裀褥。（合前）

（雀：音『爵』，撮口。）

【前腔】頻催少膏沐，金鳳斜飛鬟雲矗。喜逢他蕭史，愧非弄玉。清風引珮下瑶臺，明月照粧成金屋。（合前）

【前腔】湘裙顫六幅，似天上嫦娥降塵俗。喜藍田今日，種成雙玉。風月賽閬苑三千，雲雨笑巫山六六。（合前）

【滴溜子】謾説道姻緣事，果諧鳳卜。細思之，此事豈吾意欲？有人在高堂孤獨。可惜新人笑語喧，竟不知舊人哭。兀的東床，難教我坦腹。

【鮑老催】翠眉謾蹙，赤繩已繫夫婦足，芳名已註姻緣牘。空嗟怨，枉嘆息，休摧挫。畫堂富貴如金谷，休戀故鄉生處好，受恩深處親骨肉。

【滴滴金】金猊寶鼎香馥郁，銀海瓊舟泛醽醁，輕飛翠袖呈嬌舞。囀鶯喉，歌麗曲，歌聲斷續，持觴勸酒人共祝。共祝，百年夫婦永睦。

【鮑老催】意深愛篤，文章富貴珠萬斛，天教艷質爲眷屬。似蝶戀花，鳳棲梧，鸞停竹。男兒有書須勤讀，書中自有黄金屋；也自有千鍾粟。

【雙聲子】郎多福，郎多福，着紫綬黄金束。娘介福，娘介福，看花誥紋犀軸。兩意篤，豈非福。似紋鸞綵鳳，兩兩相逐。

【尾聲】郎才女貌真不俗，占斷人間天上福，百歲歡娱萬事足。

疑　餐

【鑼鼓令】終朝裏受餒，將來飯教我怎喫？你可疾忙便擡，非乾是我有些饞態。你看他衣衫都解，好茶飯將甚去買？兀的是天災，教媳婦每難佈擺。婆婆息怒且休罪，待奴家霎時收去再安排。（合）思量到此，淚珠滿腮。看看做鬼，溝渠裏埋。縱然不死也難捱，教人只恨蔡伯喈。

（『終朝』十一句【刮鼓令】，『思量』四句【皂羅袍】，『縱然』一句【刮鼓令】，『教人』一句【皂羅袍】。）

【前腔】如今我試猜，多應他犯着獨噇病來，背地裏自買些鮭菜？我喫飯他緣何不在？這

意兒真乃是歹。他和你甚相愛，不應反面直恁的乖。我千辛萬苦，有甚情懷？可不道臉兒黄瘦骨如柴。（合前）

（噇：音『床』。鮭：音『諧』。）

喫糠

【山坡羊】亂荒荒不豐稔的年歲，路迢迢不回來的夫婿。急煎煎不耐煩的二親，軟怯怯不濟事的孤身己。衣盡典，寸絲不掛體。幾番要賣奴身己，争奈没主公婆，教誰管取？（合）思之，虚飄飄命怎期？難捱，實丕丕災共危。

【前腔】滴溜溜難窮盡的珠淚，亂紛紛難寬解的愁緒。骨崖崖難扶持的病體，戰兢兢難捱過的時和歲。我待不喫，教奴怎忍饑？思量起來，不如奴先死，圖得個不知他親死時。（合前）

自厭

【孝順兒】嘔得我肝腸痛，珠淚垂，喉嚨尚兀自牢嗄住。遭礱被舂杵，篩你簸颺你，喫盡控持。好似奴家身狼狽，千辛萬苦皆經歷。苦人喫着苦味，兩苦相逢，可知道欲吞不去。

（『嘔得』六句【孝順歌】，『好似』五句【江兒水】。嗄：音『紗』，去聲。）

【前腔】糠和米，本是相依倚，被人簸颺作兩處飛。一賤與一貴，好似奴家與夫婿，終無見期。米在他方没尋處，怎的把糠來救得人饑餒？好似兒夫出去，怎的教奴供膳得公婆甘旨？

【前腔】思量我生無益，死又值甚的？不如忍饑爲怨鬼。公婆老年紀，靠着奴相依倚，只得苟活片時。片時苟活雖容易，到底日久也難相聚。謾把糠來相比，奴的骨頭，知他埋在何處？

【前腔】這是穀中膜，米上皮，將來饆饠堪療饑。嘗聞古賢書，狗彘食人食，也强如草根樹皮。嚙雪吞氈，蘇卿猶健；　餐松食柏，到做得神仙侣，縱然喫些何慮？爹媽休疑，奴須是你孩兒糟糠妻室。

賞荷

【梁州序】新篁池閣，槐陰庭院，日永紅塵隔斷。碧闌干外，寒飛漱玉清泉。只覺香肌無暑，素質生風，小簟琅玕展。晝長人困也，好清閒，忽被棋聲驚晝眠。（合）《金縷》唱，碧筒勸，向冰山雪檻排佳宴。清世界，幾人見？

（『金縷』五句犯【賀新郎】，今亦作【梁州序】者，姑從舊譜耳。檻：音『餡』。）

【前腔】薔薇簾幕，荷花池館，一點風來香滿。湘簾日永，香消寶篆沉烟。謾有枕欹寒玉，扇動齊紈，怎遂得黄香願？猛然心地熱，透香汗，欲向南窗一醉眠。（合前）

【前腔】向晚來雨過南軒，見池面紅粧零亂。漸輕雷隱隱，雨收雲散。只見荷香十里，新月一鈎，此景佳無限。蘭湯初浴罷，晚粧殘，深院黄昏懶去眠。（合前）

【前腔】柳陰中忽噪新蟬，見流螢飛來庭院。聽菱歌何處，畫船歸晚。只見玉繩低度，朱户無聲，此景尤堪戀。起來攜素手，鬢雲亂，月照紗厨人未眠。（合前）

（螢：音『盈』。）

【節節高】漣漪戲綵鴛，把露荷翻，清香瀉下瓊珠濺。香風扇，芳沼邊，閒庭畔。坐來不覺神清健，蓬萊閬苑何足羡？（合）只恐西風又驚秋，不覺暗中流年换。

（濺：音『薦』。）

【前腔】清宵思爽然，好涼天，瑶臺月下清虚殿。神仙眷，開玳筵，重歡宴。任教玉漏催銀箭，水晶宫裏把笙歌按。（合前）

【尾聲】光陰迅速如飛電，好良宵可惜漸闌，拚取歡娱歌笑喧。

湯藥

【犯胡兵】囊無半點挑藥費，良醫怎求？然縱救得目前，飯食何處有？料應難到後。謾説道有病遇良醫，饑荒怎救？

【前腔】百愁萬苦千生受，粧成這症候。縱然救得目前，怎免得憂與愁？料應不會久。除非是子孝父心寬，方纔可救。

【香遍滿】論來湯藥，須索是子嘗方進與父母。莫不爲無子先嘗，你便尋思苦？只索要鬮鬮，怎捨得一命殂？元來你不喫藥，也只爲我糟糠婦。

（鬮鬮：音『諍豸』。）

【前腔】萬千愁苦，堆積在悶懷，成氣蠱，可知道喫了吞還吐。怕添親怨憶，暗將珠淚墮。元來你不喫粥，也只爲我糟糠婦。

憂思

【雁過聲】（舊譜牌名【雁漁錦】，今考正。）思量，那日離故鄉。記臨岐送别多惆悵，攜手共那人不斷放。教他好看承，我爹娘，料他們應不會遺忘。聞知饑與荒，只怕他捱他不過歲月難存養。若望不見信音，却把誰倚仗？

【二犯漁家傲】思量，幼讀文章，論事親爲子也須要成模樣。真情未講，怎知道喫盡多魔障？被親强來赴選場，被君强官爲議郎，被婚强效鸞凰。三被强，衷腸説與誰行？埋冤難禁這兩廂：這壁廂道咱是個不撑達害羞喬相識，那壁廂道咱是個不睹親負心的薄倖郎。

（『這壁』二句【雁過聲】，後倣此。）

【二犯漁家燈】悲傷，鷺序鴛行，怎如慈烏返哺能終養？謾把金章，綰着紫綬；試問斑衣，今在何方？斑衣罷想，縱然歸去，又恐帶麻執杖。只爲那雲梯月殿多勞攘，落得淚雨如珠兩鬢霜。

（雨，去聲。）

【喜魚燈】幾回夢裏，忽聞鷄唱。忙驚覺錯呼舊婦，同問寢堂上。待朦朧覺來，依然新人鳳衾和象床。怎不怨香愁玉無心緒？更思想，被他攔擋。教我，怎不悲傷？俺這裏歡娱夜宿芙蓉帳，他那裏寂寞偏嫌更漏長。

【錦纏道犯】謾悒怏，把歡娱翻成悶腸。菽水既清凉，我何心，貪着美酒肥羊？悶殺人花燭洞房，愁殺我掛名金榜。魆地裏自思量，正是在家不敢高聲哭，只恐猿聞也斷腸。

（魆：音『七』，撮口。）

剪髮

【香羅帶】一從鸞鳳分，誰梳鬢雲？粧臺懶臨生暗塵，那更釵梳首飾典無存也。是我耽閣你，度青春；如今又剪你，資送老親。剪髮傷情也，怨只怨結髮薄倖人。

【前腔】思量薄倖人，辜奴此身。欲剪未剪，教我先淚零。我當初早披剃入空門也，做個尼姑去，今日免艱辛。少甚珠圍翠擁蘭麝熏。我的身死兀自無埋處，説甚麽頭髮愚婦人？

【前腔】堪憐愚婦人，單身又貧，開口告人羞怎忍？金刀下處應心疼也。却將堆鴉髻，舞鸞鬢，與烏鳥報答鶴髮親。教人道霧鬢雲鬟女，斷送霜鬟雪鬢人。

【臨江仙】連喪雙親無計策，只得剪下香雲。非奴苦要孝名傳，正是上山擒虎易，開口告人難。

【梅花塘】賣頭髮，買的休論價。念我受饑荒，囊篋無些個。丈夫出去，那更連喪了公婆。沒柰何，只得賣頭髮資送他。

（他：音『拖』。）

【香柳娘】看青絲細髮，看青絲細髮，剪來堪愛，如何賣也沒人買？這饑荒死喪，這饑荒死喪，怎教我女裙釵，當得這狼狽？况連朝受餒，况連朝受餒，我的脚兒怎擡？其實難捱。

【前腔】往前街後街，往前街後街，并無人買。咽喉氣噎，無如之奈。我如今便死，我如今便死，暴露兩屍骸，誰人與遮蓋？待我將頭髮去賣，將頭髮去賣，賣了把公婆葬埋，奴便死何害？

（兩屍骸：有歌作『我屍骸』者，非。）

築墳

【二犯五更轉】把土泥獨抱，麻裙裹來難打熬。空山静寂無人吊，但我情真實切，到此不憚勞。何曾見葬親兒不到？又道是三匝圍喪，那些個卜其宅兆？思量起，是老親合顛倒。圖他折桂看花早，不道自把一身，送在白楊衰草。謾自苦，這苦憑誰告？

（『把土』五句【香遍滿】，『何曾』八句【五更轉】，『漫道』二句【賀新郎】。）

【前腔】我只憑十爪，如何能彀墳土高？只見鮮血淋漓濕衣襖，我形衰力倦，死也只這遭。骨頭葬處，任他流血好，此唤做骨血之親，也教人稱道。教人道趙五娘親行孝。心窮力盡形枯槁，只有這鮮血，到如今也出盡了。這墳成後，只怕我的身難保。

【前腔】怨苦知多少？兩三人只道同做餓殍。窮泉一閉無日曉，嘆如今永别，再無由相倚靠。只愁我死在他途道，我的骨頭何由來到？從今去，只願得中乾燥，福子蔭孫也都難料。便做蔭得個三公，也濟不得親老。淚暗滴，把蒼天來禱。

賞月

【念奴嬌序】長空萬里，見嬋娟可愛，全無一點纖凝。十二闌干光滿處，涼浸珠箔銀屏。偏稱，身在瑶臺，笑斟玉斝，人生幾見此佳景？（合）惟願取年年此夜，人月雙清。

【前腔】孤影，南枝乍冷，見烏鵲縹緲驚飛，棲止不定。萬點蒼山，何處是修竹吾廬三徑？追省，丹桂曾攀，嫦娥相愛，故人千里謾同情。（合前）

【前腔】光瑩，我欲吹斷玉簫，乘鸞歸去，不知風露冷瑶京？環佩濕，似月下歸來飛瓊。那更，香霧雲鬟，清輝玉臂，廣寒仙子也堪并。（合前）

【前腔】愁聽，吹笛《關山》，敲砧門巷，月中都是斷腸聲。人去遠，幾見明月虧盈？惟應，邊塞征人，深閨思婦，怪他偏向别離明。（合前）

【古輪臺】峭寒生，鴛鴦瓦冷玉壺冰，闌干露濕人猶凭，貪看玉鏡。况萬里清明，皓彩十分端正。三五良宵，此時獨勝。把清光都付與酒杯傾，從教酩酊，拚夜深沉醉還醒。酒闌綺席，漏催銀箭，香銷金鼎。斗轉與參横，銀河耿，轆轤聲已斷金井。

【前腔】閒評，月有圓缺陰晴，人世有離合悲歡，從來不定。深院閒庭，處處有清光相映。也有得意人人，兩情暢詠；也有獨守長門伴孤另，君恩不幸。有廣寒仙子娉婷，孤眠長夜，如何捱得更闌寂靜？此事果無憑。但願人長永，小樓玩月共同登。

（『閒評』三句是【换頭】，點板與前隻不同。）

【尾聲】聲哀訴，促織鳴，俺這裏歡娱未罄，却笑他幾處寒衣織未成。

畫容

【三仙橋】一從他每死後，要相逢不能彀，除非是夢裏暫時略聚首。苦要描，描不就；暗想像，教我未寫先淚流。寫不出他苦心頭，描不出他饑症候，畫不出他望孩兒的睁睁兩眸。只畫得他髮颼颼，和那衣衫敝垢。若畫做好容顔，須不是趙五娘的姑舅。

【前腔】我待畫他龐兒帶厚，他可又饑荒消瘦；我待畫他龐兒展舒，他自來長恁皺。若畫出來，真是醜。那更我心憂，做不出他歡容笑口。只見他兩月稍優游，其餘的都是愁。我只記得他形衰貌朽。便做他孩兒收，也認不得是當初父母。縱認不得是蔡伯喈當初爹娘，須認得是趙五娘近日來的姑舅。

（母：音『某』。）

【前腔】非是奴尋夫遠遊，只怕我公婆絶後。奴見夫便回，此行安敢久？路途中，奴怎走？望公婆相保佑我出外州。他尚兀自没人看守，如何來相保佑？只怕奴去後，冷清清有誰來祭掃？縱使遇春秋，一陌紙錢怎有？你生是受凍餒的公婆，死做個絶祭祀的姑舅。

詢情

【江頭金桂】怪得你終朝攧窨，只道你緣何愁悶深？教咱猜着謎謎，爲你沉吟，那籌兒没處尋。我和你共枕同衾，你瞞我則甚？自撇了爹娘媳婦，屢换光陰，他那裏須怨着你没音信。笑伊家短行，無情忒甚。到如今，兀自道且説三分話，未可全拋一片心。

（『怪得』五句【五馬江兒水】，『我和』五句【柳摇金】，『笑伊』五句【桂枝香】。）

【前腔】非是我聲吞氣飲，只爲你爹行勢逼臨。怕他知我要歸去，將我厮禁，要説又將口噤。我待解朝簪，再圖鄉任。他不隄防着我，須遣我到家林，雙雙兩人歸晝錦。雙親老景，存亡未審。只怕雁杳魚沉。又不是烽火連三月，真個家書抵萬金。

（隄防：音『低房』。）

答親

【獅子序】他媳婦須有之，念奴家是他孩兒的妻，那曾有媳婦不事親帷？ 若論做媳婦的道理，須當奉飲食，問寒暄，相扶持蘋蘩中饋。 正是養兒代老，積穀防饑。

（防：音『房』。）

【東甌令】他來求科舉，指望錦衣歸，不想道爹爹留他做女婿。 他埋冤洞房花燭夜，那些個千里能相會？ 只要保全金榜掛名時，事急且相隨。

【賞宮花】他終朝慘悽，我如何忍見之？ 若論爲夫婦，須是共歡娛。 他數載不通魚雁信，枉了十年身到鳳凰池。

【降黄龍】須知，非是奴癡迷。 已嫁從夫，怎違公議？ 爹猶念女，怎教他爹娘不念孩兒？ 休提，縱把奴擔閣，比擔閣他媳婦何如？ 那些個夫唱婦隨，嫁鷄逐鷄飛？

【大勝樂】婚姻事難論高低，論高低何似休嫁與？ 假饒親賤孩兒貴，終不然便拋棄？ 奴是他親生兒子親媳婦，難道他是何人我是誰？ 爹居相位，怎説出傷風敗俗非理的言語？

嗟怨

【紅衫兒】你不信我教伊休説破，到此如何？算你爹心性，我豈不料過？爲甚麽胡掩胡遮？也只爲着這些。直待要打破砂鍋，是你招災攬禍。

【前腔】不想道相挜把，這做作難禁架。我見你每每咨嗟要調和，誰知道好事多磨起風波。把你陷在地網天羅，你如何不怨我？懊恨只爲我一個，却擔閣你兩下。

【醉太平】蹉跎，光陰易謝。縱歸來已晚，歸計無暇。名牽利鎖，奔走在海角天涯。知麽？多應我老死在京華，孝情事一筆都勾罷。這般摧挫，傷情萬感，淚珠偷墮。

【前腔】非詐，奴甘死也。縱奴不死時，君去須不可。奴身值甚麽？只因奴誤你一家。差訛，假饒做夫婦也難和，我心怨你心縈掛。奴此身拚捨，成伊孝名，救伊爹媽。

尋夫

【月雲高】路途勞頓，行行甚時近？未到洛陽縣，盤纏都使盡。回首孤墳，空教我望孤影。他那裏誰偢采？俺這裏將誰投奔？正是西出陽關無故人，須信道家貧不是貧。

（『路途』八句【月兒高】，『正是』二句【一江雪】。）

【前腔】暗中思忖，此去好無准。只怕他身榮貴，把咱不厮認。若是他不瞧，空教我受艱辛。他未必忘恩義，俺這裏自閒評論。他須記得一夜夫妻百夜恩，怎做得區區陌路人？

【前腔】他在府堂深隱，奴身怎生進？他在駟馬高車上，我又難將他認。若到他根前，只提起二親真。又怕消瘦龐兒，猶難十分信。他不到得非親却是親，我自須防人不仁。

彈怨

【銷金帳】聽奴訴與：奴是良人婦，爲兒夫相擔誤。一向赴選及第，未歸鄉故。饑荒喪了，喪了親的舅姑。我造墳墓。今爲尋夫來此。尋夫，未知在何處所？

【前腔】凡人養子，最是十月懷擔苦，更三年勞役抱負。休言他受濕推乾，萬千勞碌。真個千般愛惜，千般愛護。兒有些不安，父母驚惶無措。直待可了，可了歡欣似初。

（役：音『亦』。）

【前腔】兒行幾步，父母歡欣相顧，漸能言能走路。指望飲食羹湯，自朝及暮。懸懸望他，知他幾度？爲擇良師，又怕孩兒愚魯。略得他長俊，可便歡欣賞賀。

【前腔】朝經暮史，教子勤詩賦。爲春闈催教赴。指望他耀祖榮親，改換門户。懸懸望他，望他腰金衣紫。兒在程途，又怕餐風宿露。求神問卜，且把歸期暗數。

【前腔】兒還念父母，及早歸鄉土，念慈烏亦能返哺。莫學我的兒夫，把親擔誤。常言養子，養子方知父母。算忤逆兒男，和孝順爹娘之子，若無報應，果是乾坤有私。

（逆：音『亦』。）

愁訴

【二郎神】容瀟灑，照孤鸞嘆菱花剖破。記翠鈿羅襦當日嫁，誰知他去後，釵荆裙布無些？他金雀釵頭雙鳳嚲，羞殺人形孤影寡。説甚麼簪花捻牡丹，教人怨着嫦娥。

【前腔】嗟呀，心憂貌苦，真情怎假？你爲着公婆珠淚墮，我公婆自有，不能勾承奉杯茶。你比我没個公婆得承奉呵，不枉了教人做話靶。你公婆，爲甚的雙雙命掩黄沙？

【鶯集神】荒年萬般遭坎坷，夫婿又在京華。把糟糠暗喫擔飢餓，公婆死，是我賣頭髮去埋他。把孤墳自造，土泥盡是我羅裙包裹。也非誇，手指傷，血痕尚染衣羅。

【前腔】愁人見説愁轉多，使我珠淚如麻。我丈夫亦久别雙親下，要辭官，被我爹蹉跎。他妻雖有麽，怕不似您會看承爹媽。在天涯，教人去請，知他路上如何？

【啄木鸝】聽言語，教我悽愴多，料想他也非嫉妒。他那裏既有妻房，取將來怕不相和？但得他似你能揾靶，我情願侍他居他下。只愁他，程途上苦辛，教人望巴巴。

（『只愁』三句【黄鶯兒】。）

【前腔】錯中錯，訛上訛，只管在鬼門前空占卦。若要識蔡伯喈的妻房，奴家便是無差。果然是你非謊詐？你原來爲我喫折挫，你爲我受波查。教伊怨我，教我怨爹爹。

【金衣公子】一樣做渾家，我安然你受禍。你名爲孝婦，我被傍人駡。公死爲我，婆死爲我，情願把你孝衣穿着，把濃粧罷。（合）事多磨，冤家到此，逃不得這波查。

【前腔】他當元也是没奈何，强將來，赴選科，辭爹不肯聽他話。辭官不可，辭婚不可。只爲三不從，做成災禍天來大。（合前）

（大：音『墮』。）

題真

【醉扶歸】有緣結髮曾相共，難道是無緣對面不相逢？鳳枕鸞衾也和他同，倒憑兔毫繭紙將他動。畢竟一齊分付與東風，把往事如春夢。

【前腔】詞源倒流三峽水，只怕他胸中别是一帆風。還是教妾若爲容，只怕爲你難移寵。縱認不得這丹青怕他貌不同，若認得我翰墨，也須心先痛。

（首二句張伯起改『彩筆墨潤鸞封重，只爲玉簫聲斷鳳樓空』。）

館逢

【太師引】細端詳，這是誰筆仗？覷着他，教我心兒感傷。好似我雙親模樣。怎穿着破損衣裳？道别後容顔無恙，怎這般淒涼形狀？誰往來，直將到洛陽？須知是仲尼陽虎一般龐。

【前腔】這是街坊誰劣相，砌莊家形衰貌黄。若没個媳婦相傍，少不得也這般淒涼。敢是神圖佛像？猛可地小鹿兒心頭撞。丹青匠，由他主張，須知是毛延壽誤寫王嬙。

【解三酲】（因此曲當緊唱，故附『細端詳』後爲一套。）嘆雙親把兒指望，教兒讀古聖文章。比我會讀書的，到把親撇漾；少甚麼不識字的，到得終養。書，只爲你其中自有黄金屋，到教我撇却椿庭萱草堂。還思想，畢竟是文章誤我，我誤爹娘。

【前腔】比似我做虧心臺館客，到不如守義終身田舍郎。《白頭吟》記得不曾忘，緑鬢婦何故在他方？書，只爲你其中自有顔如玉，到教我撇却糟糠妻下堂。還思想，畢竟是文章誤我，我誤妻房。

掃墓

【風入松】不須提起蔡伯喈，説着他每忒歹。他中狀元六七載，撇父母抛妻不采。兀的這磚頭土堆，是他雙親的在此中埋。

【前腔】一從别後遇荒災，更無人倚賴。虧他媳婦相看待，把衣服和釵梳都解。背地裏把糟糠自捱，公婆的反疑猜。

【急三鎗】公婆親看見，雙雙死，無錢送，剪頭髮賣買棺材。他去空山裏，把裙包土，血流指，感得神明助，與他築墳臺。

【風入松】他如今也往帝都來，肩背着琵琶做乞丐。叫他不應魂何在？空教我珠淚盈腮。這三不孝逆天罪大，空設醮，枉修齋。

【急三鎗】你如今疾忙去到京臺，説張老的道與蔡伯喈：你拜别人做爹娘好美哉，親爹娘死，不直你一拜。

【風入松】他元來也是出無奈，好一似鬼使神差。三不從把他廝禁害。三不孝亦非其罪。這是他爹娘福薄運乖，想人生裏都是命安排。

纏頭百練二集

明冲和居士編選。戲曲、散曲選本。與收入《善本戲曲叢刊》《續修四庫全書》的《纏頭百練》初集相同，本書分禮、樂、射、御、書、數六卷，依次取名《相思譜》《漢官儀》《元狐腋》《鐵綽板》《玉樹音》《嗔囉曲》。除《玉樹音》爲散曲選集外，其餘五卷均爲戲曲散齣選集。共收戲曲五十二種七十七齣。現存明崇禎三年（1630）刻本。其中卷二『漢官儀樂卷』收録《琵琶記》之《賞月》一齣，辑录如下。

賞月

【念奴嬌】（小旦）楚天過雨，正波澄木落，秋容光浄。誰駕玉輪來海底，碾破瑠璃千頃。環珮風清，笙簫露冷，人在清虚境。（浄、丑）真珠簾捲，庾樓無限佳興。

〔臨江仙〕（小旦）玉作人間秋萬頃，銀葩點破瑠璃。（浄）瑶臺風露冷仙衣，天香飄到處，此景有誰知？

（丑）未審明年明夜月，此時此景何如？（小旦）珠簾高捲醉瓊巵，（合）正是莫辭終夕歡，動是隔年期。（小旦）老姥姥，今夜中秋，月色澄清，你與我請相公出來，賞翫則個。（淨）是，是。夫人請相公翫月。（生內應介）我已睡了，不來。（丑）你甚麼嘴臉，可知道請他不來？（小旦）惜春，你再去請。（丑）我去請。相公，夫人請相公出來翫月。（生）來也。（丑笑介）老姥姥，你看我嘴兒纔動一動，相公就出來了。

【生查子】（生）逢人曾寄書，書去神亦去。今夜好清光，可惜人千里。

（小旦）相公，今夜中秋，月色可愛，我請你賞翫一番，你沒事推阻怎的？（生）月色有甚好處？（貼）相公，怎的不好？〔酹江月〕你看：　玉樓金氣捲霞綃，雲浪空光澄徹。丹桂飄香清思爽，人在瑤臺銀闕。（生）影透鳳幃，光窺羅帳，露冷蛩聲切。關山今夜，照人幾處離別。（淨）須信離合悲歡，還如玉兔，有陰晴圓缺。便做人生長宴會，幾見冰輪皎潔？（丑）此夜明多，隔年期遠，莫放金尊歇。（合）但願人長久，年年同賞明月。（飲酒介）

【念奴嬌序】（小旦）長空萬里，見嬋娟可愛，全無一點纖凝。十二欄杆光滿處，涼浸珠箔銀屏。偏稱，身在瑤臺，笑斟玉斝，人生幾見此佳景？（合）惟願取年年此夜，人月雙清。

【前腔】（生）孤影，南枝乍冷。見烏鵲縹緲驚飛，棲止不定。萬點蒼山，何處是修竹吾廬三逕？追省，丹桂曾攀，嫦娥相愛，故人千里謾同情。（合前）

【前腔】(小旦)光瑩，我欲吹斷玉簫，乘鸞歸去，不知風露冷瑶京。環佩濕，似月下歸來飛瓊。那更，香霧雲鬟，清輝玉臂，廣寒仙子也堪並。(合前)

【前腔】(生)愁聽，吹笛《關山》，敲砧門巷，月中都是斷腸聲。人去遠，幾見明月虧盈。惟應，邊塞征人，深閨思婦，怪他偏向别離明。(合前)

【古輪臺】(净)峭寒生，鴛鴦瓦冷玉壺冰，欄杆露濕人猶凭，貪看玉鏡。況萬里清明，皓彩十分端正。三五良宵，此時獨勝。(丑)把清光都付與，酒杯傾。從教酩酊，拼夜深沉醉還醒。酒闌綺席，漏催銀箭，香銷金鼎。斗轉與參横，銀河耿，轆轤聲已斷金井。

【前腔】(净)閒評，月有圓缺與陰晴，人世有離合悲歡，從來不定。深院閒庭，處處有清光相映。也有得意人人，兩情暢詠；也有獨守長門伴孤另，君恩不幸。(丑)有廣寒仙子娉婷，孤眠長夜，如何捱得更闌寂静？此事果無憑。但願人長久，小樓翫月共同登。

【尾聲】(衆)聲哀訴，促織鳴。(小旦)俺這裏歡娱未罄，(生)他幾處寒衣織未成。
(小旦)今宵明月正團圓，(生)幾處淒涼幾處諠。
(合)但願人生得久長，年年千里共嬋娟。

怡春錦

全名《新鐫出像點板怡春錦》，别題《新鐫出像點板纏頭百煉》。明冲和居士編選。明崇禎間刻本。凡六卷，分禮、樂、射、御、書、數，除書集選收散曲，其餘五集均爲南戲、傳奇散齣選集。其中樂集收録《琵琶記》之《旅思》，數集收録《分别》二齣，輯録如下。

旅思

【喜遷鶯】（生）終朝思想，但恨在眉頭，人在心上。鳳侣添愁，魚書絶寄，空勞兩處相望。青鏡瘦顔羞照，寶瑟清音絶響。歸夢杳，繞屏山烟樹，那是家鄉？

〔踏莎行〕怨極愁多，歌慵笑懶，只因添個鴛鴦伴。他鄉遊子不能歸，高堂父母無人管。湘浦魚沉，衡陽雁斷，音書要寄無方便。人生光景幾多時，蹉跎負却平生願。

【雁過聲】思量，那日離故鄉。記臨期送别多惆悵，攜手共那人不斷放。教他好看承，我爹娘，料他每應不會遺忘。聞知饑與荒，只怕捱不過歲月難存養。若望不見我音信，却把誰倚仗？

【二犯漁家傲】思量，幼讀文章，論事親爲子也須要成模樣。真情未講，怎知道喫盡多魔障？被親强來赴選場，被君强官爲議郎，被婚强效鸞凰。三被强，衷腸説與誰行？埋冤難禁這兩廂：這壁廂道咱是個不撑達害羞喬相識，那壁廂道咱是個不睹親負心的薄倖郎。

【二犯漁家燈】悲傷，鷺序鴛行，怎如慈烏返哺能終養？謾把金章，綰着紫綬，試問斑衣，今在何方？斑衣罷想，總然歸去，又恐帶麻執杖。只爲那雲梯月殿多勞攘，落得淚雨如珠兩鬢霜。

【喜漁燈】幾回夢裏，忽聞鷄唱，忙驚覺錯呼舊婦，同問寢堂上。待朦朧覺來，依然新人鳳衾和象床。怎不怨香愁玉無心緒？更思想，被他攔擋。教我，怎不悲傷？俺這裏歡娱夜宿芙蓉帳，他那裏寂寞偏嫌更漏長。

【錦纏道犯】謾悒怏，把歡娱翻成悶腸。菽水既清涼，我何心，貪着美酒肥羊？悶殺人花燭洞房，愁殺我掛名金榜。魆地裏自思量，正是歸家不敢高聲哭，只恐猿聞也斷腸。

院子何在？（末）有問即對，無問不答。相公有何指揮？（生）院子，你是我心腹之人，有一件事和你商量，你休要走了我的消息。（末）小人安敢？（生）我自從離了父母妻室，來此赴選，不擬一擢高科，拜授當職。將謂數月之後，可作歸計。誰知又被牛太師招爲門婿，一向逗留在此，不得還家見父母一面，故此要和你商量個計策。（末）相公，自古道：不鑽不穴，不道不知。小人每常時見相公憂悶不樂，豈知這般就裏？相公何不説與夫人知道？（生）院子，我夫人雖則賢慧，争奈老相公之勢，炙手可熱。待説與夫人知道，一霎時老相公得知，只道我去了不來，如何肯放我去？不如姑且隱忍，和夫人都瞞了，待任滿尋個歸計。（末）這的却是。老相公若還知道，如何肯放相公回去？（生）院子，我如今要寄一封書家去，没個方便的人。欲待使人遥去，又怕老相公知道。你與我出街坊上體探，倘有我鄉里人來此做買賣，待我寄一封家書回去。（末）小人謹領便去。

（生）終朝長相憶，（末）尋便寄書尺。
（合）眼望旌捷旗，耳聽好消息。

分別

【謁金門】（旦上）春夢斷，臨鏡緑雲撩亂。聞道才郎遊上苑，又添離別嘆。（生上）苦被爹行逼遣，默默此情何限？（見介）五娘。（旦）解元。（生、旦）骨肉一朝輕拆散，可憐難捨難拚。

（旦）解元，雲情雨意，雖可抛兩月夫妻；雪鬢霜鬟，竟不念八旬父母？功名之念一起，甘旨之心頓忘，是何道理？（生）卑人膝下遠離，豈無眷戀之意？奈堂上逼遣，不聽分解之詞，如何是好？（旦）解元，你去意匆匆，奴家猜着你了。（生）猜着我甚麼？

【忒忒令】（旦）你讀書思量做狀元，（生）狀元天下美名，讀書人豈不思之？（旦）只怕你學疏才淺。（生）卑人略涉經史，學不疏，才也不淺。（旦）只是《孝經》《曲禮》，早忘了一段。（生）《孝經》乃卑人從幼所讀之書，不知忘却那一段來？（旦）却不道夏清與冬温，昏須定，晨須省，又説父母在，不遠遊。你的親在高堂，你的親在高堂，兒遊怎遠？

【前腔】（生）哭哀哀推辭萬千，（旦）張太公怎麼説？（生）他鬧炒炒抵死來相勸。（旦）不去由你。（生）他將我深罪，不由人分辨。（旦）公公怎生罪你？（生）不但罪我，連五娘也有分。（旦）與我何干？（生）他道我戀新婚，逆親言，貪妻愛，不肯去赴選。

【沉醉東風】（旦）你爹行見得好偏，（生）爹娘單生伯喈一人，有甚偏處？（旦）不是你爹娘見偏，還是你爲子的不能善言。（生）我怎生不能善言？（旦）你該雙膝跪在公公面前；你説：爹那，念伯喈上無兄，下無弟。只有一子，只有一子，不留在身伴。（生）這是爹爹嚴命，便説也枉然。（旦）如今公婆在那裏？（生）在堂上。（旦）我和你一同去哀告。（生）哀告怎的？（旦）或肯留你在家養親，也未見得。（生）説得是。如此，就去。（走介）（旦立住，手招介）解元轉來。（生）五娘欲行不行，爲何？（旦）解元，非是奴家欲行不行，此去禀告公婆，公婆見得到呢，留在家養親就好。若見不到呵，不道是你爹見偏，反道是奴不賢，反道是奴不賢，要將伊迷戀。（生）這其間，教人怎不悲怨？（哭介）爹那！（旦）你看他爲爹淚漣，（生）老娘，怎生割捨得你？（旦）你看他爲娘淚漣，（生、旦）何曾爲着夫妻上掛牽。

【前腔】（生）做孩兒節孝怎全？（旦）解元，功名事小，節孝事大。依奴家説，你還在家奉侍爹娘的好。（生）咳！五娘説那裏話？非是卑人不欲在家奉侍，奈爹行不從幾諫。（旦背介）奴家與他纔得六十日夫妻，未知他果節孝否？且試一試，看他如何？（轉介）解元，奴家想將起來，公婆雖則年老，幸喜雙雙在堂，形尚未隻，影尚未單。你出外去，也是放心得下的了。（生）我也不是爲着他影隻形單，只是我出去，我的爹娘，有誰來看管？（旦哭介）公公那！（生）你看他爲公淚漣，（旦）婆婆，你一個兒子，也留他不住那！（生）你看他爲婆淚漣，何曾爲着夫妻上掛牽？

【臘梅花】（外、丑上）孩兒出去今日中，爹爹媽媽來相送。但願得魚化龍，青雲得路通，桂子高攀步蟾宫。

（外）孩兒怎麼還不起程？（生）專等太公到來，即便起程了。（外）門首伺候。（末上）仗劍對尊酒，恥爲游子顔。（見介）呀！解元幾時起程？（生）家父母在堂，一時難捨。（末）咳！所志在功名，離别何足嘆？令尊在何處？（生）在堂上。（末）引進。（見介）（外）呀！賢弟到了。（各見介）（末）小弟聞知令郎今日起程，有些少路資奉送。（生）家父母既蒙看管，厚禮不敢收受。（外）兒那，又道長者

賜，不可辭。收了罷。（生謝介）（外）兒那，太公已到，你就此去罷。（生）孩兒就此拜別。（哭介）

【園林好】（生）兒今去，爹媽休得意懸，（丑）兒那，你今日去了，還是幾時回來？（生）家有垂白雙親，孩兒怎忍久離膝下？兒則是今年去，明年便還。（外）爹娘八十，也不爲老。（生）但願得雙親康健，（合）須有日拜堂前，須有日拜堂前。

【前腔】（外）我孩兒不須掛牽，爹指望孩兒做官。若得你名登高選，（合）須早把信音傳，須早把信音傳。

【江兒水】（丑）膝下嬌兒去，（生）堂前老母單，（丑）兒那，你今去了，不知幾時回來？身上衣襟，待我縫上幾針。你見此針綫，如見老娘一面。（生跪介）（丑）媳婦，取針綫來。（旦跪介）（丑縫介）慈母手中綫，遊子身上衣。（旦）婆婆，臨行密密縫，又恐遲遲歸。（生）五娘子不會講話！老娘臨行密密縫，但願早早歸。（丑）臨行時只得密密縫針綫。（衆起介）（丑）眼巴巴望着關山遠，兒那，你曉得王孫貫之母麼？他說：汝朝出而不回，則吾倚門而望；汝暮出不回，則吾倚廬而望。你今去後呵，教老娘倚定門兒盼。（生）老娘且自消遣。（丑）教我如何消遣？（生）孩兒去後，把什麼解老娘的愁煩？（丑）要解我的愁煩，須早寄一封音書回轉。

【前腔】（旦）妾的衷腸事兒，有萬千，（生）五娘，你有萬千心事，臨行不說，更待何時？（旦）說來又恐添縈絆。（生）五娘，你口不言，伯喈心自省了。（低介）敢則爲六十日夫妻，和你恩情斷？（旦掩生口介）解元道差矣！我和你少年夫妻，後會有期。説什麽六十日夫妻恩情斷？你看八十歲父母教我展？（生）五娘須索消遣。（旦）教我如何不怨？（生）伯喈去後，把甚的解五娘愁煩？（旦）要解妾的愁煩，須早寄一封音書回轉。

【五供養】（末）貧窮老漢，托在隣家，事體相關。解元，你此行須勉强，不必恁留連。（生）爹娘年老，放心不下。（末）你爹娘早晚間，吾當陪伴。（生拭淚介）（末）噯，丈夫非無淚，不灑別離間。（合）骨肉分離，寸腸割斷。

【前腔】（生）公公可憐，我爹娘望伊周全。此身還貴顯，自當效銜環。（拜介）（旦背介）有孩兒也枉然，（生）有你在此，也不枉然了。（旦）有媳婦也枉然。我問你，你方纔拜的是誰？（生）是張太公。（旦）可知道他姓張，你姓蔡？不過鄰比之家，焉能有代子之勞麽？冤家，你的爹娘，奴的姑嫜，奴的姑嫜，臨行時，臨行時，反教別人與你看管。（生、旦）此際情何限，偷把淚珠彈。（合前）

（外）哇！這畜生，有客在堂，成什麽看相？那千里未爲遠，十年歸未遲。總在乾坤内，何須嘆別離？

【玉交枝】別離休嘆，別離休嘆，（丑）老不賢，他夫妻纔兩月，一旦成抛撇。今日分離，話也不容他説，你就是鐵打心腸一般了。（哭介）兒那！（外）老安人，骨肉生離，人皆不忍。你有愛子之心，我豈無惜兒之意？我心中非不痛酸。蔡邕，非爹苦要把你輕拆散，也只要圖你貴顯。你把蟾宫桂枝須早攀，北堂萱草時光短。（合）又未知何日再圓？又未知何日再圓？

【前腔】（生）雙親衰倦，雙親衰倦，你扶持看承他老年。饑時勸他加飡飯，寒時頻與衣穿。（作跪介）（旦扶介）我做媳婦事舅姑，不待你言；你孩兒離父母，何日返？（合前）

【川撥棹】（外）你歸休晚，歸休晚，莫教人凝望眼。（生）但有日回到家園，但有日回到家園，只恐怕雙親老年。（合）怎教人心放寬？不由人不珠淚漣。

【前腔】（旦）我的埋怨怎盡言？我的一身兀自難上難。（生）妻那，你寧可將我來埋怨，莫把我的堂上雙親做個冷眼看。（合前）（拜介）

【尾聲】（生）生離死別何足嘆，但願你名登高選。衣錦歸來，教人作話傳。

此行勉强赴春闈，專望明年衣錦歸。

世上萬般哀苦事，無過死別共生離。

（外、丑、末下介）（旦）這是鎖匙，請收下了。（生收介）五娘請回罷。（旦）已曾禀過公婆，容奴遠送一程。（生）送君千里，終有一别，請回罷了。（旦）一定要送！（生）如此，請行。（走介）此去二三里，長亭共短亭。（旦）臨歧無别事，

【本序】懊恨别離輕。（生）五娘，我未曾舉步，你悲泣不止，敢爲斷絃一事？（旦）緑鬢仙郎，紅顔少婦，眼下雖有離别之苦，日後豈無相見之期？我悲豈斷絃？（生）如此爲剖鏡了？（旦）愁非分鏡。（生）既不爲斷絃，又不爲剖鏡，所爲何事來？（旦）奴只慮高堂，風燭不定。（生背介）你看他那裏

腸已斷，欲離未忍，淚難收，無言自零。（生、旦）正是弓發不留絃上箭，絲牢難繫去人舟。去則是終須去，留則是也難留。空留戀，天涯海角，只在須臾頃，只在須臾頃。

（生）來此已是十里長亭了，朋友覷看不雅，請回了。（旦）如此，不敢送了。（別介）（生）請了。（旦立住哭介）（生）呀！五娘，你未行三五步，哭哭啼啼不住聲，敢還有心事不曾講得完？（旦）送君送到十里亭，南北東西爲利名。世上幾多哀苦事，我心中，

【犯尾序】還有無限別離情。（生）五娘，天下許多舉子，那一個沒有夫婦？誰似你這等悲泣不止？（旦）天下舉子，那一個沒有夫婦？也有周年半載的，誰似我和你兩月夫妻，誰似我和你兩月夫妻，一旦孤另？（旦）此處三條大路，今日往那一條路上去？（生）卑人中道而行。（旦）明年衣錦回來，妾從中道相迎了。（生）多謝五娘。（旦）此去經年，望着迢迢玉京思省。（生）五娘思省，敢慮着山遥路遠？（旦）奴不慮山遥路遠，（生）敢慮着衾寒枕冷？（旦）奴不慮衾寒枕冷。（生）既如此，所慮何來？（旦）慮只慮公婆沒主，公婆，你今日苦要孩兒出去，異日要見孩兒不能勾了。正是：別兒容易見兒難。撇得你一旦冷清清，撇得你一旦冷清清。

【前腔】（生）何曾，想着那功名？（旦）既不想功名，此去爲何？（生）欲盡子情，難拒親命。就此長亭之上，五娘請上，受卑人一禮！（旦）男兒膝下有黃金，豈可低頭拜婦人？（生）禮下於人，必有所托。（旦）所托何事？（生）我有年老爹娘，望伊家與我看承。（拜介）（旦）做媳婦事舅姑，理之當

然，何消下禮？畢竟，（生）五娘，只是卑人去後呵，休怨着朝雲暮雨，且替我冬温夏清。（生、旦）正是：樂莫樂兮初相見，悲莫悲兮生别離。苦那！思量起，如何割捨眼睜睜？（生）妻那！（旦）夫那！（生、旦）和你眼睜睜。

【前腔】（旦）儒衣纔换青，快着歸鞭，早辦回程。（生）卑人不久就回。（旦）解元，那十里紅樓簾盡捲，美人偏愛少年人。只怕十里紅樓，重娶娉婷。（生）卑人不是那等之人。（旦）你雖不是那等之人，爲妻子的，也須要叮嚀。叮嚀，不念我芙蓉帳冷，解元。請受奴一禮！（拜介）也思親桑榆暮景。（生起介）列位請了，小弟就來了。（内應介）（生）嗳，言者煩而聽者厭矣。（旦背介）怎麽我送他到此，不曾講得幾句言語，他就説『言者煩而聽者厭矣』？今日看起來，長亭之路，也是枉然；長亭之話，也是枉然。我這裏言之諄諄，他那裏聽之默默了。莫説是奴家叮嚀告戒，告戒叮嚀，便是親囑付，知他記否？空自語惺惺，解元，不送了。空自語惺惺。（走介）（生扯旦介）

【前腔】寬心須待等，我豈肯戀花柳，甘爲萍梗？怕只怕萬里關山，那更一封音信難憑。你須聽，伯喈是没奈何分情剖愛，剖愛分情，誰下得虧心短行？從今去，相思兩地，一樣淚盈盈。（哭介）

【鷓鴣天】萬里關山萬里愁，一般心事一般憂。桑榆暮景應難保，客館風光怎久留？（生）請了。（旦）請了。（生下）（旦）他那裏，謾凝眸，（生内）請了。（旦）正是馬行十步九回頭。歸家只恐傷親意，閣淚汪汪不敢流。

附：琵琶詞

試將曲調理宮商，彈動琵琶情慘傷。不彈雪月風花事，且把歷代源流訴一場。混沌初開盤古出，三才御世號三皇。天生五帝相繼續，堯舜心傳夏禹王。禹王後代昏君出，乾坤大抵屬商湯。商湯之後紂爲虐，伐罪吊民周武王。周室東遷王迹熄，春秋戰國七雄强。七雄併吞爲一國，秦室縱横號始皇。西興漢室劉高祖，光武中興、光武中興後獻王。此時有個陳留郡，陳留有個蔡家莊。蔡家有個讀書子，才高班馬飽文章。父親名唤蔡從簡，母親秦氏老萱堂。生下孩兒蔡邕氏，新娶妻房趙五娘。夫妻新婚纔兩月，誰知一旦拆鴛鴦。幸遇朝廷開大比，張公相勸赴科場。苦被堂上親催遣，不由妻諫兩分張。指望錦衣歸故里，誰知一去不還鄉。自從與夫分别後，陳留三載遇饑荒。公婆受餒誰爲主？妻子擔飢、妻子擔飢實可傷。可憐三日無餐飯，幸遇官司開義倉。家下無人孤又苦，妾身親自請官糧。行到無人幽僻處，里正搶去甚慌張。奴思歸家無計策，將身赴井淚汪汪。幸遇太公來搭救，分糧與我奉姑嫜。糧米充作二親膳，奴家背地自挨糠。不想公婆來瞧見，雙雙痛倒在厨房。慌忙救得公甦醒，不想婆婆、不想婆婆命已亡。自嘆奴家時運蹇，豈知公又夢黄粱。

連喪雙親無計策，香雲剪下往街坊。幸遇太公施仁義，刻腑銘心怎敢忘？孤墳獨造誰爲主？指頭鮮血染麻裳。孝感天神來助力，搬泥運土事非常。築成墳墓親分付，教奴改换衣裝往帝邦。畫取公婆儀容像，迢遥豈憚路途長？琵琶撥調親覓食，竟往京都尋蔡郎。皋魚殺身以報父，吴起母死不奔喪。宋弘不棄糟糠婦，王允重婚薄倖郎。此回若得夫相見，全仗琵琶訴審詳。從頭訴盡千般苦，只恐猿聞也斷腸。

玄雪譜

全名《新鐫繡像評點玄雪譜》。明鋤蘭忍人編選，媚花香史批評。明崇禎間刻本。凡四卷。其中卷一收録《琵琶記》之《糟糠》《再議婚》《描容》《掃松》等四齣，輯録如下。

糟糠

【山坡羊】（旦）亂荒荒不豐稔的年歲，遠迢迢不回來的夫婿，急煎煎不耐煩的二親，軟怯怯不濟事的孤身體。苦！衣盡典，寸絲不掛體，幾番拚死了奴身已。争奈没主公婆，教誰看取？思之，虚飄飄命怎期？難捱，實丕丕災共危。

【前腔】滴溜溜難窮盡的珠淚，亂紛紛難寬解的愁緒。骨崖崖難扶持的病身，戰兢兢難捱過的時和歲。這糠，我待不喫你呵，教奴怎忍饑？我待喫你呵，教奴怎生喫？思量起來，不如奴先死，圖得不知他親死時。（合前）

奴家早上安排些飯與公婆喫，豈不欲買些蔬菜？争奈無錢可買。不想婆婆抵死埋怨，只道奴家背地自喫了甚麽東西。不知奴家喫的是米膜糠粃，又不敢教他知道。他便埋怨殺我，我也不敢分説。苦！這糠粃怎的喫得下？（喫吐介）

【孝顺歌】嘔得我肝腸痛，珠淚垂，喉嚨尚兀自牢嗄住。糠那，你遭礱被舂杵，篩你簸颺你，喫盡控持。好似奴家身狼狽，千辛萬苦皆經歷。苦人喫着苦味，兩苦相逢，可知道欲吞不去。（外、净潛上探覷介）

【前腔】（旦）糠和米，本是相依倚，被簸颺作兩處飛。一賤與一貴，好似奴家與夫婿，終無見期。丈夫，你便似米呵，米在他方没尋處。奴家恰便似糠呵，怎的把糠來救得人飢餒？好似兒夫出去，怎的教奴供膳得公婆甘旨？（外、净潛下介）

【前腔】（旦）思量我生無益，死又值甚的？不如忍飢死了爲怨鬼。只一件，公婆老年紀，靠奴家相依倚，只得苟活片時。片時苟活雖容易，到底日久也難相聚。謾把糠來相比。這糠呵，尚兀自有人喫。奴家的骨頭，知他埋在何處？

（外、净上）媳婦，你在這裏喫甚麽？（旦）奴家不曾喫甚麽。（净搜奪介）（旦）婆婆，你喫不得。（外）這是甚麽東西？

【前腔】（旦）這是穀中膜，米上皮，（外）呀！這便是糠。要他何用？（旦）將來餺饠堪療飢。

(浄)咦！這糠只好將去餵猪狗，如何把來自喫？(一)(旦)嘗聞古賢書，狗彘食人食，也强似草根樹皮。(外、浄)恁的苦澀東西，怕不噎壞了你？(旦)嚙雪吞氈，蘇卿猶健；餐松食栢，到做得神仙侣。這糠呵，縱然喫些何慮？(浄)阿公，你休聽他説謊，糠粃如何喫得？(旦)爹媽休疑，奴須是你孩兒的糟糠妻室。

(外、浄看哭介)媳婦，我元來錯埋怨了你。兀的不痛殺我也！(外、浄倒)(旦叫哭介)

【雁過沙】(旦)苦！沉沉向冥途，空教我耳邊呼。公公婆婆，我不能穀盡心相奉事，反教你爲我歸黄土，教人道你死緣何故？公公、婆婆，怎生割捨得抛棄了奴？

(外醒介)(旦)謝天謝地，公公醒了。公公，你閛閩。

【前腔】(外)媳婦，你擔飢事姑舅；媳婦，你擔飢怎生度？(旦)公公且自寬心，不要煩惱。(外)媳婦，我錯埋冤了你，你也不推辭，到如今始信有糟糠婦。媳婦，料應我不久歸陰府，也省得爲我死的，累你生的受苦。

(旦扶外起介)公公，且在床上安息，待我看婆婆如何？(旦叫不醒介)呀！婆婆不濟事了，如何是好？

(一) 眉批：弇州云：所謂戲者，當極正景處，亦有遊戲語，此須是也。

【前腔】（旦）婆婆氣全無，教奴怎支吾？咳！丈夫呵，我千辛萬苦，爲你相看顧，如今到此難回護。我只愁母死難留父。況衣衫盡解，囊篋又無。

（外）媳婦，婆婆還好麽？（旦）婆婆不好了！

【前腔】（外）天那！我當初不尋思，教孩兒往帝都。把媳婦閃得苦又孤，把婆婆送入黄泉路。算來是我相擔誤。不如我死，免把你再辜負。

（旦）公公休説這話，請自將息。（外）媳婦，婆婆死了。衣衾棺槨，是件皆無，如何是好？（旦）公公寬心，待奴家區處。（末上）福無雙降猶難信，禍不單行却是真。老夫爲何道此兩句？爲鄰家蔡伯喈妻房趙氏五娘。他嫁得伯喈，方纔兩月，伯喈便出去赴選。自去之後，連遭饑荒。公婆年紀皆在八旬之上，家裏更没個相扶持的。甘旨之奉，虧殺這五娘子。把些衣服首飾之類，盡皆典賣，辦些糧米，供給公婆，却背地裏把糠粃餜饠充飢。這般荒年飢歲，少甚麽有三五個孩兒的人家，供膳不得爹娘。這個小娘子，真個今人中少有，古人中難得。那婆婆不知道，顛倒把他埋怨。適來聽得他公婆知道，却又痛心，都害了病。如今不免到他家裏探望則個。呀！五娘子，你爲甚的荒荒張張？（旦）公公，天有不測風雲，人有旦夕禍福。奴家婆婆死了。（末）咳！你婆婆既死了，你公公如今在那裏？（旦）在床上睡着。（末）待我看一看。（外）太公休怪，我起來不得了。（末）老員外，快不要勞動。（旦）太公，我婆婆衣衾棺槨，是件皆無，如何是好？（末）五娘子，你不要愁煩，我自有區處。

【玉包肚】(旦)千般生受，教奴家如何措手？終不然把他骸骨，没棺材送在荒坵？(合)相看到此，不由人不珠淚流，正是不是冤家不聚頭。

【前腔】(末)五娘子，不必多憂，資送婆婆，在我身上有。你但小心承值公公，莫教他又成不救。(合前)

【前腔】(外)張公護救，我媳婦實難啓口。孩兒去後，又遇饑荒，把衣衫典賣無留。(合前)

(末)老員外，你請進裏面去歇息，待我一霎時叫家僮討棺木來，把老安人殯斂了；選個吉日，送在南山安葬去。(外)如此，多謝太公周濟。

只爲無錢送老娘，須知此事有商量。

歸家不敢高聲哭，惟恐猿聞也斷腸。

再議婚

【蠻牌令】(丑)終日走千遭，走得脚無毛。何曾見湯水面？花紅也不曾見半分毫。到不如做個虔婆頂老，也落得些鴨汁喫飽。窮酸秀才直恁喬，老婆與他，故推不要。

咳！我做媒婆做到老，不曾見這般好笑。叵耐一個秀才，老婆與他不要。别人見了媒婆歡歡喜喜，他反和我尋争尋鬧。老相公又不肯休，只管在家囉唣。把媒婆放在中間，旋得七顛八倒。走得我鞋穿襪綻，説得我唇乾口燥。也不怕你親事不成，也不怕你姻緣不到。只怕你紅羅帳裏快活，不叫媒婆聒噪。這裏便是狀元貴館。呀！恰好的狀元出來了。

【金蕉葉】（生上）愁多怨多，俺爹娘知他怎麽？擺不脱功名奈何，送將來冤家怎躲？(一)（相見介）（丑）狀元，賀喜，賀喜。牛太師選定今日與小姐畢姻，請狀元赴佳期。（生）天那！此事如何是好？（丑）狀元，事皆前定，不必再推。

【三换頭】（生）名韁利鎖，先自將人摧挫。況鸞拘鳳束，甚日得到家？我也休怨他。這其間，只是我，不合來，長安看花。閃殺我爹娘也，淚珠空暗墮。（合）這段姻緣，也只是無如之奈何。

【前腔】（丑）鸞臺罷粧，鵲橋初駕。佳期近也，請仙郎到河。（生）媒婆，我去也不妨，只是一心掛兩頭，如何是好？（丑）狀元，此事明知牽掛，這其間，只得把，那壁廂，且都拚捨。況奉君王詔，怎生别了他？（合前）（丑）狀元，門首轎馬都已齊備了。

及早赴佳期，歡娱成怨悲。

(一) 眉批：字字是不肯，却字字是肯了。□□之妙，一至此乎？

情知不是伴，事急且相隨。

齣末批：

少少許，勝人多多許。

描容

【胡搗練】（旦）辭別去，到荒坵，只愁出路煞生受。畫取真容聊藉手，逢人將此勉哀求。

鬼神之道，雖則難明；感應之理，未嘗不信。奴家昨日獨自在山築墳，正睡間，忽夢一神人，自稱當山土地，帶領陰兵與奴家助力。却又囑付教奴改換衣裝，徑往長安尋取丈夫。待覺來，果然墳臺并已完備，這分明是神通護持。正是：寧可信其有，不可信其無。今二親既已葬了，只得改換衣裝，扮作道姑，將琵琶做行頭，沿街上彈幾個行孝的曲兒，抄化將去。只是一件，我幾年間和公婆厮守，如何捨得一旦抛了他？奴家自幼薄曉得些丹青，何似想像畫取公婆真容，背着一路去，也似相親傍的一般。但遇小祥忌辰，展開與他燒些香紙，奠些酒飯，也是奴家一點孝心。不免就此畫描真容則個。（作描畫介）

【三仙橋】一從他每死後，要相逢不能彀，除非夢裏暫時略聚首。若要描，描不就，暗想像，教我未描先淚流。描不出他苦心頭，描不出他饑症候，描不出他望孩兒的睁睁兩眸。只畫

得他髮颼颼，和那衣衫敝垢。休休！若畫做好容顏，須不是趙五娘的姑舅。(一)

【前腔】我待要畫他個龐兒帶厚，他可又饑荒消瘦。我待要畫他個龐兒展舒，他自來長恁面皺。若畫出來，真是醜。那更我心憂，也做不出他歡容笑口。不是我不會畫着那好的，我從嫁來他家，(二)只見他兩月稍優遊，其餘都是愁。那兩月稍優遊，我又忘了。這三四年間，我只記他形衰貌朽。這真容呵，便做他孩兒收，也認不得是當初父母。休休，縱認不得是蔡伯喈當初爹娘，須認得是趙五娘近日來的姑舅。

真容既已描就了，就在這裏燒些香紙，奠些酒飯，拜別了公婆出去。（拜辭介）

【前腔】公公，婆婆，非是奴尋夫遠遊，只怕我公婆絕後。奴見夫便回，此行安敢久？苦！路途中，奴怎走？望公婆相保佑我出外州。天那！他兀自没人看守，如何來相保佑？(三)這墳呵，只怕奴去後，冷清清有誰來祭掃？縱使遇春秋，一陌紙錢怎有？休休，你生是受凍餒的公婆，死做個絕祭祀的姑舅。

(一) 眉批：□之愁心苦貌，只三描不出，橫寫殆盡，即僧繇點睛，妙手亦未必傳神至此。

(二) 眉批：照應在有意無意之間，妙不容□。

(三) 眉批：不必別立詞意，只就公婆姑舅□發一轉，而傷心斷腸勝於猿聲千萬矣。

奴家既辭了墳墓，只得背了真容，便索去辭張太公。呀！　如何恰好張太公來也？〔一〕（末上）衰柳寒蟬不可聞，金風敗葉正紛紛。　長安古道休回首，西出陽關無故人。（旦）奴家適間拜辭了墳塋，正要到宅上來告別。（末）呀！　五娘子，你幾時去？（旦）太公，奴家今日就行了。（末）你背的是甚麼畫？（旦）是

（旦）是奴公婆的真容，待將路上去，藉手乞告些盤纏，早晚與他燒香化紙。（末）是誰的？（旦）是奴家將就描模的。（末）五娘子，你孝心所感，一定逼真。借我看一看。咳！　畫得像，畫得像。（作悲介）老員外，老安人，死別多應夢裏逢，謾勞孝婦寫遺蹤。　可憐不得圖家慶，辜負丹青泣畫工。　衣破損，鬢鬔鬆，千愁萬恨在眉峰。　只怕蔡郎不識年來面，趙女空描別後容。　五娘子，我聽得你要遠行，將幾貫錢與你路上少助些盤費。（旦）多多定害公公了。　奴家又有不識進退之懇：　奴家去後，公婆墳塋，早晚望太公可憐見，看這兩個老的在日之面，與奴家看管則個。（末）這個不妨。你但放心前去，老夫少不得如此。（旦拜介）公公，

【憶多嬌】他魂渺漠，我沒倚托。程途萬里，教我懷夜壑。此去孤墳，望公公看着。（合）舉目蕭索，滿眼盈盈淚落。

【前腔】（末）五娘子，我承委托，當領諾。這孤墳我自看守，決不爽約。但願你途中身安樂。（合前）

〔一〕　眉批：　呀如何恰好張太公：　原闕，據汲古閣刊本《繡刻琵琶記定本》補。

【鬥黑麻】(旦)奴深謝公公，便相允諾。從來的深恩，怎敢忘却？只怕途路遠，體怯弱。病染災纏，衰力倦脚。(合)孤墳寂寞，路途滋味惡。兩處堪悲，萬愁怎摸？

【前腔】(末)伊夫婿多應是，貴官顯爵，伊家去須當審個好惡。五娘子，只怕你這般喬打扮，他怎知覺？一貴一貧，怕他將錯就錯。(合前)

(旦)公公，奴家拜別去也。(末)五娘子，且慢着，老夫還有幾句言語囑付你。(旦)望公公指教。(末)五娘子，你少長閨門，豈識途路？(一)當初蔡郎未别時節，你青春正媚；你如今又遭這饑荒貧苦，貌怯身單。正是：桃花歲歲皆相似，人面年年自不同。蔡郎臨別之時，可不道來？(旦)公公，他道甚的？(末)他道是：若有寸進，即便回來。如今年荒親死，一竟不回，你知他心腹事如何？正是：畫虎畫皮難畫骨，知人知面不知心。咳！蔡郎元是讀書人，一舉成名天下聞。久留不知因個甚，年荒親死不回門。五娘子，你去京城須仔細，逢人下氣問虛真。若見蔡郎謾説千般苦，只把琵琶語句訴原因。未可便説他妻子，未可便説喪雙親。未可便説裙包土，未可便説剪香雲。若得蔡郎思故舊，可憐張老一親鄰。我今年已七十歲，比你公公少一旬。你去時猶有張老來相送，你回時不知張老死和存。我送你去呵，正是：流淚眼觀流淚眼，斷腸人送斷腸人。(哭介)(旦)謝得公公訓誨，奴家銘心鏤骨，不敢有忘。如今只得告別去也。(末)五娘子，你早去早回。

(一)　眉批：口角吞吞吐吐，令人心酸。

（旦）爲尋夫婿别孤墳，（末）只怕兒夫不認真。
（合）惟有感恩并積恨，萬年千載不成塵。

掃松

【虞美人】（末）青山古木何時了，斷送人多少。〔一〕孤墳誰與掃荒苔，連塚陰風吹送紙錢遶。

冥冥長夜不知曉，寂寂空山幾度秋。泉下長眠人未醒，悲風蕭瑟起松楸。老漢曾受趙五娘之託，教我爲他看管墳塋。這兩日有些閒事，不曾看得，今日只索去走一遭。

【步步嬌】呀！只見黄葉飄飄把墳頭覆，厮趕的皆狐兔。（望介）敢是誰砍了樹木去？爲甚松楸漸漸疏？（滑倒科）咳！甚麽絆我這一倒？却元來是苔把磚封，笋迸泥路。老員外，老安人，自古道：未歸三尺土，難保百年身；已歸三尺土，難保百年墳。只怕你難保百年墳。我老夫在日，尚來爲你看管；若老夫死後呵，教誰添上你三尺土？〔二〕（丑扮李旺上）

【前腔】（丑）渡水登山多勞苦，來到這荒村塢。遥觀一老夫，試問他家，住在何所。趲步向

〔一〕眉批：□開口便酸□□□，令人作北邙閒想，豈泛語可及？
〔二〕眉批：悲語。吾知其悲，獨詠及此，每不禁涕淚之無從，固知其情苦耳。

前行，呀！却是一所荒墳墓。

（相見介）（末）小哥，你從那裏來？（丑）小人從京都來。（末）却往那裏去？（丑）奉蔡相公差至此。（末）你相公是那裏人？差你來有甚勾當？（丑）我相公特差小人來請取他的太老爺、太夫人和那小夫人，一同到洛陽去。（末）你相公叫甚麽名字？（丑）我相公的名字，小人怎敢説？（末）荒僻去處，但説不妨。（丑）我相公是蔡伯喈。（末怒介）

【風入松】（末）你不須提起蔡伯喈，㈠説着他每忒歹。（丑）呀！他有甚歹處？（末）他中狀元做官六七載，撇父母抛妻不采。（丑）他父母在那裏？（末）兀的這磚頭土堆，是他雙親在此中埋。㈡

（丑）呀！元來太老爺、太夫人都死了呵。不知爲甚的死了？

【前腔】（末）一從他別後遇荒災，更無人倚賴。（丑）這等，是誰承直他這兩個？（末）虧他媳婦相看待，把衣服和釵梳都解。（丑）解也須有盡時。（末）便是。這小娘子解得錢來糴米，做飯與公婆喫。他背地裏把糟糠自捱，公婆的反疑猜。

（丑）公婆敢道他背後自喫了些好東西麽？（末）便是。後來呵，

㈠ 眉批：直□其名，方是□□□□。

㈡ 眉批：專從傷心中□□，自令人痛。

【前腔】（末）他公婆的親看見，雙雙痛倒，無錢斷送，剪頭髮賣買棺材。（丑）他那般無錢，如何得有這一所墳墓？（末）他去空山裹，裙包土，血流指，感得神明助，與他築墳臺。

（丑）自古道孝感天地，果然有此。這小娘子如今在那裏？

【前腔】（末）他如今逕往帝都來。（丑）他把甚麼做盤纏？（末）小哥，我不瞞你。他彈着琵琶做乞丐。（丑）蔡相公特地差小人來取他父母妻子。如今太老爺、太夫人既死了，小夫人却又去了，如何是好？（末）你慢着，我與你説與他父母知道便了。老員外，老安人，你孩兒做官，如今差人來取你到京，同享富貴。你去不去？[一]（哭介）叫不應魂何在？空教我珠淚盈腮。（丑）公公，你休啼哭，小人如今回去，教俺相公多多做些功果，追薦他便了。（末笑介）他生不能養，死不能葬，葬不能祭。這三不孝逆天罪大，空設醮，枉修齋。

（末）你相公如今在那裏？（丑）我相公如今入贅牛丞相府裏。

【前腔】（末）小哥，你如今疾忙便回，説我張老的道與蔡伯喈。（丑）道甚麼來？（末）道你拜别人的爹娘好美哉，親爹娘死，不值你一拜。[二]（丑）你休錯埋冤了人。他要辭官，官裏不從；辭婚，

[一] 眉批：又一頓，更□慘然。

[二] 眉批：下語醒透□人，而知其苦，所以爲妙。

我太師不從。也只是没奈何了。（末）恁的呵，元來他也是無奈，好似鬼使神差。他當元在家不肯赴選，他爹爹不從他。這是三不從把他厮禁害，三不孝亦非其罪。（丑）公公，你險些錯埋冤了人。

（末）這是他爹娘福薄運乖，人生裏都是命安排。

（丑）敢問公公高姓？（末）小哥，我老漢不是别人，張太公的便是。當初蔡伯喈臨去之時，把父母囑付與我。如今他父母身死，小娘子又去京都尋他，將近去了個半月日。你如今回去，一路上但見一個婦人，道姑打扮，拿着一個琵琶，背着一軸真容的，便是你相公的小娘子。你把盤纏好好承值他去便了。

（丑）理會得，小人告别了。

雙親死了已無依，今日回來也是遲。

夜静水深魚不餌，滿船空載月明歸。

醉怡情

全名《新刻出像點板時尚崑腔雜出醉怡情》。明末青溪菰蘆釣叟點次。凡八卷。明崇禎刻本、清乾隆古吴致和堂重刻本。其中卷五收録《琵琶記》之《剪髮》《賢遘》《館逢》《掃松》等四齣，輯録如下。

剪髮

【金瓏璁】（旦）饑荒先自窘，那堪連喪雙親？身獨自，怎支分？衣衫都解盡，首飾并没分文。無計策，只得剪香雲。〔一〕

〔蝶戀花〕萬苦千辛難擺撥，力盡心窮，兩淚空流血。裙布荆釵今已竭，萱花椿樹連摧折。金剪盈盈明

〔一〕剪：原闕，據汲古閣刊本《繡刻琵琶記定本》補。

似雪，遠照烏雲，掩映愁眉月。一片孝心難盡説，一起分付青絲髮。奴家前日婆婆没了，多虧張太公周濟。如今公公又死了，無錢資送，難再求他。我思想起來，没奈何，只得剪下頭髮，賣幾貫錢鈔，爲送終之用。雖然這頭髮值錢不多，也只把他做些意兒，恰似教化一般。不幸喪雙親，求人不可頻。聊剪青絲髮，斷送白頭人。

【香羅帶】一從鸞鳳分，誰梳鬢雲？粧臺懶臨生暗塵，那更釵梳首飾典無存也。頭髮哦，是我擔閣你度青春，如今又剪你，資送老親。剪髮傷情也，怨只怨結髮薄倖人。

【臨江仙】連喪雙親無計策，只得剪下香鬟。非奴苦要孝名傳，正是上山擒虎易，開口告人難。

頭髮剪下，不免往街坊貨賣只個。

【梅花塘】賣頭髮，買的休論價。念我受饑荒，囊篋無些個。丈夫出去，那更連喪了公婆。没奈何，只得剪頭髮資送他。

【香柳娘】看青絲細髮，看青絲細髮，剪來堪愛，如何賣也没人買？這饑荒死喪，這饑荒死喪，怎教我女裙釵，當得恁狼狽？況連朝受餒，況連朝受餒，我的脚兒怎擡？其實難捱。

【前腔】往前街後街，往前街後街，并無人買。待我再叫，賣頭髮。叫得我咽喉氣噎，無如之奈。我如今便死，我如今便死，暴露兩屍骸，誰人與遮蓋？將頭髮去賣，將頭髮去賣，賣了把公婆葬埋，我便死何害？

（小生）慈悲勝念千聲佛，作惡空燒萬炷香。這幾日不知蔡老員外病體如何，不免去看一看。呀！五娘子爲何倒在此？（旦）太公，可憐見。（小生）你扶了我這杖起來。（旦起介）（小生）五娘子，公公病體如何了？（旦）公公死了。（小生）公公死了？我那老友呵！五娘子，手中什麽東西？（旦）是頭髮。（小生）要他何用？（旦）奴家公公死了，無錢資送，只得把自己頭髮剪下，賣幾貫錢鈔，爲送終之用。（小生）原來爲此。這頭髮值得多少把他賣？（旦）太公，這頭髮雖值錢不多，把他做個意兒，却似叫化一般。（小生）何不來對我說？（旦）多番來定累公公，以此不敢再來。（小生）呀！你說那裏話來？

【前腔】（小生）你兒夫曾付托，兒夫曾付托，怎生違背？無錢使用，我須當貸。將頭髮剪下，將頭髮剪下，跌倒在長街，多緣我之罪。（合）嘆一家破敗，嘆一家破敗，否極何時泰來？各出珠淚。

【前腔】（旦）謝公公慷慨，謝公公慷慨，把錢相貸。不要說奴家，便是我公婆在地下也相感戴。恐奴身死也，恐奴身死也，兀自没人埋，誰償你恩債？（合前）

【前腔】（小生）我如今算來，我如今算來，你并無倚賴。尋思只得相擔貸。少時着小二呵，送錢米布帛，送錢米布帛，與你公公買棺材。這頭髮且留在。（合前）

多謝太公，請收了這頭髮。（小生）這是孝婦的東西，待我藏在家裏，待那蔡相公回來，將與他看，也使他惶恐。

謝得公公救妾身，伊夫曾托我親鄰。
從空伸出拿雲手，提起天羅地網人。

賢遘

【十二時】（小旦）心事無靠托，這幾日番成悶也。父意方回，夫愁稍可，未卜程途裏的如何，教我怎生放下？

不如意事常八九，可與人言無二三。奴家自嫁蔡郎之後，見他常懷憂悶，費盡心機去問他，他又不說。比及奴家知道，去對爹爹説知，欲同他回去奉事雙親，誰想爹爹不從。被奴家道了幾句，幸得爹爹回心轉意。着人去取他爹娘媳婦到來同居，又不知一行人路途安否如何？這些時，教我擔了許多煩惱。又一件，我公婆早晚到來，無人伏侍，不免唤院子出來，着他外面尋覓幾個精細婦人，有何不可？院子那裏？（末上）書當快意讀易盡，客有可人期不來。世上幾般能稱意？光陰何況苦相催。夫人有何使令？（小旦）院子，我府中缺少使唤的，你與我在街坊上有精細婦人，尋一兩個進來。（末）理會得。踏破鐵鞋無覓處，得來全不費工夫。

【遶地遊】（旦上）風飡水宿，甚日能安妥？問蒼天怎生結果？

奴家一路問來，說此間已是牛相府了。府幹哥，稽首了。（末）道姑何來？（旦）遠方人氏。（末）到此何幹？（旦）貧道特來抄化。（末）少待通報。啓夫人，精細婦人到沒有，有個道姑在門首抄化。（小旦）着他裏進來。（末）道姑，夫人着你裏面相見。（旦）夫人稽首了。（小旦）道姑何來？（旦）貧道是遠方人氏。（小旦）到來何幹？（旦）特來府中抄化。（小旦）你有甚本事來此抄化？（旦）不是貧道誇口，大則琴棋書畫，小則針指女工，次則飲食餚饌，頗諳一二。（小旦）道姑，你有這等本事，在街坊上抄化也生受了。何不在我府中喫些安樂茶飯，意下如何？（旦）若得如此，感恩非淺。只怕貧道沒福，可稱夫人之意。（小旦）院子，這道姑是遠方人氏，須要問他來歷明白，方可留他。（末）道姑，我且問你，你是從幼出家的，還是在嫁出家的？（旦）貧道是在嫁出家的。（小旦）院子，從幼出家怎麼說？在嫁出家怎麼說？（末）啓夫人，從幼出家的是沒丈夫的，在嫁出家是有丈夫的。這道姑是有丈夫的。（貼）呀！險些兒差了。既有丈夫的，難以收留。院子，你可多與他些齋糧，打發他去別處抄化。（末）道姑，夫人說你是有丈夫的，多打發些齋糧，別去處抄化罷。（旦）天呵！不合說了有丈夫。府幹哥，貧道非爲抄化而來，特來尋取丈夫。（末）夫人，這道姑非爲抄化而來，特來尋取丈夫的。（小旦）原來如此。道姑，我且問你，你丈夫姓甚名誰？（旦背）夫人問我丈夫姓名，我若直說出來，恐怕夫人嗔怪；我若不說，終難隱忍。我把蔡伯喈三字拆開與他說，看他如何。夫人，我丈夫姓祭名白偕，人人都說在牛府廊下住，敢是夫人也知道的？（小旦）我那裏知道？院子，你管各廊房，可有姓祭名白偕的麽？（末）小人管許多廊房，并没有這個人。（小旦）道姑，我這裏没有。你到别處去尋，不要誤了你。（旦）天呵！人人道我丈夫在貴府廊下，如今既没有，奴家想起來，敢是死了？天呵！教奴家倚靠何人？（小旦）可憐這婦人。你且不須愁煩，莫若權住在府中，我着院子到街坊上訪問你丈夫的踪跡，你意如何？（旦）若得如此，再造之恩了。（小旦）道姑，只一件，你在府中不要這般打扮，與你換了衣粧。（旦）貧道不敢換。（小旦）爲何不敢换？（旦）貧道有一十二年大孝在身，所以不敢換。（小旦）大孝不過三年，如何有一十二年？（旦）貧道公公死了三年，婆婆死了三年；薄倖兒夫久留都下，一竟不還，代他帶六年，共成一十二年。（小旦）這般説，是個孝婦了。道姑，你雖然如此，争奈我老相公最嫌人這般打扮。院子，你叫惜春取粧奩衣服出來。（末）曉得。畫堂傳懿旨，幽閣取粧資。惜春，夫人着你取粧奩衣服出來。（下）（丑上）寶劒賣與烈士，紅粉贈與佳人。夫人，粧奩衣服在此。（小旦）道姑，你且臨鏡改換則個。（旦）咳！鏡兒，鏡兒，自從嫁與蔡郎，只有兩月梳粧，這幾時何□□□你。好苦呵！你看，

【二郎神】容瀟灑，照孤鸞嘆菱花剖破。（小旦）道姑，你不梳粧，且換了衣裳。（旦）記翠鈿羅襦當日嫁，誰知他去後，釵荆布裙無些。（小旦）道姑，你不換衣服，且帶着這釵兒。（旦）他金雀釵頭雙鳳蟬，奴家若帶了這釵兒呵，可不羞殺人形孤影寡？（小旦）道姑，你不帶釵兒，且簪些花朵，别些吉凶。（旦）説什麽簪花捻牡丹，教人怨着嫦娥。

【前腔】(小旦)嗟呀，他心憂貌苦，真情非假。只爲着公婆珠淚墮。道姑，我公婆自有，不能彀承奉杯茶。你比我没個公婆承奉呵，不枉了教人做話靶。我且問你，你公婆，爲甚的雙雙命掩黄沙？

【囀林鶯】(旦)荒年萬般遭坎坷，丈夫又在京華。奴把糟糠暗喫擔饑餓，公婆死，是奴賣頭髮去埋他。把孤墳自造，運泥土盡是我麻裙包裹。(小旦)道姑好誇口！(旦)也非誇，手指傷，血痕尚染衣麻。

【前腔】(小旦)愁人見説愁轉多，使我珠淚如麻。(旦)夫人爲何下淚？(小旦)我丈夫亦久别雙親下，(旦)他爲何不回去？(小旦)他要辭官，被我爹蹉跎。(旦)他可有妻子麽？(小旦)他妻雖有麽，怕不似恁會看承爹媽。(旦)他爹媽如今在那裏？(小旦)在天涯，(旦)夫人，何不取他來同一處？(小旦)教人去請，知他路上如何？

【啄木鸝】(旦)聽言語，教我悽愴多，料想他每也非是假。我且把言語試他如何？他那裏既有妻房，且將他怕不相和？(小旦)但得他似你能掗靶，我情願讓他居他下。只愁他途路上辛苦，教我望巴巴。

【前腔】(旦)錯中錯，訛上訛，只管在鬼門前空占卦。夫人，若要識蔡伯皆妻房，(小旦)他在那裏？(旦)奴家便是無差。(小旦)果然是你非謊詐？(旦)夫人，奴家豈敢誑言？(小旦)你原爲我喫折挫，爲我受波查。教伊怨我，教我怨爹爹。

姐姐請上，奴家有一拜。（旦）奴家怎敢？

【黄鶯兒】（小旦）一様做渾家，我安然，你受禍。你名爲孝婦，我被傍人駡。（旦）傍人駡夫人什麽來？（小旦）公死爲我，婆死爲我，姐姐，情願把孝衣穿着，把濃粧罷。（合）事多磨，冤家到此，逃不得這波查。

【前腔】（旦）他當原也是没奈何，强將來，赴選科。辭爹不肯聽他話。（小旦）姐姐，他在此豈不要回來？辭官不可，辭婚不可。（旦）只爲三不從，做成災禍天來大。（合前）

（小旦）姐姐休怪奴家説，我教你改换衣粧，你又不肯。只怕相公見你這般藍褸，不肯相認，如何是好？我想相公往常朝回，便入書館中去看文章。姐姐既是無所不通，何不到書館中寫幾句言語打動他？那時我與你説個明白，却不好？（旦）夫人説得有理。便寫得不好，也索從命。

無限心中不平事，幾番清話又成空。

一葉浮萍歸大海，人生何處不相逢？（下）

館　逢

（末上）爲問當年素服儒，於今腰下佩金魚。分明有個朝天路，何事男兒不讀書？自家乃蔡狀元府中

院子是也。我老爺昨日在彌陀寺中燒香，收得一幅畫像，不免張掛書房。正是：東壁圖書府，西園翰墨林。（下）

【鵲橋仙】（生上）披香侍宴，上林遊賞，醉後人扶馬上。金蓮寶炬照回廊，正院宇梅梢月上。日晏下彤庭，平明登紫閣。何如在書案，快哉天下樂。下官早臨長樂，夜直嚴更。召問鬼神，或前宣室之席；光傳太乙，時頒天禄之藜。惟有戴星沖黑出漢宮，安能滴露研硃點《周易》？這幾日且喜朝無繁政，官有餘閒，庶可留志於詩書，從事於翰墨。正是：事業要當窮萬卷，人生須是惜分陰。（看書介）這是《尚書》。《堯典》道：『虞舜父頑母嚚象傲，克諧以孝。』咳！他父母這般相待他，他猶自克諧以孝。我父母有甚虧我，反不能彀奉養他。看什麼《尚書》！這是《春秋》。《春秋》中潁考叔曰：『小人有母，未嘗君之羹，請以遺之。』咳！他有一口粥湯喫，兀自尋思着母。我如今做了官，享受天禄，倒把父母撇了。還看什麼《春秋》！你看書中那一句不説孝義爲先？我如今□□不能行孝，被他誤了。

【解三醒】嘆雙親把兒指望，教兒讀古聖文章。似我會讀書的，到把親撇養；少什麼不識字的，倒得終養。書，只爲其中自有黄金屋，反教我撇却椿庭萱草堂。還思想，畢竟是文章誤我，我誤爹娘。

【前腔】比似我做負義虧心臺館客，到不如守義終身田舍郎。《白頭吟》記得不曾忘，緑鬢婦知在何方？書，只爲其中有女顔如玉，反教我撇出糟糠妻下堂。還思想，畢竟是文章誤我，我誤妻房。

我欲看書散悶，反添我許多心事。不免觀看壁間詩畫，以消悶懷。這是韓幹的馬，這是戴松的牛，這是山水。這軸畫像是我前日在彌陀寺中拾得道姑的行樂圖，□不知□將來□掛在此。待我看那家故事呵，

【太師引】細端詳，這是誰筆仗？覷着他，教我心兒好感傷。呀！好似我雙親模樣。住了。若是我爹娘，五娘子善能針指。怎穿着這破損衣裳？前日已有書來，道別後容顔無恙，怎這般淒涼形狀？到是我差了。想是這裏要寄一封書回去，尚不能彀。這畫像呵，有誰人往，直將到洛陽？我想天下有面貌相像的，須知道仲尼陽虎一般龐。

【前腔】這是街坊誰劣相，砌莊家形衰貌黄？我那爹娘嘎，若没個媳婦來相傍，少不得也是這般淒涼。敢是個神圖佛像？呀！我正看間，猛可的小鹿心頭撞。丹青匠，由他主張，須知道毛延壽誤寫王嬙。

若是神圖佛像，背面必有標題，待我展過來看。呀！原來背面果有詩一首在上。『崑山有良璧，鬱鬱璠璵姿。嗟彼一點瑕，掩此連城瑜。人生非孔顔，名節鮮不虧。拙哉西河守，胡不如皋魚？宋弘既以義，王允何其愚？風木有餘恨，連理無傍枝。寄與青雲客，愼勿乖天彝。』這厮好生無禮，句句道着下

官。書館中有何人到此？夫人必知端的。夫人那裏？

【夜遊湖】（小旦上）猶恐他心未到，教他題詩句，暗裏相嘲。

（生）夫人，誰人到我書館中來？（小旦）相公書館，何人敢來？（生）我前日在彌陀寺燒香，道姑遺下行頭，院子不知人事，將來張掛壁間。不知何人背後題詩一首在上？（小旦）敢是當原先寫的？（生）墨跡未乾，那裏是原先的？（小旦）相公，這詩如何説？（生念詩介）（小旦）相公，奴家不解其意，相公解與奴家聽。（生）『崑山有良璧，鬱鬱璠璵姿。嗟彼一點瑕，掩此連城瑜。』崑山是地名，産得好玉，價值連城。若有些瑕玷，便不貴重了。『人生非孔顔，名節鮮不虧。』孔子顔子是大聖大賢，德行渾全。大凡人非聖賢，能忠不能孝，能孝不能忠，所以名節多有欠缺了。『拙哉西河守，胡不如臯魚？』西河守吴起，戰國時人。魏文侯拜他爲西河郡守，母死不奔喪。(一)臯魚是春秋時人。只因周遊外國，父母死了。後來回歸，自刎而亡。『宋弘既以義，王允何其愚？』宋弘是光武時人。光武要將妹子湖陽公主嫁他，宋弘不從，對官裏道：貧賤之交不可忘，糟糠之妻不下堂。王允是桓帝時人。司徒袁隗要把姪女嫁他，他就休了前妻，娶了袁氏。『風木有餘恨，連理無傍枝。』孔子聽得臯魚啼哭，問其故。臯魚道：樹欲静而風不寧，子欲養而親不在。西晉時東宫門首有槐樹二株，連理而生，四傍皆無小枝。『寄與青雲客，慎勿乖天彝。』傳言做官的，切莫違了天倫。（小旦）相公，那不奔喪和那自刎的，那一個是正道？

(一) 奔：原作『搬』，據汲古閣刊本《繡刻琵琶記定本》改。下同改。

（生）不奔喪的是亂道。（小旦）那不棄妻的和那休妻的，那一個是正道？（生）休妻的是亂道。（小旦）且如相公這般富貴，腰金衣紫。假若有糟糠之妻，藍縷醜陋，相公也只索休了。（生）夫人。

【鏵鍬兒】你説得好笑，可見你心兒窄小。没來由漾出苦李，再尋甜桃。古人有云：棄妻有七出之條。他不嫉不淫與不盜，終無去條。那棄妻的，衆所誚；那不棄妻的，人所褒。縱然醜貌，怎肯相休棄了？

【前腔】（小旦）伊家富豪，那更青春年少。紫袍掛體，金帶垂腰，做你的媳婦呵，應須有封號。金花紫誥，必俊俏，須媚嬌。若這醜貌，怎不相休棄了？

【前腔】（生唱）言顛語倒，惱得我心兒轉焦。莫不是把咱奚落，特兀自粧喬？引得我淚痕交，撲簌簌這遭。這題詩句的，把我嘲，難恕饒。你説與我知道，怎肯干休罷了？

【前腔】（小旦）心中忖料，想不是薄情分曉，管教你夫婦會合在今朝。伊家枉然焦，只怕你哭聲漸高。（生）是誰？（小旦）是伊大嫂，身姓趙，正欲説與你知道，怎肯干休罷了？

姐姐有請。

【入賺】（旦上）聽得鬧炒，想是我兒夫看詩囉唣。（小旦）姐姐快來。（旦）是誰忽叫？想是夫人召，必有分曉。（小旦）相公，是他題詩句，你還認得否？（生）他從那裏來？（小旦）他從陳留郡，爲你來尋討。（生）呀！你怎的穿着破襖？衣衫盡是素縞？莫不是我雙親不保？

（旦）從别後，遭水旱，我兩三人只道同做餓殍。（生）張太公可周濟你麽？（旦）只有張公可憐，嘆雙親别無倚靠。（生）後來如何？（旦）兩口顛連相繼死，（生）呀！元來我爹娘都死了！那時如何殯斂？（旦）是我剪頭髮賣了送伊妣考。（生）可曾殯葬麽？（旦）把墳獨造，土泥盡是我麻裙裹包。（生）聽伊言道，怎不痛傷心噎倒？（衆扶起介）我那爹娘！（旦）這畫像就是你爹娘。

【小桃紅】（生上）蔡邕不孝，把父母相拋。早知道形衰耄，怎留聖朝？娘子，你爲我受煩惱，爲我受劬勞。謝你葬我爹，葬我娘，你的恩難報也。又道是養子能代老。這苦知多少，此恨怎消？天降災殃人怎逃？

【尾聲】幾年間别無音耗，奈千山萬水迢遥。只爲三不從，生出這禍苗。

掃松

【虞美人】（小生）青山今古何時了？斷送人多少。孤墳誰與掃荒苔？連塚陰風吹送紙錢來。

冥冥長夜不知曉，寂寂空山幾度秋。泉下長眠人未醒，悲風蕭瑟起松楸。老漢曾受趙五娘之託，教我看守墳塋。這兩日有些閒事，不曾去得，今日閒□，不免去走一遭。

【步步嬌】只見黄葉飄飄把墳頭覆，厮趕皆狐兔。咳！不知是那一個不積善的，把這些大樹木都砍壞了。不然爲甚松楸漸漸疏？（跌介）什麽東西把我絆上這一跌？却元來苔把磚封，笋迸泥路。老員外、老安人，自古道：未歸三尺土，難保百年身。你已歸三尺土，只怕你難保百年墳。我老漢在一日，與你看守一日。若是老漢死了，有誰來添上三尺土？

【前腔】（丑）渡水登山多勞苦，來到這荒村塢。遥觀一老夫，試問他家，住在何所？趱步向前挪，原來是一所荒墳墓。

來此是三岔路口，不知是那一條往陳留去的。前面有一老者，不免問他一聲。老公公，借問一聲。（小生）什麽？（丑）問路的。陳留郡往那裏去？（小生）我這裏正是陳留郡地方。（丑）這等，老公公可曉得有個蔡府麽？（小生）我這裏只有個蔡家莊，没有什麽蔡府。（丑背介）且住。難道俺家爺做了這樣大官，府也没有？（小生）小哥，你説得明，我也指引得明。你家爺叫什麽名字？（丑）俺家爺，（住介）且住。俺家爺可是講得的？（小生）既講何妨？（丑）你不知道，前日京中有人叫了俺爺的名字，拿來砍了；又問他一個罪。（小生）死了怎麽又問他的罪？（丑）俺家爺是這□死不饒人的。（小生）小哥，你京師之中耳目較近，此乃荒郊野外，縱道他的名□也不妨。（丑）這也講得有理。走來，俺家爺乃是蔡伯喈。（小生）咳！你，

【風入松】不須提起蔡伯喈（中漫漶不清）説着他每忒歹。（丑）俺爺在京做官，清如水明如鏡，有什

麼歹處？（小生）他做官有六七載，撇父母拋妻不採。（丑）他父母如今在那裏？（小生）這搭兒磚頭土堆，是他雙親在此中埋。

（丑）元來太老爺太奶奶都死了。不知爲何死了？

【前腔】（小生）一從別後遇荒災，更無人倚賴。（丑）這等，虧了什麼人？（小生）虧他媳婦相看待。（丑）且住。他是女流之輩，有□得多少？（小生）小哥，那孝婦呵，把衣飾釵梳都解。（丑）既是解當，也有盡期。（小生）便是。這孝婦解得錢來糴米，做飯與公婆喫。他背地裏把糟糠自捱，公婆的反疑猜。（丑）公婆敢道他背地裏喫了什麼好東西麼？（小生）便是。小哥，後來呵，

【前腔】他公婆的親看見，雙雙死，無錢送，只得剪頭髮賣買棺材。（丑）你説了這半日，元來都是鬼話。頭髮值得多少，買了棺材，又造得這所好墳墓？（小生）小哥，你有所不知。他去空山裏，把裙包土，血流指，感得神明助，與他築墳臺。

（丑）孝感天地，從古有之。但不知小夫人在那裏？

【風入松】（小生）他如今已往帝都來，（丑）這等，那得盤纏？（小生）彈着琵琶做乞丐。（丑）怎麼處？俺爺差小人來迎取家眷，到京同享榮華。（一）誰想太老爺太夫人都没了，小夫人又往京師去了，小

（一）京：原作『今』，據文義改。

人也是一場差使，怎麼去回復俺爺？（小生）正是，你也是一場差使。你過來跪下，我叫老員外，你叫太老爺；我叫老安人，你叫太夫人。（丑）是。（小生）老員外。（丑）太老爺。（小生）老安人。（丑）太夫人。（又叫介）（小生）你兒子做了官，差，（問丑介）你叫什麼名字？（丑）我叫李旺，表字興之。（小生）誰問表字？差李旺來迎接你，你去也不去？（丑）你去也不去？（小生）你去也不去？（丑）你去也不去？呸！活見鬼。（小生）叫他不應魂何在，空教我珠淚盈腮。（丑）公公，不要啼哭。待小人回去稟俺老爺，多做些功果追薦他便了。（小生）小哥，他生不能養，死不能葬，葬不能祭。三不孝逆天罪大，空設醮，枉修齋。

【急三鎗】（小生）你如今疾忙去到京臺，説張老的道與蔡伯喈：拜別人做爹娘好美哉，親爹娘死，不得他一拜。

（丑）公公，也不要錯埋怨了他。他辭官，官裏不從；辭婚，牛太師不從。也是出乎無奈。

【風入松】（小生）原來他也出無奈，好一似鬼使神差。他當初在家也不肯赴選，是他爹娘不從。三不從把他廝禁害，三不孝亦非其罪。這是他爹娘的福薄運乖，人生裏都是命安排。

【前腔】雙親死了兩無依，（丑）不難，待小人回去，教俺爺速速回來就是。（小生）小哥，今日回來也是遲。夜静水寒魚不餌，滿船空載月明歸。

（丑）公公請了。（轉介）到忘了，公公轉來。（小生）小哥，怎麼？（丑）請了。這半日到不曾動問得公公高姓貴表？（小生）老漢就是你老爺好友，鄰人張廣才。（丑）就是張太公。（小生）正是。（丑）阿呀！失敬了！俺爺時常想念太公，就是茶裏飯裏不要説起，一日上茆廁：『阿呀！太公呵。』（小生）又來胡説！（丑）這是去後思君子。（下介）

萬錦嬌麗

全名《聽秋軒精選萬錦嬌麗》。明湯顯祖(疑係托名)輯,白雲道人編。或爲明末刻本。原書卷數不詳,今僅殘存『風集』。全書分上、下兩欄,上欄收録小説,下欄收録戲曲散齣。其中『風集』下欄收録《琵琶記》之《椿庭逼試》《送别南浦》《琴訴荷池》《宦邸憂思》《張公掃墓》等五齣,輯録如下。

椿庭逼試

【一剪梅】(生扮蔡伯喈上)浪暖桃香欲化魚,期逼春闈,難捨親闈。郡中空有辟賢書,心戀親闈,難赴春闈。

世間好物不堅牢,彩雲易散琉璃脆。蔡邕本欲甘守清貧,力行孝道,誰知朝廷黄榜招賢,郡中把我名字保申上司去了。一壁廂已有吏來辟召,自家力以親老爲辭。這吏人雖則已去,只怕明日又來,我只得力辭便了。正是：人爵不如天爵貴，功名争似孝名高？

【宜春令】然雖讀萬卷書，論功名非我意兒。只愁親老，夢魂不到春闈裏。便教我做到九棘三槐，怎撇得萱花椿樹？天那！我這衷腸，一點孝心對着誰語？

【前腔】（末扮張大公上）相鄰并，相倚依，往常間有事來相報知。（生）來的却是張大公呵。（相見科）（末）秀才，試期逼矣，早辦行裝前途去。（生）公公，我雙親年老，不敢去。（末）呀！秀才，子雖念親老孤单，親須望孩兒榮貴。你趁此青春不去，更待何日？

（生）公公言之有理，争奈父母無人奉侍，如何去得？（末）你既不去呵，且看老員外和老安人出來如何説。我想起來，也只是教你去的分曉。道猶未了，老員外來也。

【前腔】（外扮蔡公上）時光短，雪鬢催，守清貧不圖甚的。有兒聰慧，但得爲官吾心足矣。

（外、末見科）（外）孩兒，天子詔招取賢才，秀才每都求科試。你快赴春闈，急急整着行李。

（末）呀！老安人也出來了。

【前腔】（净扮蔡婆上）娘年老，八十餘，眼兒昏又聾着兩耳。有兒聰慧，娶得個媳婦方纔六十日。老賊，你强逼他赴着春闈，那時節怕等不得孩兒榮貴。天那！細思之，怎不教老娘嘔氣？

（相見科）（净）孩兒，我不合娶媳婦與你。方纔兩個月，你渾身便瘦了一半。若再二三年，怕不成一個骷髏？（末）呀！老安人，你要他夫妻不諧呵？（外）孩兒，如今黄榜招賢，試期已逼。郡中既然辟召你，你有這般才學，如何不去赴選？（生）告爹爹得知，孩兒非不要去，争奈爹媽年老，家中無人侍奉。（末）老員外和老安人，不可不做成秀才去走一遭。（净）咳！大公，你豈不知道？我家中又没有七子八婿，只有一個孩兒，如何去得？（外）呀！你怎説這話？如今去赴選的，家中都有七子八婿麽？（净）老賊，你如今眼又昏，耳又聾，又走動不得。你教他去後，倘有些個差池，兀教誰來看顧你？真個没飯喫便餓死你，没衣穿便凍死你，你知道麽？（外）你婦人家理會得甚麽？孩兒若做得官時，也改换門閭，如何不教他去？（生）爹爹説得自是，只是孩兒難去。

【繡帶兒】（生）親年老光陰有幾？行孝正當今日。（末）秀才此去，必然脱白掛緑。（生）大公，終不然爲着一領藍袍，却落後五彩斑衣？思之，此行榮貴雖可擬，怕親老等不得榮貴。（外）孩兒，春闈裏紛紛的都是大儒，難道是没爹娘的孩兒方去？

【换頭】（末）秀才，你休疑，男兒漢有凌雲志氣，何必苦恁淹滯？秀才，你此回不去呵，可不干費了十載青燈，枉捱過半世黄虀？須知，此行是親命，你休固拒。秀才，那些個養親之志？（净）我百年事只有此兒，老賊，難道是庭前森森丹桂？

【太師引】（外）大公，他意兒我也難提起，這其間就裏我自知。（末）老員外知他爲着甚麽？（外）他戀着被窩中恩愛，捨不得離海角天涯。（生）孩兒豈有此心？（外）孩兒，你是讀書人，我説一個比方與你聽。塗山四日離大禹，你今畢姻已兩個月了，直恁的捨不得分離？（末笑科）呀！秀才，你敢是如此麼？（生）大公，卑人怎敢？（末）秀才，你貪鴛侶守着鳳幃，只怕誤了你鵬程鶚薦消息。

【前腔】（浄）大公，他意兒只要供甘旨，又何曾貪歡戀妻？自古道曾參純孝，何曾去應舉及第？功名富貴多是天付與，天若與不求而至。（生）娘言是，望爹行聽取。（外）呀！娘言的是，父言的非呵？你敢是戀新昏，逆親言麼？（生跪科）天那！孩兒若是戀着新婚不肯去呵，天須鑒蔡邕不孝的情罪。

（外怒科）畜生，我教你去赴選，也只是要改換門閭，光顯祖宗。你却七推八阻，有許多説話！（生）爹爹，孩兒豈敢推阻？争奈爹媽年老，無人侍奉。萬一有些差池，一來人道孩兒不孝，撇了爹媽，去取功名。二來人道爹爹所見不達，止有一子，教他遠離；孩兒以此不敢從命。（外）不從我命也由你，你且説如何唤做孝？（浄）老賊，你年紀七八十歲，也不識做孝？披麻帶索便唤做孝。〔一〕（外）咦，你曉得甚麼？（生）告爹爹得知，凡爲人子者，冬温而夏清，昏定而晨省。問其燠寒，搔其疴癢。出入則扶持之，問所欲則敬進之。所以父母在，不遠遊。出不易方，復不過時。古人的大孝，也只是如此。（外）孩

〔一〕做：原闕，據汲古閣刊本《繡刻琵琶記定本》補。

兒，你說的都是小節，不曾說着大孝。（淨）老賊，你又不曾死，只管教他做大孝。若是做大孝，越出去赴選不得。（末）咦！這話有些不祥。（外）孩兒，你聽我說：大孝始於事親，中於事君，終於立身。身體髮膚，受之父母，不敢毀傷，孝之始也。立身行道，揚名後世，以顯父母，孝之終也。是以家貧親老，不爲禄仕，所以爲不孝。你若是做得官時節，也顯得父母好處，兀的不是大孝是甚麽？（生）爹爹説得極是。但孩兒此去，知道做得官否？若還不中時節，既不能彀事親，又不能彀事君，却不兩下擔閣了？（末）秀才所見差矣。老漢嘗聞古人云：幼而學，壯而行，懷寶迷邦，謂之不仁。孔席不暇暖，墨突不待黔。伊尹負鼎俎於湯，百里奚五羊皮自鬻，也只要順時行道，濟世安民。自古道：學成文武藝，貨與帝王家。秀才，你這般才學，如何不去做官？（淨）大公，你都有好言勸我孩兒去赴試，我有個故事説與你聽。（末）老漢願聞。（淨）在先東村李員外有個孩兒，也讀兩行書。他爹爹每日鬧炒，只要教孩兒去求官。孩兒喫不過爹爹鬧炒，去到長安。那裏無人擡舉他，遂流落去街上乞食。見個平章宰相，他疾忙在地上拜着，叫聲擡舉他。那宰相道，我與你做個養濟院大使，去管你爹娘。這孩兒自思道，做個養濟院大使，如何管得自己父母？比及他回家去，不想父母無人供養，流落在養濟院裏居住。他父母見孩兒回來，説道：我教孩兒去得是？今日我孩兒做個頭目，衆人也不敢欺負我。你如今勸我孩兒去赴選，千萬教他做個養濟院頭目回來，衆人也不敢欺負我。（末笑科）老安人，你説這乞丐事，儘教我聽了半日。（外）孩兒，你趁早收拾行李起程。（生）爹爹，孩兒去則不妨，只是爹媽年老，教誰看管？（末）秀才不必憂慮。自古道：千錢買鄰，八百買舍。老漢既忝在鄰居，你但放心前去。若是宅上有些小欠缺，老漢自當應承。（生）如此，多謝公公，凡事仗託周濟。此行若獲寸進，決不敢忘恩。卑人没奈何，只得收拾行李便去。

【三學士】（生）謝得公公意甚美，凡事仗託扶持。假饒一舉登科日，難道是雙親未老時？只恐錦衣歸故里，怕雙親不見兒。

【前腔】（外）萱室椿庭衰老矣，指望你改換門閭。孩兒，你道是無人供養我，若是你做得官來時節呵，三牲五鼎供朝夕，須勝似啜菽并飲水。你若錦衣歸故里，我便死呵，一靈兒終是喜。

【前腔】（末）托在鄰家相依倚，自當效些區區。秀才，你爲甚十年窗下無人問？只圖個一舉成名天下知。你若不錦衣歸故里，誰知你讀萬卷書？

【前腔】（淨）一旦分離掌上珠，我這老景憑誰？苦！忍將父母饑寒死，博得孩兒名利歸。你縱然錦衣歸故里，補不得你名行虧。

（外）急辦行裝赴試闈，（生）父親嚴命怎生違？

（淨）一舉首登龍虎榜，（末）十年身到鳳凰池。

送别南浦

【謁金門】（旦扮趙五娘上）春夢斷，臨鏡緑雲撩亂。聞道才郎遊上苑，又添别離嘆。（生上）苦被爹行逼遣，脉脉此情何限？（合）骨肉一朝輕拆散，可憐難捨拚。

（旦）官人，雲情雨意，雖可拋兩月之夫妻；雪鬢霜鬟，竟不免八旬之父母？功名之念一起，甘旨之心頓忘，是何道理？（生）娘子，膝下遠離，豈無眷戀之意？奈高堂力勉，不聽分剖之辭。咳！教卑人如何是好？（旦）呀！官人，我猜着你了。

【忒忒令】（旦）你讀書思量做狀元，我只怕你學疏才淺。（生）娘子那見我學疏才淺？（旦）官人，只這《孝經》《曲禮》，你早忘了一段。（生）咳！我幾曾忘了？（旦）却不道夏清與冬温，昏須定，晨須省，親在遊怎遠？

【前腔】（生）娘子，我哭哀哀推辭了萬千，（旦）那張大公如何説？（生）他閙炒炒抵死來相勸。（旦）官人，你不去時，也須由你。（生）將我深罪，不由人分辯。（旦）罪你甚的？（生）他道我戀新婚，逆親言，貪妻愛，不肯去赴選。

【沉醉東風】（旦）你爹行見得好偏，只一子不留在身畔。官人，公婆如今在那裏？（生）在堂上。（旦）既在堂上，我和你去説。（作行又住介）（生）娘子，你怎的又不去了？（旦）罷！罷！我若和你去説時節呵，他只道我不賢，要將伊迷戀。苦！這其間，教人怎不悲怨？（合）爲爹淚漣，爲娘淚漣，何曾爲着夫妻上掛牽？

【前腔】（生）做孩兒節孝怎全？做爹行不從幾諫。（旦）官人，你爲人子的，不當恁地埋冤他。

（生）非是我要埋冤，只愁他影隻形单，我出去有誰來看管？（合前）

（生）呀！爹媽來了。娘子，你且搵了淚眼。

【臘梅花】（外、浄、生）孩兒出去在今日中，爹爹媽媽來相送。但願魚化龍，青雲得路，桂枝高折步蟾宮。

（見介）（外）孩兒，你行李收拾了未？（生）行李收拾已了。（外）既收拾了，如何不去？（浄）老賊，他若出去，家中別無第二人，止有一個媳婦，如何不分付幾句？（生）孩兒没別事，只等張大公來，把爹媽拜托與他，教他早晚照顧，孩兒庶可放心前去。（旦）呀！張大公早來。（末）仗劍對樽酒，耻爲遊子顔。所志在功名，離別何足嘆？（衆見介）（生）大公，卑人如今出去，家中并無親人。爹媽年老，只有一個媳婦，他是女流，理會得甚麼？凡事全賴公公相與扶持。家中倘有些小欠缺，亦望公公周濟。昨日已蒙親許，今日特此拜懇。卑人倘有寸進，自當效結草啣環之報，決不敢忘大恩。（末）秀才，受人之托，必當忠人之事。況一言既出，駟馬難追。昨日已許秀才，去後決不相誤。（生）如此，多謝公公。

（外）孩兒，既蒙張大公金諾，必不食言，你可放心早去。（生）孩兒就此拜辭爹媽便去。（拜介）

【園林好】（生）兒今去爹媽休得要意懸，兒今去經年便還。但願得雙親康健，（合）須有日拜堂前，須有日拜堂前。

【前腔】（外）我孩兒不須掛牽，爹只望孩兒貴顯。若得你名登高選，（合）須蚤把信音傳，須蚤把信音傳。

【江兒水】(淨)膝下嬌兒去，堂前老母单，臨行密密縫針綫。眼巴巴望着關山遠，冷清清倚定門兒盼。(生)母親且自寬懷消遣。(淨)教我如何消遣？(合)要解愁煩，須是寄個音書回轉。

【前腔】(旦)妾的衷腸，事有萬千，(生)娘子，你有甚麽事，當説與我知道。(旦)説來又恐添縈絆。(生)娘子，有甚麽縈絆？(旦)六十日夫妻恩情斷，八十歲父母教誰看管？(生)娘子，你這般説，莫不怨着我麽？(旦)教我如何不怨。(合前)

【五供養犯】(末)貧窮老漢，忝在鄰家，事體相關。秀才，此行雖勉强，不必恁留連。(生)卑人去後，只慮父母獨自在堂，難度歲月。(末)秀才放心，你爹娘早晚、早晚間吾當陪伴。(生作悲科)(末)丈夫非無淚，不灑别離間。(合)骨肉分離，寸腸割斷。

【前腔】(生跪告末科)公公可憐，俺爹娘望你周全。(末扶起科)(生)此身還貴顯，自當效啣環。(旦挽生背科)官人，有孩兒也枉然，你爹娘到教别人看管。此際情何限，偷把淚珠彈。(合前)

【玉交枝】(外)别離休嘆，我心中非不痛酸。孩兒，非爹苦要輕拆散，也只是圖你榮顯。(淨)孩兒，蟾宮桂枝須早攀，北堂萱草時光短。(合)又未知何日再圓？又未知何日再圓？

【前腔】(生)雙親衰倦，娘子，你扶持看他老年。饑時勸他加飡飯，寒時頻與衣穿。(旦)官人，我做媳婦事舅姑，不待你言；你做孩兒離父母，何日返？(合前)

【川撥棹】(外)孩兒，歸休晚，莫教人凝望眼。(生)但有日回到家園，但有日回到家園，怕回來雙親老年。(合)怎教人心放寬？ 不由人不淚漣。

【前腔】(旦)官人，我的埋冤怎盡言？ (生)你埋冤我如何？ (旦)我的一身難上難。(生)娘子，你寧可將我來埋冤，寧可將我來埋冤，莫將我爹娘冷眼看。(合)怎教人心放寬？ 不由人不淚漣。

【餘文】(合)生離遠別何足嘆，但願得你名登高選。衣錦還鄉，教人作話傳。

(生)此行勉强赴春闈，(外)專望明年衣錦歸。

(淨)世上萬般哀苦事，(合)無過遠別共生離。

(外、淨、末下)(生、旦吊場)(旦)官人，你如何割捨得便去了？ (生)咳！ 教卑人如何是好？ (共悲科)

【尾犯引】(旦)懊恨別離輕，悲豈斷絃，愁非分鏡。只慮高堂，風燭不定。(生)腸已斷欲離未忍，淚難收無言自零。(一) (合)空留戀，天涯海角，只在須臾頃。

【尾犯序】(旦)無限別離情，兩月夫妻，一旦孤另。官人，你此去經年，望迢迢玉京思省。(生)娘子，你思省什么來？ 莫不慮着山遥水遠麽？ (旦)奴不慮山遥水遠，(生)莫不慮着衾寒枕冷

(一) 零：原作『淋』，據汲古閣刊本《繡刻琵琶記定本》改。

麽？（旦）奴不慮衾寒枕冷。奴只慮公婆没主，一旦冷清清。

【换頭】（生）我何曾，想着那功名？（旦）官人，你不想着功名，如今又去怎的？（生）欲盡子情，難拒親命。娘子，年老爹娘，望伊家看承。畢竟，你休怨朝雲暮雨，且爲我冬温夏清。〔一〕思量起，如何教我割捨眼睁睁？

【前腔】（旦）官人，你儒衣纔换青，快着歸鞭，早辦回程。十里紅樓，休戀着娉婷。叮嚀，不念我芙蓉帳冷，也思親桑榆暮景。咳！我頻囑付，知他記否，空自語惺惺。

【前腔】（生）娘子，你寬心須待等，我肯戀花柳，甘爲萍梗？只怕萬里關山，那更音信難憑。須聽，没奈何分情破愛，誰下得虧心短行？從今去，相思兩處，一樣淚盈盈。

（旦）官人此去，千萬早早回程。（生）卑人有父母在堂，豈敢久戀他鄉？（旦）須是早寄個音信回來。（生）音信不妨，只怕關山阻隔。（拜别科）

【鷓鴣天】（生）萬里關山萬里愁，（旦）一般心事一般憂。（生）桑榆暮景愁難保，客館風光怎久留？（生下）（旦）他那裏，謾凝眸，正是馬行十步九回頭。歸家只恐傷親意，閣淚汪汪不敢流。（下）

〔一〕家看承畢竟你休怨朝雲暮雨且爲我冬温：原闕，據汲古閣刊本《繡刻琵琶記定本》補。

琴訴荷池

【一枝花】（生）閒庭槐影轉，深院荷香滿。簾垂清晝永，怎消遣？十二闌干，無事閒凭遍。悶來湘簟展，夢到家山，又被翠竹敲風驚斷。

〔南鄉子〕翠竹影摇金，水殿簾櫳映緑陰。人静晝長無個事，沉吟，碧酒金樽懶去斟。幽恨苦相尋，離別經年没信音。寒暑相催人易老，關心，却把閒愁付玉琴。院子，將琴書過來。（末應將琴書上）黄卷看來消白日，朱絃動處引清風。炎蒸不到珠簾下，人在瑶池閬苑中。相公，琴書在此。（生）院子，你與我唤那兩個學僮過來。（末叫介）（副浄執扇、丑捧香爐上）

【金錢花】（副浄、丑）自少承直書房，書房，快活其實難當，難當。只管打扇與燒香。荷亭畔，好乘涼；喫飽飯，上眠床。

（見科）（生取琴科）我在先得此材於爨下，斲成此琴，名曰焦尾。自來此間，久不整理。今日當此清涼，試操一曲，以舒悶懷。你三人一個打扇，一個燒香，一個管文書，休得慢誤了。（衆）領鈞旨。（生操琴介）

【嬾畫眉】（生）强對南薰奏虞絃，只覺指下餘音不似前，那些個流水共高山？呀！只見滿眼風波惡，似離別當年懷水仙。

（副浄困掉扇科）（末）告相公，打扇的壞了扇。（生）背起打十下。那廝不中用，只教他燒香。（末）領

鈞旨。（换科）

【前腔】（生）頓覺餘音轉愁煩，似寡鵠孤鴻和斷猿，又如别鳳乍離鸞。呀！只見殺聲在絃中見，敢只是螳螂來捕蟬？

（丑困滅香科）（副浄）告相公，燒香的滅了香。（生）背起打十下。那廝不中用，教他管文書。（末）領鈞旨。（换科）

【前腔】（生）藍田日暖玉生烟，似望帝春心托杜鵑，好姻緣翻做惡姻緣。只怕眼底知音少，争得鸞膠續斷絃？

（末困掉文書科）（丑）告相公，管文書的亂了文書。（生）背起打十下。（打科）（貼扮牛氏上）（生）左右，夫人來也，且各回避。（衆）正是：有福之人人伏侍，無福之人伏侍人。（末、副浄、丑下）

【滿江紅】（貼）嫩緑池塘，梅雨歇薰風乍轉。瞥然見新凉華屋，已飛乳燕。簟展湘波紈扇冷，歌傳《金縷》瓊巵暖。（合）炎蒸不到水亭中，珠簾捲。

（見介）（貼）相公元來在此操琴呵。（生）夫人，我當此清凉，聊託此以散悶懷。（貼）奴家久聞相公高於音樂，如何來到此間，絲竹之音杳然絶響？斗膽請再操一曲，相公肯麼？（生）夫人待要聽琴，彈甚麼曲好？我彈一曲《雉朝飛》何如？（貼）這是無妻的曲，不好。（生）呀！説錯了。如今彈一曲《孤鸞寡鵠》何如？（貼）兩個夫妻正團圓，説甚麼孤寡？（生）不然，彈一曲《昭君怨》何如？（貼）兩個夫妻正和美，説甚麼宮怨？相公，當此夏景，只彈一曲《風入松》好。（生）這個恰好。（作彈科）（貼）相公，你彈錯了。（生）呀！到彈出《思歸引》來。待我再彈。（貼）相公，你又彈錯了。（生）呀！又彈出個《別鶴怨》來。（貼）相公，你如何恁的會差？莫不是故意賣弄，欺侮奴家？（生）豈有此心？只是這絃不中用。（貼）這絃怎的不中用？（生）俺只彈得舊絃慣，這新絃，俺彈不慣。（貼）舊絃在那裏？（生）舊絃撇下多時了。（貼）爲甚撇了？（生）只爲有了這新絃，故撇了那舊絃。（貼）相公何不撇了新絃，用那舊絃？（生）夫人，我心裏豈不想那舊絃？只是新絃又撇不下。（貼）罷！罷！你新絃既撇不下，還思量那舊絃怎的？我想起來，只是你心不在焉，特地有許多説話。

【桂枝香】（生）夫人，舊絃已斷，新絃不慣。舊絃再上不能，待撇了新絃難拚。我一彈再鼓，一彈再鼓，又被宮商錯亂。（貼）相公，你敢是心變了麼？（生）非干心變，這般好涼天。正是此曲纔堪聽，又被風吹別調間。

【前腔】（貼）相公，非彈不慣，只是你意慵心懶。既道是《寡鵠孤鸞》，又道是《昭君宮怨》。那更《思歸》《別鶴》，《思歸》《別鶴》，無非愁嘆。相公，我看你心中多敢是想着誰來？（生）夫人，我不想着甚麼人。（貼）相公，有何難見，你既不然，呀！我理會得了。你道是除了知音聽，道我不是知音不與彈。

（生）夫人，那有此意？（貼）相公，這個也由你，畢竟是無心去彈。何似教惜春安排酒來，與你消遣何

如？（生）我懶飲酒，待去睡也。（貼）相公休阻妾意！老姥姥、惜春，看酒過來。（净、丑持酒上）

【燒夜香】（净）樓臺倒影入池塘，緑樹陰濃夏日長，（丑）一架荼蘼滿院香。（合）滿院香，和你飲霞觴。捲起簾兒，明月正上。

（净、丑）小姐，酒肴在此。（貼）斟酒過來。（作送生酒科）

【梁州新郎】【梁州序】（貼）新篁池閣，槐陰庭院，日永紅塵隔斷。碧闌干外，寒飛漱玉清泉。只覺香肌無暑，素質生風，小簟琅玕展。晝長人困也，好清閒，忽被棋聲驚晝眠。【賀新郎】（合）《金縷》唱，碧筒勸，向冰山雪巘排佳宴。清世界，幾人見？

【前腔】（生）薔薇簾幕，荷花池館，一點風來香滿。湘簾日永，香消寶篆沉烟。謾有枕欹寒玉，扇動齊紈，怎遂得黄香願？（彈淚科）（貼）相公，你爲甚的掉下淚來？（生）猛然心地熱，透香汗，我欲向南窗一醉眠。（合前）

【前腔】（貼）向晚來雨過南軒，見池面紅粧零亂。漸輕雷隱隱，雨收雲散。只見荷香十里，新月一鈎，此景佳無限。蘭湯初浴罷，晚粧殘，深院黄昏懶去眠。（合前）

【前腔】（生）柳陰中忽噪新蟬，見流螢飛來庭院。聽菱歌何處，畫船歸晚。只見玉繩低度，朱户無聲，此景尤堪戀。起來攜素手，鬢雲亂，月照紗幮人未眠。（合前）

【節節高】（净）漣漪戲彩鴛，把露荷翻，清香瀉下瓊珠濺。香風扇，芳沼邊，閒亭畔。坐來不覺神清健，蓬萊閬苑何足羡？（合）只恐西風又驚秋，不覺暗中流年换。

【前腔】（丑）清宵思爽然，好涼天，瑶臺月下清虚殿。神仙眷，開玳筵，重歡宴。任教玉漏催銀箭，水晶宫裏把笙歌按。（合前）

【餘文】（合）光陰迅速如飛電，好良宵可惜漸闌，管取歡娛歌笑喧。

（生）樵樓上幾鼓了？（净）三鼓了。

（貼）歡娱休問夜如何，（生）此景良宵能幾何？

（净）遇飲酒時須飲酒，（丑）得高歌處且高歌。

宦邸憂思

【喜遷鶯】（生）終朝思想，但恨在眉頭，人在心上。鳳侣添愁，魚書絶寄，空勞兩處相望。青鏡瘦顔羞照，寶瑟清音絶響。歸夢杳，遶屏山烟樹，那是家鄉？

〔踏莎行〕怨極愁多，歌慵笑懶，只因添個鴛鴦伴。他鄉遊子不能歸，高堂父母無人管。湘浦魚沉，衡陽雁斷，音書要寄無方便。人生光景幾多時，蹉跎負却平生願。

【雁過聲】思量，那日離故鄉。記臨歧送别多惆悵，攜手共那人不厮放。教他好看承，我爹娘，料他每應不會遺忘。聞知饑與荒，只怕捱不過歲月難存養。若望不見我信音，却把誰倚仗？

【二犯漁家傲】思量，幼讀文章，論事親爲子也須要成模樣。真情未講，怎知道喫盡多魔障？被親强來赴選場，被君强官爲議郎，被婚强傚鸞凰。三被强，我衷腸事説與誰行？埋怨難禁這兩廂：【雁過聲】這壁廂道咱是個不撑達害羞的喬相識，那壁廂道咱是個不睹親負心的薄倖郎。

【二犯漁家燈】悲傷，鷺序鴛行，怎如那慈烏反哺能終養？謾把金章，綰着紫綬；試問斑衣，今在何方？斑衣罷想，縱然歸去，又恐怕帶麻執杖。【雁過聲】只爲那雲梯月殿多勞攘，落得淚雨如珠兩鬢霜。

【喜魚燈】幾回夢裏，忽聞鷄唱。忙驚覺錯呼舊婦，同問寢堂上。待朦朧覺來，依然新人鴛幃鳳衾和象床。怎不怨香愁玉無心緒？更思想，被他攔擋。教我，怎不悲傷？【雁過聲】俺這裏歡娛夜宿芙蓉帳，他那裏寂寞偏嫌更漏長。

【錦纏道犯】謾悒怏，把歡娛翻成悶腸。菽水既清涼，我何心，貪着美酒肥羊？悶殺人花燭洞房，愁殺我掛名在金榜。魆地裏自思量，【雁過聲】正是在家不敢高聲哭，只恐人聞也斷腸。（江邊可説『猿聞』，在家不可説『猿聞』，况有『恐』『也』二字，該用『人聞』二字。今從古本正之。魆：音『戚』。）

（生）院子那裏？（末上）有問即對，無問不答。相公有何分付？（生）院子，你是我心腹之人，有一件事和你商量，你休要走了我的消息。（末）小人安敢？（生）我自從離了父母妻室，來此赴選。不擬一擢高科，拜授當職。將謂數月之後，可作歸計。誰知又被牛太師招爲門婿，一向逗留在此，不得還家，故此要和你商量個計策。（末）相公，自古道：不鑽不穴，不道不知。小人每常間見相公憂悶不樂，豈知就裏？相公何不説與夫人知道？（生）院子，我夫人雖則賢慧，争奈老相公之勢，炙手可熱。待説與夫人知道，一霎時老相公得知，只道我去了不來，如何肯放？不如姑且隱忍，和夫人都瞞了，别尋個歸計。（末）是，老相公若還知道，如何肯放相公回去？（生）院子，我如今要寄一封書家去，没個方便的人；欲待使人逕去，又怕老相公知道。你與我到街坊上體探，倘有我鄉里人在此，待我寄一封家書回去。（末應介）小人就去。

（生）終朝長相憶，（末）尋便寄書尺。

（合）眼望旌捷旗，耳聽好消息。

張公掃墓

【虞美人】（末）青山今古何時了，斷送人多少？孤墳誰與掃荒苔，連塚陰風吹送紙錢來。

冥冥長夜不知曉，寂寂空山幾度秋。泉下長眠人未醒，悲風蕭瑟起松楸。老漢曾受趙五娘囑託，教我爲他看管墳塋。這兩日有些閒事，不曾看得，今日只索去走一遭。

【步步嬌】呀！只見黄葉飄飄把墳頭覆，厮趕的皆狐兔。（望科）敢是誰斫了木去？爲甚松楸漸漸疏？（滑倒科）咳！甚麽絆我這一倒？却元來是苔把磚封，笋迸泥路。老員外、老安人，自古道：未歸三尺土，難保百年身。已歸三尺土，難保百年墳。只怕你難保百年墳。咳！我老夫在日，尚來爲你看管。若我老夫死後呵，教誰添上三尺土？

遠遠有一個漢子來了，不知是甚麽人？（丑扮李旺上）

【前腔】（丑）渡水登山多勞苦，來到這荒村塢。遥觀一老夫，試問他家，住在何所？趲步向前行，呀！却是一所荒墳墓。

（相見科）（末）小哥，你從那裏來？（丑）小人從京都來。（末）却往那裏去？（丑）小人是蔡相公差來至此。（末）你相公是那裏人？差你來有甚勾當？（丑）我相公特差小人來請取他的太老爺太夫人和小夫人，一同到洛陽去。（末）嗄！你蔡相公是叫什麽名字呢？（丑）我相公的名字怎敢説？你這老人家好大膽。（末）咳！荒僻去處，但説不妨。（丑作四顧扯末附耳喊科）我相公是蔡狀元，唤名伯喈。

（末發怒科）（丑亦諢科）

【風入松】（末）你不須提起蔡伯喈，説着他每忒歹。（丑）呀！他有甚歹處？（末）他既中狀元六七載，撇父母抛妻不睬。（丑）他父母在那裏？（末）兀的這磚頭土堆，是他雙親在此中埋。

（丑）呀！元來太老爺太夫人都没了。不知爲甚的死了？

【前腔】（末）一從他别後遇荒災，更無人倚賴。（丑）這等，是誰承直他兩個？（末）虧他媳婦相看待，把衣服與釵梳盡解。（丑）解當也須有盡時。（末）正是。可憐這小娘子解得錢來糴米，做飯與公婆喫，他自己呵，背地裏把糟糠自捱，公婆的反疑猜。

（丑）公婆敢道他背後自喫了些好東西麽？[一]（末）正是。後來呵，

【急三鎗】（末）他公婆的親看見，雙雙痛死，無錢斷送，剪頭髮賣棺材。（丑）呀！他既這般窮苦，如何築得這一所墳墓？他去空山裏，裙包土，血流指，感得神明助，與他築墳臺。

（丑）咳！自古道：孝感天地，果然有此。如今這小夫人在那裏？

【風入松】（末）他如今逕往帝都來，（丑）他把甚麽做盤纏？（末）小哥，我若對你説，真個羞殺了你家相公。（低唱科）肩背着琵琶做乞丐。（丑）蔡相公特地差小人來接請父母夫人，如今太老爺太夫人既死了，小夫人却又去了，教我如何去回覆相公？（末）你慢着，我替你説與他父母知道便了。（叫科）老員外、老安人，你孩兒做了官，如今差人來接你到京同享富貴，你去不去？（哭介）呀！叫他不應魂何在？空教我珠淚盈腮。（丑）公公，你休啼哭。小人如今回去，教俺相公多多做些功果，追薦便了。

（一）後：原闕，據汲古閣刊本《繡刻琵琶記定本》補。

（末笑科）他生不能養，死不能葬，葬不能祭。他這三不孝逆天罪大，空設醮，枉修齋。

你相公如今在那裏？（丑）我相公如今入贅在牛丞相府裏。

【急三鎗】（末）小哥，你如今疾忙便回，説我張老的道與蔡伯喈。（丑）道甚麼來？（末）道你拜別人的爹娘好美哉，親爹娘死，不值你一拜。

（丑）呀！公公，你休錯埋怨了人。他要辭官，官裏不從；他要辭婚，我太師不從。也只是出於無奈。

（末）恁的呵，

【風入松】（末）元來他也是無奈，好似鬼使神差。他當時在家不肯去赴選，他的爹爹不從他。這是三不從把他厮禁害，三不孝亦非其罪。（丑）公公，你險些兒錯埋怨了人。（末）這是他爹娘福薄運乖，人生裏都是命安排。

（丑）敢問公公既是姓張，不知甚麼名號？待小人回去，也好稟覆我相公。（末）小哥，我老漢不是別人，張大公的便是。當初蔡伯喈臨去之時，把父母囑託於我。如今他父母身死，小娘子又往京都去尋他，將及去了個半月日。你如今回去，一路行去，見有個道姑打扮，抱着一面琵琶，背着一軸真容的婦人，這便是你相公的娘子。你須把盤纏好好承直他去便了。（丑應科）理會得。小人就此告別了。

（末）雙親死了已無依，今日回來也是遲。

（丑）夜静水寒魚不餌，滿船空載月明歸。